KB126302

쉽게 읽는 월인석보 2

月印千江之曲 第二·釋譜詳節 第二

나찬연은 1960년에 부산에서 태어났다. 부산대학교 국어국문학과를 나오고(1986), 같은 학교 대학원에서 문학석사(1993)와 문학박사(1997)학위를 받았다. 지금은 경성대학교 국어국문학과에서 교수로 재직하고 있으면서 국어학, 국어 교육, 한국어 교육 분야의 강의를 맡고 있다.

* 홈페이지: '학교 문법 교실 (http://scammar.com)'에서는 이 책의 내용과 관련된 자료를 온라인으로 제공합니다. 본 홈페이지에 개설된 자료실과 문답방에 올려져 있는 다양한 정보를 자유롭게 이용할 수 있고, 이 책의 내용에 대하여 저자의 답변을 받을 수 있습니다.
* 전화번호 : 051-663-4212
* 전자메일 : ncy@ks.ac.kr

주요 논저

우리말 이음에서의 삭제와 생략 연구(1993), 우리말 의미중복 표현의 통어·의미 연구(1997), 우리말 잉여 표현 연구(2004), 옛글 읽기(2011), 벼리 한국어 회화 초급 1, 2(2011), 벼리 한국어 읽기 초급 1, 2(2011), 제2판 언어·국어·문화(2013), 제2판 훈민정음의 이해(2013), 근대 국어 문법의 이해–강독편(2013), 국어 어문 규범의 이해(2013), 표준 발음법의 이해(2013), 제5판 중세 국어 문법의 이해–이론편(2014), 제5판 중세 국어 문법의 이해–주해편(2014), 제5판 중세 국어 문법의 이해–강독편(2014), 제5판 중세 국어 문법의 이해–서답형 문제편(2014), 중세 국어 문법의 이해–입문편(2015), 학교문법의 이해1(2015), 학교문법의 이해2(2015), 제4판 현대 국어 문법의 이해(2015), 쉽게 읽는 월인석보 서(2017), 쉽게 읽는 월인석보 1(2017), 쉽게 읽는 월인석보 2(2017)

인

쉽게 읽는 월인석보 2(月印釋譜 第二)
©나찬연, 2017
1판 1쇄 인쇄_2017년 2월 15일
1판 1쇄 발행_2017년 2월 25일

지은이_나찬연
펴낸이_양정섭

펴낸곳_도서출판 경진
등록_제2010-000004호
블로그_http://kyungjinmunhwa.tistory.com
이메일_mykorea01@naver.com

공급처_(주)글로벌콘텐츠출판그룹
대표_홍정표 편집디자인_김미미 기획·마케팅_노경민
주소_서울특별시 강동구 천중로 196 정일빌딩 401호
전화_02) 488-3280 팩스_02) 488-3281
홈페이지_http://www.gcbook.co.kr

값 28,000원
ISBN 978-89-5996-510-6 94810
978-89-5996-507-6 94810(세트)

※ 이 책은 본사와 저자의 허락 없이는 내용의 일부 또는 전체의 무단 전재나 복제, 광전자 매체 수록 등을 금합니다.
※ 잘못된 책은 구입처에서 바꾸어 드립니다.

월인석보 2

月印千江之曲 第二·釋譜詳節第二

나찬연

경진출판

❙ 머리말

『월인석보』는 조선의 제7대 왕인 세조(世祖)가 부왕인 세종(世宗)과 소헌왕후(昭憲王后), 그리고 아들인 의경세자(懿敬世子)를 추모하기 위하여 1549년에 편찬하였다.

『월인석보』에는 석가모니의 행적과 석가모니와 관련된 인물에 관한 여러 일화가 소개되어 있다. 따라서 이 책은 불교를 배우는 이들뿐만 아니라, 국어 학자들이 15세기 국어를 연구하는 데에도 매우 귀중한 자료가 된다. 특히 이 책은 국어 문법 규칙에 맞게 한문 원문을 번역되었기 때문에 문장이 매우 자연스럽다. 따라서 『월인석보』는 훈민정음으로 지은 초기의 문헌임에도 불구하고, 당대에 간행된 그 어떤 문헌보다도 자연스러운 우리말 문장으로 지은 문헌이라고 할 수 있다.

이처럼 『월인석보』가 중세 국어와 국어사 연구에 매우 중요한 역할을 하기 때문에, 일찍부터 이 책은 중세 국어 연구의 대상이 되었고 현대어로 옮기는 작업도 이루어졌다. 그 대표적인 성과가 '세종대왕기념사업회'에서 편찬한 『역주 월인석보』의 모둠책이다. 『역주 월인석보』의 간행 작업에는 허웅 선생님을 비롯한 그 분야의 대학자들이 참여하였기 때문에, 『역주 월인석보』는 그 차제로서 대단한 업적이다. 그러나 이 『역주 월인석보』는 1992년부터 순차적으로 간행되었는데, 간행된 책마다 역주한 이가 달라서 내용의 번역이나 형태소의 분석, 그리고 편집 방법이 통일되지 못한 아쉬움이 있다. 지은이는 이러한 점을 감안하여 15세기의 중세 국어를 익히는 학습자들이 『월인석보』를 쉽게 이해할 수 있도록, 현대어로 옮기는 방식과 형태소 분석 및 편집 형식을 새롭게 바꾸었다. 이러한 편찬 의도를 반영하여 이 책의 제호도 『쉽게 읽는 월인석보』로 정했다.

이 책은 중세 국어 학습자들이 『월인석보』를 쉽게 이해할 수 있는 책을 편찬하겠다는 원래의 취지를 살리기 위하여, 다음과 같은 방법으로 책의 내용과 형식을 구성하였다.

첫째, 현재 남아 있는 『월인석보』의 권 수에 따라서 이들 문헌을 현대어로 옮겼다. 이에 따라서 『월인석보』의 1, 2, 4, 7, 8, 9 등의 순서로 현대어 번역 작업이 이루진다. 둘째, 이 책에서는 『월인석보』의 원문의 영인을 페이지별로 수록하고, 그 영인 바로 아래에 현대어 번역문을 첨부했다. 셋째, 그리고 중세 국어의 문법을 익히는 이들에게 편의를 제공하기 위하여, 원문의 텍스트에 나타나는 어휘를 현대어로 풀이하고 각 어휘에 실현된 문법 형태소를 형태소 단위로 분석하였다. 넷째, 원문 텍스트에 나타나는 불교 용어를 쉽게 풀이함으로써, 불교의 교리를 모르는 일반 국어학자도 『월인석보』의 내용을 이해할 수 있도록 하였다. 다섯째, 책의 말미에 [부록]의 형식으로 [원문과 번역문의 벼리]를 실었다. 여기서는 『월인석보』의 텍스트에서 주문장의 사이에 삽입되어 있는 협주문(夾註文)을 생략하여 본문 내용의 맥락이 끊기지 않게 하였다. 여섯째, 이 책에 쓰인 문법 용어와 약어(略語)의 정의와 예시를 책 머리의 '일러두기'와 [부록]에 수록하여서, 이 책을 통하여 중세 국어를 익히려는 독자에게 도움을 주었다.

이 책에 쓰인 문법 용어는 가급적 『고등학교 문법』(2010)에서 사용되는 문법 용어를 그대로 사용하였다. 다만 일부 문법 용어는 허웅 선생님의 『우리 옛말본』(1975), 고영근 선생님의 『표준중세국어문법론』(2010), 지은이의 『중세 국어 문법의 이해－이론편』에서 사용한 용어를 빌려 썼다. 중세 국어의 어휘 풀이는 대부분 '한글학회'에서 지은 『우리말 큰사전 4－옛말과 이두 편』의 내용을 참조했으며, 일부는 남광우 님의 『교학고어사전』을 참조했다. 각 어휘에 대한 형태소 분석은 지은이가 2010년에 『우리말연구』의 제27집에 발표한 「옛말 문법 교육을 위한 약어와 약호의 체계」의 논문과 『중세 국어 문법의 이해－주해편, 강독편』에서 사용한 방법을 따랐다.

그리고 불교와 관련된 어휘는 국립국어원의 인터넷판 『표준국어대사전』, 인터넷판의 『두산백과사전』, 인터넷판의 『한국민족문화대백과』, 인터넷판의 『원불교사전』, 한국불교대사전편찬위원회의 『한국불교대사전』, 홍사성 님의 『불교상식백과』, 곽철환 님의 『시공불교사전』, 운허·용하 님의 『불교사전』 등을 참조하여 풀이하였다.

이 책을 간행하는 데에는 여러 사람의 도움이 있었다. 지은이는 2014년 겨울에 대학교 선배이자 독실한 불교 신자인 정안거사(正安居士, 현 동아고등학교의 박진규 교장)을 사석에서 만났다. 그 자리에서 정안거사로부터 국어학자뿐만 아니라 일반 사람들도 부처님의 생애를 쉽게 알 수 있는 책이 필요하다는 당부의 말을 들었는데, 이 일이 계기가 되어서 『쉽게 읽는 월인석보』의 모둠책이 세상에 나오게 되었다. 그리고 고려대학교 교육대학원의 국어교육전공에 재학 중인 나벼리 군은 『월인석보』의 원문의 모습을 디지털 영상으로 제작하고 편집하는 작업을 해 주었다. 이 책을 출판해 주신 도서출판 경진의 홍정표 대표님, 그리고 거친 원고를 수정하여 보기 좋은 책으로 편집해 주신 양정섭 이사님께 감사의 뜻을 전한다.

정안거사님의 뜻과 지은이의 바람이 이루어져서, 중세 국어를 익히거나 석가모니 부처의 일을 알고자 하는 일반인들에게 이 책이 조금이나마 도움이 되기를 바란다.

2017년 2월
나찬연

▌차례

1. 이 책에서 형태소 분석에 사용하는 문법적 단위에 대한 약어는 다음과 같다.

범주	약칭	본디 명칭
품사	의명	의존 명사
	인대	인칭 대명사
	지대	지시 대명사
	형사	형용사
	보용	보조 용언
	관사	관형사
	감사	감탄사
불규칙 용언	ㄷ불	ㄷ 불규칙 용언
	ㅂ불	ㅂ 불규칙 용언
	ㅅ불	ㅅ 불규칙 용언
어근	불어	불완전(불규칙) 어근
파생 접사	접두	접두사
	명접	명사 파생 접미사
	동접	동사 파생 접미사
	조접	조사 파생 접미사
	형접	형용사 파생 접미사
	부접	부사 파생 접미사
	사접	사동사 파생 접미사
	피접	피동사 파생 접미사
	강접	강조 접미사
	복접	복수 접미사
	높접	높임 접미사
조사	주조	주격 조사
	서조	서술격 조사
	목조	목적격 조사

범주	약칭	본디 명칭
조사	보조	보격 조사
	관조	관형격 조사
	부조	부사격 조사
	호조	호격 조사
	접조	접속 조사
어말 어미	평종	평서형 종결 어미
	의종	의문형 종결 어미
	명종	명령형 종결 어미
	청종	청유형 종결 어미
	감종	감탄형 종결 어미
	연어	연결 어미
	명전	명사형 전성 어미
	관전	관형사형 전성 어미
선어말 어미	주높	상대 높임의 선어말 어미
	객높	주체 높임의 선어말 어미
	상높	객체 높임의 선어말 어미
	과시	과거 시제의 선어말 어미
	현시	현재 시제의 선어말 어미
	미시	미래 시제의 선어말 어미
	회상	회상 표현의 선어말 어미
	확인	확인 표현의 선어말 어미
	원칙	원칙 표현의 선어말 어미
	감동	감동 표현의 선어말 어미
	화자	화자 표현의 선어말 어미
	대상	대상 표현의 선어말 어미

* 이 책에서 쓰인 '문법 용어'와 '약어(略語)'에 대한 자세한 내용은 [부록]에 첨부된 '문법 용어의 풀이'를 참고하기 바란다.

2. 이 책의 형태소 분석에서 사용되는 약호는 다음과 같다.

부호	기능	용례
#	어절의 경계 표시.	철수가 # 국밥을 # 먹었다.
+	한 어절 내에서의 형태소 경계 표시.	철수 + -가 # 먹- + -었- + -다
( )	언어 단위의 문법 명칭과 기능 설명.	먹(먹다) - + -었(과시)- + -다(평종)
[ ]	파생어의 내부 짜임새 표시.	먹이[먹(먹다)- + -이(사접)-]- + -다(평종)
	합성어의 내부 짜임새 표시.	국밥[국(국) + 밥(밥)] + -을(목조)
-a	a의 앞에 다른 말이 실현되어야 함.	-다, -냐 ; -은, -을 ; -음, -기 ; -게, -으면
a-	a의 뒤에 다른 말이 실현되어야 함.	먹(먹다)-, 자(자다)-, 예쁘(예쁘다)-
-a-	a의 앞뒤에 다른 말이 실현되어야 함.	-으시-, -었-, -겠-, -더-, -느-
a(← A)	기본 형태 A가 변이 형태 a로 변함.	지(← 짓다, ㅅ불)- + -었(과시)- + -다(평종)
a(↚ A)	A 형태를 a 형태로 잘못 적음(오기)	국빱(↚ 국밥) + -을(목)
∅	무형의 형태소나 무형의 변이 형태	예쁘- + -∅(현시)- + -다(평종)

3. 다음은 중세 국어의 문장을 약어와 약호를 사용하여 어절 단위로 분석한 예이다.

불휘 기픈 남ᄀᆞᆫ ᄇᆞᄅᆞ매 아니 뮐ᄊᆡ 곶 됴코 여름 하ᄂᆞ니 [용가 2장]

① 불휘: 불휘(뿌리, 根) + -∅(← -이: 주조)
② 기픈: 깊(깊다, 深)- + -∅(현시)- + -은(관전)
③ 남ᄀᆞᆫ: 낡(← 나모: 나무, 木) + -ᄋᆞᆫ(-은: 보조사)
④ ᄇᆞᄅᆞ매: ᄇᆞᄅᆞᆷ(바람, 風) + -애(-에: 부조, 이유)
⑤ 아니: 아니(부사, 不)
⑥ 뮐ᄊᆡ: 뮈(움직이다, 動)- + -ㄹᄊᆡ(-으므로: 연어)
⑦ 곶: 곶(꽃, 花)
⑧ 됴코: 둏(좋아지다, 좋다, 好)- + -고(연어, 나열)
⑨ 여름: 여름[열매, 實: 열(열다, 結)- + -음(명접)]
⑩ 하ᄂᆞ니: 하(많아지다, 많다, 多)- + -ᄂᆞ(현시)- + -니(평종, 반말)

4. 단, 아래의 경우에는 예외적으로 다음과 같은 방법으로 어절의 짜임새를 분석한다.

가. 명사, 동사, 형용사는 특별한 경우가 아니면 품사의 명칭을 표시하지 않는다. 단, 의존 명사와 보조 용언은 예외적으로 각각 '의명'과 '보용'으로 표시한다.

① 부톄: 부텨(부처, 佛) + −ᅵ(← −이: 주조)
② 괴오쇼셔: 괴오(사랑하다, 愛)− + −쇼셔(−소서: 명종)
③ 올ᄒᆞ시이다: 옳(옳다, 是)− + −ᄋᆞ시(주높)− + −이(상높)− + −다(평종)

나. 한자말로 된 복합어는 더 이상 분석하지 않는다.

① 中國에: 中國(중국) + −에(부조, 비교)
② 無上涅槃ᄋᆞᆯ: 無上涅槃(무상열반) + −ᄋᆞᆯ(목조)

다. 특정한 어미가 다른 어미의 내부에 끼어들어서 실현될 때에는 다음과 같이 표기한다. 이때 단일 형태소의 내부가 분리되는 현상은 '…'로 표시한다.

① 어리니잇가: 어리(어리석다, 愚: 형사)− + −잇(← −이−: 상높)− + −니…가(의종)
② 자거시늘: 자(자다, 宿: 동사)− + −시(주높)− + −거…늘(−거늘: 연어)

라. 형태가 유표적으로 존재하지 않으면서도 문법적이 있는 '무형의 형태소'는 다음과 같이 'Ø'로 표시한다.

① 가ᄆᆞ라 비 아니 오ᄂᆞᆫ ᄡᅡ히 잇거든
 ·ᄀᆞᄆᆞ라: [가물다(동사): ᄀᆞᄆᆞᆯ(가뭄, 旱: 명사) + −Ø(동접)−]− + −아(연어)
② 바ᄅᆞ 自性을 ᄉᆞᄆᆞᆺ 아ᄅᆞ샤
 ·바ᄅᆞ: [바로(부사): 바ᄅᆞ(바ᄅᆞ다, 正: 형사)− + −Ø(부접)]
③ 불휘 기픈 남ᄀᆞᆫ
 ·불휘(뿌리, 根) + −Ø(← −이: 주조)
④ 내 ᄒᆞ마 命終호라
 ·命終ᄒᆞ(명종하다: 동사)− + −Ø(과시)− + −오(화자)− + −라(← −다: 평종)

마. 무형의 형태소로 실현되는 시제 표현의 선어말 어미는 다음과 같이 표기한다.

① 동사나 형용사의 종결형과 관형사형에서 나타나는 '과거 시제 표현'의 무형의 선어말 어미는 '-Ø(과시)-'로, '현재 시제 표현'의 무형의 선어말 어미는 '-Ø(현시)-'로 표시한다.

㉠ 아ᄃᆞᆯᄃᆞᆯ히 아비 죽다 듣고
·죽다: 죽(죽다, 死: 동사)- + -Ø(과시)- + -다(평종)
㉡ 엇던 行業을 지ᅀᅥ 惡德애 ᄠᅥ러딘다
·ᄠᅥ러딘다: ᄠᅥ러디(떨어지다, 落: 동사)- + -Ø(과시)- + -ㄴ다(의종)
㉢ 獄ᄋᆞᆫ 罪 지ᅀᅳᆫ 사ᄅᆞᆷ 가도ᄂᆞᆫ ᄯᅡ히니
·지ᅀᅳᆫ: 짓(짓다, 犯: 동사)-+ -Ø(과시)- + -ㄴ(관전)
㉣ 닐굽 ᄒᆡ 너무 오라다
·오라(오래다, 久: 형사)- + -Ø(현시)- + -다(평종)
㉤ 여ᅀᅳᆺ 大臣이 힝뎌기 왼 ᄃᆞᆯ 제 아라
·외(외다, 그르다, 誤: 형사)- + -Ø(현시)- + -ㄴ(관전)

② 동사나 형용사의 연결형에 나타나는 과거 시제나 현재 시제 표현의 무형의 선어말 어미는 표시하지 않는다.

㉠ 몸앳 필 뫼화 그르세 다마 男女를 내ᅀᆞᄫᆞ니
·뫼화: 뫼호(모ᄋᆞ다, 集: 동사)- + -아(연어)
㉡ 고히 길오 놉고 고ᄃᆞ며
·길오: 길(길다, 長: 형사)- + -오(← -고: 연어)
·높고: 높(높다, 高: 형사)- + -고(연어, 나열)
·고ᄃᆞ며: 곧(곧다, 直: 형사)- + -ᄋᆞ며(-으며: 연어)

③ 합성어나 파생어의 내부에서 실현되는 과거 시제나 현재 시제 표현의 무형의 선어말 어미는 표시하지 않는다.

㉠ 올ᄒᆞᆫ녁: [오른쪽, 右: 옳(옳다, 是)- + -ᄋᆞᆫ(관전▷관접) + 녁(녘, 쪽: 의명)]
㉡ 늘그니: [늙은이: 늙(늙다, 老)- + -은(관전) + 이(이, 者: 의명)]

『월인석보』의 해제

세종대왕은 1443년(세종 25년) 음력 12월에 음소 문자(音素文字)인 훈민정음(訓民正音)의 글자를 창제하였다. 훈민정음 글자는 기존의 한자나 한자를 빌어서 우리말을 표기하는 글자인 향찰, 이두, 구결 등과는 전혀 다른 표음 문자인 음소 글자였다. 실로 글자의 역사상 유래를 찾아볼 수 없는 매우 독창적인 글자이면서도, 글자의 수가 28자에 불과하여 아주 배우기 쉬운 글자였다.

훈민정음을 창제한 이후에 세종은 이 글자를 널리 보급하기 위하여 훈민정음의 제자 원리를 이론화하고 성리학적인 근거를 부여하는 데에 힘을 썼다. 곧, 최만리 등의 상소 사건을 통하여 사대부들이 훈민정음에 대하여 취하였던 부정적인 인식과 태도를 파악하였으므로, 이를 극복하는 적극적인 방법으로 훈민정음 글자에 대한 '종합 해설서'를 발간하기로 하였는데, 이것이 곧 『훈민정음 해례본』이다.

그리고 새로운 글자를 창제하고 반포하는 데에 그치는 것이 아니라, 실제로 백성들이 널리 사용할 수 있도록 하기 위하여 여러 가지 뒷받침 사업을 진행하였다. 이를 위하여 세종은 새로운 문자인 훈민정음을 이용하여 국어의 입말을 실제로 문장의 단위로 적어서 그 실용성을 시험하는 작업을 수행하였다. 그 첫 번째 노력으로 『용비어천가(龍飛御天歌)』의 노랫말을 훈민정음으로 지어서 간행하였는데, 이로써 훈민정음 글자로써 국어의 입말을 실제로 적을 수 있는 가능성을 보였다. 그리고 소헌왕후 심씨가 사망함에 따라서 세종은 왕후의 명복을 빌기 위하여 아들인 수양대군(首陽大君)으로 하여금 석가모니의 연보(年譜)를 훈민정음으로 번역하여 『석보상절(釋譜詳節)』을 편찬하게 하였다. 이어서 『석보상절』의 내용을 바탕으로 『월인천강지곡(月印千江之曲)』을 직접 지어서 간행하였다. 이로써 국어의 입말을 훈민정음으로써 완벽하게 구현할 수 있음을 보였다. 그리고 한문본인 『훈민정음 해례본』의 내용 중에서 '어제 서(御製 序)'와 예의(例義)를 훈민정음으로 번역한 것도 대략 이 무렵의 일인 것으로 추정된다.

세종이 승하한 후에 문종(文宗), 단종(端宗)에 이어서 세조(世祖)가 즉위하였는데, 1458년(세조 3년)에 세조의 맏아들인 의경세자(懿敬世子)가 요절하였다. 이에 세조는 1459년(세조 4년)에 부왕인 세종(世宗)과 세종의 정비인 소헌왕후 심씨, 그리고 요절한 의경세자의 명복을 빌기 위하여 『월인석보(月印釋譜)』를 편찬하였다. 그리고 어린 조카 단종을

폐위하고 왕위에 오른 후에, 단종을 비롯하여 자신의 집권에 반기를 든 수많은 신하를 죽인 업보에 대한 인간적인 고뇌를 불법의 힘으로 씻어 보려는 것도 『월인석보』를 편찬한 간접적인 동기였다.

『월인석보』는 세종이 지은 『월인천강지곡(月印千江之曲)』의 내용을 본문으로 먼저 싣고, 그에 대응되는 『석보상절(釋譜詳節)』의 내용을 붙여 합편하였다. 합편하는 과정에서 책을 구성하는 방법이나 한자어 표기법, 그리고 내용도 원본인 『월인천강지곡』이나 『석보상절』과 부분적으로 차이를 보인다. 예를 들어서 『월인천강지곡』에서는 한자음을 표기할 때 '씨時'처럼 한글을 큰 글자로 제시하고, 한자를 작은 글자로써 한글의 오른쪽에 병기하였다. 반면에 『월인석보』에서는 '時씽'처럼 한자를 큰 글자로써 제시하고 한글을 작은 글자로써 한자의 오른쪽에 병기하였다. 그리고 종성이 없는 한자음을 한글로 표기할 때에 『월인천강지곡』에서는 '씨時'처럼 종성 글자를 표기하지 않았는데, 『월인석보』에서는 '동국정운(東國正韻)식 한자음의 표기법'에 따라서 '時씽'처럼 종성의 자리에 음가가 없는 'ㅇ' 글자를 종성의 위치에 달았다. 이러한 차이는 『월인천강지곡』과 『석보상절』을 합본하여 『월인석보』를 편찬하는 과정에서 어쩔 수 없이 한자음을 표기하는 방법을 통일하였기 때문에 일어났다.

『월인석보』는 원간본인 1, 2, 7, 8, 9, 10, 12, 13, 14, 15, 17, 18, 23권과 중간본(重刊本)인 4, 21, 22권 등이 남아 있다. 그 당시에 발간된 책이 모두 발견된 것은 아니어서, 당초에 전체 몇 권으로 편찬하였는지 알 수가 없다.

『석보상절』, 『월인천강지곡』, 『월인석보』의 편찬은 세종 말엽에서 세조 초엽까지 약 13년 동안에 이룩된 사업이다. 따라서 그 최종 사업인 『월인석보』는 석가모니의 일대기를 기술하는 사업을 완결 짓는 결정판이다. 따라서 『월인석보』는 『석보상절』, 『월인천강지곡』과 더불어 훈민정음(訓民正音)이 창제된 이후 제일 먼저 나온 불경 번역서로서의 가치가 있다. 그리고 세종과 세조 당대에 쓰였던 자연스러운 말과 글의 모습이 잘 반영되어 있어서, 중세 국어나 국어사를 연구하는 데에도 매우 귀중한 가치가 있는 문헌으로 평가받고 있다.

『월인석보 제이』의 해제

『월인석보 제이』는 서강대학교에서 소장 중인 초간본이다. 원래 『월인석보 제이』는 『월인석보 제일』과 합본되어 있다. 그리고 『월인석보 제일』의 앞에는 '세종 어제 훈민정음(世宗御製訓民正音)', '석보상절 서(釋譜詳節 序)', '어제 월인석보 서(御製月印釋譜序)' 등 3편의 독립된 글이 첨부되어 있다. 따라서 '세종 어제 훈민정음', '석보상절 서', '월인석보 서', 『월인석보 제일』, 『월인석보 제이』가 모두 한 책으로 묶여 있다. 『월인석보 제이』는 총 79장에 이르는데, 『월인천강지곡』의 기십(其十)에서 기이십구십(其二十九)까지의 운문 내용과 그에 대응되는 『석보상절』의 산문 내용을 합쳐서 실었다. 『월인석보 제이』에서는 석가모니의 아버지인 정반왕의 가계(家繼)를 상세히 설명하고, 석가모니의 출생(前生)에 관련된 일, 그리고 서천(西天)의 불교가 중국에 전파된 과정의 일을 설명했다.

석가모니의 101세(第百一 世)의 조상이 되는 왕이 고마왕(鼓摩王)이었다. 고마왕의 아들인 니루(尼樓)가 이복 형제인 장생(長生)의 어머니의 모함을 받아서, 고마왕의 나라를 떠나서 그를 따른 백성들과 함께 설산(雪山)으로 옮아서 새로운 나라를 세웠다. (이 나라가 먼 훗날에 정반왕이 다스리는 가비라국이 된다.) 석가모니가 도솔천에서 보처(補處)로 계실 때에, 부처가 되기 위하여 태어날 나라를 천신(天神)들과 의논하였는데, 석가모니는 가비라국(迦毗羅國)에서 정반왕(淨飯王)의 왕비인 마야부인(摩耶夫人)의 몸에서 태어나겠다고 정하였다. 석가모니가 마야부인의 몸에 들어서 태중에 있을 때에, 온 하늘과 땅에 여러 가지의 신기한 일이 많이 일어났다. 열 달이 지나서 석가모니는 비람원(毘藍園)에서 마야부인의 오른쪽 옆구리로 태어났는데, 이때에도 온 하늘과 땅에서 온갖 상서로운 일이 일어났다. 석가모니 부처의 일이 멀리 중국의 주(周)나라 소왕(昭王) 때에 처음으로 중국에 전해졌고, 그 뒤에 1,807년이 지나서 진단국(震旦國)의 재동제군(梓潼帝君)과 후한(後漢) 명제(明帝)가 겪었던 일을 통해서, 석가모니의 불교가 동방의 중국에까지 전래되어 널리 퍼지게 되었다.

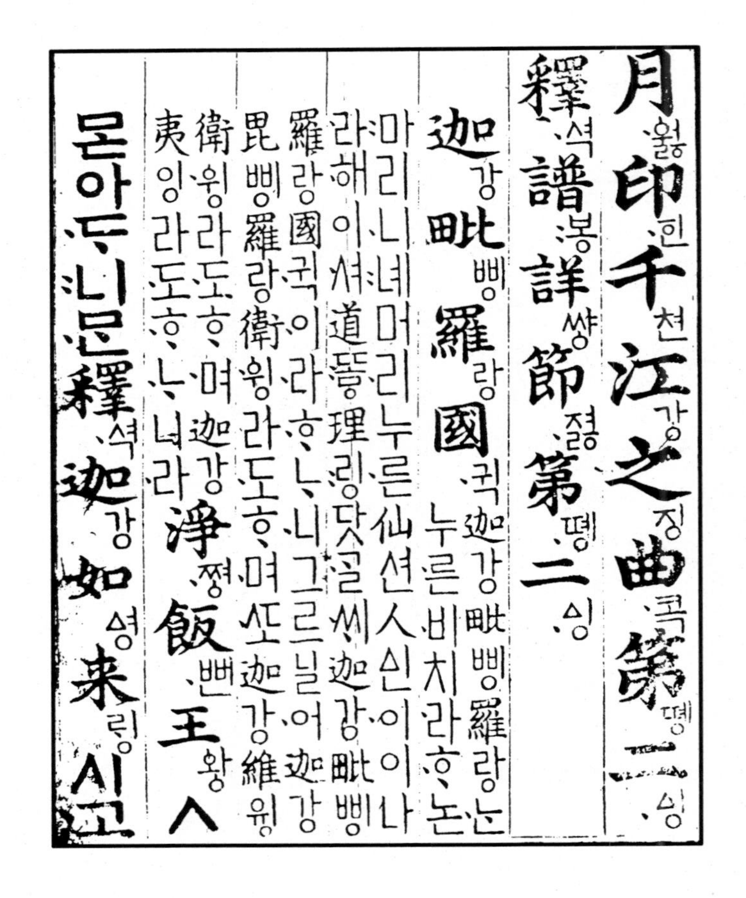

月(웛)印(힌)千(쳔)江(강)之(징)曲(콕)第(똉)二(싱)

釋(셕)譜(봉)詳(썅)節(졇)第(똉)二(싱)

迦(강)毗(삥)羅(랑)國(귁) 迦(강)毗(삥)羅(랑)논 누른 비치라 ᄒᆞ논 마리니 녜 머리 누른 仙(션)人(신)이 이 나라해 이셔 道(똫)理(링) 닷ᄀᆞᆯ씨 迦(강)毗(삥)羅(랑)國(귁)이라 ᄒᆞᄂᆞ니 그르 닐어 迦(강)毗(삥)羅(랑)衛(윙)라도 ᄒᆞ며 또 迦(강)維(윙)衛(윙)라도 ᄒᆞ며 迦(강)夷(잉)라도 ᄒᆞᄂᆞ니라 淨(쪙)飯(뻔)王(왕)ㅅ ᄆᆞᆮ아ᄃᆞ니ᄆᆞᆫ 釋(셕)迦(강)如(셩)來(링)시고

月印千江之曲(월인천강지곡) 第二(제이)

釋譜詳節(석보상절) 第二(제이)

迦毗羅國(가비라국)【迦毗羅(가비라)는 누른 빛이라 하는 말이니, 옛날에 머리가 누른 仙人(선인)이 이 나라에 있어서 道理(도리)를 닦으므로 迦毗羅國(가비라국)이라 하나니, 잘못 말해서 迦毗羅衛(가비라위)라고도 하며, 또 迦維衛(가유위)라고도 하며, 迦夷(가이)라고도 하느니라.】 淨飯王(정반왕)의 맏아드님은 釋迦如來(석가여래)이시고

月웛印힌千쳔江강之징曲콕 第똉二싱
釋셕譜봉詳썅節졇 第똉二싱

迦강毗뼁羅랑國귁【迦강毗뼁羅랑ᄂᆞᆫ 누른[1] 비치라[2] ᄒᆞ논[3] 마리니 녜[4] 머리 누른 仙션人신이 이 나라해 이셔[5] 道똫理링 닷ᄀᆞᆯᄊᆡ[6] 迦강毗뼁羅랑國귁이라 ᄒᆞᄂᆞ니 그르[7] 닐어[8] 迦강毗뼁羅랑衛윙라도 ᄒᆞ며 ᄯᅩ 迦강維윙衛윙라도 ᄒᆞ며 迦강夷잉라도[9] ᄒᆞᄂᆞ니라】 淨쪙飯뻔王왕[10]ㅅ ᄆᆞᆮ아ᄃᆞ니ᄆᆞᆫ[11] 釋셕迦강如셩來링시고[12]

---

1) 누른: 누르(누르다, 黃)- + -Ø(현시)- + -ㄴ(관전)
2) 비치라: 빛(빛, 光) + -이(서조)- + -Ø(현시)- + -라(← -다: 평종)
3) ᄒᆞ논: ᄒᆞ(하다, 曰)- + -ㄴ(← -ᄂᆞ-: 현시)- + -오(대상)- + -ㄴ(관전)
4) 녜: 옛날, 昔(명사)
5) 나라해 이셔: 나라ㅎ(나라, 國) + -애(-에: 부조, 위치) # 이시(있다, 在)- + -어(연어)
※ '-애 이셔'는 '-에서'로 옮긴다.
6) 닷ᄀᆞᆯᄊᆡ: 닭(닦다, 修)- + -ᄋᆞᆯᄊᆡ(-므로: 연어, 이유)
7) 그르: [그릇, 誤(부사): 그르(그르다, 誤: 형사)- + -Ø(← -이: 부접)]
8) 닐어: 닐(← 니르다: 이르다, 말하다, 曰)- + -어(연어)
9) 迦夷라도: 迦夷(가이: 지명) + -Ø(← -이-: 서조)- + -Ø(현시)- + -라(← -다: 평종) + -도(보조사, 마찬가지)
10) 淨飯王: 정반왕. 기원전 6세기 무렵 인도 가비라국(迦毗羅國)의 임금이던 사자협왕(師子頰王)의 첫째 아들이다. 석가모니의 아버지이다.
11) ᄆᆞᆮ아ᄃᆞ니ᄆᆞᆫ: ᄆᆞᆮ아ᄃᆞ님[맏아드님, 長子: ᄆᆞᆮ(맏이, 昆: 명사) + 아ᄃᆞ(← 아ᄃᆞᆯ: 아들, 子, 명사) + -님(높접)] + -ᄋᆞᆫ(보조사, 주제)
12) 釋迦如來시고: 釋迦如來(석가여래) + -Ø(← -이-: 서조)- + -시(주높)- + -고(연어, 나열) ※ '석가(釋迦)'는 북인도에 살고 있던 '샤키아(Śākya)'라 불리는 한 부족의 총칭이다. 그리고 '여래(如來)'는 지금까지의 부처들과 같은 길을 걸어서 열반의 피안에 간 사람, 또는 진리에 도달한 사람이라는 뜻이 된다. 따라서 여래는 '여실히 오는 자', '진여(眞如)에서 오는 자'라는 뜻이며, 진여 세계에서 와서 진여를 깨치고 여실한 교화 활동 등의 생활을 한 뒤에 사라져 가는 이로서, 부처와 같은 뜻을 가진 말이다.

淨쪙飯뻔은 조타 혼 ᄠᅳ디라 아ᅀᆞ아ᄃᆞ니ᄆᆞᆫ 難난陁
땅ㅣ라 淨쪙飯뻔王왕ㅅ 아ᅀᆞ니ᄆᆞᆫ 白
뽁飯뻔王왕과 斛훅飯뻔王왕과 甘감
露롱飯뻔王왕이라 白뽁飯뻔王왕ㅅ
ᄆᆞᆮ아ᄃᆞᄅᆞᆫ 調뚕達ᄄᆞᇙ이오 아ᅀᆞ아ᄃᆞᄅᆞᆫ
阿항難난이라 斛훅飯뻔王왕ㅅ ᄆᆞᆮ아
ᄃᆞᄅᆞᆫ 摩망訶항男남이오 아ᅀᆞ아ᄃᆞᄅᆞᆫ

【 淨飯(정반)은 '맑다'고 한 뜻이다. 】 작은아드님은 難陁(난타)이다. 淨飯王(정반왕)의 아우님은 白飯王(백반왕)과 斛飯王(곡반왕)과 甘露飯王(감로반왕)이다. 白飯王(백반왕)의 맏아들은 調達(조달)이요 작은아들은 阿難(아난)이다. 斛飯王(곡반왕)의 맏아들은 摩訶男(마가남)이요 작은아들은

【淨쪙飯뻔은 조타[13] 혼[14] ᄠᅳ디라】 아ᅀᆞ아ᄃᆞ니ᄆᆞᆫ[15] 難난陁땅ㅣ라[16] 淨쪙飯뻔王왕ㅅ 아ᅀᆞ니ᄆᆞᆫ[17] 白ᄈᆡᆨ飯뻔王왕[18]과 斛ᅘᅩᆨ飯뻔王왕[19]과 甘감露롱飯뻔王왕[20]이라 白ᄈᆡᆨ飯뻔王왕ㅅ ᄆᆞᆮ아ᄃᆞ른[21] 調뚈達ᄄᆞᇙ[22]이오 아ᅀᆞ아ᄃᆞ른[23] 阿항難난[24]이라 斛ᅘᅩᆨ飯뻔王왕ㅅ ᄆᆞᆮ아ᄃᆞ른 摩망訶항男남[25]이오 아ᅀᆞ아ᄃᆞ른

---

13) 조타: 좋(맑다, 깨끗하다, 淨)- + -Ø(현시)- + -다(평종)

14) 혼: ㅎ(← ᄒᆞ다: 하다, 曰)- + -Ø(과시)- + -오(대상)- + -ㄴ(관전)

15) 아ᅀᆞ아ᄃᆞ니ᄆᆞᆫ: 아ᅀᆞ아ᄃᆞ님[작은아드님, 次男: 아ᅀᆞ(동생, 弟) + 아ᄃᆞ(← 아ᄃᆞᆯ: 아들, 子) + -님(높접)] + -ᄋᆞᆫ(보조사, 주제)

16) 難陁ㅣ라: 難陁(난타) + -ㅣ(← -이-: 서조)- + -Ø(현시)- + -라(← -다: 평종) ※ '難陁(난타)'는 석가모니의 배다른 동생이다. 석가모니 부처에게 귀의하여 아라한과(阿羅漢果)의 자리를 얻었다.

17) 아ᅀᆞ니ᄆᆞᆫ: 아ᅀᆞ님[아우님, 弟: 아ᅀᆞ(아우, 弟) + -님(높접)] + -ᄋᆞᆫ(보조사)

18) 白飯王: 백반왕. 사자협왕(師子頰王)의 둘째 아들이다.

19) 斛飯王: 곡반왕. 사자협왕(師子頰王)의 셋째 아들이다.

20) 甘露飯王: 감로반왕. 사자협왕(師子頰王)의 넷째인 막내아들이다.

21) ᄆᆞᆮ아ᄃᆞ른: ᄆᆞᆮ아ᄃᆞᆯ[맏아들, 長子: ᄆᆞᆮ(맏이, 昆: 명사) + 아ᄃᆞᆯ(아들, 子: 명사)] + -ᄋᆞᆫ(보조사, 주제)

22) 調達: 조달. 석가모니의 사촌동생이다.(?~?) 출가하여 석가모니의 제자가 되었다가, 그 뒤에 이반(離反)하여 불교 교단에 대항하였다고 한다.

23) 아ᅀᆞ아ᄃᆞ른: 아ᅀᆞ아ᄃᆞᆯ[작은아들: 아ᅀᆞ(동생, 弟) + 아ᄃᆞᆯ(아들, 子)] + -ᄋᆞᆫ(보조사, 주제)

24) 阿難: 아난. 석가모니의 사촌 동생이며 석가모니의 십대 제자 가운데 한 사람(?~?)이다. 십육 나한의 한 사람으로, 석가모니 열반 후에 경전 결집에 중심이 되었다. 자신의 어머니인 대애도(大愛道)를 출가할 수 있도록 함으로써 여인이 출가할 수 있는 길을 열었다.

25) 摩訶男: 마하남. 부처의 제자로 5비구의 한 사람이다. 부처가 성도할 때에 부처께 맨 처음 교화를 받았다.

阿항那낭律ᄅᆞᆶ이라甘감露롱飯뻔王
왕ㅅ ᄆᆞᆮ아ᄃᆞᄅᆞᆫ娑상婆빵ㅣ오아ᅀᆞ아
ᄃᆞᄅᆞᆫ跋빯提똉오ᄯᆞᄅᆞᆫ甘감露롱味밍
라如셩来링ㅅ아ᄃᆞ니ᄆᆞᆫ羅랑睺ᅘᅮᇢ羅
랑ㅣ라 羅랑睺ᅘᅮᇢ羅랑ᄂᆞᆫ阿항脩ᅀᅲᇢ羅
랑ㅅ 일후미니 ᄀᆞ리오다혼 ᄠᅳ
디니 손바닥ᄋᆞᆯ 드러 ᄒᆡᄃᆞᄅᆞᆯ ᄀᆞ리와ᄃᆞᆫ
日ᅀᅵᇙ月웛食씩ᄒᆞᄂᆞ니라俱궁夷잉이
아ᄃᆞᆯ 나ᄒᆞ싫時씽節졇에羅랑睺ᅘᅮᇢ
羅랑阿항修ᅀᅲᇢ羅랑王왕이月웛食씩

阿那律(아나율)이다. 甘露飯王(감로반왕)의 맏아들은 娑婆(사바)이요 작은 아들은 跋提(발제)요 딸은 甘露味(감로미)이다. 如來(여래)의 아드님은 羅睺羅(라후라)이다. 【 羅睺羅(라후라)는 阿脩羅(아수라)의 이름이니 '가리게 하였다'라고 한 뜻이니, 손바닥을 들어 해달을 가리게 하거든 日月食(일월식)을 하느니라. 俱夷(구이)가 이 아들을 나으실 時節(시절)에 羅睺羅(라후라) 阿修羅王(아수라왕)이 月食(월식)하게

阿ᅙᅡᆼ那낭律류ᇙ[26]이라 甘감露롱飯뻔王왕ㅅ ᄆᆞᆮ아ᄃᆞᄅᆞᆫ 娑상婆빵[27]ㅣ오 아ᅀᆞ 아ᄃᆞᄅᆞᆫ 跋빯提뗑[28]오 ᄯᆞᄅᆞᆫ[29] 甘감露롱味밍[30]라 如ᅀᅧᆼ來링ㅅ 아ᄃᆞ니ᄆᆞᆫ 羅랑睺ᅘᅮᇢ羅랑[31]ㅣ라【羅랑睺ᅘᅮᇢ羅랑ᄂᆞᆫ 阿ᅙᅡᆼ脩슣羅랑[32]ㅅ 일후미니 ᄀᆞ리오다[33] 혼 ᄠᅳ디니 ᄉᆞᇇ바다ᄋᆞᆯ[34] 드러 히ᄃᆞᄅᆞᆯ[35] ᄀᆞ리와ᄃᆞᆫ[36] 日ᅀᅵᇙ月ᅌᅯᇙ食씩[37] ᄒᆞᄂᆞ니라[38] 俱궁夷잉[39] 이 아ᄃᆞᄅᆞᆯ 나ᄒᆞ싫[40] 時씽節졇에 羅랑睺ᅘᅮᇢ羅랑 阿ᅙᅡᆼ修슣羅랑王왕이 月ᅌᅯᇙ食씩ᄒᆞ게

---

26) 阿那律: 아나율. 석가의 10대 제자 중의 한 사람이다. 육안(肉眼)을 못쓰는 대신에 천안(天眼)이 열려서 '천안제일'이라고 불렸다.
27) 娑婆: 사바. 감로반왕(甘露飯王)의 맏아들이며, 석가모니의 사촌 동생이다.
28) 跋提: 발제. 감로반왕(甘露飯王)의 작은아들이며, 석가모니의 사촌 동생이다.
29) ᄯᆞᄅᆞᆫ: ᄯᆞᆯ(딸, 女息) + -ᄋᆞᆫ(보조사, 주제)
30) 甘露味: 감로미. 감로반왕(甘露飯王)의 딸이며, 석가모니의 사촌 누이이다.
31) 羅睺羅: 라후라. 석가여래(釋迦如來)의 아들이다. 어머니는 구이(俱夷)이다. 석가(釋迦)가 성도(成道)한 뒤에 출가(出家)하여 제자가 되어서 석가의 큰 열 제자 가운데 한 사람이다. 밀행(密行)에 제일이며, '라호(羅怙)'라고도 한다.
32) 阿脩羅: 아수라. 팔부중(八部衆)의 하나이다. 싸우기를 좋아하는 귀신으로, 항상 제석천(帝釋天)과 싸움을 벌인다.
33) ᄀᆞ리오다: ᄀᆞ리오[가리우다, 가리게 하다: ᄀᆞ리(가리다, 蔽: 타동)- + -오(사접)-]- + -Ø(과시)- + -다(평종)
34) ᄉᆞᇇ바다ᄋᆞᆯ: ᄉᆞᇇ바당[손바닥: ᄉᆞᆫ(손, 手) - ㅅ(관조, 사잇) + 바당(바닥, 面)] + -ᄋᆞᆯ(목조)
35) 히ᄃᆞᄅᆞᆯ: 히ᄃᆞᆯ(해달, 日月): 히(해, 日) + ᄃᆞᆯ(달, 月)] + -ᄋᆞᆯ(목조)
36) ᄀᆞ리와ᄃᆞᆫ: ᄀᆞ리오[가리게 하다: ᄀᆞ리(가리다, 蔽: 타동)- + -오(사접)-] + -아ᄃᆞᆫ(-거든: 연어, 조건)
37) 日月食: 일월식. 일식(日食)과 월식(月食)을 아울러서 이르는 말이다.
38) ᄒᆞᄂᆞ니라: ᄒᆞ(하다, 爲)- + -ᄂᆞ(현시)- + -니(원칙)- + -라(← -다: 평종)
39) 俱夷: 俱夷(구이: 인명) + -Ø(← -이: 주조) ※ '俱夷(구이)'는 석가모니가 출가하기 전에 싯타르타 태자(悉達太子)인 시절에 결혼한 아내이다.
40) 나ᄒᆞ싫: 낳(낳다, 産)- + -ᄋᆞ시(주높)- + -ᇙ(관전)

[2 뒤]

ᄒᆞ게 ᄒᆞᆯᄊᆡ 釋셕種죵 아ᅀᆞᆷᄃᆞᆯ히 모다 議
읭論론ᄒᆞ듸 羅랑睺ᅘᅮᇢ羅랑ㅣ 月웛食
씩ᄒᆞᇙ ᄢᅴ예 이 아ᄃᆞ리 나니라 ᄒᆞ야 그
럴ᄊᆡ 일후믈 羅랑睺ᅘᅮᇢ羅랑ㅣ라 ᄒᆞ
니라 釋셕은 淨쪙飯뻔王왕ㅅ 姓셩이
시고 種죵ᄋᆞᆫ ᄡᅵ라 ᄒᆞᆫ 마리니 釋셕種죵
ᄋᆞᆫ 釋셕氏씽ㅅ 一ᅙᅵᇙ門몬이라 淨쪙飯뻔王왕ㅅ 우ᄒᆞ
로 온 뉘짜히 鼓공摩망王왕이러시니
못 처ᅀᅥᆷ 셔신 王왕ㅅ 일후믄 摩망訶항
三삼摩망多당ㅣ오 摩망訶항三삼摩
망多당ㅅ 아ᄃᆞᆯ일후믄 珍딘寶봉 珍딘
寶봉ㅅ 아ᄃᆞᆯ 好ᅘᅩᇢ味밍 好ᅘᅩᇢ味밍ㅅ 아

하므로, 釋種(석종)의 친척들이 모여서 議論(의논)하되, "羅睺羅(라후라)가 月食(월식)할 때에 이 아들이 났니라." 하여, 그러므로 이름을 羅睺羅(라후라)라고 붙였니라. 釋(석)은 淨飯王(정반왕)의 姓(성)이시고 種(종)은 씨라 한 말이니, 釋種(석종)은 釋氏(석씨)의 一門(일문)이다.】 淨飯王(정반왕)의 위로 백 세대째가 鼓摩王(고마왕)이시더니,【 제일 처음 서신 王(왕)의 이름은 摩訶三摩多(마하삼마다)이요, 摩訶三摩多(마하삼마다)의 아들 이름은 珍寶(진보), 珍寶(진보)의 아들은 好味(호미), 好味(호미)의 아들은

ᄒᆞᆯᄊᆡ 釋셕種죵 아ᅀᆞᆷᄃᆞᆯ히[41] 모다[42] 議읭論론ᄒᆞ오ᄃᆡ[43] 羅랑睺ᅘᅮᇢ羅랑ㅣ 月ᅌᅯᇙ食씩ᄒᆞᆯ ᄆᆞᄃᆡ예[44] 이 아ᄃᆞ리 나니라[45] ᄒᆞ야 그럴ᄊᆡ[46] 일후믈 羅랑睺ᅘᅮᇢ羅랑ㅣ라 지ᅀᅳ니라[47] 釋셕은 淨쪙飯뻔王왕ㅅ 姓셩이시고 種죵은 ᄡᅵ라[48] ᄒᆞᆫ 마리니 釋셕種죵은 釋셕氏씽ㅅ 一ᅙᅵᇙ門몬이라[49]】 淨쪙飯뻔王왕ㅅ 우흐로[50] 온[51] 뉘ᄧᅡ히[52] 鼓공摩망王왕이러시니[53]【ᄆᆞᆺ[54] 처ᅀᅥᆷ[55] 셔신 王왕ㅅ 일후믄 摩망訶항三삼摩망多당ㅣ오 摩망訶항三삼摩망多당ㅅ 아ᄃᆞᆯ 일후믄 珍딘寶볼 珍딘寶볼ㅅ 아ᄃᆞᆯ 好ᅘᅩᇢ味밍 好ᅘᅩᇢ味밍ㅅ 아ᄃᆞᆯ

---

41) 아ᅀᆞᆷᄃᆞᆯ히: 아ᅀᆞᆷᄃᆞᆶ[친척들: 아ᅀᆞᆷ(친척, 親戚) + -ᄃᆞᆶ(-들: 복접)] + -이(주조)
42) 모다: 몯(모이다, 集)- + -아(연어)
43) 議論ᄒᆞ오ᄃᆡ: 議論ᄒᆞ[← 議論ᄒᆞ다(의논하다: 동사): 議論(의논: 명사) + -ᄒᆞ(동접)-]- + -오ᄃᆡ(연어, 설명 계속)
44) ᄆᆞᄃᆡ예: ᄆᆞᄃᆡ(마디, 때, 時) + -예(← -에: 부조, 위치)
45) 나니라: 나(나다, 生)- + -Ø(과시)- + -니(원칙)- + -라(← -다: 평종)
46) 그럴ᄊᆡ: [그러므로(부사, 접속): 그러(그러: 불어) + -Ø(← -ᄒᆞ-: 형접)- + -ㄹᄊᆡ(-므로: 연어 ▻부접)]
47) 지ᅀᅳ니라: 짛(이름 붙이다, 名)- + -Ø(과시)- + -으니(원칙)- + -라(← -다: 평종)
48) ᄡᅵ라: ᄡᅵ(씨, 種) + -Ø(← -이-: 서조)- + -Ø(현시)- + -라(← -다: 평종)
49) 一門이라: 一門(일문, 한 가문) + -이(서조)- + -Ø(현시)- + -라(← -다: 평종)
50) 우흐로: 우ㅎ(위, 上) + -으로(부조, 방향)
51) 온: 백, 百(관사, 양수)
52) 뉘ᄧᅡ히: [세상째: 뉘(세대, 때, 세상, 世) + -ᄧᅡ히(← 자히: -째, 접미, 서수)]
53) 鼓摩王이러시니: 鼓摩王(고마왕) + -이(서조)- + -러(← -더-: 회상)- + -시(주높)- + -니(연어, 설명의 계속)
54) ᄆᆞᆺ: 제일, 가장, 最(부사)
55) 처ᅀᅥᆷ: [처음, 初(명사): 처ᇫ(← 첫: 첫, 관사, 서수) + -엄(명접)]

靜衰(정쇠), 靜衰(정쇠)의 아들은 頂生(정생), 頂生(정생)의 아들은 善行(선행), 善行(선행)의 아들은 宅行(택행), 宅行(택행)의 아들은 妙味(묘미), 妙味(묘미)의 아들은 味帝(미제), 味帝(미제)의 아들은 外仙(외선), 外仙(외선)의 아들은 百智(백지), 白智(백지)의 아들은 嗜欲(기욕), 嗜欲(기욕)의 아들은 善欲(선욕), 善欲(선욕)의 아들은 斷結(단결), 斷結(단결)의 아들은 大斷結(대단결), 大斷結(대단결)의 아들은 寶藏(보장), 寶藏(보장)의 아들은 大寶藏(대보장), 大寶藏(대보장)의 아들은 善見(선견), 善見(선견)의 아들은 大善見(대선견), 大善見(대선견)의 아들은 無憂(무우), 無憂(무우)의 아들은 洲渚(주저), 洲渚(주저)의 아들은

靜쪙衰숑 靜쪙衰숑ㅅ 아ᄃᆞᆯ 頂뎡生싱 頂뎡生싱ㅅ 아ᄃᆞᆯ 善쎤行ᅘᆡᇰ 善쎤行ᅘᆡᇰㅅ 아ᄃᆞᆯ 宅ᄄᆡᆨ行ᅘᆡᇰ 宅ᄄᆡᆨ行ᅘᆡᇰㅅ 아ᄃᆞᆯ 妙묠味밍 妙묠味밍ㅅ 아ᄃᆞᆯ 味밍帝뎽 味밍帝뎽ㅅ 아ᄃᆞᆯ 外욍仙션 外욍仙션ㅅ 아ᄃᆞᆯ 百빅智딩 百빅智딩ㅅ 아ᄃᆞᆯ 嗜씽欲욕 嗜씽欲욕ㅅ 아ᄃᆞᆯ 善쎤欲욕 善쎤欲욕 아ᄃᆞᆯ 斷돤結곓 斷돤結곓ㅅ 아ᄃᆞᆯ 大땡斷돤結곓 大땡斷돤結곓ㅅ 아ᄃᆞᆯ 寶볼藏짱 寶볼藏짱ㅅ 아ᄃᆞᆯ 大땡寶볼藏짱 大땡寶볼藏짱ㅅ 아ᄃᆞᆯ 善쎤見견 善쎤見견ㅅ 아ᄃᆞᆯ 大땡善쎤見견 大땡善쎤見견ㅅ 아ᄃᆞᆯ 無뭉憂ᅙᅲᇢ 無뭉憂ᅙᅲᇢㅅ 아ᄃᆞᆯ 洲즇渚졍 洲즇渚졍ㅅ 아ᄃᆞᆯ

ᄃᆞᆯ殖씩生싱ㅅ殖씩生싱ㅅ아ᄃᆞᆯ山산岳
악山산岳악ㅅ아ᄃᆞᆯ神씬天텬神씬天
텬ㅅ아ᄃᆞᆯ進진力륵進진力륵ㅅ아ᄃᆞᆯ
牢롷車겅牢롷車겅ㅅ아ᄃᆞᆯ十씹車겅
十씹車겅ㅅ아ᄃᆞᆯ百ᄇᆡᆨ車겅百ᄇᆡᆨ車겅
ㅅ아ᄃᆞᆯ牢롷弓궁牢롷弓궁ㅅ아ᄃᆞᆯ十
씹弓궁十씹弓궁ㅅ아ᄃᆞᆯ百ᄇᆡᆨ弓궁百
ᄇᆡᆨ弓궁ㅅ아ᄃᆞᆯ養양枝징養양枝징ㅅ
아ᄃᆞᆯ善썬思ᄉᆞᆼ善썬思ᄉᆞᆼ王왕後ᅘᅮᇢ로
열轉뒨輪륜聖셩王왕이나시니伽꺙
㝹눙遮쟝王왕ᄋᆞᆫ子ᄌᆞᆼ孫손이五옹轉
뒨輪륜聖셩王왕이오多당羅랑業업
王왕ᄋᆞᆫ子ᄌᆞᆼ孫손이五옹轉뒨輪륜聖
셩王왕이오阿항葉엽摩망王왕ᄋᆞᆫ子

殖生(식생), 殖生(식생)의 아들은 山岳(산악), 山岳(산악)의 아들은 神天(신천), 神天(신천)의 아들은 進力(진력), 進力(진력)의 아들은 牢車(견거), 牢車(견거)의 아들은 十車(십거), 十車(십거)의 아들은 百車(백거), 百車의 아들은 牢弓(뇌궁), 牢弓(뇌궁)의 아들은 十弓(십궁), 十弓(십궁)의 아들은 百弓(백궁), 百弓(백궁)의 아들은 養枝(양지), 養枝(양지)의 아들은 善思(선사)이다. 善思王(선사왕)의 後(후)로 열 轉輪聖王(전륜성왕)이 나시니, 伽㝹遮王(가누차왕)은 子孫(자손)이 五 轉輪聖王(오 전륜성왕)이요, 多羅業王(다라업왕)은 子孫(자손)이 五 轉輪聖王(오 전륜성왕)이요, 阿葉摩王(아엽마왕)은

殖씩生싱 殖씩生싱ㅅ 아ᄃᆞᆯ 山산岳악 山산岳악ㅅ 아ᄃᆞᆯ 神씬天텬 神씬天텬ㅅ 아ᄃᆞᆯ 進진力륵 進진力륵ㅅ 아ᄃᆞᆯ 牢롷車겅 牢롷車겅ㅅ 아ᄃᆞᆯ 十씹車겅 十씹車겅ㅅ 아ᄃᆞᆯ 百ᄇᆡᆨ車겅 百ᄇᆡᆨ車겅ㅅ 아ᄃᆞᆯ 牢롷弓궁 牢롷弓궁ㅅ 아ᄃᆞᆯ 十씹弓궁 十씹弓궁ㅅ 아ᄃᆞᆯ 百ᄇᆡᆨ弓궁 百ᄇᆡᆨ弓궁ㅅ 아ᄃᆞᆯ 養양枝징 養양枝징ㅅ 아ᄃᆞᆯ 善쎤思ᄉᆞᆼ 善쎤思ᄉᆞᆼ王왕 後ᅘᅮᇢ로 열 轉둰輪륜聖셩王왕[56]이 나시니 伽꺙㝹늏遮쟝王왕ᄋᆞᆫ 子ᄌᆞᆼ孫손이 五옹轉둰輪륜聖셩王왕이오 多당羅랑業업王왕ᄋᆞᆫ 子ᄌᆞᆼ孫손이 五옹轉둰輪륜聖셩王왕이오 阿항葉엽摩망王왕ᄋᆞᆫ

56) 轉輪聖王: 전륜성왕. 고대 인도의 전기상의 이상적 제왕이다. 전륜왕 또는 윤왕이라고도 한다. 이 왕이 세상에 나타났을 때에는 하늘의 차륜이 출현하고, 왕은 이 차륜를 몰면서 무력을 이용하지 않고 전세계를 평정한다고 해서, 이 이름이 붙었다. 실제로 석가모니가 탄생할 때에 출가하면 부처가 되고, 속세에 있으면 전륜성왕이 된다는 예언을 받았다고 알려져 있다.

[4 앞]

ᄌᆞᆼ孫손이七칧轉뒨輪륜聖셩王왕이
오持띵地띵王왕ᄋᆞᆫ子ᄌᆞᆼ孫손이七칧
轉뒨輪륜聖셩王왕이오迦강陵릉迦
강王왕ᄋᆞᆫ子ᄌᆞᆼ孫손이九궁轉뒨輪륜
聖셩王왕이오瞻졈婆빵王왕ᄋᆞᆫ子ᄌᆞᆼ
孫손이十씹四ᄉᆞᆼ轉뒨輪륜聖셩王왕
이오拘궁羅랑婆빵王왕ᄋᆞᆫ子ᄌᆞᆼ孫손
이三삼十씹一힗轉뒨輪륜聖셩王왕
이오般반闍쌍羅랑王왕ᄋᆞᆫ子ᄌᆞᆼ孫손
이三삼十씹二ᅀᅵᆼ轉뒨輪륜聖셩王왕
이오弥밍私ᄉᆞᆼ羅랑王왕ᄋᆞᆫ子ᄌᆞᆼ孫손
이八밣萬먼四ᄉᆞᆼ千쳔轉뒨輪륜聖셩
王왕이오鼓공摩망王왕ᄋᆞᆫ子ᄌᆞᆼ孫손
이一힗百ᄇᆡᆨ轉뒨輪륜聖셩王왕이시

子孫(자손)이 七 轉輪聖王(칠 전륜성왕)이요, 持地王(지지왕)은 子孫(자손)이 七 轉輪聖王(칠 전륜성왕)이요, 迦陵迦王(가릉가왕)은 子孫(자손)이 九 轉輪聖王(구 전륜성왕)이요, 瞻婆王(첨파왕)은 子孫(자손)이 十四 轉輪聖王(십사 전륜성왕)이요, 拘羅婆王(구라파왕)은 子孫(자손)이 三十一 轉輪聖王(삼십일 전륜성왕)이요, 般闍羅王(반도라왕)은 子孫(자손)이 三十二 轉輪聖王(삼십이 전륜성왕)이요, 彌私羅王(미사라왕)은 子孫(자손)이 八萬四千 轉輪聖王(팔만사천 전륜성왕)이요, 鼓摩王(고마왕)은 子孫(자손)이 一百 轉輪聖王(일백 전륜성왕)이시니

子ᄌᆞᆼ孫손이 七칧 轉ᄃᆑᆫ輪륜聖셩王왕이오 持띵地띵王왕ᄋᆞᆫ 子ᄌᆞᆼ孫손이 七칧 轉ᄃᆑᆫ輪륜聖셩王왕이오 迦강陵릉迦강王왕ᄋᆞᆫ 子ᄌᆞᆼ孫손이 九구ᇹ 轉ᄃᆑᆫ輪륜聖셩王왕이오 瞻졈婆빵王왕ᄋᆞᆫ 子ᄌᆞᆼ孫손이 十씹四ᄉᆞᆼ 轉ᄃᆑᆫ輪륜聖셩王왕이오 拘궁羅랑婆빵王왕ᄋᆞᆫ 子ᄌᆞᆼ孫손이 三삼十씹一ᅙᅵᇙ 轉ᄃᆑᆫ輪륜聖셩王왕이오 般반闍썅羅랑王왕ᄋᆞᆫ 子ᄌᆞᆼ孫손이 三삼十씹二ᅀᅵᆼ 轉ᄃᆑᆫ輪륜聖셩王왕이오 彌밍私ᄉᆞᆼ羅랑王왕ᄋᆞᆫ 子ᄌᆞᆼ孫손이 八ᄇᆞᇙ萬먼四ᄉᆞᆼ千쳔 轉ᄃᆑᆫ輪륜聖셩王왕이오 鼓공摩망王왕ᄋᆞᆫ 子ᄌᆞᆼ孫손이 一ᅙᅵᇙ百ᄇᆡᆨ 轉ᄃᆑᆫ輪륜聖셩王왕이시니

니 鼓공摩망王왕後ᅘᇢ 아ᄒᆞᆫ네찻 王왕
이 大땡善쎤生싱이시고 大땡善쎤生
싱ㅅ 아ᄃᆞ님 懿ᅙᅴᆼ摩망王왕 懿ᅙᅴᆼ摩망
王왕ㅅ 아ᄃᆞ님 烏옹婆빵羅랑 烏옹婆
빵羅랑ㅅ 아ᄃᆞ님 淚륑婆빵羅랑 淚륑
婆빵羅랑ㅅ 아ᄃᆞ님 尼닝求꿓羅랑 尼
닝求꿓羅랑ㅅ 아ᄃᆞ님 師ᄉᆞᆼ子ᄌᆞᆼ頰겹
王왕이시니 淨쪙飯뻔王왕ㅅ 아바
니미시니라 鼓공摩망王왕ㄱ 위두ᄒᆞᆫ 夫붕
人ᅀᅵᆫㅅ 아ᄃᆞᆯ 長댱生ᄉᆡᆼ이 사오납고 녀
느 夫붕人ᅀᅵᆫ냇 아ᄃᆞᆯ 네히 照죻目목과

鼓摩王(고마왕) 後(후)에 아흔네째의 王(왕)이 大善生(대선생)이시고, 大善生(대선생)의 아드님은 懿摩王(의마왕), 懿摩王(의마왕)의 아드님은 烏婆羅(오파라), 烏婆羅(오파라)의 아드님은 淚婆羅(누파라), 淚婆羅(누파라)의 아드님은 尼求羅(니구라), 尼求羅(니구라)의 아드님은 師子頰王(사자협왕)이시니, 그가 淨飯王(정반왕)의 아버님이시니라.】 鼓摩王(고마왕)의 첫째 夫人(부인)의 아들인 長生(장생)이 사납고, 다른 夫人(부인)분들의 아들 넷이 照目(조목)과

鼓공摩망王왕 後ᅘᅳᇢ 아ᄒᆞᆫ네찻[57] 王왕이 大땡善썬生싱이시고 大땡善썬生싱ㅅ 아ᄃᆞ님 懿힁摩망王왕 懿힁摩망王왕ㅅ 아ᄃᆞ님 烏홍婆빵羅랑 烏홍婆빵羅랑ㅅ 아ᄃᆞ님 淚룅婆빵羅랑 淚룅婆빵羅랑ㅅ 아ᄃᆞ님 尼닝求꾸ᇢ羅랑 尼닝求꾸ᇢ羅랑ㅅ 아ᄃᆞ님 師ᄉᆞᆼ子ᄌᆞᆼ頰겹王왕이시니 긔[58] 淨쪙飯뻔王왕ㅅ 아바니미시니라[59]】 鼓공摩망王왕ㄱ[60] 위두ᄒᆞᆫ[61] 夫붕人신ㅅ 아ᄃᆞᆯ 長댱生싱이 사오납고[62] 녀느[63] 夫붕人신냇[64] 아ᄃᆞᆯ 네히[65] 照쭇目목과

57) 아ᄒᆞᆫ넷찻: 아ᄒᆞᆫ넷차[아흔네째(수사, 서수): 아ᄒᆞᆫ(아흔, 九十: 수사, 양수) + 네(← 네ㅎ: 네, 四, 수사, 양수) + -ㅅ(관조, 사잇) + -차(-째: 접미, 서수)] + -ㅅ(-의: 관조)

58) 긔: 그(그, 彼: 인대, 정칭) + -ㅣ(← -이: 주조)

59) 아바니미시니라: 아바님[아버님: 아바(← 아비: 아버지, 父) + -님(높접)] + -이(서조)- + -Ø(현시)- + -니(원칙)- + -라(← -다: 평종)

60) 鼓摩王ㄱ: 鼓摩王(고마왕: 인명) + -ㄱ(-의: 관조)

61) 위두ᄒᆞᆫ: 위두ᄒᆞ[위두하다, 으뜸이다, 第一: 위두(우두머리, 으뜸, 爲頭: 명사) + -ᄒᆞ(형접)-]- + -Ø(현시)- + -ㄴ(관전) ※ '위두ᄒᆞᆫ 夫人'은 '첫째 부인'으로 옮긴다.

62) 사오납고: 사오납(사납다, 猛)- + -고(연어, 나열)

63) 녀느: 다른, 他(관사)

64) 夫人냇: 夫人내[부인들: 夫人(부인: 명사) + -내(복접, 높임)] + -ㅅ(-의: 관조)

65) 네히: 네ㅎ(넷, 四: 수사, 양수) + -이(주조)

聰총目목과 調뚱伏뽁象썅과 尼닝樓
릏ㅣ 다 어디더니 尼닝樓릏는 淨쪙飯뻔王왕ㅅ 祖종上썅
이시니라 夫붕人신이 새와 네 아ᄃᆞᄅᆞᆯ 업게
ᄒᆞ리라 ᄒᆞ야 ᄀᆞ장 빗어 됴ᄒᆞᆫ 양ᄒᆞ고 조심ᄒᆞ
야 ᄃᆞᆫ녀 王왕이 맛드러 갓가비 ᄒᆞ거시
ᄂᆞᆯ ᄉᆞᆯᄫᅩᄃᆡ 情쪙欲욕앳 이ᄅᆞᆫ ᄆᆞᅀᆞ미 즐
거버ᅀᅡ ᄒᆞᄂᆞ니 나ᄂᆞᆫ 이제 시르미 기퍼

聰目(총목)과 調伏象(조복상)과 尼樓(니루)가 다 어질더니【尼樓(니루)는 淨飯王(정반왕)의 祖上(조상)이시니라.】, 夫人(부인)이 시샘하여 "네(四) 아들을 없애리라."(하여), 대단히 단장(丹粧)하여 좋은 양하고 조심하여 다녀서, 王(왕)이 좋아하여 가까이 하시거늘, (부인이) 사뢰되, "情欲(정욕)의 일은 마음이 즐거워야 하나니, 나는 이제 시름이 깊어

聰총目목과 調뚛伏뽁象썅과 尼닝樓릏왜[66] 다 어디더니[67]【尼닝樓릏는 淨쪙飯뻔王왕ㅅ 祖종上썅이시니라】 夫붕人ᅀᅵᆫ이 새와[68] 네 아ᄃᆞᄅᆞᆯ 업게[69] 호리라[70] ᄀᆞ장[71] 비ᇫ어[72] 됴ᄒᆞᆫ[73] 양[74] ᄒᆞ고 조심ᄒᆞ야 ᄃᆞᆮ녀[75] 王왕이 맛드러[76] 갓가ᄫᅵ[77] ᄒᆞ거시ᄂᆞᆯ[78] ᄉᆞᆯᄫᅩᄃᆡ[79] 情쪙欲욕앳[80] 이른 ᄆᆞᅀᆞ미[81] 즐거ᄫᅥᅀᅡ[82] ᄒᆞᄂᆞ니 나ᄂᆞᆫ 이제 시르미[83] 기퍼

---

66) 尼樓왜: 尼樓(니루: 인명) + -와(접조) + -ㅣ(← -이: 주조) ※ '尼樓(니루)'는 석가모니의 아버지인 정반왕(淨飯王)의 조상이다.

67) 어디더니: 어디(← 어딜다: 어질다, 仁)- + -더(회상)- + -니(연어, 설명 계속)

68) 새와: 새오(시새다, 시기하다, 시샘하다, 嫉)- + -아(연어)

69) 업게: 업(← 없다: 없다, 無)- + -게(연어, 도달)

70) 호리라: ㅎ(← ᄒᆞ다: 하다, 보용, 사동)- + -오(화자)- + -리(미시)- + -라(← -다: 평종) ※ '업게 호리라'는 '없애리라'로 의역하여 옮긴다.

71) ᄀᆞ장: 아주, 대단히, 매우, 最(부사)

72) 비ᇫ어: 비ᇫ(← 비ᅀᅳ다: 꾸미다, 粧)- + -어(연어)

73) 됴ᄒᆞᆫ: 둏(좋다, 好)- + -Ø(현시)- + -ᄋᆞᆫ(관전)

74) 양: 양, 樣(의명)

75) ᄃᆞᆮ녀: ᄃᆞᆮ니[다니다: ᄃᆞᆮ(닫다, 달리다, 走)- + 니(가다, 行)-]- + -어(연어)

76) 맛드러: 맛들(좋아하다, 즐기다, 樂)- + -어(연어)

77) 갓가ᄫᅵ: [가까이, 近(부사): 갓가ᇦ(← 갓갑다, ㅂ불: 가깝다, 近, 형사) + -이(부접)]

78) ᄒᆞ거시ᄂᆞᆯ: ᄒᆞ(하다, 爲)- + -시(주높)- + -거…ᄂᆞᆯ(-거늘: 연어, 상황)

79) ᄉᆞᆯᄫᅩᄃᆡ: ᄉᆞᆲ(← ᄉᆞᆲ다, ㅂ불: 사뢰다, 아뢰다, 奏)- + -오ᄃᆡ(-되: 연어, 설명 계속)

80) 情欲앳: 情欲(정욕) + -애(-에: 부조, 위치) + -ㅅ(-의: 관조)

81) ᄆᆞᅀᆞ미: ᄆᆞᅀᆞᆷ(마음, 心) + -이(주조)

82) 즐거ᄫᅥᅀᅡ: 즐거ᇦ(← 즐겁다, ㅂ불: 즐겁다, 喜)- + -어ᅀᅡ(-어야: 연어, 필연적 조건)

83) 시르미: 시름(시름, 걱정, 愁) + -이(주조)

넘난ᄆᆞᅀᆞ미업수니ᄒᆞᆫ願원을일우면
져그나기튼즐거ᄫᅮ미이시려니와내
말옷아니드르시면ᄂᆞ외즐거ᄫᅳᆫᄆᆞᅀᆞ
미업스례이다王왕이盟명誓쎙ᄒᆞ야
드로리라ᄒᆞ신대夫붕人신이ᄉᆞᆲ보ᄃᆡ
뎌네아ᄃᆞᆯ은어딜어늘내아ᄃᆞ리비록
ᄆᆞ디라도사오나ᄫᆞᆯ씨나라ᄒᆞᆯ앗이리

흥분한 마음이 없으니, 한 願(원)을 이루면 적으나 남은 즐거움이 있겠거니와, 내 말을 아니 들으시면 다시 즐거운 마음이 없을 것입니다." 王(왕)이 盟誓(맹서)하여 "너의 말을 들으리라." 하시니, 夫人(부인)이 사뢰되, "저 네(四) 아들은 어질거늘, 내 아들이 비록 맏이라도 사나우므로 나라를 빼앗기겠으니,

넘난[84] ᄆᆞᅀᆞ미 업수니[85] ᄒᆞᆫ 願원을 일우면[86] 져그나[87] 기튼[88] 즐거ᄫᅮ미[89] 이시려니와[90] 내 말옷[91] 아니 드르시면 ᄂᆞ외[92] 즐거ᄫᅳᆫ ᄆᆞᅀᆞ미 업스례이다[93] 王왕이 盟명誓쎙ᄒᆞ야 드로리라[94] ᄒᆞ신대[95] 夫붕人신이 ᄉᆞᆲᄫᆞᄃᆡ 뎌[96] 네 아ᄃᆞᄅᆞᆫ 어딜어늘[97] 내 아ᄃᆞ리 비록 ᄆᆞ디라도[98] 사오나ᄫᆞᆯ씨[99] 나라ᄒᆞᆯ[100] 앗이리니[1]

---

84) 넘난: 넘나[흥겨워지다, 흥분하다: 넘(넘다, 越)- + 나(나다, 現)-]- + -Ø(과시)- + -ㄴ(관전)
85) 업수니: 없(없다, 無)- + -우(화자)- + -니(연어, 설명, 이유)
86) 일우면: 일우[이루다, 成): 일(이루어지다, 成: 자동)- + -우(사접)-]- + -면(연어, 조건)
87) 져그나: 젹(작다, 적다, 小, 少)- + -으나(연어, 대조)
88) 기튼: 긹(남다, 餘)- + -Ø(과시)- + -은(관전)
89) 즐거ᄫᅮ미: 즐거ᇦ[← 즐겁다, 喜, ㅂ불(형사): 즑(즐거워하다, 歡: 자동)- + -업(형접)-]- + -움(명전)- + -이(주조)
90) 이시려니와: 이시(있다, 有)- + -리(미시)- + -어니와(← -거니와: 연어, 인정 대조)
91) 말옷: 말(말, 言) + -옷(← -곳: 보조사, 한정 강조)
92) ᄂᆞ외: 나외[다시, 거듭, 復(부사): 나외(거듭하다, 復: 동사)- + -Ø(부접)]
93) 업스례이다: 없(없다, 無)- + -으리(미시)- + -에(감동)- + -이(상높, 아주 높임)- + -다(평종)
94) 드로리라: 들(← 듣다, ㄷ불: 듣다, 聞)- + -오(화자)- + -리(미시)- + -라(← -다: 평종)
95) ᄒᆞ신대: ᄒᆞ(하다, 曰)- + -시(주높)- + -ㄴ대(-니: 연어, 반응)
96) 뎌: 저, 彼(관사, 지시, 정칭)
97) 어딜어늘: 어딜(어질다, 仁) + -어늘(← -거늘: 연어, 상황)
98) ᄆᆞ디라도: ᄆᆞᆮ(맏이, 昆: 명사) + -이(서조)- + -라도(← -아도: 연어, 양보)
99) 사오나ᄫᆞᆯ씨: 사오나ᇦ(← 사납다, ㅂ불: 사납다, 猛)- + -ᄋᆞᆯ씨(-므로: 연어, 이유)
100) 나라ᄒᆞᆯ: 나라ㅎ(나라, 國) + -ᄋᆞᆯ(목조)
1) 앗이리니: 앗이[빼앗기다: 앗(앗다, 빼앗다, 奪: 타동)- + -이(피접)-]- + -리(미시)- + -니(연어)

[6 앞]

니王왕이네아ᄃᆞᆯ내티쇼셔王왕이
니ᄅᆞ샤ᄃᆡ네아ᄃᆞ리孝ᄒᆞᇢ道ᄄᆞᇢᄒᆞ고허
믈업스니어드리내티료夫붕人신이
ᄉᆞᆯᄫᅩᄃᆡ나랏이ᄅᆞᆯ분별ᄒᆞ야ᄉᆞᆲ노니네
아ᄃᆞ리어디러百ᄇᆡᆨ姓셩의ᄆᆞᅀᆞᄆᆞᆯ모
도아黨당이ᄒᆞ마이러잇ᄂᆞ니서르ᄃᆞ
토아싸호면나라히ᄂᆞᄆᆡ그에가리이

王(왕)이 네 아들을 내치소서.” 王(왕)이 이르시되, “네 아들이 孝道(효도)하고 허물이 없으니 어찌 내치리오?” 夫人(부인)이 사뢰되, “나라의 일을 걱정하여 사뢰니, 네 아들이 어질어서 百姓(백성)의 마음을 모아서 黨(당)이 이미 이루어져 있으니, 서로 다투어 싸우면 나라가 남에게 가겠습니다.”

王왕이 네 아ᄃᆞᄅᆞᆯ 내티쇼셔[2] 王왕이 니ᄅᆞ샤ᄃᆡ[3] 네 아ᄃᆞ리 孝흫道똫ᄒᆞ고 허믈 업스니 어드리[4] 내티료[5] 夫붕人신이 ᄉᆞᆯ보ᄃᆡ 나랏 이ᄅᆞᆯ 분별ᄒᆞ야[6] ᄉᆞᆲ노니[7] 네 아ᄃᆞ리 어디러 百ᄇᆡᆨ姓셩의 ᄆᆞᅀᆞᄆᆞᆯ 모도아[8] 黨당[9]이 ᄒᆞ마[10] 이러 잇ᄂᆞ니 서르 ᄃᆞ토아[11] 싸호면 나라히 ᄂᆞᄆᆡ[12] 그에[13] 가리이다[14]

---

2) 내티쇼셔: 내티[내치다, 쫓아내다, 追放: 나(나다, 出: 자동)- + -ㅣ(← -이-: 사접)- + -티(-치-: 강접)]- + -쇼셔(-소서: 명종, 아주 높임)
3) 니ᄅᆞ샤ᄃᆡ: 니ᄅᆞ(이르다, 曰)- + -샤(← -시-: 주높)- + -ᄃᆡ(← -오ᄃᆡ: -되, 연어, 설명 계속)
4) 어드리: 어찌, 何(부사)
5) 내티료: 내티[내치다, 쫓아내다, 追放: 나(나다, 出: 자동)- + -ㅣ(← -이-: 사접)- + -티(-치-: 강접)]- + -료(-랴: 의종, 설명, 미시)
6) 분별ᄒᆞ야: 분별ᄒᆞ[걱정하다, 憂(동사): 분별(걱정, 근심, 憂: 명사) + -ᄒᆞ(동접)-]- + -야(← -아: 연어)
7) ᄉᆞᆲ노니: ᄉᆞᆲ(사뢰다, 아뢰다, 奏)- + -ㄴ(← -ᄂᆞ-: 현시)- + -오(화자)- + -니(연어, 설명 계속)
8) 모도아: 모도[모으다, 集(사동): 몯(모이다, 集: 자동)- + -오(사접)-]- + -아(연어)
9) 黨: 당. 파당(派黨)
10) ᄒᆞ마: 이미, 旣(부사)
11) ᄃᆞ토아: ᄃᆞ토(다투다, 爭)- + -아(연어)
12) ᄂᆞᄆᆡ: ᄂᆞᆷ(남, 他) + -ᄋᆡ(관조)
13) 그에: 거기에, 彼處(의명) ※ 'ᄂᆞᄆᆡ 그에'는 원래는 '남의 거기에'의 뜻을 나타내지만, 문맥을 고려하여 '남에게'로 옮긴다.
14) 가리이다: 가(가다, 去)- + -리(미시)- + -이(상높)- + -다(평종)

王(왕)이 네 아들을 불러 이르시되, "너희가 (나에게) 태만히 한 일이 있으니 빨리 나가라." 네 아들이 各各(각각) 어머님들을 모시고 누님들을 더불어 즉시로 나가니, 力士(역사)와 百姓(백성)들이 많이 좇아 갔니라. 【力士(역사)는 힘센 사람이다.】 雪山(설산)의 北(북)에 가니 【雪山(설산)은 山(산) 이름이다.】 땅이 훤하고 좋은 꽃이

王왕이 네 아ᄃᆞᆯ 블러[15] 니ᄅᆞ샤ᄃᆡ[16] 너희[17] 디마니[18] ᄒᆞᆫ 이리 잇ᄂᆞ니 ᄲᆞᆯ리 나가라[19] 네 아ᄃᆞ리 各각各각 어마님내[20] 뫼ᅀᆞᆸ고[21] 누의님내[22] 더브러[23] 즉자히[24] 나가니 力륵士ᄊᆞᆼ와 百ᄇᆡᆨ姓셩ᄃᆞᆯ히 만히 조차[25] 가니라[26]【力륵士ᄊᆞᆼᄂᆞᆫ 힘센 사ᄅᆞ미라】雪ᄉᆑᇙ山산[27] 北븍에 가니【雪ᄉᆑᇙ山산ᄋᆞᆫ 山산 일후미라】ᄯᅡ히[28] 훤ᄒᆞ고[29] 됴ᄒᆞᆫ 고지

---

15) 블러: 블ㄹ(← 브르다: 부르다, 呼)- + -어(연어)
16) 니ᄅᆞ샤ᄃᆡ: 니ᄅᆞ(이르다, 말하다, 曰)- + -샤(← -시-: 주높)- + -ᄃᆡ(← -오ᄃᆡ: 연어, 설명 계속)
17) 너희: 너희[너희: 너(너, 汝: 인대, 2인칭) + -희(복접)] + -Ø(← -이: 주조)
18) 디마니: [태만히, 소홀히, 怠(부사): 디만(태만, 怠: 불어) + -Ø(← -ᄒᆞ-: 형접)- + -이(부접)]
19) 나가라: 나가[나가다, 出: 나(나다, 出)- + 가(가다, 去)-]- + -라(명종, 아주 낮춤)
20) 어마님내: 어마님내[어머님들, 母親: 어마(← 어미: 어머니, 母) + -님(높접) + -내(복접, 높임)]
21) 뫼ᅀᆞᆸ고: 뫼ᅀᆞᆸ[모시다, 侍: 뫼(불어)- + -ᅀᆞᆸ(객높)-]- + -고(연어, 나열, 계기)
22) 누의님내: 누의님내[누님들: 누의(누나, 姉) + -님(높접) + -내(복접, 높임)]
23) 더브러: 더블(더불다, 伴)- + -어(연어)
24) 즉자히: 즉시로, 卽(부사)
25) 조차: 좇(좇다, 從)- + -아(연어)
26) 가니라: 가(가다, 去)- + -Ø(과시)- + -니(원칙)- + -라(← -다: 평종)
27) 雪山: 설산. 불교 관련 서적 따위에서, '히말라야 산맥'을 달리 이르는 말이다. 꼭대기가 항상 눈으로 덮여 있어 이렇게 이른다.
28) ᄯᅡ히: ᄯᅡᇂ(땅, 地) + -이(주조)
29) 훤ᄒᆞ고: 훤ᄒᆞ[훤하다, 밝다, 昍(형사): 훤(훤: 불어) + -ᄒᆞ(형접)-]- + -고(연어, 나열)

[7 앞]

하거늘그에셔사니百ᄇᆡᆨ姓셩이져재
가ᄃᆞᆺ모다가셔너힛ᄉᆞᅀᅵ예큰나라히
ᄃᆞ외어늘王왕이뉘으처블리신대
마니ᄒᆞᆼ이다ᄒᆞ고다아니오니라王왕
이ᄒᆞ샤ᄃᆡ내아ᄃᆞ리어딜쎠ᄒᆞ시니글
로ᄒᆞ야釋셕種종이라ᄒᆞ니라 釋셕은어딜씨
니釋셕種종ᄋᆞᆫ어딘붓기라ᄒᆞ논마리라

많거늘 거기에서 사니, 百姓(백성)이 시장에 가듯 모두 가서 서너 해의 사이에 큰 나라가 되거늘, 王(왕)이 뉘우쳐서 (네 아들을) 부르게 하니, "(저희들이) 태만히 하였습니다." 하고 다 아니 왔니라. 王(왕)이 말하시되, "내 아들이 어질구나." 하시니, 그것으로 하여서 釋種(석종)이라고 하였니라. 【釋(석)은 어진 것이니, 釋種(석종)은 '어진 씨(=종족)'라고 하는 말이다.】

[7 앞]

하거늘 그에셔[30] 사니 百빅姓셩이 져재[31] 가ᄃᆞᆺ[32] 모다[33] 가 서너 ᄒᆡᆺ[34] ᄉᆞᅀᅵ예[35] 큰 나라히 ᄃᆞ외어늘[36] 王왕이 뉘으처[37] 블리신대[38] 디마니 호이다[39] ᄒᆞ고 다 아니 오니라[40] 王왕이 ᄒᆞ샤ᄃᆡ[41] 내 아ᄃᆞ리 어딜쎠[42] ᄒᆞ시니 글로[43] ᄒᆞ야 釋셕種죵이라 ᄒᆞ니라【釋셕ᄋᆞᆫ 어딜 씨니[44] 釋셕種죵ᄋᆞᆫ 어딘 붓기라[45] ᄒᆞᄂᆞᆫ 마리라】

---

30) 그에셔: 그에(거기에, 彼處: 지대, 정칭) + -셔(-서: 보조사, 위치 강조)
31) 져재: 저자, 시장, 市.
32) 가ᄃᆞᆺ: 가(가다, 去)- + -ᄃᆞᆺ(연어, 흡사)
33) 모다: ① [모두, 悉(부사): 몯(모이다, 集)- + -아(연어 ▷ 부접)] ② 몯(모이다, 集- + -아(연어)
34) ᄒᆡᆺ: ᄒᆡ(해, 年) + -ㅅ(-의: 관조)
35) ᄉᆞᅀᅵ예: ᄉᆞᅀᅵ(사이, 間) + -예(← -에: 부조, 위치)
36) ᄃᆞ외어늘: ᄃᆞ외(되다, 爲)- + -어늘(← -거늘: 연어, 상황)
37) 뉘으처: 뉘읓(뉘우치다, 悔)- + -어(연어)
38) 블리신대: 블리[부르게 하다: 블ㄹ(← 브르다: 부르다, 呼, 타동)- + -이(사접)-]- + -시(주높)- + -ㄴ대(-니: 연어, 반응)
39) 호이다: ㅎ(← ᄒᆞ다: 하다, 爲)- + -Ø(과시)- + -오(인칭)- + -이(상높, 아주 높임)- + -다(평종)
40) 오니라: 오(오다, 來)- + -Ø(과시)- + -니(원칙)- + -라(← -다: 평종)
41) ᄒᆞ샤ᄃᆡ: ᄒᆞ(하다, 曰)- + -샤(← -시-: 주높)- + -ᄃᆡ(← -오ᄃᆡ: -되, 설명 계속)
42) 어딜쎠: 어딜(어질다, 仁)- + -Ø(현시)- + -ㄹ쎠(-구나: 감종)
43) 글로: 글(← 그: 그것, 지대, 정칭) + -로(부조, 방편)
44) 어딜 씨니: 어딜(어질다, 仁)- + -ㄹ(관전) # ㅆ(← ᄉᆞ: 것, 의명) + -이(서조)- + -니(연어, 설명 계속)
45) 붓기라: 부ᇧ(씨, 종족, 種: 명사) + -이(서조)- + -Ø(현시)- + -라(← -다: 평종)

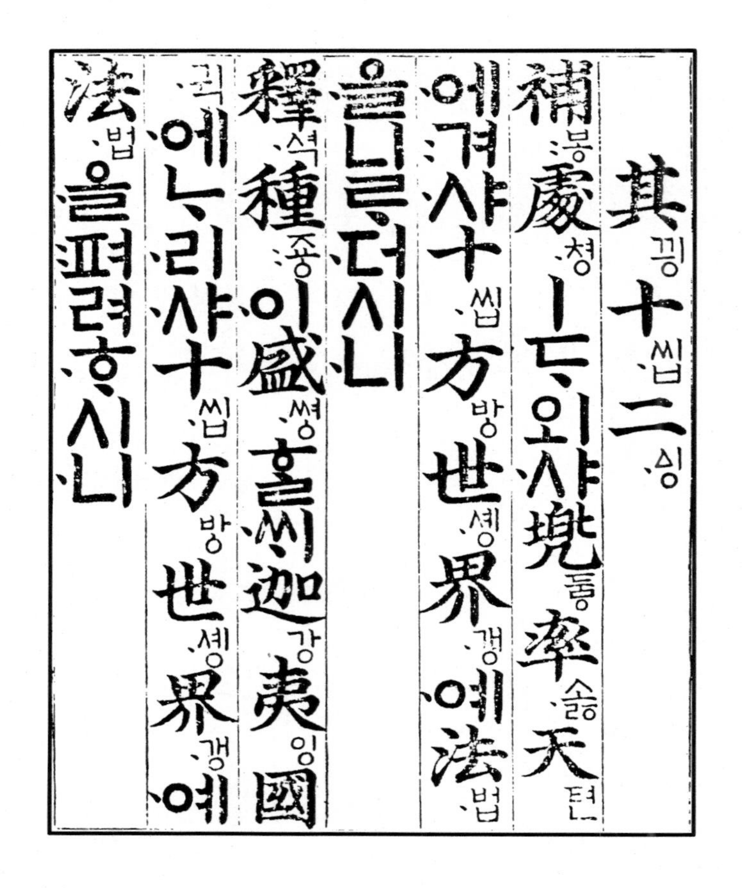

其끵十씹二싱
補봉處청ㅣ 드외샤 兜둥率솛天텬
에 겨샤 十씹方방世솅界갱예 法법
을 니르더시니
釋셕種종이 盛썽ᄒᆞᆯᄊᆡ 迦강夷잉國
귁에 ᄂᆞ리샤 十씹方방世솅界갱예
法법을 펴려ᄒᆞ시니

其十二(기십이)

補處(보처)가 되시어 兜率天(도솔천)에 계시어 十方世界(시방세계)에 法(법)을 이르시더니.

釋種(석종)이 盛(성)하므로 迦夷國(가이국)에 내리시어 十方世界(시방세계)에 法(법)을 펴려 하셨으니.

其끵十씹二싱

補봉處청[46] ㅣ 드외샤[47] 兜둫率숧天텬[48]에 겨샤[49] 十씹方방世솅界갱[50]예 法법을 니르더시니[51]

釋셕種죵이 盛쎵홀씨 迦강夷이國귁[52]에 ᄂ리샤[53] 十씹方방世솅界갱예 法법을 펴려 ᄒ시니[54]

---

46) 補處: 보처. 보살(菩薩)의 가장 높은 지위이다. 단 한 번의 생사(生死)에 관련되어서 일생을 마치면 그 다음에는 부처의 자리에 오른다.

47) ᄃ외샤: ᄃ외(되다, 爲)-+-샤(←-시-: 주높)-+-Ø(←-아: 연어)

48) 兜率天: 도솔천. 육욕천의 넷째 하늘이다. 이 하늘은 수미산의 꼭대기에서 12만 유순(由旬) 되는 곳에 있는데, 미륵보살이 살고 있다. 내외(內外) 두 원(院)이 있는데, 내원은 미륵보살의 정토이며, 외원은 천계 대중이 환락하는 장소라고 한다.

49) 겨샤: 겨시(계시다, 在)+-샤(←-시-: 주높)-+-Ø(←-아: 연어)

50) 十方世界: 시방세계(←십방세계). 온 세계이다. ※ '십방(十方)'은 사방(四方), 사우(四隅), 상하(上下)를 통틀어 이르는 말이다. 여기서 사방은 '동, 서, 남, 북'의 방위이고, 사우는 '동남, 동북, 서남, 서북'의 방위이며, 상하는 '위'와 '아래'이다.

51) 니르더시니: 니르(이르다, 曰)-+-더(회상)-+-시(주높)-+-니(평종, 반말))
※ '니르더시'는 '니르시니이다'에서 '-이(상높, 아주 높임)-+-다(평종)'가 생략된 형태이다.
※ 〈용비어천가〉나 〈월인천강지곡〉과 같은 일부 시가(詩歌)의 가사(歌詞)에서 아주 높임의 평서형 형태인 '-이다'나 아주 높임의 의문형 형태인 '-잇가/-잇고' 등이 생략되기도 하였다. 이와 같은 '-이다'와 '-잇가/-잇고' 등의 현상에 대하여는 허웅(1975: 494, 513)의 내용을 참조하기 바란다.

52) 迦夷國: 가이국. 석가모니가 태어난 나라의 이름이다. 지금의 네팔 지방의 카필라바스투 지역이다.

53) ᄂ리샤: ᄂ리(내리다, 降)-+-샤(←-시-: 주높)-+-Ø(←-아: 연어)

54) ᄒ시니: ᄒ(하다: 보용, 의도)-+-시(주높)-+-Ø(과시)-+-니(평종, 반말) ※ 'ᄒ시니'는 'ᄒ시니이다'에서 '-이(상높, 아주 높임)-+-다(평종)'가 생략된 형태이다.

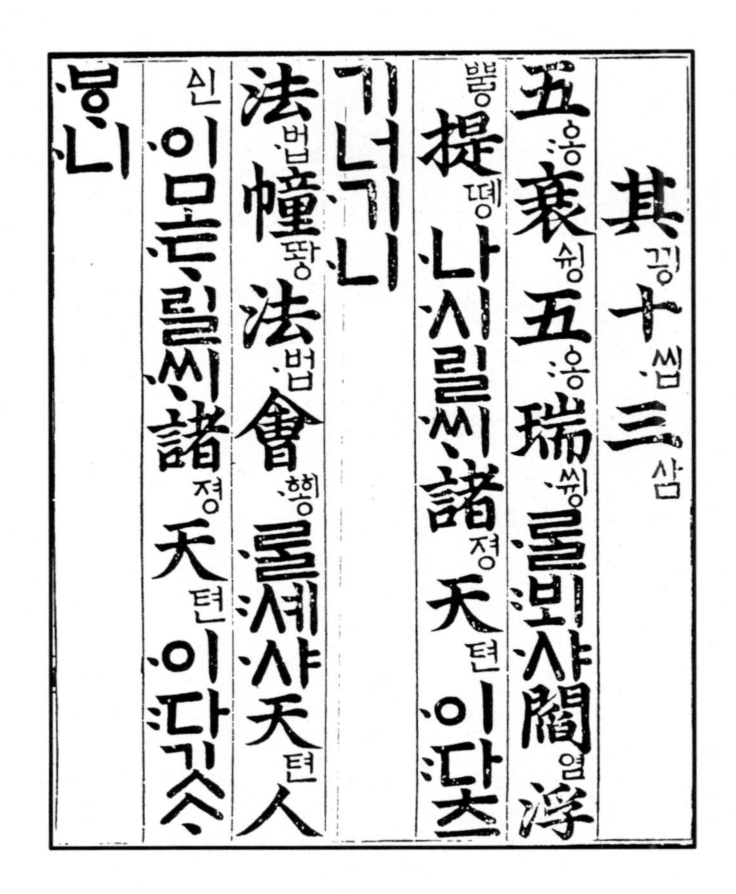

其끵十씹三삼

五옹衰숭五옹瑞쒱ᄅᆞᆯ뵈샤閻염浮뿧提똉나시릴ᄊᆡ諸졍天텬이다츠기너기니

法법幢땅法법會ᅘᅬᆼᄅᆞᆯ셰샤天텬人신이모ᄃᆞ릴ᄊᆡ諸졍天텬이다깃ᄉᆞᄫᆞ니

其十三(기십삼)

五衰(오쇠)와 五瑞(오서)를 보이시어 閻浮提(염부제)에 나시겠으므로, 諸天(제천)이 다 측은히 여겼으니.

法幢(법당) 法會(법회)를 세우시어 天人(천인)이 모이겠으므로, 諸天(제천)이 다 기뻐하였으니.

其끵十씹三삼

五옹衰숭[55] 五옹瑞쒕[56]를 뵈샤[57] 閻염浮뿡提똉[58] 나시릴씨[59] 諸졍天텬[60]이 다 츠기[61] 너기니[62]

法법幢짱[63] 法법會횡를 세샤[64] 天텬人신이 모드릴씨[65] 諸졍天텬이 다 깃ᄉᆞᄫᆞ니[66]

---

55) 五衰: 오쇠. 천인(天人)이 죽을 때에 나타나는 다섯 가지 모습이다. 몸에 빛이 나지 않고, 꽃으로 한 머리 장식이 시들며, 겨드랑이에서 땀이 나고, 몸에서 더러운 냄새가 나며, 제 자리가 싫어지는 따위의 모습이다

56) 五瑞: 오서. 석가모니가 탄생한 지 7일 후에 나타났다는 다섯 가지의 상서로운 모습이다. 곧, 광명(光明)이 대천세계(大千世界)를 비추고, 땅이 십팔상(十八相)으로 움직이며, 마왕궁(魔王宮)이 가리며, 해와 달과 별이 다 밝지 아니하며, 팔부(八部)가 다 놀라는 일이다.

57) 뵈샤: 뵈[보이다, 示: 보(보다, 見: 타동)-+-ㅣ(←-이-: 사접)-]-+-샤(-시-: 주높)-+-Ø(←-아: 연어)

58) 閻浮提: 염부제. 사주(四洲)의 하나다. 수미산 남쪽에 있다는 대륙으로 인간들이 사는 곳이다. 여러 부처가 나타나는 곳은 사주(四洲) 가운데 이곳뿐이라고 한다.

59) 나시릴씨: 나(나다, 現)-+-시(주높)-+-리(미시)-+-ㄹ씨(-므로: 연어, 이유)

60) 諸天: 제천. 모든 하늘의 천신(天神)들이다. 욕계의 육욕천, 색계의 십팔천, 무색계의 사천(四天) 따위의 신을 통틀어 이르는데, 마음을 수양하는 경계를 따라 나뉜다.

61) 츠기: [슬피, 안타까이(부사): 측(측, 惻: 불어)+-Ø(←-ᄒᆞ-: 형접)-+-이(부접)]

62) 너기니: 너기(여기다, 思)-+-Ø(과시)-+-니(평종, 반말) ※'너기니'는 '너기니이다'에서 '-이(상높, 아주 높임)-+-다(평종)'가 생략된 형태이다.

63) 法幢: 법당. 법회 따위의 의식이 있을 때에, 절의 문 앞에 세우는 기(旗)이다.

64) 세샤: 세[세우다: 셔(서다, 立: 자동)-+-ㅣ(←-이-: 사접)-]-+-샤(←-시-: 주높)-+-Ø(←-아: 연어)

65) 모드릴씨: 몯(모이다, 集)-+-ᄋᆞ리(미시)-+-ㄹ씨(-므로: 연어, 이유)

66) 깃ᄉᆞᄫᆞ니: 깃(←깄다: 기뻐하다, 歡)-+-ᄉᆞᇦ(←-ᄉᆞᆸ-: 객높)-+-Ø(과시)-+-ᄋᆞ니(평종, 반말) ※'깃ᄉᆞᄫᆞ니'는 '깃ᄉᆞᄫᆞ니이다'에서 '-이(상높, 아주 높임)-+-다(평종)'가 생략된 형태이다.

[8 뒤]

釋迦如來(석가여래)가 부처가 못 되어 계실 때에는 이름이 善慧(선혜)이시고, 功德(공덕)이 이미 차시어 補處(보처)가 되시어【補(보)는 보태는 것이요 處(처)는 곳이니, 부처의 곳에 와서 보태는 것이다.】, 兜率天(도솔천)에 계실 때에는 이름이 聖善(성선)이시고 또 이름이 護明大士(호명대사)이시더니【護明(호명)은 옛날에 사람의 목숨이 二萬(이만) 해의 時節(시절)에 迦葉波佛(가섭파불)이

釋셕迦강如셩來링 부텨 몯 ᄃᆞ외야 겨시ᇙ 젠[67] 일후미 善쎤慧ᅘᅰᆼ시고[68] 功공德득[69]이 ᄒᆞ마 ᄎᆞ샤[70] 補봉處쳥ㅣ ᄃᆞ외샤【補봉ᄂᆞᆫ 보탈[71] 씨오 處쳥는 고디니[72] 부텻 고대[73] 와 보탈 씨라】兜둫率숧天텬에 겨시ᇙ 젠 일후미 聖셩善쎤이시고 ᄯᅩ[74] 일후미 護ᅘᅩᆼ明명大땡士쑹ㅣ러시니[75]【護ᅘᅩᆼ明명은 아랫[76] 사ᄅᆞᄆᆡ 목수미[77] 二ᅀᅵᆼ萬먼 ᄒᆡᆺ[78] 時씽節졇에 迦강葉셥波방佛뿛[79]이

67) 겨시ᇙ 젠: 겨시(계시다: 보용, 완료 지속)- + -ᇙ(관전) # 제(때, 時: 의명) + -ㄴ(← -는: 보조사, 주제)

68) 善慧시고: 善慧(선혜: 인명) + -Ø(← -이-: 서조)- + -시(주높)- + -고(연어, 나열)

69) 功德: 공덕. 좋은 일을 행한 덕으로 훌륭한 결과를 가져오게 하는 능력이다. 종교적으로 순수한 것을 진실공덕(眞實功德)이라 이르고, 세속적인 것을 부실공덕(不實功德)이라 한다.

70) ᄎᆞ샤: ᄎᆞ(차다, 滿)- + -샤(← -시-: 주높)- + -Ø(← -아: 연어)

71) 보탈: 보타(보태다, 補)- + -ㄹ(관전)

72) 고디니: 곧(곳, 處: 의명) + -이(서조)- + -니(연어, 설명 계속)

73) 고대: 곧(곳, 處: 의명) + -애(-에: 부조, 위치)

74) ᄯᅩ: 또, 又(부사)

75) 護明大士ㅣ러시니: 護明大士(호명 대사) + -ㅣ(← -이-: 서조)- + -러(← -더-: 회상)- + -시(주높)- + -니(연어, 설명 계속)

76) 아랫: 아래(옛날, 昔) + -ㅅ(-의: 관조) ※ '아랫'은 문맥을 감안하여 '옛날에'로 의역하여 옮긴다.

77) 목수미: 목숨[목숨, 壽命: 목(목, 喉: 명사) + 숨(숨, 息: 명사)] + -이(주조)

78) ᄒᆡᆺ: ᄒᆡ(해, 年: 의명) + -ㅅ(-의: 관조)

79) 迦葉波佛: 가섭파불. 과거(過去) 칠불(七佛)의 여섯째 부처이다. 인간의 수명이 2만 살 때에 난 부처로서, 그의 제자가 이만 명에 이르렀다.

[9 앞]

授記(수기)하실 때의 이름이시니, 이 兜率天(도솔천)에 나시어 또 이 이름을 쓰셨니라. ◯ 지난 오랜 劫(겁)에 사람의 목숨이 百(백) 해(年)의 時節(시절)에 부처가 계시되, 이름이 釋迦牟尼(석가모니)이시고, 어머님의 이름은 摩耶(마야)이시고, 아버님의 이름은 淨飯(정반)이시고, 아드님의 이름은 羅怙(나호)이시고, (부처를) 모신 사람은 阿難陁(아난타)이더니, 부처가 阿難陁(아난타)에게 이르시되, "(내가) 등(背)을 앓나니, 廣熾 陶師(광치도사)의 집에 가서 참기름을 얻어 와 (나에게) 발라라." 廣熾(광치)가 기뻐하여, 자기(= 광치)가 (참기름을) 가져가 (부처에게) 바르니 (병이) 좋아지거늘, 부처가 인사(人事)하시니 廣熾(광치)가 기뻐하여 發願(발원)하되, "내가 後(후)에

授쓩記긩ᄒᆞ시ᇙ[80] 젯[81] 일후미시니 이 兜둫率ᄉᆔᇙ天텬에 나샤 ᄯᅩ 이 일후믈 ᄡᅳ시니
라[82] ○ 디나건[83] 오란 劫겁에 사ᄅᆞᄆᆡ 목수미 온 힛[84] 時씽節졇에 부톄 겨샤ᄃᆡ
일후미 釋셕迦강牟뭏尼닝시고 어마님 일후믄 摩망耶양ㅣ시고 아바님 일후믄 淨
쪙飯뻔이시고 아ᄃᆞ님 일후믄 羅랑怙홍ㅣ시고 뫼ᅀᆞᄫᆞᆫ[85] 사ᄅᆞᄆᆞᆫ 阿항難난陁땅ㅣ러
니[86] 부톄 阿항難난陁땅ᄃᆞ려[87] 니ᄅᆞ샤ᄃᆡ 등을 알노니[88] 廣광熾칭 陶똫師ᄉᆞᆼ이 지
븨 가 ᄎᆞᆷ기름 어더 와 ᄇᆞᄅᆞ라[89] 廣광熾칭 깃거[90] 제 가져가아 ᄇᆞᄅᆞᅀᆞᄫᆞ니[91] 됴
커시ᄂᆞᆯ[92] 부톄 인ᄉᆞᄒᆞ신대[93] 廣광熾칭 깃거 發벓願원호ᄃᆡ[94] 내 後ᅘᅮᇢ에

---

80) 授記ᄒᆞ시ᇙ: 授記ᄒᆞ[수기하다: 授記(수기: 명사) + -ᄒᆞ(동접)-]- + -시(주높)- + -ㅭ(관전) ※ '授記(수기)'는 부처가 그 제자에게 내생에 성불(成佛)하리라는 예언기(豫言記)를 주는 것이다.

81) 젯: 제(때, 時: 의명) + -ㅅ(-의: 관조)

82) ᄡᅳ시니라: ᄡᅳ(쓰다, 用)- + -시(주높)- + -Ø(과시)- + -니(원칙)- + -라(← -다: 평종)

83) 디나건: 디나(지나다, 過)- + -Ø(과시)- + -거(확인)- + -ㄴ(관전)

84) 온 힛: 온(백, 百: 관사) # 히(해, 年: 의명) + -ㅅ(-의: 관조)

85) 뫼ᅀᆞᄫᆞᆫ: 뫼ᅀᆞᆸ[← 뫼ᅀᆞᆸ다, ㅂ불(모시다): 뫼(불어)- + -ᅀᆞᆸ(객높)-]- + -Ø(과시)- + -ᄋᆞᆫ(관전)

86) 阿難陁ㅣ러니: 阿難陁(아난타) + -ㅣ(← -이-: 서조)- + -러(← -더-: 회상)- + -니(연어, 설명 계속) ※ '阿難陁(아난타, Ananda)'는 석가모니의 10대 제자(十大弟子) 중의 한 사람이다. '아난'이라고도 한다. 석가모니의 사촌 동생으로 다문 제일(多聞第一)이라고 한다. 석가모니의 이모가 출가(出家)하는 데에 힘을 써서 처음으로 교단(敎壇)에 여승(女僧)을 인정하게 하였으며, 미남(美男)이어서 여자의 유혹이 여러 번 있었으나 지조가 견고하여 이에 빠지지 않았다. 석가모니의 사후 제1차 결집이 있을 때 대가섭을 중심으로 큰 역할을 하였다.

87) 阿難陁ᄃᆞ려: 阿難陁(아난타) + -ᄃᆞ려(-더러, -에게: 부조, 상대)

88) 알노니: 알(← 앓다: 앓다, 痛)- + -ㄴ(← -ᄂᆞ-: 현시)- + -오(화자)- + -니(연어, 이유)

89) ᄇᆞᄅᆞ라: ᄇᆞᄅᆞ(바르다, 漆)- + -라(명종, 아주 낮춤)

90) 깃거: 깄(기뻐하다, 歡)- + -어(연어)

91) ᄇᆞᄅᆞᅀᆞᄫᆞ니: ᄇᆞᄅᆞ(바르다, 漆)- + -ᅀᆞᇦ(← -ᅀᆞᆸ-: 객높)- + -ᄋᆞ니(연어, 설명 계속, 이유)

92) 됴커시ᄂᆞᆯ: 둏(좋아지다, 好: 동사)- + -시(주높)- + -거…ᄂᆞᆯ(-거늘: 연어, 상황)

93) 인ᄉᆞᄒᆞ신대: 인ᄉᆞᄒᆞ[인사하다: 인ᄉᆞ(인사, 人事: 명사) + -ᄒᆞ(동접)-]- + -시(주높)- + -ㄴ대(-니:연어, 반응)

94) 發願호ᄃᆡ: 發願ᄒᆞ[← 發願ᄒᆞ다(발원하다): 發願(발원: 명사) + -ᄒᆞ(동접)-] + -오ᄃᆡ(-되: 연어, 설명 계속)

부처가 되어, 이름이며 眷屬(권속)이며 時節(시절)이며 處所(처소)이며 弟子(제자)이며, 다 이때의 世尊(세존)과 같아지고 싶습니다."라고 하니, 그 廣熾(광치)는 우리 世尊(세존)이시니라. 廣熾(광치)는 널리 光明(광명)이 비치었다는 뜻이요., 陶師(도사)는 질것(=陶器)을 굽은 사람이다. 우리 世尊(세존)이 제일 처음의 釋迦牟尼佛(석가모니불)로부터서 罽那尸棄佛(계나시기불)까지 七萬五千(칠만오천) 佛(불)을 만나시니 이것이 첫 阿僧祇(아승기) 劫(겁)이오, 罽那尸棄佛(계나시기불)로부터서 燃燈佛(연등불)까지 七萬六千(칠만육천) 佛(불)을 만나시니 이것이 둘째 阿僧祇(아승기) 劫(겁)이요 부톄 ᄃᆞ외야 일후미며 眷권屬쑉이며[95] 時씽節졇이며 處쳥所송ㅣ며 弟뗑子중ㅣ며 다 이젯 世솅尊존 ᄀᆞᆮ가 지이다[96] ᄒᆞ니 그 廣광熾칭ᄂᆞᆫ 우리 世솅尊존이시니라 廣광熾칭ᄂᆞᆫ 너비[97] 光광明명이 비취닷[98] ᄠᅳ디오[99] 陶똫師ᄉᆞᆼᄂᆞᆫ 딜엇[100] 굽ᄂᆞᆫ 사ᄅᆞ미라 우리 世솅尊존이 몯 처ᅀᅥᄆᆡ[1] 釋셕迦강牟뭏尼닝佛뿛로셔[2] 𨷶겡那낭尸싱棄킹佛뿛ㅅ ᄀᆞ장[3] 七칧萬먼五옹千쳔 佛뿛을 맛나ᅀᆞᄫᆞ시니[4] 이[5] 첫 阿항僧ᄉᆞᆼ祇낑 劫겁[6]이오 𨷶겡那낭尸싱棄킹佛뿛로셔 燃션燈등佛뿛ㅅ ᄀᆞ장 七칧萬먼六륙千쳔 佛뿛을 맛나ᅀᆞᄫᆞ시니 이 둘찻[7] 阿하僧ᄉᆞᆼ祇낑 劫겁이오

95) 眷屬이며: 眷屬(권속, 식구) + -이며(접조) ※ '眷屬(권속)'은 한집에 거느리고 사는 식구이다.
96) ᄀᆞᆮ가 지이다: ᄀᆞᆮ(← ᄀᆞᇀ다: 같아지다, 同)- + -가(← -거-: 확인, 화자)- + -아(연어) # 지(보용, 희망)- + -Ø(현시)- + -이(상높, 아주 높임)- + -다(평종)
97) 너비: [널리, 廣(부사): 넙(넓다, 廣: 형사)- + -이(부접)]
98) 비취닷: 비취(비치다, 照)- + -Ø(과시)- + -다(평종) + -ㅅ(-의: 관조) ※ 여기서 관형격 조사인 '-ㅅ'은 그 앞의 문장 전체를 관형어로 기능하게 한다.
99) ᄠᅳ디오: ᄠᅳᆮ(뜻, 意) + -이(서조)- + -오(← -고: 연어)
100) 딜엇: [질것: 딜(질그릇, 陶: 명사) + 엇(← 것: 것, 의명)] ※ '딜엇'은 진흙으로 구워 만든 물건이다.(= 도기, 陶器)
1) 처ᅀᅥᄆᆡ: 처ᅀᅥᆷ[처음, 初(명사): 첫(← 첫: 관사) + -엄(명접)] + -ᄋᆡ(관조)
2) 釋迦牟尼佛로셔: 釋迦牟尼佛(석가모니불)- + -로(부조, 방편) + -셔(-서: 위치 강조)
3) 𨷶那尸棄佛ㅅ ᄀᆞ장: 𨷶那尸棄佛(계나시기불) + -ㅅ(-의: 관조) # ᄀᆞ장(-까지: 의명)
4) 맛나ᅀᆞᄫᆞ시니: 맛나[만나다, 遇: 맛(← 맞다: 맞다, 迎)- + 나(나다, 現)-]- + -ᅀᆞᆸ(← -ᄉᆞᆸ-: 객높)- + -ᄋᆞ시(주높)- + -니(연어, 설명 계속)
5) 이: 이(이것, 此: 지대, 정칭) + -Ø(← -이: 주조)
6) 阿僧祇 劫: 아승기 겁. 헤아릴 수 없는 긴 시간, 또는 끝이 없는 시간이다.(= 무량겁) '아승기(阿僧祇)'는 아주 많은 수의 단위이고, '겁(劫)'은 아주 긴 시간의 단위이다.
7) 둘찻: [둘째(수사, 서수): 둘(← 둘ㅎ: 둘, 수사, 양수) + -찻(-째: 접미, 서수)]

[10 앞]

燃燈佛(연등불)로부터서 毗婆尸佛(비파시불)까지 七萬七千(칠만칠천) 佛(불)을 만나시니, 이것은 셋째의 阿僧祇(아승기) 劫(겁)이다. 微妙(미묘)한 相好(상호)를 이루심을 닦으시는 것을 아흔한 劫(겁)을 지나서, 迦葉波佛(가엽파불)을 만나 섬기셨니라. 相好(상호)는 모습이 좋으신 것이다.】 諸天(제천)을 爲(위)하여 說法(설법)하시며, 十方(시방)에 現身(현신)하여【十方(시방)은 東方(동방), 東南方(동남방), 南方(남방), 西南方(서남방), 西方(서방), 西北方(서북방), 北方(북방), 東北方(동북방), 위로 上方(상방), 아래로

燃션燈등佛뿛로셔 毗삥婆빵尸싱佛뿛ㅅ ᄆᆞ장[8] 七칧萬먼七칧千쳔 佛뿛을 맛나ᅀᆞᄫᆞ시니 이 세찻[9] 阿항僧숭祇낑 劫겁이라 微밍妙묠ᄒᆞᆫ 相샹好홓[10] 일우샴[11] 닷ᄀᆞ샤ᄆᆞᆯ[12] 아ᄒᆞᆫᄒᆞᆫ 劫겁 디나아 迦강葉셥波방佛뿛을 맛나 셤기ᅀᆞᄫᆞ시니라[13] 相샹好홓ᄂᆞᆫ 양ᄌᆞ[14] 됴ᄒᆞ샤미라[15] 】 諸졍天텬 爲윙ᄒᆞ야 說쉃法법ᄒᆞ시며 十씹方방애 現현身신[16]ᄒᆞ야【 十씹方방ᄋᆞᆫ 東동方방 東동南남方방 南남方방 西솅南남方방 西솅方방 西솅北븍方방 北븍方방 東동北븍方방 우흐로[17] 上썅方방 아래로

---

8) 毗婆尸佛ㅅ ᄆᆞ장: 毗婆尸佛(바파시불) + -ㅅ(관조) # ᄆᆞ장(까지: 의명)

9) 세찻: 세차[세째(수사, 서수): 세(셋, 三: 수사, 양수) + 차(-째: 접미, 서수)] + -ㅅ(-의: 관조)

10) 相好: 상호. 부처의 몸에 갖추어진 훌륭한 용모와 형상이다. 부처의 화신에는 뚜렷해서 보기 쉬운 32가지의 상과 미세해서 보기 어려운 80가지의 호가 있다.

11) 일우샴: 일우[이루다(타동): 일(이루어지다: 자동)- + -우(사접)-]- + -샤(← -시-: 주높)- + -ㅁ(← -옴: 명전)]

12) 닷ᄀᆞ샤ᄆᆞᆯ: 닭(닦다, 修)- + -ᄋᆞ샤(← -으시-: 주높)- + -ㅁ(← -옴: 명전) + -ᄋᆞᆯ(목조)

13) 셤기ᅀᆞᄫᆞ시니라: 셤기(섬기다, 奉)- + -ᅀᆞᇦ(← -ᅀᆞᆸ-: 객높)- + -ᄋᆞ시(주높) + -Ø(과시)- + -니(원칙)- + -라(← -다: 평종)

14) 양ᄌᆞ: 양자, 모습, 樣子.

15) 됴ᄒᆞ샤미라: 둏(좋다, 好)- + -ᄋᆞ샤(← -으시-: 주높)- + -ㅁ(← -옴: 명전) + -이(서조)- + -Ø(현시)- + -라(← -다: 평종)

16) 現身: 현신. 중생을 제도하기 위하여, 중생이 교법(敎法)을 받을 수 있는 능력(기근, 機根)에 맞는 모습으로 나타난 부처이다.

17) 우흐로: 우ㅎ(위, 上) + -으로(부조, 방향)

下方(하방)이다. 現身(현신)은 몸을 나타내어 보이시는 것이다.】 說法(설법)하시되, "運(운)이 다달아 오므로【運(운)은 時節(시절, 때)이라 하듯 한 말이다.】 내려가아 부처가 되리라." 하시더라. 그때에 六十六億(육십육억) 諸天(제천)이 모여 議論(의논)하되, "菩薩(보살)이 어느 나라에 내리시게 하리오? 摩竭國(마갈국)은 王(왕)이 正(정)티 못하고

下ᅘᅣᆼ方방이라 現ᅘᅧᆫ身신은 모ᄆᆞᆯ 나토아[18] 뵈실[19] ᄊᆡ라】 說ᄉᆑᇙ法법ᄒᆞ샤ᄃᆡ 運운[20]이 다ᄃᆞ라[21] 올ᄊᆡ[22]【運운은 時씽節ᄌᆑᇙ이라 ᄒᆞᄃᆞᆺ[23] ᄒᆞᆫ 마리라】 ᄂᆞ려가아[24] 부텨 ᄃᆞ외요리라[25] ᄒᆞ시더라[26] 그 제[27] 六륙十씹六륙億흑 諸졍天텬[28]이 모다[29] 議읭論론호ᄃᆡ 菩뽕薩사ᇙ이 어느 나라해 ᄂᆞ리시게[30] ᄒᆞ려뇨[31] 摩망竭께ᇙ國귁은 王왕이 正졍티[32] 몯ᄒᆞ고[33]

---

18) 나토아: 나토[나타내다, 現: 낟(나타나다, 現: 자동)- + -호(사접)-]- + -아(연어)
19) 뵈실: 뵈[보이다, 示: 보(보다, 見: 타동)- + -ㅣ(← -이-: 사접)-]- + -시(주높)- + -ㄹ(관전)
20) 運: 운. 때. 어떠한 일이 이루어지는 시기(時期)이다.
21) 다ᄃᆞ라: 다ᄃᆞᆯ[← 다ᄃᆞᆮ다, ㄷ불(다다르다, 至): 다(다, 悉: 부사) + ᄃᆞᆮ(닫다, 달리다, 走)]- + -아(연어)
22) 올ᄊᆡ: 오(오다, 來)- + -ㄹᄊᆡ(-므로: 연어, 이유)
23) ᄒᆞᄃᆞᆺ: ᄒᆞ(하다, 曰)- + -ᄃᆞᆺ(연어, 흡사)
24) ᄂᆞ려가아 : ᄂᆞ려가[내려가다, 降下: 나리(내리다, 降)- + -어(연어) # 가(가다, 去)-]- + -아(여어)
25) ᄃᆞ외요리라: ᄃᆞ외(되다, 爲)- + -요(← -오-: 화자)- + -리(미시)- + -라(← -다: 평종)
26) ᄒᆞ시더라: ᄒᆞ(하다, 曰)- + -시(주높)- + -더(회상)- + -라(← -다: 평종) ※ 15세기 국어에서는 일반적으로 'ᄒᆞ더시라'와 같이 '-더-'가 '-시-'에 앞섰으나, 이 예문에서는 현대 국어처럼 '-시-'가 '-더-'에 앞서서 실현되었다. 이처럼 '-더-'와 '-시-'가 실현되는 순서가 교체되는 현상은 16세기에 본격적으로 일어났는데, 여기서 실현된 'ᄒᆞ시더라'는 15세기 중엽에 교체가 일어난 초기의 예이다.
27) 제: [적에, 때에(의명): 적(적, 때: 의명) + -의(-에: 부조, 위치)]
28) 諸天: 제천. 천상계의 모든 천신(天神)을 이른다.
29) 모다: 몯(모이다, 集)- + -아(연어)
30) ᄂᆞ리시게: ᄂᆞ리(내리다, 降)- + -시(주높)- + -게(연어, 사동)
31) ᄒᆞ려뇨: ᄒᆞ(하다, 爲: 보용, 사동)- + -리(미시)- + -어(확인)- + -뇨(-느냐: 의종, 설명)
32) 正티: 正ㅎ[← 正ᄒᆞ다(바르다): 正(정: 불어) + -ᄒᆞ(형접)-]- + -디(-지: 연어, 부정)
33) 몯ᄒᆞ고: 몯ᄒᆞ[못하다(보용, 부정): 몯(못: 부사, 부정) + -ᄒᆞ(형접)-]- + -고(연어, 나열)

[11 앞]

궁薩삻大땡國귁은父뿡母뭏宗종族
쪽이 宗종族쪽ᄋᆞᆫ 아ᅀᆞ미라 正졍티몯ᄒᆞ고和홯
沙상大땡國귁은王왕이威귕嚴엄이
업서ᄂᆞᄆᆡ소내쥐여이시며維윙那낭
離링國귁은싸호ᄆᆞᆯ즐기고조ᄒᆞᆫ힝뎌기업
스며此ᄎᆞᆼ鏺밣樹쓩國귁은擧겅動똥
이妄망量량ᄃᆞᄫᆡ오셩시기麤총率솛

拘薩大國(구살대국)은 父母(부모)의 宗族(종족)이【宗族(종족)은 친척이다.】正(정)치 못하고, 和沙大國(화사대국)은 王(왕)이 威嚴(위엄)이 없어 남의 손에 쥐여 있으며, 維那離國(유나리국)은 싸움을 즐기고 깨끗한 행적(行績)이 없으며, 此鏺樹國(차발수국)은 擧動(거동)이 妄量(망량)되고 성식(性息)이 麤率(추솔)하니,

拘궁薩삻大땡國귁은 父뿡母뭏 宗종族쪽이【宗종族쪽은 아ᅀᆞ미라[34]】 正졍티[35] 몯ᄒᆞ고 和ᅘᅪᆼ沙상大땡國귁은 王왕이 威휭嚴엄[36]이 업서 ᄂᆞᄆᆡ[37] 소내[38] 쥐ᅇᅧ[39] 이시며 維윙那낭離링國귁은 싸홈[40] 즐기고[41] 조ᄒᆞᆫ[42] ᄒᆡᇰ뎍[43] 업스며 此ᄎᆼ鏺밣樹쓩國귁은 擧겅動똥이 妄망量량ᄃᆞᄫᆡ오[44] 셩시기[45] 麤총率숧[46]ᄒᆞ니

---

34) 아ᅀᆞ미라: 아ᅀᆞᆷ(친척, 親戚) + -이(서조)- + -Ø(현시)- + -라(← -다: 평종)
35) 正티: 正ㅎ[← 正ᄒᆞ다(바르다): 正(정: 명사) + -ᄒᆞ(형접)-]- + -디(-지: 연어, 부정)
36) 威嚴: 위엄. 존경할 만한 위세가 있어 점잖고 엄숙함. 또는 그런 태도나 기세이다.
37) ᄂᆞᄆᆡ: ᄂᆞᆷ(남, 他) + -ᄋᆡ(-의: 관조)
38) 소내: 손(손, 手) + -애(-에: 부조, 위치)
39) 쥐ᅇᅧ: 쥐ᅇᅵ[쥐이다, 쥐는 것을 당하다: 쥐(쥐다, 執: 타동)- + -ᅇᅵ(← -이-: 피접)-]- + -어(연어)
40) 싸홈: [싸움, 爭(명사): 싸호(싸우다, 爭)- + -ㅁ(명접)]
41) 즐기고: 즐기[즐기다, 樂(타동): 즑(즐거워하다, 喜: 자동)- + -이(사접)-]- + -고(연어)
42) 조ᄒᆞᆫ: 좋(깨끗하다, 淨)- + -Ø(현시)- + -ᄋᆞᆫ(관전)
43) ᄒᆡᇰ뎍: 행적. 行績. 행위의 실적(實績)이나 자취이다.
44) 妄量ᄃᆞᄫᆡ오: 妄量ᄃᆞᄫᆡ[망량되다, 막되다: 妄量(망량: 명사) + -ᄃᆞᄫᆡ(형접)-]- + -오(← -고: 연어, 나열)
45) 셩시기: 셩식(성식, 性息) + -이(주조) ※ 셩식(性息): 성질과 심정. 또는 타고난 본성이다.
46) 麤率: 추솔. 거칠고 차분하지 못한 것이다.

[11 뒤]

【 麤率(추솔)은 경망하여 찬찬하지 못한 것이다. 】 거기에 가서 못 나시리라." 한 하늘의 幢英(당영)이 菩薩(보살)께 묻되, "어느 나라에 가시어 나시겠습니까?" 菩薩(보살)이 이르시되, "이제 釋種(석종)이 가장 盛(성)하니, (석종의 나라에는) 농사가 (잘) 되고 快樂(쾌락)이 그지없고, 百姓(백성)도 많으며 有德(유덕)하고, 釋種(석종)들이 다 부처의 法(법)을

【轟총率솛은 듦써버[47] 천천티[48] 몯홀 씨라】 게[49] 가 몯 나시리라[50] ᄒᆞᆫ 하늘 幢뙁英형[51]이 菩뽕薩삻ᄭᅴ[52] 묻ᄌᆞᄫᅩᄃᆡ[53] 어누[54] 나라해 가샤 나시리잇고[55] 菩뽕薩삻이 니ᄅᆞ샤ᄃᆡ 이제 釋셕種죵이 ᄆᆞᆺ[56] 盛쎵ᄒᆞ니 녀름[57] ᄃᆞ외오[58] 快쾡樂락이 그지업고[59] 百ᄇᆡᆨ姓셩도 만ᄒᆞ며[60] 有울德득ᄒᆞ고 釋셕種죵ᄃᆞᆯ히[61] 다 부텻 法법을

---

47) 듦써버: 들뻡(← 들뻡다, ㅂ불: 경망하다)- + -어(연어)
48) 천천티: 천천ㅎ[← 천천ᄒᆞ다(찬찬하다): 천천(천천: 불어) + -ᄒᆞ(형접)-]- + -디(-지: 연어, 부정)
49) 게: 거기에, 彼處(지대, 정칭)
50) 나시리라: 나(나다, 生, 現)- + -시(주높)- + -리(미시)- + -라(← -다: 평종)
51) 幢英: 당영. 천신(天神)의 한 사람으로 추정된다.
52) 菩薩ᄭᅴ: 菩薩(보살) + -ᄭᅴ(-께: 부조, 상대, 높임)
53) 묻ᄌᆞᄫᅩᄃᆡ: 묻(묻다, 問)- + -ᄌᆞᇦ(← -ᄌᆞᆸ-: 객높)- + -오ᄃᆡ(연어, 설명 계속)
54) 어누: 어느, 何(관사, 미지칭)
55) 나시리잇고: 나(나다, 生, 現)- + -시(주높)- + -리(미시)- + -잇(← -이-: 상높, 아주 높임)- + -고(의종, 설명)
56) ᄆᆞᆺ: 가장, 제일, 最(부사)
57) 녀름: 농사, 수확, 農
58) ᄃᆞ외오: ᄃᆞ외(되다, 爲)- + -오(← -고: 연어, 나열)
59) 그지업고: 그지없[한도가 없다: 그지(한도, 한계, 限: 명사) + 없(없다, 無: 형사)-]- + -고(연어, 나열)
60) 만ᄒᆞ며: 만ᄒᆞ(많다, 多)- + -며(연어, 나열)
61) 釋種ᄃᆞᆯ히: 釋種ᄃᆞᆯㅎ[釋種들: 釋種(석종, 석가의 종족) + -ᄃᆞᆯㅎ(-들: 복접)] + -이(주조)

法법을 울월며 王왕도 어디ᄅᆞ시며 夫붕
人신도 어디ᄅᆞ시고 아래 五옹百빅世
솅예도【世솅ᄂᆞᆫ 뉘라】 菩뽕薩삻 母뭏ㅣ ᄃᆞ외
시니 그 나라해 가 나리라【母뭏ᄂᆞᆫ 어마니미라】 ᄯᅩ
衆즁生싱의 發벓心심이 니거 淸청淨
쪙ᄒᆞᆫ 法법을 어루 비호리어며【淸청淨쪙은 ᄆᆞᆰ
고 조ᄒᆞᆯ씨라】 迦강毗삥羅랑國귁이 閻염浮

우러르며, 王(왕)도 어지시며 夫人(부인)도 어지시고, (부인은) 옛날의 五百(오백) 世(세)에도【世(세)는 누리(세상)이다.】 菩薩(보살)의 母(모)가 되시니, (내가) 그 나라에 가서 나리라.【母(모)는 어머님이다.】 또 衆生(중생)의 發心(발심)이 익어 淸淨(청정)한 法(법)을 능히 배우겠으며【淸淨(청정)은 맑고 깨끗한 것이다.】, 迦毗羅國(가비라국)이 閻浮提(염부제)의 울월며[62] 王왕도 어디ᄅᆞ시며[63] 夫붕人신도 어디ᄅᆞ시고 아래[64] 五옹百ᄇᆡᆨ 世솅예도[65]【世솅ᄂᆞᆫ 뉘라[66]】 菩뽕薩삻 母뭏ㅣ ᄃᆞ외시니 그 나라해 가 나리라【母뭏는 어마니미라[67]】 ᄯᅩ 衆즁生ᄉᆡᆼᄋᆡ 發벓心심[68]이 니거[69] 淸청淨쪙ᄒᆞᆫ 法법을 어루[70] ᄇᆡ호리어며[71]【淸청淨쪙은 ᄆᆞᆰ고 조ᄒᆞᆯ 씨라】 迦강毗뼁羅랑國귁[72]이 閻염浮뿧提똉[73]ㅅ

---

62) 울월며: 울월(우러르다, 仰)- + -며(연어, 나열)
63) 어디ᄅᆞ시며: 어딜(어질다, 仁)- + -ᄋᆞ시(주높)- + -며(연어, 나열)
64) 아래: 옛날, 昔.
65) 世예도: 世(세, 세상, 누리) + -예(← -에: 부조, 위치) + -도(보조사, 마찬가지)
66) 뉘라: 누(누리, 세상, 世) + -ㅣ(← -이-: 서조)- + -Ø(현시)- + -라(← -다: 평종)
67) 어마니미라: 어마님[어머님: 어마(← 어미: 어머니, 母) + -님(높접)] + -이(서조)- + -Ø(현시)- + -라(← -다: 평종)
68) 發心: 발심. 불도의 깨달음을 얻고 중생을 제도하려는 마음을 일으키는 일이다.
69) 니거: 닉(익다, 熟)- + -어(연어)
70) 어루: 가히, 능히, 可, 能(부사)
71) ᄇᆡ호리어며: ᄇᆡ호[배우다, 學: ᄇᆡᆼ(버릇이 되다, 길들다, 習: 자동)- + -오(사접)-]- + -리(미시)- + -어(확인)- + -며(연어, 나열)
※ 'ᄇᆡ호다'가 타동사이므로, 확인 표현의 선어말 어미의 형태가 '-아-/-어-'로 실현되는 것이 원칙이다. 만일 타동사에 실현되는 '-아-/-어-'가 실현되었다고 하면 'ᄇᆡ호려며'의 형태가 되어야 한다.
72) 迦毗羅國: 가비라국. 석가모니(釋迦牟尼)의 아버님인 정반왕(淨飯王)이 다스리던 나라이다. 가비라국은 석가모니 부처가 인간의 모습으로 태어난 곳이다.
73) 閻浮提: 염부제. 사주(四洲)의 하나다. 수미산 남쪽에 있다는 대륙으로, 인간들이 사는 곳이며, 여러 부처가 나타나는 곳은 사주(四洲) 가운데 이곳뿐이라고 한다.

가운데이며, 家門(가문)의 中(중)에 釋迦氏(석가씨)가 第一(제일)이니, (석가씨는) 甘蔗氏(감자씨)의 子孫(자손)이며, 淨飯王(정반왕)도 前生(전생)에 있는 因緣(인연)이 계시며 【 옛날에 雪山(설산)에 한 鸚鵡(앵무)가 있되, 어버이가 다 눈멀었는데 (앵무가 어버이에게) 菓實(과실)을 따 먹이더니, 그때에 한 밭 임자가 씨를 뿌릴 적에 願(원)하되, "(모든) 짐승과 함께 먹으리라." 하거늘, 鸚鵡(앵무)가 그 穀食(곡식)을 주워 어버이를 먹이거늘, 밭 임자가 怒(노)하여 가온ᄃᆡ며[74] 家강門몬ㅅ 中듕에 釋셕迦강氏씽 第똉一ᅙᅵᇙ이니 甘감蔗쟝氏씽[75]ㅅ 子ᄌᆞᆼ孫손이며 淨쪙飯뻔王왕도 前쪈生ᄉᆡᆼ앳[76] 因힌緣원이 겨시며【네 雪ᄉᆑᇙ山산애 ᄒᆞᆫ 鸚ᅙᅵᆼ鵡뭉ㅣ[77] 이쇼ᄃᆡ[78] 어ᅀᅵ[79] 다 눈멀어든[80] 菓광實씨ᇙ ᄠᅡ[81] 머기더니[82] 그 저긔[83] ᄒᆞᆫ 받[84] 님자히[85] ᄡᅵ[86] 비흟[87] 저긔 願원호ᄃᆡ 즁ᄉᆡᆼ과[88] 어우러[89] 머구리라[90] ᄒᆞ야ᄂᆞᆯ[91] 鸚ᅙᅵᆼ鵡뭉ㅣ 그 穀곡食씩을 주ᅀᅥ[92] 어ᅀᅵᄅᆞᆯ 머기거늘 받 님자히 怒농ᄒᆞ야

---

74) 가온ᄃᆡ며: 가온ᄃᆡ(가운데, 中) + -며(연어, 나열)
75) 甘蔗氏: 감자씨. 석가모니 종족의 성씨이다.
76) 前生앳: 前生(전생) + -애(-에: 부조, 위치) + -ㅅ(-의: 관조)
77) 鸚鵡ㅣ: 鸚鵡(앵무, 앵무새) + -ㅣ(←-이: 주조)
78) 이쇼ᄃᆡ: 이시(있다, 有)- + -오ᄃᆡ(-되: 연어, 설명 계속)
79) 어ᅀᅵ: 어ᅀᅵ(어버이, 父母) + -Ø(←-이: 주조)
80) 눈멀어든: 눈멀[눈멀다, 盲: 눈(눈, 目) + 멀(멀다, 失)-]- + -어든(←-거든: 연어, 조건)
81) ᄠᅡ: ᄠ(←ᄠᆞ다: 따다, 折)- + -아(연어)
82) 머기거늘: 머기[먹이다: 먹(먹다, 食: 타동)- + -이(사접)-]- + -거늘(↚-어늘: 연어, 상황) ※ '머기다'가 타동사이므로 '-어늘'이 실현되는 것이 원칙인데, 만일 '-어늘'이 실현되면 '머겨늘'의 형태가 되어야 한다.
83) 그 저긔: 그(그: 관사) # 적(때, 時: 의명) + -의(-에: 부조, 위치)
84) 받: 밭, 田.
85) 님자히: 님자ㅎ(임자, 主) + -이(주조)
86) ᄡᅵ: 씨, 種子.
87) 비흟: 빟(뿌리다, 흩다, 散)- + -읋(관전)
88) 즁ᄉᆡᆼ과: 즁ᄉᆡᆼ(짐승, 獸) + -과(부조, 공동)
89) 어우러: 어울(어울리다, 竝)- + -어(연어) ※ '어우러'는 '어울려'로 직역하여야 하지만, 여기서는 문맥을 고려하여 '함께'로 옮긴다.
90) 머구리라: 먹(먹다, 食)- + -우(화자)- + -리(미시)- + -라(←-다: 평종)
91) ᄒᆞ야ᄂᆞᆯ: ᄒᆞ(하다, 曰)- + -야ᄂᆞᆯ(←-아ᄂᆞᆯ: -거늘, 연어, 상황)
92) 주ᅀᅥ: 줏(←줏다, ㅅ불: 줍다, 拾)- + -어(연어)

[13 앞]

야 그믈로 자ᄇᆞᆫ대 鸚ᅙᆡᇰ鵡ᄝᅮᇢ ㅣ 닐오ᄃᆡ
ᄂᆞᆷ 주ᇙ ᄠᅳ디 이실ᄊᆡ 가져가니 엇데 잡ᄂᆞᆫ
다 받님자히 무로ᄃᆡ 누를 爲윙ᄒᆞ야 가져
간다 對됭答답호ᄃᆡ 눈먼 어ᅀᅵ를 이받
노라 받님자히 과ᄒᆞ야 즁ᄉᆡᇰ도 孝ᅘᅭᇢ道
ᄯᅩᇢ ᄒᆞᄂᆞᆯ ᄡᅥ 일록 後ᅘᅮᇢ에 疑ᅌᅵᆼ心심 마오 가
져가라 ᄒᆞ니 그 鸚ᅙᆡᇰ鵡ᄝᅮᇢ는 如ᅀᅧᆼ來ᄅᆡᇰ
시고 받님자ᄒᆞᆫ 舍샹利링弗붏이오 눈
먼 어ᅀᅵᄂᆞᆫ 淨쪙飯뻔王왕과 摩
망耶양夫붕人신이시니라 夫붕人
신도 목수미 열ᄃᆞᆯ ᄒᆞ고 닐웨 기터 겨샷
다 ᄒᆞ시고 그저긔 五옹衰쉉相샹ᄋᆞᆯ 뵈

그물로 잡으니, 鸚鵡(앵무)가 이르되, "(당신이 곡식을) 남에게 줄 뜻이 있기에 가져가니 어찌 (나를) 잡는가?" 밭 임자가 묻되, "누구를 爲(위)하여 (곡식을) 가져갔는가?" (앵무가) 對答(대답)하되 "(가져가서) 눈먼 어버이를 봉양하노라." 밭 임자가 칭찬하여, "짐승도 孝道(효도)하는구나. 이로부터 後(후)에는 疑心(의심) 말고 가져가라." 하니, 그 鸚鵡(앵무)는 如來(여래)이시고, 밭 임자는 舍利弗(사리불)이요, 눈먼 어버이는 淨飯王(정반왕)과 摩耶夫人(마야부인)이시니라.】 夫人(부인)도 목숨이 열 달하고 이레가 남아 계시구나." 하시고, 그때에 五衰相(오쇠상)을 보이시고

그믈로 자ᄫᆞᆫ대[93] 鸚ᅙᅵᆼ鵡뭉ㅣ 닐오ᄃᆡ ᄂᆞᆷ 주ᇙ[94] ᄠᅳ디 이실ᄊᆡ 가져가니 엇뎨[95] 잡ᄂᆞᆫ다[96] 받 님자히 무로ᄃᆡ 눌[97] 爲ᅌᅱᆼᄒᆞ야 가져간다[98] 對됭答답호ᄃᆡ 눈먼 어ᅀᅵᄅᆞᆯ 이받노라[99] 받 님자히 과ᄒᆞ야[100] 즁ᄉᆡᆼ도 孝ᄒᆞᇢ道ᄄᆞᇢᄒᆞᆯ쎠[1] 일록[2] 後ᅘᇢ에 疑ᅌᅵᆼ心심 마오[3] 가져가라 ᄒᆞ니 그 鸚ᅙᅵᆼ鵡뭉는 如ᅀᅧᆼ來ᄅᆡᆼ시고[4] 받 님자ᄒᆞᆫ 舍샹利ᄅᆡᆼ弗붏[5]이오 눈먼 어ᅀᅵᄂᆞᆫ 淨쪙飯뿬王왕과 摩망耶양夫붕人ᅀᅵᆫ이시니라[6] 】 夫붕人ᅀᅵᆫ도 목수미 열 ᄃᆞᆯ ᄒᆞ고[7] 닐웨[8] 기터[9] 겨샷다[10] ᄒᆞ시고 그 저긔 五ᅌᅩᆼ衰ᄉᆔᆼ相샹ᄋᆞᆯ 뵈시고[11]

---

93) 자ᄫᆞᆫ대: 잡(잡다, 獲)- + -ᄋᆞᆫ대(-으니: 연어, 반응)

94) 주ᇙ: 주(주다, 授)- + -ᇙ(관전)

95) 엇뎨: 어찌, 何(부사)

96) 잡ᄂᆞᆫ다: 잡(잡다, 獲)- + -ᄂᆞ(현시)- + -ㄴ다(-는가: 의종, 2인칭)

97) 눌: 누(누구, 誰: 인대, 미지칭) + -ㄹ(← -를: 목조)

98) 가져간다: 가져가[가져가다: 가지(가지다, 持)- + -어(연어) + 가(가다, 去)-]- + -Ø(과시)- + -ㄴ다(-는가: 의종, 2인칭)

99) 이받노라: 이받(음식으로 봉양하다)- + -ㄴ(← -ᄂᆞ-: 현시)- + -오(화자)- + -라(← -다: 평종)

100) 과ᄒᆞ야: 과ᄒᆞ(칭찬하다, 讚)- + -야(← -아: 연어)

1) 孝道ᄒᆞᆯ쎠: 孝道ᄒᆞ[효도하다: 孝道(효도) + -ᄒᆞ(동접)-]- + -ㄹ쎠(-구나: 감종)

2) 일록: 일(← 이: 이것, 지대) + -록(-로: 부조, 방편) ※ '-록'은 '-로'의 강조 형태이다.

3) 마오: 마(← 말다: 말다, 勿)- + -오(← -고: 연어, 나열, 계기)

4) 如來시고: 如來(여래) + -Ø(← -이-: 서조)- + -시(주높)- + -고(연어, 나열)

5) 舍利弗: 사리불. 석가(釋迦)의 큰 열 제자 가운데 지혜가 가장 뛰어났던 사람이다.

6) 摩耶夫人이시니라: 摩耶夫人(마야부인: 인명) + -이(서조)- + -시(주높)- + -Ø(현시)- + -니(원칙)- + -라(← -다: 평종) ※ '摩耶夫人(마야부인)'은 석가족(族) 호족(豪族)의 딸로서 가비라바소도(伽毘羅衛)의 성주(城主)인 정반왕(淨飯王)의 왕비가 되어 석가를 낳았다. 마야부인은 석가를 출산한 뒤에 7일 만에 타계했다고 전해진다.

7) 열 ᄃᆞᆯ ᄒᆞ고: 열(열, 十: 관사, 양수) # ᄃᆞᆯ(달, 個月: 의명) + -ᄒᆞ고(-하고: 접조)

8) 닐웨: 닐웨(이레, 7일: 명사) + -Ø(← -이: 주조)

9) 기터: 깉(남다, 餘)- + -어(연어)

10) 겨샷다: 겨샤(← 겨시다: 계시다, 보용, 완료 지속)- + ㅅ(← -옷: 감동)- + -다(평종)

11) 뵈시고: 뵈[보이다, 示: 보(보다, 見: 타동)- + -ㅣ(← -이-: 사접)-]- + -시(주높)- + -고(연어, 나열, 계기)

【 五衰相(오쇠상)은 다섯 가지의 衰(쇠)한 相(상)이니, 머리에 있는 꽃이 시들며, 겨드랑이 아래에 땀이 나며, 정수리에 있는 光明(광명)이 없으며, 눈을 자주 깜짝이며, 座(좌)를 즐기지 아니하는 것이다. 】 또 五瑞(오서)를 보이시니 【 五瑞(오서)는 다섯 가지의 祥瑞(상서)이다. 】, 光明(광명)이 大千世界(대천세계)를 비추시며, 땅이 열여덟 相(상)으로 움직이며 【 땅이 크게 움직이면 열여덟 가지의 일이 있으니, 動(동)과 起(기)와 踊(용)과 振(진)과 吼(후)와 擊(격)과 여섯 가지의 일을 各各(각각) 세 모습으로 말하여,

【五옹衰쉉相샹ᄋᆞᆫ 다ᄉᆞᆺ 가짓 衰쉉ᄒᆞᆫ 相샹이니 머리옛[12] 고지[13] 이울며[14] 겯[15] 아래 ᄯᆞᆷ[16] 나며 뎡바기옛[17] 光광明명이 업스며 누늘 ᄌᆞ조[18] ᄀᆞᆷᄌᆞ기며[19] 座쫭[20]ᄅᆞᆯ 즐기디 아니ᄒᆞᆯ 씨라】 ᄯᅩ 五옹瑞쒱ᄅᆞᆯ 뵈시니【五옹瑞쒱ᄂᆞᆫ 다ᄉᆞᆺ 가짓 祥썅瑞쒱라[21]】 光광明명이 大땡千쳔世솅界갱ᄅᆞᆯ 비취시며 ᄡᅡ히 열여듧 相샹ᄋᆞ로 뮈며[22]【ᄡᅡ히 ᄀᆞ장[23] 뮈면 열여듧 가짓 이리 잇ᄂᆞ니 動똥과 起킝와 踊용과 振진과 吼ᅘᅮᇢ와 擊격과 여슷 가짓 이ᄅᆞᆯ 各각各각 세 양ᄌᆞ로[24] 닐어[25]

---

12) 머리옛: 머리(머리, 頭) + -예(← -에: 부조, 위치) + -ㅅ(-의: 관조)
13) 고지: 곶(꽃, 花) + -이(주조)
14) 이울며: 이울(← 이ᇦ다: 시들다, 枯)- + -며(연어, 나열)
15) 겯: 겨드랑이, 腋.
16) ᄯᆞᆷ: 땀, 汗.
17) 뎡바기옛: 뎡바기(정수리, 頂) + -예(← -에: 부조, 위치) + -ㅅ(-의: 관조)
18) ᄌᆞ조: [자주, 頻(부사): ᄌᆞᆽ(잦다, 頻: 형사)- + -오(부접)]
19) ᄀᆞᆷᄌᆞᆨ기며: ᄀᆞᆷᄌᆞᆨ이[깜짝이다: ᄀᆞᆷᄌᆞᆨ(깜짝: 부사) + -이(사접)-]- + -며(연어, 나열)
20) 座: 좌. 자리. 자기가 앉아 있는 자리이다. ※'座ᄅᆞᆯ 즐기디 아니ᄒᆞ다'는 자리에 앉아 있는 것을 좋아하지 아니하는 것이다.
21) 祥瑞라: 祥瑞(상서) + -Ø(서조)- + -Ø(현시)- + -라(← -다: 평종) ※'祥瑞(상서)'는 복(福)되고 길(吉)한 일이 일어날 조짐이다.
22) 뮈며: 뮈(움직이다, 動)- + -며(연어, 나열)
23) ᄀᆞ장: 크게, 매우, 大, 甚(부사)
24) 양ᄌᆞ로: 양ᄌᆞ(모습, 모양, 樣子) + -로(부조, 방편)
25) 닐어: 닐(← 니르다: 이르다, 曰)- + -어(연어)

[14 앞]

두루뫼화열여듧비니動똥ᄋᆞᆫ뮐씨오
起킝ᄂᆞᆫ니르와ᄃᆞᆯ씨오踊용ᄋᆞᆫ봄뇔씨
오振진ᄋᆞᆫ떨씨오吼흫ᄂᆞᆫ우르씨오擊
격ᄋᆞᆫ다이즐씨라動똥ᄋᆞᆯ세가지로닐
옳ᄃᆞᆫ댄뮈다ᄒᆞ미ᄒᆞᆫ가지오다뮈다ᄒᆞ
미두가지오ᄒᆞᆫ가지로다뮈다ᄒᆞ미세
가지니起킝踊용振진吼흫擊격도다
잇골로닐어세코미라ᄒᆞᆫ갓뮈다ᄒᆞᆯᄲᅮᆫ
ᄒᆞ면世솅界갱옛ᄯᅡ히다뮈윤ᄠᅳ디업
고ᄒᆞᆫ갓다뮈다ᄒᆞ면잠깐뮌ᄃᆡ업시다
골오ᄀᆞ장뮈윤ᄠᅳ디업스릴ᄊᆡ모ᄃᆡ세
가지로닐어ᅀᅡᄀᆞᄌᆞ리라이여슷가짓
動똥起킝踊용振진吼흫擊격을六륙
種종震진動똥이라도ᄒᆞᄂᆞ니六륙種

두루 모아 열여덟이니, 動(동)은 움직이는 것이요, 起(기)는 일으키는 것이요, 踊(용)은 뛰는 것이요, 振(진)은 떠는 것이요, 吼(후)는 소리치는 것이요, 擊(격)은 부딪는 것이다. 動(동)을 세 가지로 말하면 '움직이다' 하는 것이 한 가지요, '다 움직이다' 하는 것이 두 가지요, '한가지로 다 움직이다' 하는 것이 세 가지니, 起(기)·踊(용)·振(진)·吼(후)·擊(격)도 다 이 모양으로 말해서 (각각) 셋씩이다. 오직 '움직이다' 할 뿐이면 世界(세계)의 땅이 다 움직인 뜻이 없고, 오직 '다 움직이다'고 하면 '잠깐(만) 움직인 데가 없이 (모두) 다 고루 움직인 뜻'이 없겠으므로, 반드시 세 가지로 말해야 갖추어져 있으리라. 이 여섯 가지의 動(동)·起(기)·踊(용)·振(진)·(후)·擊(격)을 六種(육종) 震動(진동)이라고도 하나니, 六種(육종)은 두루 뫼화[26] 열여들비니 動똥ᄋᆞᆫ 뮐 씨오 起킝ᄂᆞᆫ 니ᄅᆞ와ᄃᆞᆯ[27] 씨오 踊용ᄋᆞᆫ 봄뇔[28] 씨오 振진ᄋᆞᆫ ᄠᅥᆯ[29] 씨오 吼홓ᄂᆞᆫ 우를[30] 씨오 擊격ᄋᆞᆫ 다이ᅀᅳᆯ[31] 씨라 動똥ᄋᆞᆯ 세 가지로 닐옳[32] 딘댄[33] 뮈다 호미 ᄒᆞᆫ 가지오 다 뮈다 호미 두 가지오 ᄒᆞᆫ 가지로 다 뮈다 호미 세 가지니 起킝踊용振진吼홓擊격도 다 잇 골로[34] 닐어 세코미라[35] ᄒᆞᆫ갓[36] 뮈다 홀 ᄲᆞᆫ[37] ᄒᆞ면 世솅界갱옛 ᄯᅡ히 다 뮈윤[38] ᄠᅳ디 업고 ᄒᆞᆫ갓 다 뮈다 ᄒᆞ면 잢간[39] 뮌 ᄃᆡ 업시 다 골오[40] ᄀᆞ장 뮈윤 ᄠᅳ디 업스릴ᄊᆡ 모ᄃᆡ[41] 세 가지로 닐어ᅀᅡ[42] ᄀᆞᄌᆞ리라[43] 이 여ᅀᅳᆺ 가짓 動똥 起킝 踊용 振진 吼홓 擊격을 六륙種죵震진動똥이라도 ᄒᆞᄂᆞ니 六륙種죵ᄋᆞᆫ

26) 뫼화: 뫼호(모ᄋᆞ다, 集)- + -아(연어)
27) 니ᄅᆞ와ᄃᆞᆯ: 니ᄅᆞ왇[일으키다: 닐(일어나다, 起: 자동)- + -ᄋᆞ(사접)- + -왇(강접)-]- + -ᄋᆞᆯ(관전)
28) 봄뇔: 봄뇌(뛰다, 뛰놀다, 踊)- + -ㄹ(관전)
29) ᄠᅥᆯ: ᄠᅥᆯ(떨다, 振)- + -ㄹ(관전)
30) 우를: 우르(소리치다, 포효하다, 吼)- + -ㄹ(관전)
31) 다이ᅀᅳᆯ: 다잇(부딛다, 擊)- + -을(관전)
32) 닐옳: 닐(← 니ᄅᆞ다: 이르다, 曰)- + -오(대상)- + -ㅭ(관전)
33) 딘댄: ㄷ(← ᄃᆞ: 것, 의명) + -이(서조)- + -ㄴ댄(-면: 연어, 조건)
34) 잇 골로: 이(이것, 此: 지대, 정칭) + -ㅅ(-의: 관조) # 골(꼴, 모양, 形) + -로(부조, 방편)
35) 세코미라: 세ㅎ(셋, 三: 수사, 양수) + -곰(-씩: 보조사, 각자) + -이(서조)- + -Ø(현시)- + -라 (← -다: 평종)
36) ᄒᆞᆫ갓: [한갓, 唯(부사): ᄒᆞᆫ(한, 一: 관사, 양수) + 갓(← 가지: 가지, 類, 의명)]
37) ᄲᆞᆫ: 뿐, 唯(의명)
38) 뮈윤: 뮈(움직이다, 動)- + -Ø(과시)- + -유(← -우-: 대상)- + -ㄴ(관전)
39) 잢간: [잠깐, 暫間(부사): 잠(잠, 暫: 불어) -ㅅ(관조, 사잇) + 간(간, 間: 불어)]
40) 골오: [고루, 均(부사): 골(← 고ᄅᆞ다: 고르다, 均, 형사)- + -오(부접)]
41) 모ᄃᆡ: 반드시, 必(부사)
42) 닐어ᅀᅡ: 닐(← 니ᄅᆞ다: 이르다, 曰)- + -어ᅀᅡ(-어야: 연어, 필연적 조건)
43) ᄀᆞᄌᆞ리라: ᄀᆞᆽ(갖추어져 있다, 具)- + -ᄋᆞ리(미시)- + -라(← -다: 평종)

[14 뒤]

죵ᄋᆞᆫ 여슷 가지오 震진
動똥ᄋᆞᆫ 드러칠씨라 魔망王왕宮궁
이 ᄀᆞ리며 魔망ᄂᆞᆫ ᄀᆞ릴씨니 道똫理링 닷ᄂᆞᆫ 사ᄅᆞ미그에 마ᄀᆞᆯ씨라
魔망ㅣ 네 가지니 煩뻔惱놓魔망와 五
옹陰음魔망와 死ᄉᆞᆼ魔망와 天텬子ᄌᆞᆼ
魔망왜니 五옹陰음은 色ᄉᆡᆨ受쓯想샹
行ᅘᆡᆼ識식이니 煩뻔惱놓ㅅ 젼ᄎᆞ로 눈
과 귀와 고콰 혀와 몸과 ᄠᅳᆮ과 ᄃᆞ외요미
色ᄉᆡᆨ陰음이오 한 煩뻔惱놓 바도미 受
쓯陰음이오 그지업시 ᄉᆞ쵸미 想샹陰
음이오 됴ᄒᆞ며 구즌 ᄆᆞᅀᆞ므로 貪탐ᄒᆞ
며 怒노ᄒᆞᆫ ᄆᆞᅀᆞᆷ과 맛당ᄒᆞ며 몯 맛당ᄒᆞᆫ
法법 니르와도미 行ᅘᆡᆼ陰음이오 누네

여섯 가지요 震動(진동)은 떨어서 움직이는 것이다.】 魔王宮(마왕궁)이 가리며【魔(마)는 가리는 것이니, 道理(도리)를 닦는 사람에게 막는 것이다. 魔(마)가 네 가지이니, 煩惱魔(번뇌마)와 五陰魔(오음마)와 死魔(사마)와 天子魔(천자마)이니, 五陰(오음)은 色(색)·受(수)·想(상)·行(행)·識(식)이니, 煩惱(번뇌)의 까닭으로 눈과 귀와 코와 혀와 몸과 뜻이 되는 것이 色陰(색음)이요, 많은 煩惱(번뇌)를 받는 것이 受陰(수음)이요, 그지없이 생각하는 것이 想陰(상음)이요, 좋으며 궂은 마음으로 貪(탐)하며 怒(노)한 마음과 마땅하며 못 마땅한 法(법)을 일으키는 것이 行陰(행음)이요, 눈에

여슷 가지오 震진動똥ᄋᆞᆫ 드러칠[44] 씨라 】 魔망王왕宮궁이 ᄀᆞ리며[45]【 魔망ᄂᆞᆫ ᄀᆞ릴 씨니 道똫理링 닷ᄂᆞᆫ[46] 사ᄅᆞᄆᆡ 그에[47] 마ᄀᆞᆯ 씨라 魔망ㅣ 네 가지니 煩뻔惱놓魔망와 五옹陰음魔망와 死ᄉᆞᆼ魔망와 天텬子ᄌᆞᆼ魔망왜니[48] 五옹陰음은 色ᄉᆡᆨ 受쓯想샹 行ᅘᆡᆼ 識식이니 煩뻔惱놓ㅅ 젼ᄎᆞ로[49] 눈과 귀와 고콰[50] 혀와 몸과 ᄠᅳᆮ과 ᄃᆞ외요미[51] 色ᄉᆡᆨ陰음이오 한[52] 煩뻔惱놓 바도미[53] 受쓯陰음이오 그지업시[54] ᄉᆞ쵸미[55] 想샹陰음이오 됴ᄒᆞ며[56] 구즌[57] ᄆᆞᅀᆞᄆᆞ로[58] 貪탐ᄒᆞ며 怒농ᄒᆞᆫ ᄆᆞᅀᆞᆷ과 맛당ᄒᆞ며[59] 몯 맛당ᄒᆞᆫ 法법 니르와도미[60] 行ᅘᆡᆼ陰음이오 누네

---

44) 드러칠: 드러치(진동하다, 떨어서 움직이다, 振動)-+-ㄹ(관전)

45) ᄀᆞ리며: ᄀᆞ리(가리다, 가리어지다, 蔽: 자동)-+-며(연어, 나열) ※ 여기서 'ᄀᆞ리다'는 자동사로서 '보이거나 통하지 못하도록 막히다.'의 뜻으로 쓰였다.

46) 닷ᄂᆞᆫ: 닷(← 닭다: 닦다, 修)-+-ᄂᆞ(현시)-+-ㄴ(관전)

47) 사ᄅᆞᄆᆡ 그에: 사ᄅᆞᆷ(사람, 人)+-ᄋᆡ(관조) # 그에(거기에, 彼處: 지대, 정칭) ※ '사ᄅᆞᄆᆡ 그에'는 '사람에게'로 의역하여 옮긴다.

48) 天子魔왜니: 天子魔(천자마)+-와(접조)-+-ㅣ(← -이-: 서조)-+-니(연어, 설명 계속)

49) 젼ᄎᆞ로: 젼ᄎᆞ(까닭, 원인, 이유, 由)+-로(부조, 방편)

50) 고콰: 고ㅎ(코, 鼻)+-과(접조)

51) ᄃᆞ외요미: ᄃᆞ외(되다, 爲)-+-욤(← -옴: 명전)+-이(주조)

52) 한: 하(많다, 多)-+-Ø(현시)-+-ㄴ(관전)

53) 바도미: 받(받다, 受)-+-옴(명전)+-이(주조)

54) 그지업시: [그지없이, 끝없이(부사): 그지(끝, 한도, 限: 명사)+없(없다, 無: 형사)-+-이(부접)]

55) ᄉᆞ쵸미: ᄉᆞ치(생각하다, 想)-+-옴(명전)+-이(주조)

56) 됴ᄒᆞ며: 둏(좋다, 好)-+-ᄋᆞ며(연어, 나열)

57) 구즌: 궂(궂다, 나쁘다, 惡)-+-Ø(현시)-+-은(관전)

58) ᄆᆞᅀᆞᄆᆞ로: ᄆᆞᅀᆞᆷ(마음, 心)+-ᄋᆞ로(부조, 방편)

59) 맛당ᄒᆞ며: 맛당ᄒᆞ[마땅하다, 當(형사): 맛당(마땅: 불어)+-ᄒᆞ(형접)-]-+-며(연어, 나열)

60) 니르와도미: 니르왇[일으키다: 닐(일어나다, 起: 자동)-+-으(사접)-+-왇(강접)-]-+-옴(명전)+-이(주조)

[15 앞]

빗 보며 귀예 소리 드르며 고해 내 마ᄐᆞ며 혀에 맛보며 모매 다히며 ᄠᅳ데 法법 貪탐著ᄹᅡᆨᄒᆞᄆᆞ로 그지업시 ᄀᆞᆯᄒᆡ야 아ᄅᆞ미 識식陰음이라 눈과 귀와 고콰 혀와 몸과 ᄠᅳᆮ과ᄅᆞᆯ 六륙根근이라 ᄒᆞᄂᆞ니 根근은 불휘라 빗과 소리와 香향과 맛과 다홈과 法법과ᄅᆞᆯ 六륙塵띤이라 ᄒᆞᄂᆞ니 塵띤은 ᄃᆞᄐᆞ리라 死ᄉᆞᆼ魔망ᄂᆞᆫ 주기ᄂᆞᆫ 魔망ㅣ오 天텬子ᄌᆞᆼ魔망ᄂᆞᆫ 他탕化황自ᄍᆞᆼ在ᄍᆡᆼ天텬이니 世셩間간ㅅ 樂락애 ᄀᆞ장 貪탐著ᄹᅡᆨᄒᆞ야 邪썅曲콕ᄒᆞᆫ ᄆᆞᅀᆞ므로 聖셩人신ㅅ 涅넗槃빤法법을 새오ᄂᆞ니라

히와 ᄃᆞᆯ와 별왜 다 ᄇᆞᆰ디 아니

빛을 보며 귀에 소리를 들으며 코에 냄새를 맡으며 혀에 맛보며 몸에 대며 뜻에 法(법)을 貪著(탐착)함으로써, 그지없이 선택하여 아는 것이 識陰(식음)이다. 눈과 귀와 코와 혀와 몸과 뜻을 六根(육근)이라 하나니, 根(근)은 뿌리이다. 빛과 소리와 香(향)과 맛과 닿음과 法(법)을 六塵(육진)이라 하나니, 塵(진)은 티끌이다. 死魔(사마)는 죽이는 魔(마)이요, 天子魔(천자마)는 他化自在天(타화자재천)이니, (타화자재천은) 世間(세간)의 樂(낙)에 매우 貪著(탐착)하여 邪曲(사곡)한 마음으로 聖人(성인)의 涅槃法(열반법)을 시샘하느니라.】 해와 달과 별이 다 밝지 아니하며,

빗[61] 보며 귀예 소리 드르며 고해[62] 내[63] 마ᄐᆞ며 혀에 맛보며 모매 다히며[64] ᄠᅳ데[65] 法법 貪탐著땩호ᄆᆞ로[66] 그지업시 ᄀᆞᆯᄒᆞ야[67] 아로미[68] 識식陰음이라 눈과 귀와 고콰[69] 혀와 몸과 ᄠᅳᆮ과ᄅᆞᆯ[70] 六륙根ᄀᆞᆫ이라 ᄒᆞᄂᆞ니 根ᄀᆞᆫ은 불휘라[71] 빗과[72] 소리와 香향과 맛과 다홈과[73] 法법과ᄅᆞᆯ 六륙塵띤이라 ᄒᆞᄂᆞ니 塵띤ᄋᆞᆫ 드트리라[74] 死ᄉᆞᆼ魔망ᄂᆞᆫ 주기ᄂᆞᆫ 魔망ㅣ오 天텬子ᄌᆞᆼ魔망ᄂᆞᆫ 他탕化황自ᄍᆞᆼ在ᄍᆡᆼ天텬[75]이니 世솅間간ㅅ 樂락애 ᄀᆞ장 貪탐著땩ᄒᆞ야 邪썅曲콕[76]ᄒᆞᆫ ᄆᆞᅀᆞᄆᆞ로[77] 聖셩人신ㅅ 涅녏槃빤法법[78]을 새오ᄂᆞ니라[79]】 ᄒᆡ와 ᄃᆞᆯ와 별왜[80] 다 ᄇᆞᆰ디 아니ᄒᆞ며

---

61) 빗: 빗(← 빛: 빛, 光)
62) 고해: 곻(코, 鼻) + -애(-에: 부조, 위치)
63) 내: 내, 냄새, 臭.
64) 다히며: 다히[대다, 接: ᄃᆞᇂ(ᄃᆞᇂ다, 觸: 자동)- + -이(사접)-]- + -며(연어, 나열)
65) ᄠᅳ데: ᄠᅳᆮ(뜻, 意) + -에(부조, 위치)
66) 貪著호ᄆᆞ로: 貪著ㅎ[← 貪著ᄒᆞ다(탐착하다): 貪著(탐착) + -ᄒᆞ(동접)]- + -옴(명전) + -ᄋᆞ로(부조, 방편) ※ '貪著(탐착)'은 만족할 줄 모르고 탐하는 마음을 버리지 못하는 것이다.(= 貪着, 탐착)
67) ᄀᆞᆯᄒᆞ야: ᄀᆞᆯᄒᆞ이(← ᄀᆞᆯᄒᆡ다: 가리다, 선택하다, 別, 選)- + -아(연어)
68) 아로미: 알(알다, 知)- + -옴(명전) + -이(주조)
69) 고콰: 곻(코, 鼻) + -과(접조)
70) ᄠᅳᆮ과ᄅᆞᆯ: ᄠᅳᆮ(뜻, 意) + -과(접조) + -ᄅᆞᆯ(목조)
71) 불휘라: 불휘(뿌리, 根) + -Ø(← -이-: 서조)- + -Ø(현시)- + -라(← -다: 평종)
72) 빗과: 빗(← 빛: 빛, 光) + -과(접조)
73) 다홈: 다히[대다: ᄃᆞᇂ(ᄃᆞᇂ다, 觸: 자동)- + -이(사접)-]- + -옴(명전) + -과(접조)
74) 드트리라: 드틀(티끌, 塵) + -이(서조)- + -Ø(현시)- + -라(← -다: 평종)
75) 他化自在天: 타화자재천. 욕계의 가장 높은 데에 있는 하늘으로서 여기에 마왕(魔王)이 있다.
76) 邪曲: 사곡. 요사스럽고 교활한 것이다.
77) ᄆᆞᅀᆞᄆᆞ로: ᄆᆞᅀᆞᆷ(마음, 心) + -ᄋᆞ로(부조, 방편)
78) 涅槃法: 열반법. 번뇌의 불을 없애서 깨달음의 지혜인 보리(菩提)를 완성한 경지이다.
79) 새오ᄂᆞ니라: 새오(새우다, 시샘하다, 猜)- + -ᄂᆞ(현시)- + -니(원칙)- + -라(← -다: 평종)
80) 별왜: 별(별, 星) + -와(접조) + -ㅣ(← -이: 주조)

[15 뒤]

ᄒᆞ며 八밣部뽕ㅣ 다 놀라더니 그저긔
諸졍天텬이 뎌 두 相샹ᄋᆞᆯ 보ᅀᆞᆸ고 모다
ᄎᆞ기 너겨 ᄂᆞ리디 마ᄅᆞ시고 오래 겨쇼
셔 ᄒᆞ거늘 菩뽕薩삻이 니ᄅᆞ샤ᄃᆡ 살면
모ᄃᆡ 죽고 어울면 모ᄃᆡ 버으는 거시니
一ᅙᅵᇙ切쳉ㅅ 이리 長땽常썅 ᄒᆞᆫ가지 몯
ᄃᆞ욀ᄊᆡ 寂쩍滅멿이ᅀᅡ 즐거ᄫᅳᆫ 거시라

八部(팔부)가 다 놀라더니, 그때에 諸天(제천)이 저 두 想(상)을 보고 모두 측은히 여겨, "(인간 세계에) 내리지 마시고 오래 계시소서." 하거늘, 菩薩(보살)이 이르시되 "살면 반드시 죽고 합치면 반드시 흩어지는 것이니, 一切(일체)의 일이 長常(장상) 한 가지가 못 되므로, 寂滅(적멸)이야말로 즐거운 것이다."

八바ᇙ部뽕[81]ㅣ 다 놀라더니 그 저긔 諸졍天텬이 뎌[82] 두 相샹[83]ᄋᆞᆯ 보ᅀᆞᆸ고[84] 모다[85] ᄎᆞ기[86] 너겨 ᄂᆞ리디[87] 마ᄅᆞ시고[88] 오래[89] 겨쇼셔[90] ᄒᆞ거늘 菩뽕薩사ᇙ이 니ᄅᆞ샤ᄃᆡ 살면 모ᄃᆡ[91] 죽고 어울면[92] 모ᄃᆡ 버으는[93] 거시니 一ᅙᅵᇙ切촁ㅅ 이리 長땽常썅[94] ᄒᆞᆫ 가지[95] 몯 ᄃᆞ욀ᄊᆡ 寂쪅滅며ᇙ이ᅀᅡ[96] 즐거ᄫᅳᆫ[97] 거시라[98]

---

81) 八部: 팔부. 사천왕에 딸린 여덟 귀신이다. '건달바(乾闥婆), 비사사(毘舍闍), 구반다(鳩槃茶), 아귀(餓鬼), 제용중(諸龍衆), 부단나(富單那), 야차(夜叉), 나찰(羅刹)' 등이 있다.

82) 뎌: 저. 彼(관사, 지시, 정칭)

83) 相: 상. 볼 수 있고, 알 수 있는 모습이다.

84) 보ᅀᆞᆸ고: 보(보다, 見)- + -ᅀᆞᆸ(객높)- + -고(연어, 나열, 계기)

85) 모다: [모두, 悉(부사): 몯(모이다, 集)- + -아(연어 ▷ 부접)]

86) ᄎᆞ기: [불쌍하게, 측은하게(부사): ᄎᆞᆨ(측, 惻: 불어) + -Ø(← -ᄒᆞ-: 형접)- + -이(부접)]

87) ᄂᆞ리디: ᄂᆞ리(내리다, 降)- + -디(-지: 연어, 부정)

88) 마ᄅᆞ시고: 말(말다, 勿: 보용, 부정)- + -ᄋᆞ시(주높)- + -고(연어, 나열)

89) 오래: [오래, 久(부사): 오라(오래다, 久: 형사)- + -ㅣ(← -이: 부접)]

90) 겨쇼셔: 겨(← 겨시다: 계시다, 在)- + -쇼셔(명종, 아주 높임)

91) 모ᄃᆡ: 반드시, 必(부사)

92) 어울면: 어울(어울리다, 합치다, 合)- + -면(연어, 조건)

93) 버으는: 버으(← 버을다: 벌어지다, 멀어지다, 隔)- + -느(↚ ᄂᆞ-: 현시)- + -ㄴ(관전) ※ '-느-'는 현재 시제의 선어말 어미인 '-ᄂᆞ-'의 오기이다.

94) 長常: 장상. 늘, 항상(부사)

95) ᄒᆞᆫ 가지: ᄒᆞᆫ(한, 一: 관사, 양수) # 가지(가지, 種類: 의명) + -Ø(← -이: 보조)

96) 寂滅이ᅀᅡ: 寂滅(적멸) + -이(주조) + -ᅀᅡ(보조사, 한정 강조) ※ '寂滅(적멸)'은 사라져 없어지는 것, 곧 죽음을 이르는 말이다.

97) 즐거ᄫᅳᆫ: 즐거ᇦ[← 즐겁다, ㅂ불(즐겁다, 喜): 즑(즐거워하다, 歡: 자동)- + -업(형접)-]- + -Ø(현시)- + -은(관전)

98) 거시라: 것(것: 의명) + -이(서조)- + -Ø(현시)- + -라(← -다: 평종)

[16 앞]

寂쪅滅몛은 괴외히 업슬씨니 佛뿛性셩ㅅ 가온ᄃᆡ ᄒᆞᆫ 相샹도 업슬씨라 相샹이 업서 ᄒᆞ논 이리 업서 죽사릿 큰 시르미 다 업슬씨 즐겁다 ᄒᆞ시니라 ○ 寂쪅滅몛은 사도 아니ᄒᆞ며 죽도 아니ᄒᆞᆯ씨니 衆즁生ᄉᆡᇰ은 煩뻔惱놓ᄅᆞᆯ 몯 ᄡᅳ러ᄇᆞ려 이리 이실ᄊᆡ 됴ᄒᆞᆫ 일 지ᄉᆞᆫ 因힌緣원ᄋᆞ로 後ᅘᇢ生ᄉᆡᇰ애 됴ᄒᆞᆫ 몸 ᄃᆞ외오 머즌 일 지ᄉᆞᆫ 因힌緣원ᄋᆞ로 後ᅘᇢ生ᄉᆡᇰ애 머즌 몸 ᄃᆞ외야 살락 주그락 ᄒᆞ야 그지업시 受쓯苦콩ᄒᆞ거니와 부텨는 죽사리 업스실ᄊᆡ 寂쪅滅몛이 즐겁다 ᄒᆞ시니라

내 釋셕種종애 가 나아 出츓家강ᄒᆞ

【寂滅(적멸)은 고요히 없는 것이니, 佛性(불성)의 가운데에 하나의 相(상)도 없는 것이다. 相(상)이 없어서 하는 일이 없어 생사(生死)의 큰 시름이 다 없으므로, "즐겁다." 하셨니라. ○ 寂滅(적멸)은 살지도 아니하며 죽지도 아니하는 것이니, 衆生(중생)은 煩惱(번뇌)를 못 쓸어버려서 일이 있으므로, 좋은 일을 지은 因緣(인연)으로 後生(후생)에 좋은 몸이 되고, 흉한 일을 지은 因緣(인연)으로 後生(후생)에 흉한 몸이 되어, 살락 죽을락 하여 그지없이 受苦(수고)하거니와, 부처는 생사가 없으시므로 "寂滅(적멸)이 즐겁다." 하셨니라.】 내가 釋種(석종)에 가 나서 出家(출가)하여,

【寂쪅滅ᄆᆑᇙ은 괴외히[99] 업슬 씨니 佛뿛性셩[100]ㅅ 가온ᄃᆡ ᄒᆞᆫ 相샹도 업슬 씨라 相샹이 업서 ᄒᆞ논[1] 이리[2] 업서 죽사릿[3] 큰 시르미[4] 다 업슬씨 즐겁다 ᄒᆞ시니라[5] ○ 寂쪅滅ᄆᆑᇙ은 사도[6] 아니ᄒᆞ며 죽도[7] 아니ᄒᆞᆯ 씨니 衆즁生싱ᄋᆞᆫ 煩뻔惱놓ᄅᆞᆯ 몯 ᄡᅳ러[8] ᄇᆞ려[9] 이리 이실씨 됴ᄒᆞᆫ 일 지ᅀᅮᆫ[10] 因인緣원으로 後ᅘᅮᇢ生싱애 됴ᄒᆞᆫ 몸 ᄃᆞ외오[11] 머즌[12] 일 지ᅀᅮᆫ 因인緣원으로 後ᅘᅮᇢ生싱애 머즌 몸 ᄃᆞ외야 살락[13] 주그락 ᄒᆞ야 그지업시 受쓔ᇢ苦콩ᄒᆞ거니와[14] 부텨는 죽사리 업스실씨 寂쪅滅ᄆᆑᇙ이 즐겁다 ᄒᆞ시니라】 내[15] 釋셕種죵[16]애 가 나아 出ᄎᆔᇙ家강ᄒᆞ야

99) 괴외히: [고요히, 寂(부사): 괴외(고요: 명사) + -ㅎ(← -ᄒᆞ-: 형접)- + -이(부접)]
100) 佛性: 불성. 진리를 깨달은, 부처의 본성이다.
1) ᄒᆞ논: ᄒᆞ(하다, 爲)- + -ㄴ(← -ᄂᆞ-: 현시)- + -오(대상)- + -ㄴ(관전)
2) 이리: 일(일, 事) + -이(주조)
3) 죽사릿: [죽고 사는 것, 生死: 죽(죽다, 死)- + 살(살다, 生)- + -이(명접)] + -ㅅ(-의: 관조)
4) 시르미: 시름(시름, 근심, 愁)- + -이(주조)
5) ᄒᆞ시니라: ᄒᆞ(하다, 曰)- + -시(주높)- + -Ø(과시)- + -니(원칙)- + -라(← -다: 평종)
6) 사도: 사(← 살다: 살다, 生)- + -Ø(← -디: 연어, 부정) - + -도(보조사, 마찬가지) ※ '사도'는 '사디도'에서 연결 어미인 '-디'가 생략된 형태이다.
7) 죽도: 죽(죽다, 死)- + -Ø(← -디: 연어, 부정) - + -도(보조사, 마찬가지)
8) ᄡᅳ러: ᄡᅳᆯ(쓸다, 없애다, 掃)- + -어(연어)
9) ᄇᆞ려: ᄇᆞ리(버리다: 보용, 완료)- + -어(연어)
10) 지ᅀᅮᆫ: 지ᇫ(← 짓다, ㅅ불: 짓다, 製)- + -Ø(과시)- + -우(대상)- + -ㄴ(관전)
11) ᄃᆞ외오: ᄃᆞ외(되다, 爲)- + -오(← -고: 연어, 나열)
12) 머즌: 멎(흉하다, 나쁘다, 凶: 형사)- + -Ø(현시)- + -ㄴ(관전)
13) 살락: 살(살다, 生)- + -락(연어, 대립적 반복)
14) 受苦ᄒᆞ거니와: 受苦ᄒᆞ[수고하다(동사): 受苦(수고: 명사) + -ᄒᆞ(동접)-] + -거니와(연어, 대조)
15) 내: 나(나, 我: 인대) + -ㅣ(← -이: 주조)
16) 釋種: 석종. 석가모니의 종족(種族)이다.

부처가 되어 衆生(중생)을 爲(위)하여 큰 法幢(법당)을 세우고【幢(당)은 부처의 威儀(위의)에 蓋(개)와 같은 것이니, 부처께 붙은 것이므로 法幢(법당)이라 하느니라. 幢(당)을 세우는 것은, 어진 將軍(장군)이 旗(기)를 세우고 魔軍(마군)을 降伏(항복)시키는 것과 (같고), 부처가 煩惱(번뇌)의 바다를 마르게 하시는 것과 같으니라.】 큰 法會(법회)를 할 적에【會(회)는 모이는 것이니, 부처께 사람이 모이는 것을 法會(법회)라 하느니라.】 天人(천인)을 다 請(청)하리니, 너희도 그 法食(법식)을 먹으리라."

부텨 ᄃᆞ외야 衆즁生ᄉᆡᇰ 爲윙ᄒᆞ야 큰 法법幢땅[17] 셰오[18]【幢땅ᄋᆞᆫ 부텻 威휭儀읭[19]예 蓋갱[20] ᄀᆞᄐᆞᆫ 거시니 부텨ᄭᅴ 브튼 거실ᄊᆡ 法법幢땅이라 ᄒᆞᄂᆞ니라 幢땅 셰샤ᄆᆞᆫ[21] 어딘 將쟝軍군이 旗끵 셰오 魔망軍군 降ᅘᅡᇰ伏뽁히욤과[22] 부톄 煩뻔惱놓 바ᄅᆞᄅᆞᆯ[23] 여위우샤미[24] ᄀᆞᆮᄒᆞ니라[25]】 큰 法법會ᅘᅬᆼ ᄒᆞᇙ 저긔【會ᅘᅬᆼᄂᆞᆫ 모ᄃᆞᆯ[26] 씨니 부텨ᄭᅴ 사ᄅᆞᆷ 모도ᄆᆞᆯ 法법會ᅘᅬᆼ라 ᄒᆞᄂᆞ니라】 天텬人신[27]ᄋᆞᆯ 다 請쳥ᄒᆞ리니 너희도 그 法법食씩[28]을 머그리라

---

17) 法幢: 법당. 법회 따위의 의식이 있을 때에, 절의 문 앞에 세우는 기(旗)이다. 장대 끝에 용머리를 만들고, 깃발에 불화(佛畫)를 그려 불보살의 위엄을 나타내는 장식 도구이다.

18) 셰오: 셰[세우다, 立: 셔(서다, 立: 자동)-+-ㅣ(←-이-: 사접)-]-+-오(←-고: 연어, 나열, 계기)

19) 威儀: 위의. 위엄이 있고 엄숙한 태도나 차림새, 혹은 예법에 맞는 몸가짐이다.

20) 蓋: 蓋(개)+-Ø(←-이: 부조, 비교) ※ '蓋(개)'는 불좌 또는 높은 좌대를 덮는 장식품이다. 나무나 쇠붙이로 만들어 법회 때에 법사(法師)의 위를 덮는다. 원래는 인도에서 햇볕이나 비를 가리기 위하여 쓰던 우산 같은 것이었다.

21) 셰샤ᄆᆞᆫ: 셰[세우다, 立: 셔(서다, 立: 자동)-+-ㅣ(←-이-: 사접)-]-+-샤(←-시-: 주높)-+-ㅁ(←-옴: 명전)+-ᄋᆞᆫ(보조사, 주제)

22) 降伏히욤과: 降伏히[항복시키다: 降伏(항복)+-ᄒᆞ(동접)-+-ㅣ(←-이-: 사접)-]-+-욤(←-옴: 명전)+-과(접조)

23) 바ᄅᆞᄅᆞᆯ: 바ᄅᆞᆯ(바다, 海)+-ᄋᆞᆯ(목조)

24) 여위우샤미: 여위우[여위게 하다, 말리다: 여위(여위다, 마르다, 瘦: 자동)-+-우(사접)-]-+-샤(←-시-: 주높)-+-ㅁ(←-옴: 명전)+-이(부조, 비교)

25) ᄀᆞᆮᄒᆞ니라: ᄀᆞᆮᄒᆞ(같다, 同)-+-Ø(현시)-+-니(원칙)-+-라(←-다: 평종)

26) 모ᄃᆞᆯ: 몯(모이다, 會)-+-ᄋᆞᆯ(관전)

27) 天人: 천인. 천상계와 인간계의 중생이다.

28) 法食: 법식. 법문이나 법설 등을 듣거나 공부하는 것을 음식물에 비유한 말이다. 사람이 음식을 먹어야 육신의 건강을 유지하게 되듯이 대도에 발심한 공부인이 지혜를 밝히기 위해서는 법문을 공부하거나 법설을 많이 듣는 것이 필요하다.

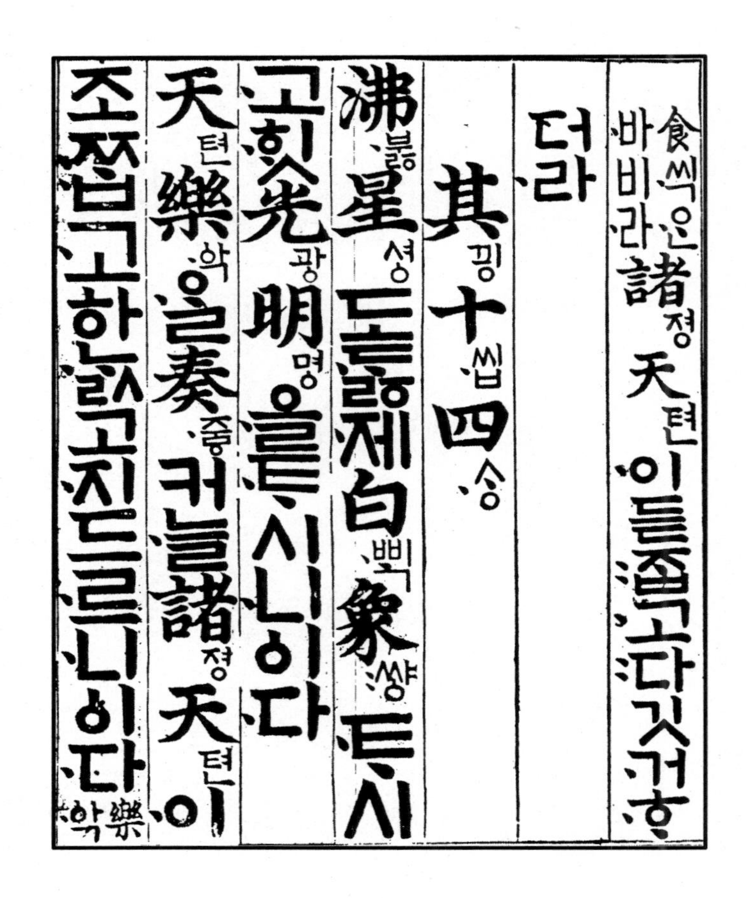

食씩ᄋᆞᆫ 바비라 諸졍天텬이 듣ᄌᆞᆸ고 다 깃거ᄒᆞ더라

其끵十씹四ᄉᆞᆼ

沸븛星셩 도ᄃᆞᇙ 제 白ᄇᆡᆨ象썅 ᄐᆞ시고 ᄒᆡᆺ 光광明명을 ᄐᆞ시니이다

天텬樂악ᄋᆞᆯ 奏ᄌᆞᇰ커늘 諸졍天텬이 조ᄍᆞᆸ고 하ᄂᆞᇗ 고지 드르니이다 樂악

【 食(식)은 밥이다. 】 諸天(제천)이 듣고 다 기뻐하더라.

其十四(기십사)

沸星(불성)이 돋을 때에 白象(백상)을 타시고 해의 光明(광명)을 타셨습니다. 天樂(천악)을 奏(주)하거늘 諸天(제천)이 쫓고 하늘의 꽃이 떨어졌습니다.

【 樂(악)은

【食씩ᄋᆞᆫ 바비라[29]】 諸졍天텬이 듣ᄌᆞᆸ고 다 깃거ᄒᆞ더라[30]

其끵十씹四ᄉᆞᆼ

沸부ᇙ星셩[31] 도ᄃᆞᇙ[32] 제 白뼥象썅[33] ᄐᆞ시고[34] ᄒᆡᆺ[35] 光광明명을 ᄐᆞ시니이다[36]

天텬樂악ᄋᆞᆯ 奏주ᇶ커늘[37] 諸졍天텬이 조ᄍᆞᆸ고[38] 하ᄂᆞᆳ 고지 드르니이다[39]【樂악ᄋᆞᆫ

---

29) 바비라: 밥(밥, 飯) + -이(서조)- + -Ø(현시)- + -라(← -다: 평종)

30) 깃거ᄒᆞ더라: 깃거ᄒᆞ[기뻐하다, 歡: ᄀᆡᇧ(기뻐하다, 歡)- + -어(연어) + ᄒᆞ(하다, 爲: 보용)-]- + -더(회상)- + -라(← -다: 평종)

31) 沸星: 불성. 상서(祥瑞)로운 별의 이름이다. 서천말로 불사(弗沙)·부사(富沙)·발사(勃沙)·설도(說度)라고 하는데, 이십팔 수(二十八宿) 가운데 귀수(鬼宿)이다. 여래(如來)가 성도(成道)와 출가(出家)를 모두 이월(二月) 팔일(八日) 귀수가 어울러질 때에 하였으므로, 복덕(福德)이 있는 상서로운 별이다.

32) 도ᄃᆞᇙ: 돋(돋다, 出)- + -ᄋᆞᇙ(관전)

33) 白象: 백상. 여섯 개의 이빨이 나 있는 흰 코끼리이다.

34) ᄐᆞ시고: ᄐᆞ(타다, 乘)- + -시(주높)- + -고(연어, 나열, 계기)

35) ᄒᆡᆺ: ᄒᆡ(해, 日) + -ㅅ(-의: 관조)

36) ᄐᆞ시니이다: ᄐᆞ(타다, 乘)- + -시(주높)- + -Ø(과시)- + -니(원칙)- + -이(상높)- + -다(평종)

37) 奏커늘: 奏ㅎ[← 奏ᄒᆞ다(연주하다): 奏(주: 불어) + -ᄒᆞ(동접)-]- + -거늘(연어, 상황)

38) 조ᄍᆞᆸ고: 좇(좇다, 從)- + -ᄌᆞᆸ(객높)- + -고(연어, 나열, 계기)

39) 드르니이다: 듣(듣다, 떨어지다, 落)- + -Ø(과시)- + -으니(원칙)- + -이(상높)- + -다(평종)

[17 뒤]

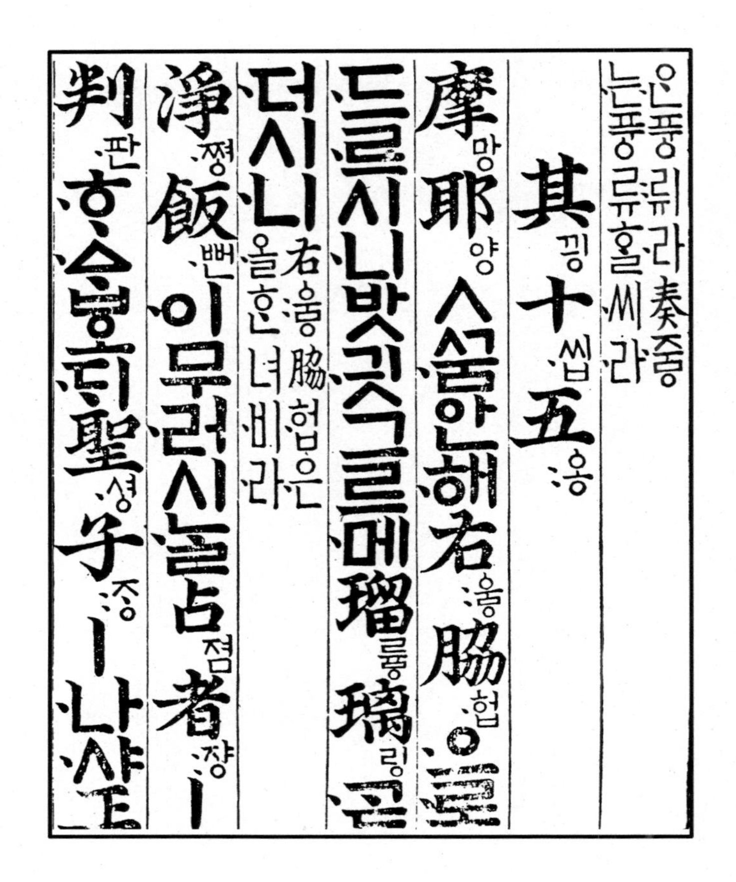
은풍륭ㅣ라 奏즇는 풍륭ᄒᆞᆯ 씨라
其끵十씹五옹
摩망耶양ㅅ ᄭᅮᆷ 안해 右ᇢ脇헙으로
드르시니 밧긧 그르메 瑠륳璃링 ᄀᆞᆮ
더시니 右ᇢ脇헙은 올ᄒᆞᆫ 녀비라
淨쪙飯뻔이 무르시ᇙ 占졈者쟝ㅣ
判판ᄒᆞᅀᆞᄫᅩᄃᆡ 聖셩子ᄌᆼㅣ 나샤

풍류이다. 奏(주)는 풍류하는 것이다.】

其十五(기십오)

摩耶(마야)의 꿈 안에 (보살이) 右脇(우협)으로 드시니, 밖에 있는 그림자가 瑠璃(유리)와 같으시더니.【右脇(우협)은 오른 옆구리이다.】

淨飯(정반)이 물으시거늘 占者(점자)가 判(판)하되, 聖子(성자)가 나시어

풍류라[40] 奏줗는 풍류ᄒᆞᆯ 씨라】

其끵十씹五옹

摩망耶양[41]ㅅ ᄭᅮᆷ[42] 안해[43] 右웋脇협[44]으로 드르시니[45] 밧긧[46] 그르메[47] 瑠륳璃링[48] ᄀᆞᆮ더시니[49]【 右웋脇협은 올ᄒᆞᆫ[50] 녀비라[51] 】

淨쪙飯뻔[52]이 무러시ᄂᆞᆯ[53] 占졈者쟝[54] ㅣ 判판ᄒᆞᅀᆞᄫᅩᄃᆡ[55] 聖셩子중ㅣ[56] 나샤

---

40) 풍류라: 풍류(풍류, 風流)+-ㅣ(←-이-: 서조)-+-Ø(현시)-+-라(←-다: 평종)

41) 摩耶: 마야. 석가의 어머니로서 룸비니 동산의 무우수(無憂樹) 아래에서 석가를 낳았다. 석가 출산 후 7일 만에 타계했다고 전해진다.

42) ᄭᅮᆷ: 꿈, 夢.

43) 안해: 안ㅎ(안, 內)+-애(-에: 부조, 위치)

44) 右脇: 우협, 오른쪽 옆구리이다.

45) 드르시니: 들(들다, 入)-+-으시(주높)-+-니(연어, 설명 계속)

46) 밧긧: 밨(밖, 外)+-의(-에: 부조, 위치)+-ㅅ(-의: 관조)

47) 그르메: 그르메(그림자, 影)+-Ø(←-이: 주조)

48) 瑠璃: 瑠璃(유리)+-Ø(←-이: 부조, 비교) ※ '瑠璃(유리)'는 인도의 고대 7가지 보배 중 하나로서, 산스크리트어로 바이두르야(vaidūrya)라 한다. 묘안석의 일종으로, 광물학적으로는 녹주석이다.

49) ᄀᆞᆮ더시니: ᄀᆞᆮ(←ᄀᆞᇀ다←ᄀᆞᆮᄒᆞ다: 같다, 同)-+-더(회상)-+-시(주높)-+-니(평종, 반말) ※ 'ᄀᆞᆮ더시니'는 'ᄀᆞᆮ더시니이다'에서 '-이(상높, 아주 높임)-+-다(평종)'가 생략된 형태이다.

50) 올ᄒᆞᆫ: [오른, 右: 옳(옳다, 是: 형사)-+-ᄋᆞᆫ(관전▷관접)]

51) 녀비라: 녑(옆구리, 脇)+-이(서조)-+-Ø(현시)-+-라(←-다: 평종)

52) 淨飯: 정반. 정반왕. 중인도 가비라국(迦毗羅國)의 임금으로 석존(釋尊)의 아버지이다. 사자협왕(師子頰王)의 아들이며, 정반왕의 맏아드님은 석가여래(釋迦如來)이시고, 작은 아들은 난타(難陀)이다.

53) 무러시ᄂᆞᆯ: 물(←묻다, ㄷ불: 묻다, 問)-+-시(주높)-+-어…ᄂᆞᆯ(-거늘: 연어, 상황)

54) 占者: 점자. 점을 치는 사람이다.

55) 判ᄒᆞᅀᆞᄫᅩᄃᆡ: 判ᄒᆞ[판단하다: 判(판: 불어)+-ᄒᆞ(동접)-]-+-ᅀᆞᇦ(←-ᄉᆞᇦ-: 객높)-+-오ᄃᆡ(-되: 연어, 설명 계속)

56) 聖子ㅣ: 聖子(성자)+-ㅣ(←-이: 주조) ※ '聖子(성자)'는 성스러운 아들이다.

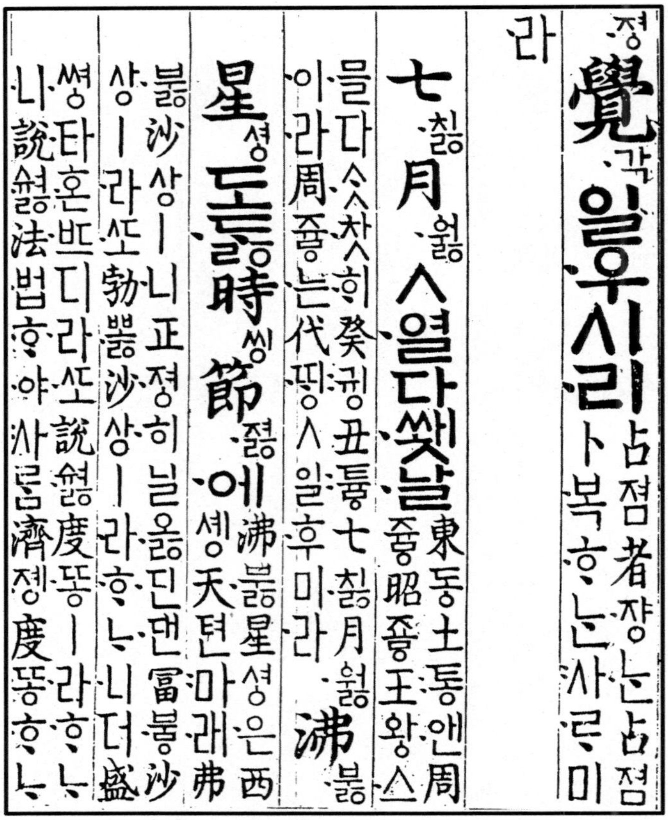

正覺(정각)을 이루시리【占者(점자)는 占卜(점복)하는 사람이다.】

七月(칠월)의 열다섯 날【東土(동토)에는 周(주)나라 昭王(소왕) 스물다섯째의 해인 癸丑(계축)년 七月(칠월)이다. 周(주)는 代(대)의 이름이다.】 沸星(불성)이 돋을 時節(시절)에【沸星(불성)은 西天(서천)의 말에 弗沙(불사)이니, 正(정)히 말할 것이면 '富沙(부사)'이다. 또 勃沙(발사)라고 하나니, '더 盛(성)하다'라고 한 뜻이다. 또 '說度(설도)'이라고 하나니, "說法(설법)하여 사람을 濟度(제도)한다."고

正정覺각[57] 일우시리[58]【占졈者쟝ᄂᆞᆫ 占졈卜복[59]ᄒᆞᄂᆞᆫ 사ᄅᆞ미라】

七칧月웛ㅅ 열다쐣[60] 날【東동土통앤[61] 周쥼 昭쑝王왕[62] 스믈다ᄉᆞᆺ찻[63] ᄒᆡ 癸귕丑튷 七칧月웛이라 周쥼[64]는 代땡[65]ㅅ 일후미라[66]】 沸붏星셩 도ᄃᆞᇙ 時씽節졇에【沸붏星셩은 西솅天텬[67] 마래 弗붏沙상ㅣ니 正졍히[68] 닐옳 딘댄[69] 富붛沙상ㅣ라 ᄯᅩ 勃뽏沙상ㅣ라 ᄒᆞᄂᆞ니 더 盛쎵타[70] ᄒᆞᆫ ᄠᅳ디라 ᄯᅩ 說쉃度똥ㅣ라 ᄒᆞᄂᆞ니 說쉃法법ᄒᆞ야 사ᄅᆞᆷ 濟졩度똥ᄒᆞᄂᆞ다

---

57) 正覺: 정각. 올바른 깨달음이다. 일체의 참된 모습을 깨달은 더할 나위 없는 지혜이다.
58) 일우시리: 일우[이루다, 成: 일(이루어지다, 成: 자동)- + -우(사접)-]- + -시(주높)- + -리(평종, 반말, 미시) ※ '일우시리'는 '일우시리이다'에서 '-이(상높, 아주 높임)- + -다(평종)'가 생략된 형태이다.
59) 占卜: 점복. 점을 치는 일이다.
60) 열다쐣: 열다쐐[열닷새: 열(열, 十: 수사, 양수) + 다쐐(닷새, 五日: 명사)] + -ㅅ(-의:관조)
61) 東土앤: 東土(동토, 중국) + -애(-에: 부조, 위치) + -ㄴ(←-ᄂᆞᆫ: 보조사, 주제) ※ '東土(동토)'는 중국을 이른다.
62) 昭王: 중국 주나라 서주 시대의 제4대 왕이다. 성은 희(姬), 이름은 하(瑕), 시호는 소왕(昭王)이다.
63) 스믈다ᄉᆞᆺ찻: 스믈다ᄉᆞᆺ차[스물다섯째: 스믈(스물, 二九: 수사) + 다ᄉᆞᆺ(다섯, 五: 수사) + -차(-째: 접미, 서수)] + -ㅅ(-의: 관조)
64) 周: 주. 중국의 고대 왕조(B.C.1046~B.C.771)이다. 상(商)나라 다음의 왕조이며, 이전의 하(夏)·상(商)과 더불어 삼대(三代)라 한다.
65) 代: 시대, 왕조.
66) 일후미라: 일훔(이름, 名) + -이(서조)- + -Ø(현시)- + -라(←-다: 평종)
67) 西天: 서천. 중국 서역 지방에 있던 여러 나라를 통틀어서 이르는 말이다. 여기서는 석가모니가 태어난 고대 인도를 이른다.
68) 正히: [정히, 진짜로(부사): 正(정: 명사) + -ㅎ(←-ᄒᆞ-: 형접)- + -이(부접)]
69) 닐옳 딘댄: 닐(←니ᄅᆞ다: 이르다, 曰)- + -오(대상)- + -ㅭ(관전) # ㄷ(←ᄃᆞ: 것, 의명) + -이(서조)- + -ㄴ댄(-면: 연어, 조건)
70) 盛타: 盛ㅎ[←盛ᄒᆞ다(성하다): 盛(성: 불어) + -ㅎ(←-ᄒᆞ-: 형접)-] + -다(평종)

[18 뒤]

한 뜻이다. 이것이 二十八(이십팔) 宿(수)의 中(중)에 鬼星(귀성)의 이름이니, 如來(여래)가 成道(성도)를 (위한) 出家(출가)를 다 二月(이월) 八日(팔일)에 鬼宿(귀수)가 어울릴 적에 하시니, 福德(복덕)이 있는 祥瑞(상서)의 별이다. 】, (보살이) 여섯 어금니를 가진 白象(백상)을 타시고 해를 타시어 兜率宮(도솔궁)으로부터서 내려오실 적에, 世界(세계)에 차서 放光(방광)하시고 【 放(방)은 펴는 것이다. 】 諸天(제천)이 虛空(허공)에 가득히 (보살을) 껴서 좇아서 오며 혼 ᄠᅳ디라 이[71] 二ᅀᅵᆼ十씹八밣宿슉ㅅ[72] 中듕에 鬼귕星셩[73] 일후미니 如셩來ᄅᆡᆼ 成쎵道땋[74] 出츓家강ᄅᆞᆯ 다 二ᅀᅵᆼ月ᅌᅯᇙ 八밣日ᅀᅵᇙ 鬼귕宿슉 어욿[75] 저긔 ᄒᆞ시니 福복德득 잇ᄂᆞᆫ 祥썅瑞쒕옛[76] 벼리라[77]】 여슷 엄[78] 가진 白ᄈᆡᆨ象썅[79] ᄐᆞ샤 히 ᄐᆞ샤 兜듷率ᅀᅮᇙ宮궁으로셔[80] ᄂᆞ려오싫[81] 저긔 世솅界갱예 차[82] 放방光광ᄒᆞ시고[83]【放방ᄋᆞᆫ 펼 씨라】 諸졍天텬이 虛헝空콩애 ᄀᆞᄃᆞ기[84] ᄣᅧ[85] 좃ᄌᆞᄫᅡ[86] 오며

---

71) 이: 이(이것, 此: 지대, 정칭) + -Ø(← -이: 주조)

72) 二十八 宿ㅅ: 二十八宿(이십팔수: 별자리) + -ㅅ(-의: 관조) ※ '이십팔수(二十八 宿)'는 천구(天球)를 황도(黃道)에 따라 스물여덟으로 등분한 구획이나 또는 그 구획의 별자리이다.

73) 鬼星: 귀성. 28수 가운데 스물셋째 별자리의 별들이다. 대한(大寒) 때에, 해가 뜨고 질 때에 정남쪽에 나타난다.

74) 成道: 성도. 불도를 완성하는 뜻이다.

75) 어욿: 어울(어울리다, 합하다, 合)- + -ㅭ(관전)

76) 祥瑞옛: 祥瑞(상서) + -예(← -에: 부조, 위치) + -ㅅ(-의: 관조) ※ '祥瑞(상서)'는 복되고 길한 일이 일어날 조짐이다.

77) 벼리라: 별(별, 星) + -이(서조)- + -Ø(현시)- + -라(← -다: 평종)

78) 엄: 어금니, 牙.

79) 白象: 백상. 흰코끼리이다.

80) 兜率宮으로셔: 兜率宮(도솔궁) + -으로(부조, 방향) + -셔(-서: 부조, 위치 강조) ※ '兜率宮(도솔궁)'은 도솔천에 있는 궁전이다.

81) ᄂᆞ려오싫: ᄂᆞ려오[내려오다, 降: ᄂᆞ리(내리다, 降)- + -어(연어) + 오(오다, 來)-]- + -시(주높)- + -ㅭ(관전)

82) 차: ㅊ(← ᄎᆞ다: 차다, 滿)- + -아(연어)

83) 放光ᄒᆞ시고: 放光ᄒᆞ[방광하다: 放光(방광) + -ᄒᆞ(동접)-]- + -시(주높)- + -고(연어, 나열) ※ '放光(방광)'은 부처가 광명을 내는 것이다.

84) ᄀᆞᄃᆞ기: [가득히, 滿(부사): ᄀᆞᄃᆞᆨ(가득, 滿: 부사) + -Ø(← -ᄒᆞ-: 형접)- + -이(부접)]

85) ᄣᅧ: ᄣᅵ(끼다, 挾)- + -어(연어)

86) 좃ᄌᆞᄫᅡ: 좃(← 좇다: 쫓다, 從)- + -ᅀᆞᆸ(← -ᄌᆞᆸ-: 객높)- + -아(연어)

[19 앞]

류ᄒᆞ고곶비터니 菩뽕薩삻이諸졍天텬ᄃᆞ려무르샤ᄃᆡ엇던양ᄌᆞ로ᄂᆞ려가료ᄒᆞ샤ᄂᆞᆯ션비양ᄌᆞ도니ᄅᆞ며帝뎽釋셕梵뻠王왕양ᄌᆞ도니ᄅᆞ며ᄒᆡᄃᆞᆯ양ᄌᆞ도니ᄅᆞ며金금翅싱鳥둉양ᄌᆞ도니ᄅᆞ더니ᄒᆞᆫ梵뻠天텬이諸졍天텬ᄃᆞ려닐오ᄃᆡ象썅ᄋᆡ양ᄌᆡ第뗑一ᅙᅵᇙ이니엇뎨어뇨ᄒᆞ란ᄃᆡ세가짓즁ᄉᆡᆼ이므를건나ᄃᆡ톳기와ᄆᆞᆯ와ᄂᆞᆫ기픠를모ᄅᆞᆯ씨聲셩聞문緣원覺각이法법根근源원아디몯ᄒᆞ미곧고象썅ᄋᆞᆫ믌미틀로거러갈씨菩뽕薩삻ᄋᆡ三삼界갱ᄉᆞᄆᆞᆺ아로미곧ᄒᆞ니라○聲셩聞문은소리드를씨니ᄂᆞᄆᆡ말드러ᅀᅡ알

풍류하고 꽃을 흩뿌리더니 【 菩薩(보살)이 諸天(제천)에게 물으시되, “어떤 모습으로 내려가랴?” 하시거늘, 선비의 모습도 말하며, 帝釋(제석)과 梵王(범왕)의 모습도 말하며, 해달의 모습도 말하며, 金翅鳥(금시조)의 모습도 말하더니, 한 梵天(범천)이 諸天(제천)에게 이르되, “象(상, 코끼리)의 모습이 第一(제일)이니, (그것이) 어째서냐? 하면, 세 가지의 짐승이 물을 건너되, 토끼와 말은 (물의) 깊이를 모르므로 聲聞(성문)과 緣覺(연각)이 法(법)의 根源(근원)을 알지 못하는 것과 같고, 象(상)은 물의 밑으로 걸어가므로 菩薩(보살)이 三界(삼계)를 꿰뚫어 아는 것과 같으니라.” ○ 聲聞(성문)은 소리를 듣는 것이니, 남의 말을 들어야 아는

풍류ᄒᆞ고 곳 비터니[87] 【菩뽕薩삻이 諸졍天텬ᄃᆞ려 무르샤ᄃᆡ 엇던 양ᄌᆞ로[88] ᄂᆞ려가료[89] ᄒᆞ샤ᄂᆞᆯ[90] 션ᄫᅵ[91] 양ᄌᆞ도 니ᄅᆞ며 帝뎽釋셕[92] 梵뻠王왕[93] 양ᄌᆞ도 니ᄅᆞ며 ᄒᆡᄃᆞᆯ 양ᄌᆞ도 니ᄅᆞ며 金금翅싱鳥됼[94] 양ᄌᆞ도 니ᄅᆞ더니 ᄒᆞᆫ 梵뻠天텬이 諸졍天텬ᄃᆞ려 닐오ᄃᆡ 象썅ᄋᆡ 양ᄌᆡ 第뗑一ᅙᅵᇙ이니 엇뎨어뇨[95] ᄒᆞ란ᄃᆡ[96] 세 가짓 즁ᄉᆡᆼ이[97] ᄆᆞ를 건나ᄃᆡ[98] 톳기와[99] ᄆᆞᆯ와ᄂᆞᆫ[100] 기픠ᄅᆞᆯ[1] 모ᄅᆞᆯᄊᆡ 聲셩聞문 緣원覺각ᄋᆡ 法법 根근源원 아디 몯호미[2] ᄀᆞᆮ고 象썅ᄋᆞᆫ ᄆᆞᆳ 미트로 거러갈ᄊᆡ 菩뽕薩삻ᄋᆡ 三삼界갱 ᄉᆞᄆᆞᆺ[3] 아로미 ᄀᆞᆮᄒᆞ니라 ○ 聲셩聞문은 소리 드를 씨니 ᄂᆞᄆᆡ 말 드러ᅀᅡ[4] 알

---

87) 비터니: ᄫᅵᇂ(흩뿌리다, 散)- + -더(회상)- + -니(연어, 설명 계속)
88) 양ᄌᆞ로: 양ᄌᆞ(양자, 모습, 樣子) + -로(부조, 방편)
89) ᄂᆞ려가료: ᄂᆞ려가[내려가다, 降下: ᄂᆞ리(내리다, 降)- + 어(연어) + 가(가다, 去)-]- + -료(의종, 설명, 미시)
90) ᄒᆞ샤ᄂᆞᆯ: ᄒᆞ(하다, 曰)- + -샤(← -시-: 주높)- + -ᄂᆞᆯ(-← -아ᄂᆞᆯ: -거늘, 연어, 상황)
91) 션ᄫᅵ: 션ᄇ(← 션비: 선비, 士) + -ᄋᆡ(-의: 관조)
92) 帝釋: 제석. 십이천의 하나이다. 수미산 꼭대기에 있는 도리천의 임금이다.
93) 梵王: 범왕. 색계(色界) 초선천(初禪天)의 우두머리이다.
94) 金翅鳥: 금시조. 팔부중의 하나로서, 불경에 나오는 상상의 큰 새이다.
95) 엇뎨어뇨: 엇뎨(어째서, 何: 부사, 지시, 미지칭) + -Ø(← -이-: 서조)- + -Ø(현시)- + -어(← -거-: 확인)- + -뇨(의종, 설명)
96) ᄒᆞ란ᄃᆡ: ᄒᆞ(하다, 曰)- + -란ᄃᆡ(-면: 연어, 조건)
97) 즁ᄉᆡᆼ이: 즁ᄉᆡᆼ(짐승, 獸) + -이(주조)
98) 건나ᄃᆡ: 건나[건너다, 渡: 건(걷다, 步)- + 나(나다, 現)-]- + -ᄃᆡ(← -오ᄃᆡ: 연어, 설명 계속)
99) 톳기와: 톳기(토끼, 兎)- + -와(접조)
100) ᄆᆞᆯ와ᄂᆞᆫ: ᄆᆞᆯ(말, 馬) + -와(접조) + -ᄂᆞᆫ(보조사, 주제)
1) 기픠ᄅᆞᆯ: 기픠[깊이, 深: 깊(깊다, 深: 형사)- + -의(명접)] + -ᄅᆞᆯ(목조)
2) 몯호미: 몯ㅎ[← 몯ᄒᆞ다(못하다: 보용, 부정): 몯(못, 不能: 부사, 부정) + ᄒᆞ(하다, 爲: 동접)-]- + -옴(명전) + -이(-과: 부접, 비교)
3) ᄉᆞᄆᆞᆺ: [사뭇, 꿰뚫어, 완전히, 通(부사): ᄉᆞᄆᆞᆺ(← 사뭊다: 통하다, 通, 동사)- + -Ø(부접)]
4) 드러ᅀᅡ: 들(← 듣다, ㄷ불: 듣다, 聞)- + -어ᅀᅡ(-어야: 연어, 필연적 조건)

씨라 須슝陁땅洹환과 斯숭陁땅含함
과 阿항那낭含함과 阿항羅랑漢한이
다 聲셩聞문이니 須슝陁땅洹환은 聖
셩人신ㅅ 주비예 드다 혼 ᄠᅳ디라 斯숭
陁땅含함은 ᄒᆞᆫ 번 녀러 오다 혼 ᄠᅳ디니
ᄒᆞᆫ 번 주거 하ᄂᆞᆯ해 갯다가 ᄯᅩ 人신間간
애 ᄂᆞ려오면 阿항羅랑漢한이 ᄃᆞ외ᄂᆞ
니라 阿항那낭含함은 아니 오다 혼 ᄠᅳ
디니 欲욕界갱예 이셔 주거 色ᄉᆡᆨ無뭉
色ᄉᆡᆨ界갱예 나아 ᄂᆞ외야 아니 ᄂᆞ려오
ᄂᆞ니라 阿항羅랑漢한은 殺삻賊쯕이
라 혼 ᄠᅳ디니 殺삻은 주길 씨니 煩뻔惱
놓와 盜ᄠᅩᇢ賊쯕 주길 씨라 ᄯᅩ 不붏生ᄉᆡᆼ이
라 ᄒᆞᄂᆞ니 나디 아니타 ᄠᅳ디니 ᄂᆞ외야

것이다. 須陁洹(수타환)과 斯陁含(사다함)과 阿那含(아나함)과 阿羅漢(아라한)이 다 聲聞(성문)이니, 須陁洹(수타환)은 '聖人(성인)의 무리(종류)에 들었다.'라고 한 뜻이다. 斯陁含(사다함)은 '한 번 다녀왔다.'라고 한 뜻이니, 한 번 죽어 하늘에 가 있다가 또 人間(인간)에 내려오면 阿羅漢(아라한)이 되느니라. 阿那含(아나함)은 '아니 왔다.'라고 한 뜻이니, 欲界(욕계)에 있어서 죽어 色界(색계)·無色界(무색계)에 나서 다시 아니 내려오느니라. 阿羅漢(아라한)은 '殺賊(살적)이다.'라고 한 뜻이니, 殺(살)은 주기는 것이니 煩惱(번뇌)와 盜賊(도적)을 죽이는 것이다. 또 不生(불생)이라고 하나니, (이말은) 나지 아니하였다는 뜻이니, 다시 씨라 須슝陁땅洹ᅘᅪᆫ과 斯ᄉᆞᆼ陁땅含ᅘᅡᆷ과 阿ᅙᅡᆼ那낭含ᅘᅡᆷ과 阿ᅙᅡᆼ羅랑漢한이 다 聲셩聞문[5]이니 須슝陁땅洹ᅘᅪᆫ[6]ᄋᆞᆫ 聖셩人ᅀᅵᆫㅅ 주비예[7] 드다[8] 혼 ᄠᅳ디라 斯ᄉᆞᆼ陁땅含ᅘᅡᆷ[9]ᄋᆞᆫ ᄒᆞᆫ 번 녀러[10] 오다 혼 ᄠᅳ디니 ᄒᆞᆫ 번 주거 하ᄂᆞᆯ해 갯다가[11] ᄯᅩ 人ᅀᅵᆫ間간애 ᄂᆞ려오면 阿ᅙᅡᆼ羅랑漢한이 ᄃᆞ외ᄂᆞ니라 阿ᅙᅡᆼ那낭含ᅘᅡᆷ[12]ᄋᆞᆫ 아니 오다 혼 ᄠᅳ디니 欲욕界갱예 이셔 주거 色ᄉᆡᆨ 無뭉色ᄉᆡᆨ界갱[13]예 나아 ᄂᆞ외야[14] 아니 ᄂᆞ려오ᄂᆞ니라 阿ᅙᅡᆼ羅랑漢한[15]ᄋᆞᆫ 殺ᄉᆶ賊쯕[16]이라 혼 ᄠᅳ디니 殺ᄉᆶ은 주길 씨니 煩뻔惱ᄂᆞᇂ 盜ᄯᅩᇂ賊쯕 주길 씨라 ᄯᅩ 不붏生ᄉᆡᆼ이라 ᄒᆞᄂᆞ니 나디 아니탓[17] ᄠᅳ디니 ᄂᆞ외야

---

5) 聲聞: 성문. 설법을 듣고 사제(四諦)의 이치를 깨달아 아라한이 되고자 하는 불제자이다.
6) 須陀洹: 수타환. 곧 사체(四諦)를 깨달아 욕계(欲界)의 탐(貪)·진(瞋)·치(癡)의 삼독(三毒)을 버리고 성자(聖者)의 무리에 들어가는 성문(聲聞)의 지위이다.
7) 주비예: 주비(무리, 종류, 類) + -예(←-에: 부조, 위치)
8) 드다: 드(←들다: 들다, 入)- + -Ø(과시)- + -다(평종)
9) 阿那含: 아나함. 수혹(修惑)의 구품 가운데 상육품을 끊은 성자이다. 남은 하삼품의 수혹 때문에 반드시 인간계와 천상계를 한 번 왕래한 뒤에 열반에 드는 성문(聲聞)의 지위이다.
10) 녀러: 녈(다니다, 가다, 去)- + -어(연어)
11) 갯다가: 가(가다, 去)- + -아(연어) + 잇(있다, 在: 보용, 완료 지속)- + -다가(연어, 전환) ※ '갯다가'는 '가 잇다가'가 축약된 형태이다.
12) 阿那含: 아남함. 사과(四果)의 하나이다. 욕계(欲界)의 아홉 가지 번뇌를 모두 끊고, 죽은 뒤에 천상에 가서 다시 인간에 돌아오지 않는 성문(聲聞)의 지위이다.
13) 色無色界: 무색색계. 색계(色界)와 무색계(無色界)를 아울러 이르는 말이다.
14) ᄂᆞ외야: [다시, 復(부사): ᄂᆞ외(거듭하다, 復: 동사)- + -야(←-아: 연어▷부접)]
15) 阿羅漢: 아라한. 온갖 번뇌를 끊고, 사제(四諦)의 이치를 바로 깨달아 세상 사람들의 존경을 받을 만한 공덕을 갖춘 성자를 이른다. 성문의 첫 번째 지위이다.
16) 殺賊: 살적. 사람을 죽이거나 물건을 빼앗는 것이다.
17) 아니탓: 아니ㅎ[←아니ᄒᆞ다(아니하다: 보용, 부정): 아니(아니, 不: 부사, 부정) + -ᄒᆞ(동접)-]- + -Ø(과시)- + -다(평종) + -ㅅ(-의: 관조)

生싱死ᄉᆞᇰㅅ果광報볼애타디아니
ᄒᆞᆯ씨라또應ᅙᅳᆼ供공이라ᄒᆞᄂᆞ니應ᅙᅳᆼ
은맛당ᄒᆞᆯ씨니人신天텬ㅅ供공養양
ᄋᆞᆯ바도미맛당타ᄒᆞ논마리라緣원覺
각은열둘因인緣원을보아道ᄯᅩᇢ理링
ᄅᆞᆯ알씨니스승업시절로알씨獨ᄯᅩᆨ覺
각이라도ᄒᆞᄂᆞ니獨ᄯᅩᆨ覺각ᄋᆞᆫᄒᆞ오ᅀᅡ
알씨니西솅天텬ㅅ마래辟벽支징라ᄒᆞ
ᄂᆞ니라열둘因인緣원은無뭉明명緣
원은行ᅘᆡᆼ이오行ᅘᆡᆼ緣원은識식이오
識식緣원은名명色ᄉᆡᆨ이오名명色ᄉᆡᆨ
緣원은六륙入ᅀᅵᆸ이오六륙入ᅀᅵᆸ緣원
은觸쵹이오觸쵹緣원은受�쓯ㅣ오受
ᄽᅳᇢ緣원은愛ᅙᅵᆼ오愛ᅙᅵᆼ緣원은取츙ㅣ

生死(생사)의 果報(과보)에 타서 나지 아니하는 것이다. 또 應供(응공)이라 하나니, 應(응)은 마땅한 것이니 '人天(인천)의 供養(공양)을 받는 것이 마땅하다.' 고 하는 말이다. 緣覺(연각)은 열둘의 因緣(인연)을 보아 道理(도리)를 아는 것이니, 스승 없이 절로 알므로 獨覺(독각)이라고도 하나니, 獨覺(독각)은 혼자 아는 것이니 西天(서천)의 말에 辟支(벽지)라고 하느니라. 열둘의 因緣(인연)은 無明緣(무명연)은 行(행)이요, 行緣(행연)은 識(식)이요, 識緣(식연)은 名色(명색)이요, 名色緣(명색연)은 六入(육입)이요, 六入緣(육입연)은 觸(촉)이요, 觸緣(촉연)은 受(수)이요, 受緣(수연)은 愛(애)이요, 愛緣(애연)은 取(취)이요

生싱死ᄉᆞᆼㅅ 果광報보ᇢ[18]애 타[19] 나디 아니ᄒᆞᆯ 씨라 ᄯᅩ 應ᅙᅳᆼ供공[20]이라 ᄒᆞᄂᆞ니 應ᅙᅳᆼ은 맛당ᄒᆞᆯ[21] 씨니 人신天텬ㅅ 供공養양ᄋᆞᆯ 바도미 맛당타 ᄒᆞ논 마리라 緣원覺각[22]ᄋᆞᆫ 열둘[23] 因인緣원을 보아 道또ᇢ理링ᄅᆞᆯ 알 씨니 스승 업시 절로[24] 알씨 獨ᄯᅩᆨ覺각이라도 ᄒᆞᄂᆞ니 獨ᄯᅩᆨ覺각ᄋᆞᆫ ᄒᆞ오ᅀᅡ[25] 알 씨니 西셩天텬마래 辟벽支징라 ᄒᆞᄂᆞ니라 열둘 因인緣원은 無뭉明명緣원[26]은 行ᅘᆡᆼ이오 行ᅘᆡᆼ緣원[27]은 識식이오 識식緣원[28]은 名명色ᄉᆡᆨ이오 名명色ᄉᆡᆨ緣원[29]은 六륙入ᅀᅵᆸ이오 六륙入ᅀᅵᆸ緣원[30]은 觸쵹이오 觸쵹緣원[31]은 受ᄊᆢᇢㅣ오 受ᄊᆢᇢ緣원[32]은 愛ᅙᆡᆼ오 愛ᅙᆡᆼ緣원[33]은 取ᄎᆢᇢㅣ오

---

18) 果報: 과보. 전생에 지은 선악에 따라 현재의 행과 불행이 있고, 현세에서의 선악의 결과에 따라 내세에서 행과 불행이 있는 일이다.
19) 타: ㅌ(← ᄐᆞ다: 타다, 乘)- + -아(연어)
20) 應供: 응공. 온갖 번뇌를 끊어서 모든 중생으로부터 공양을 받을 만한 사람이라는 뜻이다.
21) 맛당ᄒᆞᆯ: 맛당ᇂ[← 맛당ᄒᆞ다(마땅하다, 當): 맛당(마땅: 불어) + -ᄒᆞ(형접)-]- + -ㄹ(관전)
22) 緣覺: 연각. 부처의 가르침에 기대지 않고 스스로 도를 깨달은 성자(聖者)이다.
23) 열둘: 열둘, 十二(수사, 양수) ※ '열둘'은 수사이며, '열두'는 수 관형사이다.
24) 절로: [저절로, 自(부사): 절(← 저: 인대, 재귀칭) + -로(부조▹부접)]
25) ᄒᆞ오ᅀᅡ: 혼자, 獨(부사)
26) 無明緣: 무명연. 잘못된 의견이나 집착 때문에 진리를 깨닫지 못하는 마음의 상태를 이른다.
27) 行緣: 행연. 무명(無明)으로부터 몸·입·뜻으로 짓는 세 가지 업(業)을 이른다.
28) 識緣: 식연. 대상을 다르게 아는 마음의 작용을 이른다.
29) 名色緣: 명색연. 이름만 있고 형상이 없는 마음과, 형체가 있는 물질을 이른다. 정신적인 것을 '명', 물질적인 것을 '색'이라고 한다.
30) 六入緣: 육입연. 육식(六識)을 낳는 눈, 귀, 코, 혀, 몸, 뜻의 여섯 가지 근원이다.
31) 觸緣: 촉연. 주관과 객관의 접촉 감각으로, 근(根)과 대상(對象)과 식(識)이 서로 접촉하여 생기는 정신 작용이다.
32) 受緣: 수연. 외계의 대상을 받아들여서 느끼는 작용을 이른다. 근(根), 경(境), 식(識)이 화합한 촉(觸)으로부터 생긴다.
33) 愛緣: 애연. 좋아하여서 탐하는 마음을 이른다.

取緣(취연)은 有(유)이요, 有緣(유연)은 生(생)이요, 生緣(생연)은 老(노)·死(사)·憂(우)·悲(비)·苦(고)·惱(뇌)이니, 無明(무명)이 滅(멸)하면 行(행)이 滅(멸)하고, 行(행)이 滅(멸)하면 識(식)이 滅(멸)하고, 識(식)이 滅(멸)하면 名色(명색)이 滅(멸)하고, 名色(명색)이 滅(멸)하면 六入(육입)이 滅(멸)하고, 六入(육입)이 滅(멸)하면 觸(촉)이 滅(멸)하고, 觸(촉)이 滅(멸)하면 受(수)가 滅(멸)하고, 受(수)가 滅(멸)하면 愛(애)가 滅(멸)하고, 愛(애)가 滅(멸)하면 取(취)가 滅(멸)하고, 取(취)가 滅(멸)하면 有(유)가 滅(멸)하고, 有(유)가 滅(멸)하면 生(생)이 滅(멸)하고, 生(생)이 滅(멸)하면 老(노)·死(사)·憂(우)·悲(비)·苦(고)·惱(뇌)가 滅(멸)하리라.

[20 뒤]

取츙緣웡[34]은 有울ㅣ오 有울緣웡[35]은 生싱이오 生싱緣웡[36]은 老롷死숭憂흫悲빙苦콩惱놓[37]ㅣ니 無뭉明명이 滅멿ᄒᆞ면 行ᅘᆡᆼ이 滅멿ᄒᆞ고 行ᅘᆡᆼ이 滅멿ᄒᆞ면 識식이 滅멿ᄒᆞ고 識식이 滅멿ᄒᆞ면 名명色식이 滅멿ᄒᆞ고 名명色식이 滅멿ᄒᆞ면 六륙入십이 滅멿ᄒᆞ고 六륙入십이 滅멿ᄒᆞ면 觸쵹이 滅멿ᄒᆞ고 觸쵹이 滅멿ᄒᆞ면 受쓯ㅣ 滅멿ᄒᆞ고 受쓯이 滅멿ᄒᆞ면 愛ᅙᆡᆼ[38] 滅멿ᄒᆞ고 愛ᅙᆡᆼ 滅멿ᄒᆞ면 取츙ㅣ 滅멿ᄒᆞ고 取츙ㅣ 滅멿ᄒᆞ면 有울ㅣ 滅멿ᄒᆞ고 有울ㅣ 滅멿ᄒᆞ면 生싱이 滅멿ᄒᆞ고 生싱이 滅멿ᄒᆞ면 老롷死숭憂흫悲빙苦콩惱놓ㅣ 滅멿ᄒᆞ리라

34) 取緣: 취연. 탐애(貪愛)에 따라 일어나는 집착을 이른다
35) 有緣: 유연. 유정(有情)으로서의 존재를 이른다.
36) 生緣: 세상에 태어나는 일을 이른다.
37) 老死憂悲苦: '노(늙음), 사(죽음), 우(근심), 비(슬픔), 고(괴로움)'이다.
38) 愛: 愛(애) + -Ø(← -이: 주조)

[21 ㄱ]

라性셩智딩本본來ᄅᆡᆼ ᄇᆞᆯ가微밍妙묳
히ᄆᆞᆯ가精정커늘精정은섯근것업슬
씨라거츤드트리믄득니러어듭게ᄒᆞᆯ
씨일후미無뭉明명이니無뭉明명은
ᄇᆞᆯ고미업슬씨라無뭉明명體톙예ᄒᆞᆫ
念념처ᅀᅥᆷ뮈유미일후미行ᅘᆡᇰ이니行
ᅘᆡᇰ은뮐씨라ᄒᆞ리워뮈우면精정을일
허아로미나ᄂᆞ니그럴씨智딩ᄅᆞᆯ두르
ᅘᅧ일후믈識식이라ᄒᆞᄂᆞ니識식은알
씨라十씹二싱緣원中듕에이세히根
근本본이ᄃᆞ외오나ᄆᆞᆫ아호ᄇᆞᆫ枝징末
맗이ᄃᆞ외ᄂᆞ니根근은불휘오本본은
미티오枝징는가지오末맗은그티라
서르因인ᄒᆞ야三삼世솅緣원이ᄃᆞ외

性智(성지)가 本來(본래) 밝아서 微妙(미묘)히 맑아 精(정)하거늘 精(정)은 섞인 것이 없는 것이다. 거친 티끌이 문득 일어나 어둡게 하므로 (그) 이름이 無明(무명)이니, 無明(무명)은 밝음이 없는 것이다. 無明體(무명체)에 한 念(염)이 처음 움직이는 것이 (그) 이름이 行(행)이니, 行(행)은 움직이는 것이다. (行을) 흐리게 하여 움직이면 精(정)을 잃어 아는 것이 나나니, 그러므로 智(지)를 돌이켜서 이름을 識(식)이라 하나니, 識(식)은 아는 것이다. 十二(십이) 緣(연) 中(중)에 이 셋이 根本(근원)이 되고, 남은 아홉은 枝末(지말)이 되나니, 根(근)은 뿌리요, 本(본)은 밑이요, 枝(지)는 가지요, 末(말)은 끝이다. 서로 因(인)하여 三世(삼세) 緣(연)이 되느니라.

性셩智딩[39] 本본來ᄅᆡᆼ ᄇᆞᆯ가[40] 微밍妙ᄆᆞᇢ히 ᄆᆞᆯ가 精졍커늘[41] 精졍은 섯근[42] 것 업슬 씨라 거츤[43] 드트리[44] 믄득 니러 어듭게 ᄒᆞᆯᄊᆡ 일후미 無뭉明명이니 無뭉明명은 ᄇᆞᆯ고미[45] 업슬 씨라 無뭉明명體텡예 ᄒᆞᆫ 念념 처ᅀᅥᆷ 뮈유미[46] 일후미 行ᅘᆡᆼ이니 行ᅘᆡᆼᄋᆞᆫ 뮐 씨라 흐리워[47] 뮈우면[48] 精졍을 일허[49] 아로미[50] 나ᄂᆞ니 그럴ᄊᆡ[51] 智딩ᄅᆞᆯ 두르ᅘᅧ[52] 일후믈[53] 識식이라 ᄒᆞᄂᆞ니 識식ᄋᆞᆫ 알 씨라 十씹二싱 緣ᅌᅯᆫ 中듕에 이 세히[54] 根근本본이 ᄃᆞ외오 나ᄆᆞᆫ 아호ᄇᆞᆫ 枝징末맗이 ᄃᆞ외ᄂᆞ니 根근은 불휘오[55] 本본ᄋᆞᆫ 미티오[56] 枝징ᄂᆞᆫ 가지오 末맗ᄋᆞᆫ 그티라[57] 서르 因인ᄒᆞ야 三삼世솅 緣ᅌᅯᆫ이 ᄃᆞ외ᄂᆞ니라

39) 性智: 성지. 사람이 나면서부터 타고난 지혜이다.
40) ᄇᆞᆯ가: ᄇᆞᆰ(밝다, 明)- + -아(연어)
41) 精커늘: 精ㅎ[← 精ᄒᆞ다(정하다): 精(정: 불어) + -ᄒᆞ(형접)-]- + -거늘(연어, 상황)
42) 섯근: 셖(섞이다, 混: 자동)- + -Ø(과시)- + -ㄴ(관전) ※ '셖다'는 자동사(= 섞이다)와 타동사(= 섞다)의 양쪽으로 쓰이는 능격 동사이다.
43) 거츤: 거츠(← 거츨다: 거칠다, 荒)- + -Ø(현시)- + -ㄴ(관전)
44) 드트리: 드틀(티끌, 塵) + -이(주조)
45) ᄇᆞᆯ고미: ᄇᆞᆰ(밝다, 明)- + -옴(명전) + -이(주조)
46) 뮈유미: 뮈(움직이다, 動)- + -윰(← -움: 명전) + -이(주조)
47) 흐리워: 흐리워[흐리게 하다: 흐리(흐리다, 濁: 형사)- + -우(사접)-]- + -어(연어)
48) 뮈우면: 뮈우[움직이게 하다: 뮈(움직이다, 動: 자동)- + -우(사접)-]- + -면(연어, 조건)
49) 일허: 잃(잃다, 失)- + -어(연어)
50) 아로미: 알(알다, 知)- + -옴(명전) + -이(주조)
51) 그럴ᄊᆡ: [그러므로, 由(부사, 접속): 그러(그러: 불어)- + -ㄹᄊᆡ(-므로: 연어 ▷ 부접)]
52) 두르ᅘᅧ: 두르ᅘᅧ[돌이키다, 廻: 두르(두르다, 旋: 타동)- + -ᅘᅧ(강접)-]- + -어(연어)
53) 일후믈: 일훔(이름, 名) + -을(목조)
54) 세히: 세ㅎ(셋, 三: 수사) + -이(주조)
55) 불휘오: 불휘(뿌리, 根) + -Ø(← -이-: 서조)- + -오(← -고: 연어, 나열)
56) 미티오: 밑(밑, 本) + -이(서조)- + -오(← -고: 연어, 나열)
57) 그티라: 긑(끝, 末)- + -이(서조)- + -Ø(현시)- + -라(← -다: 평종)

ᄂᆞ니라 三삼世솅ᄂᆞᆫ 過광去겅와 現현
在ᄍᆡᆼ와 未밍來ᄅᆡᆼ왜니 過광去겅ᄂᆞᆫ 디
나건 뉘오 現현在ᄍᆡᆼᄂᆞᆫ 나타 잇ᄂᆞᆫ 뉘오
未밍來ᄅᆡᆼᄂᆞᆫ 아니 왯ᄂᆞᆫ 뉘라 智딩ᄂᆞᆫ 本
본來ᄅᆡᆼ 아로미 업거늘 識식다ᄉᆞ로 얼
구를 아라 妄망心심이 ᄃᆞ외ᄂᆞ니 妄망
心심은 거츤 ᄆᆞᅀᆞ미라 名명이라 ᄒᆞᄂᆞ
니 六륙賊쯕의 主쥬人신이라 六륙賊
쯕은 여슷 도ᄌᆞ기니 六륙根근을 니르
니라 性셩이 本본來ᄅᆡᆼ 나미 업거늘 識
식다ᄉᆞ로 얼구리 나 幻환質짏이 ᄃᆞ외
ᄂᆞ니 色ᄉᆡᆨ이라 ᄒᆞᄂᆞ니 四ᄉᆞ陰음의 브
튼 ᄯᅡ히니 幻환質짏은 곡도 ᄀᆞᄐᆞᆫ 얼구
리오 四ᄉᆞ陰음은 受쓭想샹行ᅘᆡᆼ識식

三世(삼세)는 過去(과거)와 現在(현재)와 未來(미래)이니, 過去(과거)는 지난 때(=세상)요, 現在(현재)는 나타나 있는 때요, 未來(미래)는 아니 와 있는 때이다. 智(지)는 本來(본래) 아는 것이 없거늘 識(식)의 탓으로 형체를 알아 妄心(망심)이 되나니, 妄心(망심)은 거친 마음이다. 名(명)이라 하나니, (이는 곧) 六賊(육적)의 主人(주인)이다. 六賊(육적)은 여섯 도적이니 六根(육근)을 말했니라. 性(성)이 本來(본래) 나타남이 없거늘, 識(식)의 탓으로 형체나 幻質(환질)이 되나니 色(색)이라 하나니, (이는 곧) 四陰(사음)에 붙은 땅이니, 幻質(환질)은 곡두와 같은 형체요, 四陰(사음)은 受(수)·想(상)·行(행)·識(식)이다.

[21 ㄴ]

三삼世솅ᄂᆞᆫ 過광去겅와 現ᅘᅧᆫ在찡와 未밍來링왜니[58] 過광去겅는 디나건[59] 뉘오[60] 現ᅘᅧᆫ在찡ᄂᆞᆫ 나타[61] 잇ᄂᆞᆫ 뉘오 未밍來링ᄂᆞᆫ 아니 왯ᄂᆞᆫ[62] 뉘라 智딩ᄂᆞᆫ 本본來링 아로미[63] 업거늘 識식 다ᄉᆞ로[64] 얼구를[65] 아라 妄망心심이 ᄃᆞ외ᄂᆞ니 妄망心심은 거츤[66] ᄆᆞᅀᆞ미라 名명이라 ᄒᆞᄂᆞ니 六륙賊쯕의 主즁人ᅀᅵᆫ이라 六륙賊쯕은 여슷 도ᄌᆞ기니[67] 六륙根ᄀᆞᆫ[68]을 니ᄅᆞ니라 性셩이 本본來링 나미[69] 업거늘 識식 다ᄉᆞ로 얼구리나[70] 幻ᅘᅪᆫ質짏[71]이 ᄃᆞ외ᄂᆞ니 色식이라 ᄒᆞᄂᆞ니 四ᄉᆞᆼ陰ᅙᅳᆷ의 브튼 ᄡᅡ히니 幻ᅘᅪᆫ質짏은 곡도[72] ᄀᆞᆮᄒᆞᆫ 얼구리오 四ᄉᆞᆼ陰ᅙᅳᆷ[73]은 受쓯想샹行ᅘᆡᆼ識식이라

---

58) 未來왜니: 未來(미래) + -와(접조) + -ㅣ(← -이-: 서조)- + -니(연어, 설명 계속)
59) 디나건: 디나(지나다, 過)- + -Ø(과시)- + -거(확인)- + -ㄴ(관전)
60) 뉘오: 뉘(때, 세상, 세대, 時, 世) + -Ø(← -이-: 서조)- + -오(← -고: 연어, 나열)
61) 나타: 낱(← 낟다: 나타나다, 現)- + -아(연어)
62) 왯ᄂᆞᆫ: 오(오다, 來)- + -아(연어) + 잇(← 이시다: 있다, 보용, 완료 지속)- + -ᄂᆞ(현시)- + -ㄴ(관전)
63) 아로미: 알(알다, 知)- + -옴(명전) + -이(주조)
64) 다ᄉᆞ로: 닷(탓, 由: 의명) + -ᄋᆞ로(부조, 방편, 이유)
65) 얼구를: 얼굴(모습, 형체, 形) + -를(목조)
66) 거츤: 거츠(← 그츨다: 거칠다, 荒)- + -Ø(현시)- + -ㄴ(관전)
67) 도ᄌᆞ기니: 도ᄌᆞᆨ(도적, 盜) + -이(서조)- + -니(연어, 설명 계속, 이유)
68) 六根: 육근. 육식(六識)을 낳는 눈, 귀, 코, 혀, 몸, 뜻의 여섯 가지 근원이다.(= 六入)
69) 나미: 나(나다, 드러나다, 現)- + -ㅁ(← -옴: 명전) + -이(주조)
70) 얼구리나: 얼굴(모습, 형체, 形) + -이나(접조)
71) 幻質: 환질. '지(地), 수(水), 화(火), 풍(風)'가 임시로 조합하여 된 사람의 몸(환영, 幻影)이다.
72) 곡도: 곡두, 헛것, 환영(幻影)
73) 四陰: 생멸·변화하는 것을 구성하는 네 가지 요소이다. 감각 인상인 수온(受蘊), 지각 또는 표상인 상온(想蘊), 마음의 작용인 행온(行蘊), 마음인 식온(識蘊)을 이른다.

[21 ㄷ]

이라名명色ᄉᆡᆨ은識식이처ᅀᅥᆷ胎ᄐᆡᆼ예
ᄇᆞ터凝응滑ᅘᅪᇙᄒᆞᄂᆞᆫ相샹이니凝응은
얼읠씨라凝응滑ᅘᅪᇙᄒᆞᆯ씨六륙根근
이ᄀᆞᆽᄂᆞ니일후미六륙入ᅀᅵᆸ이라
入ᅀᅵᆸ은涉쎱入ᅀᅵᆸᄒᆞᄆᆞ로ᄠᅳ디니涉
쎱은버믈씨오入ᅀᅵᆸ은들씨라根근
塵띤이서르對됭ᄒᆞ면識식이나ᄂᆞ
니識식이根근塵띤을브터能능入
ᅀᅵᆸ이ᄃᆞ외ᄂᆞ니根근塵띤이곧所송
入ᅀᅵᆸ이라이十씹二ᅀᅵᆼ는所송入ᅀᅵᆸ
을브터일훔어드니라能능은내잘
ᄒᆞᆯ씨오所송ᄂᆞᆫ날對됭ᄒᆞᆫ境경界갱
라○六륙入ᅀᅵᆸ이두ᄠᅳ디잇ᄂᆞ니ᄒᆞ
나ᄒᆞᆫ根근塵띤이서르涉쎱入ᅀᅵᆸᄒᆞ

名色(명색)은 識(식)이 처음 胎(태)에 붙어 凝滑(응활)하는 相(상)이니, 凝(응)은 엉기는 것이다. 凝滑(응활)하므로 六根(육근)이 갖추어지나니 (그) 이름이 六入(육입)이다.

入(입)은 涉入(섭입)하는 것을 뜻하니, 涉(섭)은 얽매인다는 것이요 入(입)은 드는 것이다. 根塵(근진)이 서로 對(대)하면 識(식)이 나나니, 識(식)이 根塵(근진)을 좇아서 能入(능입)이 되나니, 根塵(근진)이 곧 所入(소입)이다. 이 十二(십이)는 所入(소입)을 좇아서 이름을 얻었니라. 能(능)은 내가 잘하는 것이요, 所(소)는 나를 對(대)한 境界(경계)이다. ○ 六入(육입)이 두 뜻이 있나니, 하나는 根塵(근진)이 서로 涉入(섭입)하는 것이요

名명色식[74]ᄋᆞᆫ 識식이 처ᅀᅥᆷ 胎팅[75]예 브터 凝응滑ᅘᅪᇙ[76]ᄒᆞᄂᆞᆫ 相샹이니 凝응은 얼읠[77] 씨라 凝응滑ᅘᅪᇙᄒᆞᆯ씨 六륙根근이 ᄀᆞᆽᄂᆞ니[78] 일후미 六륙入ᅀᅵᆸ[79]이라

入ᅀᅵᆸᄋᆞᆫ 涉셥入ᅀᅵᆸ호ᄆᆞ로[80] ᄠᅳᆮᄒᆞ니 涉셥은 버믈[81] 씨오 入ᅀᅵᆸᄋᆞᆫ 들 씨라 根근塵띤[82]이 서르 對됭ᄒᆞ면 識식이 나ᄂᆞ니 識식이 根근塵띤ᄋᆞᆯ 브터 能ᄂᆞᆼ入ᅀᅵᆸ이 ᄃᆞ외ᄂᆞ니 根근塵띤이 곧 所송入ᅀᅵᆸ[83]이라 이 十씹二ᅀᅵᆼ[84]ᄂᆞᆫ 所송入ᅀᅵᆸᄋᆞᆯ 브터 일훔 어드니라 能ᄂᆞᆼ은 내[85] 잘ᄒᆞᆯ 씨오 所송ᄂᆞᆫ 날 對됭ᄒᆞᆫ 境경界갱라 ○ 六륙入ᅀᅵᆸ이 두 ᄠᅳ디 잇ᄂᆞ니 ᄒᆞ나ᄒᆞᆫ[86] 根근塵띤이 서르[87] 涉셥入ᅀᅵᆸ호미오

74) 名色: 명색. 십이 연기(十二緣起)의 하나이다. 이름만 있고 형상이 없는 마음과, 형체가 있는 물질을 이른다. 정신적인 것을 명(名), 물질적인 것을 색(色)이라 한다.

75) 胎: 태. 태반이나 탯줄과 같이 태아를 둘러싸고 있는 여러 조직을 일상적으로 이르는 말이다.

76) 凝滑: ① 응활. 수태(受胎)부터 7일간을 이른다. ② 화합(和合)

77) 얼읠: 얼의(엉기다, 凝)-+-ㄹ(관전)

78) ᄀᆞᆽᄂᆞ니: ᄀᆞᆽ(←ᄀᆞᆽ다: 갖추어지다, 具: 동사)-+-ᄂᆞ(현시)-+-니(연어, 설명 계속)

79) 六入: 육입. 대상을 감각하거나 의식하는 '눈(眼), 귀(耳), 코(鼻), 혀(舌), 몸(身), 생각(意)'의 육근(六根), 또는 그 작용이다. '육처(六處)'라고도 한다.

80) 涉入호ᄆᆞ로: 涉入ㅎ[←涉入ᄒᆞ다(섭입하다): 涉入(섭입: 명사)+-ᄒᆞ(동접)-]-+-옴(명전)+-ᄋᆞ로(부조, 방편) ※'涉入(섭입)'은 얽매여서 들어가는 것이다. '섭입호ᄆᆞ로 ᄠᅳᆮ호니'는 문맥을 감안하여, '섭입하는 것을 뜻하니'로 옮긴다.

81) 버믈: 버믈(얽매이다, 걸리다, 涉)-+-ㄹ(관전)

82) 根塵: 근진. 육근(六根)에 끼는 육진(六塵)이다. '육근(六根)'은 '눈, 귀, 코, 혀, 몸, 생각' 등을 말하고, '육진(六塵)'은 육적(六賊)으로 지혜를 해치고 공덕을 덜게 하는 '색(色), 성(聲), 향(香), 미(味), 촉(觸),법(法)' 등의 욕정(欲情)을 가리킨다.

83) 所入: 소입. 진리를 깨닫는 것이나 사물을 이해하는 것이다. 근(根)과 진(塵)이 서로 섭입하여 식(識)이 생긴다.

84) 十二: 십이. 십이 연(十二緣)을 일컫는다. 곧 '무명(無明), 행(行), 식(識), 명색(名色), 육입(六入), 촉(觸), 수(受), 애(愛), 취(取), 유(有), 생(生), 老死憂悲苦惱((노사우비고뇌)' 등이다.

85) 내: 나(나, 我: 인대, 1인칭)+-ㅣ(←-이: 주조)

86) ᄒᆞ나ᄒᆞᆫ: ᄒᆞ나ㅎ(하나, 一: 수사, 양수)+-ᄋᆞᆫ(보조사, 주제)

87) 스르: 서로, 相(부사)

둘은 根境(근경)이 다 識(식)에 드는 것이니, 이러므로 經(경)들에 十二(십이) 入(입)이라고 이름을 붙였니라. 楞嚴(능엄경)에 오직 六根(육근)으로 入(입)을 삼는 것은 根(근)이 어진 뜻이 있나니 親(친)히 能(능)히 識(식)을 내고, 또 根(근)이 能(능)히 境(경)을 受(수)하여 앞의 塵(진)을 빨아서 잡으므로, 홀로 이름을 入(입)이라고 하였니라. 그러므로 六根(육근)을 이르되 賊媒(적매)라고 하니, 자기가 제 집의 보배를 도적하는 것이니라. 媒(매)는 중매(中媒)이다. ○ 內六(내륙)을 入(입)이라고 이름을 붙이는 것은, 이 六法(육법)이 親(친)하므로 안에 屬(속)하니 識(식)에 붙은 바이므로, 이름을 入(입)이라

둘흔 根근境경이 다 識식의 드ᄂᆞᆫ 배니[88] 이럴ᄊᆡ[89] 經경ᄃᆞᆯ해[90] 十씹二ᅀᅵᆼ入ᅀᅵᆸ이라 일훔지ᄒᆞ니라[91] 楞릉嚴엄[92]에 오직 六륙根근으로 入ᅀᅵᆸ 사ᄆᆞᄆᆞᆫ 根근이 어딘 ᄠᅳ디 잇ᄂᆞ니 親친히 能능히 識식ᄋᆞᆯ 내오[93] ᄯᅩ 根근이 能능히 境경을 受쓯ᄒᆞ야 알ᄑᆡᆺ[94] 塵띤ᄋᆞᆯ ᄲᆡ라[95] 자ᄇᆞᆯᄊᆡ[96] ᄒᆞ오ᅀᅡ[97] 일후믈 入ᅀᅵᆸ이라 ᄒᆞ니라 그럴ᄊᆡ 六륙根근을 닐오ᄃᆡ 賊쯕媒밍라 ᄒᆞ니 제[98] 제[99] 집 보ᄇᆡᄅᆞᆯ[100] 도ᄌᆞᆨᄒᆞᆯᄊᆡ니라[1] 媒밍ᄂᆞᆫ 재여리라[2] ○ 內뇡六륙을 入ᅀᅵᆸ이라 일훔지호ᄆᆞᆫ[3] 이 六륙法법이 親친ᄒᆞᆯᄊᆡ 안해 屬쑉ᄒᆞ니 識식의 ᄇᆞ툰 밸ᄊᆡ[4] 일후믈 入ᅀᅵᆸ이라

---

88) 배니: 바(바, 所: 의명) + -ㅣ(← -이-: 서조)- + -니(연어, 설명 계속)
89) 이럴ᄊᆡ: [이러므로(부사, 접속): 이러(불어) + -Ø(← -ᄒᆞ-: 형접)- + -ㄹᄊᆡ(-므로: 연어 ▷ 부접)]
90) 經ᄃᆞᆯ해: 經ᄃᆞᆯㅎ[경전들: 經(경, 경전) + -ᄃᆞᆯㅎ(-들: 복접)] + -애(-에: 부조, 위치)
91) 일훔지ᄒᆞ니라: 일훔짛[이름을 붙이다, 作名: 일훔(이름, 名) + 짛(붙이다)-]- + -Ø(과시)- + -으니(원칙)- + -라(← -다: 평종)
92) 楞嚴: 능엄. '능엄경'이다. 선종(禪宗)의 주요 경전으로, 인연(因緣)과 만유(萬有)를 설명하였다. 곧, 섭심(攝心)에 의하여 보리심을 깨닫고, 진정한 묘심을 체득하는 것을 강조한 경전이다.
93) 내오: 내[내다, 出: 나(나다, 出: 자동)- + -ㅣ(← -이-: 사접)-]- + -오(← -고: 연어, 나열)
94) 알ᄑᆡᆺ: 앒(앞, 前) + -ᄋᆡ(-에: 부조, 위치) + -ㅅ(-의: 관조)
95) ᄲᆡ라: ᄲᆞᆯ(빨다, 濯)- + -아(연어)
96) 자ᄇᆞᆯᄊᆡ: 잡(잡다, 執)- + -ᄋᆞᆯᄊᆡ(-므로: 연어, 이유)
97) ᄒᆞ오ᅀᅡ: 혼자, 獨(부사).
98) 제: 저(저, 己: 인대, 재귀칭) + -ㅣ(← -이: 주조)
99) 제: 저(저, 己: 인대, 재귀칭) + -ㅣ(-의: 관조)
100) 보ᄇᆡᄅᆞᆯ: 보ᄇᆡ(보배, 寶) + -ᄅᆞᆯ(목조)
1) ᄊᆡ니라: ᄊᆞ(← ᄉᆞ: 것, 의명) + -ㅣ(← -이-:서조)- + -Ø(← -이-: 현시)- + -니(원칙)- + -라(← -다: 평종)
2) 재여리라: 재여리(중매, 仲媒) + -Ø(← -이-: 서조)- + -Ø(현시)- + -라(← -다: 평종)
3) 일훔지호ᄆᆞᆫ: 일훔짛[이름붙이다: 일훔(이름, 名) + 짛(붙이다, 附)-]- + -옴(명전) + -ᄋᆞᆫ(보조사, 주제)
4) 밸ᄊᆡ: 바(바, 所: 의명) + -ㅣ(← -이-: 서조)- + -ㄹᄊᆡ(-므로: 연어, 이유)

ᄒᆞ니라 또 根근이라 일훔 지호ᄆᆞᆫ 根
근ᄋᆞᆫ 能능히 내요ᄆᆞ로 ᄠᅳᆮᄒᆞ니 이 여
스시 다 識식 내ᄂᆞᆫ 功공이 이실씨 通
통히 일후믈 根근이라 ᄒᆞ니라 外욍
六륙入십ᄋᆞᆫ 이 여스시 疎송ᄒᆞᆯ씨 밧
기 屬쑉ᄒᆞ니 識식의 노녀 버므리ᄂᆞᆫ
ᄯᅡ힐씨 일후믈 入십이라 ᄒᆞ니라 또
塵띤이라 일훔 지호ᄆᆞᆫ 塵띤ᄋᆞᆫ 더러
부므로 ᄠᅳᆮᄒᆞ니 能능히 情쪙識식을
더러빌씨 通통히 일후믈 塵띤이라
ᄒᆞ니라 또 十씹二싱處청ㅣ 나 기ᄂᆞᆫ
ᄠᅳ디니 여슷 가짓 識식이 根근塵띤
올브터 나
기ᄂᆞ니라

하였니라. 또 根(근)이라고 이름을 붙인 것은 根(근)은 能(능)히 내는 것을 뜻하니, 이 여섯이 다 識(식)을 내는 功(공)이 있으므로, 通(통)히 이름을 根(근)이라 하였니라. 外六入(외육입)은 이 여섯이 疎(소)하므로 밖에 屬(속)하니, 識(식)이 노닐어 얽매이는 땅이므로, 이름을 入(입)이라고 하였니라. 또 塵(진)이라고 이름을 붙인 것은, 塵(진)은 더러운 것을 뜻하니 能(능)히 情識(정식)을 더럽히므로, 通(통)히 이름을 塵(진)이라고 하였니라. 또 十二(십이) 處(처)가 나서 자라는 뜻이니, 여섯 가지의 識(식)이 根塵(근진)을 말미암아서 나서 자라느니라.

[22 ㄱ]

ᄒᆞ니라 ᄯᅩ 根ᄀᆞᆫ이라 일훔지호ᄆᆞᆫ 根ᄀᆞᆫ은 能ᄂᆞᆼ히 내요ᄆᆞ로[5] ᄠᅳᆮᄒᆞ니 이 여스시 다 識식 내논[6] 功공이 이실ᄊᆡ 通통히[7] 일후믈 根ᄀᆞᆫ이라 ᄒᆞ니라 外욍六륙入ᅀᅵᆸ ᄋᆞᆫ 이 여스시 疎송홀ᄊᆡ[8] 밧긔[9] 屬쑉ᄒᆞ니 識식의 노녀[10] 버므리논[11] ᄯᅡ힐ᄊᆡ[12] 일후믈 入ᅀᅵᆸ이라 ᄒᆞ니라 ᄯᅩ 塵띤이라 일훔지호ᄆᆞᆫ 塵띤ᄋᆞᆫ 더러부므로[13] ᄠᅳᆮᄒᆞ니 能ᄂᆞᆼ히 情쪙識식[14]을 더러빌ᄊᆡ[15] 通통히 일후믈 塵띤이라 ᄒᆞ니라 ᄯᅩ 十씹二ᅀᅵᆼ 處청ㅣ 나[16] 기논[17] ᄠᅳ디니 여슷 가짓 識식이 根ᄀᆞᆫ塵띤ᄋᆞᆯ 브터[18] 나 기ᄂᆞ니라[19]

---

5) 내요ᄆᆞ로: 내[내다, 나게 하다, 出: 나(나다, 出: 자동)- + -ㅣ(← -이-: 사접)-]- + -욤(← -옴: 명전) + -ᄋᆞ로(부조, 방편)

6) 내논: 내[내다, 出: 나(나다, 出: 자동)- + -ㅣ(← -이-: 사접)-]- + -ㄴ(← -ᄂᆞ-: 현시)- + -오(대상)- + -ㄴ(관전)

7) 通히: [통히, 통틀어, 두루(부사): 通(통: 불어) + -ㅎ(← -ᄒᆞ-: 형접)- + -이(부접)]

8) 疎홀ᄊᆡ: 疎ᄒᆞ[소하다, 소원하다, 멀다(형사): 疎(소: 불어) + -ᄒᆞ(형접)-]- + -ㄹᄊᆡ(-므로: 연어, 이유)

9) 밧긔: 밝(밖, 外) + -의(-에: 부조, 위치)

10) 노녀: 노니[노닐다, 遊行: 노(← 놀다: 놀다, 遊)- + 니(다니다, 行)-]- + -어(연어)

11) 버므리논: 버므리(버무려지다, 얽매이다, 涉, 攝)- + -ㄴ(← -ᄂᆞ-: 현시)- + -오(대상)- + -ㄴ(관전)

12) ᄯᅡ힐ᄊᆡ: ᄯᅡㅎ(땅, 地) + -이(서조)- + -ㄹᄊᆡ(-므로: 연어, 이유)

13) 더러부므로: 더러ᇦ(← 더럽다, ㅂ불: 더럽다, 汚)- + -움(명전) + -으로(부조, 방편)

14) 情識: 정식. 감정과 지식을 아울러 이르는 말이다.

15) 더러빌ᄊᆡ: 더러ᄫᅵ[더럽히다: 더러ᇦ(← 더럽다, ㅂ불: 더럽다, 汚, 형사)- + -이(사접)-]- + -ㄹᄊᆡ(-므로: 연어, 이유)

16) 나: 나(나다, 出)- + -아(연어)

17) 기논: 기(← 길다: 자라다, 長, 동사)- + -ㄴ(← -ᄂᆞ-: 현시)- + -오(대상)- + -ㄴ(관전)

18) 브터: 븥(붙다, 기대다, 말미암다, 비롯하다, 附, 由)- + -어(연어)

19) 기ᄂᆞ니라: 기(← 길다: 자라다, 長, 동사)- + -ᄂᆞ(현시)- + -니(원칙)- + -라(← -다: 평종)

[22 ㄴ]

根(근)이 이루어져 胎(태)에 나서 根(근)과 境(경)이 섞이는 것이 (그) 이름이 觸(촉)이니, 觸(촉)은 닿는 것이다. 앞의 境(경)을 받아들이는 것이 이름이 受(수)이요, 受(수)하는 것이 있으므로 愛心(애심)이 나서 사랑하여 取(취)하나니, 愛心(애심)은 사랑하는 마음이요, 取(취)는 가지는 것이다. 愛(애)를 取(취)하므로 惑業(혹업)이 서로 맺어 善惡(선악)이 모습이 있나니 (그) 이름이 有(유)이니, 有(유)는 있는 것이다. 맺음이 있는 탓으로 三界(삼계)에 나는 因(인)이 되나니 (그) 이름이 生(생)이요, 生(생)이 있으면 老死苦惱(노사고뇌)가 좇나니 이는 生起相(생기상)이다. 老(노)는 늙는 것이요, 死(사)는 죽는 것이요, 憂(우)는 시름하는 것이요, 悲(비)는 슬퍼하는 것이요, 苦(고)는 몸이 아픈 것이요, 惱(뇌)는 마음이 괴로운 것이요, 老死(노사)는 苦(고)이요

根근이 이러[20] 胎ᄐᆡᆼ[21]예 나 根근과 境경과 섯구미[22] 일후미 觸쵹이니 觸쵹은 다ᄒᆞᆯ[23] 씨라 앏 境경을 바다드료미[24] 일후미 受쓯ㅣ오 受쓯호미 이실씨 愛ᅙᆡᆼ心심이 나 ᄃᆞᅀᅡ[25] 取츙ᄒᆞᄂᆞ니 愛ᅙᆡᆼ心심은 ᄃᆞᆺ온[26] ᄆᆞᅀᆞ미오[27] 取츙ᄂᆞᆫ 가질 씨라 愛ᅙᆡᆼ取츙ᄒᆞᆯ씨 惑ᅘᅬᆨ業업[28]이 서르 ᄆᆡ자[29] 善쎤惡ᅙᅡᆨ이 얼굴 잇ᄂᆞ니 일후미 有ᅌᅮᇢㅣ니 有ᅌᅮᇢ는 이실 씨라 ᄆᆡ조미[30] 잇논 다ᄉᆞ로[31] 三삼界갱예 나논 因ᅙᅵᆫ이 ᄃᆞ외ᄂᆞ니 일후미 生ᄉᆡᆼ이오 生ᄉᆡᆼ곳[32] 이시면 老롷死ᄉᆞᆼ苦콩惱놓ㅣ 좃ᄂᆞ니 이ᄂᆞᆫ 生ᄉᆡᆼ起킝相샹이라 老롷ᄂᆞᆫ 늘글 씨오 死ᄉᆞᆼᄂᆞᆫ 주글 씨오 憂ᅙᅮᇢ는 시름ᄒᆞᆯ 씨오 悲빙ᄂᆞᆫ 슬흘[33] 씨오 苦콩ᄂᆞᆫ 몸 알ᄑᆞᆯ[34] 씨오 惱놓ᄂᆞᆫ ᄆᆞᅀᆞᆷ 셜ᄫᅳᆯ[35] 씨오 老롷死ᄉᆞᆼᄂᆞᆫ 苦콩ㅣ오

---

20) 이러: 일(이루어지다, 成)- + -어(연어)
21) 胎: 태. 태반이나 탯줄과 같이 태아를 둘러싸고 있는 여러 조직을 이르는 말이다.
22) 섯구미: 섥(섞이다, 混: 자동)- + -움(명전) + -이(주조)
23) 다ᄒᆞᆯ: 닿(닿다, 觸)- + -ᄋᆞᆯ(목조)
24) 바다드료미: 바다드리[받아들이다: 받(받다, 受: 타동)- + -아(연어) + 들(들다, 入: 자동)- + -이(사접)-]- + -옴(명전) + -이(주조)
25) ᄃᆞᅀᅡ: ᄃᆞᇫ(← ᄃᆞᆺ다, ㅅ불: 애뜻히 사랑하다, 愛)- + -아(연어)
26) ᄃᆞᆺ온: ᄃᆞᆺ(애틋이 사랑하다, 愛)- + -Ø(과시)- + -오(대상)- + -ㄴ(관전) ※ 15세기 국어에서는 'ᄃᆞᆺ다/ᄃᆞᇫ다'는 수의적으로 교체되었다.
27) ᄆᆞᅀᆞ미오: ᄆᆞᅀᆞᆷ(마음, 心) + -이(서조)- + -오(← -고: 연어, 나열)
28) 惑業: 혹업. 미혹(迷惑)의 업이다. 탐·진·치 삼독심의 무명 번뇌를 혹(惑)이라 하고, 이 혹에 의하여 선악의 행위를 일으켜서 짓게 되는 것이 업(業)이다.
29) ᄆᆡ자: ᄆᆡᆽ(맺다, 結)- + -아(연어)
30) ᄆᆡ조미: ᄆᆡᆽ(맺다, 結)- + -옴(명전) + -이(주조)
31) 다ᄉᆞ로: 닷(탓, 由: 의명) + -ᄋᆞ로(부조, 방편, 이유)
32) 生곳: 生(생) + -곳(-이야말로: 보조사, 한정 강조)
33) 슬흘: 슳(슬퍼하다, 哀)- + -을(관전)
34) 알ᄑᆞᆯ: 알ᄑᆞ[아프다, 痛: 앓(앓다, 疾: 동사)- + -ᄇᆞ(형접)-]- + -ㄹ(관전)
35) 셜ᄫᅳᆯ: 셟(← 셟다, ㅂ불: 괴롭다, 섧다, 서럽다, 苦, 悲)- + -을(관전)

[22 ㄷ]

흫悲빙ᄂᆞᆫ惱놓ㅣ오生ᄉᆡᆼ起킹ᄂᆞᆫ니러날씨라
滅멿코져ᄒᆞᇙ딘댄므스거스로조ᅀᆞᄅᆞᄫᆞᆫ거슬
사ᄆᆞ료알라뎌無뭉明명이實씷로體텡잇ᄂᆞᆫ
디아니라처ᅀᅥᆷᄒᆞᆫᄆᆞᅀᆞᆷ根곤源원이훤히微밍
妙ᄝᆞᇢ히ᄆᆞᆰ거늘知딩見견의知딩ᄅᆞᆯ셰여妄망
塵띤이믄득니론젼ᄎᆞ로無뭉明명이잇ᄂᆞ니
ᄒᆞ다가知딩見견의見견이업스면智딩性셩
이真진淨쪙ᄒᆞ야微밍妙ᄝᆞᇢ히ᄆᆞᆯ고매도라가
ᄉᆞᄆᆞᆺ精졍ᄒᆞ리니일후미無뭉明명滅멿이니
그러면行ᅘᆡᆼ으롯아래아니滅멿ᄒᆞ리업스리
니미티ᄒᆞ마업슬ᄊᆡ그티브틇디업스니이ᄂᆞᆫ
修슣斷똰相샹이라修슣斷똰ᄋᆞᆫ닷가그츨씨라
라○子ᄌᆞᆼ細솅히니ᄅᆞ건댄十씹二ᅀᅵᆼ因인緣
원法법이오멀톄로니ᄅᆞ건댄四ᄉᆞᆼ諦뎽法법

憂悲(우비)는 惱(뇌)이요 生起(생기)는 일어나는 것이다. 滅(멸)하고자 할 것이면 무엇으로 종요로운(= 중요한) 것을 삼으랴? 알아라. 저 無明(무명)이 實(실)로 體(체)가 있는 것이 아니라, 처음 한 마음의 根源(근원)이 훤히 微妙(미묘)히 맑거늘, 知見(지견)의 知(지)를 세워 妄塵(망진)이 문득 일어난 까닭으로 無明(무명)이 있나니, 만일 知見(지견)의 見(견)이 업스면, 智性(지성)이 眞淨(진정)하여 微妙(미묘)히 맑음에 돌아가 완전히 精(정)하리니 (그) 이름이 無明滅(무명멸)이니, 그러면 行(행)으로부터 아래에는 아니 滅(멸)할 것이 없으리니, 밑이 이미 없으므로 끝이 붙을 데가 없으니, 이는 修斷相(수단상)이다. 修斷(수단)은 닦아서 끊는 것이다. ○ 子細(자세)히 말한다면 十二(십이) 因緣法(인연법)이요 대충으로 말한다면 四諦法(사제법)이니,

憂흫悲빙[36]ᄂᆞᆫ 惱놓ㅣ오 生싱起킝ᄂᆞᆫ 니러날 씨라 滅멿코져 홇 딘댄[37] 므스거스로[38] 조ᅀᆞᄅᆞᄫᆡᆫ[39] 거슬 사ᄆᆞ료[40] 알라 뎌 無뭉明명이 實씷로 躰톙 잇논 디[41] 아니라 처ᅀᅥᆷ ᄒᆞᆫ ᄆᆞᅀᆞᇝ 根근源원이 훤히[42] 微밍妙묳히 ᄆᆞᆰ거늘 知딩見견의 知딩ᄅᆞᆯ 셰여[43] 妄망塵띤이 믄득 니론[44] 젼ᄎᆞ로 無뭉明명이 잇ᄂᆞ니 ᄒᆞ다가[45] 知딩見견의 見견이 업스면 智딩性셩이 眞진淨쪙ᄒᆞ야 微밍妙묳히 ᄆᆞᆯ고매 도라가 ᄉᆞᄆᆞᆺ[46] 精졍ᄒᆞ리니 일후미 無뭉明명滅멿이니 그러면 行ᅘᆡᆼ ᄋᆞ롯 아래 아니 滅멿ᄒᆞ리[47] 업스리니 미티 ᄒᆞ마 업슬씨 그티 브틇[48] ᄃᆡ[49] 업스니 이ᄂᆞᆫ 修슣斷돤相샹이라 修슣斷돤ᄋᆞᆫ 닷가 그츨 씨라 ◯ 子ᄌᆞᆼ細셍히[50] 니ᄅᆞ건댄[51] 十씹二싱因인緣원法법이오 멀톄로[52] 니ᄅᆞ건댄 四ᄉᆞᆼ諦뎅法법이니

---

36) 憂悲: 우비. 근심과 슬픔을 아울러 이르는 말이다.
37) 홇 딘댄: ㅎ(← ᄒᆞ다: 하다: 보용, 의도)- + -오(대상)- + -ㅭ(관전) # ㄷ(← ᄃᆞ: 것, 의명) + -이(서조)- + -ㄴ댄(연어, 조건)
38) 므스거스로: 므스것[무엇, 何(지대, 미지칭): 므스(← 므슷: 무엇, 何(관사, 지시, 미지칭) + 것(것: 의명)] + -으로(부조, 방편)
39) 조ᅀᆞᄅᆞᄫᆡᆫ: 조ᅀᆞᄅᆞᄫᆡ[종요롭다, 중요하다(형사): 조ᅀᆞ(핵심, 중요한 것: 명사) + -ᄅᆞᄫᆡ(형접)-]- + -Ø(현시)- + -ㄴ(관전)
40) 사ᄆᆞ료: 삼(삼다, 爲) + -ᄋᆞ료(의종, 설명, 미시)
41) 잇논 디: 잇(← 이시다: 있다, 有)- + -ㄴ(← -ᄂᆞ-: 현시)- + -오(대상)- + -ㄴ(관전) # ㄷ(← ᄃᆞ: 것, 의명) + -이(보조)
42) 훤히: [훤히, 훤하게(부사): 훤(훤: 불어) + -ㅎ(← -ᄒᆞ-: 형접)- + -이(부접)]
43) 셰여: 셰[세우다: 셔(서다, 立: 자동)- + -ㅣ(← -이-: 사접)-]- + -여(← -어: 연어)
44) 니론: 닐(일어나다, 起)- + -Ø(과시)- + -오(대상)- + -ㄴ(관전)
45) ᄒᆞ다가: 만일, 若(부사)
46) ᄉᆞᄆᆞᆺ: [꿰뚫어, 완전히(부사): ᄉᆞᄆᆞᆾ(꿰뚫다, 통하다, 通: 동사)- + -Ø(부접)]
47) 滅ᄒᆞ리: 滅ᄒᆞ[멸하다: 滅(멸: 불어) + -ᄒᆞ(동접)-]- + -ㄹ(관전) # 이(이: 의명) + -Ø(← -이: 주조)
48) 브틇: 븥(붙다, 附)- + -우(대상)- + -ㄹ(관전)
49) ᄃᆡ: ᄃᆡ(데, 곳, 處: 의명) + -Ø(← -이: 주조)
50) 子細히: [자세히(부사): 子細(자세, 仔細: 불어) + -ㅎ(← -ᄒᆞ-: 형접)- + -이(부접)]
51) 니ᄅᆞ건댄: 니ᄅᆞ(이르다, 말하다, 曰)- + -거(확인)- + -ㄴ댄(연어, 조건, 가정)
52) 멀톄로: 멀톄(어림, 대략: 명사) + -로(부조, 방편)

四諦(사제)는 苦(고)·集(집)·滅(멸)·道(도)이니, 諦(제)는 虛(허)하지 아니하여 實(실)한 것이요, 集(집)은 모이는 것이니, 受苦(수고)가 모아 있거든 없게 하여 道理(도리)를 닦는 것이다. 無明緣行(무명연행)으로 老(노)·死(사)·憂(우)·悲(비)·苦(고)·惱(뇌)까지는 苦集諦(고집제)요, 無明滅(무명멸)로부터서 苦惱滅(고뇌멸)까지는 滅道諦(멸도제)이다.】 그 날 摩耶夫人(마야부인)의 꿈에 그 모양으로 하시어, 오른 옆구리로 드시니 그림자가 밖에 꿰뚫어 보이는 것이 瑠璃(유리)와 같더라.【摩耶(마야)는 術法(술법)이라고 한 말이니, 처음 나실 적에 端正(단정)한 것이 으뜸이시므로

四ᄉᆞᆼ諦뎽ᄂᆞᆫ 苦콩集찝滅며ᇙ道또ᇢ ㅣ니 諦뎽ᄂᆞᆫ 虛헝티[53] 아니ᄒᆞ야 實씨ᇙᄒᆞᆯ 씨오 集찝ᄋᆞᆫ 모ᄃᆞᆯ 씨니 受쓔ᇢ苦콩 ㅣ 모댓거든[54] 업긔[55] ᄒᆞ야 道또ᇢ理링 닷ᄀᆞᆯ 씨라 無뭉明명緣ᅌᅯᆫ行ᅘᆡᇰᄋᆞ로 老로ᇢ死ᄉᆞᆼ憂ᅙᅮᇢ悲빙苦콩惱노ᇢㅅ ᄀᆞ장ᄋᆞᆫ[56] 苦콩集찝諦뎽[57]오 無뭉明명滅며ᇙ로셔 苦콩惱노ᇢ滅며ᇙㅅ ᄀᆞ장ᄋᆞᆫ 滅며ᇙ道또ᇢ諦뎽라[58]】 그 날 摩망耶ᅌᅣᇰ夫붕人ᅀᅵᆫㅅ ᄭᅮ메[59] 그 야ᄋᆞ로[60] ᄒᆞ샤 올ᄒᆞᆫ[61] 녀브로[62] 드르시니 그르메[63] 밧긔 ᄉᆞᄆᆞᆺ[64] 뵈요미[65] 瑠류ᇢ璃링[66] ᄀᆞᆮ더라【摩망耶ᅌᅣᇰᄂᆞᆫ 術쓔ᇙ法버ᇦ이라 ᄒᆞᆫ 마리니 처ᅀᅥᆷ 나싫 저긔 端돤正졍호미 위두ᄒᆞ실ᄊᆡ[67]

---

53) 虛티: 虛ᄒᆞ[← 虛ᄒᆞ다(허하다): 虛(허: 불어) + -ᄒᆞ(형접)-]- + -디(-지: 연어, 부정)
54) 모댓거든: 몯(모이다, 集)- + -아(연어) + 잇(이시다: 있다, 보용, 완료 지속)- + -거든(연어, 조건) ※‘모댓거든’은 ‘몯아 잇거든’이 축약된 형태이다.
55) 업긔: 업(← 없다: 없다, 無)- + -긔(-게: 연어, 사동)
56) ᄀᆞ장ᄋᆞᆫ: ᄀᆞ장(거기까지: 의명) + -ᄋᆞᆫ(보조사, 주제)
57) 苦集諦: 고집체. 사체(四諦) 가운데 고체(苦諦)와 집체(集諦)를 말한다.
58) 滅道諦: 멸도체. 사체(四諦) 가운데 멸체(滅諦)와 도체(道諦)를 말한다.
59) ᄭᅮ메: ᄭᅮᆷ(꿈, 夢) + -에(부조, 위치)
60) 그 야ᄋᆞ로: 그(그, 彼: 관사, 지시, 정칭) # 양(양, 모양: 의명) + -ᄋᆞ로(부조, 방편)
61) 올ᄒᆞᆫ: 올ᄒᆞᆫ[오른, 右(관사): 옳(옳다, 是: 형사)- + -ᄋᆞᆫ(관전▹관접)]
62) 녀브로: 녑(옆구리, 脅) + -으로(부조, 방향)
63) 그르메: 그르메(그림자, 影) + -Ø(← -이: 주조)
64) ᄉᆞᄆᆞᆺ: [꿰뚫어, 通: ᄉᆞᄆᆞᆺ(← ᄉᆞᄆᆞᆾ다: 통하다, 通, 동사)- + -Ø(부접)]
65) 뵈요미: 뵈[보이다, 示: 보(보다, 見: 타동)- + -ㅣ(← -이-: 피접)-]- + -욤(← -옴: 명전) + -이(주조)
66) 瑠璃: 瑠璃(유리) + -Ø(← -이: 부조, 비교) ※‘瑠璃(유리)’는 인도의 고대 7가지 보배 중 하나로서, 산스크리트어로 바이두르야(vaidūrya)라 한다. 묘안석의 일종으로, 광물학적으로는 녹주석이다.
67) 위두ᄒᆞ실ᄊᆡ: 위두ᄒᆞ[으뜸이다, 第一: 위두(위두, 爲頭: 우두머리) + -ᄒᆞ(형접)-]- + -시(주높)- + -ㄹᄊᆡ(-므로: 연어, 이유)

나랏사ᄅᆞ미 모다 닐오ᄃᆡ 變변化황 잘
ᄒᆞᄂᆞᆫ 하ᄂᆞ리 ᄃᆞ외야 나겨시다 ᄒᆞ야 일
후믈 摩망耶양ㅣ시다 ᄒᆞ니라 摩망耶
양夫붕人신이 善쎤覺각長댱者쟝이
여듧찻 ᄯᆞ리시니 相샹 보ᄂᆞᆫ 사ᄅᆞ미 닐오
ᄃᆡ 이 각시 당다이 轉둰輪륜聖셩王왕
ᄋᆞᆯ 나ᄒᆞ시리로다 ᄒᆞ야ᄂᆞᆯ 淨쪙飯뻔王
왕이 드르시고 妃핑子ᄌᆞᆼ 사ᄆᆞ시니라
長댱者쟝ᄂᆞᆫ 위두ᄒᆞᆯ ᄊᆞ니 姓셩도 貴귕
ᄒᆞ며 벼슬도 노ᄑᆞ며 가ᄉᆞ멸며 싁싁ᄒᆞ
야 므ᅀᅴ엽고 智딩慧쀙 기프며 나ᄒᆡ 들
며 ᄒᆡᇰ뎌기 조ᄒᆞ며 禮롕法법이 ᄀᆞᄌᆞ며 님
그미 恭공敬경ᄒᆞ시며 百ᄇᆡᆨ姓셩이 브
터 열 가짓 이리 ᄀᆞᄌᆞ사ᅀᅡ 長댱者쟝ㅣ라

나라의 사람이 모두 말하되 "變化(변화)를 잘 하는 하늘이 (마야가) 되어서 나 계시다."라고 하여, 이름을 摩耶(마야)이시라고 하였니라. 摩耶夫人(마야부인)이 善覺長者(선각장자)의 여덟째 딸이시니, 相(상)을 보는 사람이 말하되 "이 각시가 마땅히 轉輪聖王(전륜성왕)을 낳으시겠구나."라고 하거늘, 淨飯王(정반왕)이 들으시고 妃子(비자)로 삼으셨니라. 長者(장자)는 으뜸가는 것이니, 姓(성)도 貴(귀)하며 벼슬도 높으며, 부유하며 엄정하여 무서우며 智慧(지혜)가 깊으며, 나이가 들며 행적이 깨끗하며 禮法(예법)이 갖추어져 있으며, 임금이 恭敬(공경)하시며 百姓(백성)이 의지하여서, 열 가지의 일이 갖추어져 있어야 長者(장자)이라고 나랏 사ᄅᆞ미 모다[68] 닐오ᄃᆡ 變변化황 잘ᄒᆞᄂᆞᆫ 하ᄂᆞ리[69] ᄃᆞ외야 나 겨시다 ᄒᆞ야 일후믈 摩망耶양ㅣ시다 ᄒᆞ니라 摩망耶양夫붕人ᅀᅵᆫ이 善썬覺각長댱者쟝ᄋᆡ 여듧찻[70] ᄯᆞ리시니[71] 相샹[72] 보ᇙ 사ᄅᆞ미 닐오ᄃᆡ 이 각시[73] 당다이[74] 轉둰輪륜聖셩王왕ᄋᆞᆯ 나ᄒᆞ시리로다[75] ᄒᆞ야ᄂᆞᆯ 淨쪙飯뻔王왕이 드르시고 妃핑子ᄌᆞᆼ[76] 사ᄆᆞ시니라[77] 長댱者쟝ᄂᆞᆫ 위두ᄒᆞᆯ 씨니 姓셩도 貴귕ᄒᆞ며 벼슬도 노ᄑᆞ며 가ᄉᆞ멸며[78] ᄉᆡᆨᄉᆡᆨᄒᆞ야[79] 므싀여ᄫᅳ며[80] 智딩慧ᅘᅰᆼ 기프며 나틀며[81] 힝뎍 조ᄒᆞ며 禮롕法법이 ᄀᆞᄌᆞ며[82] 님그미 恭공敬경ᄒᆞ시며 百ᄇᆡᆨ姓셩이 브터[83] 열 가짓 이리 ᄀᆞ자ᅀᅡ[84] 長댱者쟝ㅣ라

---

68) 모다: [모두, 다, 悉(부사): 몯(모이다, 集: 자동)-+-아(연어▷부접)]
69) 하ᄂᆞ리: 하ᄂᆞᆯ(← 하ᄂᆞᇙ: 하늘, 天)+-이(주조)
70) 여듧찻: 여듧차[여덟째, 第八: 여듧(여덟, 八: 수사, 양수)+-차(-째: 접미, 서수)]+-ㅅ(-의: 관조)
71) ᄯᆞ리시니: ᄯᆞᆯ(딸, 女息)+-이(서조)-+-시(주높)-+-니(연어, 설명 계속)
72) 相: 상. 관상에서, 얼굴이나 체격의 됨됨이다.
73) 각시: 각시(각시, 여자, 女)+-∅(←-이: 주조)
74) 당다이: 마땅히, 當(부사)
75) 나ᄒᆞ시리로다: 낳(낳다, 産)-+-ᄋᆞ시(주높)-+-리(미시)-+-로(←-도-: 감동)-+-다(평종)
76) 妃子: 비자. 임금이나 황태자의 아내이다.
77) 사ᄆᆞ시니라: 삼(삼다, 爲)-+-ᄋᆞ시(주높)-+-∅(과시)-+-니(원칙)-+-라(←-다: 평종)
78) 가ᄉᆞ멸며: ᄀᆞᄉᆞ멸(부유하다, 富)-+-며(연어, 나열)
79) ᄉᆡᆨᄉᆡᆨᄒᆞ야: ᄉᆡᆨᄉᆡᆨᄒᆞ[엄하다, 장엄하다, 嚴: ᄉᆡᆨᄉᆡᆨ(씩씩: 불어)+-ᄒᆞ(형접)-]-+-야(←-아: 연어)
80) 므싀여ᄫᅳ며: 므싀여ᇦ[← 므싀엽다, ㅂ불(무섭다, 恐): 므싀(무서워하다, 懼: 타동)-+-엽(←-업-: 형접)]-+-으며(연어, 나열)
81) 나틀며: 나틀[나이가 들다: 나ㅎ(나이, 齡: 명사)+들(들다, 먹다: 동사)-]-+-며(연어, 나열)
82) ᄀᆞᄌᆞ며: ᄀᆽ(갖추어지다, 具: 형사)-+-ᄋᆞ며(연어, 나열)
83) 브터: 븥(붙다, 따르다, 의지하다, 從)-+-어(연어)
84) ᄀᆞ자ᅀᅡ: ᄀᆽ(갖추어져 있다, 具)-+-아ᅀᅡ(-아야: 연어, 필연적 조건)

ᄒᆞᄂᆞ니라 이틄나래王왕ᄭᅴ그ᄭᅮ믈ᄉᆞᆯᄫᆞ시
ᄂᆞᆯ王왕이占졈ᄒᆞᄂᆞᆫ사ᄅᆞᆷ블러무르
시니다ᄉᆞᆯᄫᅩᄃᆡ聖셩子ᄌᆞᆼㅣ나샤 聖셩子ᄌᆞᆼ
ᄂᆞᆫ聖셩人ᅀᅵᆫ엣아ᄃᆞ리라 輪륜王왕이ᄃᆞ외시리니
出츓家강ᄒᆞ시면正졍覺각ᄋᆞᆯ일우시
리로소이다그저긔兜둫率숧陁땅諸
졍天텬ᄃᆞᆯ히닐오ᄃᆡ우리도眷권屬쑉

하느니라.】 이튿날에 (마야부인이) 王(왕)께 그 꿈을 사뢰시거늘, 王(왕)이 占(점)하는 사람을 불러 물으시니, 다 사뢰되 “聖子(성자)가 나시어【聖子(성자)는 聖人(성인)의 아들이다.】 輪王(윤왕)이 되시겠으니, 出家(출가)하시면 正覺(정각)을 이루시겠습니다.” 그때에 兜率陁(도솔타)의 諸天(제천)들이 이르되 “우리도 眷屬(권속)이

ᄒᆞᄂᆞ니라】 이틄나래[85] 王ᅌᅪᇰᄭᅴ 그 ᄭᆞ믈 ᄉᆞᆯᄫᅡ시ᄂᆞᆯ[86] 王ᅌᅪᇰ이 占졈ᄒᆞᄂᆞᆫ 사ᄅᆞᄆᆞᆯ 블러[87] 무르시니 다 ᄉᆞᆯᄫᅩᄃᆡ[88] 聖셩子ᄌᆞᆼㅣ 나샤【聖셩子ᄌᆞᆼᄂᆞᆫ 聖셩人ᅀᅵᆫ엣[89] 아ᄃᆞ리라】 輪륜王ᅌᅪᇰ[90]이 ᄃᆞ외시리니[91] 出ᄎᆔᇙ家강ᄒᆞ시면 正졍覺각[92]ᄋᆞᆯ 일우시리로소이다[93] 그 저긔 兜둘率ᄉᆔᇙ陁땅[94] 諸졍天텬ᄃᆞᆯ히[95] 닐오ᄃᆡ 우리도 眷권屬쑉[96]

---

85) 이틄나래: 이틄날[이튿날, 翌日: 이틀(이틀, 二日) + -ㅅ(관조, 사잇) + 날(날, 日)] + -애(-에: 부조, 위치)

86) ᄉᆞᆯᄫᅡ시ᄂᆞᆯ: ᄉᆞᆲ(← ᄉᆞᆲ다, ㅂ불: 사뢰다, 아뢰다, 奏)- + -시(주높)- + -아 … ᄂᆞᆯ(-거늘: 연어, 상황)

87) 블러: 블ᄅᆞ(← 브르다: 부르다, 召)- + -어(연어)

88) ᄉᆞᆯᄫᅩᄃᆡ: ᄉᆞᆲ(← ᄉᆞᆲ다, ㅂ불: 사뢰다, 아뢰다, 奏)- + -오ᄃᆡ(-되: 연어, 설명 계속)

89) 聖人엣: 聖人(성인) + -에(부조, 위치) + -ㅅ(-의: 관조)

90) 輪王: 윤왕. 전륜왕(轉輪王). 인도 신화 속의 임금이다. 정법(正法)으로 온 세계를 통솔한다고 한다. 여래의 32상(相)을 갖추고 칠보(七寶)를 가지고 있으며 하늘로부터 금, 은, 동, 철의 네 윤보(輪寶)를 얻어 이를 굴리면서 사방을 위엄으로 굴복시킨다.

91) ᄃᆞ외시리니: ᄃᆞ외(되다, 爲)- + -시(주높)- + -리(미시)- + -니(연어, 설명 계속)

92) 正覺: 정각. 정등각(正等覺)이다. 올바른 깨달음으로서 일체의 참된 모습을 깨달은 더할 나위 없는 지혜이다.

93) 일우시리로소이다: 일우[이루다, 成: 일(이루어지다, 成: 자동)- + -우(사접)-]- + -시(주높)- + -리(미시)- + -롯(← -돗-: 감동)- + -오이(← -ᄋᆞ이-: 상높, 아주 높임)- + -다(평종)

94) 兜率陁: 도솔타. 도솔타는 욕계 육천(欲界六天)의 하나이다. 도리천(忉利天)에서부터 구름을 붙여서 허공에 있는 하늘인데, 육계 육천의 넷째 하늘이다. 도솔천(忉率天)이라고 하기도 한다.

95) 諸天ᄃᆞᆯ히: 諸天ᄃᆞᆶ[제천들, 모든 천신들: 諸天(제천, 모든 신: 명사) + -ᄃᆞᆶ(-들: 복접)] + -이(주조)

96) 眷屬: 권속. 한집에 거느리고 사는 식구이다.

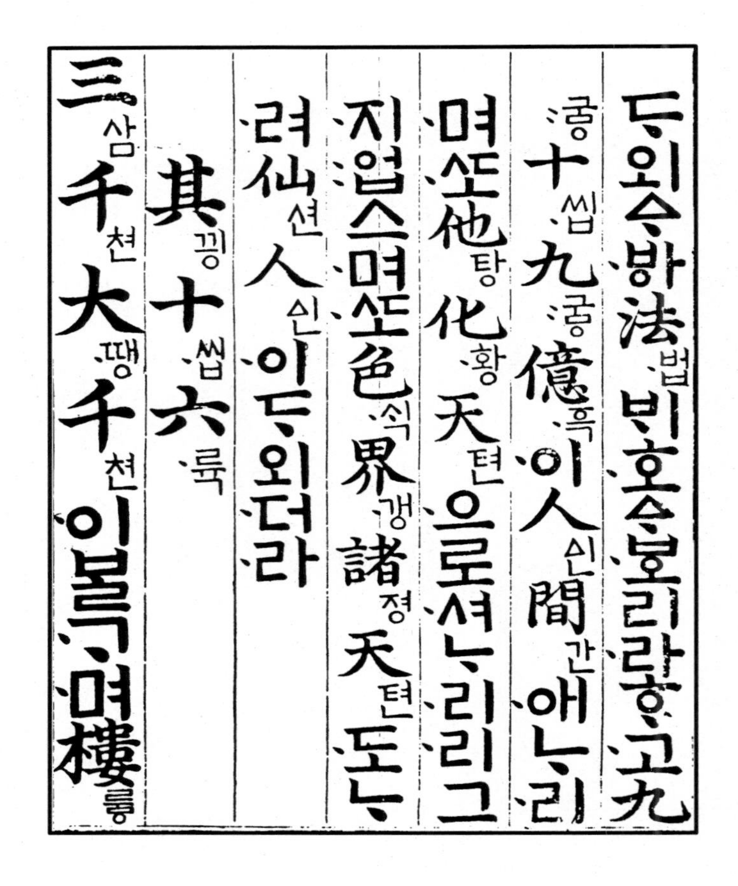

ᄃᆞ외ᅀᆞᄫᅡ 法법 ᄇᆡ호ᅀᆞᄫᆞ리랏ᄒᆞ고 九
궁 十씹 九궁 億흑 이 人신 間간 애 ᄂᆞ리
며 ᄯᅩ 他탕 化황 天텬 으로셔 ᄂᆞ리리 그
지업스며 ᄯᅩ 色식 界갱 諸정 天텬 도 ᄂᆞ
려 仙션 人신 이 ᄃᆞ외더라
其끵 十씹 六륙
三삼 千천 大땡 千천 이 ᄇᆞᆰᄋᆞ며 樓릉

되어서 法(법)을 배우리라.” 하고, 九十九億(구십구억)이 人間(인간)에 내리며, 또 他化天(타화천)으로부터서 내리는 이가 그지없으며, 또 色界(색계) 諸天(제천)도 내려 仙人(선인)이 되더라.

其十六(기십육)

三千大千(삼천대천)이 밝으며 樓殿(누전)이

ᄃᆞ외ᅀᆞ바[97] 法법 ᄇᆡ호ᅀᆞ보리라[98] ᄒᆞ고 九궇十씹九궇億흑이 人ᅀᅵᆫ間간애 ᄂᆞ리며 ᄯᅩ 他탕化황天텬[99]으로셔 ᄂᆞ리리[100] 그지업스며[1] ᄯᅩ 色ᄉᆡᆨ界갱[2] 諸졍天텬도 ᄂᆞ려 仙션人ᅀᅵᆫ이 ᄃᆞ외더라

其끵十씹六륙

三삼千쳔大땡千쳔[3]이 ᄇᆞᆯᄀᆞ며 樓릏殿뗜[4]이

97) ᄃᆞ외ᅀᆞ바: ᄃᆞ외(되다, 爲)-+-ᅀᆞᆸ(←-ᄉᆞᆸ-: 객높)-+-아(연어)

98) ᄇᆡ호ᅀᆞ보리라: ᄇᆡ호[배우다, 學: ᄇᆡᇰ(버릇이 되다, 길들다, 習: 자동)-+-오(사접)-]-+-ᅀᆞᆸ(←-ᄉᆞᆸ-: 객높)-+-오(화자)-+-ᄋᆞ리(미시)-+-라(←-다: 평종)

99) 他化天: 타화천. 타화자재천(他化自在天). 육욕천(六欲天)의 하나이다. 욕계의 가장 높은곳으로서, 다른 이로 하여금 자재롭게 오욕(五欲)의 경계를 변화하게 하는 곳이다.

100) ᄂᆞ리리: ᄂᆞ리(내리다, 降)-+-ㄹ(관전) # 이(이, 者: 의명)+-Ø(←-이: 주조)

1) 그지업스며: 그지없[그지없다, 끝없다: 그지(끝, 한도, 限: 명사)+없(없다, 無: 형사)-]-+-으며(연어, 나열)

2) 色界: 색계. 삼계(三界)의 하나이다. 음욕(淫欲)·식욕(食欲) 따위의 탐욕을 여의어 욕계(欲界) 위에 있으나, 아직 물질을 여의지 못한 세계이다.

3) 三千大千: 삼천대천. 불교 사상에서 거대한 우주 공간을 나타내는 술어로 삼천세계라고도 한다. 대천세계는 소천(小千)·중천(中千)·대천(大千)의 3종의 천(千)이 겹쳐진 것이기 때문에 삼천대천세계라고 한다. 이만큼의 공간이 한 부처의 교화 대상이 되는 범위이다.

4) 樓殿: 누전. 누각(樓閣)과 궁전(宮殿)을 아울러 이르는 말이다.

[24 뒤]

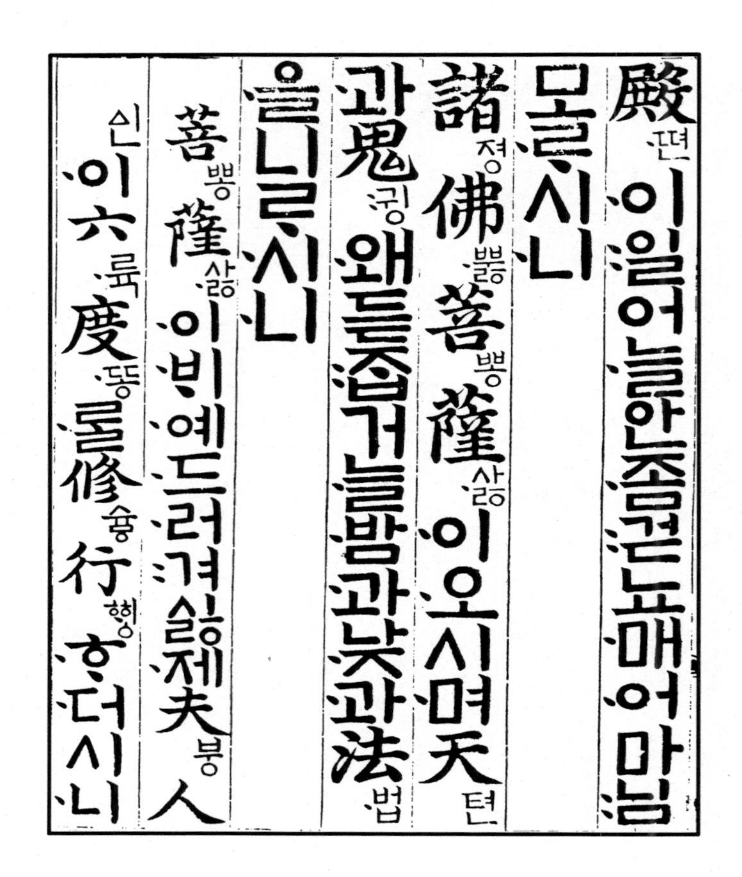

이루어지거늘, 앉음과 걸어다님에 어머님이 (그 사실을) 모르셨으니.
諸佛(제불)과 菩薩(보살)이 오시며 天(천)과 鬼(귀)가 들으시거늘, 밤과 낮(동안) 法(법)을 이르셨으니.

菩薩(보살)이 배에 들어 계실 때에 夫人(부인)이 六度(육도)를 修行(수행)하시더니

일어늘[5] 안좀[6] 걷뇨매[7] 어마님[8] 모ᄅᆞ시니[9]
諸경佛뿛 菩뽕薩삻이 오시며 天텬과 鬼귕왜[10] 듣ᄌᆞᆸ거늘 밤과 낮과 法법을 니ᄅᆞ시니

菩뽕薩삻이 ᄇᆡ예[11] 드러 겨싫[12] 제[13] 夫붕人신이 六륙度똥[14]를 修슣行헹ᄒᆞ더시니[15]

5) 일어늘: 일(이루어지다, 成)- + -어늘(← -거늘: 연어, 상황)
6) 안좀: 앉(앉다, 坐)- + -옴(명전)
7) 걷뇨매: 걷니[걸어다니다, 步行: 걷(걷다, 步)- + 니(다니, 行)-]- + -옴(명전) + -애(-에: 부조, 위치)
8) 어마님: [어머님, 母親: 어마(← 어미: 어머니, 母, 명사) + -님(높접)]
9) 모ᄅᆞ시니: 모ᄅᆞ(모르다, 不知)- + -시(주높)- + -Ø(과시)- + -니(평종, 반말) ※ '모ᄅᆞ시니'는 '모ᄅᆞ시니이다'에서 '-이(상높, 아주 높임)- + -다(평종)'가 생략된 형태이다.
10) 鬼왜: 鬼(귀, 귀신) + -와(접조) + -ㅣ(← -이: 주조)
11) ᄇᆡ예: ᄇᆡ(배, 腹) + -예(← -에: 부조, 위치)
12) 겨싫: 겨시(계시다: 보용, 완료 지속, 높임)- + -ㅭ(관전)
13) 제: 제, 때, 時(의명). ※ '제'는 [적(적, 때: 의명) + -의(-에: 부조, 위치)]으로 분석되는 의존 명사이다.
14) 六度: 육도. 열반(涅槃)에 이르기 위하여 보살(菩薩)이 수행해야 할 여섯 가지 덕목(德目)이다. '보시(布施)·지계(持戒)·인욕(忍辱)·정진(精進)·선정(禪定)·지혜(智慧)' 등이 있다.
15) 修行ᄒᆞ더시니: 修行ᄒᆞ[수행하다: 修行(수행: 명사) + -ᄒᆞ(동접)-]- + -더(회상)- + -시(주높)- + -니(평종, 반말) ※ '修行ᄒᆞ더시니'는 '修行ᄒᆞ더시니이다'에서 '-이(상높, 아주 높임)- + -다(평종)'가 생략된 형태이다.

六륙度똥ᄂᆞᆫ布봉施싱와持띵戒갱와
忍ᅀᅵᆫ辱ᅀᅭᆨ과精정進진과禪쎤定뗭과
智딩慧휑ᇹ니布봉施싱ᄂᆞᆫ제뒷논쳔량
ᄋᆞ로ᄂᆞᆷ주며제아ᄂᆞᆫ法법으로ᄂᆞᆷᄀᆞᄅᆞ
칠씨오持띵戒갱ᄂᆞᆫ警경戒갱ᄅᆞᆯ디닐
씨오忍ᅀᅵᆫ辱ᅀᅭᆨ은辱ᅀᅭᆨᄃᆞ뵌일ᄎᆞᄆᆞᆯ씨
오精정進진은精정誠쎵으로부텻道
뜰理링예나ᅀᅡ갈씨오禪쎤定뗭은ᄆᆞ
ᅀᆞᄆᆞᆯ寂쩍靜쪙히ᄉᆞ랑ᄒᆞ야一ᅙᅵᇙ定뗭
ᄒᆞᆯ씨오智딩慧휑ᇹᄂᆞᆫ몯ᄋᆞ논ᄃᆡ업시ᄉᆞ
ᄆᆞᆺ비췰씨라度똥ᄂᆞᆫ건날씨니뎌ᄀᆞᅀᅢ
건나다ᄒᆞᆫᄠᅳ디니生ᄉᆡᇰ死ᄉᆞᆼᄂᆞᆫ이녁ᄀᆞ
ᅀᅵ오煩뻔惱놓ᄂᆞᆫ므리오涅녏槃빤ᄋᆞᆫ
뎌녁ᄀᆞᅀᅵ라修슣行ᅘᆡᇰᄋᆞᆫ닷가行ᅘᆡᇰᄒᆞᆯ

【 六度(육도)는 布施(보시)와 持戒(지계)와 忍辱(인욕)과 精進(정진)과 禪定(선정)과 智慧(지혜)이니, 布施(보시)는 자기가 두고 있는 재물로 남을 주며 자기가 아는 法(법)으로 남을 가르치는 것이요, 持戒(지계)는 警戒(경계)를 지니는 것이요, 忍辱(인욕)은 辱(욕)된 일을 참는 것이요, 精進(정진)은 精誠(정성)으로 부처의 道理(도리)에 나아가는 것이요, 禪定(선정)은 마음을 寂靜(적정)히 생각하여 一定(일정)한 것이요, 智慧(지혜)는 못 아는 데가 없이 꿰뚫어 비추는 것이다. 度(도)는 건너는 것이니 저쪽 가(邊)에 건넜다고 한 뜻이니, 生死(생사)는 이쪽의 가이요 煩惱(번뇌)는 물이요 涅槃(열반)은 저쪽 가이다. 修行(수행)은 닦아 行(행)하는

【 六륙度똥ᄂᆞᆫ 布봉施싱와 持띵戒갱와 忍ᅀᅵᆫ辱ᅀᅭᆨ과 精졍進진과 禪쎤定뗭과 智딩慧ᅘᅰᆼ니 布봉施싱ᄂᆞᆫ 제 뒷논[16] 쳔량ᄋᆞ로[17] ᄂᆞᆷ 주며 제 아논[18] 法법으로 ᄂᆞᆷ ᄀᆞᄅᆞ칠 씨오 持띵戒갱ᄂᆞᆫ 警경戒갱[19]ᄅᆞᆯ 디닐[20] 씨오 忍ᅀᅵᆫ辱ᅀᅭᆨᄋᆞᆫ 辱ᅀᅭᆨᄃᆞᄫᆡᆫ[21] 일 ᄎᆞᄆᆞᆯ[22] 씨오 精졍進진은 精졍誠쎵으로 부텻 道또ᇢ理링예 나ᅀᅡ갈[23] 씨오 禪쎤定뗭은 ᄆᆞᅀᆞᄆᆞᆯ 寂쪅靜쪙히[24] ᄉᆞ랑ᄒᆞ야[25] 一ᅙᅵᇙ定뗭ᄒᆞᆯ[26] 씨오 智딩慧ᅘᅰᆼᄂᆞᆫ 몯 아논 ᄃᆡ 업시 ᄉᆞᄆᆞᆺ 비췰 씨라 度똥ᄂᆞᆫ 건날[27] 씨니 뎌 ᄀᆞᅀᅢ[28] 건나다 혼 ᄠᅳ디니 生ᄉᆡᆼ死ᄉᆞᆼᄂᆞᆫ 이녁[29] ᄀᆞᅀᅵ오 煩뻔惱놓ᄂᆞᆫ 므리오 涅녏槃빤ᄋᆞᆫ 뎌녁[30] ᄀᆞᅀᅵ라 修슣行ᅘᆡᆼᄋᆞᆫ 닷가[31] 行ᅘᆡᆼᄒᆞᆯ

---

16) 뒷논: 두(두다, 置)- + -Ø(← -어: 연어) # 잇(보용, 완료 지속)- + -ㄴ(← -ᄂᆞ-: 현시)- + -오(대상)- + -ㄴ(관전) ※ '뒷논'은 '두어 잇논'이 축약된 형태이다.
17) 쳔량ᄋᆞ로: 쳔량(재물, 財) + -ᄋᆞ로(부조, 방편)
18) 아논: 아(← 알다: 알다, 知)- + -ㄴ(← -ᄂᆞ-: 현시)- + -오(대상)- + -ㄴ(관전)
19) 警戒: 경계. 옳지 않거나 잘못된 일들을 하지 않도록 타일러서 주의하게 함.
20) 디닐: 디니(지니다, 持)- + -ㄹ(관전)
21) 辱ᄃᆞᄫᆡᆫ: 辱ᄃᆞᄫᆡ[욕되다: 辱(욕: 명사) + -ᄃᆞᄫᆡ(형접)-]- + -Ø(현시)- + -ㄴ(관전)
22) ᄎᆞᄆᆞᆯ: ᄎᆞᆷ(참다, 忍)- + -ᄋᆞᆯ(관전)
23) 나ᅀᅡ갈: 나ᅀᅡ가[나아가다, 進: 낫(← 낫다, ㅅ불: 나아가다, 進)- + -아(연어) + 가(가다, 去)-]- + -ㄹ(관전)
24) 寂靜히: [적정히(부사): 寂靜(불어) + -ㅎ(← -ᄒᆞ-: 형접)- + -이(부접)] ※ '寂靜(적정)'은 매우 괴괴하고 고요한 것이다.
25) ᄉᆞ랑ᄒᆞ야: ᄉᆞ랑ᄒᆞ[생각하다, 思: ᄉᆞ랑(생각, 思: 명사) + -ᄒᆞ(동접)-]- + -야(← -아: 연어)
26) 一定ᄒᆞᆯ: 一定ᄒᆞ[일정하다: 一定(일정: 명사) + -ᄒᆞ(형접)-]- + -ㄹ(관전) ※ '一定(일정)'은 어떤 것의 크기, 모양, 범위, 시간 따위가 하나로 정하여져 있는 것이다.
27) 건날: 건나[건너다, 渡: 걷(걷다, 步) + 나(나다, 現)-]- + -ㄹ(관전)
28) ᄀᆞᅀᅢ: ᄀᆞᇫ(← ᄀᆞᆺ: 가, 邊) + -애(-에: 부조, 위치)
29) 이녁: [이쪽(명사): 이(이, 此: 관사, 지시, 정칭) + 녁(녘, 쪽: 의명)]
30) 뎌녁: [저쪽(명사): 뎌(저, 彼: 관사, 지시, 정칭) + 녁(녘, 쪽: 의명)]
31) 닷가: 닸(닦다, 修)- + -아(연어)

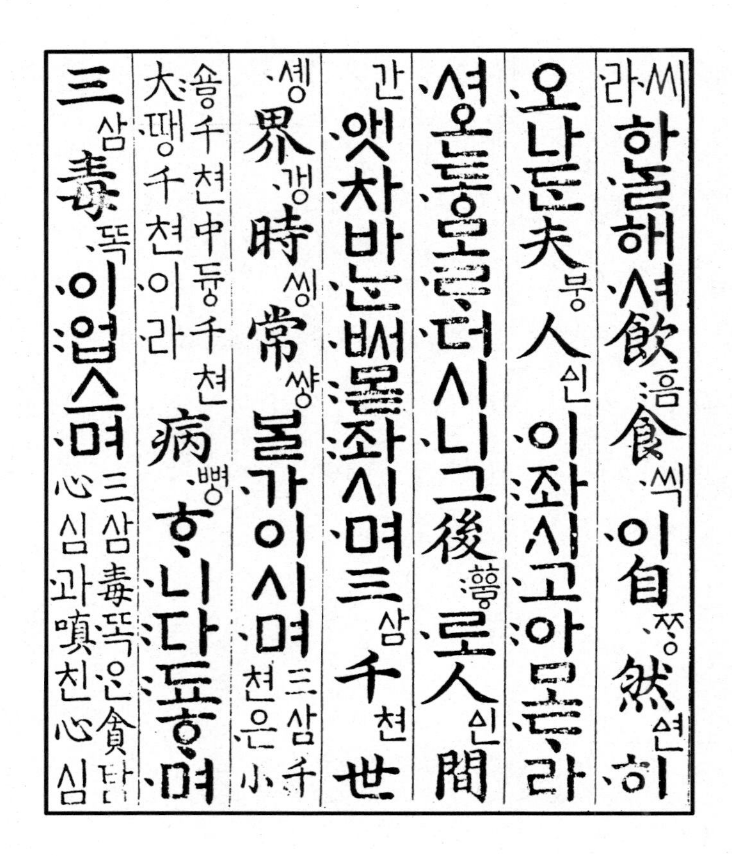

것이다.】, 하늘에서 飮食(음식)이 自然(자연)히 오거든 夫人(부인)이 자시고 아모 곳에서 온 줄을 모르시더니, 그 後(후)로 (부인이) 人間(인간)에 있는 음식은 못 자시며, 三千世界(삼천세계)가 時常(시상) 밝아 있으며【三千(삼천)은 小千(소천)·中千(중천)·大千(대천)이다.】, 病(병)을 한 이가 다 좋아지며, 三毒(삼독)이 없어지며【三毒(삼독)은 貪心(탐심)과 瞋心(진심)과

씨라】 하ᄂᆞᆯ해셔[32] 飮ᅙᅳᆷ食씩이 自ᄍᆞᆼ然ᅀᅧᆫ히[33] 오나ᄃᆞᆫ[34] 夫붕人ᅀᅵᆫ이 좌시고[35] 아모[36] ᄃᆡ라셔[37] 온 동[38] 모ᄅᆞ더시니[39] 그 後ᅘᅮᇢ로 人ᅀᅵᆫ間간앳 차바ᄂᆞᆫ[40] ᄡᅥ[41] 몯 좌시며 三삼千쳔世솅界갱 時씽常썅[42] ᄇᆞᆯ가 이시며[43]【三삼千쳔은 小ᄉᆖᇢ千쳔 中듕千쳔 大땡千쳔이라】病뼝ᄒᆞ니[44] 다 됴ᄒᆞ며[45] 三삼毒똑[46]이 업스며[47]【三삼毒똑ᄋᆞᆫ 貪탐心심[48]과 嗔친心심[49]과

---

32) 하ᄂᆞᆯ해셔: 하ᄂᆞᆶ(하늘, 天) + -애(-에: 부조, 위치) + -셔(-서: 보조사, 위치 강조)
33) 自然히: [자연히(부사): 自然(자연: 명사) + -ㅎ(← -ᄒᆞ-: 형접)- + -이(부접)]
34) 오나ᄃᆞᆫ: 오(오다, 來)- + -나ᄃᆞᆫ(-거든: 연어, 조건)
35) 좌시고: 좌시(자시다, 잡수시다, 食)- + -고(연어, 나열, 계기)
36) 아모: 아무, 某(관사, 지시, 부정칭)
37) ᄃᆡ라셔: ᄃᆡ(곳, 處: 의명) + -라셔(-에서: 부조, 위치, 시발점)
38) 온 동: 오(오다, 來)- + -Ø(과시)- + -ㄴ(관전) # 동(줄: 의명)
39) 모ᄅᆞ더시니: 모ᄅᆞ(모르다, 不知)- + -더(회상)- + -시(주높)- + -니(연어, 설명 계속)
40) 차바ᄂᆞᆫ: 차반(음식, 飮食) + -ᄋᆞᆫ(보조사, 주제)
41) ᄡᅥ: [그것으로써, 以(부사): ᄡᅳ(← ᄡᅳ다: 쓰다, 用)- + -어(연어▷부접)] ※ 'ᄡᅥ'는 한자 '以'를 직역한 말로서 '그것으로써'의 뜻을 나타낸다. 일반적으로 강조 용법으로 쓰였으므로, 해석을 하지 않는 것이 자연스럽다.
42) 時常: 시상. 항상, 늘(부사)
43) ᄇᆞᆯ가 이시며: ᄇᆞᆰ(밝다, 明)- + -아(연어) # 이시(있다: 보용, 완료 지속)- + -며(연어, 나열)
44) 病ᄒᆞ니: 病ᄒᆞ[병하다, 병들다: 病(병) + -ᄒᆞ(동접)-]- + -Ø(과시)- + -ㄴ(관전) # 이(이, 者: 의명) + -Ø(← -이: 주조)
45) 됴ᄒᆞ며: 둏(좋아지다, 好: 동사)- + -ᄋᆞ며(연어, 나열)
46) 三毒: 삼독. 사람의 착한 마음을 해치는 세 가지 번뇌이다. 욕심, 성냄, 어리석음 따위를 독(毒)에 비유하여 이르는 말이다.
47) 업스며: 없(없어지다, 消: 동사)- + -으며(연어, 나열)
48) 貪心: 탐심. 탐(貪)을 내는 마음이다.
49) 嗔心: 진심. 왈칵 성내는 마음이다.

迷惑(미혹)이다.】 菩薩(보살)의 相好(상호)가 다 갖추어져 있으시며, 보배의 樓殿(누전)이 마치 天宮(천궁)과 같더니【樓(누)는 다락집이다.】, 菩薩(보살)이 다니시며 서 계시며 앉으시며 누우심에 夫人(부인)이 아무렇지도 아니하시더니, 날마다 세 때로 十方諸佛(시방제불)이 들어와 安否(안부)하시고 說法(설법)

迷몡惑ᅘᅬᆨ괘라[50)] 】 菩뽀ᇰ薩사ᇙㅅ 相샹好호ᇹ[51)] ㅣ 다 ᄀᆞᄌᆞ시며[52)] 보ᄇᆡ옛[53)] 樓루ᇹ殿뗜[54)]이 마치 天텬宮궁[55)] ᄀᆞᆮ더니【樓루ᇹ는 다라기라[56)] 】 菩뽀ᇰ薩사ᇙ이 ᄃᆞᆮ니시며 셔 겨시며 안ᄌᆞ시며 누ᄫᅳ샤매[57)] 夫부ᇰ人ᅀᅵᆫ이 아ᄆᆞ라토[58)] 아니ᄒᆞ더시니[59)] 날마다 세 ᄣᅵ로[60)] 十씹方방諸져ᇰ佛뿌ᇙ[61)]이 드러와 安한否부ᇹᄒᆞ시고[62)] 說숴ᇙ法법

---

50) 迷惑괘라: 迷惑(미혹) + -과(접조) + -ㅣ(← -이-: 서조)- + -∅(현시)- + -라(← -다: 평종)
※ '迷惑(미혹)'은 무엇에 홀려 정신을 차리지 못하는 것이다.

51) 相好: 상호. 부처의 몸에 갖추어진 훌륭한 용모와 형상이다. 부처의 화신(化身)에는 뚜렷해서 보기 쉬운 32가지의 상(相)과 미세해서 보기 어려운 80가지의 호(好)가 있다.

52) ᄀᆞᄌᆞ시며: ᄀᆞᆽ(갖추어져 있다, 具: 형사)- + -ᄋᆞ시(주높)- + -며(연어, 나열)

53) 보ᄇᆡ옛: 보ᄇᆡ(보배, 寶) + -예(← -에: 부조, 위치) + -ㅅ(-의: 관조)

54) 樓殿: 누전. 누각과 궁전이다.

55) 天宮: 천궁. 하늘의 궁전이다.

56) 다라기라: 다락(다락집, 樓) + -이(서조)- + -∅(현시)- + -라(← -다: 평종) ※ '다락집'은 마룻바닥이 지면보다 높거나, 이 층으로 지은 집이다. 사방을 바라볼 수 있도록 높은 기둥 위에 벽이 없이 마루를 놓는다.

57) 누ᄫᅳ샤매: 눟ᇦ(← 눕다, ㅂ불: 눕다, 臥)- + -으샤(← -으시-: 주높)- + -ㅁ(← -옴: 명전) + -애(-에: 부조, 위치, 상황)

58) 아ᄆᆞ라토: 아ᄆᆞ랗[← 아ᄆᆞ라ᄒᆞ다(아무렇다): 아ᄆᆞ라(아무러: 불어) + -ㅎ(← -ᄒᆞ-: 형접)-]- + -∅(← -디: 연어, 부정) + -도(보조사, 강조)

59) 아니ᄒᆞ더시니: 아니ᄒᆞ[아니하다(보용, 부정): 아니(아니, 不: 부사, 부정) + -ᄒᆞ(형접)-]- + -더(회상)- + -시(주높)- + -니(연어, 설명 계속)

60) ᄣᅵ로: ᄣᅵ(← ᄣᅳ: 때, 時, 명사) + -의(-에: 부조, 위치) + -로(부조, 방편)

61) 十方諸佛: 시방제불. 시방(十方)의 모든 부처이다.

62) 安否ᄒᆞ시고: 安否ᄒᆞ[안부하다: 安否(안부) + -ᄒᆞ(동접)-]- + -시(주높)- + -고(연어, 나열, 계기)

[26 뒤]

ᄒᆞ시며 十씹方방 同똥行ᅘᆡᇰ 菩뽕薩삻
이 다 드러와 安한否블ᄒᆞ시고 法법 듣
ᄌᆞᄫᆞ시며 同똥行ᅘᆡᇰ은 ᄒᆞᆫᄢᅴ ᄃᆞ녀실 씨라 ᄯᅩ 아ᄎᆞᄆᆡ 色
식界갱 諸졍天텬을 爲윙ᄒᆞ야 說쉃法
법ᄒᆞ시고 나지 欲욕界갱 諸졍天텬을
爲윙ᄒᆞ야 說쉃法법ᄒᆞ시고 나조ᄒᆡ 鬼
귕神씬 爲윙ᄒᆞ야 說쉃法법ᄒᆞ시고 바

하시며, 十方(시방)의 同行(동행)하는 菩薩(보살)이 다 들어와 安否(안부)하시고, 法(법)을 들으시며【同行(동행)은 함께 가시는 것이다.】, 또 아침에 色界諸天(색계제천)을 爲(위)하여 說法(설법)하시고, 낮에 欲界(욕계) 諸天(제천)을 爲(위)하여 說法(설법)하시고, 저녁에 鬼神(귀신)을 爲(위)하여 說法(설법)하시고,

ᄒᆞ시며 十씹方방 同똥行ᅘᆡᇰ 菩뽕薩삻이 다 드러와 安한否불ᄒᆞ시고 法법 듣ᄌᆞᄫᆞ시며[63]【同똥行ᅘᆡᇰ은 ᄒᆞᆫᄃᆡ[64] 녀실[65] 씨라】 ᄯᅩ 아ᄎᆞᄆᆡ[66] 色식界갱[67] 諸졍天텬[68]을 爲윙ᄒᆞ야 說ᄉᆑᇙ法법ᄒᆞ시고 나ᄌᆡ[69] 欲욕界갱[70] 諸졍天텬을 爲윙ᄒᆞ야 說ᄉᆑᇙ法법ᄒᆞ시고 나조ᄒᆡ[71] 鬼귕神씬 爲윙ᄒᆞ야 說ᄉᆑᇙ法법ᄒᆞ시고

---

63) 듣ᄌᆞᄫᆞ시며: 듣(듣다, 聞)- + -ᄌᆞᇦ(←-ᄌᆞᆸ-: 객높)- + -ᄋᆞ시(주높)- + -며(연어, 나열)

64) ᄒᆞᆫᄃᆡ: [함께, 한데, 同(부사): ᄒᆞᆫ(한, 一: 관사, 양수) + ᄃᆡ(데, 곳, 處: 의명)]

65) 녀실: 녀(가다, 行)- + -시(주높)- + -ㄹ(관전)

66) 아ᄎᆞᄆᆡ: 아ᄎᆞᆷ(아침, 朝) + -ᄋᆡ(-에: 부조, 위치)

67) 色界: 색계. 삼계(三界)의 하나이다. 욕계에서 벗어난 깨끗한 물질의 세계를 이른다. 선정(禪定)을 닦는 사람이 가는 곳으로, 욕계와 무색계의 중간 세계이다.

68) 諸天: 제천. 모든 하늘. 욕계의 육욕천, 색계의 십팔천, 무색계의 사천(四天) 따위를 통틀어 이른다. 마음을 수양하는 경계를 따라 나뉜다. 여기서는 위와 같은 천상계의 모든 천신(天神)을 이른다.

69) 나ᄌᆡ: 낮(낮, 晝) + -ᄋᆡ(-에: 부조, 위치)

70) 欲界: 욕계. 삼계(三界)의 하나. 유정(有情)이 사는 세계로, 지옥·악귀·축생·아수라·인간·육욕천을 함께 이르는 말이다. 여기에 있는 유정에게는 식욕, 음욕, 수면욕이 있어 이렇게 이른다.

71) 나조ᄒᆡ: 나조ㅎ(저녁, 夕) + -ᄋᆡ(-에: 부조, 위치)

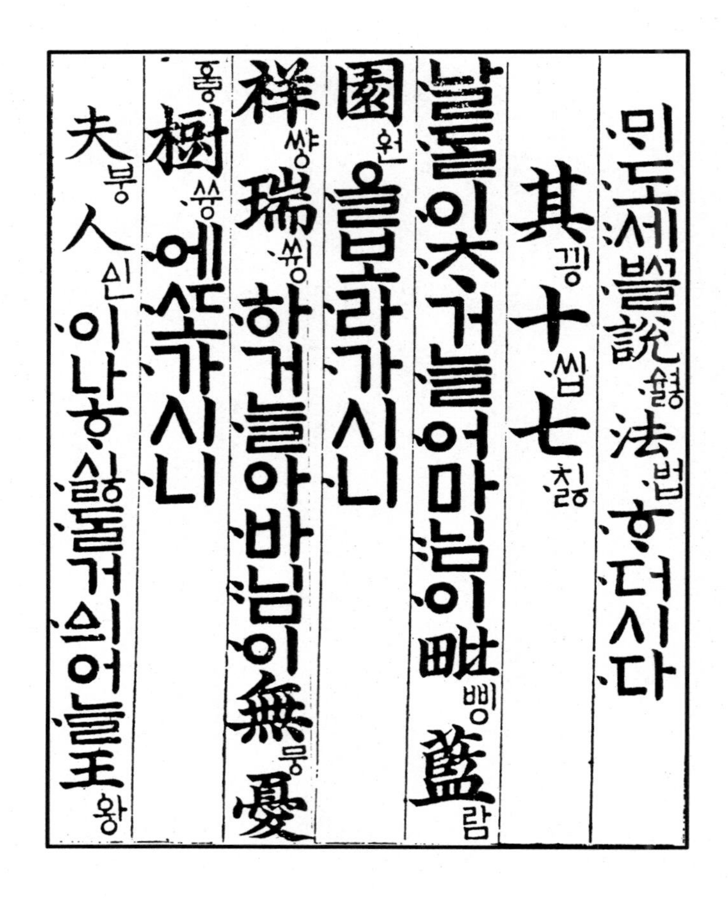
·ᄆᆡ·도 세 ᄢᅳᆯ 說·쉃法·법ᄒᆞ·더·시·다
其끵十씹七·칧
날·ᄃᆞ리 ·ᄎᆞ거·늘 어마·님이 毗삥藍람
園원·을 보·라 가·시니
祥썅瑞·쒱 하거·늘 아바·님이 無뭉憂
흫樹·쓩·에 ·또 가·시니
夫붕人신·이 나ᄒᆞ·실 ·ᄃᆞ리 거·의어·늘 王왕

밤에도 세 때를 說法(설법)하시더라.

其十七(기십칠)

날과 달이 차거늘 어머님이 毗藍園(비람원)을 보러 가셨으니.
祥瑞(상서)가 많거늘 아버님이 無憂樹(무우수)에 또 가셨으니.

夫人(부인)이 (부처를) 낳으실 달이 거의 가깝게 되거늘, 王(왕)께

바미도[72] 세 쁴[73] 說쉻法법ᄒᆞ더시다[74]

其끵十씹七칧

날ᄃᆞᆯ이[75] ᄎᆞ거늘[76] 어마님이[77] 毗삥藍람園원[78]을 보라[79] 가시니[80]

祥쌍瑞쒱 하거늘[81] 아바님이[82] 無뭉憂흫樹쓩[83]에 ᄯᅩ 가시니

夫붕人신이 나ᄒᆞ싫[84] ᄃᆞᆯ[85] 거ᅀᅴ어늘[86] 王왕ᄭᅴ

---

72) 바ᄆᆡ도: 밤(밤, 夜) + -ᄋᆡ(-에: 부조, 위치) + -도(보조사, 마찬가지)

73) 쁴: ᄢᅳ(← ᄣᅵ: 때, 時) + -을(목조)

74) 說法ᄒᆞ더시다: 說法ᄒᆞ[설법하다: 說法(설법: 명사) + -ᄒᆞ(동접)-]- + -더(회상)- + -시(주높)- + -Ø(과시)- + -다(평종)

75) 날ᄃᆞᆯ: 날ᄃᆞᆯ[날과 달, 세월, 日月: 날(날, 日) + ᄃᆞᆯ(달, 月)] + -이(주조)

76) ᄎᆞ거늘: ᄎᆞ(차다, 滿)- + -거늘(연어, 상황)

77) 어마님이: 어마님[어머님, 母親: 어마(← 어미: 어머니, 母) + -님(높접)] + -이(주조)

78) 毗藍園: 비람원. 부처가 탄생하신 가비라성(迦毘羅城)의 람비니원(藍毘尼園)이다.

79) 보라: 보(보다, 見)- + -라(-러: 연어, 목적)

80) 가시니: 가(가다, 去)- + -시(주높)- + -Ø(과시)- + -니(평종, 반말) ※'가시니'는 '가시니이다'에서 '-이(상높, 아주 높임)- + -다(평종)'가 생략된 형태이다.

81) 하거늘: 하(많다, 多)- + -거늘(연어, 상황)

82) 아바님이: 아바님[아버님, 父親: 아바(← 아비: 아버지, 父) + -님(높접)] + -이(주조)

83) 無憂樹: 무우수. 쌍떡잎식물 장미목 콩과의 상록교목으로 이 나무 아래에서 석가가 태어났다는 전설이 전해진다. 무우수(無憂樹)는 산스크리트어로 '근심이 없다'라는 뜻을 나타낸다.

84) 나ᄒᆞ싫: 낳(낳다, 産)- + -ᄋᆞ시(주높)- + -ᇙ(관전)

85) ᄃᆞᆯ: 달, 月(시간). ※'나ᄒᆞ싫 ᄃᆞᆯ'은 아기를 낳을 산월(産月)을 이른다.

86) 거ᅀᅴ어늘: 거ᅀᅴ(거의 가깝게 되다, 幾: 자동) + -어늘(← -거늘: 연어, 상황)

[27 뒤]

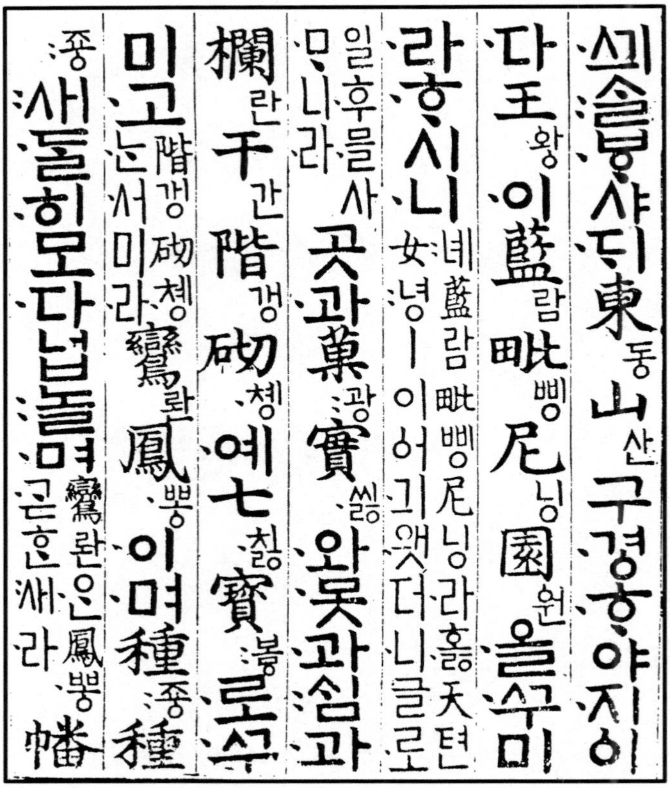

ᄉᆞᆯᄫᆞ샤ᄃᆡ 東동山산 구경ᄒᆞ야지이다 王왕이 藍람毗뼁尼닝園원을 ᄭᅮ미라 ᄒᆞ시니 네 藍람毗뼁尼닝라 혼 天텬女녕ㅣ 이어긔 왯더니 글로 일후믈 사ᄆᆞ니라 곳과 菓광實씷와 못과 ᄉᆡᆷ과 欄란干간 階갱砌솅예 七칧寶봉로 ᄭᅮ미고 階갱砌솅ᄂᆞᆫ 서미라 鸞롼鳳뽕이며 種종種종 ᄉᆡ돌히 모다 넘놀며 鸞롼ᄋᆞᆫ 鳳뽕 ᄀᆞᄐᆞᆫ ᄉᆡ라 幡

사뢰시되, "東山(동산)을 구경하고 싶습니다." 王(왕)이 "藍毗尼園(람비니원)을 꾸미라." 하시니【옛날 藍毗尼(람비니)라 하는 天女(천녀)가 여기에 와 있더니, 그로써 이름을 삼았니라.】, 꽃과 菓實(과실)과 못과 샘과 欄干(난간)과 階砌(계체)에 七寶(칠보)로 꾸미고【階砌(계체)는 섬돌이다.】, 鸞鳳(난봉)이며 種種(종종) 새들이 모여 넘놀며【鸞(난)은 鳳(봉) 같은 새이다.】, 幡(번)과

ᄉᆞᆯᄫᆞ샤ᄃᆡ[87] 東동山산[88] 구경ᄒᆞ야 지이다[89] 王왕이 藍람毗삥尼닝園원을 ᄭᅮ미라[90] ᄒᆞ시니【네 藍람毗삥尼닝라 홇 天텬女녕ㅣ 이어긔[91] 왯더니[92] 글로[93] 일후믈 사ᄆᆞ니라】 곳과 菓광實씷와 못과 십과[94] 欄란干간[95] 階갱砌쳉[96]예 七칧寶볼[97]로 ᄭᅮ미고【階갱砌쳉ᄂᆞᆫ 서미라[98]】 鸞롼鳳뽕[99]이며 種죵種죵 새ᄃᆞᆯ히[100] 모다[1] 넙놀며[2]【鸞롼ᄋᆞᆫ 鳳뽕 ᄀᆞᆮᄒᆞᆫ 새라】 幡펀[3]과

87) ᄉᆞᆯᄫᆞ샤ᄃᆡ: ᄉᆞᆲ(← ᄉᆞᆲ다, ㅂ불: 사뢰다, 아뢰다, 奏)- + -ᄋᆞ샤(← -으시-: 주높)- + -ᄃᆡ(← -오ᄃᆡ: -되, 연어, 설명 계속)
88) 東山: 동산. 동산은 일반적으로는 마을 부근에 있는 작은 산이나 언덕을 뜻하나, 여기서는 큰 집의 정원에 만들어 놓은 작은 산이나 숲의 뜻으로 쓰였다. '東山(동산)'은 원래 고유어인 '동산'을 한자어로 잘못 인식하여 그 음을 한자로 표기한 것이다.
89) 지이다: 지(싶다: 보용, 희망)- + -∅(현시)- + -이(상높)- + -다(평종)
90) ᄭᅮ미라: ᄭᅮ미(꾸미다, 粧)- + -라(명종)
91) 이어긔: 여기, 여기에, 此處(지대, 지시, 정칭)
92) 왯더니: 오(오다, 來)- + -아(연어) + 잇(있다: 보용, 완료 지속)- + -더(회상)- + -니(연어, 설명 계속) ※ '왯더니'는 '와 잇더니'가 축약된 형태이다.
93) 글로: 글(← 그: 그, 彼, 지대, 지시, 정칭) + -로(부조, 방편)
94) 십과: 십(샘, 泉) + -과(접조)
95) 欄干: 난간. 층계, 다리, 마루 따위의 가장자리에 일정한 높이로 막아 세우는 구조물이다.
96) 階砌: 계체. 무덤 앞에 넓고 평평하게 만들어 놓은 장대석이다. ※ '장대석'은 섬돌 층계나 축대를 쌓은 데에 길게 다듬어 놓은 돌이다.
97) 七寶: 칠보. 일곱 가지 주요 보배다. 무량수경에서는 금·은·유리·파리·마노·거거·산호를 이르며, 법화경에서는 금·은·마노·유리·거거·진주·매괴를 이른다.
98) 서미라: 섬(섬돌) + -이(서조)- + -∅(현시)- + -라(← -다: 평종) ※ '섬'은 집채의 앞뒤에 오르내릴 수 있게 놓은 돌층계이다.
99) 鸞鳳: 난봉. 난조(鸞鳥)와 봉황(鳳凰)을 아울러 이르는 말이다. 난조는 중국 전설에 나오는 상상의 새이다.
100) 새ᄃᆞᆯ히: 새ᄃᆞᆶ[새들, 鳥: 새(새, 鳥: 명사) + -ᄃᆞᆶ(-들: 복접)] + -이(주조)
1) 모다: 몯(모이다, 集)- + -아(연어)
2) 넙놀며: 넙놀(넘놀다, 넘나들며 놀다)- + -며(연어, 나열)
3) 幡: 번. 부처와 보살의 성덕(盛德)을 나타내는 깃발이다. 꺽대기에 종이나 비단 따위를 가늘게 오려서 단다.

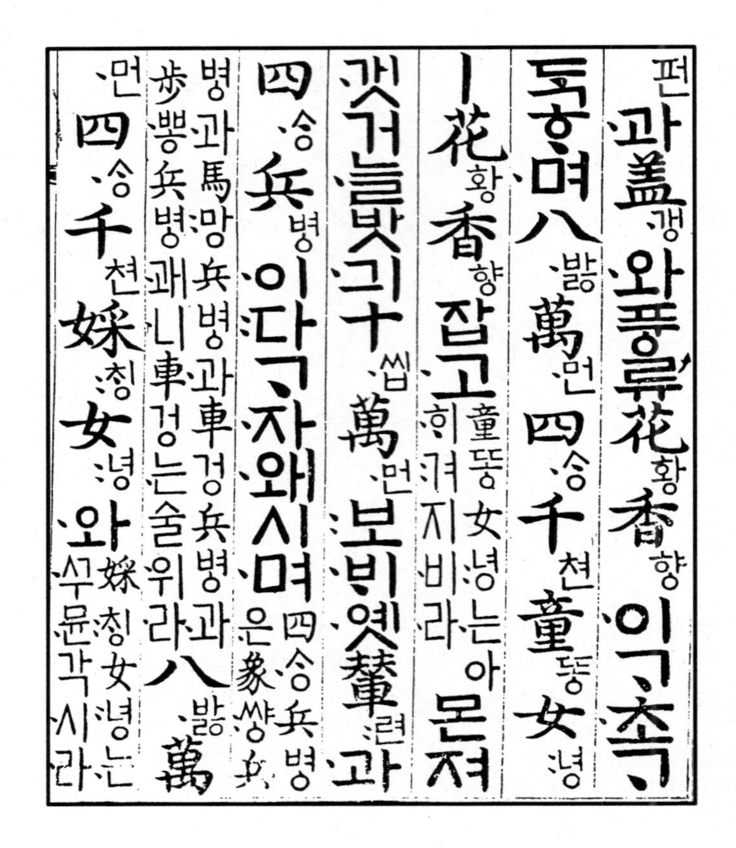

蓋(개)와 풍류 花香(화향)이 고루 갖추어서 가득하며, 八萬四千(팔만사천) 童女(동녀)가 花香(화향)을 잡고【童女(동녀)는 아이인 여자이다.】 먼저 가 있거늘, 밖에 十萬(십만) 보배의 輦(연)과 四兵(사병)이 다 갖추어져 있어서 와 있으며【四兵(사병)은 象兵(상병)과 馬兵(마병)과 車兵(거병)과 步兵(보병)이니, 車(거)는 수레이다.】, 八萬四千(팔만사천) 婇女(채녀)와【婇女(채녀)는 꾸민 여자이다.】

蓋갱[4]와 풍류 花황香향[5]이 ᄀᆞ초[6] ᄀᆞᄃᆞᆨᄒᆞ며 八밣萬먼四ᄉᆞᆼ千쳔 童똥女녕[7] ㅣ 花황香향 잡고【童똥女녕는 아ᄒᆡ[8] 겨지비라】 몬져[9] 갯거늘[10] 밧긔[11] 十씹萬먼 보ᄇᆡ옛[12] 輦련[13]과 四ᄉᆞᆼ兵병[14]이 다 ᄀᆞ자[15] 왜시며[16]【四ᄉᆞᆼ兵병은 象썅兵병과 馬망兵병과 車겅兵병과 步뽕兵병괘니[17] 車겅는 술위라[18]】 八밣萬먼四ᄉᆞᆼ千쳔 婇칭女녕[19]와【婇칭女녕는 ᄭᅮ뮨[20] 각시라[21]】

---

4) 蓋: 개. 불좌 또는 높은 좌대를 덮는 장식품이다. 나무나 쇠붙이로 만들어 법회 때에 법사(法師)의 위를 덮는다. 원래는 인도에서 햇볕이나 비를 가리기 위하여 쓰던 우산 같은 것이었다.
5) 花香: 화향. 불전에 올리는 꽃과 향이다.
6) ᄀᆞ초: [갖추, 고루 갖추어서(부사): ᄀᆞᆽ(갖추어져 있다, 具: 형사)- + -호(사접)- + -Ø(부접)]
7) 童女: 동녀. 여자인 아이이다.
8) 아ᄒᆡ: 아이, 童.
9) 몬져: 먼저, 先(부사).
10) 갯거늘: 가(가다, 去)- + -아(연어) + 잇(← 이시다: 있다, 보용, 완료 지속)- + -거늘(연어, 상황) ※'갯거늘'은 '가 잇거늘'의 축약된 형태이다.
11) 밧긔: 밨(밖, 外) + -의(-에: 부조, 위치)
12) 보ᄇᆡ옛: 보ᄇᆡ(보배, 寶) + -예(← -에: 부조, 위치) + -ㅅ(-의: 관조)
13) 輦: 연. 가마, 손수레. ※'十萬 보ᄇᆡ옛 輦'은 십만의 보배로 꾸민 '輦'이다.
14) 四兵: 전륜왕을 따라다니는 네 종류의 병정이다. 상병(象兵), 마병(馬兵), 차병(車兵), 보병(步兵)이 있다.
15) ᄀᆞ자: ᄀᆞᆽ(갖추어져 있다, 具: 형사)- + -아(연어)
16) 왜시며: 오(오다, 來)- + -아(연어) + 시(← 이시다: 있다, 보용, 완료 지속)- + -며(연어, 나열) ※'왜시며'는 '와 이시며'가 축약된 형태이다.
17) 步兵괘니: 步兵(보병) + -과(접조) + -ㅣ(← -이-: 서조)- + -니(연어, 설명 계속)
18) 술위라: 술위(수레, 車) + -Ø(← -이-: 서조)- + -Ø(현시)- + -라(← -다: 평종)
19) 婇女: 채녀. 궁에서 일하는 궁녀나 심부름하는 여인을 이른다.
20) ᄭᅮ뮨: ᄭᅮ미(꾸미다, 粧)- + -Ø(과시)- + -우(대상)- + -ㄴ(관전)
21) 각시라: 각시(각시, 여자, 女) + -Ø(← -이-: 서조)- + -Ø(현시)- + -라(← -다: 평종)

臣씬下ᅘᅡᆼᄋᆡ 갓ᄃᆞᆯ히 다 모다 夫붕人신
侍씽衛윙ᄒᆞᅀᆞᄫᅡ 東동山산애 가싫 저
긔 虛헝空콩애 ᄀᆞᄃᆞ기 八밣部뿡도 조
ᄍᆞ바 가더라 그 東동山산애 열 가짓 祥
썅瑞쒱 나니 좁던 東동山산이 어위며
흙과 돌쾌 다 金금剛강이 ᄃᆞ외며 金금剛강
은 쇠예셔 난 ᄆᆞᆺ 구든 거시니 현마 ᄉᆞ라
도 ᄉᆞᆯ이디 아니ᄒᆞ고 玉옥 다ᄃᆞᆷ는 거시라

臣下(신하)의 아내들이 다 모여 夫人(부인)을 侍衛(시위)하여 東山(동산)에 가실 적에, 虛空(허공)에 가득히 八部(팔부)도 좇아가더라. 그 東山(동산)에 열 가지의 祥瑞(상서)가 나니, 좁던 東山(동산)이 크고 넓어지며 흙과 돌이 다 金剛(금강)이 되며【金剛(금강)은 쇠에서 난 가장 굳은 것이니, 아무리 불살라도 불살라지지 아니하고 玉(옥)을 다듬는 것이다.】

臣씬下ᅘᅣᇰ이 갓ᄃᆞᆯ히[22] 다 모다[23] 夫붕人신 侍씽衛윙ᄒᆞᅀᆞᄫᅡ[24] 東동山산애 가샳[25] 저긔 虛헝空콩애 ᄀᆞᄃᆞ기[26] 八밣部뽕[27]도 조ᄍᆞᄫᅡ[28] 가더라 그 東동山산애 열 가짓 祥썅瑞쒱 나니 좁던 東동山산이 어위며[29] ᄒᆞᆰ과[30] 돌쾌[31] 다 金금剛강[32]이 ᄃᆞ외며【金금剛강ᄋᆞᆫ 쇠예셔[33] 난 ᄆᆞᆺ[34] 구든 거시니 현마[35] ᄉᆞ라도[36] ᄉᆞᆯ이디[37] 아니ᄒᆞ고 玉옥 다ᄃᆞᆷᄂᆞᆫ[38] 거시라】

---

22) 갓ᄃᆞᆯ히: 갓ᄃᆞᆯᇂ[여자들, 아내들: 갓(여자, 아내, 女) + -ᄃᆞᆯᇂ(-들: 복접)] + -이(주조)
23) 모다: 몯(모이다, 集)- + -아(연어)
24) 侍衛ᄒᆞᅀᆞᄫᅡ: 侍衛ᄒᆞ[시위하다: 侍衛(시위: 명사) + -ᄒᆞ(동접)-]- + -ᅀᆞᇦ(← -ᅀᆞᆸ-: 객높)- + -아(연어) ※ '侍衛(시위)'는 임금이나 어떤 모임의 우두머리를 모시어 호위하는 것이다.
25) 가샳: 가(가다, 去)- + -시(주높)- + -ᇙ(관전)
26) ᄀᆞᄃᆞ기: [가득히(부사): ᄀᆞᄃᆞᆨ(가득, 滿: 불어) + -Ø(← -ᄒᆞ-: 형접)- + -이(부접)]
27) 八部: 팔부. 사천왕에 딸린 여덟 귀신이다. 곧, '건달바(乾闥婆), 비사사(毘舍闍), 구반다(鳩槃茶), 아귀(餓鬼), 제용중(諸龍衆, 부단나(富單那), 야차(夜叉), 나찰(羅刹)'이다.
28) 조ᄍᆞᄫᅡ: 조(← 좇다: 좇다, 從)- + -ᄍᆞᇦ(← -ᄌᆞᆸ-: 객높)- + -아(연어)
29) 어위며: 어위(넓고 크다, 廣大)- + -며(연어, 나열) ※ 이때의 '어위다'는 문맥상 '넓고 커지다'로 의역하여서 옮긴다.
30) ᄒᆞᆰ과: ᄒᆞᆰ(흙, 土) + -과(접조)
31) 돌쾌: 돌ᇂ(돌, 石) + -과(접조) + -ㅣ(← -이: 주조)
32) 金剛: 금강. '금강석(金剛石)', 곧 '다이아몬드'를 일상적으로 이르는 말이다.
33) 쇠예셔: 쇠(쇠, 鐵) + -예(← -에: 부조, 위치) + -셔(-서: 보조사, 위치 강조)
34) ᄆᆞᆺ: 가장, 最(부사).
35) 현마: 아무리, 雖(부사)
36) ᄉᆞ라도: ᄉᆞᆯ(살다, 불사르다, 燒)- + -아도(연어, 양보)
37) ᄉᆞᆯ이디: ᄉᆞᆯ이[불살라지다: ᄉᆞᆯ(살다, 불사르다, 燒: 타동)- + -이(피접)-]- + -디(-지: 연어, 부정)
38) 다ᄃᆞᆷᄂᆞᆫ: 다ᄃᆞᆷ(다듬다, 琢)- + -ᄂᆞ-(현시)- + -ㄴ(관전)

라 보ᄇᆡ옛남기느러니셔며沉띰香향

ㅅᄀᆞᆯᄋᆞ로 沉띰香향ᄋᆞᆫ므레ᄌᆞᆷᄂᆞᆫ香향이라 種죵種죵

莊장嚴엄ᄒᆞ며 莊장嚴엄ᄋᆞᆫ싁싀기ᄭᅮ밀씨라 花황鬘

만이ᄀᆞᆨᄒᆞ며 西셩天텬에셔고ᄌᆞᆯ느러니엿거남진겨지비

莊장嚴엄에ᄡᅳᄂᆞ니긔花황鬘만이라 보ᄇᆡ옛므리흘러

나며모새셔芙뿡蓉용이나며 芙뿡蓉용ᄋᆞᆫ蓮

련ㅅ고지라 天텬龍룡夜양叉창ㅣ와合햅

보배의 나무가 죽 벌여서 서며 沈香(침향)의 가루로【沈香(침향)은 물에 잠기는 香(향)이다.】 種種(종종) 莊嚴(장엄)하며【莊嚴(장엄)은 장엄하게 꾸미는 것이다.】 花鬘(화만)이 가득하며【西天(서천)에서 꽃을 느런히 엮어 남자와 여자가 莊嚴(장엄)에 쓰나니, 그것이 花鬘(화만)이다.】, 보배의 물이 흘러 나며 못에서 芙蓉(부용)이 나며【芙蓉(부용)은 蓮(연)의 꽃이다.】, 天龍(천룡) 夜叉(야차)가 와

보ᄇᆡ옛[39] 남기[40] 느러니[41] 셔며 沈띰香향[42]ㅅ ᄀᆞᆯᄋᆞ로[43]【沈띰香향ᄋᆞᆫ 므레[44] ᄌᆞᆷᄂᆞᆫ[45] 香향이라】 種죵種죵 莊장嚴엄ᄒᆞ며【莊장嚴엄은 싁싁기[46] 수밀[47] 씨라】 花황鬘만[48]이 ᄀᆞᄃᆞᆨᄒᆞ며【西솅天텬[49]에셔 고ᄌᆞᆯ 느러니 엿거[50] 남진 겨지비 莊장嚴엄에 ᄡᅳᄂᆞ니[51] 긔[52] 花황鬘만이라】 보ᄇᆡ옛 므리 흘러 나며 모새셔[53] 芙뿡蓉용이 나며【芙뿡蓉용은 蓮련ㅅ 고지라】 天텬龍룡[54] 夜양叉창ㅣ[55]와

---

39) 보ᄇᆡ옛: 보ᄇᆡ(보배, 寶) + -예(← -에: 부조, 위치) + -ㅅ(-의: 관조)
40) 남기: 남ㄱ(← 나모: 나무, 木) + -이(주조)
41) 느러니: [느런히, 죽 벌여서, 列(부사): 느런(불어) + -이(부접)]
42) 沈香: 침향. 팥꽃나뭇과의 상록 교목이다. 높이는 20미터 정도이며, 잎은 어긋나고 긴 타원형인데 두껍고 윤이 난다. 나뭇진은 향료로 쓴다. 인도와 동남아시아에 널리 분포한다.
43) ᄀᆞᆯᄋᆞ로: ᄀᆞᆯ(← ᄀᆞᄅᆞ: 가루, 粉) + -ᄋᆞ로(부조, 방편)
44) 므레: 믈(물, 水) + -에(부조, 위치)
45) ᄌᆞᆷᄂᆞᆫ: ᄌᆞᆷ(잠기다, 沈)- + -ᄂᆞ-(현시)- + -ㄴ(관전)
46) 싁싁기: [엄숙하게, 장엄하게(부사): 싁싁(장엄: 불어) + -Ø(← -ᄒᆞ-: 형접)- + -이(부접)]
47) 수밀: 수미(꾸미다, 飾)- + -ㄹ(관전)
48) 花鬘: 화만. 승방이나 불전(佛前)을 장식하는 장신구의 하나이다. 본디 인도의 풍속이다.
49) 西天: 서천. 중국 서역 지방에 있던 여러 나라를 통틀어 이르는 말이다.
50) 엿거: 엮(엮다, 編)- + -어(연어)
51) ᄡᅳᄂᆞ니: ᄡᅳ(쓰다, 用)- + -ᄂᆞ-(현시)- + -니(연어, 설명 계속)
52) 긔: 그(그것, 彼: 지대, 지시, 정칭) + -ㅣ(← -이: 주조)
53) 모새셔: 못(못, 淵) + -애(-에: 부조, 위치) + -셔(-서: 보조사, 위치 강조)
54) 天龍: 천룡. 불법을 지키는 여덟 신장 가운데 제천(諸天)과 용신(龍神)이다. '제천'은 여러 하늘에 있는 여러 천신(天神)들이며 용신은 용왕(龍王)이다.
55) 夜叉ㅣ: 夜叉(야차) + -ㅣ(← -이: 주조) ※ '夜叉(야차)'는 팔부의 하나로서, 사람을 괴롭히거나 해친다는 사나운 귀신이다.

掌쟝ᄒᆞ야 이시며 合합掌쟝ᄋᆞᆫ 손바당 마촐 씨라 天텬女녕도 와 合합掌쟝ᄒᆞ며 十씹方방앳 一ᅙᅵᇙ切쳉佛뿛이 빗보ᄀᆞ로 放방光광ᄒᆞ샤 이 東동山산애 비취더시니 즉자히 각시 브리샤 이런 기별를 王왕ᄭᅴ ᄉᆞᆲ시ᄂᆞᆯ 王왕이 깃그샤 無뭉憂ᇢ樹쓩 미틔 가시니라 無뭉憂ᇢᄂᆞᆫ 나못 일후미니 시름 업다 ᄒᆞ논 ᄠᅳ

合掌(합장)하여 있으며【合掌(합장)은 손바닥을 맞추는 것이다.】, 天女(천녀)도 와서 合掌(합장)하며, 十方(시방)에 있는 一切(일체)의 佛(불)이 배꼽으로 放光(방광)하시어 이 東山(동산)에 비치시더니, 즉시 젊은 여자를 부리시어 이런 기별을 王(왕)께 사뢰시거늘, 王(왕)이 기뻐하시어 無憂樹(무우수) 밑에 가셨니라.【無憂(무우)는 나무의 이름이니 '시름(愁)이 없다'고 하는 뜻이니,

合햅掌쟝[56]ᄒᆞ야 이시며【合햅掌쟝ᄋᆞᆫ ᄉᆞᆫ바당[57] 마촐[58] 씨라】天텬女녕[59]도 와[60] 合햅掌쟝ᄒᆞ며 十씹方방앳 一힗切쳉 佛뿛이 빗보ᄀᆞ로[61] 放방光광[62]ᄒᆞ샤 이 東동山산애 비취더시니[63] 즉자히[64] 각시[65] ᄇᆞ리샤[66] 이런 긔벼를[67] 王왕ᄭᅴ ᄉᆞᆯᄫᅡ시ᄂᆞᆯ[68] 王왕이 깃그샤[69] 無뭉憂ᇹ樹쓩[70] 미틔[71] 가시니라[72]【無뭉憂ᇹ는 나못 일후미니 시름 업다 ᄒᆞᄂᆞᆫ ᄠᅳ디니

56) 合掌: 합장. 두 손바닥을 합하여 마음이 한결같음을 나타내는 것이다. 또는 그런 예법. 본디 인도의 예법으로, 보통 두 손바닥과 열 손가락을 합한다.
57) ᄉᆞᆫ바당: [손바닥, 掌: ᄉᆞᆫ(손, 手) + -ㅅ(관조, 사잇) + 바당(바닥, 面)]
58) 마촐: 마초[맞추다, 合: 맞(맞다, 的: 자동)- + -호(사접)-]- + -ㄹ(관전)
59) 天女: 천녀. 하늘을 날아다니며 하계 사람과 왕래한다는 여자 선인(仙人)이다. 머리에 화만(華鬘)을 쓰고 몸에는 깃옷을 입고 있으며, 음악을 좋아한다고 한다.
60) 와: 오(오다, 來)- + -아(연어)
61) 빗보ᄀᆞ로: 빗복[배꼽, 臍: 비(배, 腹) + -ㅅ(관조, 사잇) + 복(가운데, 中)] + -ᄋᆞ로(부조, 방편)
62) 放光ᄒᆞ샤: 放光ᄒᆞ[방광하다: 放光(방광: 명사) + -ᄒᆞ(동접)-]- + -샤(← -시-: 주높)- + -Ø(← -아: 연어) ※ '放光(방광)'은 부처가 광명을 내는 것이다.
63) 비취더시니: 비취(비치다, 照)- + -더(회상)- + -시(주높)- + -니(연어, 설명 계속)
64) 즉자히: 즉시, 卽(부사)
65) 각시: 각시, 젊은 여자이다.
66) ᄇᆞ리샤: ᄇᆞ리(부리다, 시키다, 使)- + -샤(← -시-: 주높)- + -Ø(← -아: 연어)
67) 긔벼를: 긔별(기별, 奇別) + -을(목조) ※ '긔별'은 '奇別'의 한자말인데, 고유어로 인식하여 훈민정음 글자로 표기하였다.
68) ᄉᆞᆯᄫᅡ시ᄂᆞᆯ: ᄉᆞᆲ(← ᄉᆞᆲ다, ㅂ불: 사뢰다, 아뢰다, 奏)- + -시(주높)- + -아…ᄂᆞᆯ(-거늘: 연어, 상황)
69) 깃그샤: 긹(기뻐하다, 歡)- + -으샤(← -으시-: 주높)- + -Ø(← -아: 연어)
70) 無憂樹: 쌍떡잎식물 장미목 콩과의 상록교목으로 이 나무 아래에서 석가가 태어났다는 전설이 전해진다. 무우수(無憂樹)는 산스크리트어로 '근심이 없다'라는 뜻을 나타낸다.
71) 미틔: 밑(밑, 下) + -의(-에: 부조, 위치)
72) 가시니라: 가(가다, 去)- + -시(주높)- + -Ø(과시)- + -니(원칙)- + -라(← -다: 평종)

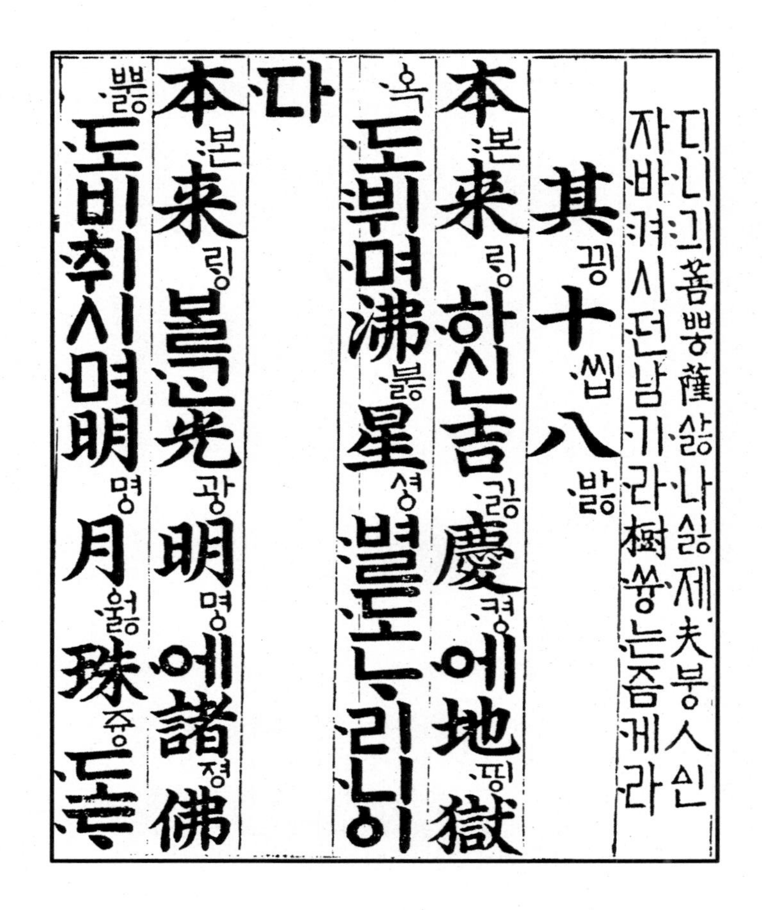
디니 긔 菩뽕薩삻 나싫 제 夫붕人신
자바 겨시던 남기라 樹쓩는 즘게라

其끵十씹八밣

本볹來링 한신 吉긿慶켱에 地띵獄옥도 뷔며 沸븛星셩 별도 ᄂᆞ리니이다
本볹來링 ᄇᆞᆰᄀᆞᆫ 光광明명에 諸졍佛뿛도 비취시며 明명月웛珠즁도

그것이 菩薩(보살)이 나실 때에 夫人(부인)이 잡고 계시던 나무이다. 樹(수)는 나무이다.】

其十八(기십팔)

本來(본래) 많으신 吉慶(길경)에 地獄(지옥)도 비며 沸星(불성) 별도 내리었습니다.

本來(본래) 밝은 光明(광명)에 諸佛(제불)도 (동산을) 비추시며 明月珠(명월주)도

그[73] 菩뽕薩삻 나싫 제[74] 夫붕人신 자바 겨시던[75] 남기라[76] 樹쓩는 즘게라[77] 】

其끵十씹八밣

本본來링 하신[78] 吉긿慶켱[79]에 地띵獄옥도 뷔며 沸븛星셩[80] 별도 ᄂᆞ리니이다[81]

本본來링 ᄇᆞᆯᄀᆞᆫ 光광明명에 諸졍佛뿛도 비취시며[82] 明명月웛珠즁[83]도

---

73) 그: 그(그것, 彼: 지대, 정칭) + -ㅣ(← -이: 주조)

74) 나싫 제: 나(나다, 出)- + -시(주높)- + -ㅭ(관전) # 제(제, 적에, 때에: 의명) ※ '제'는 [적(적, 때, 時: 의명) + -의(부조, 위치)]로 분석되는 의존 명사이다.

75) 겨시던: 겨시(계시다, 있으시다: 보용, 완료 지속, 높임)- + -더(회상)- + -ㄴ(관전)

76) 남기라: 낡(← 나모: 나무, 木) + -이(서조)- + -Ø(현시)- + -라(← -다: 평종)

77) 즘게라: 즘게(나무, 木)- + -이(서조)- + -Ø(현시)- + -라(← -다: 평종)

78) 하신: 하(많다, 多)- + -시(주높)- + -Ø(현시)- + -ㄴ(관전)

79) 吉慶: 길경. 아주 경사스러운 일이다.

80) 沸星: 불성. 불성은 이십팔수(二十八宿) 가운데 귀성(鬼星)의 이름이다. 여래(如來)가 성도(成道)와 출가(出家)를 다 이월 팔일 귀수(鬼宿)가 어울러질 때에 하였으므로, 불성은 복덕(福德)이 있는 상서로운 별이다.

81) ᄂᆞ리니이다: ᄂᆞ리(내리다, 降)- + -Ø(과시)- + -니(원칙)- + -이(상높)- + -다(평종)

82) 비취시며: 비취(비추다, 照: 타동)- + -시(주높)- + -며(연어, 나열) ※ 여기서 '비취시며'는 앞서 제불(諸佛)이 배꼽으로 방광(放光)하여 마야부인의 동산(東山)을 비춘 일을 이른다.

83) 明月珠: 명월주. 본 이름은 '명월마니(明月摩尼)'이다. '마니'는 진주(眞珠)를 총칭하는 이름으로서, 마니주의 빛이 밝은 달과 같으므로 '명월주'라고 한다.

[30 뒤]

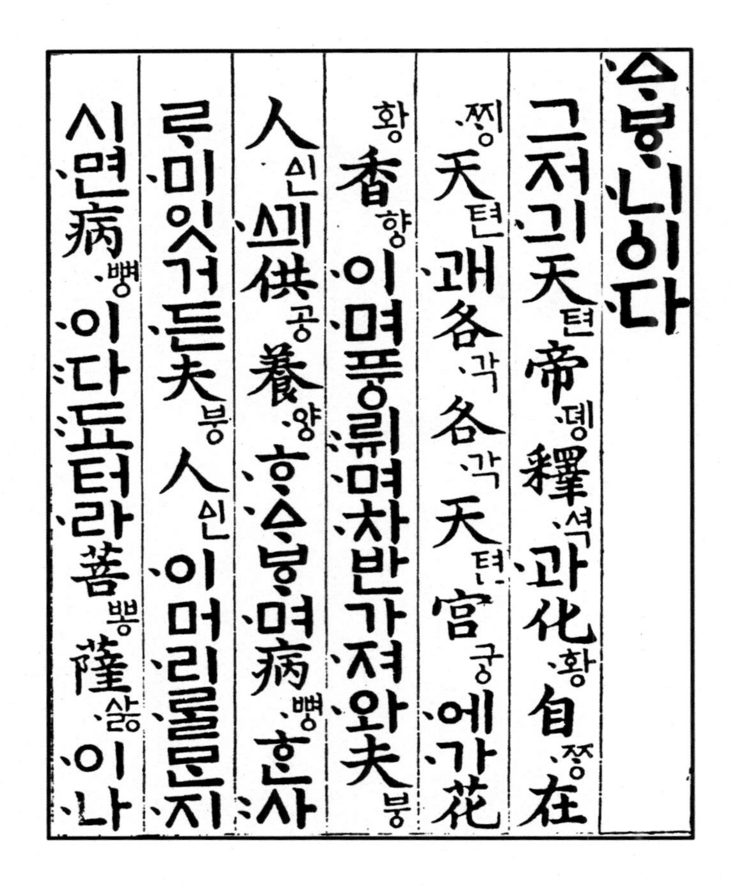
ᄉᆞᄫᆞ니이다
그저긔天텬帝뎽釋셕과化황自ᄍᆞᆼ在
ᄍᆡᆼ天텬괘各각各각天텬宮궁에가花
황香향이며풍류며차반가져와夫붕
人신ᄭᅴ供공養양ᄒᆞᅀᆞᄫᆞ며病뼝ᄒᆞᆫ사
ᄅᆞ미잇거든夫붕人신이머리를ᄆᆞᆫ지
시면病뼝이다됴터라菩뽕薩삻이나

(전각에) 달았습니다.

그때에 天帝釋(천제석)과 化自在天(화자재천)이 各各(각각) 天宮(천궁)에 가서, 花香(화향)이며 풍류며 음식을 가져와 夫人(부인)께 供養(공양)하며, 病(병)난 사람이 있거든 夫人(부인)이 머리를 만지시면 病(병)이 다 좋아지더라. 菩薩(보살)이

드ᄉᆞᄫᆞ니이다[84)]

그 저긔 天텬帝뎽釋셕[85)]과 化황自쫑在찡天텬괘[86)] 各각各각 天텬宮궁[87)]에 가 花황香향[88)]이며 풍류며[89)] 차반[90)] 가져와 夫붕人신ᄭᅴ 供공養양ᄒᆞᄉᆞᄫᆞ며[91)] 病뼝ᄒᆞᆫ[92)] 사ᄅᆞ미 잇거든[93)] 夫붕人신이 머리ᄅᆞᆯ ᄆᆞ지시면[94)] 病뼝이 다 됴터라[95)] 菩뽕薩삻이

---

84) 드ᄉᆞᄫᆞ니이다: 드(← 들: 달다, 縣)-+-ᅀᆞᇦ(←-ᅀᆞᆸ-: 객높)-+-∅(과시)-+-ᄋᆞ니(원칙)-+-이(상높)-+-다(평종) ※ 객체 높임의 선어말 어미인 '-ᅀᆞᇦ-'은 명월주가 달린 '전각(殿閣)'을 높였다. 간접 높임법에 해당한다. 전각은 마야부인이 싯다르타 태자를 임신하여 머물고 있는 궁전이기 때문에 간접 높임법이 적용되었다.

85) 天帝釋: 천제석(= 제석천). 십이천의 하나이다. 수미산 꼭대기에 있는 도리천(忉利天)의 임금이다.

86) 化自在天괘: 化自在天(화자재천)+-과(접조)+-ㅣ(←-이: 주조) ※ '化自在天(화자재천)'은 육욕천(六欲天)의 하나로서, '타화자재천(他化自在天)'이라고도 한다. 욕계(慾界)의 가장 높은 곳으로서, 다른 이로 하여금 자재롭게 오욕(五欲)의 경계를 변화하게 하는 곳이다.

87) 天宮: 하늘 궁전이다.

88) 花香: 화향. 불전에 올리는 꽃과 향이다.

89) 풍류며: 풍류(풍류, 風流)+-ㅣ며(←-이며: 접조)

90) 차반: 음식. ※ '차반'은 원래 '茶飯(차반)'의 한자말인데, 일반적으로 고유어로 인식하여 훈민정음 글자로 표기하였다.

91) 供養ᄒᆞᄉᆞᄫᆞ며: 供養ᄒᆞ[공양하다: 供養(공양: 명사)+-ᄒᆞ(동접)-]-+-ᅀᆞᇦ(←-ᅀᆞᆸ-: 객높)-+-ᄋᆞ며(연어, 나열)

92) 病ᄒᆞᆫ: 病ᄒᆞ[병나다, 發病: 病(병: 명사)+-ᄒᆞ(동접)-]-+-∅(과시)-+-ㄴ(관전)

93) 잇거든: 잇(← 이시다: 있다, 有)-+-거든(연어, 조건)

94) ᄆᆞ지시면: ᄆᆞ지(만지다, 觸)-+-시(주높)-+-면(연어, 조건)

95) 됴터라: 둏(좋아지다, 好: 동사)-+-더(회상)-+-라(←-다: 평종) ※ '둏다'는 동사(= 좋아지다)와 형용사(= 좋다)로 두루 쓰인다. 여기서는 문맥상 동사로서 '좋아지다'의 뜻을 나타낸다.

싫저긔ᄯᅩ祥쌍瑞쒱몬져現현ᄒᆞ니東
동山산남ᄀᆡ自ᄍᆞᆼ然ᅀᅧᆫ히여르미열며
무틔술윗바회만ᄒᆞᆫ靑청蓮련花황ㅣ나
며이운남기고지프며하ᄂᆞᇙ神씬靈령
이七칧寶봉술위잇어오며ᄯᅡ해셔보
ᄇᆡ절로나며됴ᄒᆞᆫ香향내두루퍼디며
雪셣山산앳五옹百ᄇᆡᆨ獅ᄉᆞ子ᄌᆞᆼㅣ門

나실 적에 또 祥瑞(상서)가 먼저 現(현)하니, 東山(동산)의 나무에 自然(자연)히 열매가 열며, 뭍에 수레바퀴만한 靑蓮花(청련화)가 나며, 시든 나무에 꽃이 피며, 하늘의 神靈(신령)이 七寶(칠보)의 수레를 이끌어 오며, 땅에서 보배가 절로 나며, 좋은 香(향)내가 두루 퍼지며, 雪山(설산)에 있는 五百(오백) 獅子(사자)가 門(문)에 나ᅀᆶ 저긔 또 祥쌍瑞쒱[96] 몬져[97] 現현ᄒᆞ니 東동山산 남ᄀᆡ[98] 自ᄍᆞᆼ然션히 여르미[99] 열며 무틔[100] 술윗바회[1] 만ᄉ[2] 靑청蓮련花황ㅣ 나며 이운[3] 남ᄀᆡ 고지 프며[4] 하ᄂᆞᇗ 神씬靈령이 七칧寶봉[5] 술위[6] 잇거[7] 오며 ᄯᅡ해셔[8] 보ᄇᆡ 절로[9] 나며 됴ᄒᆞᆫ 香향내 두루[10] 펴디며 雪쉻山산앳[11] 五옹百빅 獅ᄉᆞᆼ子ᄌᆞᆼㅣ[12] 門몬의

96) 祥瑞: 상서. 복되고 길한 일이 일어날 조짐이다.
97) 몬져: 먼저, 先(부사)
98) 남ᄀᆡ: 낡(←나모: 나무, 木) + -ᄋᆡ(-에: 부조, 위치)
99) 여르미: 여름[열매, 實: 열(열다, 結)- + -음(명접)] + -이(주조)
100) 무틔: 뭍(뭍, 陸) + -의(-에: 부조, 위치)
1) 술윗바회: 술윗바회[수레바퀴, 輪: 술위(수레, 車) + -ㅅ(관조, 사잇) + 바회(바퀴, 輪)]
2) 만ᄉ: 만(만: 의명, 흡사) + -ㅅ(-의: 관조)
3) 이운: 이우(←이울다: 시들다, 凋)- + -Ø(과시)- + -ㄴ(관전)
4) 프며: 프(피다, 開)- + -며(연어, 나열)
5) 七寶: 칠보. 일곱 가지 주요 보배이다. 무량수경에서는 금·은·유리·파리·마노·거거·산호를 이르며, 법화경에서는 금·은·마노·유리·거거·진주·매괴를 이른다.
6) 술위: 술레, 車.
7) 잇거: 잇ㄱ(←잇그다: 이끌다, 牽)- + -어(연어)
8) ᄯᅡ해셔: ᄯᅡㅎ(땅, 地) + -애(-에: 부조, 위치) + -셔(-서: 보조사, 위치 강조)
9) 절로: [저절로, 自(부사): 절(←저: 인대, 재귀칭) + -로(부조▷부접)]
10) 두루: [두루, 周(부사): 두ㄹ(←두르다: 두르다, 둘러싸다, 圍: 동사)- + -우(부접)]
11) 雪山앳: 雪山(설산) + -애(-에: 부조, 위치) + -ㅅ(-의: 관조) ※ '雪山(설산)'은: 불교 관련 서적 따위에서, '히말라야 산맥'을 달리 이르는 말이다. 꼭대기가 항상 눈으로 덮여 있어 이렇게 이른다.
12) 獅子ㅣ: 獅子(사자) + -ㅣ(←-이: 주조)

몯
의와벌며白ᄇᆡᆨ象썅이ᄠᅳᆯ헤와벌며
楚총國귁越웛國귁엣象썅ᄋᆞᆫ다프르
고오직西솅天텬나라ᄃᆞᆯ해흰象썅이
하니라
ᄒᆞᄂᆞᆯ해셔ᄀᆞᄂᆞᆫ香향비오며宮궁
中듕에自쫑然션히온가지차바니주
으린사ᄅᆞᆷᄋᆞᆯ거리치며
宮궁中듕ᄋᆞᆫ宮궁안히라
龍
룡宮궁엣玉옥女녕ᄃᆞᆯ히虛헝空콩애
반만몸내야이시며ᄒᆞᄂᆞᆳ一힗萬먼玉

와 늘어서며, 白象(백상)이 뜰에 와 늘어서며【楚國(초국) 越國(월국)에 있는 象(상)은 다 푸르고, 오직 西天(서천) 나라들에 흰 象(상)이 많으니라.】, 하늘에서 가는 香(향) 비가 오며, 宮中(궁중)에서 自然(자연)히 온갖 종류의 음식이 주린 사람을 구제하며【宮中(궁중)은 宮(궁)의 안이다.】, 龍宮(용궁)에 있는 玉女(옥녀)들이 虛空(허공)에 반만 몸을 내어 있으며, 하늘의 一萬(일만)

와 벌며[13] 白ᄈᆡᆨ象ᄿᅣᇰ이 ᄠᅳᆯ헤[14] 와 벌며【楚ᄎᆇ國귁[15] 越ᅌᅯᇙ國귁[16]엣 象ᄿᅣᇰ은 다 프르고[17] 오직 西솅天텬 나라ᄐᆞᆯ해[18] ᄒᆡᆫ[19] 象ᄿᅣᇰ이 하니라[20]】 하ᄂᆞᆯ해셔[21] ᄀᆞᄂᆞᆫ[22] 香향 비 오며 宮궁中듕에 自ᄍᆞᆼ然ᅀᅧᆫ히 온가짓[23] 차바니 주으린[24] 사ᄅᆞᄆᆞᆯ 거리치며[25]【宮궁中듕은 宮궁 안히라[26]】 龍룡宮궁엣 玉옥女녕ᄃᆞᆯ히[27] 虛헝空콩애 반만 몸 내야[28] 이시며 하ᄂᆞᆳ 一ᅙᅵᇙ萬먼

---

13) 벌며: 벌(늘어서다, 列)- + -며(연어, 나열)
14) ᄠᅳᆯ헤: ᄠᅳᆯᇂ(뜰, 庭) + -에(부조, 위치)
15) 楚國: 초국. 중국 춘추 오패(春秋五霸) 가운데 양쯔 강(揚子江) 중류 지역을 차지한 나라. 뒤에 전국 칠웅의 하나가 되었으나 기원전 223년에 진(秦)나라에 망하였다.
16) 越國: 월국. 중국 춘추 시대에 저장(浙江) 지방에 있던 나라. 회계(會稽)에 도읍하였으며 기원전 5세기 초기 구천(句踐) 때에 오나라를 멸하고 기원전 334년 초나라에 망하였다.
17) 프르고: 프르(푸르다, 靑)- + -고(연어, 나열)
18) 나라ᄐᆞᆯ해: 나라ᄐᆞᆯᇂ[나라ᄐᆞᆯᇂ(나라들, 諸國): 나랗(나라, 國) + -ᄃᆞᆯᇂ(-들: 복접)] + -애(-에: 부조, 위치)
19) ᄒᆡᆫ: ᄒᆡ(희다, 白)- + -Ø(현시)- + -ㄴ(관전)
20) 하니라: 하(많다, 多)- + -Ø(현시)- + -니(원칙)- + -라(← -다: 평종)
21) 하ᄂᆞᆯ해셔: 하ᄂᆞᆯᇂ(하늘, 天) + -애(-에: 부조, 위치) + -셔(-서: 보조사, 위치 강조)
22) ᄀᆞᄂᆞᆫ: ᄀᆞᄂᆞ(← ᄀᆞᄂᆞᆯ다: 가늘다, 細)- + -Ø(현시)- + -ㄴ(관전)
23) 온가짓: [온갖 종류의, 百種(명사): 온(백, 百: 관사, 양수) + 가지(가지, 種: 의명)] + -ㅅ(-의: 관조)
24) 주으린: 주으리(주리다, 飢)- + -Ø(과시)- + -ㄴ(관전)
25) 거리치며: 거리치(구제하다, 救)- + -며(연어, 나열)
26) 안히라: 안ᇂ(안, 內) + -이(서조)- + -Ø(현시)- + -라(← -다: 평종)
27) 玉女ᄃᆞᆯ히: 玉女ᄃᆞᆯᇂ[옥녀들: 玉女(옥녀, 선녀) + -ᄃᆞᆯᇂ(-들: 복접)] + -이(주조)
28) 내야: 내[내다, 出: 나(나다, 出)- + -ㅣ(← -이-: 사접)-]- + -야(← -아: 연어)

玉女(옥녀)는 孔雀拂(공작불)을 잡아 담 위에 와 있고【拂(불)은 毛鞭(모편) 같은 것이다.】, 一萬(일만) 玉女(옥녀)는 金瓶(금병)에 甘露(감로)를 담고, 一萬(일만) 玉女(옥녀)는 香水(향수)를 담고 虛空(허공)에 와 있으며, 一萬(일만) 玉女(옥녀)는 幢蓋(당개)를 잡아 모시고 있으며, 또 玉女(옥녀)들이 虛空(허공)에서 온갖 종류의 풍류하며

玉옥女녀ᇰᄂᆞᆫ 孔콩雀쟉拂붏[29] 자바[30] 담[31] 우희[32] 왯고[33]【拂붏[34]은 毛몰鞭변[35] ᄀᆞᄐᆞᆫ[36] 거시라】一힗萬먼 玉옥女녀ᇰᄂᆞᆫ 金금甁뼝[37]에 甘감露롱[38] 담고 一힗萬먼 玉옥女녀ᇰᄂᆞᆫ 香향水쉉 담고 虛헝空콩애 왜시며[39] 一힗萬먼 玉옥女녀ᇰᄂᆞᆫ 幢뙁蓋갱[40] 자바 뫼ᅀᆞᄫᅡ[41] 이시며 ᄯᅩ 玉옥女녀ᇰᄃᆞᆯ히 虛헝空콩애셔 온가짓 풍류ᄒᆞ며

---

29) 孔雀拂: 공작불. 공작의 털로 만든 털이개(먼지떨이)와 같은 것이다.

30) 자바: 잡(잡다, 執)- + -아(연어)

31) 담: 담, 墻.

32) 우희: 웋(위, 上) + -의(-에: 부조, 위치)

33) 왯고: 오(오다, 來)- + -아(연어) + 잇(← 이시다: 있다, 보용, 완료 지속)- + -고(연어, 나열)
※ '왯고'는 '와 잇고'가 축약된 형태이다.

34) 拂: 불. 먼지떨이.

35) 毛鞭: 모편. 털로 만든 먼지떨이다.

36) ᄀᆞᄐᆞᆫ: ᄀᆞᄐᆞ(같다, 同)- + -Ø(현시)- + -ㄴ(관전)

37) 金甁: 금병. 금으로 만든 병(甁)이다.

38) 甘露: 감로. 도리천에 있다는 달콤하고 신령스러운 액체이다. 한 방울만 먹어도 온갖 번뇌와 고통이 사라지며 죽지 않고 오래 살 수 있다고 한다.

39) 왜시며: 오(오다, 來)- + -아(연어) + 이시(있다: 보용, 완료 지속)- + -며(연어, 나열) ※ '왜시며'는 '와 이시며'가 축약된 형태이다.

40) 幢蓋: 당개. 불교의 의식에 쓰는 도구이다. 당(幢)은 장대 끝에 용머리 모양을 만들고 깃발을 달아 드리운 것으로, 부처나 보살의 위신과 공덕을 표시하는 장엄구(莊嚴具)이다. '개(蓋)'는 햇볕이나 비를 가리는 일산인데, 불좌(佛座) 또는 좌대(座臺)를 덮는 장식품으로 법회 때에 법사(法師)의 위를 덮는 도구로 쓰였다.

41) 뫼ᅀᆞᄫᅡ: 뫼ᅀᆞᇦ(← 뫼ᅀᆞᆸ다: 모시다, 侍)- + -아(연어)

ᄒᆞ며 큰 江강이 ᄆᆞᆰ고 흐르디 아니ᄒᆞ
며 日ᅀᅵᇙ月ᅌᅪᇙ宮궁殿뗜이 머므러 이셔
나ᅀᅡ가디 아니ᄒᆞ며 沸붏星셩이 ᄂᆞ려
와 侍씽衛윙ᄒᆞᅀᆞᆸ거든 녀느 벼리 圍윙
繞ᅀᅳᇢᄒᆞ야 조차오며 圍윙ᄂᆞᆫ 두를 씨오 繞ᅀᅳᇢᄂᆞᆫ 버믈 씨라
보ᄇᆡ옛 帳댱이 王왕宮궁ᄋᆞᆯ 다 두프며
明명月ᅌᅪᇙ神씬珠즁ㅣ 殿뗜에 ᄃᆞᆯ이니

큰 江(강)이 맑고 흐르디 아니하며, 日月(일월) 宮殿(궁전)이 머물러 있어 나아가지 아니하며, 沸星(불성)이 내려와 侍衛(시위)하거든 다른 별이 圍繞(위요)하여 좇아오며【圍(위)는 두르는 것이요 繞(요)는 얽매이는 것이다.】, 보배로 꾸민 帳(장)이 王宮(왕궁)을 다 덮으며 明月神珠(명월신주)가 殿(전)에 달리니

굴근[42] 江강이 믉고 흐르디 아니ᄒᆞ며 日ᅀᅵᇙ月ᅌᅯᇙ 宮궁殿뗜[43]이 머므러[44] 이셔 나ᅀᅡ가디[45] 아니ᄒᆞ며 沸부ᇙ星셩[46]이 ᄂᆞ려와 侍씽衛ᅌᅱᆼᄒᆞᅀᆞᆸ거든[47] 녀느[48] 벼리 圍ᅌᅱᆼ繞ᅀᅽᇢᄒᆞ야[49] 조차오며[50]【圍ᅌᅱᆼᄂᆞᆫ 두를 씨오 繞ᅀᅽᇢᄂᆞᆫ 버믈[51] 씨라】 보ᄇᆡ옛[52] 帳댱[53]이 王왕宮궁을 다 두프며[54] 明명月ᅌᅯᇙ神씬珠즁[55] ㅣ 殿뗜[56]에 ᄃᆞᆯ이니[57]

---

42) 굴근: 굵(굵다, 크다, 大)- + -Ø(현시)- + -은(관전)
43) 日月 宮殿: 일월 궁전. 해와 달을 궁전에 비유한 말이다.
44) 머므러: 머믈(머믈다, 留)- + -어(연어)
45) 나ᅀᅡ가디: 나ᅀᅡ가[나아가다, 進: 나ᇫ(← 낫다, ㅅ불: 나아가다, 進)- + -아(연어) + 가(가다, 去)-]- + -디(-지: 연어, 부정)
46) 沸星: 불성. 불성은 이십팔수(二十八宿)의 별 가운데에서 귀성(鬼星)의 이름이다. 여래(如來)가 성도와 출가를 다 이월 팔일 귀수(鬼宿)가 어울러질 때에 하였으므로, 복덕(福德)이 있는 상서로운 별이다.
47) 侍衛ᄒᆞᅀᆞᆸ거든: 侍衛ᄒᆞ[시위하다: 侍衛(시위) + -ᄒᆞ(동접)-]- + -ᅀᆞᆸ(객높)- + -거든(-면: 연어, 조건) ※ '侍衛(시위)'는 임금이나 어떤 모임의 우두머리를 모시어 호위하는 것이다.
48) 녀느: 다른, 他(관사)
49) 圍繞ᄒᆞ야: 圍繞ᄒᆞ[위요하다(동사): 圍繞(위요: 명사) + -ᄒᆞ(동접)-]- + -야(← -아: 연어) ※ '圍繞(위요)'는 부처의 둘레를 돌아다니는 일이다.
50) 조차오며: 조차오[좇아오다: 좇(좇다, 從)- + -아(연어) + 오(오다, 來)-]- + -며(연어, 나열)
51) 버믈: 버므(← 버믈다: 얽매이다, 걸리다. 挃)- + -ㄹ(관전)
52) 보ᄇᆡ옛: 보ᄇᆡ(보배, 寶) + -예(← -에: 부조, 위치) + -ㅅ(-의: 관조) ※ '보ᄇᆡ옛'은 '보배로 꾸민'으로 의역하여 옮긴다.
53) 帳: 장. 장막이다.
54) 두프며: 둪(덮다, 蓋)- + -으며(연어, 나열)
55) 明月神珠: 명월신주. 본 이름은 '명월마니(明月摩尼)'이다. '마니'는 진주(眞珠)를 총칭하는 이름으로서, 마니주의 빛이 밝은 달과 같으므로 '명월신주'라고 한다.
56) 殿: 전. 큰 집이다.
57) ᄃᆞᆯ이니: ᄃᆞᆯ이[달리다, 縣: ᄃᆞᆯ(달다, 매달다, 縣: 타동)- + -이(피접)-]- + -니(연어, 이유)

光광明명이 ᄒᆡ 곧ᄒᆞ며 明명月웛神씬珠즁ᄂᆞᆫ ᄇᆞᆯᄀᆞᆫ ᄃᆞᆯ
ᄀᆞᄐᆞᆫ 神씬奇끵ᄒᆞᆫ 구스리라 설긧 옷ᄃᆞ리 ᄒᆡ화예 나아
걸이며 貴귕ᄒᆞᆫ 瓔형珞락과 一힗切쳉
보ᄇᆡ 自쯩然션히 나며 모딘 벌에ᄂᆞᆫ 다
숨고 吉긿慶켱엣 새 ᄂᆞ니며 地띵獄옥
이 다 停뗭寢침ᄒᆞ니 설ᄫᅳᆫ 이리 업스며
ᄯᅡ히 ᄀᆞ장 드러치니 노ᄑᆞ며 ᄂᆞᄌᆞᆫ ᄃᆡ

光明(광명)이 해와 같으며【明月神珠(명월신주)는 밝은 달 같은 神奇(신기)한 구슬이다.】, 설기에 있는 옷들이 횃대에 나서 걸리며, 貴(귀)한 瓔珞(영락)과 一切(일체)의 보배가 自然(자연)히 나며, 모진 벌레는 다 숨고 吉慶(길경)의 새가 날아다니며, 地獄(지옥)이 다 停寢(정침)하니 힘든 일이 없어지며, 땅이 매우 진동하니 높으며 낮은 데가

[33 앞]

光광明명이 ᄒᆡ[58] ᄀᆞᆮᄒᆞ며【明명月ᅌᅯᇙ神씬珠즁는 ᄇᆞᆯᄀᆞᆫ ᄃᆞᆯ ᄀᆞᄐᆞᆫ[59] 神씬奇끵ᄒᆞᆫ 구스리라[60]】 설긧[61] 옷ᄃᆞᆯ히[62] 화예[63] 나아 걸이며[64] 貴귕ᄒᆞᆫ 瓔ᅙᅧᇰ珞락[65]과 一ᅙᅵᇙ切촁 보ᄇᆡ 自ᄍᆞᆼ然ᅀᅧᆫ히[66] 나며 모딘[67] 벌에ᄂᆞᆫ[68] 다 숨고 吉긿慶켱엣[69] 새[70] ᄂᆞ니며[71] 地띵獄옥이 다 停뗭寢침[72]ᄒᆞ니 셜ᄫᅳᆫ[73] 이리 업스며 ᄡᅡ히 ᄀᆞ장 드러치니[74] 노ᄑᆞ며 ᄂᆞᆽ가ᄫᆞᆫ[75] ᄃᆡ[76]

---

58) ᄒᆡ: ᄒᆡ(해, 日) + -Ø(← -이: -와, 부조, 비교)
59) ᄀᆞᄐᆞᆫ: ᄀᆞᇀ(← ᄀᆞᆮᄒᆞ다: 같다, 同)- + -Ø(현시)- + -ᄋᆞᆫ(관전)
60) 구스리라: 구슬(구슬, 珠) + -이(서조)- + -Ø(현시)- + -라(← -다: 평종)
61) 설긧: 섥(설기) + -의(-에: 부조, 위치) + -ㅅ(-의: 관조) ※ '섥'은 설기이다. 싸리채나 버들 채 따위로 엮어서 만든 네모꼴의 상자이다.
62) 옷ᄃᆞᆯ히: 옷ᄃᆞᆶ[옷들: 옷(옷, 衣) + -ᄃᆞᆶ(-들: 복접)] + -이(주조)
63) 화예: 화(횃대) + -예(← -에: 부조, 위치) ※ '화'는 횃대이다. 옷을 걸 수 있게 만든 막대이다. 간짓대를 잘라 두 끝에 끈을 매어 벽에 달아매어 둔다.
64) 걸이며: 걸이[걸리다: 걸(걸다, 揭: 타동)- + -이(피접)-]- + -며(연어, 나열)
65) 瓔珞: 영락. 구슬을 꿰어 만든 장신구로서, 목이나 팔 따위에 두른다.
66) 自然히: [자연히(부사): 자연(自然: 명사) + -ㅎ(← -ᄒᆞ-: 형접)- + -이(부조)]
67) 모딘: 모디(← 모딜다: 모질다, 虐)- + -Ø(현시)- + -ㄴ(관전)
68) 벌에ᄂᆞᆫ: 벌에(벌레, 蟲) + -ᄂᆞᆫ(보조사, 주제)
69) 吉慶엣: 吉慶(길경) + -에(부조, 위치) + -ㅅ(-의: 관조) ※ '吉慶(길경)'은 아주 경사스러운 일이다.
70) 새: 새(새, 鳥) + -Ø(← -이: 주조)
71) ᄂᆞ니며: ᄂᆞ니[날아다니다, 飛行: ᄂᆞ(← ᄂᆞᆯ다: 날다, 飛)- + 니(가다, 다니다, 行)-]- + -며(연어, 나열)
72) 停寢: 정침. 일을 하다가 중도에서 그만두는 것이다.
73) 셜ᄫᅳᆫ: 셟(← 셟다, ㅂ불: 힘들다, 서럽다, 슬프다, 苦, 哀)- + -Ø(현시)- + -은(관전)
74) 드러치니: 드러치(진동하다, 振動)- + -니(연어, 이유)
75) ᄂᆞᆽ가ᄫᆞᆫ: ᄂᆞᆽ가ᇦ[낮다, 低: ᄂᆞᆽ(← ᄂᆞᆽ다: 낮다, 低)- + -가ᇦ(← -갑-: 형접)-]- + -Ø(현시)- + -ᄋᆞᆫ(관전)
76) ᄃᆡ: ᄃᆡ(데, 處: 의명) + -Ø(← -이: 주조)

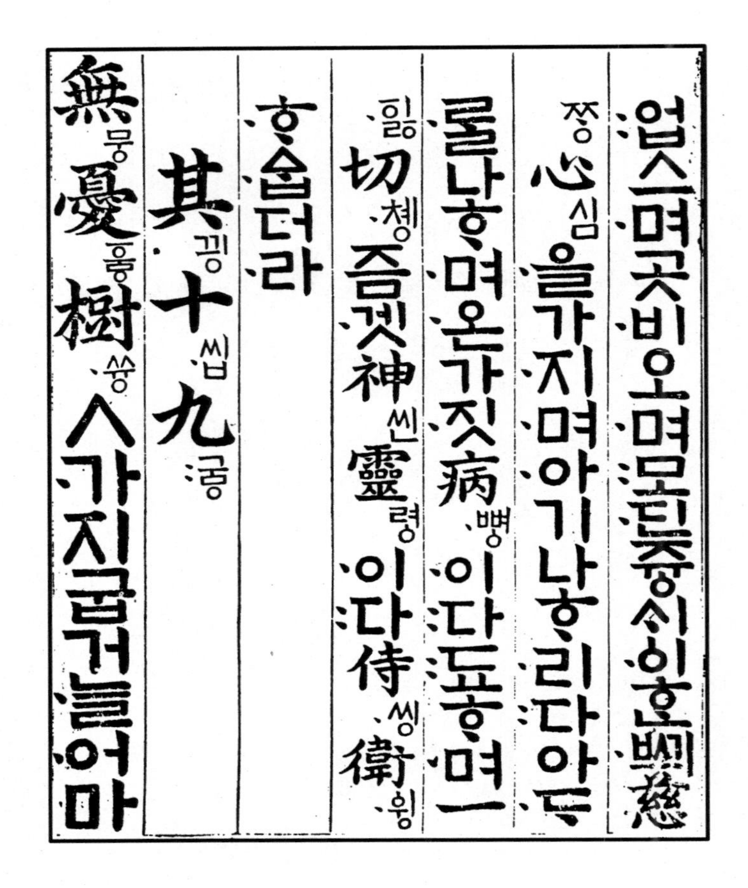

업스며 곶비 오며 모딘 즁ᄉᆡᇰ이 ᄒᆞᆫᄢᅴ 慈쫑心심을 가지며 아기 나ᄒᆞ리 다 아ᄃᆞᄅᆞᆯ 나ᄒᆞ며 온가짓 病뼝이 다 됴ᄒᆞ며 一힗切쳉 즘겟 神씬靈령이 다 侍씽衛윙ᄒᆞᅀᆞᆸ더라

其끵十씹九궁

無뭉憂흫樹쓩ㅅ 가지 굽거늘 어마

없어지며, 꽃 비가 오며 모진 짐승이 함께 慈心(자심)을 가지며, 아기를 낳는 이가 다 아들을 낳으며, 온갖 病(병)이 다 좋아지며 一切(일체)의 나무의 神靈(신령)이 다 侍衛(시위)하더라.

其十九(기십구)

無憂樹(무우수)의 가지가 굽거늘 어머님이

업스며 곳비[77] 오며 모딘 즁ᄉᆡᆼ이[78] ᄒᆞᆫᄢᅴ[79] 慈ᄍᆞᆼ心심[80]을 가지며 아기 나ᄒᆞ리[81] 다 아ᄃᆞᄅᆞᆯ 나ᄒᆞ며 온가짓 病뼝이 다 됴ᄒᆞ며[82] 一ᅙᅵᇙ切촁 즘겟[83] 神씬靈령이 다 侍씽衛윙ᄒᆞᅀᆞᆸ더라[84]

其끵十씹九궇

無뭉憂ᅙᅮᇢ樹쓩[85]ㅅ 가지 굽거늘[86] 어마님[87]

---

77) 곳비: 곳비[꽃비, 雨花: 곳(← 곶: 꽃, 花) + 비(비, 雨)] + -Ø(← -이: 주조) ※'곳비'는 하늘에서 비처럼 내리는 꽃이다. 부처가 설법할 때의 상서로운 조짐이라고 한다.

78) 즁ᄉᆡᆼ이: 즁ᄉᆡᆼ(짐승, 獸) + -이(주조)

79) ᄒᆞᆫᄢᅴ: [함께(부사): ᄒᆞᆫ(한, 一: 관사, 양수) + ᄢ(← ᄢᅳ: 때, 時, 명사) + -의(부조, 위치)]

80) 慈心: 자심(= 자비심). 중생을 사랑하고 가엾게 여기는 마음이다.

81) 나ᄒᆞ리: 낳(낳다, 産)- + -ᄋᆞᆯ(관전) # 이(이, 者: 의명) + -Ø(← -이: 주조)

82) 됴ᄒᆞ며: 둏(좋아지다, 好: 동사)- + -ᄋᆞ며(연어, 나열, 계기)

83) 즘겟 : 즘게(나무, 木) + -ㅅ(-의: 관조)

84) 侍衛ᄒᆞᅀᆞᆸ더라: 侍衛ᄒᆞ[시위하다(동사): 侍衛(시위: 명사) + -ᄒᆞ(동접)-]- + -ᅀᆞᆸ(객높)- + -더(회상)- + -라(← -다: 평종)

85) 無憂樹: 무우수. 쌍떡잎식물 장미목 콩과의 상록교목으로 이 나무 아래에서 석가가 태어났다는 전설이 전해진다. 무우수(無憂樹)는 산스크리트어로 '근심이 없다'라는 뜻을 나타낸다.

86) 굽거늘: 굽(굽다, 曲)- + -거늘(연어, 상황)

87) 어마님: [어머님, 母親: 어마(← 어미: 어머니, 母) + -님(높접)]

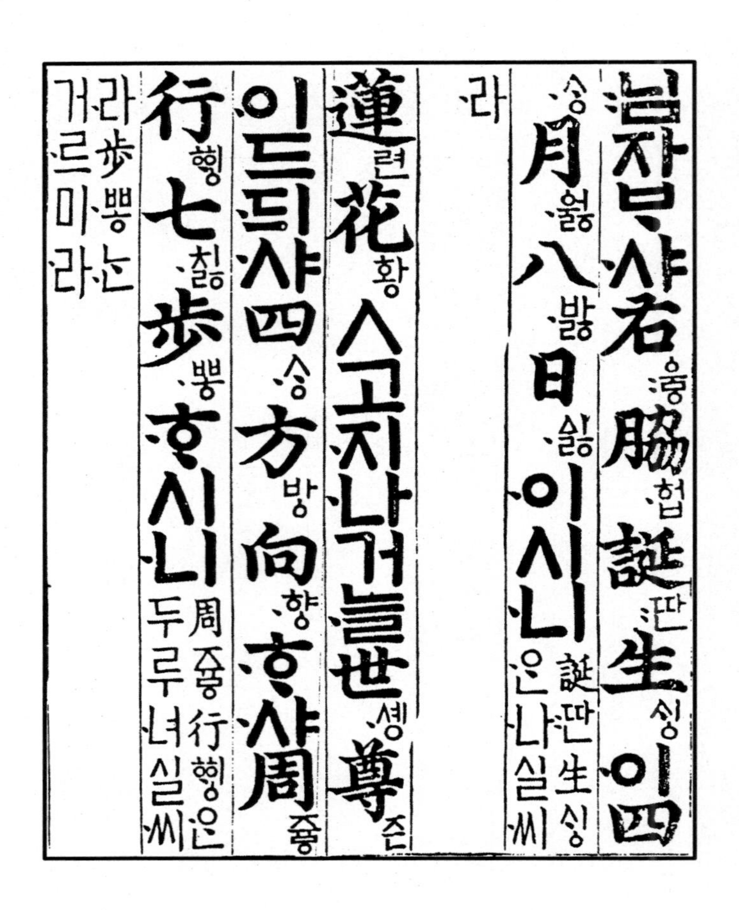

잡ᄫᆞ샤 右ᅌᅮᇢ脇협 誕딴生싱이 四ᄉᆼ月ᅌᅬᇶ 八밣 日ᅀᅵᇙ 이시니 誕딴生싱은 나실 씨라

蓮련花황ㅅ 고지 나거늘 世솅尊존이 드듸샤 四ᄉᆼ方방 向향ᄒᆞ샤 周쥼行ᅘᆡᇰ 七칧步뽕ᄒᆞ시니 周쥼行ᅘᆡᇰ은 두루 녀실 씨라 步뽕ᄂᆞᆫ 거르미라

잡으시어, 右脇(우협) 誕生(탄생)이 四月(사월) 八日(팔일)이시니.【誕生(탄생)은 나시는 것이다.】

蓮花(연화)의 꽃이 나거늘 世尊(세존)이 디디시어 四方(사방)을 向(향)하시어 周行(주행) 七步(칠보)하셨으니.【周行(주행)은 두루 다니시는 것이다. 步(보)는 걸음이다.】

자ᄫᆞ샤[88] 右ᅌᅮᇢ脇헙[89] 誕딴生ᄉᆡᇰ이 四ᄉᆞᆼ月ᅌᅬᇙ 八밣日ᅀᅵᇙ이시니[90]【誕딴生ᄉᆡᇰ은 나실 ᄊᆡ라[91]】

蓮련花황ㅅ 고지 나거늘 世솅尊존이 드듸샤[92] 四ᄉᆞᆼ方방 向햐ᇰᄒᆞ샤 周쥬ᇢ行ᅘᅧᇰ[93] 七칧步뽀ᇢ[94] ᄒᆞ시니[95]【周쥬ᇢ行ᅘᅧᇰ은 두루[96] 녀실[97] ᄊᆡ라 步뽀ᇢ는 거르미라[98]】

---

88) 자ᄫᆞ샤: 잡(잡다, 執)- + -ᄋᆞ샤(← -으시-: 주높)- + -Ø(← -아: 연어)

89) 右脇: 우협. 오른쪽 옆구리이다.

90) 八日이시니: 八日(팔일) + -이(서조)- + -시(주높)- + -Ø(현시)- + -니(평종, 반말) ※ '八日이시니'는 '八日이시니이다'에서 '-이(상높, 아주 높임)- + -다(평종)'가 생략된 형태이다.

91) ᄊᆡ라: ᄊ(← ᄉᆞ: 것, 의명) + -이(서조)- + -Ø(현시)- + -라(← -다: 평종)

92) 드듸샤: 드듸(디디다, 踏)- + -샤(← -시-: 주높)- + -Ø(← -아: 연어)

93) 周行: 주행. 두루 돌아다니는 것이다.

94) 七步: 칠보. 일곱 걸음이다.

95) ᄒᆞ시니: ᄒᆞ(하다, 爲)- + -시(주높)- + -Ø(과시)- + -니(평종, 반말) ※ 'ᄒᆞ시니'는 'ᄒᆞ시니이다'에서 '-이(상높, 아주 높임)- + -다(평종)'가 생략된 형태이다.

96) 두루: [두루, 周(부사): 두ㄹ(← 두르다: 두루다, 圍)- + -우(부접)]

97) 녀실: 녀(다니다, 行)- + -시(주높)- + -ㄹ(관전)

98) 거르미라: 거름[걸음, 步: 걸(← 걷다, ㄷ불: 걷다, 步)- + -음(명접)] + -이(서조)- + -Ø(현시)- + -라(← -다: 평종)

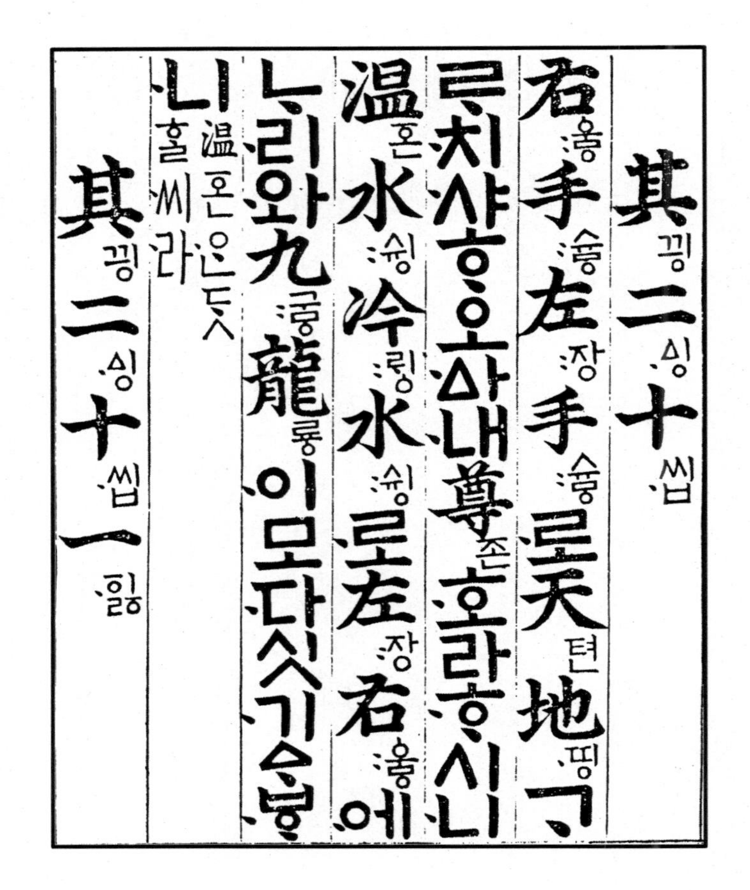
其끵二ᅀᅵᆼ十씹

右ᅌᅮᇢ手슈ᇢ左장手슈ᇢ로天텬地띵ᄀᆞ
ᄅᆞ치샤ᄒᆞ오ᅀᅡ내尊존ᄒᆞ라ᄒᆞ시니
溫혼水ᄉᆔᆼ冷ᄅᆡᆼ水ᄉᆔᆼ로左장右ᅌᅮᇢ에
ᄂᆞ리와九ᄀᆞᇢ龍롱이모다싯기ᅀᆞᄫᆞ
니 溫혼ᄋᆞᆫ ᄃᆞᄉᆞᆯ씨라

其끵二ᅀᅵᆼ十씹一ᅙᅵᇙ

其二十(기이십)

右手(우수) 左手(좌수)로 天地(천지)를 가리키시어 “오직 내가 尊(존)하다.” 하셨으니.
溫水(온수)와 冷水(냉수)로 左右(좌우)에 내려와 九龍(구룡)이 모여서 씻기었으니. 【溫(온)은 따뜻한 것이다.】

其二十一(기이십일)

其끵二싱十씹

右울手슣[99] 左장手슣[100]로 天텬地띵 ᄀᆞᄅᆞ치샤[1] ᄒᆞ오ᅀᅡ[2] 내[3] 尊존호라[4] ᄒᆞ시니

溫혼水슁[5] 冷링水슁[6]로 左장右울에 ᄂᆞ리와[7] 九궇龍룡이 모다[8] 싯기ᅀᆞᄫᆞ니[9]【溫혼ᄋᆞᆫ ᄃᆞᆺᄒᆞᆯ[10] 씨라】

其끵二싱十씹一힗

---

99) 右手: 오른손.
100) 左手: 왼손.
1) ᄀᆞᄅᆞ치샤: ᄀᆞᄅᆞ치(가르키다, 指)- + -샤(← -시-: 주높)- + -Ø(← -아: 연어)
2) ᄒᆞ오ᅀᅡ: 오직, 혼자, 唯(부사)
3) 내: 나(나, 我: 인대) + -ㅣ(← -이: 주조)
4) 尊호라: 尊ᄒᆞ[존하다, 귀하다: 尊(존: 불어) + -ᄒᆞ(형접)-]- + -오(화자)- + -Ø(현시)- + -라(← -다: 평종)
5) 溫水: 온수. 더운물이다.
6) 冷水: 냉수. 찬물이다.
7) ᄂᆞ리와: ᄂᆞ리오[내리우다, 내리게 하다: ᄂᆞ리(내리다, 降: 자동)- + -오(사접)-]- + -아(연어)
8) 모다: 몯(모이다, 集)- + -아(연어)
9) 싯기ᅀᆞᄫᆞ니: 싯기[씻기다: 싯(씻다, 洗: 타동)- + -기(사접)-]- + -ᅀᆞᇦ(← -ᅀᆞᆸ-: 객높)- + -Ø(과시)- + -ᄋᆞ니(평종, 반말) ※ '싯기ᅀᆞᄫᆞ니'는 '싯기ᅀᆞᄫᆞ니이다'에서 '-이(상높, 아주 높임)- + -다(평종)'가 생략된 형태이다.
10) ᄃᆞᆺᄒᆞᆯ: ᄃᆞᆺᄒᆞ(따뜻하다, 溫)- + -ᄋᆞᆯ(관전)

[35 앞]

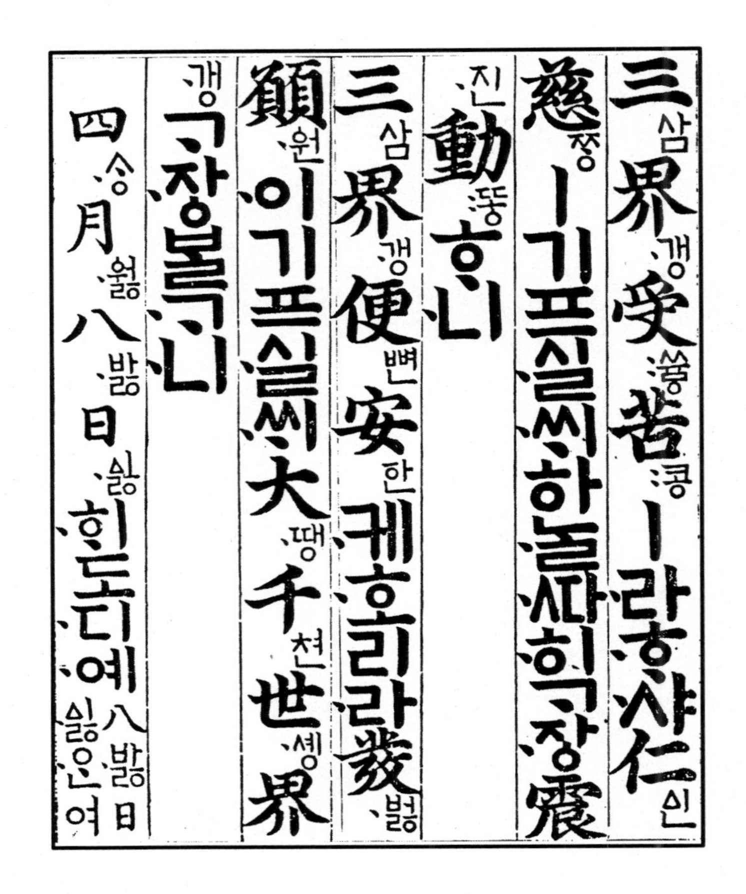

三삼界갱受쓯苦콩ㅣ라 ᄒᆞ샤 仁신慈ᄍᆞᆼㅣ 기프실ᄊᆡ 하ᄂᆞᆯ콰 ᄯᅡ쾌 ᄀᆞ장 震진動똥ᄒᆞ니

三삼界갱便뼌安한케 ᄒᆞ리라 發벓願원이 기프실ᄊᆡ 大땡千쳔世솅界갱ㅣ ᄀᆞ장 ᄇᆞᆯᄀᆞ니

四ᄉᆞᆼ月웛 八밣日싏 ᄒᆡ 도ᄃᆞᆯ 디예 八밣日싏ᄋᆞᆫ 여

“三界(삼계)가 受苦(수고)이다.” 하시어 仁慈(인자)가 깊으시므로, 하늘과 땅이 매우 震動(진동)하였으니.

“三界(삼계)를 便安(편안)케 하겠다.” 하는 發願(발원)이 깊으시므로, 大千世界(대천세계)가 매우 밝아졌으니.

四月(사월) 八日(팔일)의 해돋이에【八日(팔일)은

[35 앞]

三삼界갱[11] 受쓯苦콩ㅣ라[12] ᄒᆞ샤 仁신慈쫑[13]ㅣ 기프실ᄊᆡ[14] 하ᄂᆞᆯ ᄯᅡ히[15] ᄀᆞ장[16] 震진動똥ᄒᆞ니[17]

三삼界갱 便뼌安한케 호리라[18] 發벓願원[19]이 기프실ᄊᆡ 大땡千쳔世솅界갱[20] ᄀᆞ장 ᄇᆞᆯᄀᆞ니[21]

四ᄉᆞᆼ月웛 八밣日싏 ᄒᆡ도디예[22]【八밣日싏은

---

11) 三界: 三界(삼계) + -Ø(← -이: 주조) ※ '三界(삼계)'는 중생이 생사 왕래하는 세 가지 세계이다. 삼계에는 욕계(慾界), 색계(色界), 무색계(無色界)가 있다.

12) 受苦ㅣ라: 受苦(수고) + -ㅣ(← -이-: 서조)- + -Ø(현시)- + -라(← -다: 평종)

13) 仁慈: 인자. 마음이 어질고 자애로운 것이다.

14) 기프실ᄊᆡ: 깊(깊다, 深)- + -으시(주높)- + -ㄹᄊᆡ(-므로: 연어, 이유)

15) ᄯᅡ히: ᄯᅡㅎ(땅, 地) + -이(주조)

16) ᄀᆞ장: 매우, 대단히, 深(부사)

17) 震動ᄒᆞ니: 震動ᄒᆞ[진동하다: 震動(진동: 명사) + -ᄒᆞ(동접)-]- + -Ø(과시)- + -니(평종, 반말) ※ '震動ᄒᆞ니'는 '震動ᄒᆞ니이다'에서 '-이(상높, 아주 높임)- + -다(평종)'가 생략된 형태이다.

18) 호리라: ᄒᆞ(하다, 爲)- + -오(화자)- + -리(미시)- + -라(← -다: 평종)

19) 發願: 발원. 신이나 부처에게 비는 소원이다.

20) 大千世界: 대천세계. 삼천세계(三千世界)의 셋째로, 십억(十億) 국토(國土)를 이른다. 곧 중천세계(中千世界)의 천 갑절이 되는 세계(世界)이다.

21) ᄇᆞᆯᄀᆞ니: ᄇᆞᆰ(밝아지다, 明: 동사)- + -Ø(과시)- + -ᄋᆞ니(평종, 반말) ※ 'ᄇᆞᆯᄀᆞ니'는 'ᄇᆞᆯᄀᆞ니이다'에서 '-이(상높, 아주 높임)- + -다(평종)'가 생략된 형태이다.

22) ᄒᆡ도디예: ᄒᆡ도디[해돋이, 日出: ᄒᆡ(해, 日: 명사) + 돋(돋다, 出: 동사)- + -이(명접)] + -예(← -에: 부조, 위치)

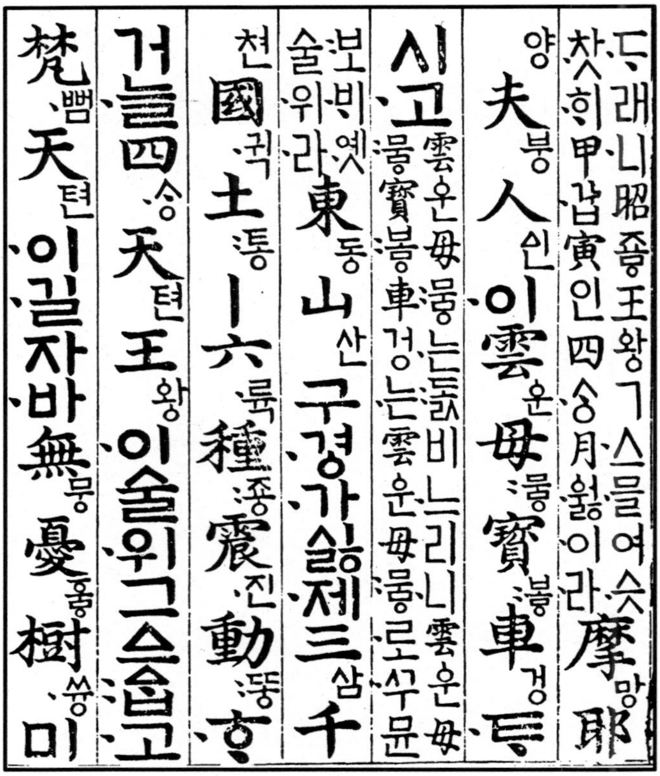

[35 뒤]

여드레이니 昭王(소왕)의 스물여섯째 해인 甲寅(갑인) 四月(사월)이다.】 摩耶夫人(마야부인)이 雲母(운모) 寶車(보거)를 타시고【雲母(운모)는 돌의 비늘이니, 雲母(운모) 寶車(보거)는 雲母(운모)로 꾸민 보배의 수레이다.】 東山(동산)을 구경 가실 때에, 三千國土(삼천 국토)가 六種(육종)으로 震動(진동)하거늘, 四天王(사천왕)이 수레를 끌고 梵天(범왕)이 길을 잡아 無憂樹(무우수) 밑에

여ᄃᆞ래니[23] 昭쑝王왕ㄱ[24] 스믈여슷찻[25] ᄒᆡ 甲갑寅인 四ᄉᆞᆼ月웛이라】 摩망耶양 夫붕人신이 雲운母뭏[26] 寶볼車겅[27] ᄐᆞ시고【雲운母뭏는 돐비ᄂᆞ리니[28] 雲운母뭏 寶볼車겅는 雲운母뭏로 ᄭᆞ뮨[29] 보ᄇᆡ옛[30] 술위라[31]】 東동山산 구경 가싫 제 三삼千쳔 國귁土통ㅣ 六륙種죵[32] 震진動똥ᄒᆞ거늘 四ᄉᆞᆼ天텬王왕[33]이 술위 그ᅀᅳᆸ고[34] 梵뻠天텬[35]이 길 자바 無뭉憂ᇢ樹쓩 미틔[36]

---

23) 여ᄃᆞ래니: 여ᄃᆞ래[여드레, 八日: 여ᄃᆞᆯ(← 여ᄃᆞᆲ ← 여듧: 여덟, 八, 수사, 양수) + -애(명접)] + -Ø(← -이-: 서조)- + -니(연어, 설명 계속)

24) 昭王ㄱ: 昭王(소왕) + -ㄱ(-의: 관조) ※ '昭王(소왕)'은 중국 주(周)나라 서주(西周) 시대의 제4대 왕이다. '-ㄱ'은 /ㆁ/으로 끝나는 체언의 뒤에 실현되는 관형격 조사이다.

25) 스믈여슷찻: 스믈여슷찻[스물여섯째(수사, 서수): 스믈여슷(스물여섯, 二十六: 수사, 양수) + -차(-째: 접미, 서수)] + -ㅅ(-의: 관조)

26) 雲母: 운모(= 돌비늘). 화강암 가운데 많이 들어 있는 규산염 광물의 하나이다.

27) 寶車: 보거. 보배의 수레이다.

28) 돐비ᄂᆞ리니: 돐비ᄂᆞᆯ[돌비늘, 雲母: 돌(돌, 石) + -ㅅ(관조, 사잇) + 비ᄂᆞᆯ(비늘, 鱗)] + -이(서조)- + -니(연어, 설명 계속)

29) ᄭᆞ뮨: ᄭᆞ미(꾸미다, 粧)- + -Ø(과시)- + -우(대상)- + -ㄴ(관전)

30) 보ᄇᆡ옛: 보ᄇᆡ(보배, 寶) + -예(← -에: 부조, 위치) + -ㅅ(-의: 관조)

31) 술위라: 술위(수레, 車)- + -Ø(← -이-: 서조)- + -Ø(현시)- + -라(← -다: 평종)

32) 六種: 육종. 여섯 가지의 종류이다.

33) 四天王: 사천왕. 사왕천(四王天)의 주신(主神)으로 사방을 진호(鎭護)하며 국가를 수호하는 네 신이다. 동쪽의 지국천왕, 남쪽의 증장천왕, 서쪽의 광목천왕, 북쪽의 다문천왕이다. 위로는 제석천을 섬기고 아래로는 팔부중(八部衆)을 지배하여 불법에 귀의한 중생을 보호한다.

34) 그ᅀᅳᆸ고: 그ᅀᅳ(끌다, 引)- + -ᅀᆸ(객높)- + -고(연어, 나열)

35) 梵天: 범천. 색계(色界) 초선천(初禪天)의 우두머리이다. 제석천(帝釋天)과 함께 부처를 좌우에서 모시는 불법 수호의 신이다.

36) 미틔: 밑(밑, 低) + -의(-에: 부조, 위치)

티가시니 諸졍天텬이 곳비터니 無뭉
憂흫樹쓩ㅅ 가지 절로 구버오나ᄂᆞᆯ 夫
붕人신이 올ᄒᆞᆫ소ᄂᆞ로 가질 자ᄇᆞ샤 곳
것고려 ᄒᆞ신대 菩뽕薩삻이 올ᄒᆞᆫ 녀브
로 나샤 큰 智딩慧휑ㆆ 옛 光광明명을 펴
샤 十씹方방世솅界갱ᄅᆞᆯ 비취시니 그
저긔 닐굽 줄깃 七칧寶봉 蓮련花황ㅣ

가시니, 諸天(제천)이 꽃을 뿌리더니 無憂樹(무우수)의 가지가 절로 굽어 오거늘, 夫人(부인)이 오른손으로 가지를 잡으시어 꽃을 꺾으려 하시니, 菩薩(보살)이 오른쪽 옆구리로 나시어, 큰 智慧(지혜)의 光明(광명)을 펴시어 十方世界(시방세계)를 비추시니, 그때에 일곱 줄기의 七寶(칠보) 蓮花(연화)가

가시니 諸졍天텬이 곳[37] 비터니[38] 無뭉憂흫樹쓩[39]ㅅ 가지 절로[40] 구버 오나늘[41] 夫붕人신이 올ᄒᆞᆫ소ᄂᆞ로[42] 가질[43] 자ᄇᆞ샤[44] 곳 것고려[45] ᄒᆞ신대[46] 菩뽕薩삻이 올ᄒᆞᆫ[47] 녀브로[48] 나샤 큰 智딩慧쀙옛 光광明명을 펴샤 十씹方방世솅界갱[49]를 비취시니[50] 그 저긔 닐굽 줄깃[51] 七칧寶볼 蓮련花황ㅣ

---

37) 곳: 곳(← 곶: 꽃, 花)
38) 비터니: 빟(뿌리다, 散)- + -더(회상)- + -니(연어, 설명 계속)
39) 無憂樹: 무우수. 쌍떡잎식물 장미목 콩과의 상록교목으로 이 나무 아래에서 석가가 태어났다는 전설이 전해진다. 무우수(無憂樹)는 산스크리트어로 '근심이 없다'라는 뜻을 나타낸다.
40) 절로: [저절로, 自(부사): 절(← 저: 인대, 재귀칭) + -로(부조▷부접)]
41) 오나늘: 오(오다, 來)- + -나늘(-거늘: 연어, 상황)
42) 올ᄒᆞᆫ소ᄂᆞ로: 올ᄒᆞᆫ손[오른손, 右手: 옳(옳다, 是: 형사)- + -ᄋᆞᆫ(관전) + 손(손, 手)] + -ᄋᆞ로(부조, 방편)
43) 가질: 가지(가지, 枝) + -ㄹ(← -를: 목조)
44) 자ᄇᆞ샤: 잡(잡다, 執)- + -ᄋᆞ샤(← -ᄋᆞ시-: 주높)- + -Ø(← -아: 연어)
45) 것고려: 겄(꺾다, 折)- + -오려(-으려: 연어, 의도)
46) ᄒᆞ신대: ᄒᆞ(하다: 보용, 의도)- + -시(주높)- + -ㄴ대(연어, 반응)
47) 올ᄒᆞᆫ: [오른, 右(관사): 옳(옳다, 是: 형사)- + -ᄋᆞᆫ(관전▷관접)]
48) 녀브로: 녑(옆구리, 脅) + -으로(부조, 방향)
49) 十方世界: 시방세계. 온 세계이다.
50) 비취시니: 비취(비추다, 照)- + -시(주높)- + -니(연어, 설명 계속)
51) 줄깃: 줄기(줄기, 莖: 의명) + -ㅅ(-의: 관조)

[36 뒤]

술윗ᄢᅵ 곧ᄒᆞ니 나아 菩뽕薩삻ᄋᆞᆯ 받ᄌᆞᄫᆞ니라 菩뽕薩삻이 너기샤ᄃᆡ 兜둫率솛天텬으로셔 胎팅生싱 아니ᄒᆞ야 卽즉時씽예 正정覺각ᄋᆞᆯ 일우련마ᄅᆞᆫ ᄂᆞᄆᆡ 疑읭心심ᄒᆞᄃᆡ 부텨는 本본來ᄅᆡᆼ 變변化황ㅣ디빙 사ᄅᆞ미 몯ᄒᆞᆯ 이리라 ᄒᆞ야 法법 듣돌 아니ᄒᆞ리라 ᄒᆞ샤 胎팅生싱ᄒᆞ시며 ᄂᆞᄆᆡ 너교ᄃᆡ 夫붕人신이 菩뽕薩삻ᄋᆞᆯ 당다이 어려ᄫᅵ 나ᄒᆞ시리라 ᄒᆞ릴ᄊᆡ 나못가지 잡자바시ᄂᆞᆯ 菩뽕薩삻이 나시며 艱간難난ᄒᆞᆫ 지븨 나샤 出츌家강ᄒᆞ시면 ᄂᆞᄆᆡ 너교ᄃᆡ 生싱計겡 艱간難난ᄒᆞ야 즁ᄃᆞ외시다 ᄒᆞ

수레바퀴와 같은 것이 나서 菩薩(보살)을 받았니라. 【菩薩(보살)이 여기시되, '兜率天(도솔천)에서 胎生(태생)을 아니 하고 卽時(즉시)에 正覺(정각)을 이루겠건마는, 남(他人)이 疑心(의심)하되 '부처는 本來(본래) 變化(변화)이지만, 사람이 못할 일이라.'고 하여, (사람들이) 法(법)을 듣지 아니하리라고 (보살이 생각)하시어 胎生(태생)하셨으며, (또) 남이 여기되 '夫人(부인)이 菩薩(보살)을 마땅히 어렵게 낳으시리라.'고 할 것이므로 (부인이) 나뭇가지를 막 잡으시거늘 菩薩(보살)이 세상에 나셨으며, (부처가) 艱難(간난)한 집에 나시어 出家(출가)하시면 남이 여기되 '生計(생계)가 艱難(가난)하여 중이 되셨다.'고

술위ᄡᅵ[52] ᄀᆞᆮᄒᆞ니[53] 나아 菩뽕薩삻ᄋᆞᆯ 받ᄌᆞᄫᆞ니라[54]【菩뽕薩삻이 너기샤ᄃᆡ[55] 兜둫率솛天텬으로셔 胎팅生싱[56] 아니 ᄒᆞ야 卽즉時씽예 正졍覺각ᄋᆞᆯ 일우련마ᄅᆞᆫ[57] ᄂᆞ미 疑읭心심호ᄃᆡ 부텨는 本본來링 變변化황ㅣ디ᄫᅵ[58] 사ᄅᆞ미 몯ᄒᆞᆯ 이리라 ᄒᆞ야 法법 듣ᄃᆞᆯ[59] 아니ᄒᆞ리라 ᄒᆞ샤 胎팅生싱ᄒᆞ시며 ᄂᆞ미 너교ᄃᆡ[60] 夫붕人신이 菩뽕薩삻ᄋᆞᆯ 당다이[61] 어려ᄫᅵ[62] 나ᄒᆞ시리라[63] ᄒᆞ릴ᄊᆡ 나못가지 ᄀᆞᆺ[64] 자바시ᄂᆞᆯ[65] 菩뽕薩삻이 나시며 艱간難난ᄒᆞᆫ[66] 지븨 나샤 出츓家강ᄒᆞ시면 ᄂᆞ미 너교ᄃᆡ 生싱計곙 艱간難난ᄒᆞ야 즁[67] ᄃᆞ외시다[68]

---

52) 술위ᄡᅵ: 술위ᄡᅵ[수레바퀴, 車輪: 술위(수레, 車) + ᄡᅵ(바퀴, 輪)] + -∅(← -이: 부조, 비교)
53) ᄀᆞᆮᄒᆞ니: ᄀᆞᆮᄒᆞ(같다, 同)- + -∅(현시)- + -ᄋᆞᆫ(관전) # 이(이, 것, 者: 의명) + -∅(← -이: 주조)
54) 받ᄌᆞᄫᆞ니라: 받(받치다, 떠받다, 支)- + -ᄌᆞᇦ(← -ᄌᆞᆸ-: 객높)- + -∅(과시)- + -ᄋᆞ니(원칙)- + -라(← -다: 평종)
55) 너기샤ᄃᆡ: 너기(여기다, 念)- + -샤(← -시-: 주높)- + -ᄃᆡ(← -오ᄃᆡ: 연어, 설명 계속)
56) 胎生: 태생. 사생(四生)의 하나이다. 모태(母胎)로부터 생물이 태어나는 것이다.
57) 일우련마ᄅᆞᆫ: 일우[이루다, 成: 일(이루어지다, 成: 자동)- + -우(사접)-]- + -리(미시)- + -언마ᄅᆞᆫ(-건마는: 연어, 인정 대조)
58) 變化ㅣ디ᄫᅵ: 變化(변화) + -ㅣ(← -이-: 서조)- + -디ᄫᅵ(-지만: 연어, 인정 대조)
59) 듣ᄃᆞᆯ: 듣(듣다, 聞)- + -ᄃᆞᆯ(-지: 연어, 부정)
60) 너교ᄃᆡ: 너기(여기다, 思)- + -오ᄃᆡ(-되: 여어, 설명 계속)
61) 당다이: 마땅히, 반드시, 必(부사)
62) 어려ᄫᅵ: [어렵게, 難(부사): 어렵(← 어렵다, ㅂ불: 어렵다, 難, 형사)- + -이(부접)]
63) 나ᄒᆞ시리라: 낳(낳다, 産)- + -ᄋᆞ시(주높)- + -리(미시)- + -라(← -다: 평종)
64) ᄀᆞᆺ: 이제 막, 卽(부사)
65) 자바시ᄂᆞᆯ: 잡(잡다, 執)- + -시(주높)- + -아…ᄂᆞᆯ(-거늘: 연어, 상황)
66) 艱難ᄒᆞᆫ: 艱難ᄒᆞ[간난하다: 艱難(간난: 명사) + -ᄒᆞ(형접)-] + -∅(현시)- + -ㄴ(관전) ※ '艱難(간난)'은 몹시 힘들고 고생스러운 것이다.
67) 즁: 중, 僧.
68) ᄃᆞ외시다: ᄃᆞ외(되다, 爲)- + -시(주높)- + -∅(과시)- + -다(평종)

릴·씨 님금긔 나·시니·이 菩뽕薩
삻ㅅ 方방便뼌·잘ᄒᆞ·샤·미·라 菩뽕薩
삻·이·ᄀᆞᆺ나·샤 자ᄇᆞ·리 :업·시 四ᄉᆞᆼ方방·애
닐·굽 거·름 거르·시·니 七칧覺각支징·예 마초ᄒᆞ노·라
닐·굽 거·름 거·르시·니 七칧覺각支징·ᄂᆞᆫ
覺각·애 다ᄃᆞᆯ·ᄂᆞᆫ 이·ᄅᆞᆯ 닐구·베 ᄂᆞᆫ호·아 닐
온 :마·리·니 支징·ᄂᆞᆫ ᄂᆞᆫ홀 ·씨·라 念념覺각
支징·ᄂᆞᆫ 一잃切쳉 法법·의 性셩·이 ·다 :뷘
·도 ·볼 ·씨·오 擇떡法법覺각支징·ᄂᆞᆫ 法법
·을 ·ᄀᆞᆯᄒᆡ·ᄂᆞᆫ 覺각支징·니 ᄉᆞᄆᆞᆺ·ᄎᆞᆫ ᄠᅳ·든 과 몯
ᄉᆞᄆᆞᆺ·ᄎᆞᆫ ᄠᅳ·들 ·잘 ·ᄀᆞᆯᄒᆡᆯ ·씨·오 精졍進진覺
각支징·ᄂᆞᆫ ·ᄇᆞᄌᆞ러·니 닷·가 므르·디 아·니

하겠으므로 임금께 나시니, 이것이 菩薩(보살)이 方便(방편)을 잘 하신 것이다.】

菩薩(보살)이 막 나시어 잡을 사람이 없이 四方(사방)에 일곱 걸음씩 걸으시니【七覺支(칠각지)에 맞추어서 하느라 일곱 걸음을 걸으시니, 七覺支(칠각지)는 覺(각)에 다다르는 일을 일곱에 나누어서 이르는 말이니, 支(지)는 나누는 것이다. 念覺支(염각지)는 一切(일체) 法(법)의 性(성)이 다 빈 것을 보는 것이요, 擇法覺支(택법각지)는 法(법)을 가리는 覺支(각지)이니 통하는 뜻과 못 통하는 뜻을 잘 가리는 것이요, 精進覺支(정진각지)는 부지런히 닦아 물리지 아니하는

ᄒᆞ릴씨 님금ᄭᅴ[69] 나시니 이[70] 菩뽕薩삻ㅅ 方방便뼌[71] 잘 ᄒᆞ샤미라[72]】 菩뽕薩삻이 ᄀᆞᆽ 나샤 자ᄇᆞ리[73] 업시 四ᄉᆞᆼ方방애 닐굽 거름곰[74] 거르시니 【七칧覺각支징[75]예 마초[76] ᄒᆞ노라[77] 닐굽 거름 거르시니 七칧覺각支징ᄂᆞᆫ 覺각애 다ᄃᆞᆮᄂᆞᆫ[78] 이ᄅᆞᆯ 닐구베 ᄂᆞᆫ호아[79] 닐온 마리니 支징ᄂᆞᆫ ᄂᆞᆫ홀 씨라 念념覺각支징ᄂᆞᆫ 一힗切쳉 法법의 性셩이 다 뷘 ᄃᆞᆯ[80] 볼 씨오 擇떡法법覺각支징ᄂᆞᆫ 法법을 ᄀᆞᆯ히ᄂᆞᆫ[81] 覺각支징니 ᄉᆞᄆᆞᄎᆞᆫ[82] ᄠᅳᆮ과 몯 ᄉᆞᄆᆞᄎᆞᆫ ᄠᅳ들 잘 ᄀᆞᆯ힐 씨오 精졍進진覺각支징ᄂᆞᆫ 브즈러니[83] 닷가 므르디[84] 아니ᄒᆞᆯ

---

69) 님금ᄭᅴ: 님금(임금) + -ᄭᅴ(-께: 부조, 상대, 높임)
70) 이: 이(이것, 此: 지대, 정칭) + -Ø(← -이: 주조)
71) 方便: 방편. 수단과 방법이다.
72) ᄒᆞ샤미라: ᄒᆞ(하다, 爲)- + -샤(← -시-: 주높)- + -ㅁ(← -옴: 명전) + -이(서조)- + -Ø(현시)- + -라(← -다: 평종)
73) 자ᄇᆞ리: 잡(잡다, 執)- + -ᄋᆞᆯ(관전) # 이(이, 사람, 者: 의명) + -Ø(← -이: 주조)
74) 거름곰: 거름[걸음, 步: 걸(← 걷다, 步: 걷다, 동사)- + -음(명접)] + -곰(-씩: 보조사, 각자)
75) 七覺支: 칠각지. 불도 수행에서 참과 거짓, 선악을 살피어서 올바로 취사선택하는 일곱 가지 지혜이다.
76) 마초: [맞게, 알맞게, 的當(부사): 맞(맞다, 的: 자동)- + -호(사접)- + -Ø(부접)]
77) ᄒᆞ노라: ᄒᆞ(하다, 爲)- + -노라(-느라고: 연어, 목적, 원인)
78) 다ᄃᆞᆮᄂᆞᆫ: 다ᄃᆞᆮ[다다르다, 到: 다(다, 悉: 부사) + ᄃᆞᆮ(닫다, 달리다, 走)-]- + -ᄂᆞ(현시)- + -ㄴ(관전)
79) ᄂᆞᆫ호아: ᄂᆞᆫ호(나누다, 分)- + -아(연어)
80) ᄃᆞᆯ: ᄃᆞ(것, 者: 의명) + -ㄹ(← -ᄅᆞᆯ: 목조)
81) ᄀᆞᆯ히ᄂᆞᆫ: ᄀᆞᆯ히(가리다, 선택하다, 擇)- + -ᄂᆞ(현시)- + -ㄴ(관전)
82) ᄉᆞᄆᆞᄎᆞᆫ: ᄉᆞᄆᆞᆾ(통달하다, 꿰뚫다, 이해하다, 通)- + -Ø(과시)- + -ᄋᆞᆫ(관전)
83) 브즈러니: [부지런히, 勤(부사): 브즈런(부지런: 명사) + -이(부접)]
84) 므르디: 므르(물러나다, 退)- + -디(-지: 연어, 부정)

ᄒᆞᇙ 씨오 喜힁覺각支징ᄂᆞᆫ 닷ᄀᆞᆫ 法법 깃
글 씨오 除뗭覺각支징ᄂᆞᆫ 더ᄂᆞᆫ 覺각支
징니 煩뻔惱놓ᄅᆞᆯ 다 덜 씨오 定뗭覺각
支징ᄂᆞᆫ 드론 定뗭ᄀᆞ티 여러 法법들ᄒᆞᆯ
ᄉᆞᄆᆞᆺ 알 씨오 捨샹覺각支징ᄂᆞᆫ 世솅間
간ㅅ 法법에 븓둥기이디 아니ᄒᆞ야 브
튼 ᄃᆡ 업스며 마
ᄀᆞᆫ ᄃᆡ 업슬 씨라 自쫑然션히 蓮련花황
ㅣ 나아 바ᄅᆞᆯ 받ᄌᆞᄫᆞ더라 如셩來링거르
샤매 세 가짓 이
리 잇ᄂᆞ니 神씬通통내
샤 虛헝空콩애
거르샤미 ᄒᆞ나히오 自쫑然션히 蓮련
ㅅ고지 나아 발 받ᄌᆞᄫᆞ미 둘히오 ᄯᅡ해
ᄠᅥ 虛헝空콩애 거르샤ᄃᆡ 밠바닰 千천

것이요, 喜覺支(희각지)는 닦은 法(법)을 기뻐하는 것이요, 除覺支(제각지)는 덜어 내는 覺支(각지)이니 煩惱(번뇌)를 다 덜어 내는 것이요, 定覺支(정각지)는 入定(입정)같이 여러 法(법)들을 완전히 아는 것이요, 捨覺支(사각지)는 世間(세간)의 法(법)에 얽매이지 아니하여 의지하는 데가 없으며 막은 데가 없는 것이다.】, 自然(자연)히 蓮花(연화)가 나서 발을 받치더라.【如來(여래)가 걸으시는 것에 세 가지의 일이 있나니, 神通(신통)을 내시어 虛空(허공)에 걸으신 것이 하나이요, 自然(자연)히 蓮(연)꽃이 나서 발을 받친 것이 둘이요, 땅에 떠서 虛空(허공)에 걸으시되 발바닥의 씨오 喜힁覺각支징ᄂᆞᆫ 닷곤[85] 法법 깃글[86] 씨오 除띵覺각支징ᄂᆞᆫ 더ᄂᆞᆫ[87] 覺각支징니 煩뻔惱놓ᄅᆞᆯ 다 덜 씨오 定뗭覺각支징ᄂᆞᆫ 드론[88] 定뗭[89] ᄀᆞ티[90] 여러 法법들ᄒᆞᆯ ᄉᆞᄆᆞᆺ[91] 알 씨오 捨샹覺각支징ᄂᆞᆫ 世솅間간ㅅ 法법에 븓ᄃᆞᇰ기이디[92] 아니ᄒᆞ야 브튼[93] ᄃᆡ 업스며 마ᄀᆞᆫ ᄃᆡ 업슬 씨라】 自ᄍᆞᆼ然션히 蓮련花황ㅣ 나아 바ᄅᆞᆯ[94] 받ᄌᆞᆸ더라[95]【如셩來ᄅᆡᆼ 거르샤매[96] 세 가짓 이리 잇ᄂᆞ니 神씬通통[97] 내샤 虛헝空콩애 거르샤미 ᄒᆞ나히오[98] 自ᄍᆞᆼ然션히 蓮련ㅅ 고지 나아 발 받ᄌᆞᄫᆞ미 둘히오 ᄡᅡ해 ᄠᅥ[99] 虛헝空콩애 거르샤ᄃᆡ[100] 밠바닶[1]

---

85) 닷곤: 닭(닦다, 修)-+-∅(과시)-+-오(대상)-+-ㄴ(관전)
86) 깃글: 깄(기뻐하다, 歡)-+-을(관전)
87) 더ᄂᆞᆫ: 더(←덜다: 덜다, 덜어 내다, 없애다, 減)-+-ᄂᆞ(현시)-+-ㄴ(관전)
88) 드론: 들(들다, 들어가다, 入)-+-∅(과시)-+-오(대상)-+-ㄴ(관전)
89) 定: 정. 마음을 한 곳에 집중(集中)하여 움직이지 않는 안정(安定)된 상태(狀態)이다. ※ '드론 定'은 '入定(입정)'을 직역한 것이다. 입정은 삼업(三業)을 그치게 하고 선정(禪定)에 들어가는 일이다.
90) ᄀᆞ티: [같이, 同(부사): ᄀᆞᇀ(←ᄀᆞᄐᆞ다: 같다, 同)-+-이(부접)]
91) ᄉᆞᄆᆞᆺ: [꿰뚫어, 완전히, 철저히, 通(부사): ᄉᆞᄆᆞᆺ(꿰뚫다, 通: 동사)-+-∅(부접)]
92) 븓ᄃᆞᇰ기이디: 븓ᄃᆞᇰ기이[붙당겨지다: 븓(←븥다: 붙다, 附: 자동)-+ᄃᆞᇰ기(당기다, 引: 타동)-+-이(피접)-]-+-디(-지: 연어, 부정)
93) 브튼: 븥(붙다, 얽매이다, 附)-+-∅(과시)-+-은(관전)
94) 바ᄅᆞᆯ: 발(발, 足)+-ᄋᆞᆯ(목조)
95) 받ᄌᆞᆸ더라: 받(받치다, 支)-+-ᄌᆞᆸ(객높)-+-더(회상)-+-라(←-다: 평종)
96) 거르샤매: 걸(←걷다, ㄷ불: 걷다, 步)-+-으샤(←-으시-: 주높)-+-ㅁ(←-옴: 명전)+-애(-에: 부조, 위치, 이유)
97) 神統: 신통. 신통력(神通力)이다.
98) ᄒᆞ나히오: ᄒᆞ나ㅎ(하나: 수사, 양수)+-이(서조)-+-오(←-고: 연어, 나열)
99) ᄠᅥ: ᄠᅳ(←ᄠᅳ다: 뜨다, 浮)-+-어(연어)
100) 거르샤ᄃᆡ: 걸(←걷다, ㄷ불: 걷다, 步)-+-으샤(←-으시-: 주높)-+-ᄃᆡ(←-오ᄃᆡ: 연어, 설명 계속)
1) 밠바닶: 밠바닶[발바닥, 足掌: 발(발, 足)+-ㅅ(관조, 사잇)+바당(바닥, 面)]+-ㅅ(-의: 관조)

[38 앞]

輻복輪륜相샹ㅅ 그미 ᄯᅡ해 分분明명
ᄒᆞ미 세히라 輻복은 술윗 사리오 輪륜
은 바회라 올ᄒᆞᆫ 소ᄂᆞ로 하ᄂᆞᆯ ᄀᆞᄅᆞ치시며 왼
소ᄂᆞ로 ᄯᅡ ᄀᆞᄅᆞ치시고 獅ᄉᆞ子ᄌᆞᆼ 목소
리로 니ᄅᆞ샤ᄃᆡ 世솅間간앳 네 발 ᄐᆞᆫ 즁ᄉᆡᆼ 中듕에 獅ᄉᆞ子ᄌᆞᆼㅣ
위두ᄒᆞ야 저ᄒᆞ리 업슬ᄊᆡ 부텻긔 가ᄌᆞᆯ비ᄂᆞ니 獅ᄉᆞ子ᄌᆞᆼㅣ ᄒᆞᆫ 번 소리 ᄒᆞ매 네
가지 이리 잇ᄂᆞ니 온 가짓 즁ᄉᆡᆼ의 머리옛 骨곯髓슝 ᄣᅥ디며 香향象썅이 降ᅘᅡᆼ
服뽁ᄒᆞ며 ᄂᆞᄂᆞᆫ 새 ᄡᅥ러디며 믌 즁ᄉᆡᆼ이 다 기피 들 씨라 부텨 ᄒᆞᆫ 번 說쉃法법ᄒᆞ

千輹輪相(천복륜상)의 금이 땅에 分明(분명)한 것이 셋이다. 輹(복)은 수레의 살이요 輪(윤)은 바퀴이다.】 오른손으로 하늘을 가리키시며 왼손으로 땅을 가리키시고, 獅子(사자)의 목소리로 이르시되【世間(세간)에 있는 네 발을 타고 난 짐승 中(중)에 獅子(사자)가 으뜸가서 두려워할 것이 없으므로 부처께 비유하나니, 獅子(사자)가 한번 소리함에 네 가지의 일이 있나니, 온갖 짐승의 머리에 있는 骨髓(골수)가 터지며, 香象(향상)이 降服(항복)하며, 나는 새가 떨어지며, 물(水)의 짐승이 다 (물 속에) 깊이 드는 것이다. 부처가 한 번 說法(설법)하심에도

千쳔輻복輪륜相샹[2]ㅅ 그미[3] ᄯᅡ해 分분明명호미 세히라 輻복은 술윗 사리오[4] 輪륜은 바회라[5]】 올ᄒᆞᆫ소ᄂᆞ로 하ᄂᆞᆯ ᄀᆞᄅᆞ치시며 왼소ᄂᆞ로 ᄯᅡ ᄀᆞᄅᆞ치시고 獅ᄉᆞᆼ子ᄌᆞᆼ 목소리로 니ᄅᆞ샤ᄃᆡ[6]【世솅間간앳 네 발 ᄐᆞᆫ[7] 즁ᄉᆡᆼ 中듕에 獅ᄉᆞᆼ子ᄌᆞᆼㅣ 위두ᄒᆞ야 저호리[8] 업슬ᄊᆡ 부텨긔 가ᄌᆞᆯ비ᄂᆞ니[9] 獅ᄉᆞᆼ子ᄌᆞᆼㅣ ᄒᆞᆫ 번 소리 호매 네 가짓 이리 잇ᄂᆞ니 온가짓 즁ᄉᆡᆼ의[10] 머리옛 骨곯髓슁[11] ᄠᅥ디며[12] 香향象쌍[13]이 降ᅘᅡᆼ服뽁ᄒᆞ며 ᄂᆞᄂᆞᆫ[14] 새 ᄠᅥ러디며[15] 믌[16] 즁ᄉᆡᆼ이 다 기피 들 ᄊᆡ라 부텨 ᄒᆞᆫ 번 說쉻法법ᄒᆞ샤매도[17]

---

2) 千輻輪相: 천복윤상. 부처의 발바닥에 있는 천 개의 바퀴살 모양의 인문(印文)이다. 여기서 '인문(印文)'은 모든 법을 갖추고 있음을 나타낸다.
3) 그미: 금(금, 紋) + -이(주조) ※ '금'은 접거나 긋거나 한 자국이다.
4) 사리오: 살(살) + -이(서조)- + -오(← -고: 연어, 나열) ※ '살'은 바퀴 따위의 뼈대가 되는 부분이다.
5) 바회라: 바회(바퀴, 輪)- + -∅(← -이-: 서조)- + -∅(현시)- + -라(← -다: 평종)
6) 니ᄅᆞ샤ᄃᆡ: 니ᄅᆞ(이르다, 曰)- + -ᅌᆞ샤(← -으시-: 주높)- + -ᄃᆡ(← -오ᄃᆡ: -되, 연어, 설명 계속)
7) ᄐᆞᆫ: ᄐᆞ(타고 나다)- + -∅(과시)- + -ㄴ(관전)
8) 저호리: 젛(두려워하다, 畏)- + -오(대상)- + -ㄹ(관전) # 이(이, 것, 者: 의명) + -∅(← -이: 주조)
9) 가ᄌᆞᆯ비ᄂᆞ니: 가ᄌᆞᆯ비(비유하다, 比)- + -ᄂᆞ(현시)- + -니(연어, 설명 계속)
10) 즁ᄉᆡᆼ의: 즁ᄉᆡᆼ(짐승, 獸) + -의(관조)
11) 骨髓: 골수. 뼈의 중심부에 가득 차 있는 결체질(結締質)의 물질이다.
12) ᄠᅥ디며: ᄠᅥ디[터지다, 破裂: ᄠᅳ(← ᄠᅳ다: 트다, 裂)- + -어(연어) + 디(지다: 보용, 피동)-]- + -며(연어, 나열)
13) 香象: 향상. 상상의 큰 코끼리이다. 몸은 푸르고 향기가 나며 바다나 강을 돌아다닌다고 한다.
14) ᄂᆞᄂᆞᆫ: ᄂᆞ(← ᄂᆞᆯ다: 날다, 飛)- + -ᄂᆞ(현시)- + -ㄴ(관전)
15) ᄠᅥ러디며: ᄠᅥ러디[떨어지다, 落: ᄠᅥᆯ(떨다, 離)- + -어(연어) + 디(지다: 보용, 피동)-]- + -며(연어, 나열)
16) 믌: 믈(물, 水) + -ㅅ(-의: 관조)
17) 說法ᄒᆞ샤매도: 說法ᄒᆞ[설법하다: 說法(설법: 명사) + -ᄒᆞ(동접)-]- + -샤(← -시-: 주높)- + -ㅁ(← -옴: 명전) + -애(-에: 부조, 위치) + -도(보조사, 양보)

샤매도네가짓이리겨시니온가짓正
졍티몯ᄒᆞᆫ法법이다ᄒᆞ야디며天텬魔
망ㅣ降향服뽁ᄒᆞ며外욍道똫ㅣ邪썅
曲콕ᄒᆞᆫᄆᆞᅀᆞ미ᄇᆞ려디며一ᅙᅵᇙ切쳉煩
뻔惱놓ㅣ업슬씨라香향象쌍ᄋᆞᆫ몯힘
센象쌍이니열네엄가진象쌍이ᄒᆞ미
雪ᄲᅧᇙ山산앳ᄒᆞᆫ白ᄈᆡᆨ象쌍만몯ᄒᆞ고雪
ᄲᅧᇙ山산ㅅ白ᄈᆡᆨ象쌍열희미ᄒᆞᆫ香향
象쌍만몯ᄒᆞ니라
하ᄂᆞᆯ우콰하ᄂᆞᆯ아래나ᄲᅮ니尊
존호라三삼界갱다受쓯苦콩ᄅᆞᄫᆡ니
내便뼌安한케호리라ᄒᆞ시니즉자히

네 가지의 일이 있으시니, 온갖 종류의 正(정)티 못한 法(법)이 다 헐어지며, 天魔(천마)가 降服(항복)하며, 外道(외도)의 邪曲(사곡)한 마음이 떨어지며, 一切(일체)의 煩惱(번뇌)가 없어질 것이다. 香象(향상)은 가장 힘센 象(상, 코끼리)이니, 열네 어금니를 가진 象(상)의 힘이 雪山(설산)에 있는 한 白象(백상)만 못하고, 雪山(설산)에 있는 白象(백상) 열의 힘이 한 香象(향상)만 못하니라.】 "하늘 위와 하늘 아래에 나만 尊(존)하다. 三界(삼계)가 다 受苦(수고)로우니 내가 便安(편안)케 하리라."라고 하시니, 즉시

네 가짓 이리 겨시니 온가짓[18] 正졍티[19] 몯호 法법이 다 ᄒᆞ야디며[20] 天텬魔망[21] ㅣ 降ᅘᅌᅡᇰ服뽁ᄒᆞ며 外외道똥[22]ᄋᆡ 邪썅曲콕[23]ᄒᆞᆫ ᄆᆞᅀᆞ미 뻐러디며 一ᅙᅵᇙ切쳉 煩뻔惱놓ㅣ 업슬[24] 씨라 香향象썅ᄋᆞᆫ ᄆᆞᆺ 힘센 象썅이니 열네 엄[25] 가진 象썅ᄋᆡ 히미 雪ᄉᆑᇙ山산앳 ᄒᆞᆫ 白ᄈᆡᆨ象썅 만[26] 몯ᄒᆞ고 雪ᄉᆑᇙ山산ㅅ 白ᄈᆡᆨ象썅 열희[27] 히미 ᄒᆞᆫ 香향象썅 만 몯ᄒᆞ니라】 하ᄂᆞᆯ 우콰[28] 하ᄂᆞᆯ 아래 나 ᄲᅮᆫ[29] 尊존호라[30] 三삼界갱[31] 다 受쓜苦콩ᄅᆞᄫᆡ니[32] 내 便뼌安한케[33] 호리라[34] ᄒᆞ시니 즉자히[35]

---

18) 온가짓: 온가지[가지가지, 온갖 종류, 百種(명사): 온(백, 百: 관사) + 가지(가지, 種: 의명)] + -ㅅ(-의: 관조)

19) 正티: 正ㅎ[← 正ᄒᆞ다(정하다, 올바르다): 正(정: 명사) + -ᄒᆞ(형접)-]- + -디(-지: 연어, 부정)

20) ᄒᆞ야디며: ᄒᆞ야디(헐어지다, 毁)- + -며(연어, 나열)

21) 天魔: 천마. 사마(四魔)의 하나이다. 선인(善人)이나 수행자가 자신의 궁전과 권속을 없앨 것이라 하여서, 그들이 정법(正法)을 수행하는 것을 방해하는 마왕이다.

22) 外道: 외도. 불교 이외의 종교를 받드는 사람이다.

23) 邪曲: 사곡. 요사스럽고 교활한 것이다.

24) 업슬: 없(없어지다, 消: 동사)- + -을(관전)

25) 엄: 어금니, 牙.

26) 白象 만: 白象(백상, 흰코끼리) # 만(만: 의명, 비교)

27) 열희: 열ㅎ(열, 十: 수사, 양수) + -의(관조)

28) 우콰: 우ㅎ(위, 上) + -과(접조)

29) ᄲᅮᆫ: 뿐(의명, 한정)

30) 尊호라: 尊ᄒᆞ[존하다, 존귀하다(형사): 尊(존: 불어) + -ᄒᆞ(형접)-]- + -Ø(현시)- + -오(화자)- + -라(← -다: 평종)

31) 三界: 삼계. 중생이 생사 왕래하는 세 가지 세계로서, 욕계, 색계, 무색계를 아울러 이른다.

32) 受苦ᄅᆞᄫᆡ니: 受苦ᄅᆞᄫᆡ[수고롭다: 受苦(수고: 명사) + -ᄅᆞᄫᆡ(형접)-]- + -니(연어, 설명 계속)

33) 便安케: 便安ㅎ[← 便安ᄒᆞ다(편안하다): 便安(편안: 명사) + -ᄒᆞ(형접)-]- + -게(연어, 사동)

34) 호리라: ᄒᆞ(하다, 爲)- + -오(화자)- + -리(미시)- + -라(← -다: 평종)

35) 즉자히: 즉시, 卽(부사)

天텬地띵ᄀᆞ장震진動똥ᄒᆞ고三삼千
쳔大땡千쳔나라히다ᄀᆞ장ᄇᆞᆰ더라그
저긔四ᄉᆞᆼ天텬王왕이하ᄂᆞᆳ기브로안
ᄋᆞᄫᅡ金금几긩우희연ᄌᆞᆸ고几긩ᄂᆞᆫ답샹ᄀᆞᄐᆞᆫ거
시라帝뎽釋셕은蓋갱받고梵뻠王왕은
白ᄈᆡᆨ拂ᄫᅮᇙ자바두녀긔셔ᅀᆞᄫᆞ며帝뎽
釋셕梵뻠王왕이여러가짓香향비ᄒᆞ

天地(천지)가 몹시 震動(진동)하고 三千大千(삼천대천) 나라가 다 몹시 밝아지더라. 그때에 四天王(사천왕)이 하늘의 비단으로 (보살을) 안아서 金几(금궤) 위에 얹고【几(궤)는 등상(登床)과 같은 것이다.】, 帝釋(제석)은 蓋(개)를 받치고 梵王(범왕)은 白拂(백불)을 잡아 두 쪽에 (태자를) 시중들며, 帝釋(제석)과 梵王(범왕)이 여러 가지의 香(향)을 뿌리며

天텬地띵 ᄀᆞ장[36] 震진動똥ᄒᆞ고 三삼千쳔大땡千쳔[37] 나라히 다 ᄀᆞ장 ᄇᆞᆰ더라[38] 그 저긔 四ᄉᆞᆼ天텬王왕이 하ᄂᆞᆳ 기ᄫᆞ로[39] 안ᄉᆞᄫᅡ[40] 金금几긩[41] 우희 연ᄌᆞᆸ고[42]【几긩ᄂᆞᆫ 답쟝[43] ᄀᆞᄐᆞᆫ 거시라】 帝뎽釋셕[44]은 蓋갱[45] 받고[46] 梵뻠王왕[47]은 白ᄈᆡᆨ拂뿛[48] 자바 두 녀긔[49] 셔ᄉᆞᄫᆞ며[50] 帝뎽釋셕 梵뻠王왕이 여러 가짓 香향 비ᄒᆞ며[51]

---

36) ᄀᆞ장: 매우, 몹시, 甚(부사)
37) 三千大千: 삼천대천. 소천(小千), 중천(中千), 대천(大千)의 세 종류의 천세계가 이루어진 세계로서, 이 끝없는 세계가 부처 하나가 교화하는 범위가 된다.
38) ᄇᆞᆰ더라: ᄇᆞᆰ(밝아지다, 明: 동사)-+-더(회상)-+-라(←-다: 평종)
39) 기ᄫᆞ로: 깁(비단, 錦)+-ᄋᆞ로(부조, 방편) ※'깁'은 명주실로 바탕을 조금 거칠게 짠 비단이다.
40) 안ᄉᆞᄫᅡ: 안(안다, 抱)-+-ᄉᆞᇦ(←-ᄉᆞᆸ-: 객높)-+-아(연어)
41) 金几: 금궤. 금으로 만들거나 장식한 궤이다.
42) 연ᄌᆞᆸ고: 엱(얹다, 置)-+-ᄌᆞᆸ(객높)-+-고(연어, 나열, 계기)
43) 답쟝: 등상(登床)이다. 나무로 만든 세간의 하나로서, 발판이나 걸상으로 쓴다.
44) 帝釋: 제석. 십이천의 하나이다. 수미산 꼭대기에 있는 도리천의 임금으로, 사천왕과 삼십이천을 통솔하면서 불법과 불법에 귀의하는 사람을 보호하고 아수라의 군대를 정벌한다고 한다.
45) 蓋: 개. 불좌 또는 높은 좌대를 덮는 장식품이다. 나무나 쇠붙이로 만들어 법회 때 법사의 위를 덮는다. 원래는 인도에서 햇볕이나 비를 가리기 위하여 쓰던 우산 같은 것이었다.
46) 받고: 받(받치다, 支)-+-고(연어, 나열)
47) 梵王: 범왕. 색계(色界) 초선천(初禪天)의 우두머리이다. 제석천(帝釋天)과 함께 부처를 좌우에서 모시는 불법 수호의 신이다.
48) 白拂: 백불. 흰 소나 말의 꼬리털을 묶어서 자루 끝에 매어 단 장식물이다. 주로 스님들이 설법할 때에 손에 지닌다.
49) 녀긔: 녁(녘, 쪽, 偏: 의명)+-의(-에: 부조, 위치)
50) 셔ᄉᆞᄫᆞ며: 셔(받들어 서다, 시중들다, 侍)-+-ᄉᆞᇦ(←-ᄉᆞᆸ-: 객높)-+-ᄋᆞ며(연어, 나열)
51) 비ᄒᆞ며: 빟(흩다, 뿌리다, 散)-+-ᄋᆞ며(연어, 나열)

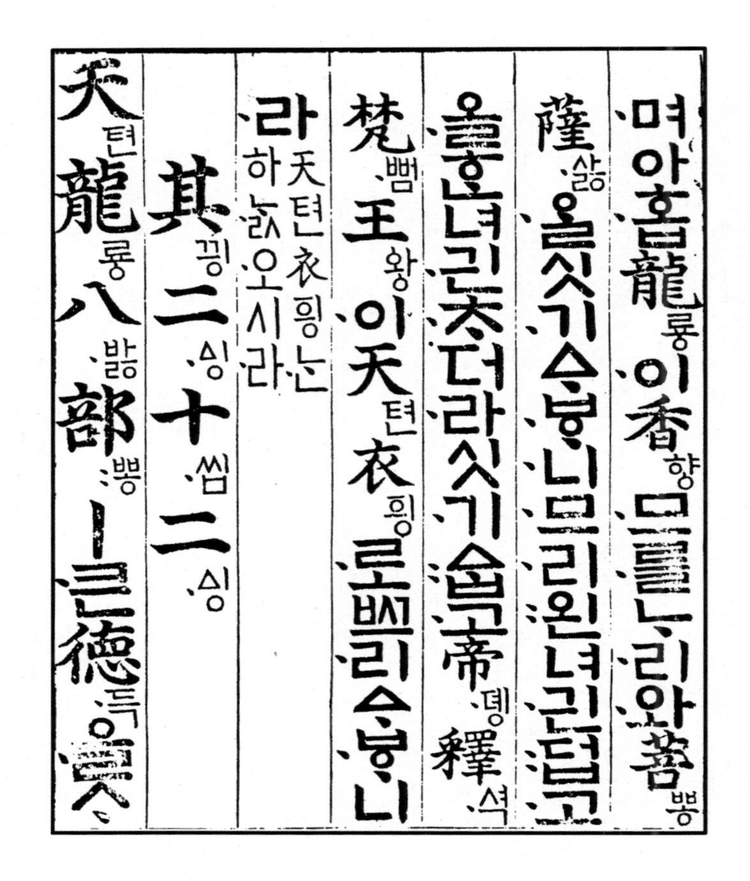
며 아홉 龍룡이 香향 므를 ᄂᆞ리와 菩뽕
薩삻ᄋᆞᆯ 싯기ᅀᆞᄫᆞ니 므리 왼녀긘 덥고
올ᄒᆞᆫ녀긘 ᄎᆞ더라 싯기ᅀᆞᆸ고 帝뎽釋셕
梵뻠王왕이 天텬衣힁로 ᄡᅳ리ᅀᆞᄫᆞ니
라 天텬衣힁ᄂᆞᆫ 하ᄂᆞᇗ 오시라
其끵二싱十씹二싱
天텬龍룡八밣部뽕ㅣ 큰 德득

아홉 龍(용)이 香(향) 물을 내리게 하여 菩薩(보살)을 씻기니, 물이 왼쪽에는 덥고 오른쪽에는 차더라. (보살을) 씻기고 帝釋(제석)과 梵王(범왕)이 天衣(천의)로 (보살을) 쌌니라. 【天衣(천의)는 하늘의 옷이다.】

其二十二(기이십이)

天龍八部(천룡팔부)가 (태자의) 큰 德(덕)을

아홉 龍룡이 香향 므를 ᄂᆞ리와[52] 菩뽕薩삻ᄋᆞᆯ 싯기ᅀᆞᄫᆞ니[53] 므리 왼녀긘[54] 덥고 올ᄒᆞᆫ녀긘[55] ᄎᆞ더라[56] 싯기ᅀᆞᆸ고 帝뎽釋셕 梵뻠王왕이 天텬衣ᅙᅴᆼ로 ᄡᅳ리ᅀᆞᄫᆞ니라[57]【天텬衣ᅙᅴᆼᄂᆞᆫ 하ᄂᆞᆳ 오시라[58]】

其끵二싱十씹二싱

天텬龍룡八밣部뽕[59] ㅣ 큰 德득을

---

52) ᄂᆞ리와: ᄂᆞ리오[내리게 하다: ᄂᆞ리(내리다, 降: 자동)- + -오(사접)-]- + -아(연어)

53) 싯기ᅀᆞᄫᆞ니: 싯기[씻기다, 洗: 싯(씻다, 洗: 타동)- + -기(사접)-]- + -ᅀᆞᇦ(← -ᅀᆞᆸ-: 객높)- + -ᄋᆞ니(연어, 설명 계속)

54) 왼녀긘: 왼녁[왼쪽, 左便: 외(그르다, 誤: 형사)- + -ㄴ(관전) + 녁(녘, 쪽, 便: 의명)] + -의(-에: 부조, 위치) + -ㄴ(← -ᄂᆞᆫ: 보조사, 주제, 대조)

55) 올ᄒᆞᆫ녀긘: 올ᄒᆞᆫ녁[오른쪽, 右便: 옳(옳다, 오른쪽이다, 是, 右: 형사)- + -ᄋᆞᆫ(관전) + 녁(녘, 쪽, 便: 의명)] + -의(-에: 부조, 위치) + -ㄴ(← -는: 보조사, 주제, 대조)

56) ᄎᆞ더라: ᄎᆞ(차다, 冷)- + -더(회상)- + -라(← -다: 평종)

57) ᄡᅳ리ᅀᆞᄫᆞ니라: ᄡᅳ리(싸다, 꾸리다, 包)- + -ᅀᆞᇦ(← -ᅀᆞᆸ-: 객높)- + -Ø(과시)- + -ᄋᆞ니(원칙)- + -라(← -다: 평종)

58) 오시라: 옷(옷, 衣) + -이(서조)- + -Ø(현시)- + -라(← -다: 평종)

59) 天龍八部: 천룡팔부. 사천왕(四天王)에 딸려서 불법을 지키는 여덟 신장(神將)이다. 천(天), 용(龍), 야차(夜叉), 건달바(乾闥婆), 아수라(阿修羅), 가루라(迦樓羅), 긴나라(緊那羅), 마후라가(摩睺羅迦)이다.

[40 앞]

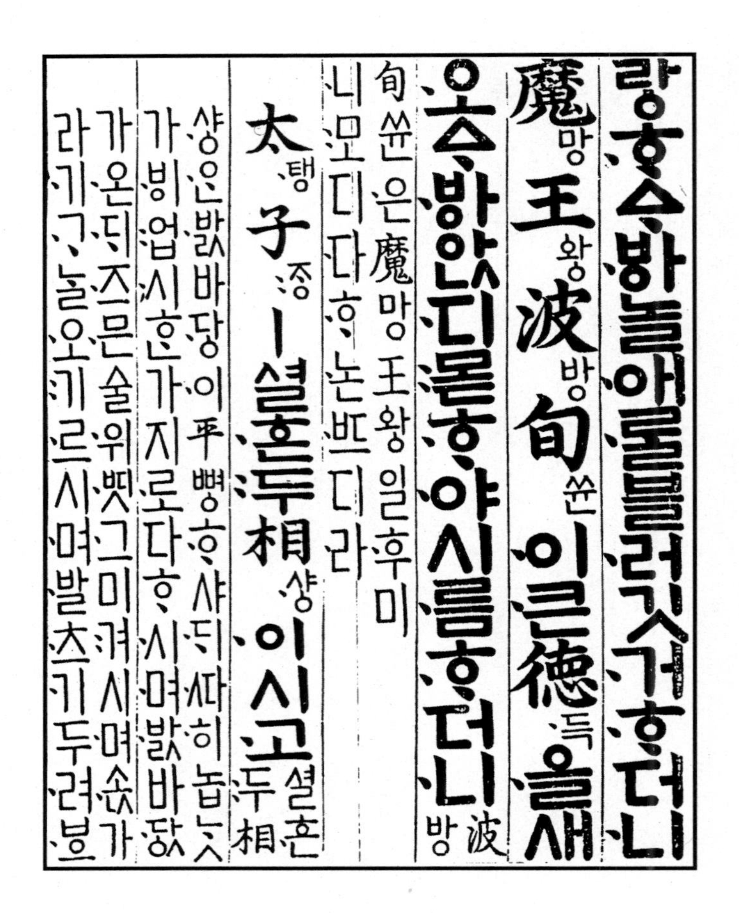

생각하여 노래를 불러 기뻐하더니.

魔王(마왕)인 波旬(파순)이 (태자의) 큰 德(덕)을 시샘하여 (자리에) 앉지 못하여 시름하더니. 【波旬(파순)은 魔王(마왕)의 이름이니 '모질다'라고 하는 뜻이다.】

太子(태자)가 서른두 相(상)이시고 【서른두 相(상)은 발바닥이 平平(평평)하시되 땅이 높낮이가 없이 한가지로 (발바닥에) 닿으시며, 발바닥의 가운데에 천 개의 수레바퀴의 금이 계시며, 손가락이 가늘고 기시며, 발뒤축이 둥그시며

ᄉᆞ랑ᄒᆞᅀᆞᄫᅡ[60] 놀애ᄅᆞᆯ[61] 블러[62] 깃거ᄒᆞ더니[63]

魔망王왕[64] 波방旬쓘[65]이 큰 德득을 새오ᅀᆞᄫᅡ[66] 앗디 몯ᄒᆞ야 시름ᄒᆞ더니【波방旬쓘은 魔망王왕 일후미니 모디다[67] ᄒᆞᄂᆞᆫ ᄠᅳ디라】

太탱子ᄌᆞᆼㅣ 셜흔두 相샹이시고【셜흔두 相샹ᄋᆞᆫ 밠바당이[68] 平뼝ᄒᆞ샤ᄃᆡ ᄯᅡ히 놉ᄂᆞᆽ가ᄫᅵ[69] 업시 ᄒᆞᆫ가지로[70] 다ᄒᆞ시며[71] 밠바닶 가온ᄃᆡ[72] 즈믄 술위ᄢᅵᆺ 그미 겨시며 솑가라기[73] ᄀᆞᄂᆞᆯ오[74] 기르시며 발측기[75] 두려ᄫᅳ시며[76]

---

60) ᄉᆞ랑ᄒᆞᅀᆞᄫᅡ: ᄉᆞ랑ᄒᆞ[생각하다, 思: ᄉᆞ랑(생각, 思: 명사) + -ᄒᆞ(동접)-]- + -ᅀᆞᇦ(← -ᅀᆞᆸ-: 객높)- + -아(연어)

61) 놀애ᄅᆞᆯ: 놀애[노래, 歌: 놀(놀다, 遊)- + -애(명접)] + -ᄅᆞᆯ(목조)

62) 블러: 블ㄹ(← 브르다: 부르다, 呼)- + -어(연어)

63) 깃거ᄒᆞ더니: 깃거ᄒᆞ[기뻐하다, 歡: 귃(기뻐하다, 歡)- + -어(연어) + ᄒᆞ(하다: 보용)-]- + -더(회상)- + -니(평종, 반말) ※ '깃거ᄒᆞ더니'는 '깃거ᄒᆞ더니이다'에서 '-이(상높)- + -다(평종)'가 생략된 형태이다.

64) 魔王: 마왕. 정법(正法)을 해치고 중생이 불도에 들어가는 것을 방해하는 귀신이다.

65) 波旬: 파순. 불법의 수행(修行)하고 정진(精進)하는 것을 방해하는 마왕 중의 하나인데, '파비야(波卑夜)'라고도 음역한다.

66) 새오ᅀᆞᄫᅡ: 새오(시샘하다, 嫉)- + -ᅀᆞᇦ(← -ᅀᆞᆸ-: 객높)- + -아(연어)

67) 모디다: 모디(← 모딜다: 모질다, 虐)- + -Ø(현시)- + -다(평종)

68) 밠바당이: 밠바당[발바닥, 足掌: 발(발, 足) + -ㅅ(관조, 사잇) + 바당(바닥, 面)] + -이(주조)

69) 놉ᄂᆞᆽ가ᄫᅵ: 놉ᄂᆞᆽ갛이[높낮이, 高低: 놉(← 높다: 높다, 高, 형사)- + ᄂᆞᆽ(← ᄂᆞᆽ다: 낮다, 低, 형사)- + -갛(← -갑-: 형접)- + -이(명접)] + -Ø(← -이: 주조)

70) ᄒᆞᆫ가지로: ᄒᆞᆫ가지[한가지, 마찬가지(명사): ᄒᆞᆫ(한, 一: 관사, 수량) + 가지(가지, 類: 의명)] + -로(부조, 방편)

71) 다ᄒᆞ시며: 닿(닿다, 觸)- + -ᄋᆞ시(주높)- + -며(연어, 나열)

72) 가온ᄃᆡ: 가운데, 中.

73) 솑가라기: 솑가락[손가락, 指: 손(손, 手) + -ㅅ(관조, 사잇) + 가락(가락)] + -이(주조)

74) ᄀᆞᄂᆞᆯ오: ᄀᆞᄂᆞᆯ(가늘다, 細)- + -오(← -고: 연어, 나열)

75) 발측기: 발측[발뒤축: 발(발, 足) + -측(뒤축: 접미)] + -이(주조)

76) 두려ᄫᅳ시며: 두렇(← 두렵다, ㅂ불: 둥글다, 圓)- + -으시(주높)- + -며(연어, 나열)

시며밠드ᇰ이노ᄑᆞ시며손바리보ᄃᆞ라
ᄫᆞ샤미兜둫羅랑綿면ᄀᆞᆮᄒᆞ시며손밠
가락ᄉᆞᅀᅵ예가치니ᅀᅥ그려긔발ᄀᆞᄐᆞ
시며허튓비漸쪔漸쪔ᄀᆞᄂᆞᆯ오두려ᄫᅳ
샤미사ᄉᆞᆷᄀᆞᄐᆞ시며平뼝히셔겨샤소
니무룹아래ᄂᆞ리시며陰음根ᄀᆞᆫ이우
믜여드르샤龍룡馬망ᄀᆞᆮᄒᆞ시며모매
터리나샤ᄃᆡ다몽긔시며머리터리다
우흐로쓰렛ᄒᆞ샤ᄃᆡ올ᄒᆞᆫ녀그로몽기
시며갗과ᄉᆞᆯ쾌보ᄃᆞ랍고ᄆᆡᆺᄆᆡᆺᄒᆞ샤ᄣᅵ
아니무드시며모맷터리다金금ㅅ비
치시며대도ᄒᆞᆫ모미조ᄒᆞ샤더러ᄫᅳᆫᄃᆡ
업스시며잆고리方방正졍ᄒᆞ시고안
히기프시며보리方방正졍ᄒᆞ샤獅ᄉᆞᆼ

발등이 높으시며, 손발이 보드라우신 것이 兜羅綿(도라금)과 같으시며, 손발가락 사이에 가죽이 이어서 기러기의 발과 같으시며, 장딴지가 漸漸(점점) 가늘고 둥그신 것이 사슴과 같으시며, 平平(평평)히 서 계시어 손이 무릎 아래 내리시며, 陰根(음근)이 우므러져 드시어 龍馬(용마)와 같으시며, 몸에 털이 나시되 다 뭉개시며, 머리털이 다 위로 쓰레하시되 오른쪽으로 뭉개지시며, 가죽과 살이 부드럽고 매끈매끈하시어 때가 아니 묻으시며, 몸에 있는 털이 다 金(금)의 빛이시며, 온 몸이 깨끗하시어 더러운 데가 없으시며, 입의 모양(꼴)이 方正(방정)하시고 안이 깊으시며, 볼이 方正(방정)하시어 밠드이[77] 노ᄑᆞ시며 손바리 보ᄃᆞ라ᄫᆞ샤미[78] 兜둫羅랑綿면[79] ᄀᆞᆮᄒᆞ시며 손밠가락[80] ᄉᆞᅀᅵ예[81] 가치[82] 니ᅀᅥ[83] 그려긔[84] 발 ᄀᆞᄐᆞ시며 허튓ᄇᆡ[85] 漸쪔漸쪔 ᄀᆞᄂᆞᆯ오 두려ᄫᆞ샤미 사ᄉᆞᆷ ᄀᆞᄐᆞ시며 平뼝히[86] 셔 겨샤 소니 무룹[87] 아래 ᄂᆞ리시며 陰음根근[88]이 우믜여[89] 드르샤 龍룡馬망[90] ᄀᆞᆮᄒᆞ시며 모매 터리 나샤ᄃᆡ 다 몽ᄀᆡ시며[91] 머리터리 다 우흐로 ᄡᅳ렛ᄒᆞ샤ᄃᆡ[92] 올ᄒᆞᆫ녀그로 몽ᄀᆡ시며 갓과 ᄉᆞᆯ쾌[93] 보ᄃᆞ랍고 ᄆᆡᆺᄆᆡᆺᄒᆞ샤[94] ᄣᅵ 아니 무드시며 모맷 터리 다 金금ㅅ 비치시며 대도ᄒᆞᆫ[95] 모미 조ᄒᆞ샤 더러ᄫᅳᆫ ᄃᆡ 업스시며 잆 고리[96] 方방正졍ᄒᆞ시고[97] 안히 기프시며 보리[98] 方방正졍ᄒᆞ샤

---

77) 밠드이: 밠둥[발등: 발(발, 足) + -ㅅ(관전, 사잇) + 둥(등, 背)] + -이(주조)
78) 보ᄃᆞ라ᄫᆞ샤미: 보ᄃᆞᄅᆞᇦ(← 보ᄃᆞ랍다, ㅂ불: 부드럽다, 柔)- + -ᄋᆞ샤(← -으시-: 주높)- + -ㅁ(← -옴: 명전) + -이(주조)
79) 兜羅綿: 도라면. 얼음 같이 흰 솜이다.
80) 손밠가락: [손발가락: 손(손, 手) + 발(발, 足) + -ㅅ(관조, 사잇) + 가락(가락)]
81) ᄉᆞᅀᅵ예: ᄉᆞᅀᅵ(사이, 間) + -예(← -에: 부조, 위치)
82) 가치: 갗(가죽, 皮) + -이(주조)
83) 니ᅀᅥ: 니ᇫ(← 닛다, ㅅ불: 잇다, 繼)- + -어(연어)
84) 그려긔: 그력(← 그려기: 기러기, 雁) + -의(관조)
85) 허튓ᄇᆡ: 허튓ᄇᆡ[장딴지: 허튀(종아리) + -ㅅ(관조, 사잇) + ᄇᆡ(배, 腹)] + -∅(← -이: 주조)
86) 平히: [평평히(부사): 平(평: 불어) + -ㅎ(← -ᄒᆞ-: 형접)- + -이(부접)]
87) 무룹: 무룹(← 무뤂: 무릎, 膝, 명사)
88) 陰根: 음근. 음경, 남녀의 생식기이다.
89) 우믜여: 우믜(우므러지다, 움츠려지다, 縮)- + -며(연어, 나열)
90) 龍馬: 용마. 용의 머리에 말의 몸을 하고 있다는 신령스러운 전설상의 짐승이다.
91) 몽ᄀᆡ시며: 몽ᄀᆡ(뭉개지다, 抹)- + -시(주높)- + -며(연어, 나열)
92) ᄡᅳ렛ᄒᆞ샤ᄃᆡ: ᄡᅳ렛ᄒᆞ(쓰레하다: 傾)- + -샤(← -시-: 주높)- + -ᄃᆡ(← -오ᄃᆡ: -되, 연어, 설명계속) ※ 'ᄡᅳ렛ᄒᆞ다'는 쓰러질 듯이 한쪽으로 기울어져 있는 것이다.
93) ᄉᆞᆯ쾌: ᄉᆞᆶ(살, 膚) + -과(접조) + -ㅣ(← -이: 주조)
94) ᄆᆡᆺᄆᆡᆺᄒᆞ샤: ᄆᆡᆺᄆᆡᆺᄒᆞ(매끈매끈하다)- + -샤(← 주높)- + -∅(← -아: 연어)
95) 대도ᄒᆞᆫ: 대도ᄒᆞ(통틀다, 대충 어림잡다, 대체로 보다, 大都)- + -∅(과시)- + -ㄴ(관전) ※ 문맥을 감안하여 '대도ᄒᆞᆫ'을 '온(全)'으로 옮긴다.
96) 잆 고리: 입(입, 口) + -ㅅ(-의: 관조) # 골(꼴, 모양, 形) + -이(주조)
97) 方正ᄒᆞ시고: 方正ᄒᆞ[방정하다: 方正(방정: 불어) + -ᄒᆞ(형접)-]- + -시(주높)- + -고(연어, 나열) ※ '方正(방정)ᄒᆞ다'는 모양이 네모지고 반듯한 것이다.
98) 보리: 볼(볼, 頰) + -이(주조)

獅子(사자)의 모양 같으시며, 몸의 모습(꼴)이 아래위가 뾰쪽하지 아니하시어 한가지로 充實(충실)하시며, 가슴이며 허리 위가 크고 웅장하여 獅子(사자)와 같으시며, 어깨와 목과 손과 발이 두루 여물어 좋으시며, 늘 光明(광명)이 面(면)마다 여덟 자이시며, 이(齒) 마흔(四十)이 가지런하고 깨끗하고 빽빽하시며, 네 어금니가 희고 날카로우시며, 몸이 순수한 金(금)빛이시며, 목소리가 梵王(범왕) 같으시며, 혀가 길고 넓으시어 귀밑에 이르도록 낯을 다 덮으시며, 供養(공양)하는 것이 순수한 上品(상품)의 맛이시며, 눈동자가 검푸르며 흰 데와 붉은 데가 깨끗하게 分明(분명)하시며, 눈살이 소와 같으시며, 낯이 보름달 같으시고, 눈썹이

[41 앞]

獅ᄉᆞᆼ子ᄌᆞᆼㅣ 양[99] ᄀᆞᄐᆞ시며 ᄆᆞᇝ ᄀᆞᆯ 아라우히[100] 섁디[1] 아니ᄒᆞ샤 ᄒᆞᆫ가지로 充츙實씷ᄒᆞ시며 가ᄉᆞ미며 허리 우히 거여ᄫᅥ[2] 獅ᄉᆞᆼ子ᄌᆞᆼ ᄀᆞᆮᄒᆞ시며 엇게와 목과 손과 발왜 두루 염그러[3] 됴ᄒᆞ시며 샹녜[4] 光광明명이 面면마다 여듧 자히시며[5] 니 마ᅀᆞ니[6] ᄀᆞᄌᆞᆨ고[7] 조코 칙칙ᄒᆞ시며[8] 네 엄니[9] ᄒᆡ오 ᄂᆞᆯ나시며[10] 모미 고ᄅᆞᆫ 金금ㅅ 비치시며 목소리 梵뻠王왕 ᄀᆞᄐᆞ시며 혜[11] 길오 너브샤 구믿[12] 니르리[13] ᄂᆞ출 다 두프시며[14] 供공養양ᄒᆞᅀᆞᆸ논[15] 거시 고ᄅᆞᆫ 上썅品픔엣[16] 마시시며[17] 눉ᄌᆞᅀᆡ[18] 감ᄑᆞᄅᆞ며[19] 힌 ᄃᆡ 블근 ᄃᆡ 조히[20] 分분明명ᄒᆞ시며 눈ᄊᆞ리[21] 쇼 ᄀᆞᄐᆞ시며 ᄂᆞ치 보롮ᄃᆞᆯ[22] ᄀᆞᆮᄒᆞ시고 눈서비

---

99) 양: 모양, 樣.

100) 아라우히: 아라웋[(아래위, 上下: 아라(← 아래, 下) + 웋(위, 上) + -이(주조)

1) 섁디: 섁(← 섈다: 뾰족하다, 尖)- + -디(-지: 연어, 부정)

2) 거여ᄫᅥ: 거엽(← 게엽다, ㅂ불: 크고 웅장하다, 雄大)- + -어(연어)

3) 염그러: 염글(여물다, 實)- + -어

4) 샹녜: 늘, 항상, 常(부사)

5) 자히시며: 잫(자, 尺: 의명) + -이(서조)- + -시(주높)- + -며(연어, 나열)

6) 마ᅀᆞ니: 마ᅀᆞᆫ(마흔, 四十: 수사, 양수) + -이(주조)

7) ᄀᆞᄌᆞᆨ고: ᄀᆞᄌᆞᆨ[← ᄀᆞᄌᆞᆨᄒᆞ다(가지런하다, 齊): ᄀᆞᄌᆞᆨ(가지런: 불어) + -Ø(← -ᄒᆞ-: 형접)-]- + -고 (연어, 나열)

8) 칙칙ᄒᆞ시며: 칙칙ᄒᆞ(빽빽하다, 密): 칙칙(빽빽) + -ᄒᆞ(형접)-]- + -시(주높)- + -며(연어, 나열)

9) 엄니: 엄니[어금니, 牙: 엄(어금니, 牙) + 니(이, 齒)] + -Ø(← -이: 주조)

10) ᄂᆞᆯ나시며: ᄂᆞᆯ나[날카롭다, 銳: ᄂᆞᆯ(날, 刃) + 나(나다, 現)-]- + -시(주높)- + -며(연어, 나열)

11) 혜: 혀(혀, 舌) + -ㅣ(← -이: 주조)

12) 구믿: [← 귀믿(귀밑): 구(← 귀: 귀, 耳) + 믿(밑, 下)]

13) 니르리: [이르도록(부사): 니를(이르다, 至)- + -이(부접)]

14) 두프시며: 둪(덮다, 蔽)- + -으시(주높)- + -며(연어, 나열)

15) 供養ᄒᆞᅀᆞᆸ논: 供養ᄒᆞ[공양하다: 供養(공양: 명사) + -ᄒᆞ(동접)-]- + -ᅀᆞᆸ(객높)- + -ㄴ(← -ᄂᆞ-: 현시)- + -오(대상)- + -ㄴ(관전)

16) 上品엣: 上品(상품, 품질이 좋은 물건) + -에(부조, 위치) + -ㅅ(-의: 관조)

17) 마시시며: 맛(맛, 味) + -이(서조)- + -시(주높)- + -며(연어, 나열)

18) 눉ᄌᆞᅀᆡ: 눉ᄌᆞᅀᆞ[눈동자, 睛: 눈(눈, 目) + -ㅅ(관조, 사잇) + ᄌᆞᅀᆞ(동자, 睛)] + -ㅣ(← -이: 주조)

19) 감ᄑᆞᄅᆞ며: ᄀᆞᆷᄑᆞᄅᆞ[감푸르다: 감(검다, 黑)- + ᄑᆞᄅᆞ(푸르다, 靑)-]- + -며(연어, 나열)

20) 조히: [깨끗이, 조촐히: 좋(깨끗하다, 淨: 형사)- + -이(부조)]

21) 눈ᄊᆞ리: 눈ᄊᆞᆯ[눈살: 눈(눈, 目) + -ㅅ(관조, 사잇) + 살(살)] + -이(주조) ※ '눈살'은 두 눈썹 사이에 잡히는 주름이다.

22) 보롮ᄃᆞᆯ: [보름달, 滿月: 보롬(보름: 명사) + -ㅅ(관조, 사잇) + ᄃᆞᆯ(달, 月)]

텬帝뎽ㅅ활곤ᄒᆞ시며두눈섭ᄉᆞᅀᅵ예
흰터리겨샤ᄃᆡ올ᄒᆞᆫ녀그로사리여보
ᄃᆞ랍고조코光광明명이빗나시며머
릿뎡바기예ᄉᆞᆯ히내와다머릿조ᄌᆞ리
ᄀᆞᄐᆞ샤놉고우히平뼝ᄒᆞ실씨라兜둫
羅랑ᄂᆞᆫ어르미라ᄒᆞᆫ마리오綿면은소
오미니兜둫羅랑綿면은어름ᄀᆞ티흰
소오미오兜둫羅랑毦ᅀᅵᆼ라도ᄒᆞᄂᆞ니
毦ᅀᅵᆼᄂᆞᆫ보ᄃᆞ라ᄫᆞᆫ터리라方방正졍은
모나미반ᄃᆞᆨᄒᆞᆯ씨오充츙實씷ᄋᆞᆫ주굴
위디아니ᄒᆞᆯ씨라
大땡千천世솅界갱예放방
光광ᄒᆞ시니天텬龍룡八밣部뽕ㅣ空

天帝(천제)의 활과 같으시며, 두 눈썹 사이에 흰 털이 있으시되 오른쪽으로 사리어 부드럽고 깨끗하고 光明(광명)이 빛나시며, 머리의 정수리에 살이 내밀어 머리의 조자리와 같으시어 높고 위가 平平(평평)하신 것이다. 兜羅(도라)는 얼음이라고 한 말이요 綿(면)은 솜이니, 兜羅綿(도라면)은 얼음같이 흰 솜이요 兜羅毦(도라이)라고도 하나니, 毦(이)는 보드라운 털이다. 方正(방정)은 모난 것이 반듯한 것이요, 充實(충실)은 쭈그러지지 아니한 것이다.】 大千世界(대천세계)에 放光(방광)하시니, 天龍八部(천룡팔부)가

天텬帝뎽ㅅ[23] 활 ᄀᆞᆮᄒᆞ시며 두 눈섭[24] ᄉᆞᅀᅵ예[25] ᄒᆡᆫ[26] 터리[27] 겨샤ᄃᆡ 올ᄒᆞᆫ녀그로 사리여[28] 보ᄃᆞ랍고[29] 조코 光광明명이 빗나시며[30] 머릿 뎡바기예[31] ᄉᆞᆯ히[32] 내와다[33] 머릿 조조리[34] ᄀᆞᄐᆞ샤 놉고 우히 平뼝ᄒᆞ실 씨라 兜둫羅랑ᄂᆞᆫ 어르미라[35] ᄒᆞᆫ 마리오 綿면은 소오미니[36] 兜둫羅랑綿면은 어름 ᄀᆞᄐᆡ ᄒᆡᆫ 소오미오 兜둫羅랑毦ᅀᅵᆼ라도[37] ᄒᆞᄂᆞ니 毦ᅀᅵᆼᄂᆞᆫ 보ᄃᆞ라ᄫᆞᆫ 터리라 方방正졍은 모나미[38] 반ᄃᆞᆨᄒᆞᆯ[39] 씨오 充츙實씷ᄋᆞᆫ 주굴위디[40] 아니ᄒᆞᆯ 씨라】 大땡千쳔世솅界갱예 放방光광 ᄒᆞ시니 天텬龍룡八밣部뽕ㅣ

---

23) 天帝ㅅ: 천제. 제석(帝釋)를 가리킨다. 도리천(忉利天)의 임금이다. 선견성(善見城)에 살면서 4천왕과 32천을 통솔하면서 불법과 불법에 귀의하는 사람을 보호하며 아수라의 군대를 정벌한다는 하늘 임금이다.

24) 눈섭: [눈썹: 눈(눈, 目) + -섭(-썹: 접미]

25) ᄉᆞᅀᅵ예: ᄉᆞᅀᅵ(사이, 間) + -예(← -에: 부조, 위치)

26) ᄒᆡᆫ: ᄒᆡ(희다, 白)- + -Ø(현시)- + -ㄴ(관전)

27) 터리: 터리(털, 毛) + -Ø(← -이: 주조)

28) 사리여: 사리(사리다)- + -여(← -어: 연어) ※ '사리다'는 동그랗게 포개어 감는 것이다.

29) 보ᄃᆞ랍고: 보ᄃᆞ랍[부드럽다, 柔(형사): 보ᄃᆞᆯ(부들: 불어) + -압(형접)-]- + -고(연어, 나열)

30) 빗나시며: 빗나[빛나다, 光: 빗(← 빛, 光: 명사) + 나(나다, 出)-]- + -시(주높)- + -며(연어, 나열)

31) 뎡바기예: 뎡바기(정수리, 머리꼭대기, 頂)- + -예(← -에: 부조, 위치)

32) ᄉᆞᆯ히: ᄉᆞᆶ(살, 膚) + -이(주조)

33) 내와다: 내왇[내밀다: 나(나다, 現: 자동)- + -ㅣ(← -이-: 사접)- + -왇(강접)-]- + -아(연어)

34) 조조리: 조조리(조자리) + -Ø(← -이: 부조, 비교) ※ '조조리'는 너저분한 물건이 자그마하고 어지럽게 매달리거나 한데 묶여 있는 것이다.

35) 어르미라: 어름[얼음, 氷: 얼(얼다, 凍)- + -음(명접)] + -이(서조)- + -Ø(현시)- + -라(← -다: 평종)

36) 소오미니: 소옴(솜, 綿) + -이(서조)- + -니(연어, 설명 계속)

37) 兜羅毦라도: 兜羅毦(두라이) + -Ø(← -이-: 서조)- + -Ø(현시)- + -라(← -다: 평종) + -도(보조사, 마찬가지)

38) 모나미: 모나[모나다: 모(모, 方: 명사) + 나(나다, 現: 동사)-]- + -ㅁ(← -옴: 명전) + -이(주조)

39) 반ᄃᆞᆨᄒᆞᆯ: 반ᄃᆞᆨᄒᆞ[반듯하다, 正(형사): 반ᄃᆞᆨ(반듯: 불어) + -ᄒᆞ(형접)-]- + -ㄹ(관전)

40) 주굴위디: 주굴위(쭈그러지다, 縮)- + -디(-지: 연어, 부정)

쿵中듕에셔풍류ᄒᆞ며부텻德득을놀
애브르ᄉᆞᄫᆞ며香향ᄑᆡ우며瓔형珞락
과옷과곳비왜섯듣더니그저긔夫붕
人신이나모아래잇거시늘네우므리
나니八밣功공德득水쉉ᄀᆞᆺ거늘八밣功공
德득水쉉는여듧가짓功공德득이ᄀᆞ
ᄌᆞᆫ므리니ᄆᆞᆯᄀᆞ며ᄎᆞ며ᄃᆞᆯ며보ᄃᆞ라ᄫᆞ
며ᄒᆞ웍ᄒᆞ며便뼌安한ᄒᆞ며머긇제비
골폼과목ᄆᆞᄅᆞᆷ과一�切쳉옛시르미

空中(공중)에서 풍류하며 부처의 德(덕)을 노래 부르며, 香(향)을 피우며, 瓔珞(영락)과 옷과 꽃비가 섞이어 떨어지더니, 그때에 夫人(부인)이 나무 아래에 있으시거늘, 네 우물이 나니 八功德水(팔공덕수)가 갖추어져 있거늘【八功德水(팔공덕수)는 여덟 가지의 功德(공덕)이 갖추어진 물이니, 맑으며 차며 달며 부드러우며 호벅지며 便安(편안)하며, 먹을 때에 배고픔과 목마름과 一切(일체)의 시름이

空콩中듕에셔 풍류ᄒᆞ며 부텻 德득을 놀애브르ᅀᆞᄫᆞ며[41] 香향 퓌우며[42] 瓔ᅙᅧᆼ珞락[43]과 옷과 곳비왜[44] 섯듣더니[45] 그 저긔 夫붕人ᅀᅵᆫ이 나모 아래 잇거시ᄂᆞᆯ[46] 네 우므리[47] 나니 八ᄇᆞᇙ功공德득水ᄉᆔᆼ[48] ᄀᆞᆺ거늘[49] 【八ᄇᆞᇙ功공德득水ᄉᆔᆼ는 여듧 가짓 功공德득이 ᄀᆞ존[50] 므리니 ᄆᆞᆯᄀᆞ며 ᄎᆞ며 ᄃᆞᆯ며 보ᄃᆞ라ᄫᆞ며[51] 호웍ᄒᆞ며[52] 便뼌安ᅙᅡᆫᄒᆞ며 머긇 제[53] ᄇᆡ골폼과[54] 목ᄆᆞᆯ롬과[55] 一ᅙᅵᇙ切쳉옛 시르미[56]

---

41) 놀애브르ᅀᆞᄫᆞ며: 놀애브르[노래부르다, 詠歌: 놀(놀다, 遊)- + -애(명접) + 브르(부르다, 歌)-]- + -ᅀᆞᇦ(←-ᅀᆞᆸ-: 객높)- + -ᄋᆞ며(연어, 설명 계속)

42) 퓌우며: 퓌우[피우다, 發: 프(←프다: 피다, 發, 자동)- + -ㅣ(←-이-: 사접)- + -우(사접)-]- + -며(연어, 나열) ※ '픠우며'가 '퓌우며'로 바뀐 것은 원순 모음화가 적용된 초기의 예로 볼 수 있다.

43) 瓔珞: 영락. 구슬을 꿰어 만든 장신구이다. 목이나 팔 따위에 두른다.

44) 곳비왜: 곳비[꽃비, 化雨: 곳(꽃, 花) + 비(비, 雨)] + -와(접조) + -ㅣ(←-이: 주조)

45) 섯듣더니: 섯듣[섞이어 떨어지다: 섯(←섥(섞다, 混)- + 듣(듣다, 떨어지다, 落)-]- + -더(회상)- + -니(연어, 설명 계속)

46) 잇거시ᄂᆞᆯ: 잇(←이시다: 있다, 在)- + -시(주높)- + -거…ᄂᆞᆯ(-거늘: 연어, 상황)

47) 우므리: 우믈[우물, 井: 우(←움: 움, 穴) + 믈(물, 水)] + -이(주조)

48) 八功德水: 팔공덕수. 여덟 가지의 공덕을 갖추고 있는 물이다. 극락에 있는 못에 가득 차 있으며, 징정(澄淨), 청랭(淸冷), 감미(甘美), 경연(輕軟), 윤택(潤澤), 안화(安和), 제기갈(除饑渴), 장양제근(長養諸根)의 여덟 가지 공덕이 있다고 한다.

49) ᄀᆞᆺ거늘: ᄀᆞᆺ(←ᄀᆞᆽ다: 갖추어져 있다, 具)- + -거늘(-거늘: 연어, 상황)

50) ᄀᆞ존: ᄀᆞᆽ(갖추어져 있다, 具)- + -Ø(형사)- + -ᄋᆞᆫ(관전)

51) 보ᄃᆞ라ᄫᆞ며: 보ᄃᆞ랗[보드랍다, 軟: 보ᄃᆞᆯ(보들: 불어) + -압(형접)-]- + -ᄋᆞ며(연어, 나열)

52) 호웍ᄒᆞ며: 호웍ᄒᆞ[호벅지다(형사): 호웍(호벅: 불어) + -ᄒᆞ(형접)-]- + -며(연어, 나열) ※ '호웍ᄒᆞ다'는 탐스럽게 두툼하고 부드러운 것이다.

53) 제: [제, 때에(의명): 적(적, 때, 時: 의명) + -의(-에: 부조, 위치)]

54) ᄇᆡ골폼과: ᄇᆡ골ᄑᆞ[←ᄇᆡ골ᄑᆞ다: 배고프다, 飢: ᄇᆡ(배, 腹) + 곯(곯다: 동사)- + -ᄇᆞ(형접)-]- + -옴(명전) + -과(접조)

55) 목ᄆᆞᆯ롬과: 목ᄆᆞᆯ ᄅᆞ[←목ᄆᆞᄅᆞ다(목마르다, 渴): 목(목, 喉: 명사) + ᄆᆞᄅᆞ(마르다, 燥: 동사)- + -옴(명전) + -과(접조)

56) 시르미: 시름(시름, 걱정, 愁) + -이(주조)

다 업스며 머근 後흫에 모미 充츙實씷홈과라 그므를 次충第
똉로 시스시니라 그저긔 夜양叉창王
왕돌히 圍윙繞숗ᄒᆞ며 一힗切쳉
天텬人신이 다 모다 讚잔歎탄ᄒᆞ고
닐오ᄃᆡ 부톄 어셔 ᄃᆞ외샤 衆즁生싱ᄋᆞᆯ
濟졩渡똥ᄒᆞ쇼셔 ᄒᆞ거늘 오직 魔망王
왕곳 제 座쫭애 便뼌安한히 몯 안자시

다 없으며, 먹은 後(후)에 몸이 充實(충실)한 것이다.】 그 물로 次第(차제, 차례)로 씻으셨니라. 그때에 夜叉王(야차왕)들이 圍繞(위요)하며, 一切(일체) 天人(천인)이 다 모여 讚歎(찬탄)하고 말하되, "부처가 어서 되시어 衆生(중생)을 濟渡(제도)하소서."라고 하거늘, 오직 魔王(마왕)이야말로 제 座(좌)에 便安(편안)히 못 앉아다 업스며 머근 後흫에 모미 充츙實씷홈괘라[57]】 그 므를[58] 次층第뗑[59]로 시스시니라[60] 그 저긔 夜양叉창王왕둘히[61] 圍윙繞쓩ᄒᆞᅀᆞᄫᆞ며[62] 一힗切쳉 天텬人싄이 다 모다[63] 讚잔歎탄ᄒᆞᅀᆞᆸ고 닐오ᄃᆡ[64] 부톄[65] 어셔 ᄃᆞ외샤[66] 衆즁生싱ᄋᆞᆯ 濟젱渡똥ᄒᆞ쇼셔[67] ᄒᆞ거늘 오직 魔망王왕곳[68] 제[69] 座쫭[70]애 便뻔安한히 몯 안자

57) 充實홈괘이라: 充實ᄒᆞ[충실하다: 充實(충실: 명사) + -ᄒᆞ(형접)-]- + -옴(명전) + -과(접조) + -ㅣ(← -이-: 서조)- + -Ø(현시)- + -라(← -다: 평종)

58) 므를: 믈(물, 水) + -을(-로: 목조, 보조사적 용법, 의미상 부사격)

59) 次第: 차제, 차례(명사)

60) 시스시니라: 싯(씻다, 洗)- + -으시(주높)- + -Ø(과시)- + -니(원칙)- + -라(← -다: 평종)

61) 夜叉王둘히: 夜叉王둘ㅎ[야차왕들: 夜叉王(야차왕) + -둘ㅎ(-들: 복접)] + -이(주조) ※ '夜叉王(야차왕)'은 팔부의 하나로서, 사람을 괴롭히거나 해친다는 사나운 귀신의 우두머리이다.

62) 圍繞ᄒᆞᅀᆞᄫᆞ며: 圍繞ᄒᆞ[위요하다: 圍繞(위요: 명사) + -ᄒᆞ(동접)-]- + -ᅀᆞᆸ(← -ᅀᆞᆸ-: 객높)- + -ᄋᆞ며(연어, 나열) ※ '圍繞(위요)'는 부처의 둘레를 돌아다니는 것이다.

63) 모다: 몯(모이다, 集)- + -아(연어)

64) 닐오ᄃᆡ: 닐(← 니ᄅᆞ다: 이르다, 말하다, 曰)- + -오ᄃᆡ(-되: 연어, 설명 계속)

65) 부톄: 부텨(부처, 佛) + -ㅣ(← -이: 보조)

66) ᄃᆞ외샤: ᄃᆞ외(되다, 爲)- + -샤(← -시-: 주높)- + -Ø(← -아: 연어)

67) 濟渡ᄒᆞ쇼셔: 濟渡ᄒᆞ[제도하다: 濟渡(제도: 명사) + -ᄒᆞ(동접)-] + -쇼셔(-소서: 명종, 아주 높임)

68) 魔王곳: 魔王(마왕) + -곳(-이야말로: 보조사, 한정 강조) ※ '魔王(마왕)'은 천마(天魔)의 왕이다. 정법(正法)을 해치고 중생이 불도에 들어가는 것을 방해하는 귀신이다.

69) 제: 저(저, 자기, 己: 인대, 재귀칭) + -ㅣ(-의: 관조)

70) 座: 좌. 자리.

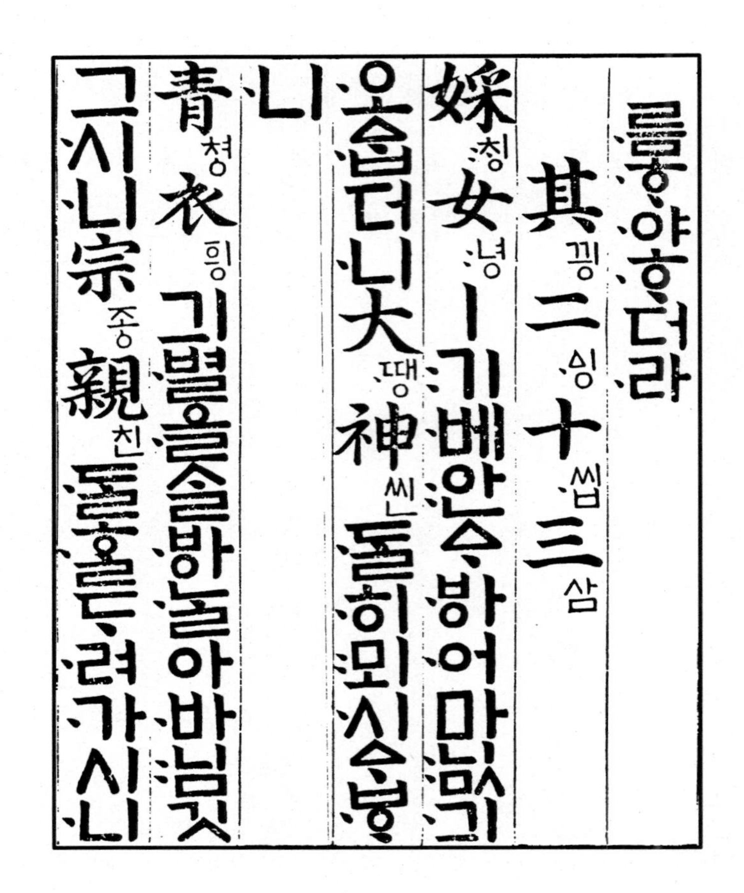
룸ᄒᆞ야ᄒᆞ더라
其끵二ᅀᅵᆼ十씹三삼
婇ᄎᆡᆼ女녕ㅣ기베안ᅀᆞᄫᅡ어마닚긔
오ᅀᆞᆸ더니大땡神씬ᄃᆞᆯ히뫼시ᅀᆞᄫᆞ
니
青청衣힁긔별을ᄉᆞᆯᄫᅡᄂᆞᆯ아바닚긧
그시니宗종親친ᄃᆞᆯᄒᆞᆯᄃᆞ려가시니

시름하여 하더라.

其二十三(기이십삼)

婇女(채녀)가 (태자를) 비단에 안아 어머님께 오더니 大神(대신)들이 모시었으니.
青衣(청의)가 기별을 사뢰거늘 아버님이 기뻐하시니 宗親(종친)들을 데려가셨으니.

시름ᄒᆞ야 ᄒᆞ더라

其끵二ᅀᅵᆼ十씹三삼

婇칭女녕[71]ㅣ 기베[72] 안ᅀᆞᄫᅡ[73] 어마닚긔[74] 오ᅀᆞᆸ더니[75] 大땡神씬ᄃᆞᆯ히[76] 뫼시ᅀᆞᄫᆞ니[77]

青청衣힁[78] 긔별을[79] ᄉᆞᆯᄫᅡᄂᆞᆯ[80] 아바님[81] 깃그시니[82] 宗종親친ᄃᆞᆯᄒᆞᆯ[83] ᄃᆞ려가시니[84]

---

71) 婇女: 채녀. 궁중의 시녀이다.

72) 기베: 깁(비단, 錦) + -에(부조, 위치) ※ '깁'은 명주실로 바탕을 조금 거칠게 짠 비단이다.

73) 안ᅀᆞᄫᅡ: 안(안다, 抱)- + -ᅀᆞᇦ(← -ᅀᆞᆸ-: 객높)- + -아(연어)

74) 어마닚긔: 어마님[어머님, 母親: 어마(← 어미: 어머니, 母) + -님(높접)] + -ᄭᅴ(-께: 부조, 상대, 높임)

75) 오ᅀᆞᆸ더니: 오(오다, 來)- + -ᅀᆞᆸ(객높)- + -더(회상)- + -니(연어, 설명 계속)

76) 大神ᄃᆞᆯ히: 大神ᄃᆞᆶ[대신들, 큰 신들: 大神(대신, 큰 신) + -ᄃᆞᆶ(-들: 복접)] + -이(주조)

77) 뫼시ᅀᆞᄫᆞ니: 뫼시(모시다, 侍)- + -ᅀᆞᇦ(← -ᅀᆞᆸ-: 객높)- + -ᄋᆞ니(평종, 반말) ※ '뫼시ᅀᆞᄫᆞ니'는 '뫼시ᅀᆞᄫᆞ니이다'에서 '-이(상높, 아주 높임)- + -다(평종)'가 생략된 형태이다.

78) 青衣: 청의. 천한 사람을 이르는 말이다. 예전에 천한 사람이 푸른 옷을 입었던 데서 유래한다.

79) 긔별을: 긔별(기별, 奇別) + -을(목조)

80) ᄉᆞᆯᄫᅡᄂᆞᆯ: ᄉᆞᆲ(← ᄉᆞᆲ다, ㅂ불: 사뢰다, 아뢰다, 奏)- + -아ᄂᆞᆯ(-거늘: 연어, 상황)

81) 아바님: [아버님, 父親: 아바(← 아비: 아버지, 父) + -님(높접)]

82) 깃그시니: 긹(기뻐하다, 歡)- + -으시(주높)- + -니(연어, 설명 계속)

83) 宗親ᄃᆞᆯᄒᆞᆯ: 宗親ᄃᆞᆶ[종친들: 宗親(종친) + -ᄃᆞᆶ(복접)] + -ᄋᆞᆯ(목조) ※ '宗親(종친)'은 임금의 친척들을 이른다.

84) ᄃᆞ려가시니: ᄃᆞ려가[데려가다: ᄃᆞ리(데리다, 同伴)- + -어(연어) + 가(가다, 去)-]- + -시(주높)- + -Ø(과시)- + -니(평종, 반말) ※ 'ᄃᆞ려가시니'는 'ᄃᆞ려가시니이다'에서 '-이(상높, 아주 높임)- + -다(평종)'가 생략된 형태이다.

婇칭女녕ㅣ ᄒᆞᄂᆞᆳ 기브로 太탱子ᄌᆞᆼ를
ᄡᅳ려 안ᅀᆞ바 夫붕人신ᄭᅴ 뫼셔 오니ᅀᅳ
믈여듧 大땡神씬이 네 모해 侍씽衛윙
ᄒᆞᅀᆞᆸ더라 青청衣힁 도라와 青청衣힁ᄂᆞᆫ 파란 옷
니븐 각시내라 王왕ᄭᅴ 기별을 ᄉᆞᆯᄫᅡᄂᆞᆯ 王왕이
四ᄉᆞᆼ兵병 ᄃᆞ리시고 釋셕姓셩 뫼호
샤 東동山산애 드러가샤 ᄒᆞᆫ녀고로 깃

婇女(채녀)가 하늘의 비단으로 太子(태자)를 싸서 안아서 夫人(부인)께 모셔 오니, 스물여덟 大神(대신)이 네 방향에서 侍衛(시위)하더라. 青衣(청의)가 돌아와【青衣(청의)는 파란 옷을 입은 각시들이다.】 王(왕)께 기별을 사뢰거늘, 王(왕)이 四兵(사병)을 데리시고 釋姓(석성)들을 모으시어, 東山(동산)에 들어가시어 한편으로는 기뻐하시고

婇칭女녕ㅣ 하ᄂᆞᆳ 기ᄇᆞ로 太탱子ᄌᆞᆼ를 ᄢᅳ려[85] 안ᄉᆞᄫᅡ 夫붕人신ᄭᅴ 뫼셔 오니 ᄉᆞ믈여ᄃᆞᆲ 大땡神씬이 네 모해[86] 侍씽衛윙ᄒᆞᅀᆞᆸ더라[87] 靑청衣힁 도라와【靑청衣힁ᄂᆞᆫ 파란 옷 니븐[88] 각시내라[89]】 王왕ᄭᅴ 그별을 ᄉᆞᆯᄫᅡᄂᆞᆯ[90] 王왕이 四ᄉᆞᆼ兵병[91] ᄃᆞ리시고 釋셕姓셩ᄃᆞᆯ[92] 뫼호샤[93] 東동山산애 드러가샤 ᄒᆞ녀고론[94] 깃그시고[95]

85) ᄢᅳ려: ᄢᅳ리(꾸리다, 싸다, 包)- + -어(연어)
86) 모해: 뫃(모서리, 방향, 方) + -애(-에: 부조, 위치)
87) 侍衛ᄒᆞᅀᆞᆸ더라: 侍衛ᄒᆞ[시위하다: 侍衛(시위: 명사) + -ᄒᆞ(동접)-]- + -ᅀᆞᆸ(객높) + -더(회상)- + -라(← -다: 평종) ※ '侍衛(시위)'는 임금이나 어떤 모임의 우두머리를 모시어 호위하는 것이다.
88) 니븐: 닙(입다, 服)- + -Ø(과시)- + -은(관전)
89) 각시내라: 각시내[각시들, 여자들: 각시(여자, 女) + -내(복접, 높임)] + -Ø(← -이-: 서조)- + -Ø(현시)- + -라(← -다: 평종)
90) ᄉᆞᆯᄫᅡᄂᆞᆯ: ᄉᆞᆲ(← ᄉᆞᆲ다, ㅂ불: 사뢰다, 아뢰다, 奏)- + -아ᄂᆞᆯ(-거늘: 연어, 상황)
91) 四兵: 사병. 전륜왕을 따라다니는 네 종류의 병정이다. 상병(象兵), 마병(馬兵), 거병(車兵), 보병(步兵)이다.
92) 釋姓ᄃᆞᆯ: [석성들: 釋姓(석성: 명사) + -ᄃᆞᆯ(← ᄃᆞᇂ: -들, 복접)] ※ '釋姓(석성)'은 석가(釋迦)의 성씨를 가진 사람들이다. 여기서는 왕실의 종친(宗親)들을 이른다.
93) 뫼호샤: 뫼호(모으다, 集)- + -샤(← -시-: 주높)- + -Ø(← -아: 연어)
94) ᄒᆞ녀고론: ᄒᆞ녁[← ᄒᆞᆫ녁(한편, 한쪽): ᄒᆞ(← ᄒᆞᆫ: 한, 一, 관사, 양수) + 녁(녘, 쪽: 의명)] + -오로(← -ᄋᆞ로: 부조, 방향) + -ㄴ(← -ᄂᆞᆫ: 보조사, 주제, 대조)
95) 깃그시고: 귉(기뻐하다, 歡)- + -으시(주높)- + -고(연어, 나열)

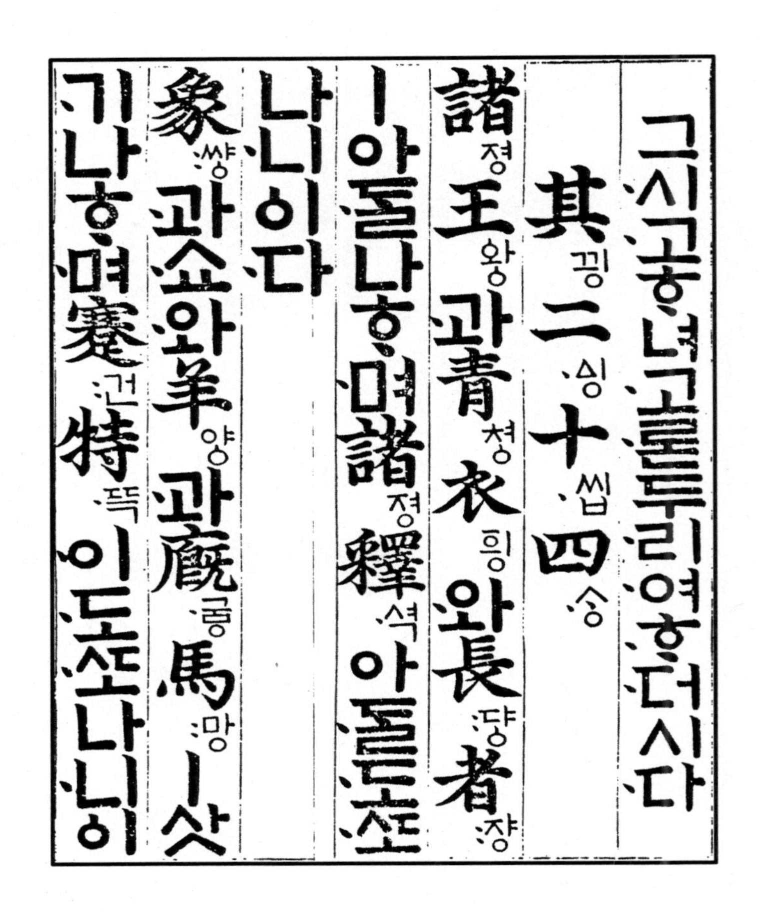
그시ᄒᆞᆫ녀고ᄅᆞᆯ두리여ᄒᆞ더시다
其끵二ᅀᅵᆼ十씹四ᄉᆞᆼ
諸졍王왕과靑쳥衣ᅙᅴᆼ와長댱者쟝
ㅣ아ᄃᆞᆯ나ᄒᆞ며諸졍釋셕아ᄃᆞ리도ᄯᅩ
나니이다
象쌰ᇰ과쇼와羊양과廐굼馬마ㅣ삿
기나ᄒᆞ며蹇건特뜩이도ᄯᅩ나니이다

한편으로는 두려워하시더라.

其二十四(기이십사)

諸王(제왕)과 靑衣(청의)와 長者(장자)가 아들 낳으며 諸釋(제석의) 아들도 또 났습니다.

象(상)과 소와 羊(양)과 廐馬(구마)가 새끼를 낳으며 蹇特(건특)이도 또 났습니다.

ᄒᆞ녀고론 두리여[96] ᄒᆞ더시다[97]

其끵二ᅀᅵᆼ十씹四ᄉᆞᆼ

諸졍王왕[98]과 青쳥衣힁와 長댱者쟝ㅣ[99] 아ᄃᆞᆯ 나ᄒᆞ며 諸졍釋셕[100] 아ᄃᆞᆯ도 ᄯᅩ[1] 나니이다[2]

象썅과 쇼[3]와 羊양과 廐궇馬망ㅣ[4] 삿기[5] 나ᄒᆞ며 蹇건特뜩이도[6] ᄯᅩ 나니이다

---

96) 두리여: 두리(두려워하다, 畏)- + -여(← -어: 연어)

97) ᄒᆞ더시다: ᄒᆞ(하다, 爲)- + -더(회상)- + -시(주높)- + -다(평종)

98) 諸王: 제왕. 여러 임금이다.

99) 長者ㅣ: 長者(장자) + -ㅣ(← -이: 주조) ※'長者(장자)'는 덕망이 뛰어나고 경험이 많아 세상일에 익숙한 어른이다.

100) 諸釋: 제석. 석가 성씨를 가진 여러 사람이다.

1) ᄯᅩ: 또. 又(부사).

2) 나니이다: 나(나다, 生)- + -Ø(과시)- + -니(원칙)- + -이(상높)- + -다(평종)

3) 쇼: 소, 牛.

4) 廐馬ㅣ: 廐馬(구마) + -ㅣ(← -이: 주조) ※ 廐馬(구마): 임금에게 쓰기 위하여 기르는 말이다.

5) 삿기: 새끼, 子.

6) 蹇特이도: 蹇特이[건특이: 蹇特(건특, 말의 이름) + -이(명접)] + -도(보조사, 마찬가지) ※ '蹇特(건특)'은 실달(悉達) 태자가 출가할 때에 타고 간 흰 말의 이름이다. 빛이 아주 희고 갈기에 구슬이 꿰어져 있었다는 말이다.

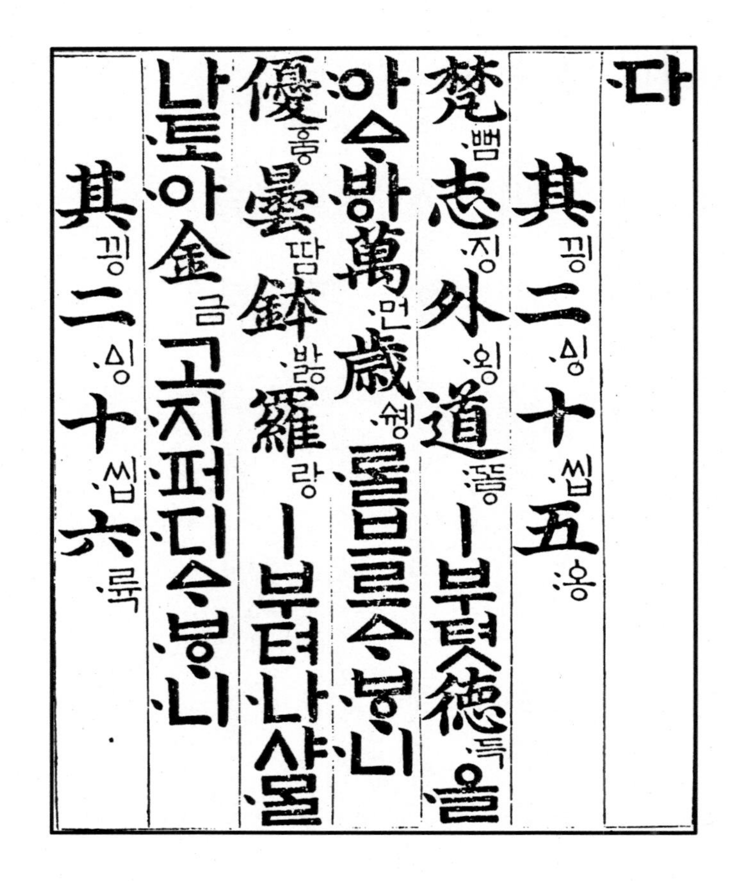

·다

其끵二·싱十·씹五·옹

梵뻠志·징外·욍道·똫ㅣ 부텻德·득을 아ᅀᆞᄫᅡ 萬·먼歲·솅ᄅᆞᆯ 브르ᅀᆞᄫᆞ니

優훙曇땀鉢·밣羅랑ㅣ 부텨나샤ᄆᆞᆯ 나토아 金금 고지 퍼디ᅀᆞᄫᆞ니

其끵二·싱十·씹六·륙

其二十五(기이십오)

梵志(범지) 外道(외도)가 부처의 德(덕)을 알아서 萬歲(만세)를 불렀으니.
優曇鉢羅(우담발라)가 부처가 나심을 나타내어 金(금) 꽃이 피어졌으니.

其二十六(기이십육)

其끵二싱十씹五옹

梵뻠志징[7] 外욍道똫[8] ㅣ 부텻 德득을 아ᅀᆞ바[9] 萬먼歲쉥를 브르ᅀᆞᄫᆞ니[10]
優흫曇땀鉢밣羅랑[11] ㅣ 부텨 나샤ᄆᆞᆯ[12] 나토아[13] 金금 고지[14] 펴디ᅀᆞᄫᆞ니[15]

其끵二싱十씹六륙

7) 梵志: 범지. 바라문 생활의 네 시기 가운데에 첫째이다. 스승에게 가서 수학(修學)하는 기간으로 보통 여덟 살부터 열여섯 살까지, 또는 열한 살부터 스물두 살까지이다.
8) 外道: 외도. 불교 이외의 종교를 받드는 사람이다.
9) 아ᅀᆞ바: 아(← 알다: 알다, 知)- + -ᅀᆞᆸ(← -ᄉᆞᆸ-: 객높)- + -아(연어)
10) 브르ᅀᆞᄫᆞ니: 브르(부르다, 呼)- + -ᅀᆞᆸ(← -ᄉᆞᆸ-: 객높)- + -Ø(과시)- + -ᄋᆞ니(평종, 반말)
※ '브르ᅀᆞᄫᆞ니'는 '브르ᅀᆞᄫᆞ니이다'에서 '-이(상높, 아주 높임)- + -다(평종)'가 생략된 형태이다.
11) 優曇鉢羅: 우담발라. 인도에서, 삼천 년에 한 번 전륜성왕이 나타날 때에 꽃이 핀다고 하는 상상의 식물이다.
12) 나샤ᄆᆞᆯ: 나(나다, 現)- + -샤(← -시-: 주높)- + -ㅁ(← -옴: 명전) + -ᄋᆞᆯ(목조)
13) 나토아: 나토[나타내다, 現: 낟(나타나다, 現: 자동)- + -호(사접)-]- + -아(연어)
14) 고지: 곶(꽃, 花) + -이(주조)
15) 펴디ᅀᆞᄫᆞ니: 펴디[피어지다: ㅍ(← 프다: 피다, 發)- + -어(연어) + 디(지다: 보용, 피동)-]- + -ᅀᆞᆸ(← -ᄉᆞᆸ-: 객높)- + -Ø(과시)- + -ᄋᆞ니(평종, 반말) ※ '펴디ᅀᆞᄫᆞ니'는 '펴디ᅀᆞᄫᆞ니이다'에서 '-이(상높, 아주 높임)- + -다(평종)'가 생략된 형태이다.

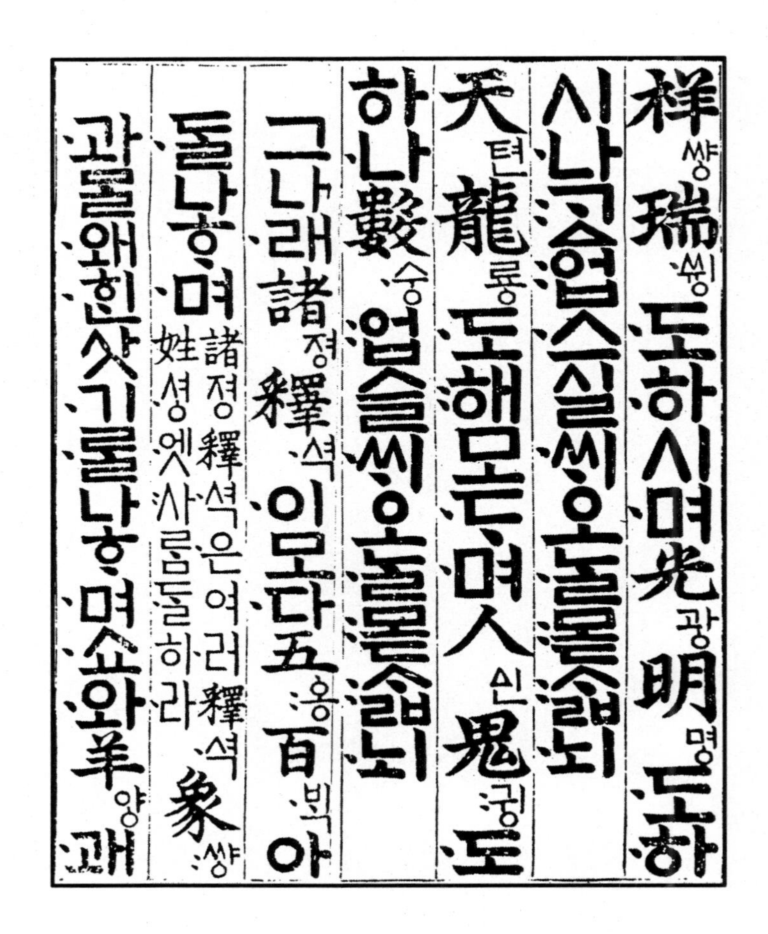

祥쌍瑞쒱도 하시며 光광明명도 하시나 ᄀᆞᆺ 업스실씨 오ᄂᆞᆯ 몯 ᄉᆞᆲᄂᆞ뇌
天텬龍룡도 해 모ᄃᆞ며 人신鬼귕도 하나 數숭 업슬씨 오ᄂᆞᆯ 몯 ᄉᆞᆲᄂᆞ뇌
그나래 諸졍釋셕이 모다 五옹百ᄇᆡᆨ 아ᄃᆞᆯ ᄂᆞᄒᆞ며 諸졍釋셕은 여러 釋셕姓셩엣 사ᄅᆞᆷᄃᆞᆯ히라 象썅과 ᄆᆞᆯ왜 힌 삿기를 나ᄒᆞ며 쇼와 羊양괘

祥瑞(상서)도 많으시며 光明(광명)도 많으시나, 끝이 없으시므로 오늘 못 사뢰오.
天龍(천룡)도 많이 모이며 人鬼(인귀)도 많으나, 數(수)가 없으므로 오늘 못 사뢰오.

그 날에 諸釋(제석)이 모두 五百(오백) 아들을 낳으며【諸釋(제석)은 여러 釋姓(석성)을 가진 사람들이다.】, 象(상)과 말이 흰 새끼를 낳으며, 소와 羊(양)이

祥쌍瑞쒱도 하시며[16] 光광明명도 하시나 ᄀᆞᇫ[17] 업스실씨[18] 오ᄂᆞᆯ 몯[19] ᄉᆞᆲ뇌[20]

天텬龍룡도 해[21] 모ᄃᆞ며[22] 人신鬼귕[23]도 하나 數숭 업슬씨 오ᄂᆞᆯ 몯 ᄉᆞᆲ뇌

그 나래 諸졍釋셕이 모다[24] 五옹百ᄇᆡᆨ 아ᄃᆞᆯ 나ᄒᆞ며【諸졍釋셕은 여러 釋셕姓셩엣[25] 사ᄅᆞᆷᄃᆞᆯ히라[26]】 象쌍과 ᄆᆞᆯ왜[27] 힌[28] 삿기ᄅᆞᆯ[29] 나ᄒᆞ며[30] 쇼와 羊양괘

---

16) 하시며: 하(많다, 多)- + -시(주높)- + -며(연어, 나열)
17) ᄀᆞᇫ: ᄀᆞᇫ(← ᄀᆞᆺ: 가, 邊)
18) 업스실씨: 없(없다, 無)- + -으시(주높)- + -ㄹ씨(-므로: 연어, 이유)
19) 몯: 못, 不能(부사, 부정)
20) ᄉᆞᆲ뇌: ᄉᆞᆲ(사뢰다, 아뢰다, 奏)- + -뇌(평종, 현시, 화자, 상높) ※ '-뇌'는 '-ㄴ(← -ᄂᆞ-: 현시)- + -오(화자)- + -이(상높, 아주 높임)- + -다(평종)'의 형태가 줄어진 복합 형태이다. 'ᄉᆞᆲ노이다 > ᄉᆞᆲ노이 > ᄉᆞᆲ뇌'의 변화 과정을 거치는데, 예사 높임(ᄒᆞ야쎠체)의 등분으로 해석된다.
21) 해: [많이, 多(부사): 하(많다, 多: 형사)- + -ㅣ(← -이: 부접)]
22) 모ᄃᆞ며: 몯(모이다, 集) + -ᄋᆞ며(연어, 나열)
23) 人鬼: 인귀. 죽은 사람의 혼이다.
24) 모다: [모두, 悉(부사): 몯(모이다, 會: 동사)- + -아(연어 ▹ 부접)]
25) 釋姓엣: 釋姓(석성) + -에(부조, 위치) + -ㅅ(-의: 관조) ※ '釋姓(석성)'은 '석가(釋迦)의 성씨(姓氏)를 가진 사람이다.
26) 사ᄅᆞᆷᄃᆞᆯ히라: 사ᄅᆞᆷᄃᆞᆶ[사람들: 사ᄅᆞᆷ(사람, 人) + -ᄃᆞᆶ(-들: 복접)] + -이(서조)- + -Ø(현시)- + -라(← -다: 평종)
27) ᄆᆞᆯ왜: ᄆᆞᆯ(말, 馬) + -와(접조) + -ㅣ(← -이: 주조)
28) 힌: 희(희다, 白)- + -Ø(현시)- + -ㄴ(관전)
29) 삿기ᄅᆞᆯ: 삿기(새끼, 子) + -ᄅᆞᆯ(목조)
30) 나ᄒᆞ며: 낳(낳다, 産)- + -ᄋᆞ며(연어, 나열)

五옹色ᄉᆡᆨ 삿기를 五옹百ᄇᆡᆨ 곰 나ᄒᆞ며
ᄯᅡ해 무텻던 보ᄇᆡ 절로 나며 五옹千쳔
靑청衣ᅙᅴᆼ 五옹千쳔 力륵士ᄊᆞᆼ를 나ᄒᆞ
며 녀느 나랏 王왕이 ᄒᆞᆫ 날 다 아ᄃᆞᆯ 나ᄒᆞ
며 海ᄒᆡᆼ中듀ᇰ엣 五옹百ᄇᆡᆨ 홍졍바지 보
ᄇᆡ 어더 와 바티ᄉᆞᄫᆞ며 海ᄒᆡᆼ는 바ᄅᆞ리라 梵뻠
志징며 志징는 ᄠᅳ디라 梵뻠志징는 조
ᄒᆞᆫ ᄠᅳ디라 ᄒᆞ논 마리니 梵뻠志징

五色(오색) 새끼를 五百(오백)씩 낳으며, 땅에 묻히어 있던 보배가 절로 나며, 五千(오천) 靑衣(청의)와 五千(오천) 力士(역사)를 낳으며, 다른 나라의 王(왕)이 한 날에 다 아들 낳으며, 海中(해중)에 있는 五百(오백) 장사치가 보배를 얻어 와 바치며【海(해)는 바다이다.】, 梵志(범지)며【志(지)는 뜻이다. 梵志(범지)는 "깨끗한 뜻이다."고 한 말이니, 梵志(범지)는

五옹色ᄉᆡᆨ 삿기를 五옹百ᄇᆡᆨ곰[31] 나ᄒᆞ며 ᄯᅡ해[32] 무텟던[33] 보ᄇᆡ[34] 절로[35] 나며 五옹千쳔 靑쳥衣힁 五옹千쳔 力륵士ᄊᆞᆼ[36]를 나ᄒᆞ며 녀느[37] 나랏 王왕이 ᄒᆞᆫ 날 다 아ᄃᆞᆯ 나ᄒᆞ며 海힝中듕엣 五옹百ᄇᆡᆨ 홍졍바지[38] 보ᄇᆡ 어더 와 바티ᅀᆞᄫᆞ며[39]【海힝ᄂᆞᆫ 바ᄅᆞ리라[40]】 梵뻠志징[41]며 【志징ᄂᆞᆫ ᄠᅳ디라[42] 梵뻠志징ᄂᆞᆫ 조ᄒᆞᆫ[43] ᄠᅳ디라 ᄒᆞᆫ 마리니 梵뻠志징ᄂᆞᆫ

---

31) 五百곰: 五百(오백: 수사, 양수) + -곰(-씩: 보조사, 각자)
32) ᄯᅡ해: ᄯᅡㅎ(땅, 地) + -애(-에: 부조, 위치)
33) 무텟던: 무티[묻히다: 묻(묻다, 埋: 타동)- + -히(피접)-]- + -어(연어) + 잇(← 이시다: 있다, 보용, 완료 지속)- + -더(회상)- + -ㄴ(관전) ※'무텟던'은 '무티어 잇던'이 축약된 형태이다.
34) 보ᄇᆡ: 보ᄇᆡ(보배, 寶) + -Ø(← -이: 주조)
35) 절로: [절로, 저절로, 自(부사): 절(← 저: 저, 己, 인대, 재귀칭) + -로(부조▷부접)]
36) 力士: 역사. 뛰어나게 힘이 센 사람이다.
37) 녀느: 여느, 다른, 他(관사)
38) 홍졍바지: 홍졍바지[장사치, 商人: 홍졍(장사, 商: 명사) + 바지(장인, 匠人: 명사)] + -Ø(← -이: 주조)
39) 바티ᅀᆞᄫᆞ며: 바티[바치다, 獻: 받(받다, 受: 타동) + -히(사접)-]- + -ᅀᆞᇦ(← -ᄉᆞᆸ-: 객높)- + -ᄋᆞ며(연어, 나열)
40) 바ᄅᆞ리라: 바ᄅᆞᆯ(바다, 海) + -이(서조)- + -Ø(현시)- + -라(← -다: 평종)
41) 梵志: 범지. 바라문 생활의 네 시기 가운데에 첫째이다. 스승에게 가서 수학(修學)하는 기간으로 보통 여덟 살부터 열여섯 살까지, 또는 열한 살부터 스물두 살까지이다.
42) ᄠᅳ디라: ᄠᅳᆮ(뜻, 意) + -이(서조)- + -Ø(현시)- + -라(← -다: 평종)
43) 조ᄒᆞᆫ: 좋(깨끗하다, 맑다, 淨)- + -Ø(현시)- + -ᄋᆞᆫ(관전)

논婆빵羅랑門몬이니各각別볋ᄒᆞᆫ글
월두고지븨잇거나出춣家강ᄒᆞ거나제
道똫理링올ᄒᆞ라ᄒᆞ야ᄂᆞᆷ업시우ᄂᆞᆫ사
ᄅᆞ미라저희닐오ᄃᆡ梵뻠天텬의입ᄋᆞ로브
터나라ᄒᆞ고梵뻠天텬ㅅ法법을비
홀ᄊᆡ梵뻠志징라ᄒᆞᄂᆞ니梵뻠志징ᄅᆞᆯ
外욍道똫ㅣ라ᄒᆞᄂᆞ니라 相샹師숭ㅣ모다萬먼歲
솅ᄒᆞ쇼셔브르ᅀᆞᄫᆞ며 師숭ᄂᆞᆫ스ᄉᆞㅣ니아못일도잘
ᄒᆞᄂᆞᆫ사ᄅᆞᄆᆞᆯ師숭ㅣ라ᄒᆞᄂᆞ니相
샹師숭ᄂᆞᆫ相샹잘보ᄂᆞᆫ사ᄅᆞ미라 國귁
中듕엣八밣萬먼四숭千쳔長댱者쟝

婆羅門(바라문)이니, 各別(각별)한 글을 두고 집에 있거나 出家(출가)하거나, 자기의 道理(도리)가 옳다 하여 남을 업신여기는 사람이다. 저희가 이르되, “(저희들은) 梵天(범천)의 입으로부터서 났다.” 하고, 梵天(범천)의 法(법)을 배우므로, 梵志(범지)라고 하나니, 梵志(범지)를 外道(외도)이라고 하느니라.】 相師(상사)가 모두 “萬歲(만세)하소서.”라고 부르며【師(사)는 스승이니, 아무 일도 잘하는 사람을 師(사)이라고 하나니, 相師(상사)는 相(상)을 잘 보는 사람이다.】, 國中(국중)에 있는 八萬四千(팔만사천) 長者(장자)가

婆빵羅랑門몬[44]이니 各각別볋ᄒᆞᆫ 글왈[45] 두고 지븨[46] 잇거나 出츓家강커나 제 道똫理링 올호라[47] ᄒᆞ야 ᄂᆞᆷ 업시우ᄂᆞᆫ[48] 사ᄅᆞ미라 저희[49] 닐오ᄃᆡ 梵뻠天텬[50]의 이ᄇᆞ로셔[51] 나라[52] ᄒᆞ고 梵뻠天텬ㅅ 法법을 ᄇᆡ홀씨[53] 梵뻠志징라 ᄒᆞᄂᆞ니 梵뻠志징ᄅᆞᆯ 外욍道똫ㅣ라 ᄒᆞᄂᆞ니라】 相샹師ᄉᆞᆼ[54]ㅣ 모다[55] 萬먼歲솅ᄒᆞ쇼셔[56] 브르ᅀᆞᄫᆞ며[57]【師ᄉᆞᆼᄂᆞᆫ 스스이니[58] 아못[59] 일도 잘ᄒᆞᄂᆞᆫ 사ᄅᆞᄆᆞᆯ 師ᄉᆞᆼㅣ라 ᄒᆞᄂᆞ니 相샹師ᄉᆞᆼᄂᆞᆫ 相샹[60] 잘 보ᄂᆞᆫ 사ᄅᆞ미라】 國귁中듕엣 八밣萬먼四ᄉᆞᆼ千쳔 長댱者쟝ㅣ[61]

---

44) 婆羅門: 바라문. '브라만(Braman)'. 힌두교의 카스트 제도에서 가장 높은 지위인 승려·학자의 계급이다. 성스러운 베다의 지식을 유지·전달하고 사원과 일상에서 벌어지는 모든 제식(祭式)을 관장했다.

45) 글왈: 글월. 글. 文.

46) 지븨: 집(집, 家)+-의(-에: 부조, 위치)

47) 올호라: 옳(옳다, 是)-+-Ø(현시)-+-오(화자)-+-라(←-다: 평종)

48) 업시우ᄂᆞᆫ: 업시우(업신여기다, 蔑)-+-ᄂᆞ(↚-ᄂᆞ-: 현시)-+-ㄴ(관전) ※ '업시우는'은 '업시우ᄂᆞᆫ'를 오기한 것이다.

49) 저희: 저희[저들, 자기들, 己: 저(저, 己: 인대, 재귀칭)+-희(복접)]+-Ø(←-이: 주조)

50) 梵天: 범천. 색계(色界) 초선천(初禪天)의 우두머리이다.

51) 이ᄇᆞ로셔: 입(입, 口)+-ᄋᆞ로(부조, 방향)+-셔(-서: 보조사, 위치 강조)

52) 나라: 나(나다, 出)-+-Ø(과시)-+-Ø(←-오-: 화자)-+-라(←-다: 평종)

53) ᄇᆡ홀씨: ᄇᆡ호[배우다, 學: ᄇᆡᇂ(습관이 되다, 버릇이 되다, 習)-+-오(사접)-]-+-ㄹ씨(-므로: 연어, 이유)

54) 相師: 상사. 관상(觀相)을 보는 사람이다.

55) 모다: [모두, 悉(부사): 몯(모이다, 集: 동사)-+-아(연어▷부접)]

56) 萬歲ᄒᆞ쇼셔: 萬歲ᄒᆞ[만세하다, 영원히 살다: 萬歲(만세: 명사)+-ᄒᆞ(동접)-]-+-쇼셔(-소서: 명종, 아주 높임)

57) 브르ᅀᆞᄫᆞ며: 브르(부르다, 呼)-+-ᅀᆞᇦ(←-ᅀᆞᆸ-: 객높)-+-ᄋᆞ며(연어, 나열)

58) 스스이니: 스승(스승, 師)+-이(서조)-+-니(연어, 설명 계속)

59) 아못: 아모(아무, 某: 인대, 부정칭)+-ㅅ(-의: 관조)

60) 相: 관상에서, 얼굴이나 체격의 됨됨이이다.

61) 長者ㅣ: 長者(장자)+-ㅣ(←-이: 주조) ※'長者(장자)'는 덕망이 뛰어나고 경험이 많아 세상일에 익숙한 어른이나 큰 부자를 점잖게 이르는 말이다.

다 아들을 낳으며【國中(국중)은 나라의 가운데이니, 나라의 內(내)를 다 이르느니라.】, 馬廐(마구)에 있는 八萬四千(팔만사천) 말이 새끼를 낳으니【馬廐(마구)는 외양간이다.】, (말 중에서) 하나가 따로 달라서 빛이 온전히 희고 갈기가 다 구슬이 꿰이여 있더니, 이름이 蹇特(건특)이다. 이뿐 아니라 다른 祥瑞(상서)도 많으며, 香山(향산)에 金(금)빛이 있는

다 아ᄃᆞᆯ 나ᄒᆞ며【國귁中듕은 나랏 가온ᄃᆡ니[62] 나랏 內뇡를 다 니ᄅᆞ니라】 馬망廐궇엣[63] 八밣萬먼四ᄉᆞᆼ千쳔 ᄆᆞ리[64] 삿기ᄅᆞᆯ[65] 나ᄒᆞ니【馬망廐궇는 오ᄒᆡ야이라[66]】 ᄒᆞ나히 ᄠᆞ로[67] 달아[68] 비치 오ᄋᆞ로[69] ᄒᆡ오[70] 갈기[71] 다 구스리[72] ᄢᅦ여[73] 잇더니 일후미 蹇건特ᄠᅳᆨ이라 이 ᄲᅮᆫ[74] 아니라[75] 녀나ᄆᆞᆫ[76] 祥썅瑞쒱[77]도 하며 香향山산애 金금ㅅ비쳇[78]

---

62) 가온ᄃᆡ니: 가온ᄃᆡ(가운데, 中) + -Ø(← -이-: 서조)- + -니(연어, 설명 계속)

63) 馬廐엣: 馬廐(마구) + -에(부조, 위치) + -ㅅ(-의: 관조) ※ '馬廐(마구)'는 말을 기르는 곳(마구간)이다.

64) ᄆᆞ리: ᄆᆞᆯ(말, 馬) + -이(주조)

65) 삿기ᄅᆞᆯ: 삿기(새끼, 子) + -ᄅᆞᆯ(목조)

66) 오ᄒᆡ야이라: 오ᄒᆡ양(외양간) + -이(서조)- + -Ø(현시)- + -라(← -다: 평종)

67) ᄠᆞ로: 따로, 別(부사)

68) 달아: 달(← 다ᄅᆞ다: 다르다, 異)- + -아(연어)

69) 오ᄋᆞ로: [온전히, 全(부사): 오ᄋᆞᆯ(온전하다, 全: 형사)- + -오(부접)]

70) ᄒᆡ오: ᄒᆡ(희다, 白)- + -오(← -고: 연어, 나열)

71) 갈기: 갈기(갈기, 鬣) + -Ø(← -이: 주조) ※ '갈기'는 말이나 사자 따위의 목덜미에 난 긴 털이다.

72) 구스리: 구슬(구슬, 珠) + -이(주조)

73) ᄢᅦ여: ᄢᅦ(꿰이다, 貫: 자동)- + -여(← -어: 연어)

74) ᄲᅮᆫ: 뿐(의명, 한정)

75) 아니라: 아니(아니다, 非)- + -라(← -아: 연어)

76) 녀나ᄆᆞᆫ: [그 밖의, 다른, 他(관사): 녀(← 녀느: 다른 것, 他, 명사) + 남(남다, 餘: 동사)- + -ᄋᆞᆫ(관전 ▻ 관접)]

77) 祥瑞: 상서. 복되고 길한 일이 일어날 조짐이다.

78) 金ㅅ비쳇: 金ㅅ빛[금빛: 金(금) + -ㅅ(관조, 사잇) + 빛(빛, 光)] + -에(부조, 위치) + -ㅅ(-의: 관조) ※ '金ㅅ비쳇'는 '금빛이 있는'으로 의역하여 옮긴다.

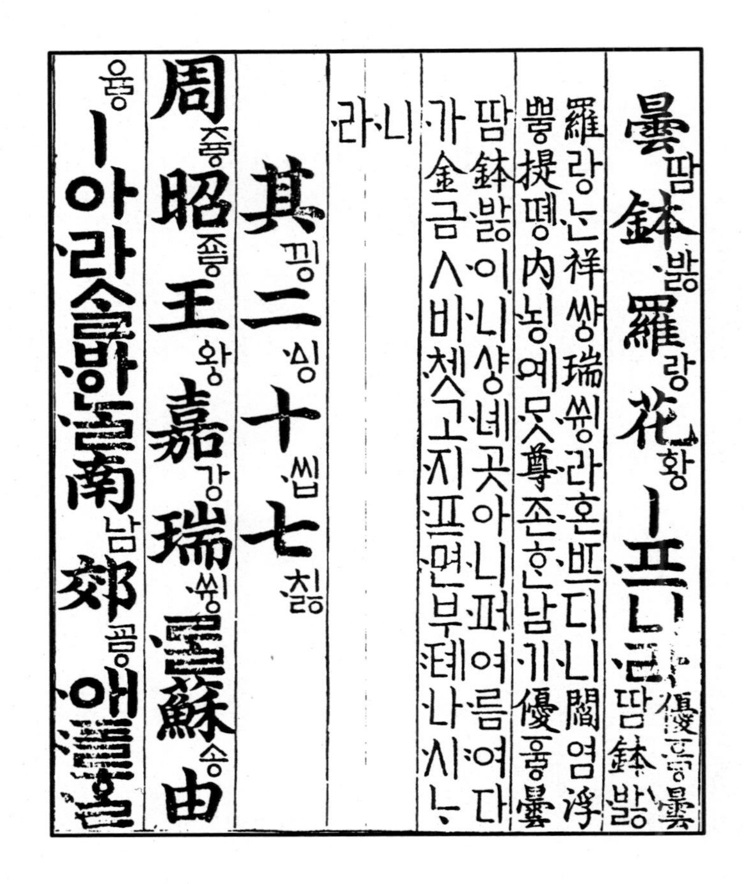

優曇鉢羅花(우담발라화)가 피었니라.【優曇鉢羅(우담발라)는 祥瑞(상서)라고 한 뜻이니, 閻浮提(염부제)의 內(내)에 가장 尊(존)한 나무가 優曇鉢(우담발)이니, 늘 꽃이 아니 피어 열매가 열다가, 金(금)빛의 꽃이 피면 부처가 나시느니라.】

其二十七(기이십칠)

周昭王(주 소왕)의 嘉瑞(가서)를 蘇由(소유)가 알아 사뢰거늘, 南郊(남교)에 돌을

優훟曇땀鉢밣羅랑花황[79] ㅣ 프니라[80]【優흫曇땀鉢밣羅랑ᄂᆞᆫ 祥썅瑞쒱라 ᄒᆞᆫ ᄠᅳ디니 閻염浮뿔提뗑[81] 內뇡예 ᄆᆞᆺ[82] 尊존ᄒᆞᆫ 남기[83] 優훟曇땀鉢밣[84]이니 샹녜[85] 곳[86] 아니 퍼[87] 여름[88] 여다가[89] 金금ㅅ비쳇 고지 프면 부텨 나시ᄂᆞ니라[90]】

其끵二싱十씹七칧

周즁昭쭇王왕[91] 嘉강瑞쒱[92]ᄅᆞᆯ 蘇송由윻[93] ㅣ 아라 ᄉᆞᆯ바ᄂᆞᆯ[94] 南남郊곻[95]애 돌ᄒᆞᆯ[96]

---

79) 優曇鉢羅花: 우담발라화. 인도에서, 삼천 년에 한 번 전륜성왕이 나타날 때에 꽃이 핀다고 하는 상상의 식물인 '우담발라'의 꽃이다.

80) 프니라: 프(피다, 發)- + -Ø(과시)- + -니(원칙)- + -라(← -다: 평종)

81) 閻浮提: 염부제. 사주(四洲)의 하나이다. 수미산 남쪽에 있다는 대륙으로, 인간들이 사는 곳이며, 여러 부처가 나타나는 곳은 사주(四洲) 가운데 이곳뿐이라고 한다.

82) ᄆᆞᆺ: 가장, 最(부사)

83) 남기: 낡(← 나모: 나무, 木) + -이(주조)

84) 優曇鉢: 우담발. 우담발라(優曇鉢羅).

85) 샹녜: 늘, 항상, 常(부사)

86) 곳: 곳(← 곶: 꽃, 花)

87) 퍼: ㅍ(← 프다: 피다, 發)- + -어(연어)

88) 여름: [열매, 實: 열다(結)- + -음(명접)]

89) 여다가: 여(← 열다: 열다, 結)- + -다가(연어, 전환)

90) 나시ᄂᆞ니라: 나(나다, 現)- + -시(주높)- + -ᄂᆞ(현시)- + -니(원칙)- + -라(← -다: 평종)

91) 周昭王: 주 소왕. 중국의 서주(西周) 시대(B.C. 11세기~B.C.771년)의 국왕이다. 성은 희(姬)씨고, 이름은 하(瑕)다. 남쪽 초(楚)나라 각지의 부족을 정벌하려고 한수(漢水)를 건너기 위해 형인(荊人)이 바친 교주(膠舟)를 탔다가 아교가 녹는 바람에 익사했다. 51년 동안 재위했다. 일설에는 24년이라고도 한다.

92) 嘉瑞: 가서. 좋은 징조(길조)이다.

93) 蘇由: 소유. 중국 주(周)나라 소왕(昭王) 때에 태사(太史)의 벼슬에 있던 사람이다.

94) ᄉᆞᆯ바ᄂᆞᆯ: ᄉᆞᆲ(← ᄉᆞᆲ다, ㅂ불: 사뢰다, 아뢰다, 奏)- + -아ᄂᆞᆯ(-거늘: 연어, 상황)

95) 南橋: 남교. 남쪽 교외(郊外), 곧 남쪽에 있는 도시의 주변 지역이다.

96) 돌ᄒᆞᆯ: 돌ㅎ(돌, 石) + -ᄋᆞᆯ(목조)

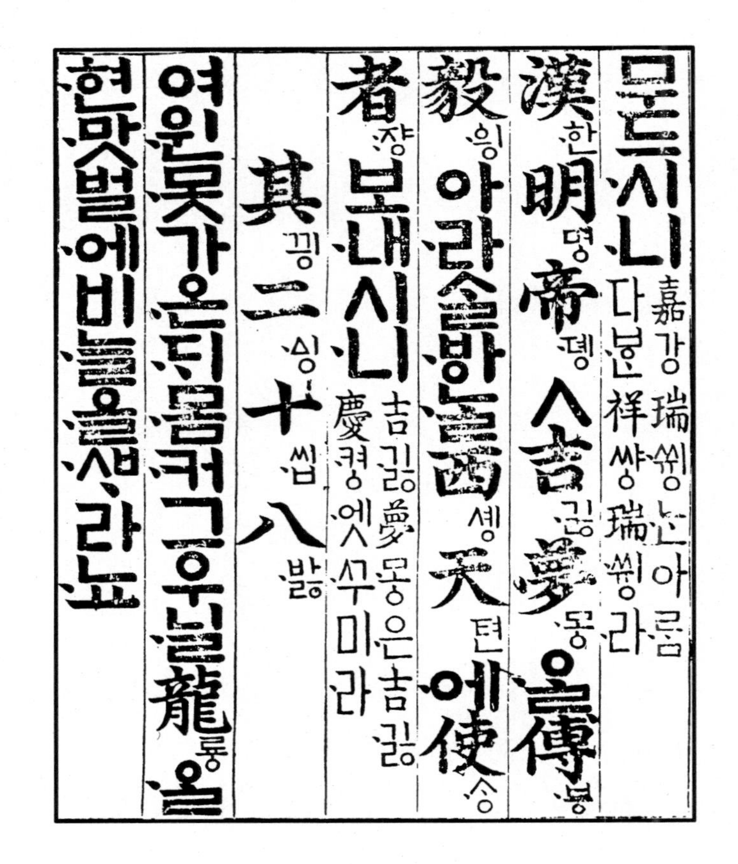
묻ᄌᆞᄫᆞ시니 嘉강瑞쓍ᄂᆞᆫ 아ᄅᆞᆷ다ᄫᆞᆫ 祥쌍瑞쓍라
漢한明명帝뎽ㅅ 吉긿夢몽을 傅붕
毅잉 아라ᅀᆞᆲ바ᄂᆞᆯ 西솅天텬에 使ᄉᆞᆼ
者쟝 보내시니 吉긿夢몽은 吉긿慶켱엣 ᄭᅮ미라
其끵二ᅀᅵᆼ十씹八밣
여윈 못 가온ᄃᆡ 몸 커 그우닐 龍롱ᄋᆞᆯ
현맛 벌에 비늘을 ᄲᆞ라뇨

묻으셨으니.【嘉瑞(가서)는 아름다운 祥瑞(상서)이다.】
漢明帝(한 명제)의 吉夢(길몽)을 傅毅(부의)가 알아 사뢰거늘, 西天(서천)에 使者(사자)를 보내셨으니【吉夢(길몽)은 吉慶(길경)의 꿈이다.】

其二十八(기이십팔)

마른 연못 가운데에 몸이 커서 구르는 龍(용)을 얼마나 많은 벌레가 비늘을 빨았느냐?

무드시니[97]【嘉강瑞쒸ᇰᄂᆞᆫ 아ᄅᆞᆷ다ᄫᆞᆫ[98] 祥쌰ᇰ瑞쒸ᇰ라】

漢한明명帝뎅ㅅ[99] 吉긿夢몽ᄋᆞᆯ 傅붕毅ᅌᅵᇰ[100] 아라 ᄉᆞᆯᄫᆞᄂᆞᆯ 西솅天텬[1]에 使ᄉᆞᆼ者쟝 보내시니【吉긿夢몽은 吉긿慶켜ᇰ엣[2] ᄭᅮ미라[3]】

其끵二ᅀᅵᆼ十씹八밣

여윈[4] 못 가온ᄃᆡ 몸 커[5] 그우닐[6] 龍료ᇰᄋᆞᆯ 현맛[7] 벌에[8] 비늘을 ᄲᆡ라뇨[9]

---

97) 무드시니: 묻(묻다, 埋)- + -으시(주높)- + -니(평종, 반말) ※ '무드시니'는 '무드시니이다'에서 '-이(상높)- + -다(평종)'이 생략된 형태이다.

98) 아ᄅᆞᆷ다ᄫᆞᆫ: 아ᄅᆞᆷ닿[← 아ᄅᆞᆷ답다, ㅂ불(아름답다, 美): 아ᄅᆞᆷ(아름: 불어) + -답(형접)-]- + -Ø(현시)- + -ᄋᆞᆫ(관전)

99) 漢明帝ㅅ: 漢明帝(한 명제: 인명) + -ㅅ(-의: 관조) ※ '漢明帝(한 명제)'는 중국 후한의 황제이다(재위, 57년~75년). 광무제(光武帝)의 넷째 아들로, 인도로부터 불교를 중국에 유입하는 데 힘썼다.

100) 傅毅: 부의. 후한 부풍(扶風) 무릉(茂陵) 사람이다. 젊어서부터 박학했으며, 한나라의 명제(明帝) 때에 평릉(平陵)에서 장구(章句)의 학문을 익혀 〈적지시, 迪志詩〉를 지었다.

1) 西天: 서천. 서역국. 중국 서역 지방에 있던 여러 나라를 통틀어 이르는 말이다.

2) 吉慶엣: 吉慶(길경) + -에(부조, 위치) + -ㅅ(-의: 관조) ※ '吉慶(길경)'은 아주 경사스러운 일이다.

3) ᄭᅮ미라: ᄭᅮᆷ[꿈, 夢: ᄭᅮ(꾸다, 夢: 동사)- + -ㅁ(명접)]- + -이(서조)- + -Ø(현시)- + -라(← -다: 평종)

4) 여윈: 여위(여위다, 마르다, 瘦)- + -Ø(과시)- + -ㄴ(관전)

5) 커: ㅋ(← 크다: 크다, 大)- + -어(연어)

6) 그우닐: 그우니[굴러다니다: 그우(← 그울다: 구르다, 轉)- + 니(다니다, 行)-]- + -ㄹ(관전)

7) 현맛: 현마(얼마, 何: 명사) + -ㅅ(-의: 관조)

8) 벌에: 벌에(벌레, 蟲) + -Ø(← -이: 주조)

9) ᄲᆡ라뇨: ᄲᆞᆯ(빨다, 咂)- + -Ø(과시)- + -아(확인)- + -뇨(-느냐: 의종, 설명)

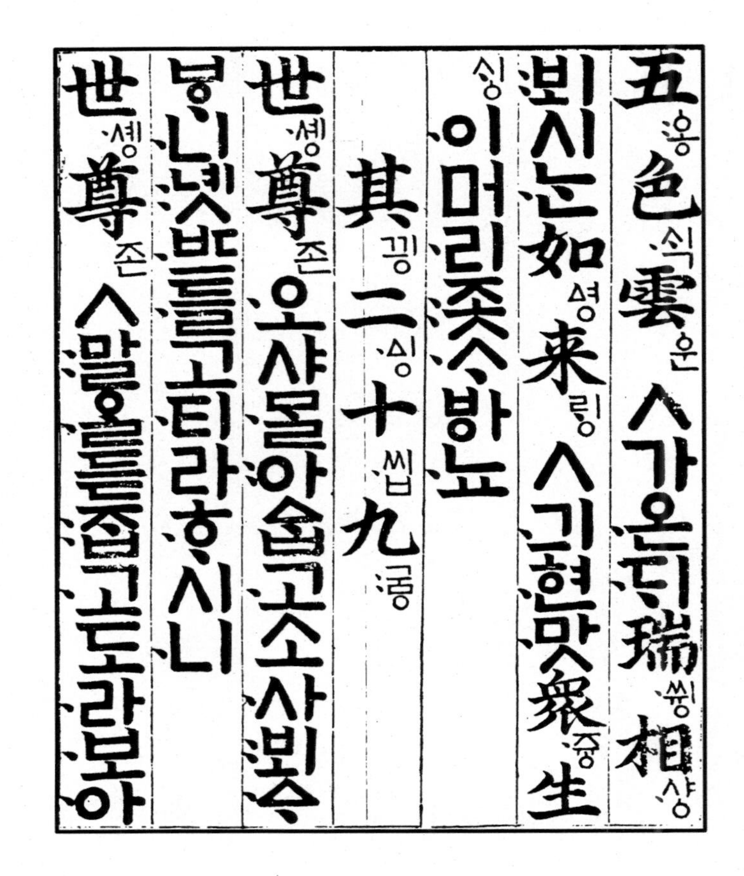

五옹色식雲운ㅅ 가온ᄃᆡ 瑞쓍相샹
뵈시ᄂᆞᆫ 如셩來ᄅᆡᆼㅅ긔 현맛 衆즁生
싱이 머리 좃ᄉᆞᄫᆞ뇨
其끵二ᅀᅵᆼ十씹九궁
世솅尊존 오샤 몰아ᅀᆞᆸ고 소사 뵈ᅀᆞ
ᄫᆞ니 녯 ᄠᅳ들 고티라 ᄒᆞ시니
世솅尊존ㅅ 말ᄊᆞᄆᆞᆯ 듣ᄌᆞᆸ고 도라보아

五色雲(오색운)의 가운데에 瑞相(서상)을 보이시는 如來(여래)께 얼마나 많은 衆生(중생)이 머리를 조아렸느냐?

其二十九(기이십구)

世尊(세존)이 오신 것을 (용이) 알고 (하늘에) 솟아 (세존을) 뵈니 (세존이) 옛 뜻을 고치라 하셨으니.
(용이) 世尊(세존)의 말을 듣고 돌아보아

五옹色식雲운[10]ㅅ 가온ᄃᆡ 瑞쒱相샹[11] 뵈시ᄂᆞᆫ[12] 如ᅀᅧᆼ來ᄅᆡᆼㅅ그 현맛 衆즁生ᄉᆡᆼ이 머리 좃ᄉᆞᄫᅡ뇨[13]

其끵二ᅀᅵᆼ十씹九궁

世솅尊존 오샤ᄆᆞᆯ[14] 아ᅀᆞᆸ고[15] 소사[16] 뵈ᅀᆞᄫᆞ니[17] 녯[18] ᄠᅳ들 고티라[19] ᄒᆞ시니[20]

世솅尊존ㅅ 말ᄋᆞᆯ 듣ᄌᆞᆸ고[21] 도라보아

---

10) 五色雲: 오색운. 다섯 가지 색깔의 구름이다.
11) 瑞相: 서상. 복되고 길한 일이 일어날 조짐이다.
12) 뵈시ᄂᆞᆫ: 뵈[보이다: 보(보다, 見: 타동)-+-ㅣ(←-이-: 사접)-]-+-시(주높)-+-ᄂᆞ(현시)-+-ㄴ(관전)
13) 좃ᄉᆞᄫᅡ뇨: 좃(←좃다: 조아리다, 稽)-+-ᅀᆞᇦ(←-ᅀᆞᆸ-: 객높)-+-Ø(과시)-+-아(확인)-+-뇨(의종, 설명)
14) 오샤ᄆᆞᆯ: 오(오다, 來)-+-샤(←-시-: 주높)-+-ㅁ(←-옴: 명전)+-ᄋᆞᆯ(목조)
15) 아ᅀᆞᆸ고: 아(←알다: 알다, 知)-+-ᅀᆞᆸ(객높)-+-고(연어, 나열)
16) 소사: 솟(솟다, 聳)-+-아(연어)
17) 뵈ᅀᆞᄫᆞ니: 뵈[뵈다, 뵙다, 謁見: 보(보다, 見: 타동)-+-ㅣ(←-이-: 사접)-]-+-ᅀᆞᇦ(←-ᅀᆞᆸ-: 객높)-+-ᄋᆞ니(연어, 설명 계속)
18) 녯: 녜(옛날, 昔)+-ㅅ(-의: 관조)
19) 고티라: 고티[고치다, 改: 곧(곧다, 直: 형사)-+-히(사접)-]-+-라(명종)
20) ᄒᆞ시니: ᄒᆞ(하다, 曰)-+-시(주높)-+-Ø(과시)-+-니(평종, 반말) ※'ᄒᆞ시니'는 'ᄒᆞ시니이다'에서 '-이(상높, 아주 높임)-+-다(평종)'가 생략된 형태이다.
21) 듣ᄌᆞᆸ고: 듣(듣다, 聞)-+-ᄌᆞᆸ(객높)-+-고(연어, 나열, 계기)

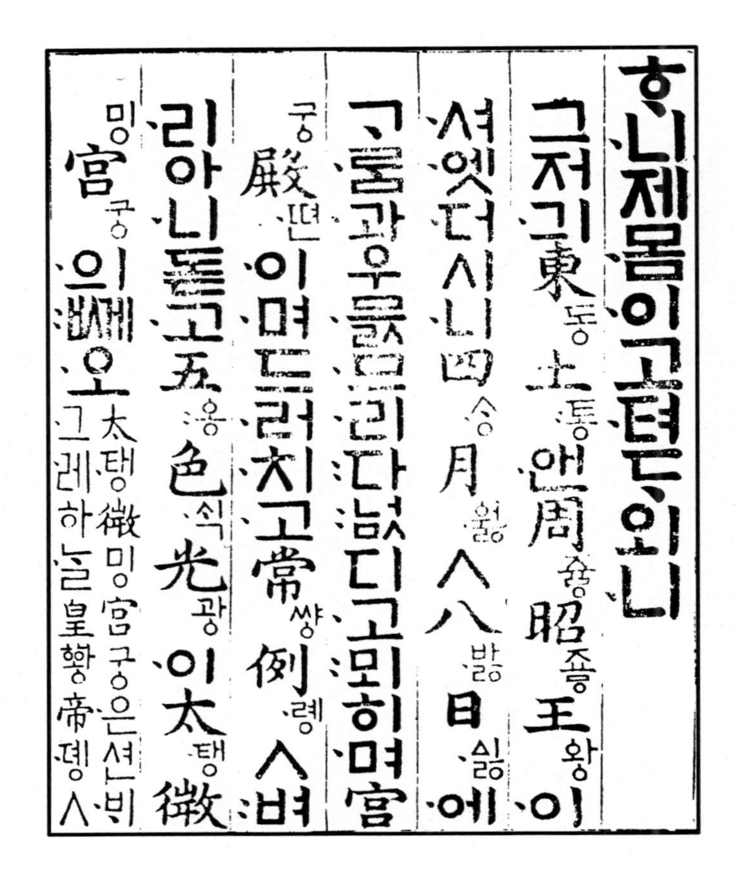
ᄒᆞ니 제 몸이 고텨 ᄃᆞ외니
그저긔 東동土통앤 周즇昭쑣王왕이
셔엣더시니 四ᄉᆞᆼ月ᅌᅯᇙ 八밣日ᅀᅵᇙ에
ᄀᆞᄅᆞᆷ과 우믌므리 다 넚디고 뫼히며 宮
궁殿뗜이 드러치고 常썅例롕ㅅ 벼
리 아니 도ᄂᆞ고 五ᅌᅩᆼ色ᄉᆡᆨ光광이 太탱微
밍宮궁의 ᄢᅦ오【太탱微밍宮궁은 션비
그레 하ᄂᆞᆳ 皇ᅘᅪᆼ帝뎽ㅅ

(그대로) 하니 제 몸이 (사람으로) 고쳐 되었으니

그때에 東土(동토)에는 周昭王(주 소왕)이 즉위하여 있으시더니, 四月(사월)의 八日(팔일)에 강과 우물이 다 넘치고, 산이며 宮殿(궁전)이 진동하고, 常例(상례)의 별이 아니 돋고, 五色光(오색광)이 太微宮(태미궁)에 꿰이고【太微宮(태미궁)은 선비의 글에 하늘 皇帝(황제)의

[48 뒤]

ᄒᆞ니 제 몸이 고텨[22] ᄃᆞ외니[23]

그 저긔 東동土통앤[24] 周쥬ᇢ昭죠ᇢ王왕[25]이 셔엣더시니[26] 四ᄉᆞᆼ月ᅌᅯᇙㅅ 八밣日ᅀᅵᇙ[27]에 ᄀᆞᄅᆞᆷ과[28] 우믌므리[29] 다 넚디고[30] 뫼히며[31] 宮궁殿뎐이며 드러치고[32] 常썅例롕ㅅ[33] 벼리 아니 돋고 五ᅌᅩᆼ色ᄉᆡᆨ光광이 太탱微밍宮궁의 ᄢᅦ오[34]【太탱微밍宮궁은 션ᄇᆡ[35] 그레[36] 하ᄂᆞᆯ 皇ᅘᅪᆼ帝뎽[37]ㅅ

---

22) 고텨: 고티[고치다, 改(동사): 곧(곧다, 直: 형사)- + -히(사접)-]- + -어(연어)

23) ᄃᆞ외니: ᄃᆞ외(되다, 爲)- + -Ø(과시)- + -니(평종, 반말) ※'ᄃᆞ외니'는 'ᄃᆞ외니이다'에서 '-이(상높, 아주 높임)- + -다(평종)'가 생략된 형태이다.

24) 東土앤: 東土(동토, 동쪽의 땅, 중국) + -애(-에: 부조, 위치) + -ㄴ(← -ᄂᆞᆫ: 보조사, 주제)

25) 周昭王: 주 소왕. 중국의 서주(西周) 시대의 제4대 왕이다.

26) 셔엣더시니: 셔(서다, 즉위하다, 立)- + -어(연어) + 잇(← 이시다: 있다, 보용, 완료 지속)- + -더(회상)- + -시(주높)- + -니(연어, 설명 계속) ※'셔엣더시니'는 '셔어 잇더시니'가 축약된 형태이다.

27) 四月ㅅ 八日: 사월 파일. 석가모니가 태어난 날이다.(= 사월 초파일)

28) ᄀᆞᄅᆞᆷ과: ᄀᆞᄅᆞᆷ(강, 江) + -과(접조)

29) 우믌므리: 우믌믈[우물, 井: 움(움, 穴) + 믈(물, 水) + -ㅅ(관전, 사잇) + 믈(물, 水)] + -이(주조)

30) 넚디고: 넚디[넘치다, 濫: 넘(넘다, 越)- + ᄯᅵ(← ᄣᅵ다: 찌다, 濫)-]- + -고(연어, 나열) ※'ᄣᅵ다(찌다)'는 흙탕물 따위가 논이나 밭 따위에 넘쳐흐를 정도로 괴는 것이다.

31) 뫼히며: 뫼ㅎ(산, 山) + -이며(접조)

32) 드러치고: 드러치(진동하다, 振)- + -고(연어, 나열)

33) 常例ㅅ: 常例(상례, 보통: 명사) + -ㅅ(-의: 관조)

34) ᄢᅦ오: ᄢᅦ(꿰이다, 貫)- + -오(← -고: 연어, 나열)

35) 션ᄇᆡ: 션ᄇᆡ(선비, 士) + -Ø(← -ᄋᆡ: 관조)

36) 그레: 글(글, 書) + -에(부조, 위치)

37) 皇帝: 황제. 왕이나 제후를 거느리고 나라를 통치하는 임금을 왕이나 제후와 구별하여 이르는 말이다.

南남녁宮궁 일후미라 西솅方방이 고ᄅᆞᆫ 靑청紅ᅘᅩᇰ色식이어늘 昭죻王왕이 群꾼臣씬ᄃᆞ려 무르신대 群꾼臣씬ᄋᆞᆫ 믈 臣씬下ᅘᅣᇰㅣ라 太탱史ᄉᆞᇰ蘇송由윻ㅣ ᄉᆞᆯᄫᆞᆫ ᄃᆡ 太탱史ᄉᆞᇰᄂᆞᆫ 書성雲운觀관ᄀᆞᄐᆞᆫ 벼스리라 西솅方방애 聖셩人신이 나시노소니 이 後ᅘᅮᇢ로 千쳔年년이면 千쳔年년ᄋᆞᆫ ᄌᆞ믄 ᄒᆡ라 그 法법이 이에 나오리로소ᅌᅵ

南(남)쪽 宮(궁)의 이름이다.】, 西方(서방)이 순전한 靑紅色(청홍색)이거늘, 昭王(소왕)이 群臣(군신)에게 (그 까닭을) 물으시니【群臣(군신)은 많은 臣下(신하)이다.】, 太史(태사)인 蘇由(소유)가 사뢰되【太史(태사)는 書雲觀(서운관)과 같은 벼슬이다.】 "西方(서방)에 聖人(성인)이 나시니, 이 後(후)로 千年(천 년)이면【千年(천 년)은 천 해이다.】 그 法(법)이 여기에 나오겠습니다."

南남녁 宮궁 일후미라[38)] 】 西솅方방이 고른[39)] 靑청紅홍色식이어늘[40)] 昭쑣王왕이 群꾼臣씬드려[41)] 무르신대[42)] 【群꾼臣씬은 물[43)] 臣씬下항ㅣ라】 太탱史숭[44)] 蘇송由융[45)]ㅣ 솔보딕【太탱史숭는 書셩雲운觀관[46)] ᄀ튼 벼스리라[47)]】 西솅方방애 聖셩人신이 나시노소니[48)] 이 後흫로 千쳔年년이면【千쳔年년은 즈믄[49)] 히라[50)]】 그 法법이 이에[51)] 나오리로소이다[52)]

38) 일후미라: 일훔(이름, 名) + -이(서조)- + -Ø(현시)- + -라(← -다: 평종)
39) 고른: 고ᄅ(순전하다, 純)- + -Ø(현시)- + -ㄴ(관전)
40) 靑紅色이어늘: 靑紅色(청홍색) + -이(서조)- + -어늘(← -거늘: 연어, 상황)
41) 群臣ᄃ려: 群臣(군신, 많은 신하) + -ᄃ려(-에게: 부조, 상대) ※ '-ᄃ려'는 [ᄃ리(데리다, 同伴: 동사)- + -어(연어▷조접)]로 분석되는 파생 조사이다.
42) 무르신대: 물(← 묻다, ㄷ불: 묻다, 問)- + -으시(주높)- + -ㄴ대(-니: 연어, 반응)
43) 물: 물(← 믈: 무리, 衆)
44) 太史: 태사. 중국에서 기록을 맡아보던 벼슬아치이다.
45) 蘇由: 소유. 중국 주(周)나라 소왕(昭王) 때에 태사(太史) 벼슬에 있던 사람이다.
46) 書雲觀: 서운관. 조선 시대에, 천문·재상(災祥)·역일(曆日)·추택(推擇) 따위의 일을 맡아보던 관아이다. 태조 원년(1392)에 설치하였는데, 세종 7년(1425)에 관상감으로 고쳤다.
47) 벼스리라: 벼슬(벼슬, 官) + -이(서조)- + -Ø(현시)- + -라(← -다: 평종)
48) 나시노소니: 나(나다, 生)- + -시(주높)- + -ㄴ(← -ᄂ-: 현시)- + -옷(감동)- + -오니(← -ᄋ니: 연어, 설명 계속)
49) 즈믄: 일천, 一千(관사, 양수)
50) 히라: 히(해, 歲: 의명) + -Ø(← -이-: 서조)- + -Ø(현시)- + -라(← -다: 평종)
51) 이에: 여기, 여기에, 此(지대, 정칭)
52) 나오리로소이다: 나오[나오다, 出現: 나(나다, 出)- + 오(오다, 來)-]- + -리(미시)- + -롯(← -돗-: 감동)- + -오이(← -ᄋ이-: 상높, 아주 높임)- + -다(평종)

다 王왕이 돌해 刻큭ᄒᆞ샤 刻큭은 사길 씨라 南
남郊공애 무더두라 ᄒᆞ시다 南남郊공ᄋᆞᆫ 南남녁
城쎵門몬 밧기니 하ᄂᆞᆯ 祭졩ᄒᆞᄂᆞᆫ 따히라
後ᅘᅮᇢ에 一ᅙᅵᇙ千쳔 여든닐굽 ᄒᆡ자히
東동土토ᄋᆞ론 後ᅘᅮᇢ漢한 明명帝뎽 永웡平뼝 세찻 ᄒᆡ 庚깅申신이니 後ᅘᅮᇢ
漢한ᄋᆞᆫ 代띵ㅅ 일후미라 永웡平뼝ᄋᆞᆫ ᄒᆡㅅ 일후미라 ᄒᆡ를 일훔 아니 지ᅀᅳ
면 後ᅘᅮᇢㅅ 사ᄅᆞ미 혜요ᄃᆡ 섯그릴씨 일훔 짓ᄂᆞ니라 부톄 이 震

王(왕)이 돌에 (그 사실을) 刻(각)하게 하시어【刻(각)은 새기는 것이다.】 "南郊(남교)에 묻어 두라."고 하셨다.【南郊(남교)는 南(남)쪽 城門(성문)의 밖이니, 하늘에 祭(제)하는 땅이다.】

後(후)에 一千(일천) 여든일곱 해째에【東土(동토)로는 後漢(후한) 明帝(명제) 永平(영락) 셋째 해인 庚申(경신)이니, 後漢(후한)은 代(대)의 이름이다. 永平(영평)은 해(年)의 이름이다. 해를 이름 아니 붙이면, 後(후)의 사람이 (해를) 헤아리되 뒤섞이겠으므로 이름을 붙이느니라.】 부처가 이

王왕이 돌해[53] 刻큭ᄒᆡ샤[54]【刻큭ᄋᆞᆫ 사길[55] ᄡᅵ라】南남郊ᄀᆞᇢ[56]애 무더 두라 ᄒᆞ시다【南남郊ᄀᆞᇢᄂᆞᆫ 南남녁 城쎵門몬 밧기니[57] 하ᄂᆞᆯ 祭졩ᄒᆞᄂᆞᆫ[58] ᄯᅡ히라[59]】

後ᅘᇢ에 一ᅙᅵᇙ千쳔 여든닐굽 ᄒᆡᆺ자히[60]【東동土통론[61] 後ᅘᇢ漢한 明명帝뎽 永ᅌᅯᆼ平뼝[62] 세찻 ᄒᆡ 庚깅申신이니 後ᅘᇢ漢한[63]ᄋᆞᆫ 代ᄄᆡᆼㅅ 일후미라 永ᅌᅯᆼ平뼝은 ᄒᆡᆺ 일후미라 ᄒᆡ를 일훔 아니 지ᄒᆞ면[64] 後ᅘᇢㅅ 사ᄅᆞ미 혜요ᄃᆡ[65] 섯그릴ᄊᆡ[66] 일훔 짇ᄂᆞ니라[67]】부톄 이

53) 돌해: 돌ㅎ(돌, 石) + -애(-에: 부조, 위치)

54) 刻ᄒᆡ샤: 刻ᄒᆡ[새기게 하다: 刻(각, 새기다: 불어) + -ᄒᆞ(동접)- + -ㅣ(← -이-: 사접)-]- + -샤(← -시-: 주높)- + -Ø(← -아: 연어)

55) 사길: 사기(새기다, 刻)- + -ㄹ(관전)

56) 南郊: 남교. 남쪽 교외(郊外)이다.

57) 밧기니: 밝(밖, 外) + -이(서조)- + -니(연어, 설명 계속)

58) 際ᄒᆞᄂᆞᆫ: 際ᄒᆞ[제하다, 제사하다(동사): 際(제, 제사: 명사) + -ᄒᆞ(동접)-]- + -ᄂᆞ(현시)- + -ㄴ(관전)

59) ᄯᅡ히라: ᄯᅡㅎ(땅, 地) + -이(서조)- + -Ø(현시)- + -라(← -다: 평종)

60) ᄒᆡᆺ자히: [해째(수사, 서수): ᄒᆡ(해, 歲: 의명) + -짜히(-째: 접미, 서수)] ※ 'ᄒᆡᆺ자히'를 'ᄒᆡ(해, 명사) + -ㅅ(관조) # 자히(-째: 의명)'로 분석할 수도 있다.

61) 東土론: 東土(동토, 동쪽 땅) + -로(부조, 방향) + -ㄴ(← -ᄂᆞᆫ: 보조사, 주제) ※ '東土(동토)'는 인도에서 볼 때에 동쪽에 위치한 중국을 이르는 말이다.

62) 永平: 영평. 중국 후한(後漢) 시대의 2대 왕인 명제(明帝, 재위 226~239)의 연호이다.

63) 後漢: 후한. 중국에서, A.D.25년에 왕망(王莽)에게 빼앗긴 한(漢) 왕조를 유수(劉秀)가 다시 찾아 부흥시킨 나라이다. 220년에 위(魏)나라의 조비에게 멸망하였다.

64) 지ᄒᆞ면: 짛(붙이다, 附)- + -ᄋᆞ면(연어, 조건)

65) 혜요ᄃᆡ: 혜(헤아리다, 세다, 계산하다, 計)- + -요ᄃᆡ(← -오ᄃᆡ: -되, 연어, 설명 계속)

66) 섯그릴ᄊᆡ: 섥(섞이다, 混)- + -으리(미시)- + -ㄹᄊᆡ(-므로: 연어, 이유)

67) 짇ᄂᆞ니라: 짇(← 짛다: 붙이다, 附)- + -ᄂᆞ(현시)- + -니(원칙)- + -라(← -다: 평종)

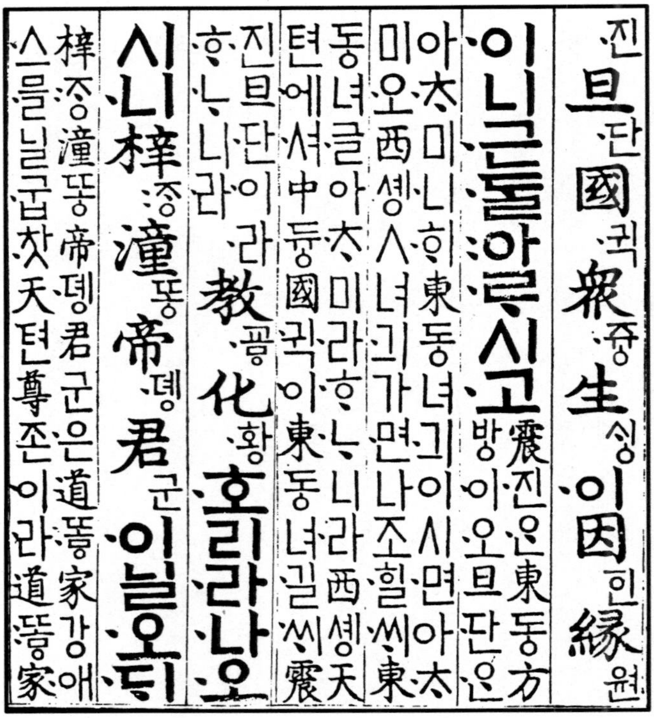
震진旦단國귁衆즁生싱이因힌緣원이니근ᄃᆞᆯ아ᄅᆞ시고震진ᄋᆞᆫ東동方방이오旦단ᄋᆞᆫ아ᄎᆞ미니ᄒᆡ東동녀긔이시면아ᄎᆞ미오西솅ㅅ녀긔가면나조힐ᄊᆡ東동녀글아ᄎᆞ미라ᄒᆞᄂᆞ니라西솅天텬에서中듕國귁이東동녀길ᄊᆡ震진旦단이라ᄒᆞᄂᆞ니라敎ᄀᆞᇢ化황ᄒᆞ리라나오시니梓ᄌᆡᆼ潼똥帝뎽君군이닐오ᄃᆡ梓ᄌᆡᆼ潼똥帝뎽君군은道똫家강애스믈닐굽찻天텬尊존이라道똫家강

震旦國(진단국)의 衆生(중생)이 因緣(인연)이 익은 것을 아시고【震(진)은 東方(동방)이요 旦(단)은 아침이니, 해가 東(동)녘에 있으면 아침이요 西(서)녘에 가면 저녁이므로, 東(동)녘을 아침이라 하느니라. 西天(서천)에서 中國(중국)이 東(동)쪽이므로, 震旦(진단)이라고 하느니라.】 敎化(교화)하리라고 나오시니, 梓潼帝君(재동제군)이 이르되【梓潼帝君(재동제군)은 道家(도가)에 스물일곱째의 天尊(천존)이다. 道家(도가)는

震진旦단國귁[68] 衆즁生싱이 因인緣원이 니근[69] ᄃᆞᆯ[70] 아ᄅᆞ시고【震진은 東동方방이오 旦단은 아ᄎᆞ미니[71] ᄒᆡ 東동녀긔[72] 이시면 아ᄎᆞ미오 西솅ㅅ녀긔[73] 가면 나조힐ᄊᆡ[74] 東동녀글 아ᄎᆞ미라 ᄒᆞᄂᆞ니라 西솅天텬에셔 中듕國귁이 東동녀길ᄊᆡ 震진旦단이라 ᄒᆞᄂᆞ니라】教골化황호리라[75] 나오시니 梓ᄌᆼ潼똥帝뎽君군[76]이 닐오ᄃᆡ【梓ᄌᆼ潼똥帝뎽君군은 道똘家강[77]애 스믈닐굽찻[78] 天텬尊존[79]이라 道똘家강ᄂᆞᆫ

68) 震旦國: 진단국. 인도(印度)에서 중국(中國)을 부르는 이름이다. 진(震)은 동방(東方)이고, 단(旦)은 아침이다. 인도에서 볼 때에 중국이 해가 돋는 쪽인 동쪽에 있으므로 진단이라 한다.

69) 니근: 닉(익다, 熟)- + -Ø(과시)- + -은(관전)

70) ᄃᆞᆯ: ᄃᆞ(것, 者: 의명) + -ㄹ(← -ᄅᆞᆯ: 목조)

71) 아ᄎᆞ미니: 아ᄎᆞᆷ(아침, 旦) + -이(서조)- + -니(연어, 설명 계속)

72) 東녀긔: 東녁[동쪽: 東(동) + 녁(녘, 쪽: 의명)] + -의(-에: 부조, 위치)

73) 西ㅅ녀긔: 西ㅅ녁[서쪽: 西(서) + -ㅅ(관조, 사잇) + 녁(녘, 쪽: 의명)] + -의(-에: 부조, 위치)

74) 나조힐ᄊᆡ: 나조ㅎ(저녁, 夕) + -이(서조)- + -ㄹᄊᆡ(-므로: 연어, 이유)

75) 教化호리라: 教化ᄒᆞ[교화하다: 教化(교화: 명사) + -ᄒᆞ(동접)-]- + -오(화자)- + -리(미시)- + -라(← -다: 평종)

76) 梓潼帝君: 재동제군. 도교에서 공명(功名)과 녹위(祿位)를 주재한다고 여겨서 모시는 신이다. 그의 이름은 장아자(張亞子)이고, 촉(蜀) 나라의 땅인 칠곡산(七曲山) 곧, 지금의 쓰촨성(四川省) 쯔통시앤(梓潼縣)의 북쪽에 살았다고 한다.

77) 道家: 도가. 중국 선진(先秦) 시대 제자백가의 하나이다. 노자와 장자의 허무, 염담(恬淡), 무위(無爲)의 설을 받든 학파로, 만물의 근원으로서의 자연을 숭배하였다. 유가와 더불어 중국 고전 철학의 양대 학파를 이룬다.

78) 스믈닐굽찻: 스믈닐굽차[스물일곱째(수사, 서수): 스믈(스물, 二十: 수사, 양수) + 닐굽(일곱, 七: 수사, 양수) + -차(-째: 접미, 서수)] + -ㅅ(-의: 관조)

79) 天尊: 천존. 가장 존귀하고 제일 높은 분이다.

[50 뒤]

강ᄂᆞᆫ 道똫士쑹ᄋᆡ 지비니 道똫士쑹ᄋᆡ 무리ᄅᆞᆯ 道똫家강ㅣ라 ᄒᆞᄂᆞ니라 天텬尊존ᄋᆞᆫ 하ᄂᆞᆯ햇 尊존ᄒᆞ신 부니라 내 아래 前쪈生싱 罪쬥業업엣 果광報봉ᄅᆞᆯ 니버 邛공池띵ㅅ 龍룡이 ᄃᆞ외야 邛꽁ᄋᆞᆫ ᄯᅡ 일후미오 池띵ᄂᆞᆫ 모시라 中듕國귁 西솅ㅅ 녁 ᄀᆞᇫ ᄉᆡ 蜀쑉이라 ᄒᆞᇙ 고ᄋᆞᆯ히 잇ᄂᆞ니 蜀쑉애셔 邛꽁이 갓가ᄫᆞ니라 기픈 믈 아래 잇다니 여러 ᄒᆡ ᄀᆞᄆᆞ니 모시 ᄒᆞᆰ기 ᄃᆞ

道士(도사)의 집이니, 道士(도사)의 무리를 道家(도가)이라고 하느니라. 天尊(천존)은 하늘에 있는 尊(존)하신 분이다.】 “내가 예전에 前生(전생)의 罪業(죄업)에 따라 果報(과보)를 입어, 邛池(공지)의 龍(용)이 되어【邛(공)은 땅의 이름이요, 池(지)는 못이다. 中國(중국) 西(서)쪽 가에 蜀(촉)이라고 하는 고을이 있나니, 蜀(촉)에서 邛(공)이 가까우니라.】 깊은 물의 아래에 있었더니, 여러 해가 이어서 (날이) 가무니 못(池)이 흙이

道똫士쑹ᅌᅴ 지비니 道똫士쑹ᅌᅴ 주비[80]ᄅᆞᆯ 道똫家강ㅣ라 ᄒᆞᄂᆞ니라 天텬尊존ᄋᆞᆫ 하ᄂᆞᆯ햇[81] 尊존ᄒᆞ신 부니라[82] 】 내[83] 아래[84] 前쪈生싱 罪쬥業업엣[85] 果광報봉[86]ᄅᆞᆯ 니버[87] 邛꿍池띵ㅅ 龍룡이 ᄃᆞ외야【邛꿍ᄋᆞᆫ ᄯᅡᆺ[88] 일후미오 池띵ᄂᆞᆫ 모시라[89] 中듕國귁 西솅ㅅ녁 ᄀᆞᅀᅢ[90] 蜀쑉이라[91] 홇[92] ᄀᆞ올히[93] 잇ᄂᆞ니 蜀쑉애셔 邛꿍이 갓가ᄫᆞ니라[94] 】 기픈 믈 아래 잇다니[95] 여러 ᄒᆡ[96] 닛위여[97] ᄀᆞᄆᆞ니[98] 모시 홀기[99]

---

80) 주비: 무리, 반열, 衆.
81) 하ᄂᆞᆯ햇: 하ᄂᆞᆯㅎ(하늘, 天) + -애(-에: 부조, 위치)- + -ㅅ(-의: 관조)
82) 부니라: 분(분: 의명) + -이(서조)- + -Ø(현시)- + -라(← -다: 평종)
83) 내: 나(나, 我: 인대, 1인칭) + -ㅣ(← -이: 주조)
84) 아래: 예전, 昔(명사)
85) 罪業엣: 罪業(죄업) + -에(부조, 위치) + -ㅅ(-의: 관조) ※ '罪業(죄업)'은 훗날 괴로움의 과보(果報)를 부르는 원인(原因)이 되는 죄악의 행위이다.
86) 果報: 과보. 전생에 지은 선악에 따라 현재의 행과 불행이 있고, 현세에서의 선악의 결과에 따라 내세에서 행과 불행이 있는 일이다.
87) 니버: 닙(입다, 당하다, 被)- + -어(연어)
88) ᄯᅡᆺ: ᄯᅡ(← ᄯᅡㅎ: 땅, 地) + -ㅅ(-의: 관조)
89) 모시라: 못(못, 연못, 池) + -이(서조)- + -Ø(현시)- + -라(← -다: 평종)
90) ᄀᆞᅀᅢ: ᄀᆞᇫ(← ᄀᆞᆺ: 가, 邊) + -애(-에: 부조, 위치)
91) 蜀이라: 蜀(촉: 지명) + -이(서조)- + -Ø(현시)- + -라(← -다: 평종)
92) 홇: ㅎ(← ᄒᆞ다: 하다, 日)- + -오(대상)- + -ㅭ(관전)
93) ᄀᆞ올히: ᄀᆞ올ㅎ(고을, 村) + -이(주조)
94) 갓가ᄫᆞ니라: 갓갛(← 갓갑다, ㅂ불: 갓갑다, 近)- + -Ø(현시)- + -ᄋᆞ니(원칙)- + -라(← -다: 평종)
95) 잇다니: 잇(있다, 有)- + -다(← -더-: 회상)- + -Ø(← -오-: 화자)- + -니(연어, 설명 계속)
96) ᄒᆡ: ᄒᆡ(年) + -Ø(← -이: 주조)
97) 닛위여: 닛위(이어지다, 連)- + -여(← -어: 연어)
98) ᄀᆞᄆᆞ니: ᄀᆞᄆᆞ(← ᄀᆞ믈다: 가물다, 旱)- + -니(연어, 이유)
99) 홀기: 홁(홁, 土) + -이(주조)

[51 앞]

외어늘 내 모미 학 커 수믈 굼기 업서
더ᄫᅳᆫ 벼티 우희 ᄧᅬ니 ᄉᆞᆯ히 덥고 안히
답ᄭᅡᆸ거늘 비늘 ᄊᆞᅀᅵ마다 효ᄀᆞᆫ 벌에
나아 모ᄆᆞᆯ ᄲᆞᆯᄊᆡ 셜ᄫᅥ 受쓯苦콩ᄒᆞ다
니 ᄒᆞᄅᆞᆫ 아ᄎᆞ미 서늘ᄒᆞ고 하ᄂᆞᆳ 光광
明명이 문득 번ᄒᆞ거늘 보니 五옹色
식 구루미 虛헝空콩ᄋᆞ로 디나가거

되거늘, 내 몸이 아주 커 숨을 구멍이 없어 더운 볕이 위에 쬐니, 살이 덥고 속이 답답하거늘, 비늘의 사이마다 작은 벌레가 나서 몸을 빨므로 괴로워서 受苦(수고)하였더니, 하루는 아침이 서늘하고 하늘의 光明(광명)이 문득 번하거늘, 보니 五色(오색) 구름이 虛空(허공)으로 지나가거늘

[51 앞]

ᄃᆞ외어늘[100] 내 모미 하[1] 커 수믈[2] 굼기[3] 업서 더ᄫᅳᆫ[4] 벼티[5] 우희[6] ᄣᅬ니[7] ᄉᆞᆯ히[8] 덥고 안히[9] 답ᄭᅡᆸ거늘[10] 비늘 ᄊᆞᅀᅵ마다[11] 효ᄀᆞᆫ[12] 벌에[13] 나아 모ᄆᆞᆯ ᄲᆞᆯ씨[14] 셜ᄫᅥ[15] 受쓯苦콩ᄒᆞ다니[16] ᄒᆞᆯᄅᆞᆫ[17] 아ᄎᆞ미[18] 서늘ᄒᆞ고 하ᄂᆞᆳ 光광明명이 믄득[19] 번ᄒᆞ거늘[20] 보니 五옹色식 구루미 虛헝空콩ᄋᆞ로 디나가거ᄂᆞᆯ[21]

---

100) ᄃᆞ외어늘: ᄃᆞ외(되다, 爲)- + -어늘(← -거늘: 연어, 상황)
1) 하: [대단히, 아주, 매우, 深(부사): 하(많다, 크다, 多, 大)- + -Ø(부접)]
2) 수믈: 숨(숨다, 隱)- + -우(대상)- + -ㄹ(관전)
3) 굼기: 굼ㄱ(← 구무: 구멍, 孔) + -이(주조)
4) 더ᄫᅳᆫ: 더ᇦ(← 덥다, ㅂ불: 덥다, 暑)- + -Ø(현시)- + -은(관전)
5) 벼티: 볕(볕, 陽) + -이(주조)
6) 우희: 우ㅎ(위, 上) + -의(-에: 부조, 위치)
7) ᄣᅬ니: ᄣᅬ(쬐다, 照)- + -니(연어, 이유)
8) ᄉᆞᆯ히: ᄉᆞᆯㅎ(살, 膚) + -이(주조)
9) 안히: 안ㅎ(안, 속, 內) + -이(주조)
10) 답ᄭᅡᆸ거늘: 답ᄭᅡᆸ(답답하다, 悶)- + -거늘(연어, 상황)
11) 비늘 ᄊᆞᅀᅵ마다: 비늘(비늘, 鱗) + ㅅ(-의: 관조) # ᄉᆞᅀᅵ(사이, 間) + -마다(보조사, 각자)
12) 효ᄀᆞᆫ: 횩(작다, 小)- + -Ø(현시)- + -ᄋᆞᆫ(관전)
13) 벌에: 벌에(벌레, 蟲) + -Ø(← -이: 주조)
14) ᄲᆞᆯ씨: ᄲᆞᆯ(← ᄲᆞᆯ다: 빨다, 吸)- + -ㄹ씨(-므로: 연어, 이유)
15) 셜ᄫᅥ: 셟(← 셟다, ㅂ불: 괴롭다, 苦)- + -어(연어)
16) 受苦ᄒᆞ다니: 受苦ᄒᆞ[수고하다: 受苦(수고: 명사) + -ᄒᆞ(동접)-]- + -다(← -더-: 회상)- + -Ø (← -오-: 화자)- + -니(연어, 설명 계속)
17) ᄒᆞᆯᄅᆞᆫ: ᄒᆞᆯㄹ(← ᄒᆞᄅᆞ: 하루, 一日) + -ᄋᆞᆫ(보조사, 주제)
18) 아ᄎᆞ미: 아ᄎᆞᆷ(아침, 朝) + -이(주조)
19) 믄득: 문득, 갑자기, 奄(부사)
20) 번ᄒᆞ거늘: 번ᄒᆞ[번하다, 밝다, 明: 번(번: 불어) + -ᄒᆞ(형접)-]- + -거늘(연어, 상황)
21) 디나가거ᄂᆞᆯ: 디나가[지나가다, 過: 디나(지나다, 過)- + 가(가다, 去)-]- + -거ᄂᆞᆯ(-거늘: 연어, 상황)

그 가온ᄃᆡ 瑞쓍相샹이 겨시더니 瑞쓍相샹ᄋᆞᆫ 祥썅瑞쓍옛 相샹이라 감ᄑᆞᄅᆞᆫ 마리 모ᄅᆞ
샤ᄃᆡ 鈿뗜螺랑ㅅ 비치시고 鈿뗜螺랑ᄂᆞᆫ 그
ᄅᆞ세 ᄭᅮ미ᄂᆞᆫ 빗난 조개라 金금色ᄉᆡᆨ 모야히 ᄃᆞᆳ
光광이러시다 뫼햇 神씬靈령이며
믈엣 神씬靈령이며 萬먼萬먼衆즁
生ᄉᆡᆼ ᄃᆞᆯ히 머리 좃ᅀᆞᆸ고 깃ᄉᆞᄫᅡ 讚잔

그 가운데에 瑞相(서상)이 계시더니【瑞相(서상)은 祥瑞(상서)로운 相(상)이다.】 감푸른 머리카락을 (한쪽으로) 모시되 (머리카락이) 鈿螺(전라)의 빛이시고【鈿螺(전라)는 그릇에 꾸미는 빛난 조개이다.】, 金色(금색)의 모양이 달님의 光(광)이시더라. 산에 있는 神靈(신령)이며, 물에 있는 神靈(신령)이며, 萬萬(만만) 衆生(중생)들이 머리를 조아리고 기뻐하여 그 가온ᄃᆡ 瑞쓍相썅[22)]이 겨시더니[23)]【瑞쓍相썅ᄋᆞᆫ 祥썅瑞쓍옛 相샹이라】 감ᄑᆞ른[24)] 마리[25)] 모ᄅᆞ샤ᄃᆡ[26)] 鈿뗜螺뢍[27)]ㅅ 비치시고[28)]【鈿뗜螺뢍ᄂᆞᆫ 그르세[29)] ᄭᅮ미ᄂᆞᆫ[30)] 빗난[31)] 조개라[32)]】 金금色식 모야히[33)] ᄃᆞ닚[34)] 光광이러시다[35)] 뫼햇[36)] 神씬靈령이며 므렛[37)] 神씬靈령이며 萬먼萬먼 衆즁生ᄉᆡᆼᄃᆞᆯ히 머리 좃ᄉᆞᆸ고[38)] 기ᄊᆞᄫᅡ[39)]

---

22) 瑞相: 서상. 상서로운 조짐이다.

23) 겨시더니: 겨시(계시다, 有)- + -더(회상)- + -니(연어, 설명 계속)

24) 감ᄑᆞ른: 감ᄑᆞᄅᆞ[← 감ᄑᆞᄅᆞ다(감푸르다, 紺靑): 감(감다, 紺: 형사)- + ᄑᆞᄅᆞ(푸르다, 靑: 형사)-]- + -Ø(현시)- + -ㄴ(관전) ※ '감ᄑᆞᄅᆞ다'는 감은빛을 약간 띠면서 푸른 상태이며, '감은빛'은 석탄의 빛깔과 같이 다소 밝고 짙은 색이다.

25) 마리: 머리, 머리털, 頭髮.

26) 모ᄅᆞ샤ᄃᆡ: 몰(몰다, 한쪽으로 모으다)- + -ᄋᆞ샤(← -ᄋᆞ시-: 주높)- + -ᄃᆡ(← -오ᄃᆡ: -되, 연어, 설명 계속)

27) 鈿螺: 전라. 자개를 박은 것이나 그 자개를 이른다.

28) 비치시고: 빛(빛, 光) + -이(주조)- + -시(주높)- + -고(연어, 나열)

29) 그르세: 그릇(그릇, 皿) + -에(부조, 위치)

30) ᄭᅮ미ᄂᆞᆫ: ᄭᅮ미(꾸미다, 장식하다, 飾)- + -ᄂᆞ(현시)- + -ㄴ(관전)

31) 빗난: 빗나[빛나다, 光: 빗(← 빛: 빛, 光) + 나(나다, 現)-]- + -Ø(과시)- + -ㄴ(관전)

32) 조개라: 조개(조개, 螺) + -Ø(← -이-: 서조)- + -Ø(현시)- + -라(← -다: 평종)

33) 모야히: 모얗(모양, 樣) + -이(주조)

34) ᄃᆞ닚: ᄃᆞ님[달님: ᄃᆞ(← ᄃᆞᆯ: 달, 月) + -님(높접)] + -ㅅ(-의: 관조)

35) 光이러시다: 光(광, 빛) + -이(서조)- + -러(← -더-: 회상)- + -시(주높)- + -다(평종)

36) 뫼햇: 묗(산, 山) + -애(-에: 부조, 위치) + -ㅅ(-의: 관조)

37) 므렛: 믈(물, 水) + -에(부조, 위치) + -ㅅ(-의: 관조)

38) 좃ᄉᆞᆸ고: 좃(조아리다, 點頭)- + -ᄉᆞᆸ(객높)- + -고(연어, 나열)

39) 기ᄊᆞᄫᅡ: 깃(← 깄다: 기뻐하다, 歡)- + -ᄉᆞᆸ(객높)- + -아(연어)

歎탄ᄒᆞᅀᆞᄫᆞᆫ 소리 天텬地띵 드러치
며 하ᄂᆞᇗ 香향이 섯버므러 곧곧마다
봆비치 나더라 나도 머리ᄅᆞᆯ 울워러 셜
ᄫᅵ이다 救궁ᄒᆞ쇼셔 비ᅀᆞᄫᆞ니 萬먼
靈령 諸졍聖셩이 다 날ᄃᆞ려 니ᄅᆞ샤
되 萬먼靈령은 萬먼萬먼 神씬靈령이오 諸졍聖셩은 여러 聖셩人신
이니 如셩來링 뫼ᅀᆞᄫᅡ 가시ᄂᆞᆫ 聖셩人신내라 이 西솅方방

讚歎(찬탄)하는 소리가 天地(천지)를 진동하며, 하늘의 香(향)이 뒤엉기어 곳곳마다 봄빛이 나더라. 나도 머리를 우러러 “괴롭습니다. (나를) 救(구)하소서.”라고 비니, 萬靈(만령)과 諸聖(제성)이 다 나에게 이르시되【萬靈(만령)은 萬萬(만만)의 神靈(신령)이요, 諸聖(제성)은 여러 聖人(성인)이니, 如來(여래)를 모셔 가시는 聖人(성인)분들이다.】, “이분이 西方

讚잔歎탄ᄒᆞᅀᆞᄫᆞᆶ[40] 소리 天텬地띵 드러치며[41] 하ᄂᆞᆳ 香향이 섯버므러[42] 곧곧마다[43] ᄇᆞᇝ비치[44] 나더라 나도 머릴[45] 울워러[46] 셜ᄫᅥ이다[47] 救궁ᄒᆞ쇼셔[48] 비ᅀᆞᄫᆞ니[49] 萬먼靈령 諸졍聖셩이 다 날ᄃᆞ려[50] 니ᄅᆞ샤ᄃᆡ[51]【萬먼靈령은 萬먼萬먼 神씬靈령이오 諸졍聖셩은 여러 聖셩人ᅀᅵᆫ이니 如ᅀᅧᆼ來ᄅᆡᆼ 뫼ᅀᆞᄫᅡ[52] 가시ᄂᆞᆫ 聖셩人ᅀᅵᆫ내라[53]】이[54] 西솅方방

---

40) 讚歎ᄒᆞᅀᆞᄫᆞᆶ: 讚歎ᄒᆞ[찬탄하다: 讚歎(찬탄: 명사)+-ᄒᆞ(동접)-]-+-ᅀᆞᇦ(←-ᅀᆞᆸ-: 객높)-+-ᄋᆞᆶ(관전)

41) 드러치며: 드러치(진동하다, 振)-+-며(연어, 나열)

42) 섯버므러: 섯버믈[뒤엉기다, 뒤범벅이 되다: 섯(←셗다: 섞이다, 混: 동사)-+버믈(엉기다, 凝: 동사)-]-+-어(연어)

43) 곧곧마다: 곧곧(곳곳, 處處)+-마다(보조사, 각자)

44) ᄇᆞᇝ비치: ᄇᆞᇝ빛[봄빛: ᄇᆞᆷ(봄, 春)+-ㅅ(관조, 사잇)+빛(빛, 色)]+-이(주조)

45) 머릴: 머리(머리, 頭)+-ㄹ(←-를: 목조)

46) 울워러: 울월(우러르다, 仰)-+-어(연어)

47) 셜ᄫᅥ이다: 셟(←셟다, ㅂ불: 괴롭다, 苦)-+-어(↚-거-: 확인)-+-이(상높, 아주 높임)-+-다(평종) ※ '셟다'가 형용사이므로 확인법의 선어말 어미는 '-거-'가 실현되어야 문법에 맞는다. 따라서 '셜ᄫᅥ이다'는 '셟거이다'의 오기이다.

48) 救ᄒᆞ쇼셔: 救ᄒᆞ[구하다, 救: 救(구: 불어)+-ᄒᆞ(동접)-]-+-쇼셔(-소서: 명종, 아주 높임)

49) 비ᅀᆞᄫᆞ니: 비(←빌다: 빌다, 祈)-+-ᅀᆞᇦ(←-ᅀᆞᆸ-: 객높)-+-오(화자)-+-니(연어, 설명 계속, 이유)

50) 날ᄃᆞ려: 날(←나, 我: 인대, 1인칭)+-ᄃᆞ려(-에게, -더러: 부조, 위치, 상대) ※ 1인칭 대명사인 '나'에 부사격 조사인 '-ᄃᆞ려'가 결합하면서 '나'에 /ㄹ/이 첨가되었다.

51) 니ᄅᆞ샤ᄃᆡ: 니ᄅᆞ(이르다, 曰)-+-샤(←-시-: 주높)-+-ᄃᆡ(←-오ᄃᆡ: -되, 연어, 설명 계속)

52) 뫼ᅀᆞᄫᅡ: 뫼ᅀᆞᆸ(모시다, 侍)-+-아(연어)

53) 聖人내라: 聖人내[성인들: 聖人(성인)+-내(복접, 높임)]-+-Ø(←-이-: 서조)-+-Ø(현시)-+-라(←-다: 평종)

54) 이: 이(이것, 此: 지대, 정칭)+-Ø(←-이: 주조) ※ 문맥을 감안하여 '이'를 '이분'으로 의역하여 옮긴다.

[52 뒤]

大聖正覺世尊釋迦文佛(서방 대성 정각 세존 석가 문불)이시니【大聖(대성)은 큰 聖人(성인)이다. 文(문)은 “남을 불쌍히 여기신다.”라고 한 뜻이다.】이제 敎法(교법)이 東土(동토)에 퍼지겠으므로【敎法(교법)은 衆生(중생)을 敎化(교화)하시는 法(법)이다.】, 化身(화신)이 東土(동토)로 가시느니라.【부처의 몸을 세 가지로 사뢰나니, 淸淨(청정)한 法身(법신)인 毗盧遮那(비로자나)와 圓滿(원만)한 報身(보신)인 盧舍那(로사나)와

大땡聖셩[55]正졍覺각[56]世솅尊존[57]釋셕迦강[58]文문佛뿛[59]이시니【大땡聖셩은 큰 聖셩人ᅀᅵᆫ이라 文문은 ᄂᆞᆷ 어여ᄡᅵ[60] 너기시ᄂᆞ다[61] ᄒᆞᆫ ᄠᅳ디라】 이제 敎ᄀᆞᇢ法법이 東동土통[62]애 펴디릴ᄊᆡ[63]【敎ᄀᆞᇢ法법은 衆즁生ᄉᆡᆼ 敎ᄀᆞᇢ化황ᄒᆞ시논 法법이라】 化황身ᅀᅵᆫ[64]이 東동土통로 가시ᄂᆞ니라【부텻 모ᄆᆞᆯ 세 가지로 ᄉᆞᆲᄂᆞ니 淸청淨쪙 法법身ᅀᅵᆫ[65] 毗삥盧롱遮쟝那낭[66]와 圓원滿만[67] 報ᄇᆞᇢ身ᅀᅵᆫ[68] 盧롱舍샹那낭[69]와

---

55) 大聖: 대성. 큰 성인이다.
56) 正覺: 정각. 올바른 깨달음이다. 일체의 참된 모습을 깨달은 더할 나위 없는 지혜이다.
57) 世尊: 세존. 세상에서 가장 존귀한 존재라는 뜻으로, 부처님을 이른다.
58) 釋迦: 석가. 고대 인도의 크샤트리아 계급에 속하는 종족의 하나로서, 석가모니가 석가의 종족에 속한다.
59) 文佛: 문불. 남을 불쌍히 여기는 부처이다.
60) 어여ᄡᅵ: [불쌍히, 憐(부사): 어엿ㅂ(←어엿브다: 불쌍하다, 憐): 형사- + -이(부접)]
61) 너기시ᄂᆞ다: 너기(여기다, 思)- + -시(주높)- + -ᄂᆞ(현시)- + -다(평종)
62) 東土: 동토. 중국이 인도의 동쪽에 있으므로, 인도에서는 중국을 동토라고 이른다.
63) 펴디릴ᄊᆡ: 펴디[퍼지다, 擴: 펴(펴다, 伸)- + -어(연어) + 디(지다: 보용, 피동)-]- + -리(미시)- + -ㄹᄊᆡ(-므로: 연어, 이유)
64) 化身: 화신. 부처가 중생을 교화하기 위하여 여러 모습으로 변화하는 일이나, 그 불신(佛身)이다.
65) 法身: 법신. 삼신(三身)의 하나이다. 불법의 이치와 일치하는 부처의 몸을 이른다.
66) 毘盧遮那: 비로자나. 연화장 세계에 살며, 그 몸은 법계(法界)에 두루 차서 큰 광명을 내비치어 중생을 제도하는 부처이다.
67) 圓滿: 원만. 성격이 모난 데가 없이 부드럽고 너그러운 것이다.
68) 報身: 보신. 삼신(三身)의 하나이다. 선행 공덕을 쌓은 결과로 부처의 공덕이 갖추어진 몸을 이른다.
69) 盧舍那: 로사나. 교의 진리를 부처로 신격화한 법신(法身)이다. '광명이 두루 비친다'라는 뜻으로 부처의 가장 궁극적인 모습(佛身)의 진신(眞身)이다.

[53 앞]

那낭와千쳔百ᄇᆡᆨ億ᅙᅳᆨ化황身신釋
셕迦강牟뭏尼닝시니라毗삥盧롱
遮쟝那낭ᄂᆞᆫ一ᅙᅵᇙ切쳉고대ᄀᆞᄃᆞᆨ다
ᄒᆞ논마리니眞진實씷ㅅ性셩ㅅ根
ᄀᆞᆫ源원이ᄆᆞᆯᄀᆞ며괴외ᄒᆞ야혜아룜
과일훔괘업서虛헝空콩ᄀᆞᆮ티뷔여
믈읫보논얼구리ᄭᅮ멧얼굴ᄀᆞᆮᄒᆞ며
듣논소리뫼ᅀᆞ리ᄀᆞᆮᄒᆞ야이숌과업
숨괘ᄂᆞᆷ디아니홀ᄊᆡ煩뻔惱놓ㅅ
根ᄀᆞᆫ源원도조ᄒᆞ야眞진實씷ㅅ功
공德득이ᄀᆞ자一ᅙᅵᇙ切쳉法법이ᄒᆞᆫ
가진佛뿛性셩이니이衆즁生ᄉᆡᇰ마
다뒷논제性셩이니일훔도업건마
ᄅᆞᆫ구쳐法법身신이라ᄒᆞ니라圓원

千百億(천백억) 化身(화신)인 釋迦牟尼(석가모니)이니라. 毗盧遮那(비로자나)는 "一切(일체)의 곳에 가득하다." 하는 말이니, 眞實(진실)의 性(성)의 根源(근원)이 맑으며 고요하여, 헤아림과 이름이 없어 虛空(허공)과 같이 비어서, 모든 보는 형체가 꿈에 있는 형체와 같으며, 듣는 소리가 메아리와 같아서 있음과 없음이 다르지 아니하므로, 煩惱(번뇌)의 근원도 맑아 眞實(진실)의 功德(공덕)이 갖추어져 一切(일체)의 法(법)이 한 가지인 佛性(불성)이니, 이것이 衆生(중생)마다 두고 있는 자기의 性(성)이니, 이름도 없건마는 구태여 法身(법신)이라 하였니라.

千쳔百ᄇᆡᆨ億ᅙᅳᆨ 化황身신 釋셕迦강牟뭏尼닝시니라 毗삥盧롱遮쟝那낭ᄂᆞᆫ 一ᅙᅵᇙ切쳉 고대[70] ᄀᆞ득다[71] ᄒᆞ논 마리니 眞진實씷ㅅ 性셩ㅅ 根근源원이 ᄆᆞᆯᄀᆞ며 괴외ᄒᆞ야[72] 혜아룜과[73] 일훔괘[74] 업서 虛헝空콩 ᄀᆞ티 뷔여 믈읫[75] 보논 얼구리[76] ᄭᅮ멧[77] 얼굴 ᄀᆞᆮᄒᆞ며 듣논 소리 뫼ᅀᅡ리[78] ᄀᆞᆮᄒᆞ야 이슘과[79] 업숨괘 다ᄅᆞ디 아니ᄒᆞᆯᄊᆡ 煩뻔惱놓ㅅ 根근源원도 조ᄒᆞ야[80] 眞진實씷ㅅ 功공德득이 ᄀᆞ자[81] 一ᅙᅵᇙ切쳉 法법이 ᄒᆞᆫ 가진[82] 佛뿛性셩이니 이[83] 衆즁生ᄉᆡᇰ마다 뒷논[84] 제 性셩이니 일훔도 업건마ᄅᆞᆫ[85] 구쳐[86] 法법身신이라 ᄒᆞ니라

---

70) 고대: 곧(곳, 處: 의명) + -애(← -에: 부조, 위치)
71) ᄀᆞ득다: ᄀᆞ득[← ᄀᆞ득ᄒᆞ다(가득하다, 滿): ᄀᆞ득(가득: 불어) + -ᄒᆞ(형접)-]- + -Ø(현시)- + -다(평종)
72) 괴외ᄒᆞ야: 괴외ᄒᆞ[고요하다, 靜: 괴외(고요: 불어) + -ᄒᆞ(형접)-]- + -야(← -아: 연어)
73) 혜아룜과: 혜아리[헤아리다, 세다, 計)- + -옴(명전) + -과(접조)
74) 일훔괘: 일훔(이름, 名)- + -과(접조) + -ㅣ(← -이: 주조)
75) 믈읫: 무릇, 모든, 全(관사, 양수)
76) 얼구리: 얼굴(형체, 모습, 模) + -이(주조)
77) ᄭᅮ멧: ᄭᅮᆷ[꿈, 夢(명사): ᄭᅮ(꾸다, 夢)- + -ㅁ(명접)] + -에(부조, 위치) + -ㅅ(-의: 관조)
78) 뫼ᅀᅡ리: 뫼ᅀᅡ리[메아리, 響: 뫼(← 뫼ㅎ, 山) + 살(← 살다: 살다, 在)- + -이(명접)] + -Ø(← -이: -와, 부조, 비교)
79) 이슘과: 이시(있다, 有)- + -움(명전) + -과(접조)
80) 조ᄒᆞ야: 조ᄒᆞ(맑다, 깨끗하다, 淨) + -야(← -아: 연어)
81) ᄀᆞ자: ᄀᆞᆽ(갖추어져 있다, 具: 형사)- + -아(연어)
82) ᄒᆞᆫ 가진: ᄒᆞᆫ(한, 一: 관사, 양수) # 가지(가지: 의명) + -Ø(← -이-: 서조)- + -Ø(현시)- + -ㄴ(관전)
83) 이: 이(이것, 此: 지대, 정칭) + -Ø(← -이: 주조)
84) 뒷논: 두(두다, 置)- + -Ø(← -어: 연어) + 잇(보용, 완료 지속)- + -ㄴ(← -ᄂᆞ-: 현시)- + -오(화자)- + -ㄴ(관전) ※ '뒷논'은 '두어 잇논'이 축약된 형태이다.
85) 업건마ᄅᆞᆫ: 업(← 없다: 없다, 無)- + -건마ᄅᆞᆫ(-건마는: 연어, 인정 대조)
86) 구쳐: [구태여, 억지로, 마지못해(부사): 궂(궂다, 惡: 형사)- + -히(사접)- + -어(연어 ▷ 부접)]

[53 뒤]

圓(원)은 둥근 것이요, 滿(만)은 가득한 것이니, 여러 궂은 일이 다 없어 德(덕)이 다 갖추어지시므로 圓滿(원만)이라고 하였니라. 報身(보신)은 부처가 가장 貴(귀)한 因緣(인연)으로 至極(지극)하게 즐거운 果報(과보)를 타 나시어, 自得(자득)히 便安(편안)하신 것이다. 盧舍那(로사나)는 '光明(광명)이 차서 비쳤다.'고 혼 말이니, 智慧(지혜)의 光明(광명)이 안으로 眞實(진실)의 法界(법계)를 비추시어 자기가 受用(수용)하시고, 몸에 있는 光明(광명)이 밖으로 菩薩(보살)을 비추시어 남이 受用(수용)하는 것이니, 受用(수용)은 '받아 썼다.'고 한 뜻이다. 자기가 受用(수용)하시는 것은 如來(여래)가 無數劫(무수겁)에

[53 뒤]

圓원은 두려ᄫᅳᆯ[87] 씨오 滿만ᄋᆞᆫ ᄀᆞᄃᆞᆨ홀 씨니 여러 구즌[88] 이리 다 업서 德득이 다 ᄀᆞᄌᆞ실ᄊᆡ 圓원滿만이라 ᄒᆞ니라 報볼身신ᄋᆞᆫ 부텨 ᄀᆞ장 貴귕ᄒᆞᆫ 因인緣원으로 至징極끅 즐거ᄫᅳᆫ[89] 果광報볼를 타[90] 나샤 自ᄍᆞᆼ得득히[91] 便뼌安한ᄒᆞ실 씨라 盧롱舍샹那낭ᄂᆞᆫ 光광明명이 차[92] 비취다[93] ᄒᆞᆫ 마리니 智딩慧ᅘᅰᆼㅅ 光광明명이 안ᄒᆞ로[94] 眞진實씷ㅅ 法법界갱[95]를 비취샤 ᄌᆞ개[96] 受쓯用용ᄒᆞ시고 모맷[97] 光광明명이 밧ᄀᆞ로[98] 菩뽕薩삻ᄋᆞᆯ 비취샤 ᄂᆞᄆᆡ[99] 受쓯用용홀 씨니 受쓯用용ᄋᆞᆫ 바다 ᄡᅳ다[100] ᄒᆞᆫ ᄠᅳ디라 ᄌᆞ개 受쓯用용ᄒᆞ샤ᄆᆞᆫ 如셩來링 無뭉數숭劫겁[1]에

---

87) 두려ᄫᅳᆯ: 두렇(← 두렵다, ㅂ불: 둥그렇다, 원만하다)- + -을(관전)
88) 구즌: 궂(궂다, 나쁘다, 惡)- + -Ø(현시)- + -은(관전)
89) 즐거ᄫᅳᆫ: 즐겋[← 즐겁다, ㅂ불(형사): 즑(즐거워하다, 歡: 동사)- + -엏(← -업-: 형접)-]- + -Ø(현시)- + -은(관전)
90) 타: ㅌ(← ᄐᆞ다: 타다, 乘)- + -아(연어)
91) 自得히: [자득히(부사): 自得(자득: 명사) + -ㅎ(← -ᄒᆞ-: 동접)- + -이(부접)] ※ '自得히'는 '스스로 깨달아서 얻어서'의 뜻으로 쓰이는 부사이다.
92) 차: ㅊ(← ᄎᆞ다: 차다, 滿)- + -아(연어)
93) 비취다: 비취(비치다, 照: 자동)- + -Ø(과시)- + -다(평종)
94) 안ᄒᆞ로: 안ㅎ(안, 內) + -ᄋᆞ로(부조, 방향)
95) 法界: 법계. 우주 만법의 본체인 진여(眞如)이다. 진여(眞如)는 사물의 있는 그대로의 모습이라는 뜻으로, 우주 만유의 본체인 평등하고 차별이 없는 절대의 진리를 이르는 말이다.
96) ᄌᆞ개: ᄌᆞ갸(자기, 당신, 己: 인대, 재귀칭, 높임) + -ㅣ(← -이: 주조)
97) 모맷: 몸(몸, 身) + -애(-에: 부조, 위치) + -ㅅ(-의: 관조)
98) 밧ᄀᆞ로: 밝(밖, 外) + -ᄋᆞ로(부조, 방향)
99) ᄂᆞᄆᆡ: ᄂᆞᆷ(남, 他人) + -이(주조)
100) 바다 ᄡᅳ다: 받(받다, 受)- + -아(연어) # ᄡᅳ(쓰다, 사용하다, 用)- + -Ø(과시)- + -다(평종)
1) 無數劫: 무수겁. 헤아릴 수 없을 만큼 긴 시간이다.

數숭劫겁에그지업슨福복德득을
닷ᄀᆞ샤ᄀᆞᆺ업슨功공德득을니르와
ᄃᆞ샤조ᄒᆞ미샹녜色ᄉᆡᆨ身신에ᄀᆞ득
ᄒᆞ며ᄆᆞᆯ고미未밍來ᄅᆡᆼ예니ᅀᅥ너브
며큰法법樂락ᄋᆞᆯ샹녜受쓯用용ᄒᆞ
샤미오ᄂᆞᄆᆡ受쓯用용ᄒᆞᄂᆞᆫ妙묠淨
쪙功공德득身신ᄋᆞᆯ뵈샤三삼十씹
二ᅀᅵᆼ相샹八밣十씹種종好ᄒᆞᇢㅣᄀᆞ
ᄌᆞ샤섯근것업스니조ᄒᆞᆫ나라해겨샤
十씹地띵菩뽕薩삻ᄋᆞᆯ爲윙ᄒᆞ샤큰
神씬通통ᄋᆞᆯ나토샤正졍法법으로
모ᄃᆞᆫ疑읭心심ᄋᆞᆯ決곓斷똰ᄒᆞ샤大
땡乘씽法법樂락ᄋᆞᆯ受쓯用용케ᄒᆞ
실씨라神씬ᄋᆞᆫ神씬奇끵ᄒᆞ야사ᄅᆞᆷ

그지없는 福德(복덕)을 닦으시어 가없는 功德(공덕)을 일으키시어, 깨끗함이 늘 色身(색신)에 가득하며, 맑음이 未來(미래)에 이어서 넓으며 큰 法樂(법락)을 늘 受用(수용)하시는 것이요, 남이 受用(수용)하는 것은 妙淨(묘정) 功德身(공덕신)을 보이시어, 三十二相(삼십이상) 八十種好(팔십종호)가 갖추어져 있으시어 섞인 것이 없는 깨끗한 나라에 계시어, 十地菩薩(십지보살)을 爲(위)하시어 큰 神通(신통)을 나타내시어, 正法(정법)으로 모든 疑心(의심)을 決斷(결단)하시어, 大乘法樂(대승법락)을 受用(수용)케 하시는 것이다. 神(신)은 神奇(신기)하여 사람이 그지업슨 福복德득을 닷ᄀᆞ샤[2] ᄀᆞᆺ업슨[3] 功공德득을 니르와ᄃᆞ샤[4] 조호미 샹녜 色식身신[5]에 ᄀᆞᄃᆞᆨᄒᆞ며 ᄆᆞᆯ고미 未밍來링예 니ᅀᅥ[6] 너브며[7] 큰 法법樂락[8]ᄋᆞᆯ 샹녜 受쓯用용ᄒᆞ샤미오[9] ᄂᆞ미 受쓯用용호ᄆᆞᆫ 妙묠淨쪙[10] 功공德득身신[11]ᄋᆞᆯ 뵈샤[12] 三삼十씹二ᅀᅵᆼ相샹[13] 八밣十씹種죵好흫[14] ㅣ ᄀᆞᄌᆞ샤 섯근[15] 것 업슨 조ᄒᆞᆫ 나라해 겨샤 十씹地띵[16] 菩뽕薩삻ᄋᆞᆯ 爲윙ᄒᆞ샤 큰 神씬通통ᄋᆞᆯ 나토샤[17] 正졍法법으로 모ᄃᆞᆫ 疑읭心심ᄋᆞᆯ 決궗斷똰ᄒᆞ샤 大땡乘씽[18] 法법樂락ᄋᆞᆯ 受쓯用용케 ᄒᆞ실 씨라 神씬은 神씬奇낑ᄒᆞ야 사ᄅᆞᆷ

---

2) 닷ᄀᆞ샤: 닸(닦다, 修)- + -ᄋᆞ샤(← -ᄋᆞ시-: 주높)- + -∅(← -아: 연어)
3) ᄀᆞᆺ업슨: ᄀᆞᆺ없[가없다, 끝없다, 無限: ᄀᆞᆺ(가, 邊) + 없(없다, 無)-]- + -∅(현시)- + -은(관전)
4) 니르와ᄃᆞ샤: 니르왇[일으키다: 닐(일어나다, 起: 자동)- + -으(사접)- + -왇(강접)-]- + -ᄋᆞ샤(← -ᄋᆞ시-: 주높)- + -∅(← -아: 연어)
5) 色身: 색신. 물질적 존재로서 형체가 있는 몸, 혹은 석가모니나 보살의 육신이다.
6) 니ᅀᅥ: 닔(← 닛다, ㅅ불: 잇다, 繼)- + -어(연어)
7) 너브며: 넙(넓다, 廣)- + -으며(연어, 나열)
8) 法樂: 법락. 부처의 가르침을 믿고 받드는 기쁨이다.
9) 受容ᄒᆞ샤미오: 受容ᄒᆞ[수용하다: 受容(수용: 명사) + -ᄒᆞ(동접)-]- + -샤(← -시-: 주높)- + -ㅁ(← -옴: 명전) + -이(서조)- + -오(← -고: 연어, 나열)
10) 妙淨: 묘정. 묘하고 깨끗한 것이다.
11) 功德身: 공덕신. '공덕'은 전생의 죄를 씻고 나중에 좋은 결과를 얻기 위해 선업(善業)을 쌓는 행위를 일컫는 것으로, '공덕신(공덕의 몸)'은 곧 부처님을 나타낸다.
12) 뵈사: 뵈[보이다, 示: 보(보다, 見)- + -ㅣ(← -이-: 사접)-]- + -샤(← -시-: 주높)- + -∅(← -아: 연어)
13) 三十二相: 삼십이상. 부처의 몸에 갖춘 서른두 가지의 독특한 모양이다.
14) 八十種好: 팔십종호. 부처의 몸에 갖추어져 있는 미묘하고 잘생긴 여든 가지 상(相)이다.
15) 섯근: 섥(섞이다, 混: 자동)- + -∅(과시)- + -은(관전)
16) 十地: 십지. 보살이 수행하는 오십이위(五十二位) 단계 가운데에서, 제41위에서 제50위까지의 단계이다. 부처의 지혜를 생성하고 온갖 중생을 교화하여 이롭게 하는 단계이다.
17) 나토샤: 나토[나타내다, 現: 낟(나타나다, 現: 자동)- + -호(사접)-]- + -샤(← -시-: 주높)- + -∅(← -아: 연어)
18) 大乘: 대승. 중생을 제도하여 부처의 경지에 이르게 하는 것을 이상으로 하는 불교이다.

모ᄅᆞᆯ씨오通통ᄋᆞᆫ智딩慧ᅘᅰᆼᄉᆞᄆᆞᆺ차
마ᄀᆞᆫᄃᆡ업슬씨라千쳔百ᄇᆡᆨ億ᅙᅳᆨ은
百ᄇᆡᆨ億ᅙᅳᆨ곰ᄒᆞ니一ᅙᅵᇙ千쳔이라ᄒᆞᆫ
마리니즈믄萬먼이億ᅙᅳᆨ이라一ᅙᅵᇙ
千쳔蓮련ㅅ곶우희一ᅙᅵᇙ千쳔釋셕
迦강ㅣ겨시고곶마다百ᄇᆡᆨ億ᅙᅳᆨ나
라히오나라마다ᄒᆞᆫ釋셕迦강ㅣ나
실씨千쳔百ᄇᆡᆨ億ᅙᅳᆨ化황身신이라
ᄒᆞ니化황身신ᄋᆞᆫ變변化황로나신
모미라곶우흿釋셕迦강ᄂᆞᆫ盧롱舍
샹那낭ㅅ化황身신이시고千쳔百
ᄇᆡᆨ億ᅙᅳᆨ釋셕迦강ᄂᆞᆫ化황身신ㅅ化
황身신이閻염浮뿡提뗑菩뽕提뗑
樹쓩ㅅ미틔ᄒᆞᆫ쁴成쎵佛뿛ᄒᆞ신釋

모르는 것이요, 通(통)은 智慧(지혜)를 통달하여 막은 데가 없는 것이다. 千百億(천백억)은 百億(백억)씩 한 것이 一千(일천)이라고 한 말이니, 천(千)의 萬(만)이 億(억)이다. 一千(일천) 蓮(연)꽃 위에 一千(일천)의 釋迦(석가)가 계시고, 꽃마다 百億(백억) 나라이요 나라마다 한 釋迦(석가)가 나시므로, 千百億(천백억) 化身(화신)이라고 하니, 化身(화신)은 變化(변화)로 나신 몸이다. 꽃 위에 있는 釋迦(석가)는 盧舍那(로사나)의 化身(화신)이시고, 千百億(천백억) 釋迦(석가)는 化身(화신)의 化身(화신)이 閻浮提(염부제)의 菩提樹(보리수)의 밑에서 함께 成佛(성불)하신 모ᄅᆞᆯ 씨오 通통은 智딩慧ᅘᅰᆼ ᄉᆞᄆᆞ차[19] 마ᄀᆞᆫ[20] ᄃᆡ[21] 업슬 씨라 千쳔百ᄇᆡᆨ億ᅙᅳᆨ은 百ᄇᆡᆨ億ᅙᅳᆨ곰[22] 호니[23] 一ᅙᅵᇙ千쳔이라 혼 마리니 즈믄[24] 萬먼이 億ᅙᅳᆨ이라 一ᅙᅵᇙ千쳔 蓮련ㅅ곳[25] 우희[26] 一ᅙᅵᇙ千쳔 釋셕迦강ㅣ 겨시고 곳마다[27] 百ᄇᆡᆨ億ᅙᅳᆨ 나라히오 나라마다 ᄒᆞᆫ 釋셕迦강ㅣ 나실씨 千쳔百ᄇᆡᆨ億ᅙᅳᆨ 化황身신[28]이라 ᄒᆞ니 化황身신은 變변化황로 나신 모미라 곳 우흿[29] 釋셕迦강ᄂᆞᆫ 盧롱舍샹那낭[30]ㅅ 化황身신이시고 千쳔百ᄇᆡᆨ億ᅙᅳᆨ 釋셕迦강ᄂᆞᆫ 化황身신ㅅ 化황身신이 閻염浮뿔提똉[31] 菩뽕提똉樹쓩[32]ㅅ 미틔[33] ᄒᆞᆫ삐[34] 成쎵佛뿛ᄒᆞ신

---

19) ᄉᆞᄆᆞ차: ᄉᆞᄆᆞᆾ(꿰뚫다, 통달하다, 通)- + -아(연어)
20) 마ᄀᆞᆫ: 막(막다, 障)- + -Ø(과시)- + -ᄋᆞᆫ(관전)
21) ᄃᆡ: ᄃᆡ(데, 處: 의명) + -Ø(← -이: 주조)
22) 百億곰: 百億(백억: 수사) + -곰(-씩: 보조사, 각자)
23) 호니: ᄒᆞ(하다, 爲)- + -Ø(과시)- + -오(화자)- + -ㄴ(관전) # 이(것, 者: 의명) + -Ø(← -이: 주조)
24) 즈믄: 일천, 一千(수관, 양수)
25) 蓮ㅅ곳: [연꽃: 蓮(연) + -ㅅ(관조, 사잇) + 곳(← 곶: 꽃, 花)]
26) 우희: 우ㅎ(위, 上) + -의(-에: 부조, 위치)
27) 곳마다: 곳(← 곶: 꽃, 花) + -마다(보조사, 각자)
28) 化身: 화신. 부처의 신체를 그 성품에 따라서 나눈 삼신불(三身佛)의 하나이다. 혹은 부처가 중생을 교화하기 위하여 변화한 여러 모습이다.
29) 우흿: 우ㅎ(위, 上) + -의(-에: 부조, 위치) + -ㅅ(-의: 관조)
30) 盧舍那: 로사나. 교의 진리를 부처로 신격화한 법신(法身)이다. 햇빛이 온 세상을 비추듯이 광명으로 이름을 얻은 부처이다. 삼신불(三身佛) 가운데에서 보신불(報身佛)에 해당한다.
31) 閻浮提: 염부제. 사주(四洲)의 하나. 수미산 남쪽에 있다는 대륙으로, 인간들이 사는 곳이며, 여러 부처가 나타나는 곳은 사주(四洲) 가운데 이곳뿐이라고 한다.
32) 菩提樹: 보리수. 석가모니가 그 아래에서 변함없이 진리를 깨달아 불도(佛道)를 이루었다고 하는 나무이다.
33) 미틔: 밑(밑, 下) + -의(-에: 부조, 위치)
34) ᄒᆞᆫ삐: [함께, 同伴(부사): ᄒᆞᆫ(한, 一: 관사, 양수) + ㅄ(← ᄣᅳ: 때, 時, 의명) + -의(-에: 부조, 위치 ▷ 부접)]

[55 앞]

셕迦강ㅣ시니라 이 法법身신 報봉身신 化황身신이 다ᄅᆞ디 아니ᄒᆞ샤 性셩ㅅ根근源원을 니ᄅᆞ건댄 法법身신이오 智딩慧휑ᄅᆞᆯ 니ᄅᆞ건댄 報봉身신이오 智딩慧휑 ᄡᅳ샤ᄆᆞᆯ 니ᄅᆞ건댄 化황身신이니 智딩慧휑根근源원 性셩体텡와 마자 이셔 큰 ᄡᅮ믈 니ᄅᆞ와ᄃᆞᆯ ᄊᆡ라 眞진實씷ㅅ 法법身신이 虛헝空콩 ᄀᆞᆮᄒᆞ야 本본來ᄅᆡᆼ 얼굴 업건마ᄅᆞᆫ 世솅間간ㅅ 衆즁生싱 爲윙ᄒᆞ샤 조ᄒᆞᆫ 나라히며 더러ᄫᅳᆫ 나라히며 제여곲 氣킝質짏을 조ᄎᆞ샤 化황身신을 뵈샤 敎굫化황ᄒᆞ샤미 ᄆᆞ레 비췬 ᄃᆞᆯ 곧ᄒᆞ시니라 化황身신

釋迦(석가)이시니라. 이 法身(법신), 報身(보신), 化身(화신)이 다르지 아니하시어, 性(성)의 根源(근원)을 말하면 法身(법신)이요, 智慧(지혜)를 말하면 報身(보신)이요, 智慧(지혜)를 쓰는 것을 말하면 化身(화신)이니, (화신은) 智慧(지혜)가 根源(근원)인 性体(성체)와 맞아 있어 크게 쓰는 것을 일으키는 것이다. 眞實(진실)의 法身(법신)이 虛空(허공)과 같아서 本來(본래) 모습(형체)이 없건마는, 世間(세간)의 衆生(중생)을 爲(위)하시어, 깨끗한 나라며 더러운 나라며 제각각의 氣質(기질)을 좇으시어 化身(화신)을 보이시어 敎化(교화)하시는 것이, 물에 비친 달과 같으시니라. 化身(화신)이

釋셕迦강ㅣ시니라[35] 이 法법身신 報보ᇢ身신 化황身신이 다ᄅᆞ디 아니ᄒᆞ샤 性셩[36]ㅅ 根ᄀᆞᆫ源원을 니ᄅᆞ건댄[37] 法법身신이오 智딩慧휑ᄅᆞᆯ 니ᄅᆞ건댄 報보ᇢ身신이오 智딩慧휑 ᄡᅳ샤ᄆᆞᆯ[38] 니ᄅᆞ건댄 化황身신이니 智딩慧휑[39] 根ᄀᆞᆫ源원 性셩体톙[40]와 마자[41] 이셔[42] 큰 ᄡᅮ믈[43] 니ᄅᆞ와ᄃᆞᆯ[44] 씨라 眞진實씷ㅅ 法법身신이 虛헝空콩 ᄀᆞᆮᄒᆞ야 本본來ᄅᆡᆼ 얼굴 업건마ᄅᆞᆫ[45] 世솅間간ㅅ 衆즁生ᄉᆡᆼ 爲윙ᄒᆞ샤 조ᄒᆞᆫ 나라히며[46] 더러ᄫᅳᆫ[47] 나라히며 제여곲[48] 氣킝質짏ᄋᆞᆯ 조ᄎᆞ샤[49] 化황身신ᄋᆞᆯ 뵈샤 敎교ᇢ化황ᄒᆞ샤미 므레[50] 비췬 ᄃᆞᆯ ᄀᆞᆮᄒᆞ시니라[51] 化황身신이

---

35) 釋迦ㅣ시니라: 釋迦(석가)+-ㅣ(←-이-: 서조)-+-시(주높)-+-Ø(현시)-+-니(원칙)-+-라(←-다: 평종)

36) 性: 성. 나면서부터 지닌 본연의 성품이나 그 자체이다. 현상 차별의 상대적 모양에 대하여, '오온(五蘊)', '평등 진여(平等眞如)'를 이른다.

37) 니ᄅᆞ건댄: 니ᄅᆞ(이르다, 말하다, 曰)-+-거(확인)-+-ㄴ댄(-면: 연어, 조건)

38) ᄡᅳ샤ᄆᆞᆯ: ᄡᅳ(쓰다, 用)-+-샤(←-시-: 주높)-+-ㅁ(←-옴: 명전)+-ᄋᆞᆯ(목조)

39) 智慧: 智慧(지혜)+-Ø(←-이: 주조)

40) 性體: 성체. 마음의 본체이다.

41) 마자: 맞(맞다, 일치하다, 一致)-+-아(연어)

42) 이셔: 이시(있다: 보용, 완료 지속)-+-어(연어)

43) ᄡᅮ믈: ᄡ(←ᄡᅳ다: 쓰다, 사용하다, 用)-+-움(명전)+-을(목조)

44) 니ᄅᆞ와ᄃᆞᆯ: 니ᄅᆞ왇[일으키다: 닐(일어나다, 起: 자동)-+-ᄋᆞ(사접)-+-왇(강접)-]-+-ᄋᆞᆯ(관전)

45) 업건마ᄅᆞᆫ: 업(←없다: 없다, 無)-+-건마ᄅᆞᆫ(-건마는: 연어, 인정 대조)

46) 나라히며: 나랗(나라, 國)+-이며(접조)

47) 더러ᄫᅳᆫ: 더렇(←더럽다, ㅂ불: 더럽다, 汚)+-Ø(현시)-+-은

48) 제여곲: 제여곰(제각각, 제각기, 各自: 명사)+-ㅅ(-의: 관조)

49) 조ᄎᆞ샤: 좇(좇다, 從)-+-ᄋᆞ샤(←-ᄋᆞ시-: 주높)-+-Ø(←-아: 연어)

50) 므레: 믈(물, 水)+-에(부조, 위치)

51) ᄀᆞᆮᄒᆞ시니라: ᄀᆞᆮᄒᆞ(같다, 同)-+-ᄋᆞ시(주높)-+-Ø(현시)-+-니(원칙)-+-라(←-다: 평종)

[55 뒤]

보이셔도 根源(근원)은 없으신 것이, (마치) 달의 그림자가 眞實(진실)의 달이 아닌 것과 같으니라. 蓮花(연화)는 더러운 데에 있어도 더럽지 아니한 것이 眞實(진실)의 法界(법계)가 世間(세간)의 法(법)에 (비해) 못 더럽혀짐을 비유하였니라. 八十種好(팔십종호)는 여든 가지의 좋으신 相(상)이시니, 첫 相(상)은 머리의 정수리를 볼 사람이 없으며, 둘째는 정수리의 머리통이 굳으시며, 셋째는 이마가 넓고 平正(평정)하시며, 넷째는 눈썹이 높고 기시고 初生(초생)달 같이 한쪽으로 조금 비뚤게 굽으시고 감푸른 瑠璃(유리)빛 같으시며, 다섯째는 눈이 넓고 기시며, 여섯째는 뵈샤도[52] 根ᄀᆞᆫ源원은 업스샤미[53] ᄃᆞᆳ 그림제[54] 眞진實씷ㅅ ᄃᆞᆯ 아니로미[55] ᄀᆞᆮᄒᆞ니라 蓮련花황ᄂᆞᆫ 더러ᄫᅳᆫ ᄃᆡ 이셔도 더럽디 아니호미 眞진實씷ㅅ 法법界갱[56] 世솅間간 法법의 몯 더러ᄫᅲ믈[57] 가ᄌᆞᆯ비니라[58] 八밣十씹種죵好호ᇢᄂᆞᆫ 여든 가짓 됴ᄒᆞ신 相샹이시니 첫 相샹ᄋᆞᆫ 머릿 뎡바기ᄅᆞᆯ[59] 보ᅀᆞᄫᆞ리[60] 업스며 둘차힌[61] 뎡바깃 ᄃᆡ고리[62] 구드시며 세차힌 니마히[63] 넙고 平뼝正졍ᄒᆞ시며 네차힌 눈서비[64] 놉고 기르시고[65] 初총生싱ㅅᄃᆞᆯ[66] ᄀᆞ티 엇우브시고[67] 감ᄑᆞᄅᆞᆫ[68] 瑠륳璃링ㅅ 빗 ᄀᆞᄐᆞ시며 다ᄉᆞᆺ차힌 누니 넙고 기르시며 여ᄉᆞᆺ차힌

---

52) 뵈샤도: 뵈[보이다: 보(보다, 見: 타동)- + -ㅣ(← -이-: 피접)-]- + -샤(← -시-: 주높)- + -아도(연어, 양보)

53) 업스샤미: 없(없다, 無)- + -으샤(← -으시-: 주높)- + -ㅁ(← -옴: 명전) + -이(주조)

54) ᄃᆞᆳ 그림제: ᄃᆞᆯ(달, 月) + -ㅅ(-의: 관조) # 그림제(그림자, 影) + -∅(← -이: 주조)

55) 아니로미: 아니(아니다, 不)- + -롬(← -옴: 명전) + -이(주조)

56) 法界: 法界(법계) + -∅(← -이: 주조) ※ '法界(법계)'는 우주 만법의 본체인 진여(眞如)다.

57) 더러ᄫᅲ믈: 더러ᄫᅵ[더럽혀지다(피동): 더러ᇦ(← 더럽다, ㅂ불: 더럽다)- + -이(피접)-]- + -움(명전) + -을(목조) ※ '더러ᄫᅵ다'는 일반적으로 '더럽히다'의 뜻을 나타내는 사동사로 쓰였는데, 여기서는 문맥상 피동사로 쓰였다.

58) 가ᄌᆞᆯ비니라: 가ᄌᆞᆯ비(비유하다, 比)- + -∅(과시)- + -니(원칙)- + -라(← -다: 평종)

59) 뎡바기ᄅᆞᆯ: 뎡바기(정수리, 頂) + -ᄅᆞᆯ(목조)

60) 보ᅀᆞᄫᆞ리: 보(보다, 見)- + -ᅀᆞᇦ(← -ᅀᆞᆸ-: 객높)- + -ᄋᆞᆯ(관전) # 이(이, 者: 의명) + -∅(← -이: 주조)

61) 둘차힌: 둘차히[둘째, 第二(수사, 서수): 둘(둘, 二: 수사, 양수) + -차히(-째: 접미, 서수)] + -ㄴ(← -ᄂᆞᆫ: 보조사, 주제)

62) ᄃᆡ고리: ᄃᆡ골(머리통, 髑) + -이(주조)

63) 니마히: 니마ㅎ(이마, 額) + -이(주조)

64) 눈서비: 눈섭[눈썹, 眉: 눈(눈, 目) + -섭(-썹: 접미)] + -이(주조)

65) 기르시고: 길(길다, 長)- + -으시(주높)- + -고(연어, 나열)

66) 初生ㅅᄃᆞᆯ: [초생달: 初生(초생) + -ㅅ(관조, 사잇) + ᄃᆞᆯ(달, 月)]

67) 엇우브시고: 엇웁[어슷하게 굽다: 엇(어슷하게: 접두, 斜)- + 웁(← 굽다: 굽다, 曲)-]- + -으시(주높)- + -고(연어, 나열) ※ '엇웁다'는 한쪽으로 조금 비뚤게 굽은 것이다.

68) 감ᄑᆞᄅᆞᆫ: 감ᄑᆞᄅᆞ[감푸르다, 紺靑: 감(감다, 紺)- + ᄑᆞᄅᆞ(푸르다, 靑)-]- + -∅(현시)- + -ㄴ(관전)

곶ᄆᆞᄅᆞ리놉고두렵고고ᄃᆞ시고굼기
아니뵈시며닐굽차힌귀두텁고넙
고기르시고귓바회세시며여듧차
힌모미ᄀᆞ장구드샤미那낭羅랑延
연ᄀᆞᄐᆞ시며那낭羅랑延연ᄋᆞᆫ金금
剛강이라혼마리라아홉차힌모미
구더헐디아니ᄒᆞ시며열차힌모맷
ᄆᆞᄃᆡ굳고최최ᄒᆞ시며열ᄒᆞ나차힌
몸오ᄋᆞ로도라보샤미象쌍이ᄀᆞᄐᆞ
시며열둘차힌모매光광明명이겨시
며열세차힌모미고ᄃᆞ시며열네차
힌長땽常썅애져머늙디아니ᄒᆞ시
며열다ᄉᆞᆺ차힌양ᄌᆡ長땽常썅흐웍
흐웍ᄒᆞ시며열여ᄉᆞᆺ차힌모ᄆᆞᆯᄌᆞ개

콧마루가 높고 둥그렇고 곧으시고 구멍이 아니 보이시며, 일곱째는 귀가 두텁고 넓고 기시고 귓바퀴가 군세시며, 여덟째는 몸이 매우 굳으신 것이 那羅延(나라연)과 같으시며, 那羅延(나라연)은 金剛(금강)이라고 한 말이다. 아홉째는 몸이 굳어 헐지 아니하시며, 열째는 몸에 있는 마디가 굳고 빽빽하시며, 열하나째는 몸 전체로 돌아보시는 것이 象(상)과 같으시며, 열둘째는 몸에 光明(광명)이 있으시며, 열셋째는 몸이 곧으시며, 열넷째는 長常(장상) 애젊어서 늙지 아니하시며, 열다섯째는 모습이 長常(장상) 흐벅지시며, 열여섯째는 몸을 당신이

곳ᄆᆞᆯ리[69] 놉고 두렵고[70] 고ᄃᆞ시고 굼기[71] 아니 뵈시며 닐굽차힌 귀 두텁고 넙고 기르시고 귓바회[72] 세시며[73] 여듧차힌 모미 ᄀᆞ장 구드샤미[74] 那낭羅랑延연[75] ᄀᆞᄐᆞ시며 那낭羅랑延연은 金금剛강이라 ᄒᆞᆫ 마리라 아홉차힌 모미 구더 허디[76] 아니ᄒᆞ시며 열차힌 모맷 ᄆᆞᄃᆡ[77] 굳고 칙칙ᄒᆞ시며[78] 열ᄒᆞ나차힌 몸 오ᄋᆞ로[79] 도라보샤미[80] 象썅이[81] ᄀᆞᄐᆞ시며 열둘차힌 모매 光광明명 겨시며 열세차힌 모미 고ᄃᆞ시며 열네차힌 長땅常썅[82] 애져머[83] 늙디 아니ᄒᆞ시며 열다ᄉᆞᆺ차힌 양ᄌᆡ[84] 長땅常썅 호웍호웍ᄒᆞ시며[85] 열여ᄉᆞᆺ차힌 모ᄆᆞᆯ ᄌᆞ개[86]

---

69) 곳ᄆᆞᆯ리: 곳ᄆᆞᆯㄹ[← 곳ᄆᆞᄅᆞ(콧마루): 곳(← 고ㅎ: 코, 鼻) + -ㅅ(관조, 사잇) + ᄆᆞᆯㄹ(← ᄆᆞᄅᆞ: 마루, 頂)] + -이(주조)

70) 두렵고: 두렵(둥그렇다, 圓)- + -고(연어, 나열)

71) 굼기: 구ᇚ(← 구무: 구멍, 孔) + -이(주조)

72) 귓바회: 귓바회[귓바퀴, 耳朶: 귀(귀, 耳) + -ㅅ(관조, 사잇) + 바회(바퀴, 輪)] + -Ø(← -이: 주조)

73) 세시며: 세(세다, 굳세다, 强)- + -시(주높)- + -며(연어, 나열)

74) 구드샤미: 굳(굳다, 堅)- + -으샤(← -시-: 주높)- + -ㅁ(← -옴: 명전) + -이(주조)

75) 那羅延: 나라연. 천상의 역사(力士)로서 불법을 지키는 신이다. 입을 다문 모습을 하고 절 문의 오른쪽에 있으며, 그 힘의 세기가 코끼리의 백만 배나 된다고 한다.

76) 허디: 허(← 헐다: 헐다, 毁)- + -디(-지: 연어, 부정)

77) ᄆᆞᄃᆡ: ᄆᆞᄃᆡ(마디, 寸) + -Ø(← -이: 주조)

78) 칙칙ᄒᆞ시며: 칙칙ᄒᆞ(빽빽하다, 密): 칙칙(빽빽: 불어) + -ᄒᆞ(형접)-]- + -시(주높)- + -며(연어, 나열)

79) 오ᄋᆞ로: [온전히, 전체적으로, 全(부사): 오ᄋᆞᆯ(온전하다, 全: 형사)- + -오(부접)]

80) 도라보샤미: 도라보[돌아보다, 顧: 돌(돌다, 回)- + -아(연어) + 보(보다, 見)-]- + -샤(← -시-: 주높)- + -ㅁ(← -옴: 명전) + -이(주조)

81) 象이: 象(상, 코끼리) + -이(-과: 부조, 비교)

82) 長常: 장상. 늘, 항상(부사)

83) 애져머: 애졈[애졂다: 애(애-: 어린, 幼, 접두) + 졈(졂다, 幼)-]- + -어(연어)

84) 양ᄌᆡ: 양ᄌᆞ(모습, 樣) + -ㅣ(← -이: 주조)

85) 호웍호웍ᄒᆞ시며: 호웍호웍ᄒᆞ[아주 호벅지다: 호웍호웍(호벅호벅: 불어) + -ᄒᆞ(형접)-]- + -시(주높)- + -며(연어, 나열) ※'호웍호웍ᄒᆞ다'는 탐스럽게 두툼하고 부드러운 것이다.

86) ᄌᆞ개: ᄌᆞ갸(자기, 당신, 己: 재귀칭, 높임) + -ㅣ(← -이: 주조)

이대가져돈니샤ᄂᆞᆷ기드리디아니
ᄒᆞ시며열닐굽차힌모미주굴위디
아니ᄒᆞ시며열여듧차힌아ᄅᆞ샤미
至징極ᄭᅳᆨᄒᆞ샤기튼배업스시며열
아홉차힌擧거動똥이ᄀᆞᄌᆞ시며스
믈차힌威ᅙᅱᆼ嚴엄과德득괘먼ᄃᆡ다
드러치시며스믈ᄒᆞ나차힌ᄂᆞᄆᆞᆯ向
향ᄒᆞ야다委ᅙᅱᆼ曲콕히ᄒᆞ시고미야
히아니ᄒᆞ시며스믈둘차힌겨신ᄯᅡ
히便뼌安한ᄒᆞ야바ᄃᆞ랍디아니ᄒᆞ
시며스믈세차힌이비맛가ᄫᆞ샤크
디아니ᄒᆞ고기디아니ᄒᆞ시며스믈
네차힌ᄂᆞ치넙고平뼝ᄒᆞ시며스믈
다ᄉᆞᆺ차힌ᄂᆞ치두렵고조호마보롮

잘 가지고 다니시어 남이 기다리지 아니하시며, 열일곱째는 몸이 쭈그러지지 아니하시며, 열여덟째는 아시는 것이 至極(지극)하시어 (모르는 것이) 남은 것이 없으시며, 열아홉째는 擧動(거동)이 갖추어져 있으시며, 스물째는 威嚴(위엄)과 德(덕)이 먼 데에 다 진동하며, 스물하나째는 남을 向(향)하여 다 委曲(위곡)히 하시고 매정히 아니 하시며, 스물둘째는 계신 땅이 便安(편안)하여 위태롭지 아니하시며, 스물셋째는 입이 알맞으시어 크지 아니하고 길지 아니하시며, 스물넷째는 낯이 넓고 平(평)하시며, 스물다섯째는 낯이 둥그렇고 깨끗함이 보름달

이대[87] 가져 ᄃᆞᆫ니샤[88] ᄂᆞᆷ 기드리디[89] 아니ᄒᆞ시며 열닐굽차힌 모미 주굴위디[90] 아니ᄒᆞ시며 열여듧차힌 아ᄅᆞ샤미[91] 至징極끅ᄒᆞ샤 기튼[92] 배[93] 업스시며 열아홉차힌 擧겅動똥이 ᄀᆞᄌᆞ시며[94] 스믈차힌 威휭嚴엄과 德득괘[95] 먼 ᄃᆡ[96] 다 드러치시며 스믈ᄒᆞ나차힌 ᄂᆞ믈 向향ᄒᆞ야 다 委휭曲콕히[97] ᄒᆞ시고 ᄆᆡ야히[98] 아니 ᄒᆞ시며 스믈둘차힌 겨신 ᄲᅡ히 便뼌安한ᄒᆞ야 바ᄃᆞ랍디[99] 아니ᄒᆞ시며 스믈세차힌 이비 맛가ᄫᆞ샤[100] 크디 아니ᄒᆞ고 기디[1] 아니ᄒᆞ시며 스믈네차힌 ᄂᆞ치[2] 넙고 平뼝ᄒᆞ시며 스믈다ᄉᆞᆺ차힌 ᄂᆞ치 두렵고 조호미 보ᄅᆞᇝᄃᆞᆯ[3]

---

87) 이대: [잘, 善(부사): 읻(좋다, 곱다, 善: 형사)- + -애(부접)]
88) ᄃᆞᆫ니샤: ᄃᆞᆫ니[다니다, 步行: ᄃᆞᆮ(달리다, 走)- + 니(가다, 다니다, 行)-]- + -샤(← -시-: 주높)- + -Ø(← -아: 연어)
89) 기드리디: 기드리(기다리다, 待)- + -디(-지: 연어, 부정)
90) 주굴위디: 주굴위(쭈그러지다, 蹙)- + -디(-지: 연어, 부정)
91) 아ᄅᆞ샤미: 알(알다, 知)- + -ᄋᆞ샤(← -으시-: 주높)- + -ㅁ(← -옴: 명전) + -이(주조)
92) 기튼: 긭(남다, 餘)- + -Ø(과시)- + -은(관전)
93) 배: 바(바, 것, 所: 의명) + -ㅣ(← -이: 주조)
94) ᄀᆞᄌᆞ시며: ᄀᆞᆽ(갖추어져 있다, 具: 형사)- + -ᄋᆞ시(주높)- + -며(연어, 나열)
95) 德괘: 德(덕) + -과(접조) + -ㅣ(← -이: 주조)
96) ᄃᆡ: ᄃᆡ(데, 곳, 處: 의명)
97) 委曲히: [위곡히, 찬찬하고 자세히(부사): 委曲(위곡: 명사) + -ㅎ(← -ᄒᆞ-: 형접)- + -이(부접)]
98) ᄆᆡ야히: [매정히, 야박하게(부사): ᄆᆡ야(매정: 불어) + -ㅎ(← -ᄒᆞ-: 형접)- + -이(부접)]
99) 바ᄃᆞ랍디: 바ᄃᆞ랍(바드럽다, 危: 형사)- + -디(-지: 연어, 부정) ※ '바ᄃᆞ랍다'는 아주 위태한 것이다.
100) 맛가ᄫᆞ샤: 맛갛[← 맛갑다, ㅂ불(알맞다, 的當: 형사): 맛(← 맞다: 맞다, 的, 동사)- + -갛(형접)-]- + -ᄋᆞ샤(← -ᄋᆞ시-: 주높)- + -Ø(← -아: 연어)
1) 기디: 기(← 길다: 길다, 長)- + -디(-지: 연어, 부정)
2) ᄂᆞ치: ᄂᆾ(낯, 面) + -이(주조)
3) 보ᄅᆞᇝᄃᆞᆯ: [보름달, 滿月: 보롬(보름, 望) + -ㅅ(관조, 사잇) + ᄃᆞᆯ(달, 月)]

같으시며, 스물여섯째는 초췌한 모습이 없으시며, 스물일곱째는 擧動(거동)하여 다니시는 것이 象(상)과 같으시며, 스물여덟째는 모습이 씩씩하신 것이 獅子(사자)와 같으시며, 스물아홉째는 걸음 걷는 것이 고니와 같으시며, 서른째는 머리가 摩陁那(마타나)의 열매와 같으시며, 서른하나째는 몸의 빛이 빛나서 좋으시며, 서른둘째는 발등이 두터우시며, 서른셋째는 손발톱이 赤銅葉(적동엽)과 같으시며, 赤銅葉(적동엽)은 藿葉香(곽엽향)이다. 서른넷째는 다니실 적에 땅에 뜨시되 발바닥의 금이 땅에 반듯이 박히시며, 서른다섯째는

ᄀᆞᄐᆞ시며 스믈여슷차힌 셩가ᄉᆡᆫ[4] 양ᄌᆡ[5] 업스시며 스믈닐굽차힌 擧겅動똥ᄒᆞ야 ᄃᆞᆮ니샤미[6] 象쌍 ᄀᆞᄐᆞ시며 스믈여듧차힌 양ᄌᆞ이 싁싁ᄒᆞ샤미[7] 獅ᄉᆞᆼ子ᄌᆞᆼㅣ ᄀᆞᄐᆞ시며 스믈아홉차힌 거름[8] 거루미[9] 곤[10] ᄀᆞᄐᆞ시며 셜흔차힌[11] 머리 摩망陁땅那낭[12]ㅅ 여르미[13] ᄀᆞᄐᆞ시며 셜흔ᄒᆞ나차힌 모ᇝ 비치 빗나[14] 됴ᄒᆞ시며 셜흔둘차힌 밠드ᇰ이[15] 두터ᄫᅳ시며[16] 셜흔세차힌 토비[17] 赤쳑銅똥葉엽[18] ᄀᆞᄐᆞ시며 赤쳑銅똥葉엽은 藿확葉엽香향이라 셜흔네차힌 ᄃᆞᆮ니싫 저긔 ᄯᅡ해 ᄠᅳ샤ᄃᆡ[19] 밠바다ᇱ[20] 그미[21] ᄯᅡ해 반ᄃᆞ기[22] 바키시며[23] 셜흔다ᄉᆞᆺ차힌

---

4) 셩가ᄉᆡᆫ: 셩가ᄉᆡ[파리해지다, 수척하다, 초췌하다, 憔: 셩(성, 性) + 가ᄉᆡ(변하다, 사라지다, 變, 消)-]- + -Ø(과시)- + -ㄴ(관전)
5) 양ᄌᆡ: 양ᄌᆞ(모습, 樣) + -ㅣ(← -이: 주조)
6) ᄃᆞᆮ니샤미: ᄃᆞᆮ니[다니다, 行: ᄃᆞᆮ(닫다, 달리다, 走)- + 니(가다, 다니다, 行)-]- + -샤(← -시-: 주높)- + -ㅁ(← -옴: 명전) + -이(주조)
7) 싁싁ᄒᆞ샤미: 싁싁ᄒᆞ[씩씩하다, 嚴: 싁싁(씩씩: 불어) + -ᄒᆞ(형접)-]- + -샤(← -시-: 주높)- + -ㅁ(← -옴: 명전) + -이(주조)
8) 거름: [걸음, 步: 걸(← 걷다, ㄷ불: 걷다, 步)- + -음(명접)]
9) 거루미: 걸(← 걷다, ㄷ불: 걷다, 步)- + -움(명전) + -이(주조)
10) 곤: 고니, 白鳥.
11) 셜흔차힌: 셜흔차히[서른째, 第三十(수사, 서수): 셜흔(서른, 三十: 수사, 양수) + -차히(-째: 접미, 서수)] + -ㄴ(보조사, 주제)
12) 摩陀那: 마타나. 먹으면 취하는 달걀 모양의 열매이다.
13) 여르미: 여름[열매, 實: 열(열다, 結)- + -음(명접)] + -이(-와: 부조, 비교)
14) 빗나: 빗나[빛나다, 光: 빗(← 빛: 빛, 光) + 나(나다, 出)-]- + -아(연어)
15) 밠드ᇰ이: 밠드ᇰ[발등, 跗: 발(발, 足) + -ㅅ(관조, 사잇) + 드ᇰ(등, 背)] + -이(주조)
16) 두터ᄫᅳ시며: 두터ᇦ(← 두텁다, ㅂ불: 두텁다, 厚)- + -으시(주높)- + -며(연어, 나열)
17) 토비: 톱(손톱이나 발톱, 爪) + -이(주조)
18) 赤銅葉: 적동엽. 곽엽향(藿葉香)이다. 곽엽향(藿葉香)은 향초(香草)의 한 가지이다.
19) ᄠᅳ샤ᄃᆡ: ᄠᅳ(뜨다, 浮)- + -샤(← -시-: 주높)- + -ᄃᆡ(← -오ᄃᆡ: -되, 연어, 설명 계속)
20) 밠바다ᇰ[발바닥, 足掌: 발(발, 足) + -ㅅ(관조, 사잇) + 바다ᇰ(바닥, 面)] + -ㅅ(-의: 관조)
21) 그미: 금(무늬, 紋) + -이(주조)
22) 반ᄃᆞ기: [반듯이, 반듯하게, 直(부사): 반ᄃᆞᆨ(불어) + -Ø(← -ᄒᆞ-: 형접)- + -이(부접)]
23) 바키시며: 바키[박히다: 박(박다, 印: 타동)- + -히(피접)-]- + -시(주높)- + -며(연어, 나열)

손가락에 文(문)이 莊嚴(장엄)하여 있으시며, 서른여섯째는 손가락에 文(문)이 갈리어 나시며, 서른일곱째는 손금이 갈리어 나고 곧으시며, 서른여덟째는 손금이 기시며, 서른아홉째는 손금이 끊어지지 아니하여 이으시며, 마흔째는 손발이 길이가 같으시며, 마흔하나째는 손과 발이 붉고 흰 것이 蓮(연)꽃과 같으시며, 마흔둘째는 귀·눈·입·코가 좋은 相(상)이 다 갖추어져 있으시며, 마흔셋째는 걸음걸이가 더디지 아니하시며, 마흔넷째는 걸음걸이가 (다른 이보다) 넘지 아니하시며, 마흔다섯째는 걸음걸이가 便安(편안)하시며, 마흔여섯째는 배꼽이

소ᇇ가라개[24] 文문[25]이 莊장嚴엄[26]ᄒᆞ야 겨시며 셜흔여슷차힌 소ᇇ가락 文문이 ᄀᆞᆯ히[27] 나시며 셜흔닐굽차힌 소ᇇ그미[28] ᄀᆞᆯ히 나고 고ᄃᆞ시며[29] 셜흔여듧차힌 소ᇇ그미 기르시며[30] 셜흔아홉차힌 소ᇇ그미 긋디[31] 아니ᄒᆞ야 니ᅀᅳ시며[32] 마ᅀᆞᆫ차힌[33] 손바리 ᄠᅳᆮ[34] ᄀᆞᄐᆞ시며[35] 마ᅀᆞᆫᄒᆞ나차힌 손과 발왜 븕고[36] ᄒᆡ샤미[37] 蓮련ㅅ고지[38] ᄀᆞᄐᆞ시며 마ᅀᆞᆫ둘차힌 귀 눈 입 고히[39] 됴ᄒᆞᆫ 相샹이 다 ᄀᆞᄌᆞ시며 마ᅀᆞᆫ세차힌 거름거리[40] 더디[41] 아니ᄒᆞ시며 마ᅀᆞᆫ네차힌 거름거리 넘디[42] 아니ᄒᆞ시며 마ᅀᆞᆫ다ᄉᆞᆺ차힌 거름거리 便뼌安한ᄒᆞ시며 마ᅀᆞᆫ여슷차힌 ᄇᆡᆺ보기[43]

---

24) 소ᇇ가라개: 소ᇇ가락[손가락, 指: 손(손, 手) + 가락(가락)] + -애(-에: 부조, 위치)
25) 文: 문. 무늬(= 紋). ※ '소ᇇ가라개 文'은 지문(指紋)을 뜻한다.
26) 莊嚴: 장엄. 씩씩하고 웅장하며 위엄 있고 엄숙한 것이다.
27) ᄀᆞᆯ히: [갈리어, 分(부사): ᄀᆞᆯ히(갈리다, 分)- + -Ø(부접)]
28) 소ᇇ그미: 소ᇇ금[손금: 손(손, 手) + -ㅅ(관조, 사잇) + 금(금, 紋)] + -이(주조)
29) 고ᄃᆞ시며: 곧(곧다, 直)- + -ᄋᆞ시(주높)- + -며(연어, 나열)
30) 기르시며: 길(길다, 長)- + -으시(주높)- + -며(연어, 나열)
31) 긋디: 긋(← 긏다: 끊어지다, 絶)- + -디(-지: 연어, 부정)
32) 니ᅀᅳ시며: 니ᇫ(← 닛다, ㅅ불: 잇다, 繼)- + -으시(주높)- + -며(연어, 나열)
33) 마ᅀᆞᆫ차히: 마ᅀᆞᆫ차히[마흔째, 第四十(수사, 서수): 마ᅀᆞᆫ(마흔, 四十: 수사, 양수) + -차히(-째: 접미, 서수)] + -ㄴ(보조사, 주제)
34) ᄠᅳᆮ: 뜻, 의미, 의의, 意. ※ 'ᄠᅳᆮ'은 여기서는 '손발의 길이'라는 의미로 쓰였다.
35) ᄀᆞᄐᆞ시며: ᄀᆞᇀ(같다, 同)- + -ᄋᆞ시(주높)- + -며(연어, 나열)
36) 븕고: 븕(붉다, 赤)- + -고(연어, 나열)
37) ᄒᆡ샤미: ᄒᆡ(희다, 白)- + -샤(← -시-: 주높)- + -ㅁ(← -옴: 명전) + -이(주조)
38) 蓮ㅅ고지: 蓮ㅅ곶[연꽃, 蓮花: 蓮(연) + -ㅅ(관전, 사잇) + 곶(꽃, 花)] + -이(-과: 부조, 비교)
39) 고히: 고ㅎ(코, 鼻) + -이(주조)
40) 거름거리: 거름거리[걸음걸이: 걸(← 걷다, ㄷ불: 걷다, 步)- + -음(명접) + 걸(← 걷다, ㄷ불: 걷다, 步)- + -이(명접)] + -Ø(← -이: 주조)
41) 더디: 더(← 덜다: 덜다, 더디다, 늦추다, 減)- + -디(-지: 연어, 부정)
42) 넘디: 넘(넘다, 앞지르다, 지나치다, 越)- + -디(-지: 연어, 부정)
43) ᄇᆡᆺ보기: ᄇᆡᆺ복[배꼽, 臍: ᄇᆡ(배, 腹) + -ㅅ(관조, 사잇) + 복(가운데, 中)] + -이(주조)

[58 앞]

깊고 두껍고 뱀이 서린 듯하여 둥그렇게 오른쪽으로 도시며, 마흔일곱째는 털의 빛이 파랗고도 발가신 것이 孔雀(공작)의 목과 같으시며, 마흔여덟째는 털의 빛이 함함하고 깨끗하시며, 마흔아홉째는 몸에 있는 털이 오른쪽으로 기울어져 있으시며, 쉰째는 입과 털에 다 좋은 香(향)내가 나시며, 쉰하나째는 입술의 빛이 붉고 아주 흐벅하여 頻婆羅(빈파라)라고 하는 열매와 같으시며, 쉰둘째는 입술이 축축한 것이 적당하시며, 쉰세째는 혀가 엷으시며, 쉰네째는 一切(일체)의 衆生(중생)이 (부처를) 다 즐겨 보며, 쉰다섯째는 衆生(중생)의 뜻을 깁고 둗겁고[44] ᄇᆡ얌[45] 서린 ᄃᆞᆺ[46] ᄒᆞ야 두려ᄫᅥ[47] 올히[48] 도ᄅᆞ시며[49] 마ᅀᆞᆫ닐굽차힌 터릿[50] 비치 ᄑᆞ라ᄇᆞᆯ가[51] ᄒᆞ샤미 孔콩雀쟉ᄋᆡ 모기[52] ᄀᆞᄐᆞ시며 마ᅀᆞᆫ여듧차힌 터릿 비치 흠흠ᄒᆞ고[53] 조ᄒᆞ시며 마ᅀᆞᆫ아홉차힌 모ᄆᆡᆺ 터리 올ᄒᆞᆫ녀그로 ᄡᅳ렛ᄒᆞ시며[54] 쉰차힌[55] 입과 터리예 다 됴ᄒᆞᆫ 香향내 나시며 쉰ᄒᆞ나차힌 입시욼[56] 비치 븕고 호웍호웍ᄒᆞ야 頻삔婆빵羅랑[57]ㅣ라 홀 여르미[58] ᄀᆞᄐᆞ시며 쉰둘차힌 입시울 축축호미 맛가ᄫᆞ시며[59] 쉰세차힌 혜[60] 열ᄫᅳ시며[61] 쉰네차힌 一ᅙᅵᇙ切쳉ㅅ 衆즁生싱이 다 즐겨[62] 보ᅀᆞᄫᆞ며 쉰다ᄉᆞᆺ차힌 衆즁生싱ᄋᆡ ᄠᅳ들

---

44) 둗겁고: 둗겁(두껍다, 厚)- + -고(연어, 나열)
45) ᄇᆡ얌: 뱀, 蛇.
46) 서린 ᄃᆞᆺ: 서리(서리다, 둥글게 감다, 蟠)- + -∅(과시)- + -ㄴ(관전) # ᄃᆞᆺ(듯: 의명, 흡사)
47) 두려ᄫᅥ: 두렿(← 두렵다, ㅂ불: 둥그렇다, 圓)- + -어(연어)
48) 올히: [오른쪽으로, 옳게, 右(부사): 옳(옳다, 是: 형사)- + -이(부접)] ※ '올히'는 일반적으로는 '옳게'라는 뜻으로 쓰이나, 여기서는 문맥을 감안하여 '오른쪽'으로 의역하여 옮긴다.
49) 도ᄅᆞ시며: 돌(돌다, 回)- + -ᄋᆞ시(주높)- + -며(연어, 나열)
50) 터릿: 터리(털, 毛) + -ㅅ(-의: 관조)
51) ᄑᆞ라ᄇᆞᆯ가: ᄑᆞ라ᄇᆞᆰ[파랗고도 발갛다: ᄑᆞᄅ(← ᄑᆞᄅᆞ다: 파랗다, 靑)- + -아(연어) + ᄇᆞᆰ(발갛다, 赤)-]- + -아(연어)
52) 모기: 목(목, 喉) + -이(-과: 부조, 비교)
53) 흠흠ᄒᆞ고: 흠흠ᄒᆞ[함함하다(형사): 흠흠(함함: 불어) + -ᄒᆞ(형접)-]- + -고(연어, 나열) ※ '흠흠ᄒᆞ다'는 털이 보드랍고 반지르르한 것이다.
54) ᄡᅳ렛ᄒᆞ시며: ᄡᅳ렛ᄒᆞ(쓰레하다)- + -시(주높)- + -며(연어, 나열) ※ 'ᄡᅳ렛ᄒᆞ다'는 쓰러질 듯이 한쪽으로 기울어져 있는 것이다.
55) 쉰차힌: 쉰차히[쉰째, 第五十(수사, 서수): 쉰(쉰, 五十: 수사, 양수) + -차히(-째: 접미, 서수)] + -ㄴ(← -는: 보조사, 주제)
56) 입시욼: 입시울[입술, 脣: 입(입, 口) + 시울(가장자리, 邊)] + -ㅅ(-의: 관조)
57) 頻婆羅: 빈파라. 열매의 이름이다.
58) 여르미: 여름[열매, 實: 열(열다, 結: 동사)- + -음(명접)] + -이(-과: 부조, 비교)
59) 맛가ᄫᆞ시며: 맛갛[← 맛갑다, ㅂ불(알맞다, 的: 형사): 맛(← 맞다: 맞다, 的, 동사)- + -갑(형접)-]- + -ᄋᆞ시(주높)- + -며(연어, 나열)
60) 혜: 혀(혀, 舌) + -ㅣ(← -이: 주조)
61) 열ᄫᅳ시며: 엷(← 엷다, ㅂ불: 엷다, 薄)- + -으시(주높)- + -며(연어, 나열)
62) 즐겨: 즐기[즐기다, 樂: 즑(즐거워하다, 喜: 자동)- + -이(사접)-]- + -어(연어)

[58 뒤]

좇아 和悅(화열)히 더불어 말하시며, 和悅(화열)은 溫和(온화)히 기뻐하시는 것이다. 쉰여섯째는 이르시는 것마다 좋은 말이시며, 쉰일곱째는 사람을 보시거든 먼저 말하시며, 쉰여덟째는 소리가 높지도 낮지도 아니하시어 衆生(중생)이 즐겨 듣게 하시며, 쉰아홉째는 說法(설법)하는 것을 衆生(중생)의 (자기의) 말로 좇아 하시며, 예순째는 說法(설법)하는 것을 한 곳에 치우치게 아니하시며, 예순하나째는 衆生(중생)을 다 한가지로 불쌍히 여겨 보시며, 예순둘째는 먼저 보고 後(후)에 (행동을) 하시며, 예순셋째는 한 소리를 내시어 많은 소리를 對答(대답)하시며 조차[63] 和ᅘᅪᆼ悅ᅌᅯᇙ히[64] 더브러[65] 말ᄒᆞ시며 和ᅘᅪᆼ悅ᅌᅯᇙ은 溫ᅙᅩᆫ和ᅘᅪᆼ히 깃거ᄒᆞ실[66] 씨라 쉰여슷차힌 니ᄅᆞ시ᄂᆞᆫ 곧마다[67] 됴ᄒᆞᆫ 마리시며[68] 쉰닐굽차힌 사ᄅᆞᄆᆞᆯ 보아시든[69] 몬져 말ᄒᆞ시며 쉰여듧차힌 소리 놉도 ᄂᆞᆽ갑도[70] 아니ᄒᆞ샤 衆쥬ᇰ生ᄉᆡᇰ이 즐겨 듣게 ᄒᆞ시며 쉰아홉차힌 說ᄉᆑᇙ法법호ᄆᆞᆯ 衆쥬ᇰ生ᄉᆡᇰᄋᆡ 제[71] 말로 조차 ᄒᆞ시며[72] 여쉰차힌[73] 說ᄉᆑᇙ法법호ᄆᆞᆯ ᄒᆞᆫ 그에[74] 브텨[75] 아니 ᄒᆞ시며 여쉰ᄒᆞ나차힌 衆쥬ᇰ生ᄉᆡᇰᄋᆞᆯ 다 ᄒᆞᆫ가지로 어엿비[76] 너겨 보시며 여쉰둘차힌 몬져[77] 보고 後ᅘᅮᇢ에 ᄒᆞ시며 여쉰세차힌 ᄒᆞᆫ 소릴[78] 내샤 한[79] 소릴 對됭答답ᄒᆞ시며

---

63) 조차: 좇(좇다, 從)-+-아(연어)

64) 和悅히: [화열히, 마음이 화평하여 기쁘게(부사): 和悅(화열: 불어)-+-ㅎ(←-ᄒᆞ-: 형접)-+-이(부접)]

65) 더브러: 더블(더불다, 伴)-+-어(연어)

66) 깃거ᄒᆞ실: 깃거ᄒᆞ[기뻐하다, 歡: 깄(기뻐하다, 歡)-+-어(연어)+ᄒᆞ(하다: 보용)-]-+-시(주높)-+-ㄹ(관전)

67) 곧마다: 곧(곳, 處: 의명)+-마다(보조사, 각자)

68) 마리시며: 말(말, 言)+-이(서조)-+-시(주높)-+-며(연어, 나열)

69) 보아시든: 보(보다, 見)-+-시(주높)-+-아…든(-거든: 연어, 조건)

70) 놉도 ᄂᆞᆽ갑도: 놉(←높다: 높다, 高)-+-Ø(←-디: 연어, 부정)+-도(보조사, 마찬가지) # ᄂᆞᆽ갑[←낮다(낮다, 底): ᄂᆞᆽ(←ᄂᆞᆽ다: 낮다, 底)-+-갑(형접)-]-+-Ø(←-디: 연어, 부정)+-도(보조사, 마찬가지) ※ '놉도 ᄂᆞᆽ갑도'는 '놉디도 ᄂᆞᆽ갑디도'에서 '-디'가 생략된 형태이다.

71) 제: 저(저, 己: 인대, 재귀칭)+-ㅣ(-의: 관조)

72) 說法호ᄆᆞᆯ 衆生ᄋᆡ 제 말로 조차 ᄒᆞ시며: "설법하는 것을 중생이 쓰는 말을 좇아서 하시며"로 의역하여 옮길 수 있다.

73) 여쉰차히: 여쉰차히[예순째, 第六十(수사, 서수): 여쉰(예순, 六十: 수사, 양수)+-차히(-째: 접미, 서수)]+-ㄴ(보조사, 주제)

74) ᄒᆞᆫ 그에: ᄒᆞᆫ(한, 一: 관사, 양수) # 그에(곳에, 處: 의명)

75) 브텨: 브티[붙이다, 치우치다, 偏: 븥(붙다, 附: 자동)-+-이(사접)-]-+-어(연어)

76) 어엿비: [불쌍히, 憐(부사): 어엿ㅂ(←어엿브다: 불쌍하다, 憐: 형사)-+-이(부접)]

77) 몬져: 먼저, 先(부사)

78) 소릴: 소리(소리, 聲)+-ㄹ(←-를: 목조)

79) 한: 하(많다, 多)-+-Ø(현시)-+-ㄴ(관전)

[59 앞]

예순넷째는 說法(설법)의 次第(차제)가 다 因緣(인연)이 있으시며, 예순다섯째는 (사람들이 부처의) 좋으신 모습을 못내 (많이) 보며, 예순여섯째는 (부처를) 보는 사람이 싫어하고 미워하는 세상을 모르며, 예순일곱째는 一切(일체)의 소리가 다 갖추어져 있으시며, 예순여덟째는 좋은 빛이 나타나시며, 예순아홉째는 모진 사람은 (부처를) 보면 降服(항복)하여 두려워하고 무서움을 타는 사람은 (부처를) 보면 마음이 便安(편안)하며, 일흔째는 소리가 맑고 깨끗하시며, 일흔하나째는 몸이 기울지 아니하시며, 일흔둘째는 몸이 남을 좇아서 커지시며, 일흔셋째는 몸이 남을 좇아서 길어지시며,

여쉰네차힌 說쉃法법 次ᄎᆞᆼ第뗑 다 因인緣원이 겨시며 여쉰다ᄉᆞᆺ차힌 됴ᄒᆞ신 양ᄌᆞ를[80] 몯내[81] 보ᅀᆞᄫᆞ며[82] 여쉰여슷차힌 보ᅀᆞᄫᆞᇙ 사ᄅᆞ미 슬ᄆᆜᇙ[83] 뉘[84] 모ᄅᆞ며 여쉰닐굽차힌 一ᅙᅵᇙ切쳉ㅅ 소리 다 ᄀᆞᄌᆞ시며 여쉰여듧차힌 됴ᄒᆞᆫ 비치 나다나시며[85] 여쉰아홉차힌 모딘 사ᄅᆞᄆᆞᆫ 보ᅀᆞᄫᆞ면 降ᅘᅡᆼ服뽁ᄒᆞ야 저ᄊᆞᆸ고[86] 므ᅀᅴ욤[87] ᄐᆞᄂᆞᆫ[88] 사ᄅᆞᄆᆞᆫ 보ᅀᆞᄫᆞ면 ᄆᆞᅀᆞ미 便뼌安한ᄒᆞ며 닐흔차힌[89] 소리 ᄆᆞᆰ고 조ᄒᆞ시며 닐흔ᄒᆞ나차힌 모미 기우디[90] 아니ᄒᆞ시며 닐흔둘차힌 모미 ᄂᆞᄆᆞᆯ[91] 조차[92] 크시며[93] 닐흔세차힌 모미 ᄂᆞᄆᆞᆯ 조차 기르시며[94]

---

80) 양ᄌᆞ를: 양ᄌᆞ(양자, 모습, 樣子) + -ᄅᆞᆯ(목조) ※ '됴ᄒᆞ신 양ᄌᆞ'에서 주체 높임의 선어말 어미인 '-시-'는 부처의 모습을 높였다.

81) 몯내: [못내(부사): 몯(못, 不能: 부사, 부정) + -내(부접)] ※ '몯내(못내)'는 '이루 다 말할 수 없이'의 뜻으로 쓰이는 파생 부사이다.

82) 보ᅀᆞᄫᆞ며: 보(보다, 見)- + -ᅀᆞᇦ(← -ᄉᆞᆸ-: 객높)- + -ᄋᆞ며(연어, 나열) ※ '보ᅀᆞᄫᆞ며'에서 객체 높임의 선어말 어미인 '-ᅀᆞᇦ-'은 부처의 '됴ᄒᆞ신 양ᄌᆞ'를 높였다. 따라서 '보다'의 주체는 '부처를 보는 사람들'이다

83) 슬ᄆᆜᇙ: 슬ᄆᆜ[싫어하고 미워하다: 슬(← 슳다: 싫어하다, 厭, 동사)- + ᄆᆜ(미워하다, 憎, 동사)-]- + -ᇙ(관전)

84) 뉘: 세상, 世.

85) 나다나시며: 나다나[나타나다, 現: 낟(나타나다, 現)- + -아(연어) + 나(나다, 現)-]- + -시(주높)- + -며(연어, 나열)

86) 저ᄊᆞᆸ고: 저(← 젛다: 두려워하다, 畏)- + -ᄊᆞᆸ(← -ᄉᆞᆸ-: 객높)- + -고(연어, 나열)

87) 므ᅀᅴ욤: 므ᅀᅴ(무서워하다, 畏)- + -욤(← -옴: 명전)

88) ᄐᆞᄂᆞᆫ: ᄐᆞ(타다, 느끼다, 感)- + -ᄂᆞ(현시)- + -ㄴ(관전)

89) 닐흔차힌: 닐흔차히[일흔째, 第七十(수사): 닐흔(일흔, 七十: 수사, 양수) + -자히(-째: 접미, 서수) + -ㄴ(보조사, 주제)

90) 기우디: 기우(← 기울다: 기울다, 斜)- + -디(-지: 연어, 부정)

91) ᄂᆞᄆᆞᆯ: ᄂᆞᆷ(남, 他人) + -ᄋᆞᆯ(목조)

92) 조차: 좇(좇다, 따라, 從)- + -아(연어)

93) 크시며: 크(커지다, 大: 동사)- + -시(주높)- + -며(연어, 나열)

94) 기르시며: 길(길어지다, 長: 동사)- + -으시(주높)- + -며(연어, 나열)

네차힌모매더러ᄫᅳᆫ것묻디아니ᄒᆞ
시며닐흔다ᄉᆺ차힌모맷光광明명
이各각各각열자콤ᄒᆞ시며닐흔여
ᄉᆺ차힌光광明명이비취어든ᄃᆞᆮ니
시며닐흔닐굽차힌모미淸청淨쪙ᄒᆞ
ᄒᆞ시며닐흔여듧차힌비치ᄒᆞ웍ᄒᆞ
웍호미瑠륭璃링ᄀᆞᄐᆞ시며닐흔아
홉차힌손바리염그르시며여든차
힌손바래德득字쫑겨샤미라十씹
地띵는부텨ᄃᆞ외시는層쯩이라열ᄒᆞ
로ᄒᆞ야닐굽찻層쯩이니ᄆᆞᆺ처ᅀᅥ믄
乾간慧ᅘᅰᆼ地띵오둘차힌十씹信신
이오세차힌十씹住뜡ㅣ오네차힌
十씹行ᅘᆡᇰ이오다ᄉᆺ차힌十씹迴ᅘᅬᆼ

일흔넷째는 몸에 더러운 것이 묻지 아니하시며, 일흔다섯째는 몸에 있는 光明(광명)이 各各(각각) 열 자씩 하시며, 일흔여섯째는 光明(광명)이 비취거든 다니시며, 일흔일곱째는 몸이 淸淨(청정)하시며, 일흔여덟째는 빛이 흐벅진 것이 瑠璃(유리)와 같으시며, 일흔아홉째는 손발이 여물으시며, 여든째는 손발에 德字(덕자)가 있으신 것이다. 十地(십지)는 부처가 되시는 層(층)이 (그 전체를) 열(十)로 하여, 일곱째의 層(층)이니, 가장 처음은 乾慧地(건혜지)요, 둘째는 十信(십신)이요, 세째는 十住(십주)이요, 네째는 十行(십행)이요, 다섯째는 十廻向(십회향)이요 닐흔네차힌 모매 더러ᄫᅳᆫ[95] 것 묻디 아니ᄒᆞ시며 닐흔다ᄉᆞᆺ차힌 모맷 光광明명이 各각各각 열 자콤[96] ᄒᆞ시며 닐흔여ᄉᆞᆺ차힌 光광明명이 비취어든[97] ᄃᆞᆮ니시며[98] 닐흔닐굽차힌 모미 淸청淨쪙ᄒᆞ시며 닐흔여듧차힌 비치 ᄒᆞ웍ᄒᆞ웍ᄒᆞ미[99] 瑠륳璃링 ᄀᆞᄐᆞ시며 닐흔아홉차힌 손바리 염그르시며[100] 여든차힌 손바래 德득字ᄍᆞᆼ[1] 겨샤미라[2] 十씹地띵[3]ᄂᆞᆫ 부텨 ᄃᆞ외시ᄂᆞᆫ 層쯩이 열흐로[4] ᄒᆞ야 닐굽찻[5] 層쯩이니 ᄆᆞᆺ[6] 처ᅀᅥᄆᆞᆫ[7] 乾간慧ᅘᅰᆼ地띵오 둘차힌 十씹信신이오 세차힌 十씹住뜡ㅣ오 네차힌 十씹行ᅘᆡᆼ이오 다ᄉᆞᆺ차힌 十씹迴ᅘᅬᆼ向향이오

---

95) 더러ᄫᅳᆫ: 더러ᇦ(←더럽다, ㅂ불: 더럽다, 汚)- + -Ø(현시)- + -은(관전)

96) 열 자콤: 열(열, 十: 관사, 양수) # 자ㅎ(자, 尺: 의명) + -곰(-씩: 보조사, 각자)

97) 비취어든: 비취(비치다, 照)- + -어든(←-거든: 연어, 조건)

98) ᄃᆞᆮ니시며: ᄃᆞᆮ니[다니다, 行: ᄃᆞᆮ(닫다, 달리다, 走)- + 니(가다, 行)-]- + -시(주높)- + -며(연어, 나열)

99) ᄒᆞ웍ᄒᆞ웍ᄒᆞ미: ᄒᆞ웍ᄒᆞ웍ᄒᆞ[아주 흐벅지다, 아주 윤택하다: ᄒᆞ벅ᄒᆞ벅(ᄒᆞ벅ᄒᆞ벅: 불어) + -ㅎ(←-ᄒᆞ-: 형접)-]- + -옴(명전)- + -이(주조) ※'ᄒᆞ웍ᄒᆞ웍ᄒᆞ다'는 흐벅지거나 윤택한 것이다.

100) 염그르시며: 염글(여물다, 단단하게 되다, 實)- + -으시(주높)- + -며(연어, 나열)

1) 德字: 덕자. '德(덕)'의 글자이다.

2) 겨샤미라: 겨샤(←겨시다: 계시다, 有)- + -ㅁ(←-옴: 명전) + -이(서조)- + -Ø(현시)- + -라(←-다: 평종)

3) 十地: 십지. 부처가 되기 위하여 보살이 수행하는 열 가지의 단계인 '건혜지, 십신, 십주, 십행, 십회향, 사가행, 십지, 등각, 금강혜, 묘각' 중에서 일곱 번째의 단계이다. '십지'의 단계는 부처의 지혜를 생성하고 온갖 중생을 교화하여 이롭게 하는 단계이다. 보살은 이 10지위(十地位)의 단계에 오르게 될 때에 비로소 무루지(無漏智)를 내어 불성(佛性)을 보고, 성자(聖者)가 되어 불지(佛智)를 보존함과 아울러 널리 중생을 지키고 육성한다.

4) 열흐로: 열ㅎ(열, 十: 수사, 양수) + -으로(부조, 방편)

5) 닐굽찻: 닐굽차[일곱째, 第七: 닐굽(일곱, 七: 수사, 양수) + -차(←-차ㅎ: 접미, 서수)] + -ㅅ(-의: 관조)

6) ᄆᆞᆺ: 가장, 最(부사)

7) 처ᅀᅥᄆᆞᆫ: 처ᅀᅥᆷ[처음, 初: 첫(←첫: 관사) + -엄(명접)] + -ᄋᆞᆫ(주조)

[60 앞]

여섯째는 四加行(사가행)이요, 일곱째는 十地(십지)요, 여덟째는 等覺(등각)이요, 아홉째는 金剛慧(금강혜)요, 열째는 妙覺(묘각)이다. 乾慧地(건혜지)는 마른 智慧(지혜)의 地位(지위)이니, 欲愛(욕애)가 말라서 없고 마음이 맑아 고른 智慧(지혜)이건마는, 첫 地位(지위)인 까닭으로 當時(당시)로는 如來(여래)의 法流水(법류수)에 붙지 못하므로, 마른 智慧(지혜)라고 하였니라. 信(신)은 섞인 것이 없이 眞實(진실)하여 거칠지 아니하는 것이며 또 서로 맞는 것이다. 聖人(성인)의 地位(지위)에 들 것이면 信(신)으로 첫 因(인)을 삼나니, 모름지기 먼저

여슷차힌 四ᄉᆞᆼ加강行ᅘᆡᆼ이오 닐굽차힌 十씹地띵오 여듧차힌 等등覺각이오 아홉 차힌 金금剛강慧ᅘᆌᆼ오 열차힌 妙ᄆᆓ覺각이라 乾간慧ᅘᆌᆼ地띵[8]ᄂᆞᆫ ᄆᆞᄅᆞᆫ[9] 智딩慧ᅘᆌᆼㅅ 地띵位윙니 欲욕愛ᅙᆡᆼ[10] ᄆᆞᆯ라[11] 업고 ᄆᆞᅀᆞ미 ᄆᆞᆯ가 고ᄅᆞᆫ[12] 智딩慧ᅘᆌᆼ언마ᄅᆞᆫ[13] 첫 地띵位윙론[14] 젼ᄎᆞ로[15] 當당時씽론[16] 如ᅀᅧᆼ來ᄅᆡᆼㅅ 法법流ᄅᆱ水ᄉᆔᆼ[17]예 븓디[18] 몯ᄒᆞᆯ씨 ᄆᆞᄅᆞᆫ 智딩慧ᅘᆌᆼ라 ᄒᆞ니라 信신[19]은 섯근[20] 것 업시 眞진實씷ᄒᆞ야 거츠디[21] 아니 ᄒᆞᆯ 씨며 ᄯᅩ 서르 마ᄌᆞᆯ[22] 씨라 聖셩人ᅀᅵᆫㅅ 地띵位윙예 드롫[23] 딘댄[24] 信신ᄋᆞ로 첫 因ᅙᅵᆫ[25]ᄋᆞᆯ 삼ᄂᆞ니 모로매 몬져

---

8) 乾慧地: 건혜지. 보살의 마른 지혜(智慧)의 지위(地位)이다. 곧 지혜는 깊으나, 아직도 온전한 진체(眞諦) 법성(法性)의 이치를 깨닫지 못했으므로 건혜지라 한다.

9) ᄆᆞᄅᆞᆫ: ᄆᆞᄅᆞ(마르다, 乾)- + -∅(과시)- + -ㄴ(관전)

10) 欲愛: 욕애. 욕심과 애정을 아울러서 이르는 말이다.

11) ᄆᆞᆯ라: ᄆᆞᆯㄹ(← ᄆᆞᄅᆞ다: 마르다, 乾)- + -아(연어)

12) 고ᄅᆞᆫ: 고ᄅᆞ(고르다, 평탄하다, 均)- + -∅(현시)- + -ㄴ(관전)

13) 智慧언마ᄅᆞᆫ: 智慧(지혜) + -∅(← -이-: 서조)- + -언마ᄅᆞᆫ(← -건마ᄅᆞᆫ: -건마는, 연어, 인정 대조)

14) 地位론: 地位(지위) + -∅(← -이-: 서조)- + -∅(현시)- + -로(← -오-: 대상)- + -∅(현시)- + -ㄴ(관전)

15) 젼ᄎᆞ로: 젼ᄎᆞ(까닭, 由: 명사) + -로(부조, 방편)

16) 當時론: 當時(당시, 그때) + -로(부조, 방편) + -ㄴ(← -ᄂᆞᆫ: 보조사, 주제)

17) 法流水: 법류수. 정법(正法)이 끊임없이 상속(相續)하는 것이 마치 흐르는 물과 같음을 이르는 말이다.

18) 븓디: 븓(← 븥다: 붙다, 附)- + -디(-지: 연어, 부정)

19) 信: 신. '十信'을 이른다. 부처의 가르침을 믿어 의심하지 않는 보살의 수행 단계이다. 이 단계에는 신심(信心), 염심(念心), 정진심(精進心), 정심(定心), 혜심(慧心), 계심(戒心), 회향심(廻向心), 호법심(護法心), 사심(捨心), 원심(願心)을 갖추도록 수행한다.

20) 섯근: 섞(섞이다, 混)- + -∅(과시)- + -은(관전)

21) 거츠디: 거츠(← 거츨다: 허망하다, 망령되다, 妄)- + -디(-지: 연어, 부정)

22) 마ᄌᆞᆯ: 맞(맞다, 的當)- + -ᄋᆞᆯ(관전)

23) 드롫: 들(들다, 入)- + -오(대상)- + -ㅭ(관전)

24) 딘댄: ㄷ(← ᄃᆞ: 것, 의명) + -이(서조)- + -ㄴ댄(연어, 조건)

25) 因: 인. 원인을 이루는 근본 동기이다.

圓원妙묠ᄒᆞᆫ 道ᄯᅩᇢ理링ᄅᆞᆯ ᄉᆞᆯ펴 섯근
것 업시 眞진實씷ᄒᆞ야 거츤 것 업게
ᄒᆞᆫ 後ᅘᅮᇢ에ᅀᅡ ᄒᆡᇰ뎌글 發벓ᄒᆞ야 ᄆᆞᅀᆞᆷ
과 法법괘 서르 맛게 ᄒᆞ면 等등覺각
妙묠覺각이 머러도 어루 바ᄅᆞ 나ᅀᅡ
가리라 住뜡ᄂᆞᆫ 머므러 이실 씨니 信
신ᄋᆞ로셔 드러 如ᅀᅧᇢ來ᄅᆡᆼㅅ 지븨 나
아 부텻 智딩慧ᅘᅰᆼ예 브터 니르리 믈
러나디 아니ᄒᆞᆯ 씨라 行ᅘᆡᇰ은 ᄒᆡᇰ뎌기
니 ᄒᆞ마 智딩慧ᅘᅰᆼ를 브터 부텨 住뜡
ᄒᆞ시ᄂᆞᆫ ᄃᆡ 住뜡ᄒᆞ고 이제 微밍妙묠
ᄒᆞᆫ ᄒᆡᇰ뎌글 만히 니르와다 ᄌᆞ개 利링
ᄒᆞ고 ᄂᆞᆷ 利링케 ᄒᆞᆯ 씨라 迴ᅘᅬᆼ向향은
도ᄅᆞ혀 向향ᄒᆞᆯ 씨니 몬졋 十씹住뜡

圓妙(원묘)한 道理(도리)를 살펴, 섞인 것이 없이 眞實(진실)하여 허망한 것이 없게 한 後(후)에야, 행적을 發(발)하여 마음과 法(법)이 서로 맞게 하면 等覺(정각)과 妙覺(묘각)이 멀어도 가(可)히 바로 나아가리라. 住(주)는 머물러 있는 것이니, 信(신)으로서 들어와서 如來(여래)의 집에 나아가, 부처의 智慧(지혜)에 의지하여 (부처의 지혜에) 이르도록 물러나지 아니하는 것이다. 行(행)은 행적이니, 이미 智慧(지혜)를 의지하여서 부처가 住(주)하시는 데에 住(주)하고, 이때에 微妙(미묘)한 행적을 많이 일으켜서 자기가 利益(이익)이 되고 남을 利益(이익)되게 하는 것이다. 廻向(회향)은 돌이켜서 向(향)하는 것이니, 먼저의 十住(십주)

圓원妙묠[26]ᄒᆞᆫ 道똫理링를 ᄉᆞᆯ펴 섯근 것 업시 眞진實씷ᄒᆞ야 거츤 것 업게 ᄒᆞᆫ 後흫에ᅀᅡ[27] ᄒᆡᇰ뎌글[28] 發벓ᄒᆞ야 ᄆᆞᅀᆞᆷ과 法법괘 서르 맛게[29] ᄒᆞ면 等등覺각[30] 妙묠覺각[31]이 머러도 어루 바ᄅᆞ[32] 나ᅀᅡ가리라[33] 住뜡[34]는 머므러 이실 씨니 信신ᄋᆞ로셔 드러 如셩來링ㅅ 지븨 나아 부텻 智딩慧휑예 브터 니르리[35] 믈러나디 아니ᄒᆞᆯ 씨라 行ᅘᆡᇰ은 ᄒᆡᇰ뎌기니 ᄒᆞ마[36] 智딩慧휑를 브터 부텨 住뜡ᄒᆞ시논 ᄃᆡ 住뜡ᄒᆞ고 이제[37] 微밍妙묠ᄒᆞᆫ ᄒᆡᇰ뎌글 만히 니ᄅᆞ와다[38] ᄌᆞ개[39] 利링ᄒᆞ고 ᄂᆞᆷ 利링케 ᄒᆞᆯ 씨라 廻ᅘᅬᇰ向향[40]ᄋᆞᆫ 도ᄅᆞ혀[41] 向향ᄒᆞᆯ 씨니 몬졋[42] 十씹住뜡

---

26) 圓妙: 원묘. 참된 마음이 두루 이르고, 원만하여 막힘이 없는 것이다.
27) 後에ᅀᅡ: 後(후) + -에(부조, 위치) + -ᅀᅡ(-야: 보조사, 한정 강조)
28) ᄒᆡᇰ뎌글: ᄒᆡᇰ뎍(행적, 績) + -을(목조)
29) 맛게: 맛(← 맞다: 맞다, 的)- + -게(연어, 사동)
30) 等覺: 등각. 보살이 수행하는 단계로서, 보살의 수행이 꽉 차서 지혜와 공덕이 부처의 묘각과 같아지려는 지위이다.
31) 妙覺: 묘각. 보살이 수행하는 가장 높은 단계로서, 온갖 번뇌를 끊어 버린 부처의 경지에 해당한다.
32) 바ᄅᆞ: [바로, 直(부사): 바ᄅᆞ(바르다, 直: 형사)- + -Ø(부접)]
33) 나ᅀᅡ가리라: 나ᅀᅡ가[나아가다, 進: 낫(← 낫다, ㅅ불: 나아가다, 進)- + -아(연어) + 가(가다, 去)-]- + -리(미시)- + -라(← -다: 평종)
34) 住: 주. 十住(십주). 십신(十信)을 지나서 마음이 진체(眞諦)의 이치에 안주(安住)하는 지위에 이르는 보살의 수행 단계이며, 진리에 안주하는 단계라는 뜻으로 주(住)라고 한다. 십주(十住)에는 '발심주(發心住), 치지주(治地住), 수행주(修行住), 생귀주(生貴住), 방편구족주(方便具足住), 정심주(正心住), 불퇴주(不退住), 동진주(童眞住), 법왕자주(法王子住), 관정주(灌頂住)' 등이 있다.
35) 니르리: [이르도록, 至(부사): 니를(이르다, 至: 자동)- + -이(부접)]
36) ᄒᆞ마: 이미, 旣(부사)
37) 이제: [이때에(부사): 이(이, 此: 관사, 지시, 정칭) + 제(때, 時: 의명)]
38) 니ᄅᆞ와다: 니ᄅᆞ왇[일으키다, 起: 닐(일다, 일어나다, 起: 자동)- + -ᄋᆞ(사접)- + -왇(강접)-]- + -아(연어)
39) ᄌᆞ개: ᄌᆞ갸(자기, 당신, 己: 인대, 재귀칭, 높임) + -ㅣ(← -이: 주조)
40) 廻向: 회향. 불교에서 자기가 닦은 선근공덕(善根功德)을 다른 사람이나 자기의 불과(佛果 : 수행의 결과)로 돌려 함께 하는 일이다.
41) 도ᄅᆞ혀: 도ᄅᆞ혀[돌이키다: 돌(돌다, 回: 자동)- + -ᄋᆞ(사접)- + -혀(강접)-]- + -어(연어)
42) 몬졋: 몬져(먼저, 先: 명사) + -ㅅ(-의: 관조)

十씹行ᅘᆡᇰᄋᆞᆫ世솅俗쑉애날ᄆᆞᅀᆞ미
하고大땡悲빙行ᅘᆡᇰ이사오나ᄫᆞ니
이ᄂᆞᆫ모로매悲빙願원으로일워世
솅俗쑉애셔衆즁生ᄉᆡᆼᄋᆞᆯ利링케
ᄒᆞ야眞진ᄋᆞᆯ두르ᅘᅧ俗쑉ᄋᆞᆯ向향ᄒᆞ
며智딩ᄅᆞᆯ두르ᅘᅧ悲빙ᄅᆞᆯ向향ᄒᆞ야
眞진과俗쑉괘어울며智딩와悲빙
왜ᄒᆞᆫ가지에ᄒᆞᆯ씨이일후미迴ᅘᆈᆼ向향
이며ᄯᅩ十씹願원이라ᄒᆞᄂᆞ니닷
가나ᅀᅡ가ᄂᆞᆫᅘᆡᇰ뎌기이어긔다ᄃᆞ라
ᄀᆞᄌᆞ니라세賢현人신位윙至징極
끅ᄒᆞ거든이어긔ᄯᅩ功공夫붕ᅘᆡᇰ뎌글
더ᄒᆞ야ᅀᅡ聖셩人신地띵位윙예
들리라세賢현人신位윙ᄂᆞᆫ十씹住뜡

十行(십행)은 世俗(세속)에 날 마음이 많고 大悲行(대비행)이 모자라니, 이는 반드시 悲願(비원)으로 이루어 世俗(세속)에서 衆生(중생)을 利(이)케 하여, 眞(진)을 돌이켜 俗(속)을 向(향)하며 智(지)를 돌이켜 悲(비)를 向(향)하여, 眞(진)과 俗(속)이 어울리며 智(지)와 悲(비)가 한가지이게 하는 것이, (이것이) 이름이 廻向(회향)이며 또 十願(십원)이라고 하나니, 닦아 나아가는 행적이 여기에 다달아 갖추어져 있느니라. 세 賢人位(현인위)가 至極(지극)하거든 여기 또 功夫(공부) 행적을 더하여야, 聖人(성인)의 地位(지위)에 들리라. 세 賢人位(현인위)는 十住(십주)

十씹行ᅘᆡᆼ[43]ᄋᆞᆫ 世솅俗쑉애 날 ᄆᆞᅀᆞ미 하고 大땡悲빙行ᅘᆡᆼ[44]이 사오나ᄫᆞ니[45] 이ᄂᆞᆫ 모로매[46] 悲빙願원[47]으로 일워[48] 世솅俗쑉애 이셔 衆즁生ᄉᆡᆼᄋᆞᆯ 利링케[49] ᄒᆞ야 眞진ᄋᆞᆯ 두르ᅘᅧ[50] 俗쑉ᄋᆞᆯ 向향ᄒᆞ며 智딩ᄅᆞᆯ 두르ᅘᅧ 悲빙ᄅᆞᆯ 向향ᄒᆞ야 眞진과 俗쑉괘 어울며[51] 智딩와 悲빙왜 ᄒᆞᆫ가지에[52] ᄒᆞᆯ 씨[53] 이[54] 일후미 廻ᅘᅬᆼ向향[55]이며 ᄯᅩ 十씹願원이라 ᄒᆞᄂᆞ니 닷가[56] 나ᅀᅡ가ᄂᆞᆫ 힝뎌기 이어긔[57] 다ᄃᆞ라 ᄀᆞᄌᆞ니라[58] 세 賢ᅘᅧᆫ人ᅀᅵᆫ位윙[59] 至징極끅거든[60] 이어긔 ᄯᅩ 功공夫붕 힝뎌글 더ᄒᆞ야ᅀᅡ[61] 聖셩人ᅀᅵᆫㅅ 地띵位윙예 들리라 세 賢ᅘᅧᆫ人ᅀᅵᆫ位윙ᄂᆞᆫ 十씹住뜡

---

43) 十行: 십행. 십주(十住)의 단계에서 진리를 확실하게 이해한 뒤, 더 나아가 이타행(利他行)을 완수하고자 중생 교화의 실천을 위하여 정진하는 단계이다. '십행(十行)'에는 '십행환희행(歡喜行), 요익행(饒益行), 무에한행(無恚恨行), 무진행(無盡行), 이치란행(離癡亂行), 선현행(善現行), 무착행(無著行), 존중행(尊重行), 선법행(善法行), 진실행(眞實行)' 등이 있다.

44) 大悲行: 대비행. 중생의 괴로움을 구제하려는 부처의 큰 자비를 행하는 것이다.

45) 사오나ᄫᆞ니: 사오낳(← 사오납다, ㅂ불: 모자라다, 劣)- + -ᄋᆞ니(연어, 설명 계속)

46) 모로매: 모름지기, 반드시, 必(부사)

47) 悲願: 비원. 부처와 보살의 자비심에서 우러난 중생 구제의 소원이다.

48) 일워: 일우[이루다, 成: 일(이루어지다, 成: 자동)- + -우(사접)-]- + -어(연어)

49) 利케: 利ㅎ[← 利ᄒᆞ다: 利(이: 불어) + -ᄒᆞ(형접)-]- + -게(연어, 사동)

50) 두르ᅘᅧ: 두르ᅘᅧ[돌이키다, 回: 두르(두르다, 둘러싸다, 圍)- + -ᅘᅧ(강접)-]- + -어(연어)

51) 어울며: 어울(어울리다, 竝)- + -며(연어, 나열)

52) ᄒᆞᆫ가지에: ᄒᆞᆫ가지[한가지, 마찬가지(명사): ᄒᆞᆫ(한, 一: 관사, 양수) + 가지(가지: 의명)] + -Ø(← -이-: 서조)- + -에(← -게: 연어, 사동)

53) ᄒᆞᆯ 씨: ᄒᆞ(하다, 爲: 보용, 사동)- + -ㄹ(관전) # ㅆ(← ᄉᆞ: 것, 의명) + -이(주조)

54) 이: 이(이, 이것, 此: 지대, 정칭) + -Ø(← -이: 주조) ※ 이때의 '이'는 강조 용법으로 쓰였다.

55) 廻向: 회향. 자신이 쌓은 공덕을 다른 이에게 돌려 이익을 주려 하거나 그 공덕을 깨달음으로 향하게 하는 것이다. 곧, 자신이 지은 공덕을 다른 중생에게 베풀어 그 중생과 함께 정토에 태어나기를 원하는 것이다.

56) 닷가: 닭(닦다, 修)- + -아(연어)

57) 이어긔: 여기에, 이곳에, 此處(지대, 정칭)

58) ᄀᆞᄌᆞ니라: ᄀᆞᆽ(갖추어져 있다, 具)- + -Ø(현시)- + -니(원칙)- + -라(← -다: 평종)

59) 賢人位: 현인위. 현인(賢人)의 지위이다. 곧, 성인(聖人)에 다음가는 지위이다.

60) 地極거든: 地極[← 地極ᄒᆞ다: 地極(지극: 명사) + -Ø(← -ᄒᆞ-: 형접)-]- + -거든(연어, 조건)

61) 더ᄒᆞ야ᅀᅡ: 더ᄒᆞ[더하다: 더(더: 부사) + ᄒᆞ(동접)-]- + -야ᅀᅡ(← -아ᅀᅡ: -아야, 연어, 필연적 조건)

ᄠᅳᆮ十씹行행十씹廻횡向향이라十
씹地띵ᄂᆞᆫ 몬졋 法법을 모도아 眞진
實씷ᄃᆞ외요매 니르러 一힗切쳉佛
뿛法법이 이ᄅᆞᆯ브터 날씨 地띵라 ᄒᆞ
니라 等등覺각ᄋᆞᆫ ᄀᆞᆮᄒᆞᆫ 아로미라 ᄒᆞᆫ
마리니 十씹地띵菩뽕薩삻이 世솅
俗쑉ᄋᆞᆯ 섯거 衆즁生싱 利링케 ᄒᆞ샤
ᄆᆞᆫ 如셩来링와 ᄀᆞᆮ거시니와 오직 如
셩来링ᄂᆞᆫ 生싱死ᄉᆞᆼ流륳를 거스려
나샤 衆즁生싱과 ᄀᆞᆮᄒᆞ시고 菩뽕薩
삻ᄋᆞᆫ 涅녏槃빤流륳를 조차 妙묳覺
각애 드르시니 이ᄂᆞᆫ 다ᄅᆞ시니라 覺
각ᄀᆞᅀᆡ ᄒᆞ마 다ᄃᆞᄅᆞ샤 覺각이 부텨
와 다ᄅᆞ디 아니ᄒᆞ실씨 等등覺각이

十行(십행), 十廻向(십회향)이다. 十地(십지)는 먼저의 法(법)을 모아 眞實(진실)이 됨에 이르러, 一切(일체)의 佛法(불법)이 이를 말미암아서 나므로, 地(지)라고 하였니라. 等覺(등각)은 '같은 앎'이라고 한 말이니, 十地菩薩(십지보살)이 世俗(세속)을 섞어 衆生(중생)을 利(이)롭게 하시는 것은 如來(여래)와 같으시거니와, 오직 如來(여래)는 生死流(생사류)를 거슬러 나시어 衆生(중생)과 같으시고, 菩薩(보살)은 涅槃流(열반류)를 좇아 妙覺(묘각)에 드시니, 이는 (여래와 서로) 다르신 것이다. 覺(각)의 가(邊)에 이미 다다르시어, 覺(각)이 부처와 다르지 아니하시므로 等覺(등각)이라

十씹行ᅘᆡᆼ 十씹迴ᅘᅬᆼ向향[62)]이라 十씹地띵ᄂᆞᆫ 몬졋[63)] 法법을 모도아[64)] 眞진實씷 ᄃᆞ외요매[65)] 니르러 一ᅙᅵᇙ切쳉 佛뿛法법이 이를 브터 날ᄊᆡ 地띵라 ᄒᆞ니라 等등覺각[66)]ᄋᆞᆫ ᄀᆞᆮᄒᆞᆫ 아로미라[67)] ᄒᆞᆫ 마리니 十씹地띵菩뽕薩삻이 世솅俗쑉ᄋᆞᆯ 섯거[68)] 衆즁生ᄉᆡᆼ 利링케[69)] ᄒᆞ샤ᄆᆞᆫ 如ᅀᅧᆼ來ᄅᆡᆼ와 ᄀᆞᆮ거시니와[70)] 오직 如ᅀᅧᆼ來ᄅᆡᆼᄂᆞᆫ 生ᄉᆡᆼ死ᄉᆞᆼ流륳[71)]를 거스려[72)] 나샤 衆즁生ᄉᆡᆼ과 ᄀᆞᆮᄒᆞ시고 菩뽕薩삻ᄋᆞᆫ 涅녏槃빤流륳를 조차 妙묳覺각ᄋᆡ 드르시니[73)] 이ᄂᆞᆫ 다ᄅᆞ시니라[74)] 覺각[75)] ᄀᆞᅀᆡ[76)] ᄒᆞ마[77)] 다ᄃᆞᄅᆞ샤[78)] 覺각이 부텨와 다ᄅᆞ디 아니ᄒᆞ실ᄊᆡ 等등覺각이라

62) 十廻向: 보살이 닦은 공덕을 널리 중생에게 돌리는 열 가지로서, 이에는 '구호일체중생리중생상회향(救護一切衆生離衆生相廻向), 불괴회향(不壞廻向), 등일체불회향(等一切佛廻向), 지일체처회향(至一切處廻向), 무진공덕장회향(無盡功德藏廻向), 수순평등선근회향(隨順平等善根廻向), 수순등관일체중생회향(隨順等觀一切衆生廻向), 여상회향(如相廻向), 무박무착해탈회향(無縛無著解脫廻向), 법계무량회향(法界無量廻向)'이 있다.

63) 몬졋: 몬져(먼저, 先: 명사) + -ㅅ(-의: 관조)

64) 모도아: 모도[모으다, 集(타동): 몯(모이다, 集: 자동)- + -오(사동)-]- + -아(연어)

65) ᄃᆞ외요매: ᄃᆞ외(되다, 爲)- + -욤(← -옴: 명전) + -애(-에: 부조, 위치)

66) 等覺: 등각. 부처가 되는 층을 열로 쳐서 여덟째 층이다. 수행(修行)이 꽉 차서 지혜와 공덕이 바야흐로 불타(佛陀)의 묘각(妙覺)과 같아지려고 하는 자리, 곧 보살(菩薩)의 가장 높은 자리이다. 등정각(等正覺)이라고도 한다.

67) 아로미라: 알(알다, 知)- + -옴(명전) + -이(서조)- + -Ø(현시)- + -라(← -다: 평종)

68) 섯거: 섥(섞다, 混)- + -어(연어)

69) 利케: 利ㅎ[← 利ᄒᆞ다(이롭다: 형사): 利(이: 불어) + -ᄒᆞ(형접)-]- + -게(연어, 사동)

70) ᄀᆞᆮ거시니와: ᄀᆞᆮ(← ᄀᆞᇀ다: 같다, 同)- + -시(주높)- + -거…니와(연어, 인정 대조)

71) 生死流: 생사류. 생사(生死)의 흐름이다.

72) 거스려: 거스리(그스르다, 逆)- + -어(연어)

73) 드르시니: 들(들다, 入)- + -으시(주높)- + -니(연어, 설명 계속)

74) 다ᄅᆞ시니라: 다ᄅᆞ(다르다, 異)- + -시(주높)- + -Ø(현시)- + -ㄴ(관전) # 이(것, 者: 의명) + -Ø(← -이-: 서조)- + -Ø(현시)- + -라(← -다: 평종)

75) 覺: 각. 부처의 경지이다. 곧, 삼라만상의 실상과 마음의 근본을 깨달아서 아는 경지이다.

76) ᄀᆞᅀᆡ: ᄀᆞᇫ(← ᄀᆞᆺ: 가, 邊) + -애(-에: 부조, 위치)

77) ᄒᆞ마: 이미, 旣(부사)

78) 다ᄃᆞᄅᆞ샤: 다ᄃᆞᆯ[← 다ᄃᆞᆮ다, ㄷ불(다다르다, 到): 다(다, 悉: 부사) + ᄃᆞᆮ(닫다, 달리다, 走)-]- + -ᄋᆞ샤(← -ᄋᆞ시-: 주높)- + -Ø(← -아: 연어)

라ᄒᆞ니라 이 비록 等등ᄒᆞ샤도 잘 ᄃᆞ
르싫 ᄲᅮ니오 妙묭애 다ᄃᆞᆮ디 몯ᄒᆞ시
니 모로매 큰 寂쩍滅몛 바ᄅᆞ래 므를
거스려 나샤 衆중生ᄉᆡᆼ과 ᄀᆞᄐᆞ샤ᅀᅡ
妙묭覺각이라 ᄒᆞ리라 金금剛강慧
ᅘᆐᆼ는 金금剛강 ᄆᆞᅀᆞᆷ맷 첫 乾간慧ᅘᆐᆼ
라 혼 ᄠᅳ디니 첫 乾간慧ᅘᆐᆼ브터 等등
覺각ᄋᆡ 다ᄃᆞᆮ고 ᄯᅩ 金금剛강心심ᄋᆞᆯ
니ᄅᆞ와다 처ᅀᅥᆷ브터 여러 地띵位윙
ᄅᆞᆯ 다시 디내야 ᄀᆞ장 ᄀᆞᄂᆞᆫ 그림제 몯
後ᅘᅮᇢᄉ 無뭉明명을 ᄒᆞ야ᄇᆞ려 ᄌᆞᆺ고
맛ᄃᆞᆯ 틀도 업게 ᄒᆞ야ᅀᅡ 妙묭覺각애
들리라 처ᅀᅥᆷ브터 다시 始싱作작ᄒᆞᆯᄊᆡ
일후미 金금剛강心심中듕初총

하였니라. 이것(= 등각)이 비록 (覺과) 等(등)하셔도 (覺에) 잘 드실 뿐이요 妙(묘)에 다다르지 못하시니, 모름지기 큰 寂滅(적멸)의 바다에 물을 거슬러 나시어 衆生(중생)과 같으셔야 妙覺(묘각)이라고 하리라. 金剛慧(금강혜)는 金剛(금강)의 마음에 있는 첫 乾慧(건혜)라고 한 뜻이니, 첫 乾慧(건혜)로부터 等覺(등각)에 다다르고, 또 金剛心(금강심)을 일으켜서 처음부터 여러 地位(지위)를 다시 지내어, 가장 가는 그림자가 가장 後(후)의 無明(무명)을 헐어버려서 조그만 티끌도 없게 하여야 妙覺(묘각)에 들리라. 처음부터 다시 始作(시작)하므로, 이름이 金剛心中初乾慧地(금강심 중 초건혜지)이다.

ᄒᆞ니라 이[79] 비록 等등ᄒᆞ샤도[80] 잘 드르싫 부니오[81] 妙묘ᇢ[82]애 다ᄃᆞᆮ디 몯ᄒᆞ시니 모로매 큰 寂쩍滅며ᇙ[83] 바ᄅᆞ래[84] 므를 거스려 나샤 衆즁生싱과 ᄀᆞᆮᄒᆞ샤ᅀᅡ[85] 妙묘ᇢ覺각[86]이라 ᄒᆞ리라 金금剛강慧ᅘᅰᆼ[87]ᄂᆞᆫ 金금剛강[88] ᄆᆞᅀᆞ맷 첫 乾간慧ᅘᅰᆼ[89]라 혼 ᄠᅳ디니 첫 乾간慧ᅘᅰᆼ브터 等등覺각ᄋᆡ 다ᄃᆞᆮ고 ᄯᅩ 金금剛강心심ᄋᆞᆯ 니ᄅᆞ와다[90] 처ᅀᅥᆷ브터 여러 地띵位윙ᄅᆞᆯ 다시 디내야 ᄀᆞ장 ᄀᆞᄂᆞᆫ[91] 그림제 ᄆᆞᆺ 後ᅘᅮᇢㅅ 無뭉明명[92]을 ᄒᆞ야ᄇᆞ려 죠고맛[93] 드틀도[94] 업게 ᄒᆞ야ᅀᅡ 妙묘ᇢ覺각애 들리라 처ᅀᅥᆷ브터 다시 始싱作작ᄒᆞᇙ씨 일후미 金금剛강心심中듕初총乾간慧ᅘᅰᆼ地띵라

---

79) 이: 이(이것, 此: 지대, 정칭)+-∅(←-이: 주조) ※ '이'는 '등각(等覺)'이다.

80) 等ᄒᆞ샤도: 等ᄒᆞ[등하다, 같다: 等(등: 불어)+-ᄒᆞ(형접)-]-+-샤(←-시-: 주높)-+-도(←-아도: 연어, 양보) ※ '이것(等覺)이 각(覺)과 같으셔도'의 뜻이다.

81) 드르싫 부니오: 들(들다, 入)-+-으시(주높)-+-ㄹ(관전) # ᄲᅮᆫ(뿐: 의명, 한정)+-이(서조)-+-오(←-고: 연어, 나열)

82) 妙: 묘. 말씀으로 보지 못하며 분별로 알지 못하는, 오묘하고 심오한 경지이다.

83) 寂滅: 적멸. 번뇌(煩惱)의 경지를 벗어나서, 생사(生死)의 괴로움을 끊는 것이다.

84) 바ᄅᆞ래: 바ᄅᆞᆯ(바다, 海)+-애(-에: 부조, 위치)

85) ᄀᆞᆮᄒᆞ샤ᅀᅡ: ᄀᆞᆮᄒᆞ(같다, 同)-+-ᄋᆞ샤(←-ᄋᆞ시-: 주높)-+-ᅀᅡ(←-아ᅀᅡ: -어야, 연어, 필연적 조건)

86) 妙覺: 묘각. 보살이 수행하는 단계 가운데 가장 높은 단계이다. 온갖 번뇌를 끊어 버린 부처의 경지에 해당한다.

87) 金剛慧: 금강혜. 부처가 되는 층을 열로 쳐서 아홉째 층이다. 금강혜(金剛慧)는 금강(金剛) 마음의 첫 건혜(乾慧)라는 뜻이다.

88) 金剛: 금강. 금강석(金剛石, 다이아몬드)을 이르는 말로서, 여기서는 매우 단단하여 결코 부서지지 않는 것을 비유적으로 이르는 말이다.

89) 乾惠: 건혜. '마른 지혜'라는 뜻이니, 그 지혜가 아직 온전하지 못함을 말한다.

90) 니ᄅᆞ와다: 니ᄅᆞ왇[일으키다(타동): 닐(일어나다, 起: 자동)-+-ᄋᆞ(사접)-+-왇(강접)-]-+-아(연어)

91) ᄀᆞᄂᆞᆫ: ᄀᆞᄂᆞ(←ᄀᆞᄂᆞᆯ다: 가늘다, 細)-+-∅(현시)-+-ㄴ(관전)

92) 無明: 무명. 잘못된 의견이나 집착 때문에 진리를 깨닫지 못하는 상태를 이른다.

93) 죠고맛: 죠고마(조금, 小: 명사)+-ㅅ(-의: 관조)

94) 드틀도: 드틀(티끌, 塵)+-도(보조사, 강조)

乾간慧휑地띵라 첫 乾간慧휑ㅣ 如
셩來링ㅅ 法법流륭水쉉예 븓디 몯
고 이 乾간慧휑ᄂᆞᆫ 如셩來링ㅅ 妙묑
莊장嚴엄海ᄒᆡᆼ예 븓디 몯ᄒᆞ리라 流
륭ᄂᆞᆫ 흐르ᄂᆞᆫ 므리라 처ᅀᅥᆷ브터 잇ᄀᆞ
자ᅵ 因인이오 妙묑覺각이 果광ㅣ
시니라 네 ᄒᆞ마 맛나ᅀᆞᄫᆞ니 前쪈生ᄉᆡᆼ
ㅅ 罪쬥業업을 어루 버스리랏ᄒᆞ실
ᄊᆡ 내 모미 自ᄍᆞᆼ然션히 솟ᄃᆞ라 하ᄂᆞᆳ
光광明명中듕에 드러 아랫 果광報

첫 乾慧(건혜)는 如來(여래)의 法流水(법류수)에 붙지 못하고, 이 乾慧(= 金剛心中初乾慧地)는 如來(여래)의 妙莊嚴海(묘장엄해)에 붙지 못하리라. 流(유)는 흐르는 물이다. 처음부터 여기까지가 因(인)이요, 妙覺(묘각)이 果(과)이시니라.】 네가 이미 (부처를) 만났으니 前生(전생)의 罪業(죄업)을 가히 벗으리라."라고 하시므로, 내 몸이 自然(자연)히 솟아 달리어 하늘의 光明(광명) 中(중)에 들어서, 옛날의 果報(과보)를 첫 乾간慧쮕ᄂᆞᆫ 如셩來링ㅅ 法법流륳水슁[95]예 븓디[96] 몯고[97] 이 乾간慧쮕ᄂᆞᆫ 如셩來링ㅅ 妙묳莊장嚴엄海힝[98]예 븓디 몯ᄒᆞ리라 流륳는 흐르ᄂᆞᆫ 므리라 처ᅀᅥᆷ브터[99] 잇 ᄀᆞ자이[100] 因인이오[1] 妙묳覺각이 果광ㅣ시니라[2]】 네 ᄒᆞ마 맛나ᅀᆞᄫᅡ니[3] 前쪈生싱ㄱ[4] 罪쬥業업을 어루[5] 버스리라[6] ᄒᆞ실ᄊᆡ 내 모미 自쫑然션히 솟ᄃᆞ라[7] 하ᄂᆞᆳ 光광明명 中듕에 드러 아랫[8] 果광報봏[9]

---

95) 法流水: 법류수. 정법(正法)이 끊임없이 상속(相續)하는 것이 마치 흐르는 물과 같음을 이르는 말이다.

96) 븓디: 븓(←븥다: 붙다, 附)-+-디(-지: 연어, 부정)

97) 몯고: 몯[←몯ᄒᆞ다(못하다, 不能: 보용, 부정): 몯(못, 不: 부사, 부정)+-ᄒᆞ(동접)-]-+-고(연어, 나열, 대조)

98) 妙莊嚴海: 묘장엄해. 묘하고 장엄한 바다이다. 곧, 모든 덕(德)을 통솔하며 다른 흐름(異流)과 합하여, 엄하게 아니하여도 엄격하고 증득(證得)함이 없어도 증득하는 과해(果海)이다.

99) 처ᅀᅥᆷ브터: 처ᅀᅥᆷ[처음, 初: 첫(←첫: 첫, 관사, 서수)+-엄(명접)]+-브터(-부터: 보조사, 비롯함) ※ 여기서 '처ᅀᅥᆷ'은 '건혜지'를 이른다.

100) 잇 ᄀᆞ자이: 이(이것, 여기, 此: 지대, 정칭)+-ㅅ(-의: 관조) # ᄀᆞ장(까지: 의명)+-이(주조) ※ 여기서 '이'는 '금강혜'를 이른다.

1) 因이오: 因(인: 명사)+-이(서조)-+-오(←-고: 연어) ※ '因(인)'은 결과를 낳는 근본적인 동기이다.

2) 果ㅣ시니라: 果(과: 명사)+-ㅣ(←-이-: 서조)-+-시(주높)-+-Ø(현시)-+-니(원칙)-+-라(←-다: 평종) ※ '果(과)'는 원인에 따라 일어나는 결과이다.

3) 맛나ᅀᆞᄫᅡ니: 맛나[만나다, 遇: 맛(←맞다: 맞다, 迎)-+나(나다, 出, 現)-]-+-ᅀᆞᇦ(←-ᄉᆞᆸ-: 객높)-+-아(확인)-+-니(연어, 설명 계속)

4) 前生ㄱ: 前生(전생)+-ㄱ(-의: 관조)

5) 어루: 가히, 능히, 可, 能(부사)

6) 버스리라: 벗(벗다, 脫)-+-으리(미시)-+-라(←-다: 평종)

7) 솟ᄃᆞ라: 솟ᄃᆞᆮ[←솟ᄃᆞᆮ다, ㄷ불(솟아 달리다): 솟(솟다, 湧)-+ᄃᆞᆮ(닫다, 달리다, 走)-]-+-아(연어)

8) 아랫: 아래(옛날, 예전, 昔)+-ㅅ(의: 관조)

9) 果報: 과보. 전생에 지은 선악에 따라 현재의 행과 불행이 있고, 현세에서의 선악의 결과에 따라 내세에서 행과 불행이 있는 일이다.

·봉 겻·니·단 ·주·를 ·ᄉᆞᆯᄫᆞ·니 世솅尊존·이

對됭答답ᄒᆞ·샤·ᄃᆡ :됴·타 :네 :아·래 어·버

·ᅀᅵ 孝ᇂ道ᄃᇢ ᄒᆞ·며 :님·금·ᄭᅴ 忠듕貞뎡

ᄒᆞ·고 :님·금 셤·기ᅀᆞᄫᆞ·ᄆᆞᆯ 힚·ᄀᆞ·장 ᄒᆞᆯ·씨 忠듕·이·라 貞뎡·은 正졍ᄒᆞᆯ·씨·라

·ᄯᅩ 世솅間간·앳 衆즁生ᄉᆡᇰ·ᄋᆞᆯ :어엿·비

너·겨 護ᅘᅩᆼ持띵 ᄒᆞᇙ ᄆᆞᅀᆞ·ᄆᆞᆯ :내·ᅘᅧ·ᄃᆡ 因

힌果광ㅣ :몯:다 ᄆᆞ·차 이실·ᄊᆡ 因힌果광·ᄂᆞᆫ 因

겪으며 다니던 것을 사뢰니, 世尊(세존)이 對答(대답)하시되, “좋다. 네가 옛날에 어버이에게 孝道(효도)하며 임금께 忠貞(충정)하고【 임금을 섬기는 것을 힘껏 하는 것이 忠(충)이다. 貞(정)은 正(정)한 것이다. 】, 또 世間(세간)에 있는 衆生(중생)을 불쌍히 여겨 護持(호지)할 마음을 내되, 因果(인과)가 못다 마치어 있으므로【 因果(인과)는

겻니단[10] 주를[11] ᄉᆞᆯᄫᅩ니[12] 世솅尊존이 對됭答답ᄒᆞ샤ᄃᆡ[13] 됴타[14] 네 아래 어버ᅀᅵ[15] 孝ᅘᅾᇢ道ᄄᅷᇢᄒᆞ며 님금ᄭᅴ[16] 忠듕貞뎡ᄒᆞ고[17]【님금 셤기ᅀᆞᄫᅩᄆᆞᆯ[18] 힚ᄀᆞ장[19] ᄒᆞᆯ 씨[20] 忠듕이라 貞뎡은 正졍ᄒᆞᆯ 씨라[21]】 ᄯᅩ 世솅間간앳[22] 衆즁生ᄉᆡᇰᄋᆞᆯ 어엿비[23] 너겨 護ᅘᅩᆼ持띵홀[24] ᄆᆞᅀᆞᄆᆞᆯ[25] 내혀ᄃᆡ[26] 因힌果광ㅣ 몯다[27] ᄆᆞ차[28] 이실씨【因힌果광ᄂᆞᆫ

---

10) 겻니단: 겻니[겪어 가다, 겪으며 다니다: 겻(겪다, 驗)- + 니(가다, 다니다, 行)-]- + -다(← -더-: 회상)- + -∅(← -오-: 대상)- + -ㄴ(관전)
11) 주를: 줄(것: 의명) + -을(목조)
12) ᄉᆞᆯᄫᅩ니: ᄉᆞᆲ(← ᄉᆞᆲ다, ㅂ불: 사뢰다, 아뢰다, 奏)- + -오(화자)- + -니(연어, 설명 계속)
13) 對答ᄒᆞ샤ᄃᆡ: 對答ᄒᆞ[대답하다: 對答(대답: 명사) + -ᄒᆞ(동접)-]- + -샤(← -시-: 주높)- + -ᄃᆡ(← -오ᄃᆡ: -되, 설명의 계속)
14) 됴타: 둏(좋다, 好)- + -∅(현시)- + -다(평종)
15) 어버ᅀᅵ: [어버이, 父母: 어버(← 어비: 아버지, 父) + ᅀᅵ(← 어ᅀᅵ: 어머니, 母]
16) 님금ᄭᅴ: 님금(임금, 王) + -ᄭᅴ(-께: 부조, 상대, 높임)
17) 忠貞ᄒᆞ고: 忠貞ᄒᆞ[충정하다(형사): 忠貞(충정: 명사) + -ᄒᆞ(형접)-]- + -고(연어, 나열) ※ '忠貞(충정)'은 충성스럽고 절개가 굳은 것이다.
18) 셤기ᅀᆞᄫᅩᄆᆞᆯ: 셤기(섬기다, 事)- + -ᅀᆞᇦ(← -ᅀᆞᆸ-: 객높)- + -옴(명전) + -ᄋᆞᆯ(목조)
19) 힚ᄀᆞ장: [힘껏, 盡力(부사): 힘(힘, 力) + -ㅅ(관조, 사잇) + ᄀᆞ장(까지: 의명)]
20) ᄒᆞᆯ 씨: ᄒᆞ(하다, 爲)- + -ㄹ(관전) # ᄊ(← ᄉᆞ: 것, 의명) + -이(주조)
21) 씨라: ᄊ(← ᄉᆞ: 것, 의명) + -이(서조)- + -∅(현시)- + -라(← -다: 평종)
22) 世間앳: 世間(세간, 인간 세상) + -애(-에: 부조, 위치) + -ㅅ(-의: 관조)
23) 어엿비: [불쌍히, 憐(부사): 어엿ㅂ(←어엿브다(불쌍하다, 憐: 형사)- + -이(부접)]
24) 護持홀: 護持ᄒᆞ[호지하다: 護持(호지: 명사) + -ᄒᆞ(동접)-]- + -오(대상)- + -ㄹ(관전) ※ '護持(호지)'는 보호하여 지니는 것이다.
25) ᄆᆞᅀᆞᄆᆞᆯ: ᄆᆞᅀᆞᆷ(마음, 心) + -ᄋᆞᆯ(목조)
26) 내혀ᄃᆡ: 내혀[내다: 나(나다, 出: 자동)- + -ㅣ(← -이-: 사접)- + -혀(강접)-]- + -ᄃᆡ(← -오ᄃᆡ: -되, 연어, 설명 계속)
27) 몯다: [못다(부사): 몯(못, 不能: 부사, 부정) + 다(다, 悉: 부사)] ※ '몯다'는 '다하지 못함'을 나타내는 합성 부사이다.
28) ᄆᆞ차: ᄆᆞᆾ(마치다, 終)- + -아(연어)

因緣(인연)과 果報(과보)이다.】, 怨讐(원수)와 더불어 다툼의 마음을 두어서 人相(인상)과 我相(아상)으로 모진 뜻을 내어【人相(인상)은 남의 相(상)이요 我相(아상)은 나의 相(상)이니, 마음이 비지 못하여 내 몸을 따로 헤아리고 남의 몸을 따로 헤아림을 人相(인상)과 我相(아상)이라 하느니라.】, 남에게 怒(노)를 옮기므로, 그 罪業(죄업)의 값으로 果報(과보)를 겪는 것이 (이번의) 次第(차제)이더니, 이제

因인緣원[29] 果광報봉[30]ㅣ라】 怨훤讐쓯[31]와 ᄒᆞ야 ᄃᆞ토맷[32] ᄆᆞᅀᆞᄆᆞᆯ 두어 人ᅀᅵᆫ相샹[33] 我앙相샹[34]ᄋᆞ로 모딘 ᄠᅳ들 내ᅘᅧ[35]【人ᅀᅵᆫ相샹ᄋᆞᆫ ᄂᆞᄆᆡ 相샹이오 我앙相샹ᄋᆞᆫ 내 相샹이니 ᄆᆞᅀᆞ미 뷔디[36] 몯ᄒᆞ야 내 몸 닫[37] 혜오[38] ᄂᆞᄆᆡ 몸 닫 혜요ᄆᆞᆯ 人ᅀᅵᆫ相샹 我앙相샹이라 ᄒᆞᄂᆞ니라】 ᄂᆞᄆᆡ 그에[39] 怒농[40]ᄅᆞᆯ 옮길ᄊᆡ[41] 그 罪쬥業업의 갑ᄉᆞ로[42] 果광報봉 겻구미[43] 次ᄎᆼ第뗑러니[44] 이제

---

29) 因緣: 인연. 인(因)과 연(緣)을 아울러 이르는 말이다. 인은 결과를 만드는 직접적인 힘이고, 연은 그를 돕는 외적이고 간접적인 힘이다.
30) 果報: 과보. 전생에 지은 선악에 따라 현재의 행과 불행이 있고, 현세에서의 선악의 결과에 따라 내세에서 행과 불행이 있는 일이다.
31) 怨讐: 원수. 원한이 맺힐 정도로 자기에게 해를 끼친 사람이나 집단이다.
32) ᄃᆞ토맷: ᄃᆞ톰[다툼, 爭(명사): 다토(다투다, 爭)- + -ㅁ(명접)] + -애(-에: 부조, 위치) + -ㅅ(-의: 관조)
33) 人相: 인상. 사상(四相)의 하나이다. '나(我)'는 오온(五蘊)이 화합하여 생긴 사람으므로, '지옥취'나 '축생취'와 다르다고 집착하는 견해를 이른다.
34) 我相: 사상(四相)의 하나이다. 오온(五蘊)이 화합하여 생긴 몸과 마음에 참다운 '나'가 있다고 집착하는 견해를 이른다.
35) 내ᅘᅧ: 내ᅘᅧ[내다: 나(나다, 出: 자동)- + -ㅣ(←-이-: 사접)- + -ᅘᅧ(강접)-]- + -어(연어)
36) 뷔디: 뷔(비다, 空)- + -디(-지: 연어, 부정)
37) 닫: 따로, 別(부사)
38) 혜오: 혜(헤아리다, 量)- + -오(←-고: 연어, 나열)
39) ᄂᆞᄆᆡ 그에: ᄂᆞᆷ(남, 他) + -ᄋᆡ(-의: 관조) # 그에(거기에, 彼處: 의명) ※ 'ᄂᆞᄆᆡ 그에'는 '남에게'로 의역하여 옮긴다.
40) 怒: 노. 성내는 것이다.
41) 옮길ᄊᆡ: 옮기[옮기다: 옮(옮다, 移: 자동)- + -기(사접)-]- + -ㄹᄊᆡ(-므로: 연어, 이유)
42) 갑ᄉᆞ로: 값(값, 價) + -ᄋᆞ로(부조, 방편)
43) 겻구미: 겻(겪다, 驗)- + -움(명전) + -이(주조)
44) 次第러니: 次第(차제, 차례) + -Ø(←-이-: 서조)- + -러(←-더-: 회상)- + -니(연어, 설명 계속)

다시 뉘으처 버서나고져 ᄒᆞᄂᆞ니 네
이제도 ᄂᆞᄆᆡ 믜ᄫᅳᆫ ᄠᅳ들 둘따 ᄒᆞ
야시ᄂᆞᆯ 내 至징極끅ᄒᆞᆫ 말ᄊᆞᄆᆞᆯ 듣ᄌᆞ
ᄫᆞ니 ᄆᆞᅀᆞ미 ᄆᆞᆯ가 안팟기 훤ᄒᆞ야 虛
헝空콩 ᄀᆞᆮ더니 내 모ᄆᆞᆯ 도라 ᄒᆞ니 즉
자히 스러디고 男남子ᄌᆞᆼ ㅣ ᄃᆞ외야
灌관頂뎡智딩ᄅᆞᆯ 得득ᄒᆞ야 부텨ᄭᅴ

다시 뉘우쳐 벗어나고자 하나니, 네가 이제도 다시 남이 미운 뜻을 둘까?"라고 하시거늘, 내가 (세존의) 至極(지극)한 말씀을 들으니, 마음이 맑아 안팎이 훤하여 虛空(허공)과 같더니, (세존께) "나의 몸을 달라." 하니, (나의 몸이) 즉시로 스러지고 男子(남자)가 되어, 灌頂智(관정지)를 得(득)하여 부처께 다시 뉘으처[45] 버서나고져[46] ᄒᆞᄂᆞ니 네[47] 이제도 ᄂᆞ외야[48] ᄂᆞᆷ 믜ᄫᅳᆫ[49] ᄠᅳ들 둘따[50] ᄒᆞ야시ᄂᆞᆯ[51] 내[52] 至징極끅ᄒᆞᆫ 말ᄊᆞᄆᆞᆯ[53] 듣ᄌᆞᄫᅩ니[54] ᄆᆞᅀᆞ미 ᄆᆞᆯ가[55] 안팟기[56] 훤ᄒᆞ야[57] 虛헝空콩 ᄀᆞᆮ더니 내[58] 모ᄆᆞᆯ 도라[59] ᄒᆞ니 즉자히[60] 스러디고[61] 男남子ᄌᆞᆼ ㅣ ᄃᆞ외야[62] 灌관頂뎡智딩[63]ᄅᆞᆯ 得득ᄒᆞ야 부텨ᄭᅴ

---

45) 뉘으처: 뉘읓(뉘우치다, 悔)-+-어(연어)
46) 버서나고져: 버서나[벗어나다: 벗(벗다, 脫)-+-어(연어)+나(나다, 出)-]-+-고져(-고자: 연어, 의도)
47) 네: 너(너, 汝: 인대, 2인칭)+-ㅣ(←-이: 주조)
48) ᄂᆞ외야: [다시, 거듭하여, 復(부사): ᄂᆞ외(거듭하다, 復)-+-야(←-아: 연어▷부접)]
49) 믜ᄫᅳᆫ: 믜ᇦ(← 믭다, ㅂ불: 밉다, 憎)-+-Ø(현시)-+-은(관전)
50) 둘따: 두(두다, 置)-+-ㄹ따(-ㄹ까: 의종, 미시)
51) ᄒᆞ야시ᄂᆞᆯ: ᄒᆞ(하다, 말하다, 曰)-+-시(주높)-+-야…ᄂᆞᆯ(←-아ᄂᆞᆯ: -거늘, 연어, 상황)
52) 내: 나(나, 我: 인대, 1인칭)+-ㅣ(←-이: 주조)
53) 말ᄊᆞᄆᆞᆯ: 말ᄊᆞᆷ[말씀, 言: 말(말, 言)+-ᄊᆞᆷ(-씀: 접미)]+-ᄋᆞᆯ(목조)
54) 듣ᄌᆞᄫᅩ니: 듣(듣다, 聞)-+-ᄌᆞᇦ(←-ᄌᆞᆸ-: 객높)-+-오(화자)-+-니(연어, 설명 계속)
55) ᄆᆞᆯ가: ᄆᆞᆰ(맑다, 淨)-+-아(연어)
56) 안팟기: 안팕[안팎, 內外: 안ㅎ(안, 內)+밝(밖, 外)]+-이(주조)
57) 훤ᄒᆞ야: 훤ᄒᆞ[훤하다, 밝다, 明: 훤(훤: 불어)+-ᄒᆞ(형접)-]-+-야(←-아: 연어)
58) 내: 나(나, 我: 인대, 1인칭)+-ㅣ(-의: 관조)
59) 도라: 도(달다, 남이 나에게 주다, 授)-+-라(명종)
60) 즉자히: 즉시로, 卽(부사)
61) 스러디고: 스러디[스러지다, 사라지다, 消: 슬(스러지게 하다)-+-어(연어)+디(지다: 보용, 피동)-]-+-고(연어, 나열, 계기)
62) ᄃᆞ외야: ᄃᆞ외(되다, 爲)-+-야(←-아: 연어)
63) 灌頂智: 관정지. '관정(灌頂)의 지혜'이다. '관정(灌頂)'은 계(戒)를 받거나 일정한 지위에 오른 수도자의 정수리에 물이나 향수를 뿌리는 일이나, 또는 그런 의식이다.

[64 뒤]

歸依(귀의)하였다."고 하더라.【灌頂(관정)은 十住(십주)에 있는 열째의 住(주)이니, 灌(관)은 붓는 것이요 頂(정)은 머리의 정수리이니, 德(덕)이 갖추어져 있어 부처의 일을 맡김 직한 것이, (마치) 나라의 일을 장차 世子(세자)께 맡기리라고 하여, 바닷물로 (세자의) 머리에 붓는 것과 같은 것이 灌頂住(관정주)이다. 바닷물을 붓는 것은 '많은 智慧(지혜)를 쓰리라.'고 한 뜻이다.】 그때에 東土(동토)에 後漢(후한)의 明帝(명제)가 즉위하여 계시더니, 明帝(명제)의 꿈에 한 金(금)으로 된 사람이 뜰에

歸귕依힁ᄒᆞᅀᆞᄫᅩ라[64] ᄒᆞ더라【灌관頂뎡은 十씹住뜡엣 열찻 住뜡ㅣ니 灌관ᄋᆞᆫ 브ᅀᅳᆯ[65] 씨오 頂뎡은 머릿 뎡바기니[66] 德득이 ᄀᆞ자 부텻 이ᄅᆞᆯ 맛뎜[67] 직호미[68] 나랏 이ᄅᆞᆯ 쟝ᄎᆞ[69] 世솅子ᄌᆞᆼᄭᅴ 맛됴리라[70] ᄒᆞ야 바ᄅᆞᆳ믈로[71] 머리예 브ᅀᅮᆷ[72] ᄀᆞ토미[73] 灌관頂뎡住뜡ㅣ라 바ᄅᆞᆳ믈 브ᅀᅮ믄 ᄒᆞᆫ 智딩慧쮕ᄅᆞᆯ ᄡᅳ리라[74] ᄒᆞᆫ ᄠᅳ디라】 그 ᄢᅴ 東동土통애 後ᅘᅮᇢ漢한[75] 明명帝뎽[76] 셔아[77] 겨시더니 明명帝뎽 ᄭᅮ메[78] ᄒᆞᆫ 金금 사ᄅᆞ미 ᄠᅳᆯ헤[79]

---

64) 歸依ᄒᆞᅀᆞᄫᅩ라: 歸依ᄒᆞ[귀의하다: 歸依(귀의: 명사)+-ᄒᆞ(동접)-]-+-ᅀᆞᇦ(←-ᅀᆞᆸ-: 객높)-+-Ø(과시)-+-오(화자)-+-라(←-다: 평종) ※ '歸依(귀의)'는 부처와 불법(佛法)과 승가(僧伽)로 돌아가 그에 의지하여 구원을 청하는 것이다.

65) 브ᅀᅳᆯ: 브ᇫ(←븟다, ㅅ불: 붓다, 물을 대다, 灌)-+-을(관전)

66) 뎡바기니: 뎡바기(정수리, 頂)+-Ø(←-이-: 서조)-+-니(연어, 설명 계속)

67) 맛뎜: 맛디[맡기다, 任: 맜(맡다, 任: 타동)-+-이(사접)-]-+-엄(연어, 가치)

68) 직호미: 직ㅎ(←직ᄒᆞ다: 직하다, 보용, 가치)-+-옴(명전)+-이(주조)

69) 쟝ᄎᆞ: 장차, 將次(부사) ※ '쟝ᄎᆞ'은 한자어인데, 고유어로 인식하여 일반적으로 훈민정음으로 '쟝ᄎᆞ'로 표기하였다.

70) 맛됴리라: 맛디[맡기다, 任: 맜(맡다, 任: 타동)-+-이(사접)-]-+-오(화자)-+-리(미시)-+-라(←-다: 평종)

71) 바ᄅᆞᆳ믈로: 바ᄅᆞᆳ믈[바닷물, 海水: 바ᄅᆞᆯ(바다, 海)+-ㅅ(관조, 사잇)+믈(물, 水)]+-로(부조, 방편)

72) 브ᅀᅮᆷ: 브ᇫ(←븟다, ㅅ불: 붓다, 灌)-+-움(명전)

73) ᄀᆞ토미: ᄀᆞᇀ(←ᄀᆞᆮᄒᆞ다: 같다, 同)-+-옴(명전)+-이(주조)

74) ᄡᅳ리라: ᄡᅳ(쓰다, 用)-+-리(미시)-+-라(←-다: 평종)

75) 後漢: 후한. 중국에서, 25년에 왕망(王莽)에게 빼앗긴 한(漢) 왕조를 유수(劉秀)가 다시 찾아 부흥시킨 나라이다. 220년에 위(魏)나라의 조비에게 멸망하였다

76) 明帝: 명제. 중국 후한(後漢)의 황제(28~75)이다. 재위 기간 중에 인도로부터 중국에 불교가 유입된 것으로 추정된다.

77) 셔아: 셔(서다, 立)-+-아(←-어: 연어) ※ '셔다'는 '즉위(卽位)하다'의 뜻이다.

78) ᄭᅮ메: ᄭᅮᆷ(꿈, 夢)+-에(부조, 위치)

79) ᄠᅳᆯ헤: ᄠᅳᆶ(뜰, 庭)+-에(부조, 위치)

[65 앞]

라오시니 킈 크시고 머리예 ᄒᆡᆺ 光광
잇더시니 아ᄎᆞᄆᆡ 臣씬下ᅘᅡᆼ ᄃᆞ려 무
르신대 太탱史ᄉᆞᆼ 傅붕毅ᅌᅵᆼ 술ᄫᆞᄃᆡ
周즁昭죻 王왕ㄱ 時씽節졇에 西솅
天텬에 부톄 나시니 그 킈 丈땽六륙
이오 丈땽ᄋᆞᆫ 열 자히니 丈땽六륙ᄋᆞᆫ 열여슷 자히라 金금ㅅ
비치러시니 陛뼹下ᅘᅡᆼ ᄭᅮ샤미 당다

날아오시니, 키가 크시고 머리에 해의 光(광)이 있으시더니, (명제가) 아침에 臣下(신하)에게 물으시니 太史(태사)인 傅毅(부의)가 사뢰되, “周昭王(주 소왕)의 時節(시절)에 西天(서천)에 부처가 나시니, 그 키가 丈六(장육)이요【丈(장)은 열 자이니 丈六(장육)은 열여섯 자이다.】 金(금)빛이시더니, 陛下(폐하)께서 (꿈을) 꾸신 것이 마땅히

ᄂᆞ라오시니[80] 킈[81] 크시고 머리예 ᄒᆡᆺ[82] 光광 잇더시니[83] 아ᄎᆞᄆᆡ[84] 臣씬下ᅘᅡᆼᄃᆞ려[85] 무르신대[86] 太탱史ᄉᆞᆼ[87] 傅붕毅ᅌᅴᆼ[88] ᄉᆞᆯ보ᄃᆡ 周즇昭죻王왕ㄱ[89] 時씽節졇에 西솅天텬[90]에 부톄 나시니 그 킈 丈ᄕᅣᆼ六륙이오【丈ᄕᅣᆼ은 열 자히니[91] 丈ᄕᅣᆼ六륙은 열여슷 자히라】金금ㅅ비치러시니[92] 陛뼹下ᅘᅡᆼ[93] ᄭᅮ샤미[94] 당다이[95]

---

80) ᄂᆞ라오시니: ᄂᆞ라오[날아오다: ᄂᆞᆯ(날다, 飛)- + -아(연어) + 오(오다, 來)-]- + -시(주높)- + -니(연어, 설명 계속)

81) 킈: 킈[키, 身丈: ㅋ((← 크다: 크다, 大, 형사)- + -의(명접)] + -Ø(← -이: 주조)

82) ᄒᆡᆺ: ᄒᆡ(해, 日) + -ㅅ(-의: 관조)

83) 잇더시니: 잇(← 이시다: 있다, 有)- + -더(회상)- + -시(주높)- + -니(연어, 설명 계속)

84) 아ᄎᆞᄆᆡ: 아ᄎᆞᆷ(아침, 朝) + -ᄋᆡ(-에: 부조, 위치)

85) 臣下ᄃᆞ려: 臣下(신하) + -ᄃᆞ려(-에게, -더러: 부조, 상대)

86) 무르신대: 물(← 묻다, ㄷ불: 묻다, 問)- + -으시(주높)- + -ㄴ대(-니: 연어, 반응)

87) 太史: 태사. 중국에서 기록을 맡아보던 벼슬아치이다.(= 史官)

88) 傅毅: 부의. 후한 부풍(扶風) 무릉(茂陵) 사람이다. 젊어서부터 박학했으며, 한나라의 명제(明帝) 때에 평릉(平陵)에서 장구(章句)의 학문을 익혀 〈적지시, 迪志詩〉를 지었다.

89) 周昭王ㄱ: 周昭王(주소왕) + -ㄱ(-의: 관조) ※'周昭王(주 소왕)'은 중국의 서주(西周) 시대의 제4대 국왕이다.

90) 西天: 서천. 중국 서쪽 지방에 있던 여러 나라를 통틀어 이르는 말이다. 여기서는 석가모니가 태어난 인도를 가리킨다.

91) 자히니: 자ㅎ(자, 尺: 의명) + -이(서조)- + -니(연어, 설명 계속)

92) 金ㅅ비치러시니: 金ㅅ빛[금빛: 金(금) + -ㅅ(관조, 사잇) + 빛(빛, 光)] + -이(서조)- + -러(← -더-: 회상)- + -시(주높)- + -니(연어, 설명 계속)

93) 陛下: 폐하. 황제나 황후에 대한 경칭이다.

94) ᄭᅮ샤미: ᄭᅮ(꾸다, 夢)- + -샤(← -시: 주높)- + -ㅁ(← -옴: 명전) + -이(주조)

95) 당다이: 당다이[마땅히, 當(부사): 당당(마땅: 불어) + -Ø(← -ᄒᆞ-: 형접)- + -이(부접)]

이그샤ᅀᅵ이다 陛뼹下ᅘᅡᆼᄂᆞᆫ버텅아래니皇ᅘᅪᇰ帝뎽ᄅᆞᆯ바
ᄅᆞ몯ᄉᆞᆯᄫᅡ버텅아래ᄅᆞᆯᄉᆞᆲᄂᆞ니라 明명帝뎽中듕郞
랑蔡챙暗함과傳박士ᄊᆞᆼ秦찐景경
ᄃᆞᆯ열여듧사ᄅᆞᄆᆞᆯ西솅域ᅌᅯᆨ에브리
샤 中듕郞랑과傳박士ᄊᆞᆼᄂᆞᆫ벼ᅀᆞ리오域ᅌᅯᆨ은나라히니부텻나라히
中듕國귁에셔西솅ㅅ녀길ᄊᆡ西솅域ᅌᅯᆨ이라ᄒᆞᄂᆞ니라 佛뿛法
법을求꿓ᄒᆞ더시니세ᄒᆡᄶᆞ히 永ᅌᅯᆼ平뼝

그(= 부처)이십니다. 【陛下(폐하)는 계단 아래이니, 皇帝(황제)를 바로 못 사뢰어서 계단 아래를 사뢰나니라.】 明帝(명제)가 中郞(중랑)인 蔡暗(채암)과 博士(박사)인 秦景(진경) 등 열여덟 사람을 西域(서역)에 부리시어【中郞(중랑)과 博士(박사)는 벼슬이요, 域(역)은 나라이니 부처의 나라가 中國(중국)에서 西(서)녘이므로 西域(서역)이라고 하느니라.】 佛法(불법)을 求(구)하시더니, 세 해째에【永平(영평)

긔샤ᄉᆡ이다[96]【陛뼹下ᅘᅡᆼᄂᆞᆫ 버텅[97] 아래니[98] 皇ᅘᅪᆼ帝뎽ᄅᆞᆯ 바ᄅᆞ[99] 몯 ᄉᆞᆯᄫᅡ[100] 버텅 아래ᄅᆞᆯ ᄉᆞᆲᄂᆞ니라】 明몡帝뎽 中듕郎랑 蔡챙暗ᅙᅡᆷ과 博박士ᄊᆞᆼ 秦찐景경 ᄃᆞᆯ[1] 열여듧 사ᄅᆞᄆᆞᆯ 西솅域ᅌᅯᆨ에 브리샤[2]【中듕郎랑과 博박士ᄊᆞᆼᄂᆞᆫ 벼스리오[3] 域ᅌᅯᆨ은 나라히니 부텻 나라히 中듕國귁에셔 西솅ㅅ녀길ᄊᆡ[4] 西솅域ᅌᅯᆨ이라 ᄒᆞᄂᆞ니라】 佛뿛法법을 求꾸ᇢᄒᆞ더시니[5] 세 ᄒᆡᆺ자히[6]【永ᅌᅯᆼ平뼝[7]

---

96) 긔샤ᄉᆡ이다: 그(그, 彼: 인대, 정칭) + -ㅣ(←-이-: 서조)- + -∅(현시)- + -샤(←-시-: 주높)- + -ㅅ(←-옷-: 감동)- + -ᄋᆡ이(←-ᄋᆞ이-: 상높)- + -다(평종) ※ 선어말 어미 '-ᄋᆡ이-'는 상대 높임의 선어말 어미인 '-ᄋᆞ이-'가 모음 동화('ㅣ' 모음 역행 동화)에 의해서 '-ᄋᆡ이-'로 바뀐 형태이다.

97) 버텅: 돌계단, 섬돌, 石階.

98) 아래니: 아래(아래, 下) + -∅(←-이-: 서조)- + -니(연어, 설명의 계속)

99) 바ᄅᆞ: [바로, 直(부사): 바ᄅᆞ(바르다, 直: 형사)- + -∅(부접)]

100) ᄉᆞᆯᄫᅡ: ᄉᆞᇦ(← ᄉᆞᆲ다, ㅂ불: 사뢰다, 奏)- + -아(연어)

1) ᄃᆞᆯ: 들, 等(의명, 복수)

2) 브리샤: 브리(부리다, 시키다, 使)- + -샤(←-시-: 주높)- + -∅(←-아: 연어)

3) 벼스리오: 벼슬(벼슬, 官) + -이(서조)- + -오(←-고: 연어, 나열)

4) 西ㅅ녀길ᄊᆡ: 西ㅅ녁[서녘, 서쪽: 西(서) + -ㅅ(관조, 사잇) + 녁(녘, 쪽)] + -이(서조)- + -시(주높)- + -ㄹᄊᆡ(-므로: 연어, 이유)

5) 求ᄒᆞ더시니: 求ᄒᆞ[구하다, 찾다: 求(구: 불어) + -ᄒᆞ(동접)-]- + -더(회상)- + -시(주높)- + -니(연어, 설명의 계속)

6) 세 ᄒᆡᆺ자히: ① 세(세, 三: 관사, 양수) # ᄒᆡᆺ자히[해째: ᄒᆡ(해, 年: 의명) + -ᄶᅡ히(--째: 접미, 서수)] ② 세(세, 三: 관사, 양수) # ᄒᆡ(해, 年) + -ㅅ(관조) + 자히(째: 의명, 서수) ※ 일반적으로는 ①로 분석하지만, ②로 분석할 수도 있다. ①에서 'ᄒᆡᆺ자히'는 단위성 의존 명사인 'ᄒᆡ'에 서수를 나타내는 접미사 '-ᄶᅡ히'가 붙은 것으로 분석하였다. ②에서는 수 단위 의존 명사인 'ᄒᆡ'에 관형격 조사인 '-ㅅ'이 붙은 다음에 단위성 의존 명사인 '자히'가 붙은 것으로 처리하였다(나찬연, 2015: 83 참조).

7) 永平: 영평. 동한(東漢)의 명제(明帝)인 유장(劉莊)의 연호이다. 재위기간 한 차례만 개원하여 서기 58~75의 18년간 사용하였으며, 영평 18년 8월 장제(章帝)가 즉위하면서 永平이 이어서 연호로 사용되었다.

여섯째의 해인 癸亥(계해)이다.】 蔡暗(채암) 등이 天竺國(천축국)의 이웃 나라인 月支國(월지국)에 다달아【天竺(천축)은 西天(서천)의 나라이다.】, 梵僧(범승)인 攝摩騰(섭마등)과 竺法蘭(축법란)이【僧(승)은 중이니 梵僧(범승)은 맑은 행적(行績)을 하는 중이다.】 經(경)과 佛像(불상)과 舍利(사리)를 白馬(백마)에 실어 나오거늘【經(경)은 지름길이니, 經(경)을 배워서 부처가 되는 것이

여슷찻 ᄒᆡ 癸귕亥ᅘᆡᆼ라[8] 】 蔡챙暗함 ᄃᆞᆯ히[9] 天텬竺듁國귁[10] 이웃 나라 月웛支징國귁[11]에 다ᄃᆞ라[12]【天텬竺듁은 西솅天텬 나라히라】 梵뻠僧승[13] 攝셥摩망騰뜽과 竺듁法법蘭란이【僧승은 쥬이니[14] 梵뻠僧승은 조ᄒᆞᆫ[15] ᅘᆡᆼ뎍[16] ᄒᆞᄂᆞᆫ 쥬이라】 經경[17]과 佛뿛像썅[18]과 舍샹利링[19]를 白뻭馬망애 시러 나오거늘【經경은 ᄌᆞᄅᆞᇝ길히니[20] 經경 ᄇᆡ화[21] 부텨 ᄃᆞ외욤[22]

---

8) 癸亥: 계해. 영평(永平) 6년 계해(癸亥)는 서기 63년이다.
9) ᄃᆞᆯ히: ᄃᆞᆶ(들, 等: 의명) + -이(주조)
10) 天竺國: 천축국. 인도의 옛 지명이다.
11) 月支國: 월지국. 중국 고대에 서역 지방에 있었던 나라의 이름이다. 이 나라의 사람들은 원래 돈황(燉煌) 지방에 살았는데, 흉노(匈奴) 족에 쫓기어 현대의 인도 지역에 이주하였다. 불교의 수호에 힘쓴 나라로 큰 불사를 하였고, 이웃 나라에 불법을 전하였다.
12) 다ᄃᆞ라: 다ᄃᆞᆮ[← 다ᄃᆞᆮ다, ㄷ불(다다르다, 至: 다(다, 悉: 부사) + ᄃᆞᆮ(닫다, 달리다, 走)-]- + -아(연어)
13) 梵僧: 범승. 불법을 지켜 행덕(行德)이 단정하고 깨끗한 승려이다.
14) 쥬이니: 즁(중, 僧) + -이(서조)- + -니(연어, 설명 계속)
15) 조ᄒᆞᆫ: 조ᄒᆞ(맑다, 깨끗하다, 淨)- + -Ø(현시)- + -ㄴ(관전)
16) ᅘᆡᆼ뎍: 행적(行績)
17) 經: 경. 경전.
18) 佛像: 불상. 부처의 형상을 표현한 상(像)이다. 나무, 돌, 쇠, 흙 따위로 만든, 부처의 소상(塑像)이나 화상(畫像)을 통틀어 이르는 말이다.
19) 舍利: 사리. 석가모니나 성자의 유골이다. 후세에는 화장한 뒤에 나오는 구슬 모양의 것만 이른다.
20) ᄌᆞᄅᆞᇝ길히니: ᄌᆞᄅᆞᇝ길[지름길, 經: ᄌᆞᄅᆞ(지르다, 徑: 동사)- + -ㅁ(명접) + -ㅅ(관조, 사잇) + 길(길, 路: 명사)] + -이(서조)- + -니(연어, 설명 계속)
21) ᄇᆡ화: ᄇᆡ호[배우다, 學: ᄇᆡᆨ다(습관이 되다)- 오(사접)-]- + -아(연어)
22) ᄃᆞ외욤: ᄃᆞ외(되다, 爲)- + -욤(← -옴: 명전)

빠른 것이 먼 길에 지름길과 같으므로 經(경)이라 하나니, 이 經(경)은 四十二章經(사십이장경)이다. 像(상)은 같은 것이니, 부처의 모습을 (원래의 모습과) 같으시게 그리거나 만들거나 하는 것이다. 舍利(사리)는 靈(영)한 뼈이라고 한 말이니, 戒定慧(계정혜)를 닦아 나신 것이니, 가장 으뜸인 福(복)밭이다. 白馬(백마)는 흰 말이다. 】, 만나 함께 돌아오니, 또 이태째에야 【永平(영평) 여덟째의 해인 乙丑(을축)이다. 】 서울로 들어왔니라. 摩騰(마등)이 大闕(대궐)에 들어

ᄲᆞᆯ로미[23] 먼 길헤[24] ᄌᆞᄅᆞᇝ길 ᄀᆞᄐᆞᆯᄊᆡ 經경이라 ᄒᆞᄂᆞ니 이 經경은 四ᄉᆞᆼ十씹二ᅀᅵᆼ章쟝經경[25]이라 像썅ᄋᆞᆫ ᄀᆞᄐᆞᆯ 씨니 부텻 양ᄌᆞᄅᆞᆯ[26] ᄀᆞᄐᆞ시긔[27] 그리ᅀᆞᆸ거나[28] ᄆᆡᇰᄀᆞᅀᆞᆸ거나[29] ᄒᆞᆯ 씨라 舍샹利링ᄂᆞᆫ 靈령ᄒᆞᆫ[30] ᄲᅨ라[31] ᄒᆞᆫ 마리니 戒갱定뗭慧휑[32] 닷가 나신 거시니 ᄆᆞᆺ 위두ᄒᆞᆫ[33] 福복 바티라[34] 白뼥馬망ᄂᆞᆫ 흰 ᄆᆞ리라】 맛나아[35] ᄒᆞᆫᄢᅴ[36] 도라오니 ᄯᅩ 읻ᄒᆡᆺ자히ᅀᅡ[37]【永웡平뺑 여듧찻 ᄒᆡ 乙읋丑튷ㅣ라[38]】 셔울[39] 드러오니라[40] 摩망騰뚱이 大땡闕궗에 드러

---

23) ᄲᆞᆯ로미: ᄲᆞᆯᄅᆞ(← ᄲᆞᄅᆞ다: 빠르다, 速)- + -옴(명전) + -이(주조)

24) 길헤: 길ㅎ(길, 路) + -에(부조, 위치)

25) 四十二章經: 사십이장경. 중국에 전래된 최초의 한역(漢譯) 불경이다. 출가 후의 학문의 도리와 일상생활에 관한 교훈을 적은 책이다. 후한의 가섭마등과 축법란이 함께 한역했다고 한다.

26) 양ᄌᆞᄅᆞᆯ: 양ᄌᆞ(양자, 樣子, 모습) + -ᄅᆞᆯ(목조)

27) ᄀᆞᄐᆞ시긔: ᄀᆞᇀ(← ᄀᆞᆮᄒᆞ다: 같다, 同)- + -ᄋᆞ시(주높)- + -긔(-게: 연어, 도달)

28) 그리ᅀᆞᆸ거나: 그리(그리다, 畵)- + -ᅀᆞᆸ(객높)- + -거나(연어, 선택)

29) ᄆᆡᇰᄀᆞᅀᆞᆸ거나: ᄆᆡᇰᄀᆞ(← ᄆᆡᇰᄀᆞᆯ다: 만들다, 製)- + -ᅀᆞᆸ(객높)- + -거나(연어, 선택)

30) 靈ᄒᆞᆫ: 靈ᄒᆞ[영하다, 신령스럽다: 靈(영: 명사) + -ᄒᆞ(형접)-]- + -Ø(현시)- + -ㄴ(관전)

31) ᄲᅨ라: ᄲᅧ(뼈, 骨) + -ㅣ(← -이-: 서조)- + -Ø(현시)- + -라(← -다: 평종)

32) 戒定慧: 계정혜. 불도에 들어가는 세 가지 요체인 '계율(戒律), 선정(禪定), 지혜(智惠)'이다.

33) 위두ᄒᆞᆫ: 위두ᄒᆞ[으뜸이다, 제일이다: 위두(爲頭, 우두머리: 명사) + -ᄒᆞ(형접)-]- + -Ø(현시)- + -ㄴ(관전)

34) 福바티라: 福밭[복전, 福田: 福(복: 명사) + 밭(田: 명사)] + -이(서조)- + -Ø(현시)- + -라(← -다: 평종) ※'복전'은 복을 거두는 밭이라는 뜻으로, 삼보(三寶)와 부모와 가난한 사람을 비유적으로 이르는 말이다.

35) 맛나아: 맛나[만나다, 遇: 맛(← 맞다: 맞다, 迎)- + 나(나다, 現)-]- + -아(연어)

36) ᄒᆞᆫᄢᅴ: [함께, 同伴(부사): ᄒᆞᆫ(한, 一: 관사, 양수) + ᄢ(← ᄢᅳ: 때, 時: 명사) + -의(-에: 부조▷부접)]

37) 읻ᄒᆡᆺ자히ᅀᅡ: ① 읻ᄒᆡ[이태, 二年: 읻(이, 二: 관사, 양수) + ᄒᆡ(해, 年)] + -ㅅ(관전) # 자히(째: 의명, 서수)] + -ᅀᅡ(보조사, 한정 강조) ② 읻ᄒᆡᆺ자히[이태째, 두해째: 읻(이, 二: 관사, 양수) + ᄒᆡ(해, 年) + -ᄶᅡ히(-째: 접미, 서수)] + -ᅀᅡ(보조사, 한정 강조)

38) 영평(永平) 8년 을축(乙丑)은 서기 65년에 해당한다.

39) 셔울: 서울, 京.

40) 드러오니라: 드러오[들어오다, 入: 들(들다, 入)- + -어(연어) + 오(오다, 來)-]- + -Ø(과시)- + -니(원칙)- + -라(← -다: 평종)

上샹ᄒᆞᅀᆞᄫᆞᆫ대 明명帝뎽 ᄀᆞ장 깃그샤 城쎵 西솅門몬 밧긔 白ᄈᆡᆨ馬망寺쑹ㅣ랏 뎔 일어샤 두 즁 살에 ᄒᆞ시고 뎔 이르샤미 永웡平뼝 열찻 ᄒᆡ 丁뎡卯몽ㅣ라 經경을 힌 ᄆᆞᆯ게 시러 올씨 白ᄈᆡᆨ馬망寺쑹ㅣ라 ᄒᆞ니 寺쑹는 뎌리라 그 뎌레 行ᅘᆡᇰ幸ᅘᆡᇰᄒᆞ신대 行ᅘᆡᇰ은 녈씨오 幸ᅘᆡᇰ은 아니 너균 깃븐 일이 실씨니 님금 가신 ᄯᅡ ᄒᆞᆫ 百ᄇᆡᆨ姓셩을 수을 밥 머기시며 천량도 주

(경과 불상과 사리를) 進上(진상)하니, 明帝(명제)가 매우 기뻐하시어, 城(성)의 西門(서문) 밖에 白馬寺(백마사)이라고 하는 절을 세우시어, 두 중을 살게 하시고【절을 세우신 것이 永平(영평) 열째 해인 丁卯(정유)이다. 經(경)을 흰 말에 실어 오므로 白馬寺(백마사)라고 하니, 寺(사)는 절이다.】, 그 절에 行幸(행행)하시니【行(행)은 가는 것이요, 幸(행)은 아니 생각한 기쁜 일이 있는 것이니, 임금이 가신 곳은 百姓(백성)을 술과 밥을 먹이시며 재물도 주시며

進진上썅ᄒᆞᅀᆞᄫᆞᆫ대[41] 明명帝뎽 ᄀᆞ장[42] 깃그샤[43] 城쎵ㄱ 西솅門몬 밧긔[44] 白뻭馬망寺ᄊᆞᆼ ㅣ라 ᄒᆞᇙ 뎔[45] 이르샤[46] 두 쥬을[47] 살에[48] ᄒᆞ시고 【뎔 이르샤미[49] 永웡平뼝 열찻 ᄒᆡ 丁뎡卯묠 ㅣ라[50] 經경을 ᄒᆡᆫ ᄆᆞᆯ 게[51] 시러 올씨 白뻭馬망寺ᄊᆞᆼ ㅣ라 ᄒᆞ니 寺ᄊᆞᆼ는 뎌리라[52]】 그 뎌레 行ᅘᆡᆼ幸ᅘᆡᆼᄒᆞ신대[53] 【行ᅘᆡᆼ은 녈[54] 씨오 幸ᅘᆡᆼ은 아니 너균[55] 깃븐[56] 일 이실 씨니 님금 가신 ᄯᅡᄒᆞᆫ[57] 百ᄇᆡᆨ姓셩을 수을[58] 밥 머기시며 쳔량도[59] 주시며

---

41) 進上ᄒᆞᅀᆞᄫᆞᆫ대: 進上ᄒᆞ[진상하다: 進上(진상: 명사) + -ᄒᆞ(동접)-]- + -ᅀᆞᆸ(←-ᅀᆞᆸ-: 객높)- + -ᄋᆞᆫ대(-니: 연어, 반응)

42) ᄀᆞ장: 매우, 대단히, 甚(부사)

43) 깃그샤: 귉(기뻐하다, 歡)- + -으샤(←-으시-: 주높)- + -Ø(←-아: 연어)

44) 밧긔: 밝(밖, 外) + -의(-에: 부조, 위치)

45) 뎔: 절, 寺.

46) 이르샤: 이르[세우다, 건립하다, 建: 일(이루어지다, 成: 자동)- + -으(사접)-]- + -샤(←-시-: 주높)- + -Ø(←-아: 연어)

47) 쥬을: 즁(중, 僧) + -을(목조)

48) 살에: 살(살다, 거주하다, 住)- + -에(←-게: 연어, 사동)

49) 이르샤미: 이르[세우다, 건립하다, 建: 일(이루어지다, 成: 자동)- + -으(사접)-]- + -샤(←-시-: 주높)- + -ㅁ(←-옴: 명전) + -이(주조)

50) 영평(永平) 10년 정유(丁酉)는 서기 67년에 해당한다.

51) ᄆᆞᆯ 게: ᄆᆞᆯ(말, 馬) # 게(거기에, 彼處: 의명, 위치) ※'ᄆᆞᆯ 게'는 '말에'로 의역하여 옮긴다.

52) 뎌리라: 뎔(절, 寺) + -이(서조)- + -Ø(현시)- + -라(←-다: 평종)

53) 行幸ᄒᆞ신대: 行幸ᄒᆞ[행행하다(동사): 行幸(행행: 명사) + -ᄒᆞ(동접)-]- + -시(주높)- + -ㄴ대(-니: 연어, 반응) ※'行幸(행행)'은 임금이 대궐 밖으로 거둥하는 것이다.

54) 녈: 녀(가다, 다니다, 行)- + -ㄹ(관전)

55) 너균: 너기(여기다, 생각하다, 思)- + -Ø(과시)- + -우(대상)- + -ㄴ(관전)

56) 깃븐: 깃브[기쁘다, 喜: 귉(기뻐하다, 歡)- + -브(형접)-]- + -Ø(현시)- + -ㄴ(관전)

57) ᄯᅡᄒᆞᆫ: ᄯᅡㅎ(땅, 地) + -ᄋᆞᆫ(보조사, 주제)

58) 수을: 술, 酒.

59) 쳔량도: 쳔량(천량, 財物) + -도(보조사, 첨가)

[67 뒤]

시며 벼슬도 ᄒᆡ실씨 님금 녀아가샤
믈 行ᅘᆡᇰ幸ᅘᆡᇰ이라 ᄒᆞᄂᆞ니라 行ᅘᆡᇰ幸ᅘᆡᇰᄒᆞ샤미 永ᄋᆑᇰ平뼝 열ᄒᆞᆫ찻ᄒᆡ 戊뭉辰씬이라 두 쥬ᇰ이 ᄉᆞᆯᄫᅩ
ᄃᆡ 뎘東동녀긔 엇던 지비잇고 明명
帝뎽 니ᄅᆞ샤ᄃᆡ 아래 ᄒᆞᆫ 두들기 절로
됫오와ᄃᆞ니 바ᄆᆡ 奇끵異잉ᄒᆞᆫ 光광
明명이 이실씨 奇끵異잉ᄂᆞᆫ 常썋例롕롭디 아니ᄒᆞᆯ씨라
百ᄇᆡᆨ姓셩이 일훔지ᄒᆞᄃᆡ 聖셩人신

벼슬도 하게 하시므로, 임금이 다녀가시는 것을 行幸(행행)이라고 하느니라. 行幸(행행)하시는 것이 永平(영평) 열한째의 해인 戊辰(무진)이다.】 두 중이 사뢰되, "절의 동녘에 (있는 집이) 어떤 집입니까?" 明帝(명제)가 이르시되, "옛날에 한 둔덕이 절로 불거지니, 밤에 奇異(기이)한 光明(광명)이 있으므로【奇異(기이)는 常例(상례)롭지 아니한 것이다.】 百姓(백성)이 이름붙이되, 聖人(성인)의

벼슬도 ᄒᆡ실씨[60] 님금 녀아[61] 가샤ᄆᆞᆯ[62] 行ᅘᅧᇰ幸ᅘᅧᇰ이라 ᄒᆞᄂᆞ니라 行ᅘᅧᇰ幸ᅘᅧᇰᄒᆞ샤미 永ᅌᅯᇰ平뼈ᇰ 열ᄒᆞᆫ찻[63] ᄒᆡ 戊ᄝᅮᇂ辰씬이라[64]】 두 쥬ᅌᅵ[65] ᄉᆞᆯᄫᅩᄃᆡ[66] 뎘 東도ᇰ녀긔 엇던[67] 지비잇고[68] 明며ᇰ帝뎽 니ᄅᆞ샤ᄃᆡ 아래[69] ᄒᆞᆫ 두들기[70] 절로[71] 되오와ᄃᆞ니[72] 바ᄆᆡ[73] 奇끵異ᅌᅵᆼᄒᆞᆫ 光광明며ᇰ이 이실씨【奇끵異ᅌᅵᆼᄂᆞᆫ 常썅例롕ᄅᆞᆸ디[74] 아니ᄒᆞᆯ 씨라】 百ᄇᆡᆨ姓셩이 일훔지호ᄃᆡ[75] 聖셩人신

---

60) ᄒᆡ실씨: ᄒᆡ[하게 하다, 시키다, 使: ᄒᆞ(하다, 爲: 타동)- + -ㅣ(← -이-: 사접)-]- + -시(주높)- + -ㄹ씨(-므로: 연어, 이유)

61) 녀아: 녀(갇, 다니다, 行)- + -아(연어)

62) 가샤ᄆᆞᆯ: 가(가다, 去)- + -샤(← -시-: 주높)- + -ㅁ(← -옴: 명전) + -ᄋᆞᆯ(목조)

63) 열ᄒᆞᆫ찻: 열ᄒᆞᆫ차[열한째(수사, 서수): 열ᄒᆞᆫ(열한, 十日: 관사, 양수) + 차(← 차ㅎ: -째, 접미, 서수)] + -ㅅ(-의: 관조)

64) 영평(永平) 11년 무진(戊辰)은 서기 68년에 해당한다.

65) 쥬ᅌᅵ: 즁(중, 僧) + -이(주조)

66) ᄉᆞᆯᄫᅩᄃᆡ: ᄉᆞᆲ(← ᄉᆞᆲ다, ㅂ불: 사뢰다, 奏)- + -오ᄃᆡ(-되: 연어, 설명 계속)

67) 엇던: 어떤, 何(관사, 지시, 미지칭)

68) 지비잇고: 집(집, 家) + -이(서조)- + -Ø(현시)- + -잇(← -이-: 상높, 아주 높임)- + -고(의종, 설명)

69) 아래: 예전, 옛날, 昔(명사)

70) 두들기: 두듥(둔덕, 언덕, 陵) + -이(주조)

71) 절로: [절로, 저절로(부사): 저(저, 己: 인대, 재귀칭) + -로(부조▷부접)]

72) 되오와ᄃᆞ니: 되오왇[불거지다, 되게 해서 돋우다: 되(되다, 심하다, 甚: 형사)- + -오(사접)- + 왇(← 받다: 떠받다, 支持, 타동)-]- + -ᄋᆞ니(연어, 설명 계속)

73) 바ᄆᆡ: 밤(밤, 夜) + -ᄋᆡ(-에: 부조, 위치)

74) 常例ᄅᆞᆸ디: 常例ᄅᆞᆸ[보통 있는, 예사의: 常例(상례, 보통 있는 일: 명사) + -ᄅᆞᆸ(형접)-]- + -디(-지: 연어, 부정)

75) 일훔지호ᄃᆡ: 일훔짛[이름붙이다, 命名: 일훔(이름, 名) + 짛(붙이다, 附)-]- + -오ᄃᆡ(-되: 연어, 설명 계속)

무덤이라 ᄒᆞ더라 摩망騰뚱이 ᄉᆞᆯᄫᅩᄃᆡ 녜 阿항育육王왕이 阿항育육은 시름업다 ᄒᆞ논 ᄠᅳ디니 처ᅀᅥᆷ 낧 저긔 어마니미 便뼌安한히 나ᄒᆞ실ᄊᆡ 일후믈 阿항育육이라 지ᄒᆞ니라 如셩來링 舍샹利링를 天텬下ᅘᅣᆼ애 八밣萬먼四ᄉᆞᆼ千쳔 고ᄃᆡ 갊ᄆᆞ니 이 震진旦단國귁中듕에 열아홉 고ᄃᆡ니 이 그 ᄒᆞ나히니이다

무덤이라고 하더라.” 摩騰(마등)이 사뢰되, “옛날에 阿育王(아육왕)이 【阿育(아육)은 시름이 없다고 하는 뜻이니, 처음 날 적에 어머님이 便安(편안)히 낳으시므로, 이름을 阿育(아육)이라고 붙였느니라.】 如來(여래)의 舍利(사리)를 天下(천하)에 八萬四千(팔만사천) 곳에 저장하니, 이 震旦國(진단국) 中(중)에 열아홉 곳이니, 이것이 그 하나입니다.”

무더미라[76] ᄒᆞ더라 摩망騰뜽이 ᄉᆞᆯ보ᄃᆡ 녜[77] 阿항育육王왕[78]이【阿항育육은 시름 업다 ᄒᆞ논[79] ᄠᅳ디니 처ᅀᅥᆷ 낞 저긔 어마니미[80] 便뼌安한히 나ᄒᆞ실ᄊᆡ[81] 일후믈 阿항育육이라 지ᄒᆞ니라[82]】 如셩來링ㅅ 舍샹利링[83]를 天텬下향애 八밣萬먼四ᄉᆞᆼ千천 고ᄃᆞᆯ[84] 갈ᄆᆞ니[85] 이[86] 震진旦단國귁[87] 中듕에 열아홉 고디니 이[88] 그 ᄒᆞ나히니이다[89]

---

76) 무더미라: 무덤[무덤, 墓: 묻(묻다, 埋: 타동)- + -엄(명접)] + -이(서조)- + -Ø(현시)- + -라(←-다: 평종)

77) 녜: 옛날, 예전, 昔.

78) 阿育王: 아육왕. 아소카왕이다(B.C. 대략 273~232년). 인도 마가다국 제3왕조인 마우리아 제국의 세 번째 임금으로 인도 역사상 최초의 통일 국가를 이룬 왕이다. 기원전 3세기경에 전 인도를 통일하고 불교(佛敎)를 보호하였다. 천하(天下)에 팔만 사천의 절과 팔만 사천의 보탑(寶塔)을 건축하고 정법의 선포를 위하여, 바위와 돌기둥에 고문(誥文)을 새기고, 스스로 불타의 유적을 순례하고, 또 화씨성(華氏城: 아육왕이 도읍하던 곳)에서 제3차의 불전 결집(佛典結集)을 행하였다.

79) ᄒᆞ논: ᄒᆞ(하다, 曰)- + -ㄴ(←-ᄂᆞ-: 현시)- + -오(대상)- + -ㄴ(관전)

80) 어마니미: 어마님[어머님, 母親: 어마(←어미: 어머니, 母) + -님(접미, 높임)] + -이(주조)

81) 나ᄒᆞ실ᄊᆡ: 낳(낳다, 産)- + -ᄋᆞ시(주높)- + -ㄹᄊᆡ(-므로: 연어, 이유)

82) 지ᄒᆞ니라: 짛(이름붙이다, 命名)- + -Ø(과시)- + -ᄋᆞ니(원칙)- + -라(←-다: 평종)

83) 舍利: 사리. 석가모니나 성자의 유골. 후세에는 화장한 뒤에 나오는 구슬 모양의 것만 이른다.

84) 고ᄃᆞᆯ: 곧(곳, 處: 의명) + -ᄋᆞᆯ(-에: 목조, 보조사적 용법)

85) 갈ᄆᆞ니: 갊(갈무리하다, 감추다, 藏)- + -ᄋᆞ니(연어, 설명의 계속)

86) 이: 이(이, 此: 관사, 지시, 정칭)

87) 震旦國: 진단국. 인도(印度)에서 중국(中國)을 부르는 이름이다. 진(震)은 동방(東方)이고, 단(旦)은 아침이다. 인도에서 볼 때 중국이 해가 돋는 쪽인 동쪽에 있으므로 진단이라 한다.

88) 이: 이(이것, 此: 지대, 정칭) + -Ø(←-이: 주조)

89) ᄒᆞ나히니이다: ᄒᆞ나ㅎ(하나, 一: 수사, 양수) + -이(서조)- + -Ø(현시)- + -니(원칙)- + -이(상높, 아주 높임)- + -다(평종)

明帝(명제)가 매우 놀라시어 즉시로 그 둔덕에 가서 절하시니, 둥그런 光明(광명)이 두둑 위에 現(현)하시고, 그 光明(광명) 中(중)에 세 몸이 보이시거늘, 明帝(명제)가 기뻐하시어 그 위에 塔(탑)을 세우셨니라. 舍利(사리)가 나오신 여섯 해 만에【永平(영평) 열네째의 해인 辛未(신미)이다.】 道士(도사)들이 설날에 임금을

明명帝뎽 ᄀᆞ장[90] 놀라샤[91] 즉자히[92] 그 두들게[93] 가 절ᄒᆞ시니 두려ᄫᅳᆫ[94] 光광明명이 두듥 우희[95] 現혠ᄒᆞ시고 그 光광明명 中듕에 셰모미 뵈여시ᄂᆞᆯ[96] 明명帝뎽 깃그샤[97] 그 우희 塔탑 셰시니라[98] 舍샹利링 나오신 여ᅀᅳᆺ ᄒᆡᆺ 마내[99]【永웡平뼝 열네찻 ᄒᆡ 辛신未밍라[100]】道똫士쑹ᄃᆞᆯ히[1] 서레[2] 님금

---

90) ᄀᆞ장: 아주, 매우, 甚(부사)
91) 놀라샤: 놀라(놀라다, 驚)- + -샤(← -시-: 주높)- + -Ø(← -아: 연어)
92) 즉자히: 즉시, 곧, 卽(부사)
93) 두들게: 두듥(두둑이나 언덕, 陵) + -에(부조, 위치)
94) 두려ᄫᅳᆫ: 두러ᇦ(← 두렵다, ㅂ불: 둥그렇다, 圓)- + -Ø(현시)- + -은(관전)
95) 우희: 우ㅎ(위, 上) + -의(-에: 부조, 위치)
96) 뵈여시ᄂᆞᆯ: 뵈[보이다, 見: 보(보다, 見: 타동)- + -ㅣ(← -이-: 피접)-]- + -시(주높)- + -여…ᄂᆞᆯ(← -어늘: 연어, 상황)
97) 깃그샤: 긹(기뻐하다, 歡)- + -으샤(← -으시-: 주높)- + -Ø(← -아: 연어)
98) 셰시니라: 셰[세우다, 建: 셔(서다, 立: 자동)- + -ㅣ(← -이-: 사접)-]- + -시(주높)- + -Ø(과시)- + -니(원칙)- + -라(← -다: 평종)
99) ᄒᆡᆺ 마내: ᄒᆡ(해, 歲: 의명) + -ㅅ(-의: 관조) # 만(만: 의명, 시간의 경과) + -애(-에: 부조, 위치)
100) 永平 열네찻 ᄒᆡ 辛未라: 영평(永平) 14년 신미(辛未)는 서기 71년에 해당한다.
1) 道士ᄃᆞᆯ히: 道士ᄃᆞᆯ[도사들: 道士(도사) + -ᄃᆞᆯㅎ(-들: 복접)] + -이(주조) ※ '道士(도사)'는 도교를 믿고 수행하는 사람이다.
2) 서레: 설(설, 元旦) + -에(부조, 위치)

[69 앞]

뵈러 모여서 와 있다가, 서로 이르되, “天子(천자)가 우리의 道理(도리)는 버리시고【天子(천자)는 하늘의 아들이니, 東土(동토)에서 皇帝(황제)를 天子(천자)이시라고 하느니라.】 먼 데에 있는 胡教(호교)를 求(구)하시나니【胡(호)는 오랑캐이니, 中國(중국)이 西域(서역)의 사람을 胡(호)이라 하느니라.】, 오늘 朝集(조집)을 因(인)하여 (황제께) 여쭙자.” 하고,【朝(조)는 아침에 임금을 뵙는 것이요, 集(집)은 모이는 것이니 뵈ᅀᆞ보라[3] 모다[4] 왯다가[5] 서르[6] 닐오ᄃᆡ 天텬子ᄌᆞᆼㅣ 우리 道ᄯᅶᇢ理링란[7] ᄇᆞ리시고【天텬子ᄌᆞᆼᄂᆞᆫ 하ᄂᆞᇗ 아ᄃᆞ리니[8] 東동土통애셔 皇ᅘᅪᆼ帝뎽ᄅᆞᆯ 天텬子ᄌᆞᆼㅣ시다[9] ᄒᆞᄂᆞ니라】 먼 ᄃᆡᆺ[10] 胡ᅘᅩᆼ教ᄀᆣᇢ[11]ᄅᆞᆯ 求ᄁᆣᇢᄒᆞ시ᄂᆞ니【胡ᅘᅩᆼᄂᆞᆫ 되니[12] 中듕國귁이 西솅域웍 사ᄅᆞᄆᆞᆯ 胡ᅘᅩᆼㅣ라 ᄒᆞᄂᆞ니라】 오ᄂᆞᆯ 朝ᄐᆢᇢ集찝[13]ᄋᆞᆯ 因힌ᄒᆞ야 엳ᄌᆞᆸ져[14] ᄒᆞ고【朝ᄐᆢᇢᄂᆞᆫ 아ᄎᆞᄆᆡ[15] 님금 뵈ᅀᆞᄫᆞᆯ[16] 씨오 集찝은 모ᄃᆞᆯ[17] 씨니

---

3) 뵈ᅀᆞ보라: 뵈[뵈다, 謁見: 보(보다, 見: 타동)-+-ㅣ(←-이-: 사접)-]-+-ᅀᆞᇦ(←-ᅀᆞᆸ-: 객높)-+-오(의도)-+-라(-러: 연어, 목적) ※뵈다: '보다'의 겸양말이다. '뵈ᅀᆞ보라'는 그 동작의 주체인 '道士'가 화자가 아니므로, 이때의 선어말 어미인 '-오-'는 화자 표현이 아니라, '道士'의 '의도 표현'의 선어말 어미로 처리하였다.

4) 모다: ① 몯(모이다, 集)-+-아(연어) ② [모두, 悉(부사): 몯(모이다)-+-아(연어▷부접)]

5) 왯다가: 오(오다, 來)-+-아(연어)+잇(←이시다: 있다, 보용, 완료 지속)-+-다가(연어, 전환) ※'왯다가'는 '와 잇다가'가 축약된 형태이다.

6) 서르: 서로, 相(부사)

7) 道理란: 道理(도리)+-란(-는: 보조사, 주제, 대조)

8) 아ᄃᆞ리니: 아ᄃᆞᆯ(아들, 子)+-이(서조)-+-니(연어, 설명 계속)

9) 天子ㅣ시다: 天子(천자)+-ㅣ(←-이-: 서조)-+-시(주높)-+-Ø(현시)-+-다(평종)

10) ᄃᆡᆺ: ᄃ(←ᄃᆞ: 데, 곳, 處: 의명, 위치)+-ᄋᆡ(-에: 부조, 위치)+-ㅅ(-의: 관조)

11) 胡教: 호교. 오랑캐의 종교라는 뜻으로, 중국의 도교나 유교의 학자들이 외래 종교인 불교를 이르는 말이다.

12) 되니: 되(오랑캐, 胡)+-Ø(←-이-: 서조)-+-니(연어, 설명 계속)

13) 朝集: 조집. 조회(朝會). ※'朝集(조집)'은 모든 벼슬아치가 함께 정전(正典)에 모여 임금에게 문안드리고 정사(政事)를 아뢰던 일이다.

14) 엳ᄌᆞᆸ져: 엳ᄌᆞᆸ(여쭙다, 謁)-+-져(-자: 청종)

15) 아ᄎᆞᄆᆡ: 아ᄎᆞᆷ(아침, 朝)+-ᄋᆡ(-에: 부조, 위치, 시간)

16) 뵈ᅀᆞᄫᆞᆯ: 뵈[뵈다, 謁見: 보(보다, 見: 타동)-+-ㅣ(←-이-: 사접)-]-+-ᅀᆞᇦ(←-ᅀᆞᆸ-: 객높)-+-ᄋᆞᆯ(관전)

17) 모ᄃᆞᆯ: 몯(모이다, 集)-+-ᄋᆞᆯ(관전)

朝集(조집)은 임금을 뵈려고 모이는 것이다.】 表(표)를 지어 (왕께) 여쭈니, 그 表(표)에 가로되【臣下(신하)가 임금께 사뢰는 글월을 表(표)이라고 하느니라.】 "五岳(오악)과 十八山(십팔산)과 觀大山(관대산)의 三洞(삼동) 弟子(제자)인 褚善信(저선신) 등이 죽을 罪(죄)로 말씀을 여쭙습니다. 우리는 들으니, 제일 처음에 形體(형체)가 없으며【形體(형체)는

朝ᄄᆞᇢ集찝ᄋᆞᆫ 님금 뵈ᅀᆞ보려[18] 모ᄃᆞᆯ 씨라】 表뵤ᇢ[19] 지ᅀᅥ[20] 엳ᄌᆞᄫᆞ니[21] 그 表뵤ᇢ애 ᄀᆞ로ᄃᆡ[22]【臣씬下ᅘᅡᆼㅣ 님금ᄭᅴ[23] ᄉᆞᆲ논[24] 글와ᄅᆞᆯ[25] 表뵤ᇢㅣ라[26] ᄒᆞᄂᆞ니라】 五ᅌᅩᆼ岳악[27] 十씹八밣山산[28] 觀관大땡山산 三삼洞똥 弟뗑子ᄌᆞᆼ 褚텽善썬信신 ᄃᆞᆯ히[29] 주글[30] 罪쬥로 말ᄊᆞᄆᆞᆯ[31] 엳ᄌᆞᆸ노이다[32] 우린[33] 드로니[34] ᄆᆞᆺ 처ᅀᅥᄆᆡ[35] 形ᅘᅧᆼ體텡 업스며【形ᅘᅧᆼ體텡ᄂᆞᆫ

---

18) 뵈ᅀᆞ보려: 뵈[뵈다, 謁見: 보(보다, 見: 타동)-+-ㅣ(←-이-: 사접)-]-+-ᅀᆞᆸ(←-ᄉᆞᆸ-: 객높)-+-오려(-으려: 연어, 의도)
19) 表: 표. 표문(表文). 신하가 마음에 품은 생각을 적어서 임금에게 올리는 글이다.
20) 지ᅀᅥ: 짓(←짓다, ㅅ불: 짓다, 製)-+-어(연어)
21) 엳ᄌᆞᄫᆞ니: 엳ᄌᆞᇦ(←엳ᄌᆞᆸ다, ㅂ불: 여쭙다, 奏)-+-ᄋᆞ니(연어, 설명 계속)
22) ᄀᆞ로ᄃᆡ: ᄀᆞᆯ(가로다, 曰)-+-오ᄃᆡ(-되: 연어, 설명 계속)
23) 님금ᄭᅴ: 님금(임금, 王)+-ᄭᅴ(-께: 부조, 상대, 높임)
24) ᄉᆞᆲ논: ᄉᆞᆲ(사뢰다, 아뢰다, 奏)-+-ㄴ(←-ᄂᆞ-: 현시)-+-오(대상)-+-ㄴ(관전)
25) 글와ᄅᆞᆯ: 글왈[글월, 文: 글(글, 文: 명사)+-왈(-월: 접미)]+-ᄅᆞᆯ(목조)
26) 表ㅣ라: 表(표)+-ㅣ(←-이-: 서조)-+-Ø(현시)-+-라(←-다: 평종)
27) 五岳: 오악(五嶽). 중국의 도교에서 말하는 다섯의 큰 산이다. 남악(南嶽), 화악(華嶽), 항악(恒嶽), 대악(岱嶽), 숭악(崇嶽) 등의 산이 있다.
28) 十八山: 십팔산. '곽산(郭山), 천목산(天目山), 오대산(五臺山), 백록산(白鹿山)' 등의 18산이 있었다.
29) 褚善信 ᄃᆞᆯ히: 褚善信(저선신: 인명) # ᄃᆞᆯㅎ(들, 등, 等: 의명)+-이(주조)
30) 주글: 죽(죽다, 死)-+-을(관전)
31) 말ᄊᆞᄆᆞᆯ: 말ᄊᆞᆷ[말씀, 言: 말(말, 言: 명사)+-ᄊᆞᆷ(-씀: 접미)]+-ᄋᆞᆯ(목조)
32) 엳ᄌᆞᆸ노이다: 엳ᄌᆞᆸ(엳쭙다, 謁)-+-ㄴ(←-ᄂᆞ-: 현시)-+-오(화자)-+-이(상높)-+-다(평종)
33) 우린: 우리(우리, 我等: 인대)+-ㄴ(←-ᄂᆞᆫ: 보조사, 주제)
34) 드로니: 들(←듣다, ㄷ불: 듣다, 聞)-+-오(화자)-+-니(연어, 설명 계속)
35) 처ᅀᅥᄆᆡ: 처ᅀᅥᆷ[처음, 初(명사): 첫(첫, 初: 관사, 서수)+-엄(명접)]+-의(-에: 부조, 위치)

논얼구리라 일훔미 업스며 至징極끅ᄒᆞ
미 업스며 우히 업서 虛헝無뭉自쫑
然션ᄒᆞᆫ 큰 道똫理링ᄂᆞᆫ 하ᄂᆞᆯ롯 몬져
나니 녜브터 다 위와ᄃᆞ며 님금마다
고티디 몯ᄒᆞ시ᄂᆞ니 이제 陛뼹下ᅘᅡᆼ
ㅣ 道똫理링ᄂᆞᆫ 伏뽁羲힁 예 더으시
고 德득은 堯ᅌᅳᇢ舜슌 에 느르샤ᄃᆡ 伏뽁

얼굴이다.】 이름이 없으며 至極(지극)한 것이 없으며 위가 없어 虛無自然(무위자연)한 큰 道理(도리)는 하늘로부터 먼저 나니, (무위자연의 큰 도리를) 옛날부터 다 떠받치며 임금마다 고치지 못하시나니, 이제 陛下(폐하)의 道理(도리)는 伏羲(복희)보다 더하시고 德(덕)은 堯舜(요순)보다 나으시되,

얼구리라[36] 】 일후미 업스며 至징極끅호미[37] 업스며 우히[38] 업서 虛헝無뭉自ᄍᆞᆼ然ᅀᅧᆫ[39] ᄒᆞᆫ 큰 道또ᇢ理링ᄂᆞᆫ 하ᄂᆞᆯ롯[40] 몬져 나니 네브터[41] 다 위와ᄃᆞ며[42] 님금마다 고티디[43] 몯ᄒᆞ시ᄂᆞ니 이제 陛뼹下ᅘᅡᆼ ㅣ[44] 道또ᇢ理링ᄂᆞᆫ 伏뽁羲힁예[45] 더으시고[46] 德득은 堯ᅌᅭᇢ舜슌[47]에 느르샤ᄃᆡ[48]

---

36) 얼구리라: 얼굴(형체, 모습, 形體) + -이(서조)- + -Ø(현시)- + -라(← -다: 평종)

37) 至極호미: 至極ㅎ[← 至極ᄒᆞ다(지극하다): 至極(지극: 불어) + -ᄒᆞ(형접)-]- + -옴(명전) + -이(주조)

38) 우히: 우ㅎ(위, 上) + -이(주조)

39) 虛無自然: 허무자연. 마음에 사념이 없어 다른 생각을 하지 않고, 몸과 마음을 자연에 맡기는 것이다.

40) 하ᄂᆞᆯ롯: 하ᄂᆞᆯ(← 하ᄂᆞᆯㅎ: 하늘, 天) + -롯(← -로: 부조, 방향) ※ '-으롯': 부사격 조사인 '-으로'의 강조 형태이다. '-으롯/-으록'의 변이 형태로 실현된다.

41) 네브터: 네(옛날, 昔) + -브터(-부터: 보조사, 비롯함)

42) 위와ᄃᆞ며: 위왇[떠받치다, 받들다, 섬기다, 事: 위(위, 上: 명사) + 왇(← 받다: 받치다, 支持, 동사)-]- + -ᄋᆞ며(연어, 나열)

43) 고티디: 고티[고치다, 改: 곧(곧다, 直: 형사)- + -히(사접)-]- + -디(-지: 연어, 부정)

44) 陛下ㅣ: 陛下(폐하) + -ㅣ(-의: 관조)

45) 伏羲예: 伏羲(복희: 인명) + -예(← -에: -보다, 부조, 비교) ※ '伏羲(복희)'는 중국 고대 전설상의 제왕이다. 삼황(三皇)의 한 사람으로, 팔괘를 처음으로 만들고, 그물을 발명하여 고기잡이의 방법을 가르쳤다고 한다.

46) 더으시고: 더으(더하다, 낫다, 優)- + -시(주높)- + -고(연어, 나열)

47) 堯舜: 요순. 고대 중국의 요(堯) 임금과 순(舜) 임금을 아울러 이르는 말이다. ※ '堯(요)'는 중국 고대 전설상의 임금(?~?)이다. 성덕을 갖춘 이상적인 군주로 꼽히며, 역법을 정하고 효행으로 이름이 높았던 순(舜)을 등용하였다. 그리고 '舜(순)'은 고대 중국의 전설상의 임금이다. 요 임금의 뒤를 이어 천하를 잘 다스려 태평 시대를 이루었다.

48) 느르샤ᄃᆡ: 늘(낫다, 優)- + -으샤(← -으시-: 주높)- + -ᄃᆡ(← -오ᄃᆡ: -되, 연어, 설명 계속)

羲힁와堯ᅌᅳᇢ와舜슌과ᄂᆞᆫ根곤源원
녯어딘皇ᅘᅪᇰ帝뎽시니라
을ᄇᆞ리고그틀조ᄎᆞ샤教ᄀᆞᇢ化ᅘᅪᇰᄅᆞᆯ
西솅域ᅌᅧᆨ에가求ᄁᇢᄒᆞ샤셤기시ᄂᆞᆫ
거시胡ᅘᅩᆼ神씬이오니ᄅᆞᆫ마리中듕
國귁에븓디아니ᄒᆞ니願ᅌᅯᆫᄒᆞᆫᄃᆞᆫ우
리罪쬥ᄅᆞᆯ쇼ᄒᆞ샤뎌와겨ᄉᆞ구아맛보
게ᄒᆞ쇼셔우리諸졍山산앳道ᄄᇢ士

【伏羲(복희)와 堯(요)와 舜(순)은 옛날의 어진 皇帝(황제)이시니라.】, 根源(근원)을 버리고 끝을 좇으시어, 敎化(교화)를 西域(서역)에 가서 求(구)하시어 섬기시는 것이 胡神(호신)이요, 이르는 말이 中國(중국)에 따르지 아니하니, 願(원)컨대 우리 罪(죄)를 용서하시어, (우리에게) 저들과 겨루어 만나 보게 하소서. 우리 諸山(제산)에 있는 道士(도사)들이

【伏뽁羲힁와 堯ᅌᅭᇢ와 舜슌과ᄂᆞᆫ[49] 녯[50] 어딘 皇ᅘᅪᆼ帝뎽시니라[51]】 根근源원을 ᄇᆞ리고[52] 그틀[53] 조ᄎᆞ샤[54] 敎교ᇢ化황ᄅᆞᆯ 西솅域ᅌᅱᆨ에 가 求끃ᄒᆞ샤 셤기시논[55] 거시 胡ᅘᅩᆼ神씬이오[56] 닐온[57] 마리 中듕國귁에 븓디[58] 아니ᄒᆞ니 願원ᄒᆞᆫᄃᆞᆫ[59] 우리 罪쬥ᄅᆞᆯ 쇼ᄒᆞ샤[60] 뎌와[61] 겻구아[62] 맛보게[63] ᄒᆞ쇼셔[64] 우리 諸졍山산앳[65] 道따ᇢ士쑹ᄃᆞᆯ히

---

49) 舜과ᄂᆞᆫ: 舜(순, 순임금)+-과(접조)+-ᄂᆞᆫ(보조사, 주제)

50) 녯: 녜(옛날, 昔: 명사)+-ㅅ(-의: 관조)

51) 皇帝시니라: 皇帝(황제)+-Ø(←-이-: 서조)-+-시(주높)-+-Ø(현시)-+-니(원칙)-+-라(←-다: 평종)

52) ᄇᆞ리고: ᄇᆞ리(버리다, 棄)-+-고(연어, 나열, 계기)

53) 그틀: 긑(끝, 末)+-을(목조)

54) 조ᄎᆞ샤: 좇(좇다, 따르다, 從)-+-ᄋᆞ샤(←-ᄋᆞ시-: 주높)-+-Ø(←-아: 연어)

55) 셤기시논: 셤기(섬기다, 事)-+-시(주높)-+-ㄴ(←-ᄂᆞ-: 현시)-+-오(대상)-+-ㄴ(관전)

56) 胡神이오: 胡神(호신, 오랑캐의 신)+-이(서조)-+-오(←-고: 연어, 나열)

57) 닐온: 닐ㄹ(←니르다: 이르다, 曰)-+-Ø(과시)-+-오(대상)-+-ㄴ(관전)

58) 븓디: 븓(←븥다: 붙다, 속하다, 따르다, 附)-+-디(-지: 연어, 부정)

59) 願ᄒᆞᆫᄃᆞᆫ: 願ᄒᆞ[원하다: 願(원: 명사)-ᄒᆞ(동접)-]-+-ㄴᄃᆞᆫ(-건대: 연어, 주제 제시) ※ '-ㄴᄃᆞᆫ' 은 [-ㄴ(관전)+ᄃᆞ(것, 者: 의명)+-ㄴ(←-ᄂᆞᆫ: 보조사, 주제)]의 방식으로 형성된 연결 어미이다. 뒤 절의 내용이 화자가 보거나 듣거나 바라거나 생각하는 따위의 내용임을 미리 밝히는 연결 어미이다.

60) 쇼ᄒᆞ샤: 쇼ᄒᆞ[용서하다, 恕: 쇼(饒, 요: 불어)+-ᄒᆞ(동접)-]- +-샤(←-시-: 주높)-+-Ø(←-아: 연어)

61) 뎌와: 뎌(저, 彼: 지대, 정칭)+-와(부조, 공동)

62) 겻구아: 겻구(경쟁하다, 다투다, 爭)-+-아(연어)

63) 맛보게: 맛보[만나 보다: 맛(맞다, 맞이하다, 迎)-+보(보다, 見)-]-+-게(연어, 사동)

64) ᄒᆞ쇼셔: ᄒᆞ(하다: 보용, 사동)-+-쇼셔(-소서: 명종, 아주 높임)

65) 諸山앳: 諸山(제산, 여러 산)+-애(-에: 부조, 위치)+-ㅅ(-의: 관조)

ᄊᆞᆼ·ᄃᆞᆯ·히 [諸졍山산ᄋᆞᆫ 여러山산이라] ᄉᆞᄆᆞᆺ보·며 멀·리 드르·며 經경·을 :만·히 아·라 [이 經경은 道똫士ᄊᆞᆼ의 經경이라] 太탱上·썅群꾼錄·록·과 太탱虛헝符뿡呪·쥼·를 ᄉᆞᄆᆞᆺ 모ᄅᆞ·논 ·ᄃᆡ :업스·며 [太탱上·썅群꾼錄록과 太탱虛헝符뿡呪·쥼ㅣ :다 道똫士ᄊᆞᆼ의 經경 일·후미라] 시·혹 鬼:귕ᄉᆞᆫ·것·도 ·브리·며 시·혹 ·브·레 ·드러·도 아·니 ᄉᆞᆯ·이·며 시·혹

【諸山(제산)은 여러 山(산)이다.】 통달하여 보며 멀리 들으며, 經(경)을 많이 알아【이 經(경)은 道士(도사)의 經(경)이다.】 太上群錄(태상군록)과 太虛符呪(태허부주)를 통달하여서 모르는 데가 없으며【太上群錄(태상군록)과 太虛符呪(태허부주)가 다 道士(도사)의 經(경) 이름이다.】, 혹은 鬼神(귀신)도 부리며, 혹은 불에 들어도 타지지 아니하며, 혹은

【諸졍山산ᄋᆞᆫ 여러 山산이라】 ᄉᆞᄆᆞᆺ[66] 보며 머리[67] 드르며[68] 經경을 만히[69] 아라【이 經경은 道또ᇹ士ᄊᆞᆼᄋᆡ 經경이라】 太탱上썅群꾼錄록과 太탱虛헝符뿡呪쥬ᇹ를 ᄉᆞᄆᆞᆺ 모ᄅᆞᄂᆞᆫ[70] ᄃᆡ[71] 업스며【太탱上썅群꾼錄록과 太탱虛헝符뿡呪쥬ᇹㅣ 다 道또ᇹ士ᄊᆞᆼᄋᆡ 經경 일후미라】 시혹[72] 鬼귕ㅅ것도[73] 브리며[74] 시혹 브레[75] 드러도[76] 아니 ᄉᆞᆯ이며[77] 시혹

---

66) ᄉᆞᄆᆞᆺ: [꿰뚫어, 통달하여(부사): ᄉᆞᄆᆞᆺ(← ᄉᆞᄆᆞᆾ다: 꿰뚫다, 통달하다, 通, 동사)- + -Ø(부접)]
67) 머리: [멀리, 遠(부사): 멀(멀다, 遠: 형사)- + -이(부접)]
68) 드르며: 들(←듣다, ㄷ불: 듣다, 聞)- + -으며(연어, 나열)
69) 만히: [많이, 多(부사): 많(많다, 多: 형사)- + -이(부접)]
70) 모ᄅᆞᄂᆞᆫ: 모ᄅᆞ(모르다, 不知)- + -ᄂᆞ(현시)- + -ㄴ(관전)
71) ᄃᆡ: ᄃᆡ(데, 곳, 處: 의명) + -Ø(← -이: 주조)
72) 시혹: 혹은, 혹시, 或(부사)
73) 鬼ㅅ것도: 鬼ㅅ것[귀신, 鬼神: 鬼(귀, 귀신) + -ㅅ(관조, 사잇) + 것(것: 의명)] + -도(보조사, 첨가)
74) 브리며: 브리(부리다, 시키다, 使)- + -며(연어, 나열)
75) 브레: 블(불, 火) + -에(부조, 위치)
76) 드러도: 들(들다, 入)- + -어도(연어, 양보)
77) ᄉᆞᆯ이며: ᄉᆞᆯ이[타지다: ᄉᆞᆯ(살다, 태우다, 燒: 타동)- + -이(피접)-]- + -며(연어, 나열)

[71 뒤]

물을 밟아도 아니 꺼지며, 혹은 낮에 하늘에 오르며, 혹은 (남들이) 못 찾게 숨으며, 術法(술법)이며 藥材(약재)를 하기에 이르도록 다 못 하는 일이 없으니, 願(원)하건대 저들과 재주를 겨루면, 한편으로는 陛下(폐하)의 뜻이 便安(편안)하시고, 둘째는 眞實(진실)과 거짓의 일을 가리시고, 셋째는 므를[78] ᄇᆞᆯ바도[79] 아니 ᄢᅥ디며[80] 시혹 나ᄌᆡ[81] 하ᄂᆞᆯ해 오ᄅᆞ며 시혹 몯 얻긔[82] 수므며 術쓣法법[83]이며 藥약材찡[84] ᄒᆞ기 니르리[85] 다 몯 ᄒᆞ논[86] 일 업스니 願원ᄒᆞᆫᄃᆞᆫ[87] 뎌와[88] ᄌᆡ졸[89] 겻구면[90] ᄒᆞ녀고론[91] 陛뼹下향ㅅ ᄠᅳ디 便뼌安한ᄒᆞ시고 둘차힌[92] 眞진實씷와[93] 거즛[94] 이ᄅᆞᆯ ᄀᆞᆯᄒᆡ시고[95] 세차힌

---

78) 므를: 믈(물, 水) + -을(목조)
79) ᄇᆞᆯ바도: ᄇᆞᆲ(← ᄇᆞᆲ다, ㅂ불: 밟다, 踏)- + -아도(연어, 양보)
80) ᄢᅥ디며: ᄢᅥ디[꺼지다, 落: ᄢᅥ(← ᄢᅳ다: 꺼지다, 滅)- + -어(연어) + 디(지다, 피동)-]- + -며(연어, 나열)
81) 나ᄌᆡ: 낮(낮, 晝) + -ᄋᆡ(-에: 부조)
82) 얻긔: 얻(얻다, 得)- + -긔(-게: 연어, 도달) ※ '몯 얻긔'는 '못 찾게'나 '못 잡게'의 뜻으로 쓰였다.
83) 術法: 술법. 음양(陰陽)과 복술(卜術)에 관한 이치 및 그 실현 방법이다.
84) 藥材: 약재. 약의 재료이다.
85) 니르리: [이르도록, 到達(부사): 니를(이르다, 到: 자동)- + -이(부접)]
86) 몯 ᄒᆞ논: 몯(못, 不能: 부사, 부정) # ᄒᆞ(하다, 爲)- + -ㄴ(← -ᄂᆞ-: 현시)- + -오(대상)- + -ㄴ(관전)
87) 願ᄒᆞᆫᄃᆞᆫ: 願ᄒᆞ[원하다: 願(원: 명사) -ᄒᆞ(동접)-]- + -ㄴᄃᆞᆫ(-건대: 연어, 주제 제시) ※ '-ㄴᄃᆞᆫ'은 [-ㄴ(관전) + ᄃᆞ(것, 者: 의명) + -ㄴ(← -ᄂᆞᆫ: 보조사, 주제)]의 방식으로 형성된 연결 어미이다. 뒤 절의 내용이 화자가 보거나 듣거나 바라거나 생각하는 따위의 내용임을 미리 밝히는 연결 어미이다.
88) 뎌와: 뎌(저, 彼: 지대, 정칭) + -와(부조, 공동)
89) ᄌᆡ졸: ᄌᆡ조(재주, 材) + -ㄹ(← -ᄅᆞᆯ: 목조)
90) 겻구면: 겻구(경쟁하다, 다투다, 爭)- + -면(연어, 조건)
91) ᄒᆞ녀고론: ᄒᆞ녁[한녘, 한쪽(명사): ᄒᆞ(← ᄒᆞᆫ: 한, 一, 관사, 양수) + 녁(녘, 쪽, 偏)] + -오로(← ᄋᆞ로: 부조, 방향) + -ㄴ(← -ᄂᆞᆫ: 보조사, 주제, 대조)
92) 둘차힌: 둘차히[둘째(수사, 서수): 둘(둘, 二: 수사, 양수) + 차히(-째: 접미, 서수)] + -ㄴ(← ᄂᆞᆫ: -는, 보조사, 주제)
93) 眞實와: 眞實(진실) + -와(접조)
94) 거즛: 거즛(거짓, 假: 명사)
95) ᄀᆞᆯᄒᆡ시고: ᄀᆞᆯᄒᆡ(가리다, 분별하다, 別)- + -시(주높)- + -고(연어, 나열)

[72 앞]

큰道똫理링一힗定뗭ᄒᆞ고네차히中듕國귁風봉俗쑉올흐리우디아니ᄒᆞ리니風봉은ᄇᆞᄅᆞ미오俗쑉은비ᄒᆞ시라님긊德득은ᄇᆞᄅᆞᆷ곧고효ᄀᆞᆫ百ᄇᆡᆨ姓셩은플곧ᄒᆞ니ᄇᆞᄅᆞ미플우희블면다ᄒᆞᆫᄢᅴᄡᅳ렛ᄒᆞ노미님금ᄒᆞ시논이ᄅᆞᆯ百ᄇᆡᆨ姓셩이다본받ᄌᆞᄫᆞ미ᄀᆞᄐᆞᆯᄊᆡ百ᄇᆡᆨ姓셩의모다ᄇᆡ화ᄒᆞ논이ᄅᆞᆯ風봉俗쑉이라ᄒᆞᄂᆞ니라우리옷계우면큰罪쬥ᄅᆞᆯ닙ᄉᆞᆸ고ᄒᆞ다가이긔

큰 道理(도리)를 一定(일정)하고, 넷째는 中國(중국)의 風俗(풍속)을 흐리게 하지 아니하겠으니【風(풍)은 바람이요 俗(속)은 습관이다. 임금의 德(덕)은 바람과 같고 작은 百姓(백성)은 풀과 같으니, 바람이 풀 위에 불면 다 함께 쓰레하는 것이 임금이 하시는 일을 百姓(백성)이 다 본받는 것과 같으므로, 百姓(백성)이 모두 배워서 하는 일을 風俗(풍속)이라고 하느니라.】, 우리야말로 이기지 못하면 큰 罪(죄)를 입고, 만일 (우리가) 이기면

큰 道똫理링 一힗定뗭ᄒᆞ고[96] 네차힌 中듕國귁 風봉俗쑉을 흐리우디[97] 아니ᄒᆞ리니【風봉은 ᄇᆞᄅᆞ미오[98] 俗쑉은 ᄇᆡᄒᆞ시라[99] 님긊 德득은 ᄇᆞᄅᆞᆷ ᄀᆞᆮ고 효ᄀᆞᆫ[100] 百ᄇᆡᆨ姓셩은 플[1] ᄀᆞᆮᄒᆞ니 ᄇᆞᄅᆞ미 플 우희 불면 다 ᄒᆞᆫᄢᅴ[2] 쓰렛호미[3] 님금 ᄒᆞ시논 이를 百ᄇᆡᆨ姓셩이 다 본받ᄌᆞᄫᅩ미[4] ᄀᆞᄐᆞᆯ씨 百ᄇᆡᆨ姓셩의 모다[5] ᄇᆡ화[6] ᄒᆞ논 이를 風봉俗쑉이라 ᄒᆞᄂᆞ니라】 우리옷[7] 계우면[8] 큰 罪쬥를 넙ᄉᆞᆸ고[9] ᄒᆞ다가[10] 이긔면[11]

---

96) 一定ᄒᆞ고: 一定ᄒᆞ[일정하다, 하나로 정하다(동사): 一定(일정: 명사)- + -ᄒᆞ(동접)-]- + -고(연어, 나열)

97) 흐리우디: 흐리우[흐리게 하다: 흐리(흐리다, 濁: 형사)- + -우(사접)-]- + -디(-지: 연어, 부정)

98) ᄇᆞᄅᆞ미오: ᄇᆞᄅᆞᆷ(바람, 風) + -이(서조)- + -오(← -고: 연어, 나열)

99) ᄇᆡᄒᆞ시라: ᄇᆡᄒᆞᆺ[버릇, 俗: ᄇᆡᇂ(버릇이 되다, 習: 동사)- + -ᄋᆞᆺ(명접)] + -이(서조)- + -Ø(현시)- + -라(← -다: 평종)

100) 효ᄀᆞᆫ: 횩(작다, 小)- + -Ø(현시)- + -ᄋᆞᆫ(관전)

1) 플: 풀, 草.

2) ᄒᆞᆫᄢᅴ: [함께, 同(부사): ᄒᆞᆫ(한, 一: 관사, 양수) + ᄢ(← ᄢᅳ: 때, 時, 의명) + -의(부조, 위치)]

3) 쓰렛호미: 쓰렛ㅎ(← 쓰렛ᄒᆞ다: 쓰레하다, 斜)- + -옴(명전) + -이(주조) ※'쓰렛ᄒᆞ다'는 쓰러질 듯이 한쪽으로 기울어져 있는 상태이다.

4) 본받ᄌᆞᄫᅩ미: 본받[본받다, 效: 본(본, 本) + 받(받다, 受)-]- + -ᄌᆞᇦ(← -ᄌᆞᆸ-: 객높)- + -옴(명전) + -이(부조, 비교)

5) 모다: [모두, 다, 悉(부사): 몯(모이다, 集: 동사)- + -아(연어 ▻ 부접)]

6) ᄇᆡ화: ᄇᆡ호(배우다, 學)- + -아(연어)

7) 우리옷: 우리(우리, 我等: 인대, 복수) + -옷(← -곳: 보조사, 한정 강조)

8) 계우면: 계우(못 이기다, 지다, 不勝)- + -면(연어, 조건)

9) 넙ᄉᆞᆸ고: 넙(입다, 당하다, 被)- + -ᄉᆞᆸ(객높)- + -고(연어, 나열, 대조)

10) ᄒᆞ다가: 만일, 만약, 若(부사)

11) 이긔면: 이긔(이기다, 勝)- + -면(연어, 조건)

[72 뒤]

거짓의 일을 없애소서."라고 하거늘, 明帝(명제)가 이르시되, "이 달의 열닷샛날에 白馬寺(백마사)에 모이라."고 하시니, 道士(도사)들이 세 壇(단)을 만들고【壇(단)은 땅을 닦아 돋운 것이다.】 스물네 門(문)을 내고, 道士(도사) 六百(육백)아흔 사람이 各各(각각) 靈寶眞文(영보진문)과 太上玉訣(태상옥결)과

거즛 이를 더르쇼셔[12] ᄒᆞ야ᄂᆞᆯ[13] 明명帝뎽 니ᄅᆞ샤ᄃᆡ 이 ᄃᆞᆳ 열다쐣날[14] 白ᄈᆡᆨ馬망寺ᄊᆞᆼ애 모ᄃᆞ라[15] ᄒᆞ시니 道ᄄᆞᇢ士ᄊᆞᆼᄃᆞᆯ히 세 壇ᄄᆞᆫ[16]ᄋᆞᆯ ᄆᆡᇰᄀᆞᆯ오[17]【壇ᄄᆞᆫᄋᆞᆫ ᄯᅡᄒᆞᆯ 닷가[18] 도도온[19] 거시라】 스믈네 門몬 내오[20] 道ᄄᆞᇢ士ᄊᆞᆼ 六륙百ᄇᆡᆨ아ᄒᆞᆫ 사ᄅᆞ미 各각各각 靈령寶봏眞진文문[21]과 太탱上썅玉옥訣궗와

---

12) 더르쇼셔: 덜(덜다, 없애다, 減)- + -으쇼셔(-으소서: 명종, 아주 높임)
13) ᄒᆞ야ᄂᆞᆯ: ᄒᆞ(하다, 曰)- + -야ᄂᆞᆯ(← -아늘: -거늘, 연어, 상황)
14) 열다쐣날: [열닷샛날, 15일: 열(← 열ㅎ: 열, 十: 수사, 양수) + 다쐐(닷새, 五日) + -ㅅ(관조, 사잇) + 날(날, 日)]
15) 모ᄃᆞ라: 몯(모이다, 集)- + -ᄋᆞ라(-아라: 명종, 낮춤)
16) 壇: 단. 제사를 지내기 위하여 흙이나 돌로 쌓아 올린 터이다.
17) ᄆᆡᇰᄀᆞᆯ오: ᄆᆡᇰᄀᆞᆯ(만들다, 製)- + -오(← -고: 연어, 나열, 계기)
18) 닷가: 닭(닦다, 修)- + -아(연어)
19) 도도온: 도도[돋우다, 위로 돋게 하다: 돋(돋다, 出: 자동)- + -오(사접)-]- + -∅(과시)- + -오(대상)- + -ㄴ(관전)
20) 내오: 내[내다, 만들다, 作: 나(나, 出: 자동)- + -ㅣ(← -이-: 사접)-]- + -오(← -고: 연어, 나열, 계기)
21) 靈寶眞文, 太上玉訣, 三元符: 영보진문, 태상옥결, 삼원부. 도교의 경전 중의 하나이다. 도교는 원래 노자 장자의 무위자연(無爲自然) 사상(思想)을 바탕으로 하여 발전한 것이다. 그런데 후세에 오행(五行), 참위사상(讖緯思想)과 신선둔갑술(神仙遁甲術)이 가미되면서 조식(調息), 복약(服藥), 방房中(방중), 遁甲術(둔갑술) 등이 발달하였다. 이에 따라서 정경(正經)인 '도덕경(道德經)'이나 '남화경(南華經), 장자경(莊子經)'보다도 방경(傍經)인 '영보진문(靈寶眞文), 태상옥결(太上玉訣), 삼원부록(三元符錄)'과 같은 것이 발전하게 되었다.

[73 앞]

訣겷와三삼元원符뽕等둥五옹百
·ᄇᆡᆨ아홉卷권·을자·바靈령寶볼眞진文문과太탱上
썅玉옥訣겷와三삼元원符뽕ㅣ다道똫士쑹ㅣ經경일후미라西
솅ㅅ녁壇딴우희연ᄌᆞ고茅몽成쎵子
ᄌᆞᆼ와許헝成쎵子ᄌᆞᆼ와老롱子ᄌᆞᆼ等
둥三삼百·ᄇᆡᆨ·열다ᄉᆞᆺ卷권·은가온
딧壇딴우희연ᄌᆞ고茅몽成쎵子ᄌᆞᆼ와許헝成쎵子ᄌᆞᆼ와

三元符(삼원부) 等(등) 五百(오백)아홉 卷(권)을 잡아【靈寶眞文(영보진문)과 太上玉訣(태상옥결)과 三元符(삼원부)가 다 道士(도사)의 經(경) 이름이다.】西(서)녘 壇(단) 위에 얹고, 茅成子(모성자)와 許成子(허성자)와 老子(노자) 等(등) 三百(삼백)열다섯 卷(권)은 가운데의 壇(단) 위에 얹고【茅成子(모성자)와 許成子(허성자)와

三삼元원符뿡 等등 五옹百빅아홉 卷권을[22] 자바【靈령寶봄眞진文문과 太탱上상玉옥訣궳와 三삼元원符뿡ㅣ 다 道똫士쑹의 經경 일후미라】 西솅ㅅ녁[23] 壇딴 우희[24] 엿고[25] 茅몰成쎵子중와 許헝成쎵子중와 老롤子중 等등 三삼百빅열다숫 卷권으란[26] 가온딧[27] 壇딴 우희 엿고【茅몰成쎵子중와 許헝成쎵子중와

---

22) 卷을: 卷(권: 의명) + -을(목조)
23) 西ㅅ녁: [서녘, 서쪽: 西(서: 명사) + -ㅅ(관조, 사잇) + 녁(녘, 쪽: 명사)]
24) 우희: 우ㅎ(위, 上) + -의(-에: 부조, 위치)
25) 엿고: 엿(← 엱다: 얹다, 置)- + -고(연어, 나열, 계기)
26) 卷으란: 卷(권: 의명) + -으란(-은: 보조사, 주제)
27) 가온딧: 가온디(가운데, 中) + -ㅅ(-의: 관조)

老子(노자)가 다 道士(도사)의 글이다.】, 좋은 음식을 만들어 벌이여 百神(백신)을 대접하는 것은 東(동)녘의 壇(단) 위에 얹고【百神(백신)은 일백 神靈(신령)이다.】, 威儀(위의)를 매우 엄숙하게 꾸미고, 부처의 舍利(사리)와 經(경)과 佛像(불상)과는 길의 西(서)녘에 놓고, 道士(도사)들이 沈香(침향)의 횃불를 받치고 자기의 經(경)을 얹은 壇(단)을

老ᄅᆞᇢ子ᄌᆞᆼ왜 다 道ᄯᅩᇢ士ᄊᆞᆼᄋᆡ 그리라[28] 】 됴ᄒᆞᆫ 차반[29] ᄆᆡᆼᄀᆞ라[30] 버려[31] 百ᄇᆡᆨ神씬 이바도ᄆᆞ란[32] 東동녁 壇딴 우희 엿고【百ᄇᆡᆨ神씬은 온[33] 神씬靈령이라】 威ᅙᅱᆼ儀ᅌᅴᆼ[34]를 ᄀᆞ장[35] 싁싀기[36] ᄭᅮ미고[37] 부텻 舍샹利링와 經경과 佛뿛像썅과란[38] ᄀᆞᇝ 西솅ㅅ녀긔 노ᅀᆞᆸ고[39] 道ᄯᅩᇢ士ᄊᆞᆼᄃᆞᆯ히 沈띰香향[40] 홰[41] 받고[42] 제[43] 經경 연ᄌᆞᆫ 壇딴ᄋᆞᆯ

---

28) 그리라: 글(글, 書)- + -이(서조)- + -Ø(현시)- + -라(← -다: 평종)
29) 차반: 음식, 飮食.
30) ᄆᆡᆼᄀᆞ라: ᄆᆡᆼᄀᆞᆯ(만들다, 製)- + -아(연어)
31) 버려: 버리[벌이다, 차리다, 列: 벌(벌리어지다, 開: 자동)- + -이(사접)-]- + -어(연어)
32) 이바도ᄆᆞ란: 이받(음식으로 대접하다, 侍養)- + -옴(명전) + -ᄋᆞ란(-ᄋᆞᆫ: 보조사, 주제, 대조)
33) 온: 백, 百(수사, 양수)
34) 威儀: 위의. 위엄이 있고 엄숙한 태도나 차림새이다.
35) ᄀᆞ장: 매우, 아주, 甚(부사)
36) 싁싀기: [엄숙하게, 씩씩하게, 嚴(부사): 싁싁(엄숙, 씩씩: 불어) + -Ø(← -ᄒᆞ-: 형접)- + -이(부접)]
37) ᄭᅮ미고: ᄭᅮ미(꾸미다, 飾)- + -고(연어, 나열)
38) 佛像과란: 佛像(불상) + -과(접조) + -란(-는: 보조사, 주제, 대조)
39) 노ᅀᆞᆸ고: 노(← 놓다: 놓다, 置)- + -ᅀᆞᆸ(객높)- + -고(연어, 나열)
40) 沈香: 침향. 팥꽃나뭇과의 상록 교목이다. 높이는 20미터 정도이며, 잎은 어긋나고 긴 타원형인데 두껍고 윤이 난다. 흰 꽃이 가지 끝이나 잎겨드랑이에 산형(繖形) 화서로 피고, 열매는 익으면 두 쪽으로 갈라진다. 나뭇진은 향료로 쓴다. 인도와 동남아시아에 널리 분포한다.
41) 홰: 횃대. 椸. ※ '沈香 홰'는 침향 나무로 만든 '횃불'을 뜻한다.
42) 받고: 받(받치다, 支)- + -고(연어, 나열, 계기)
43) 제: 저(자기, 己: 인대, 재귀칭) + -ㅣ(← -의: 관조)

올며 울오 닐오ᄃᆡ 우리ᄃᆞᆯ히 大땡
極끅 大땡 道ᄯᅪᇢ 元원 始싱 天텬 尊존
ᄭᅴ와 大땡極끅大땡道ᄯᅪᇢ元원始싱ᄂᆞᆫ 道ᄯᅪᇢ家강애셔 니르논 ᄆᆞᆺ 위두ᄒᆞᆫ 天텬尊존ㅅ 일후미라 衆즁仙션百ᄇᆡᆨ靈령
ᄭᅴ 엳ᄌᆞᄫᆞ니 이제 되 中듕國귁ᄋᆞᆯ 어
즈리거늘 天텬子ᄌᆞᆼ ㅣ 邪썅曲콕ᄒᆞᆫ
말ᄋᆞᆯ 올히 드르시ᄂᆞ니 正정ᄒᆞᆫ 敎[illegible]

돌며 울고 이르되, “우리들이 大極大道元始天尊(대극대도원시천존)께와 【大極大道元始(대극대도원시)는 道家(도가)에서 이르는 가장 으뜸인 天尊(천존)의 이름이다.】 衆仙(중선) 百靈(백령)께 여쭈니, 이제 오랑캐가 中國(중국)을 어지럽히거늘 天子(천자)가 邪曲(사곡)한 말을 옳게 들으시니, 正(정)한

돌며 울오[44] 닐오ᄃᆡ[45] 우리ᄃᆞᆯ히[46] 大땡極끅大땡道똫元원始싱天텬尊존ᄭᅴ와[47]【大땡極끅大땡道똫元원始싱ᄂᆞᆫ 道똫家강애셔 니ᄅᆞ논[48] ᄆᆞᆺ 위두ᄒᆞᆫ[49] 天텬尊존[50]ㅅ 일후미라】衆즁仙션[51] 百빅靈령ᄭᅴ[52] 엳ᄌᆞᆸ노니[53] 이제 되[54] 中듕國귁을 어즈리거늘[55] 天텬子ᄌᆞᆼㅣ 邪썅曲콕ᄒᆞᆫ[56] 마ᄅᆞᆯ 올히[57] 드르시ᄂᆞ니[58] 正졍ᄒᆞᆫ

---

44) 울오: 울(울다, 泣)-+-오(←-고: 연어, 나열, 계기)
45) 닐오ᄃᆡ: 닐(←니ᄅᆞ다: 이르다, 말하다, 曰)-+-오ᄃᆡ(-되: 설명 계속)
46) 우리ᄃᆞᆯ히: 우리ᄃᆞᆶ[우리들, 我等: 우리(우리, 我等: 인대, 1인칭)+-ᄃᆞᆶ(-들: 복접)]+-이(주조)
47) 大極大道元始天尊ᄭᅴ와: 大極大道元始天尊(대극대도원시천존: 명사)+-ᄭᅴ(-께: 부조, 상대, 높임)+-와(접조)
48) 니ᄅᆞ논: 니ᄅᆞ(이르다, 말하다, 曰)-+-ㄴ(←-ᄂᆞ-: 현시)-+-오(대상)-+-ㄴ(관전)
49) 위두ᄒᆞᆫ: 위두ᄒᆞ[으뜸이다, 제일이다: 위두(우두머리, 爲頭: 명사)-+-ᄒᆞ(형접)-]-+-Ø(현시)-+-ㄴ(관전)
50) 天尊ㅅ: 天尊(천존)+-ㅅ(-의: 관조) ※ '天尊(천존)'은 오천(五天) 가운데 가장 존귀하고 높은 제일의 천(天)이라는 뜻이다.
51) 衆仙: 중선. 여러 신선이다.
52) 百靈ᄭᅴ: 百靈(백령, 여러 신령)+-ᄭᅴ(-께: 부조, 상대, 높임)
53) 엳ᄌᆞᆸ노니: 엳ᄌᆞᆸ(여쭙다, 謁)-+-ㄴ(←-ᄂᆞ-: 현시)-+-오(화자)-+-니(연어, 설명 계속)
54) 되: 되(오랑캐, 胡)+-Ø(←-이: 주조)
55) 어즈리거늘: 어즐리(어지럽히다: 어즐(어질, 亂: 불어)+-이(사접)-]-+-거늘(연어, 상황)
56) 邪曲ᄒᆞᆫ: 邪曲ᄒᆞ[사곡하다: 邪曲(사곡: 명사)+-ᄒᆞ(형접)-]-+-Ø(현시)-+-ㄴ(관전) ※ '邪曲(사곡)'은 요사스럽고 교활한 것이다.
57) 올히: [옳게(부사): 옳(옳다, 是: 형사)-+-이(부접)]
58) 드르시ᄂᆞ니: 들(←듣다, ㄷ불: 듣다, 聞)-+-으시(주높)-+-ᄂᆞ(현시)-+-니(연어, 설명 계속)

[74 뒤]

化황ㅣ 길흘 일허 貴귕ᄒᆞᆫ 風봉俗쑉
이 그처디릴ᄊᆡ 우리ᄃᆞᆯ히 블로 效ᅘᆞᇢ
驗엄을 내여 모ᄃᆞᆫ ᄆᆞᅀᆞᄆᆞᆯ 여러 뵈야
眞진實씷와 거즛 이ᄅᆞᆯ ᄀᆞᆯᄒᆡ에 코져
ᄒᆞ노니 우리 道ᄯᅡᇢ理링의 닐며 믈어
듀미 오ᄂᆞᆳ 나래 잇ᄂᆞ니이다 ᄒᆞ고 블
ᄅᆞᆯ 브티니 道ᄯᅡᇢ士ᄊᆞᆼ이 經경은 다 ᄉᆞ

敎化(교화)가 길을 잃어 貴(귀)한 風俗(풍속)이 끊어지겠으므로, 우리들이 불로써 效驗(효험)을 내어 모든 마음을 열어 보이어, 眞實(진실)과 거짓의 일을 가리게 하고자 하니, 우리의 道理(도리)가 일어나며 무너지는 것이 오늘날에 있습니다."라고 하고 불을 붙이니, 道士(도사)의 經(경)은 다 불살라

敎교ᇢ化ᅘᅪᆼㅣ 길흘[59] 일허[60] 貴귕ᄒᆞᆫ 風봉俗쑉이 그처디릴ᄊᆡ[61] 우리ᄃᆞᆯ히 블로[62] 效ᅘᅭᇢ驗엄을 내여 모ᄃᆞᆫ[63] ᄆᆞᅀᆞᄆᆞᆯ 여러 뵈야[64] 眞진實ᄊᆡᇙ와 거즛 이ᄅᆞᆯ ᄀᆞᆯᄒᆡ에[65] 코져[66] ᄒᆞ노니[67] 우리 道또ᇢ理링의 닐며[68] 믈어듀미[69] 오ᄂᆞᇗ나래[70] 잇ᄂᆞ니이다[71] ᄒᆞ고 브를 브티니[72] 道또ᇢ士ᄊᆞᆼ의 經경은 다 ᄉᆞ라[73]

---

59) 길흘: 길ㅎ(길, 路) + -을(목조)
60) 일허: 잃(잃다, 失)- + -어(연어)
61) 그처디릴ᄊᆡ: 그처디[끊어지다: 긏(끊다, 斷)- + -어(연어) + 디(지다: 보용, 피동)-]- + -리(미시)- + -ㄹᄊᆡ(-므로: 연어, 이유)
62) 블로: 블(불, 火) + -로(부조, 방편)
63) 모ᄃᆞᆫ: [모든, 全(관사): 몯(모이다, 集)- + -ᄋᆞᆫ(관전▷관접)]
64) 뵈야: 뵈[보이다, 示: 보(보다, 見: 타동)- + -ㅣ(←-이-: 사접)-]- + -야(←-아: 연어)
65) ᄀᆞᆯᄒᆡ에: ᄀᆞᆯᄒᆡ(가리다, 別)- + -에(←-게: 연어, 사동)
66) 코져: ㅎ(←ᄒᆞ다: 하다, 보용, 사동)- + -고져(-고자: 연어, 의도)
67) ᄒᆞ노니: ᄒᆞ(하다, 爲: 보용, 의도)- + -ㄴ(←-ᄂᆞ-: 현시)- + -오(화자)- + -니(연어, 설명 계속)
68) 닐며: 닐(일어나다, 起)- + -며(연어, 나열)
69) 믈어듀미: 믈어디[무너지다, 崩: 믈(←므르다: 무르다, 爛)- + -어(연어) + 디(지다, 보용, 피동)-]- + -움(명전) + -이(주조)
70) 오ᄂᆞᇗ나래: 오ᄂᆞᇗ날[오늘날, 今日: 오ᄂᆞᆯ(오늘, 今日: 명사) + -ㅅ(관조, 사잇) + 날(날, 日: 명사)] + -애(-에: 부조, 위치)
71) 잇ᄂᆞ니이다: 잇(←이시다: 있다, 有)- + -ᄂᆞ(현시)- + -니(원칙)- + -이(상높, 아주 높임)- + -다(평종)
72) 브티니: 브티[붙이다, 點: 븥(붙다, 附, 着: 자동)- + -이(사접)-]- + -니(연어, 설명 계속)
73) ᄉᆞ라: ᄉᆞᆯ(살다, 불살다, 燒)- + -아(연어)

라ᄌᆡ ᄃᆞ외오 부텻 經경은 그저 겨시
고 舍샹利링 虛헝空콩애 올아 五옹
色ᄉᆡᆨ 放방光광ᄒᆞ샤 ᄒᆡᆺ光광ᄋᆞᆯ ᄀᆞ리
ᄭᅵ시니 그 光광明명이 두려ᄫᅥ 모ᄃᆞᆫ
사ᄅᆞᄆᆞᆯ 다 두프시고 摩망騰뜽 法법
師ᄉᆞᆼ ㅣ 虛헝空콩애 소사 올아 法법師ᄉᆞᆼ
ᄂᆞᆫ 法법 받ᄂᆞᆫ 스ᄉᆞᆼ이라 神씬奇낑ᄒᆞᆫ 變변化황

재가 되고, 부처의 經(경)은 그저 있으시고, 舍利(사리)가 虛空(허공)에 올라 五色(오색)을 放光(방광)하시어 햇光(광)을 가리끼시니, 그 光明(광명)이 둥글어서 모든 사람을 다 덮으시고, 摩騰法師(마등법사)가 虛空(허공)에 솟아올라【法師(법사)는 法(법)을 받드는 스승이다.】 神奇(신기)한 變化(변화)를

ᄌᆡ[74] ᄃᆞ외오[75] 부텻 經경은 그저[76] 겨시고 舍샹利링 虛헝空콩애 올아[77] 五옹色식 放방光광ᄒᆞ샤[78] ᄒᆡᆺ 光광ᄋᆞᆯ[79] ᄀᆞ리ᄢᅵ시니[80] 그 光광明명이 두려ᄫᅥ[81] 모ᄃᆞᆫ[82] 사ᄅᆞᄆᆞᆯ 다 두프시고[83] 摩망騰뜽法법師ᄉᆞᆼ[84] ㅣ 虛헝空콩애 소사올아[85]【法법師ᄉᆞᆼᄂᆞᆫ 法법 받ᄂᆞᆫ[86] 스스이라[87]】 神씬奇끵ᄒᆞᆫ 變변化황ᄅᆞᆯ

---

74) ᄌᆡ: ᄌᆡ(재, 灰) + -Ø(← -이: 주조)
75) ᄃᆞ외오: ᄃᆞ외(되다, 爲)- + -오(← -고: 연어, 나열, 대조)
76) 그저: 그저, 그대로, 故(부사)
77) 올아: 올(← 오ᄅᆞ다: 오르다, 登)- + -아(연어)
78) 放光ᄒᆞ샤: 放光ᄒᆞ[방광하다, 빛을 내쏫다: 放光(방광: 명사) + -ᄒᆞ(동접)-]- + -샤(← -시-: 주높)- + -Ø(← -아: 연어)
79) ᄒᆡᆺ 光ᄋᆞᆯ: ᄒᆡ(해, 日: 명사) + -ㅅ(-의: 관조) # 光(광, 빛: 명사) + -ᄋᆞᆯ(목조)
80) ᄀᆞ리ᄢᅵ시니: ᄀᆞ리ᄢᅵ[가리끼다, 蔽: ᄀᆞ리(가리다, 蔽)- + ᄢᅵ(끼다, 挾)-]- + -시(주높)- + -니(연어, 설명 계속) ※'ᄀᆞ리ᄢᅵ다(가리끼다)'는 사이에 가려서 방해하는 것이다.
81) 두려ᄫᅥ: 두렇ᇦ(← 두렵다, ㅂ불: 둥그렇다, 圓)- + -어(연어)
82) 모ᄃᆞᆫ: [모든, 全(관사): 몯(모이다, 集)- + -ᄋᆞᆫ(관전▻관접)]
83) 두프시고: 둪(덮다, 蔽)- + -으시(주높)- + -고(연어, 나열, 계기)
84) 法師: 법사. 불법에 통달하고 언제나 청정한 수행을 닦아 남의 스승이 되어 사람을 교화하는 승려이다.
85) 소사올아: 소사올[← 소사오ᄅᆞ다(솟아오르다): 솟(솟다, 出)- + -아(연어) + 오ᄅᆞ(오르다, 登)-]- + -아(연어)
86) 받ᄂᆞᆫ: 받(받들다, 떠받다, 支)- + -ᄂᆞ(현시)- + -ㄴ(관전)
87) 스스이라: 스승(스승, 師) + -이(서조)- + -Ø(현시)- + -라(← -다: 평종)

[75 뒤]

널리 보이고, 하늘에서 보배의 꽃비가 오고, 하늘의 풍류가 들리어 사람의 뜻이 感動(감동)하게 되므로, 모든 사람이 다 기뻐하여 다 法蘭法師(법란법사)께 圍繞(위요)하여 "說法(설법)하소서."라고 하거늘, 法師(법사)가 큰 淸淨(청정)한 소리를 내어 부처의 功德(공덕)을 讚歎(찬탄)하고 너비[88] 뵈오[89] 하ᄂᆞᆯ해셔[90] 보ᄇᆡ옛[91] 곳비[92] 오고 하ᄂᆞᆳ 풍류ᅵ[93] 들여[94] 사ᄅᆞᄆᆡ ᄠᅳ디[95] 感감動똥힐씨[96] 모ᄃᆞᆫ[97] 사ᄅᆞ미 다 기ᇧ거[98] 다 法법蘭란法법師ᄉᆞᆼᄭᅴ 圍윙繞ᅀᅸᇢᄒᆞ야[99] 說ᄉᆑᇙ法법ᄒᆞ쇼셔[100] ᄒᆞ야ᄂᆞᆯ[1] 法법師ᄉᆞᆼ ᅵ 큰 淸쳥淨쪙ᄒᆞᆫ 소릴 내야 부텻 功공德득을 讚잔歎탄ᄒᆞᅀᆞᆸ고[2]

---

88) 너비: [널리(부사): 넙(넓다, 廣: 형사)-+-이(부접)]

89) 뵈오: 뵈[보이다, 示: 보(보다, 見: 타동)-+-ㅣ(←-이-: 사접)-]-+-오(←-고: 연어, 나열, 계기)

90) 하ᄂᆞᆯ해셔: 하ᄂᆞᆶ(하늘, 天)+-애(-에: 부조, 위치)+-셔(-서: 보조사, 위치 강조)

91) 보ᄇᆡ옛: 보ᄇᆡ(보배, 寶)+-예(←-에: 부조, 위치)+-ㅅ(-의: 관조)

92) 곳비: 곳비[꽃비, 雨華: 곳(←곶: 꽃, 華, 명사)+비(비, 雨, 명사)]+-Ø(←-이: 주조) ※ '곳비(雨華)'는 하늘에서 비처럼 내리는 꽃이다.

93) 풍류ᅵ: 풍류(풍류, 風流)+-ㅣ(←-이: 주조)

94) 들여: 들이[들리다, 聽: 들(←듣다, ㄷ불: 듣다, 聽, 타동)-+-이(피접)-]-+-어(연어)

95) ᄠᅳ디: ᄠᅳᆮ(뜻, 意)+-이(주조)

96) 感動힐씨: 感動히[감동해지다, 감동하게 되다: 感動(감동: 명사)+-ᄒᆞ(동접)-+-ㅣ(←-이-: 피접)-]-+-ㄹ씨(-므로: 연어, 이유)

97) 모ᄃᆞᆫ: ① [모든, 全(관사): 몯(모이다, 集: 동사)-+-ᄋᆞᆫ(관전▷관접)] ② 몯(모이다, 集: 동사)-+-Ø(과시)-+-ᄋᆞᆫ(관전)

98) 기ᇧ거: 기ᇧ(기뻐하다, 歡)-+-어(연어)

99) 圍繞ᄒᆞ야: 圍繞ᄒᆞ[위요하다: 圍繞(위요: 명사)+-ᄒᆞ(동접)-]-+-야(←-아: 연어) ※ '圍繞(위요)'는 어떤 지역이나 현상을 둘러싸는 것이다.

100) 說法ᄒᆞ쇼셔: 說法ᄒᆞ[설법하다: 說法(설법: 명사)+-ᄒᆞ(동접)-]-+-쇼셔(-소서: 명종, 아주 높임)

1) ᄒᆞ야ᄂᆞᆯ: ᄒᆞ(하다, 말하다, 曰)-+-야ᄂᆞᆯ(←-아ᄂᆞᆯ: -거늘, 연어, 상황)

2) 讚歎ᄒᆞᅀᆞᆸ고: 讚歎ᄒᆞ[찬탄하다: 讚歎(찬탄: 명사)+-ᄒᆞ(동접)-]-+-ᅀᆞᆸ(객높)-+-고(연어, 나열, 계기)

法법ᄒᆞ고 偈껭 지ᅀᅥ 닐오ᄃᆡ 偈껭ᄂᆞᆫ 마ᄅᆞᆯ 글
지ᅀᅥ 니ᄅᆞᆯ 씨라 엿이 獅ᄉᆞᆼ子ᄌᆞᆼㅣ 아니며 燈
등이 日ᅌᅵᇙ月ᅌᅯᇙ이 아니며 日ᅌᅵᇙ은 ᄒᆡ오 月ᅌᅯᇙ은
ᄃᆞ리라 모시 바ᄅᆞ리 아니며 두듥기 뫼
히 아니니라 法법雲운이 世솅界갱예
펴면 됴ᄒᆞᆫ ᄡᅵ 내ᄂᆞ니 쉽디 몯ᄒᆞᆫ 法
법을 神씬通통ᄋᆞ로 나토샤 곧곧마

說法(설법)하고 偈(게)를 지어 이르되【偈(게)는 말을 글로 지어 이르는 것이다.】, "여우가 獅子(사자)가 아니며 燈(등)이 日月(일월)이 아니며【日(일)은 해요 月(월)은 달이다.】, 못이 바다가 아니며 둔덕(陵)이 산이 아니다. 法雲(법운)이 世界(세계)에 퍼지면 좋은 씨를 내나니, 쉽지 못한 法(법)을 神通(신통력)으로 나타내시어 곳곳마다

說쉃法법ᄒᆞ고 偈꼥[3] 지ᅀᅥ[4] 닐오ᄃᆡ[5]【偈꼥ᄂᆞᆫ 마ᄅᆞᆯ[6] 글 지ᅀᅥ 니ᄅᆞᆯ 씨라】 엿이[7] 獅ᄉᆞᆼ子ᄌᆞᆼㅣ 아니며 燈ᄃᆞᆼ이 日ᅀᅵᇙ月ᅌᅯᇙ이 아니며【日ᅀᅵᇙ은 ᄒᆡ오[8] 月ᅌᅯᇙ은 ᄃᆞ리라】 모시[9] 바ᄅᆞ리[10] 아니며 두들기[11] 뫼히[12] 아니라[13] 法법雲운[14]이 世솅界갱예 펴면[15] 됴ᄒᆞᆫ ᄡᅵ[16] 내ᅘᅧᄂᆞ니[17] 쉽디 몯ᄒᆞᆫ 法법을 神씬通통ᄋᆞ로[18] 나토샤[19] 곧곧마다[20]

---

3) 偈: 게. 부처의 공덕이나 가르침을 찬탄하는 노래 글귀이다.
4) 지ᅀᅥ: 지ᇫ(← 짓다, ㅅ불: 짓다, 製)- + -어(연어)
5) 닐오ᄃᆡ: 닐(← 니ᄅᆞ다: 이르다, 말하다, 曰)- + -오ᄃᆡ(-되: 연어, 설명 계속)
6) 마ᄅᆞᆯ: 말(말, 言) + -ᄋᆞᆯ(목조)
7) 엿이: 엿(← 여ᅀᆞ: 여우, 狐) + -이(주조) ※ '여ᅀᆞ'에 주격 조사가 실현되면 '엿이'와 '여ᇫ이'의 두 형태로 실현된다. 일반적으로는 '여ᇫ이'의 형태가 더 많이 나타난다.
8) ᄒᆡ오: ᄒᆡ(해, 日) + -∅(← -이-: 서조)- + -오(← -고: 연어, 나열)
9) 모시: 못(못, 淵) + -이(주조)
10) 바ᄅᆞ리: 바ᄅᆞᆯ(바다, 海) + -이(주조)
11) 두들기: 두듥(둔덕, 陵) + -이(주조)
12) 뫼히: 뫼ㅎ(산, 山) + -이(보조)
13) 아니라: 아니(아니다, 不: 형사)- + -∅(현시)- + -라(← -다: 평종)
14) 法雲: 법운. 불법(佛法)이 구름처럼 일체를 두루 덮는다는 뜻인데, 전하여 승려를 가리킨 말이다.
15) 펴면: 펴(퍼지다, 漫)- + -면(연어, 조건)
16) ᄡᅵ: ᄡᅵ(씨, 種) + -∅(← -이: 주조)
17) 내ᅘᅧᄂᆞ니: 내ᅘᅧ[내다: 나(나다, 出: 자동)- + -ㅣ(← -이-: 사접)- + -ᅘᅧ(강접)-]- + -ᄂᆞ(현시)- + -니(연어, 설명 계속) ※ '내ᅘᅧ다'는 '내다(出)'의 강조 형태이다.
18) 神通ᄋᆞ로: 神通(신통) + -ᄋᆞ로(부조, 방편) ※ '神通(신통)'은 신통력(神通力)이다.
19) 나토샤: 나토[나타내다, 現(타동): 낟(나타나다, 現: 자동)- + -호(사접)-]- + -샤(← -시-: 주높)- + -∅(← -아: 연어)
20) 곧곧마다: 곧곧[곳곳, 處處(명사): 곧(곳, 處: 명사) + 곧(곳, 處: 명사)] + -마다(보조사, 각자)

다衆쥬ᇰ生ᄉᆡᇰ올教ᄀᆞᇢ化황ᄒᆞ시ᄂᆞ니
라그저긔臣씬下ᅘᅡᆼㅣ며百ᄇᆡᆨ姓셔ᇰ
ᄃᆞᆯ一ᅙᅵᇙ千쳔남ᄋᆞᆫ사ᄅᆞ미出ᄎᆔᇙ家강
ᄒᆞ고道ᄐᆞᇢ士ᄊᆞᆼ六륙百ᄇᆡᆨ스믈여듧
사ᄅᆞᆷ도出ᄎᆔᇙ家강ᄒᆞ며大땡闕궗ㅅ
각시내二ᅀᅵᆼ百ᄇᆡᆨ셜흔사ᄅᆞ미出ᄎᆔᇙ
家강ᄒᆞ니褚뎡善쎤信신은애와텨

衆生(중생)을 敎化(교화)하시느니라.” 그때에 臣下(신하)이며 百姓(백성)들 一千(일천) 넘은 사람이 出家(출가)하고, 道士(도사) 六百(육백) 스물여덟 사람도 出家(출가)하며, 大闕(대궐)의 여자분들 二百(이백)서른 사람이 出家(출가)하니, 褚善信(저선신)은 북받쳐

衆즁生ᄉᆡᇰᄋᆞᆯ 敎ᄀᆞᇢ化황ᄒᆞ시ᄂᆞ니라[21] 그 저긔[22] 臣씬下ᅘᅡᇰㅣ며[23] 百ᄇᆡᆨ姓셩ᄃᆞᆯ 一ᅙᅵᇙ千쳔 나ᄆᆞᆫ[24] 사ᄅᆞ미 出ᄎᆔᇙ家강ᄒᆞ고 道ᄯᅗᇢ士ᄊᆞᆼ 六륙百ᄇᆡᆨ스믈여듧 사ᄅᆞᆷ도 出ᄎᆔᇙ家강ᄒᆞ며 大땡闕ᄏᆕᇙㅅ 각시내[25] 二ᅀᅵᆼ百ᄇᆡᆨ셜흔 사ᄅᆞ미 出ᄎᆔᇙ家강ᄒᆞ니 褚뎡善션信신ᄋᆞᆫ 애와텨[26]

---

21) 敎化ᄒᆞ시ᄂᆞ니라: 敎化ᄒᆞ[교화하다: 敎化(교화: 명사) + -ᄒᆞ(동접)-]- + -시(주높)- + -ᄂᆞ(현시)- + -니(원칙)- + -라(← -다: 평종)

22) 저 긔: 그(그, 彼: 관사, 지시, 정칭) # 적(적, 때, 時: 의명) + -의(-에: 부조, 위치)

23) 臣下ㅣ며: 臣下(신하) + -ㅣ며(← -이며: 접조)

24) 나ᄆᆞᆫ: 남(넘다, 지나다, 越)- + -Ø(과시)- + -ᄋᆞᆫ(관전)

25) 각시내: [여자분들: 각시(여자, 女) + -내(-들: 복접, 높임)]

26) 애와텨: 애와티[북받치다, 분개하다, 애타다, 慨: 애(창자, 쓸개: 명사) + 와티(← 바티다: 받(치받다, 衝)-]-+ -어(연어)

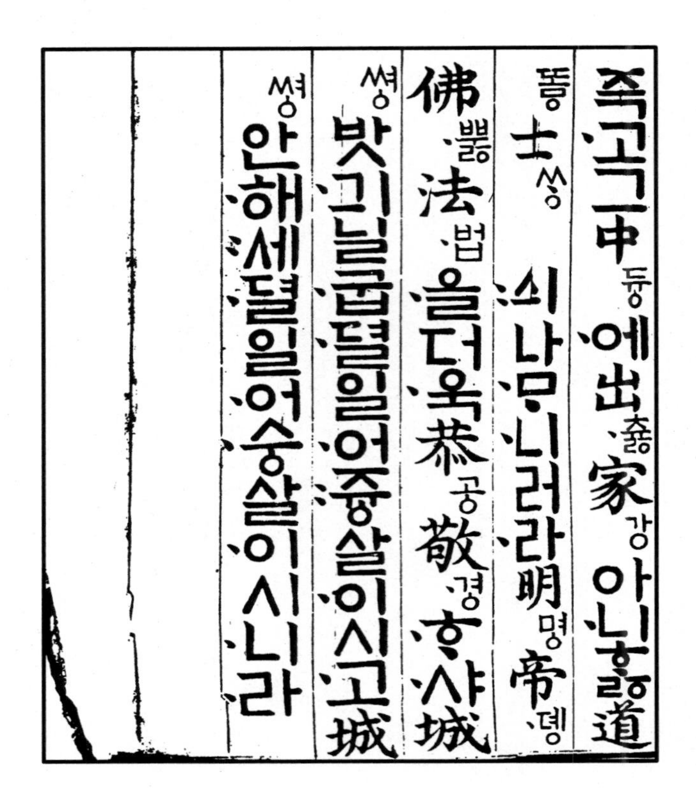

죽고그中듕에出츓家강아니ᄒᆞᇙ道
똫士쑹ㅣ쉬나ᄆᆞᆫ니러라明명帝뎽
佛뿛法법을더옥恭공敬경ᄒᆞ샤城
쎵밧긔닐굽뎔일어즁살이시고城
쎵안해세뎔일어즁살이시니라

죽고, 그 中(중)에 出家(출가)를 아니 하는 道士(도사)가 쉰이 넘는 사람이더라. 明帝(명제)가 佛法(불법)을 더욱 恭敬(공경)하시어, 城(성) 밖에 일곱 절을 세워 중을 살게 하시고, 城(성) 안에 세 절을 세워 중을 살게 하셨니라.

[77 앞]

죽고 그 中듕에 出츓家강 아니 ᄒᆞᇙ 道똫士ᄊᆞᆼ 싀나ᄆᆞ니러라[27] 明명帝뎽 佛뿛法법을 더욱 恭공敬경ᄒᆞ샤 城쎵 밧긔[28] 닐굽 뎔[29] 일어[30] 즁[31] 살이시고[32] 城쎵 안해[33] 세 뎔 일어 승[34] 살이시니라[35]

---

27) 싀나ᄆᆞ니러라: [쉰이 넘는(관사, 양수): 싀(← 쉰: 쉰, 五十: 수사, 양수) # 남(넘다, 越)- + -ᄋᆞᆫ(관전 ▷ 관접)] # 이(이, 者: 의명) + -Ø(← -이-: 서조)- + -러(← -더-: 회상)- + -라(← -다: 평종)
28) 밧긔: 밝(밖, 外) + -의(-에: 부조, 위치)
29) 뎔: 절, 寺.
30) 일어: 일[← 이ᄅᆞ다(세우다, 建): 일(이루어지다, 成: 자동)- + -ᄋᆞ(사접)-]- + -어(연어)
31) 즁: 중. 僧.
32) 살이시고: 살이[살게 하다, 거주하게 하다: 살(살다, 居: 자동)- + -이(사접)-]- + -시(주높)- + -고(연어, 나열)
33) 안해: 안ㅎ(안, 內) + -애(-에: 부조, 위치)
34) 승: 승려, 중, 僧.
35) 살이시니라: 살이[살게 하다, 거주하게 하다: 살(살다, 居: 자동)- + -이(사접)-]- + -시(주높)- + -Ø(과시)- + -니(원칙)- + -라(← -다: 평종)

[77 뒤]

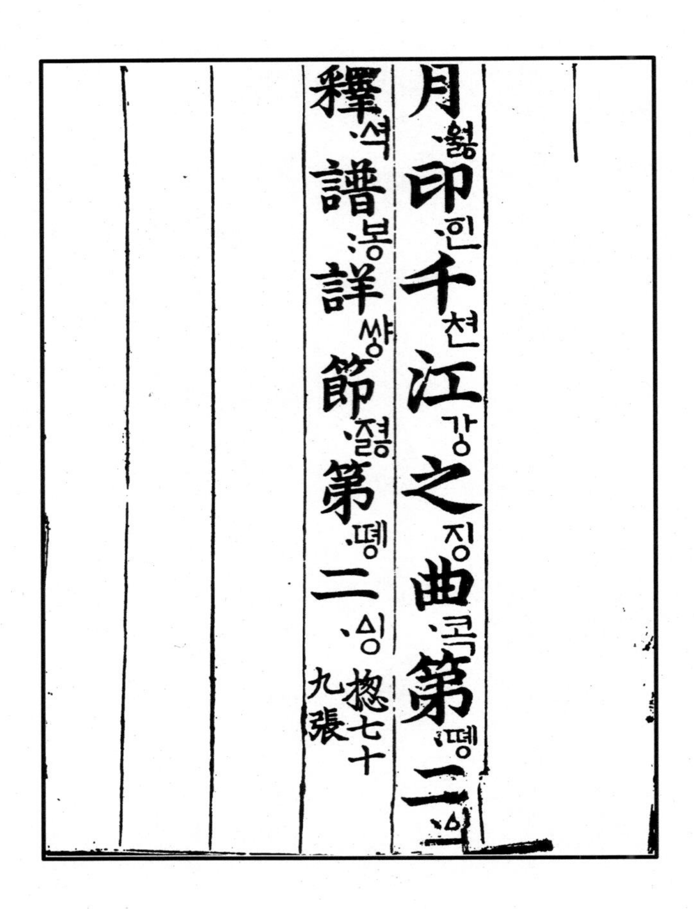
月ᅌᅯᇙ印ᅙᅵᆫ千쳔江강之징曲콕第뗑二ᅀᅵᆼ

釋셕譜봉詳썅節졇第뗑二ᅀᅵᆼ 摠七十九張

月印千江之曲(월인천강지곡) 第二(제이)

釋譜詳節(석보상절) 第二(제이) 【摠(총) 七十九(칠십구) 張(장)】

月웛印ᅙᅵᆫ千쳔江강之징曲콕 第뗑二ᅀᅵᆼ

釋셕譜봉詳쌍節졇 第뗑二ᅀᅵᆼ 【摠七十九張】

부록

‘원문과 번역문의 벼리’ 및 ‘문법 용어의 풀이’

부록 1. 원문과 번역문의 벼리

『월인석보 제이』 원문의 벼리

『월인석보 제이』 번역문의 벼리

부록 2. 문법 용어의 풀이

1. 품사
2. 불규칙 활용
3. 어근
4. 파생 접사
5. 조사
6. 어말 어미
7. 선어말 어미

[부록 1] 원문의 벼리

[1앞 月ᅌᅯᇙ印ᅙᅵᆫ千쳔江강之징曲콕 第뗑二ᅀᅵᆼ

釋셕譜봉詳썅節졇 第뗑二ᅀᅵᆼ

迦강毗뼁羅랑國귁 淨쪙飯뻔王왕ㅅ ᄆᆞᆮ아ᄃᆞ니ᄆᆞᆫ 釋셕迦강如ᅀᅧᆼ來ᄅᆡᆼ시고 [1뒤 아ᅀᆞ아ᄃᆞ니ᄆᆞᆫ 難난陁땅ㅣ라 淨쪙飯뻔王왕ㅅ 아ᅀᆞ니ᄆᆞᆫ 白ᄈᆡᆨ飯뻔王왕과 斛ᅘᅩᆨ飯뻔王왕과 甘감露롱飯뻔王왕이라。白ᄈᆡᆨ飯뻔王왕ㅅ ᄆᆞᆮ아ᄃᆞᄅᆞᆫ 調뜨ᇢ達ᄄᆞᇙ이오 아ᅀᆞ아ᄃᆞᄅᆞᆫ 阿항難난이라。斛ᅘᅩᆨ飯뻔王왕ㅅ ᄆᆞᆮ아ᄃᆞᄅᆞᆫ 摩망訶항男남이오 아ᅀᆞ아ᄃᆞᄅᆞᆫ [2앞 阿항那낭律ᄅᆔᇙ이라。甘감露롱飯뻔王왕ㅅ ᄆᆞᆮ아ᄃᆞᄅᆞᆫ 娑상婆빵ㅣ오 아ᅀᆞ아ᄃᆞᄅᆞᆫ 跋ᄈᆞᇙ提뗑오 ᄯᆞᄅᆞᆫ 甘감露롱味밍라 如ᅀᅧᆼ來ᄅᆡᆼㅅ 아ᄃᆞ니ᄆᆞᆫ 羅랑睺ᅘᅮᇢ羅랑ㅣ라。

[2뒤 淨쪙飯뻔王왕ㅅ 우흐로 온 뉘짜히 鼓공摩망王왕이러시니 [4뒤 鼓공摩망王왕ㄱ 위두ᄒᆞᆫ 夫붕人ᅀᅵᆫㅅ 아ᄃᆞᆯ 長댱生ᄉᆡᆼ이 사오납고 녀느 夫붕人ᅀᅵᆫ냇 아ᄃᆞᆯ 네히 照져ᇢ目목과 聽텽目목과 調뜨ᇢ伏뽁象썅과 尼닝樓루ᇢ왜 다 어디더니 [5앞 夫붕人ᅀᅵᆫ이 새와 네 아ᄃᆞᄅᆞᆯ 업게 호리라 ᄀᆞ장 비ᅀᅥ 됴ᄒᆞᆫ 양 ᄒᆞ고 조심ᄒᆞ야 ᄃᆞᆫ녀 王왕이 맛드러 갓가ᄫᅵ ᄒᆞ거시ᄂᆞᆯ ᄉᆞᆯᄫᅩᄃᆡ 情쪙欲욕앳 이른 ᄆᆞᅀᆞ미 즐거ᄫᅥᅀᅡ ᄒᆞᄂᆞ니 나ᄂᆞᆫ 이제 시르미 기퍼 [5뒤 넘난 ᄆᆞᅀᆞ미 업수니 ᄒᆞᆫ 願ᅌᅯᆫ을 일우면 져그나 기튼 즐거부미 이시려니와 내 말옷 아니 드르시면 ᄂᆞ외 즐거ᄫᅳᆫ ᄆᆞᅀᆞ미 업스례이다。

王왕이 盟명誓쎙ᄒᆞ야 드로리라。ᄒᆞ신대 夫붕人ᅀᅵᆫ이 ᄉᆞᆯᄫᅩᄃᆡ 뎌 네 아ᄃᆞᄅᆞᆫ 어딜어늘 내 아ᄃᆞ리 비록 ᄆᆞ디라도 사오나ᄫᆞᆯ씨 나라ᄒᆞᆯ 앗이리니 [6앞 王왕이 네 아ᄃᆞᄅᆞᆯ 내티쇼셔。 王왕이 니ᄅᆞ샤ᄃᆡ 네 아ᄃᆞ리 孝ᄒᆞᇢ道ᄄᆞᇢᄒᆞ고 허믈 업스니 어드리 내티료。 夫붕人신이 ᄉᆞᆯᄫᆞᄃᆡ 나랏 이ᄅᆞᆯ 분별ᄒᆞ야 ᄉᆞᆲ노니 네 아ᄃᆞ리 어디러 百ᄇᆡᆨ姓셩의 ᄆᆞᅀᆞᄆᆞᆯ 모도아 黨당이 ᄒᆞ마 이러 잇ᄂᆞ니 서르 ᄃᆞ토아 싸호면 나라히 ᄂᆞᄆᆡ그에 가리이다。

[6뒤 王왕이 네 아ᄃᆞᆯ 블러 니ᄅᆞ샤ᄃᆡ 너희 디마니 혼 이리 잇ᄂᆞ니 ᄲᆞᆯ리 나가라。 네 아ᄃᆞ리 各각各각 어마님내 뫼ᅀᆞᆸ고 누의님내 더브러 즉자히 나가니 力륵士ᄊᆞᆼ와 百ᄇᆡᆨ姓셩ᄃᆞᆯ히 만히 조차 가니라。 雪쉻山산 北븍에 가니 ᄯᅡ히 훤ᄒᆞ고 됴ᄒᆞᆫ 고지 [7앞 하거늘 그에셔 사니 百ᄇᆡᆨ姓셩이 져재 가ᄃᆞᆺ 모다 가 서너 ᄒᆡᆺ ᄉᆞᅀᅵ예 큰 나라히 ᄃᆞ외어늘 王왕이 뉘으처 블리신대 디마니 호이다 ᄒᆞ고 다 아니 오니라。 王왕이 ᄒᆞ샤ᄃᆡ 내 아ᄃᆞ리 어딜쎠 ᄒᆞ시니 글로 ᄒᆞ야 釋셕種죵이라 ᄒᆞ니라。

[7뒤 其끵十씹二ᅀᅵᆼ

補봉處쳐ㅣ ᄃᆞ외샤 兜둘率ᅟᆯ天텬에 겨샤 十씹方방世솅界갱예 法법을 니ᄅᆞ더시니
釋셕種죵이 盛쎵ᄒᆞᆯ씨 迦강夷이國귁에 ᄂᆞ리샤 十씹方방世솅界갱예 法법을 펴려 ᄒᆞ시니

[8앞 其끵十씹三삼

五옹衰숑 五옹瑞쒕ᄅᆞᆯ 뵈샤 閻염浮뿧提똉 나시릴씨 諸졍天텬이 다 ᄎᆞ기 너기니
法법幢뙁 法법會ᅘᅬᆼᄅᆞᆯ 셰샤 天텬人신이 모ᄃᆞ릴씨 諸졍天텬이 다 깃ᄉᆞᄫᆞ니

[8뒤 釋셕迦강如셩來ᄅᆡᆼ 부텨 몯 ᄃᆞ외야 겨싫 젠 일후미 善쎤慧쮕시고 功공德득이 ᄒᆞ마 ᄎᆞ샤 補봉處쳐ㅣ ᄃᆞ외샤 兜둘率ᅟᆯ天텬에 겨싫 젠 일후미 聖셩善쎤이시고 ᄯᅩ 일후미 護ᅘᅩᆼ明명大땡士ᄊᆞᆼㅣ러시니 [10앞 諸졍天텬 爲윙ᄒᆞ야 說쉃法법ᄒᆞ시며 十씹方

방애 現현身신ᄒᆞ야 [10뒤 說쉃法법ᄒᆞ샤ᄃᆡ 運운이 다ᄃᆞ라 올ᄊᆡ ᄂᆞ려가아 부텨 ᄃᆞ외요리라 ᄒᆞ시더라.

그 제 六륙十씹六륙億흑 諸졍天텬이 모다 議읭論론호ᄃᆡ 菩뽕薩삻이 어느 나라해 ᄂᆞ리시게 ᄒᆞ려뇨. 摩망竭껋國귁은 王왕이 正졍티 몯ᄒᆞ고 [11앞 拘궁薩삻大땡國귁은 父뿡母뭏 宗종族쪽이 正졍티 몯ᄒᆞ고 和횅沙상大땡國귁은 王왕이 威휭嚴엄이 업서 ᄂᆞᄆᆡ 소내 쥐여 이시며 維윙那낭離링國귁은 싸홈 즐기고 조ᄒᆞᆫ 힝뎍 업스며 此총鐵텷樹쓩國귁은 擧겅動똥이 妄망量량ᄃᆞᄫᆡ오 셩시기 麤총率솛ᄒᆞ니 [11뒤 게 가 몯 나시리라.

ᄒᆞᆫ 하ᄂᆞᆯ 幢땅英형이 菩뽕薩삻ᄭᅴ 묻ᄌᆞᄫᆞᄃᆡ 어누 나라해 가샤 나시리잇고. 菩뽕薩삻이 니ᄅᆞ샤ᄃᆡ 이제 釋셕種종이 ᄀᆞᆺ 盛쎵ᄒᆞ니 녀름 ᄃᆞ외오 快쾡樂락이 그지업고 百ᄇᆡᆨ姓셩도 만ᄒᆞ며 有웋德득ᄒᆞ고 釋셕種종ᄃᆞᆯ히 다 부텻 法법을 [12앞 울월며 王왕도 어디ᄅᆞ시며 夫붕人신도 어디ᄅᆞ시고 아래 五옹百ᄇᆡᆨ 世솅예도 菩뽕薩삻 母뭏ㅣ ᄃᆞ외시니 그 나라해 가 나리라 ᄯᅩ 衆즁生ᄉᆡᆼᄋᆡ 發벓心심이 니거 淸쳥淨쪙ᄒᆞᆫ 法법을 어루 ᄇᆡ호리어며 迦강毗삥羅랑國귁이 閻염浮뿧提똉ㅅ [12뒤 가온ᄃᆡ며 家강門몬ㅅ 中듕에 釋셕迦강氏씽 第똉一ᅙᅵᇙ이니 甘감蔗쟝氏씽ㅅ 子ᄌᆞᆼ孫손이며 淨쪙飯뻔王왕도 前쪈生ᄉᆡᆼ앳 因ᅙᅵᆫ緣원이 겨시며 [13앞 夫붕人신도 목수미 열 ᄃᆞᆯ ᄒᆞ고 닐웨 기터 겨샷다 ᄒᆞ시고 그 저긔 五옹衰쉉相샹ᄋᆞᆯ 뵈시고 [13뒤 ᄯᅩ 五옹瑞쒱ᄅᆞᆯ 뵈시니 光광明명이 大땡千쳔世솅界갱ᄅᆞᆯ 비취시며 ᄯᅡ히 열여듧 相샹ᄋᆞ로 뮈며 [14뒤 魔망王왕宮궁이 ᄀᆞ리며 [15앞 ᄒᆡ와 ᄃᆞᆯ와 별왜 다 ᄇᆞᆰ디 아니ᄒᆞ며 [15뒤 八밣部뿡ㅣ 다 놀라더니

그 저긔 諸졍天텬이 뎌 두 相샹ᄋᆞᆯ 보ᅀᆞᆸ고 모다 츠기 너겨 ᄂᆞ리디 마ᄅᆞ시고 오래 겨쇼셔 ᄒᆞ거늘 菩뽕薩삻이 니ᄅᆞ샤ᄃᆡ 살면 모ᄃᆡ 죽고 어울면 모ᄃᆡ 버으는 거시니 一ᅙᅵᇙ切쳉ㅅ 이리 長땽常썅 ᄒᆞᆫ 가지 몯 ᄃᆞ욀ᄊᆡ 寂쩍滅멿이ᅀᅡ 즐거ᄫᅳᆫ 거시라.

[16앞 내 釋셕種죵애 가 나아 出츌家강ᄒᆞ야 [16뒤 부텨 ᄃᆞ외야 衆즁生ᄉᆡᆼ 爲윙ᄒᆞ야 큰 法법幢ᄬᆼ 세오 큰 法법會ᅘᆈᆼ ᄒᆞᇙ 저긔 天텬人ᅀᅵᆫ을 다 請청ᄒᆞ리니 너희도 그 法법食씩ᄋᆞᆯ 머그리라 [17앞 諸졍天텬이 듣ᄌᆞᆸ고 다 깃거ᄒᆞ더라。

其끵十씹四ᄉᆞᆼ

沸뷿星셩 도ᄃᆞᇙ 제 白ᄈᆡᆨ象썅 ᄐᆞ시고 ᄒᆡᆺ 光광明명을 ᄐᆞ시니이다

天텬樂악ᄋᆞᆯ 奏줗커늘 諸졍天텬이 조ᄍᆞᆸ고 하ᄂᆞᇵ 고지 드르니이다

[17뒤 其끵十씹五옹

摩망耶양ㅅ ᄭᅮᆷ 안해 右ᇢ脇헙으로 드르시니 밧긧 그르메 瑠륳璃링 ᄀᆞᆮ더시니

淨쪙飯뻔이 무러시ᄂᆞᆯ 占졈者쟝ㅣ 判판ᄒᆞᅀᆞᄫᅩᄃᆡ 聖셩子ᄌᆞᆼㅣ 나샤 [18앞 正졍覺각 일우시리

七칧月윓ㅅ 열다쐣날 沸뷿星셩 도ᄃᆞᇙ 時씽節졇에 [18뒤 여슷 엄 가진 白ᄈᆡᆨ象썅 ᄐᆞ샤 ᄒᆡ ᄐᆞ샤 兜둫率ᅀᆞᆶ宮궁으로셔 ᄂᆞ려오싫 저긔 世솅界갱예 차 放방光광ᄒᆞ시고 諸졍天텬이 虛헝空콩애 ᄀᆞᄃᆞ기 ᄲᅧ 졷ᄌᆞᄫᅡ 오며 [19뒤 풍류ᄒᆞ고 곳 비터니 [19뒤 그 날 摩망耶양夫붕人ᅀᅵᆫㅅ ᄭᅮ메 그 야ᅌᆞ로 ᄒᆞ샤 올ᄒᆞᆫ 녀브로 드르시니 그르메 밧긔 ᄉᆞᄆᆞᆺ 뵈요미 瑠륳璃링 ᄀᆞᆮ더라。 [23뒤 이틄나래 王왕ᄭᅴ 그 ᄭᅮ믈 ᄉᆞᆯᄫᆞ시ᄂᆞᆯ 王왕이 占졈ᄒᆞᄂᆞᆫ 사ᄅᆞᄆᆞᆯ 블러 무르시니 다 ᄉᆞᆯᄫᅩᄃᆡ 聖셩子ᄌᆞᆼㅣ 나샤 輪륜王왕이 ᄃᆞ외시리니 出츌家강ᄒᆞ시면 正졍覺각ᄋᆞᆯ 일우시리로소이다。

그 저긔 兜둫率ᅀᆞᆶ陁땅 諸졍天텬ᄃᆞᆯ히 닐오ᄃᆡ 우리도 眷권屬쑉 [24앞 ᄃᆞ외ᅀᆞᄫᅡ 法법 ᄇᆡ호ᅀᆞᄫᅩ리라 ᄒᆞ고 九궇十씹九궇億흑이 人ᅀᅵᆫ間간애 ᄂᆞ리며 ᄯᅩ 他탕化황天텬으로셔 ᄂᆞ리리 그지업스며 ᄯᅩ 色ᄉᆡᆨ界갱 諸졍天텬도 ᄂᆞ려 仙션人ᅀᅵᆫ이 ᄃᆞ외더라。

其끵十씹六륙

三삼千쳔大땡千쳔이 ᄇᆞᆯᄀᆞ며 樓릏殿뗜이 [24뒤 일어늘 안좀 걷뇨매 어마님 모ᄅᆞ시니

諸졍佛뿛 菩뽕薩삻이 오시며 天텬과 鬼귕왜 듣ᄌᆞᆸ거늘 밤과 낮과 法법을 니ᄅᆞ시니

菩뽕薩삻이 ᄇᆡ예 드러 겨싫 제 夫붕人신이 六륙度똥ᄅᆞᆯ 修슣行ᅘᆡᆼᄒᆞ더시니 [25앞 하ᄂᆞᆯ해셔 飮음食씩이 自ᄍᆞᆼ然션히 오나ᄃᆞᆫ 夫붕人신이 좌시고 아모 ᄃᆞ라셔 온 동 모ᄅᆞ더시니 그 後ᅘᆖᇢ로 人신間간앳 차바ᄂᆞᆫ ᄲᅥ 몯 좌시며 三삼千쳔世솅界갱 時씽常썅 ᄇᆞᆯ가 이시며 病뼝ᄒᆞ니 다 됴ᄒᆞ며 三삼毒똑이 업스며 [26앞 菩뽕薩삻ㅅ 相샹好ᅘᆕᇢ ㅣ 다 ᄀᆞᄌᆞ시며 보ᄇᆡ옛 樓릏殿뗜이 마치 天텬宮궁 ᄀᆞᆮ더니 菩뽕薩삻이 ᄃᆞᆮ니시며 셔 겨시며 안ᄌᆞ시며 누ᄫᅳ샤매 夫붕人신이 아ᄆᆞ라토 아니ᄒᆞ더시니 날마다 세 ᄢᅴ로 十씹方방諸졍佛뿛이 드러와 安한否붏ᄒᆞ시고 說쉻法법 [26뒤 ᄒᆞ시며 十씹方방 同똥行ᅘᆡᆼ 菩뽕薩삻이 다 드러와 安한否붏ᄒᆞ시고 法법 듣ᄌᆞᄫᆞ시며 ᄯᅩ 아ᄎᆞᄆᆡ 色식界갱 諸졍天텬을 爲윙ᄒᆞ야 說쉻法법ᄒᆞ시고 나지 欲욕界갱 諸졍天텬을 爲윙ᄒᆞ야 說쉻法법ᄒᆞ시고 나조ᄒᆡ 鬼귕神씬 爲윙ᄒᆞ야 說쉻法법ᄒᆞ시고 [27앞 바ᄆᆡ도 세 ᄢᅴ 說쉻法법ᄒᆞ더시다.

其끵十씹七칧

날ᄃᆞ리 ᄎᆞ거늘 어마님이 毗삥藍람園원을 보라 가시니

祥썅瑞쒱 하거늘 아바님이 無뭉憂ᅙᅮᇢ樹쓩에 ᄯᅩ 가시니

夫붕人신이 나ᄒᆞ싫 ᄃᆞᆯ 거의어늘 王왕ᄭᅴ [27뒤 ᄉᆞᆯᄫᆞ샤ᄃᆡ 東동山산 구경ᄒᆞ야 지이다. 王왕이 藍람毗삥尼닝園원을 ᄭᅮ미라 ᄒᆞ시니 곳과 菓광實씷와 못과 심과 欄란

干간 階갱砌쳉예 七칧寶볼로 ᄭᅮ미고 鸞롼鳳뽕이며 種죵種죵 새ᄃᆞᆯ히 모다 넙놀며 幡편과 [28앞 蓋갱와 풍류 花황香향이 ᄀᆞ초 ᄀᆞ득ᄒᆞ며 八밣萬먼四ᄉᆞᆼ千쳔 童똥女녕ㅣ 花황香향 잡고 몬져 갯거늘 밧긔 十씹萬먼 보ᄇᆡ옛 輦련과 四ᄉᆞᆼ兵병이 다 ᄀᆞ자 왜시며 八밣萬먼四ᄉᆞᆼ千쳔 婇칭女녕와 [28뒤 臣씬下ᅘᅡᆼ이 갓ᄃᆞᆯ히 다 모다 夫붕人신 侍씽衛윙ᄒᆞᅀᆞᄫᅡ 東동山산애 가싫 저긔 虛헝空콩애 ᄀᆞᄃᆞ기 八밣部뽕도 조ᄍᆞᄫᅡ 가더라。

그 東동山산애 열 가짓 祥쌍瑞쒱 나니 좁던 東동山산이 어위며 홁과 돌쾌 다 金금剛강이 ᄃᆞ외며 [29앞 보ᄇᆡ옛 남기 느러니 셔며 沈띰香향ㅅ 골ᄋᆞ로 種죵種죵 莊장嚴엄ᄒᆞ며 花황鬘만이 ᄀᆞ득ᄒᆞ며 보ᄇᆡ옛 ᄆᆞ리 흘러 나며 모새셔 芙뿡蓉용이 나며 天텬龍룡 夜양叉창ㅣ 와 [29뒤 合ᅘᅡᆸ掌쟝ᄒᆞ야 이시며 天텬女녕도 와 合ᅘᅡᆸ掌쟝ᄒᆞ며 十씹方방앳 一힗切쳉 佛뿛이 빗보ᄀᆞ로 放방光광ᄒᆞ샤 이 東동山산애 비취더시니 즉자히 각시 ᄇᆞ리샤 이런 긔벼를 王왕ᄭᅴ ᄉᆞᆯᄫᅡ시ᄂᆞᆯ 王왕이 깃그샤 無뭉憂흫樹쓩 미틔 가시니라。

[30앞 其끵十씹八밣

本본來ᄅᆡᆼ 하신 吉긿慶켱에 地띵獄옥도 뷔며 沸븛星셩 별도 ᄂᆞ리니이다
本본來ᄅᆡᆼ ᄇᆞᆰᄀᆞᆫ 光광明명에 諸졍佛뿛도 비취시며 明명月웛珠즁도 [30뒤 ᄃᆞᅀᆞᄫᆞ니이다

그 저긔 天텬帝뎽釋셕과 化황自ᄍᆞᆼ在ᄍᆡᆼ天텬괘 各각各각 天텬宮궁에 가 花황香향이며 풍류며 차반 가져와 夫붕人신ᄭᅴ 供공養양ᄒᆞᅀᆞᄫᆞ며 病뼝ᄒᆞᆫ 사ᄅᆞ미 잇거든 夫붕人신이 머리를 ᄆᆞᆫ지시면 病뼝이 다 됴터라。

菩뽕薩삻이 [31앞 나싫 저긔 ᄯᅩ 祥쌍瑞쒱 몬져 現현ᄒᆞ니 東동山산 남ᄀᆡ 自ᄍᆞᆼ然션히 여르미 열며 무틔 술윗바회 만ᄒᆞᆫ 靑쳥蓮련花황ㅣ 나며 이운 남ᄀᆡ 고지 프며 하

ᄂᆞᇗ 神씬靈령이 七칧寶볼 술위 잇거 오며 ᄯᅡ해셔 보ᄇᆡ 절로 나며 됴ᄒᆞᆫ 香향내 두루 펴디며 雪쉻山산앳 五옹百ᄇᆡᆨ 獅ᄉᆞᆼ子ᄌᆞᆼ ㅣ 門몬의 [31뒤 와 벌며 白ᄈᆡᆨ象썅이 ᄠᅳᆯ헤 와 벌며 하ᄂᆞᆯ해셔 ᄀᆞᄂᆞᆫ 香향 비 오며 宮궁中듕에 自ᄍᆞᆼ然ᅀᅧᆫ히 온가짓 차바니 주으린 사ᄅᆞᄆᆞᆯ 거리치며 龍룡宮궁엣 玉옥女녕ᄃᆞᆯ히 虛헝空콩애 반만 몸 내야 이시며 하ᄂᆞᇗ 一ᅙᅵᇙ萬먼 [32앞 玉옥女녕ᄂᆞᆫ 孔콩雀쟉拂풇 자바 담 우희 왯고 一ᅙᅵᇙ萬먼 玉옥女녕ᄂᆞᆫ 金금甁뼝에 甘감露롱 담고 一ᅙᅵᇙ萬먼 玉옥女녕ᄂᆞᆫ 香향水쉉 담고 虛헝空콩애 왜시며 一ᅙᅵᇙ萬먼 玉옥女녕ᄂᆞᆫ 幢ᄬᅡᇰ蓋갱 자바 뫼ᅀᆞ바 이시며 ᄯᅩ 玉옥女녕ᄃᆞᆯ히 虛헝空콩애셔 온가짓 풍류ᄒᆞ며

[32뒤 굴근 江강이 ᄆᆞᆰ고 흐르디 아니ᄒᆞ며 日ᅀᅵᇙ月웛 宮궁殿뗜이 머므러 이셔 나ᅀᅡ가디 아니ᄒᆞ며 沸붏星셩이 ᄂᆞ려와 侍씽衛윙ᄒᆞᅀᆞᆸ거든 녀느 벼리 圍윙繞ᅀᅳᇢᄒᆞ야 조차오며 보ᄇᆡ옛 帳댱이 王왕宮궁을 다 두프며 明명月웛神씬珠즁ㅣ 殿뗜에 ᄃᆞᆯ이니 [33앞 光광明명이 ᄒᆡ ᄀᆞᆮᄒᆞ며 설긧 옷ᄃᆞᆯ히 화예 나아 걸이며 貴귕ᄒᆞᆫ 瓔ᅙᅧᇰ珞락과 一ᅙᅵᇙ切쳉 보ᄇᆡ 自ᄍᆞᆼ然ᅀᅧᆫ히 나며 모딘 벌에ᄂᆞᆫ 다 숨고 吉긿慶켱엣 새 ᄂᆞ니며 地띵獄옥이 다 停뗭寢침ᄒᆞ니 셜ᄫᅳᆫ 이리 업스며 ᄯᅡ히 ᄀᆞ장 드러치니 노ᄑᆞ며 ᄂᆞᆽ가ᄫᆞᆫ ᄃᆡ [33뒤 업스며 곳비 오며 모딘 즁ᄉᆡᆼ이 ᄒᆞᆫᄢᅴ 慈ᄍᆞᆼ心심을 가지며 아기 나ᄒᆞ리 다 아ᄃᆞᄅᆞᆯ 나ᄒᆞ며 온가짓 病뼝이 다 됴ᄒᆞ며 一ᅙᅵᇙ切쳉 즘겟 神씬靈령이 다 侍씽衛윙ᄒᆞᅀᆞᆸ더라。

其끵十씹九궁

無뭉憂ᅙᅮᇢ樹쓩ㅅ 가지 굽거늘 어마님 [34앞 자ᄇᆞ샤 右ᅌᅮᇢ脇협 誕딴生ᄉᆡᆼ이 四ᄉᆞᆼ月웛 八밣日ᅀᅵᇙ이시니

蓮련花황ㅅ 고지 나거늘 世솅尊존이 드듸샤 四ᄉᆞᆼ方방 向향ᄒᆞ샤 周즇行ᅘᅧᇰ 七칧步뽕

ᄒᆞ시니

[34뒤 其끵二싱十씹

右울手슣 左장手슣로 天텬地띵 ᄀᆞᄅᆞ치샤 ᄒᆞ오ᅀᅡ 내 尊존호라 ᄒᆞ시니

溫혼水슁 冷링水슁로 左장右울에 ᄂᆞ리와 九궇龍룡이 모다 싯기ᅀᆞᄫᆞ니

其끵二싱十씹一힗 [35앞

三삼界갱 受쓯苦콩ㅣ라 ᄒᆞ샤 仁신慈ᄍᆞᆼㅣ 기프실ᄊᆡ 하늘 ᄯᅡ히 ᄀᆞ장 震진動똥ᄒᆞ니

三삼界갱 便뼌安한케 호리라 發벓願원이 기프실ᄊᆡ 大땡千쳔世솅界갱 ᄀᆞ장 ᄇᆞᆯᄀᆞ니

四ᄉᆞᆼ月웛 八밣日ᅀᅵᇙ 히도디예 [35뒤 摩망耶양夫붕人신이 雲운母뭏 寶봉車겅 ᄐᆞ시고 東동山산 구경 가싫 제 三삼千쳔 國귁土통ㅣ 六륙種죵 震진動똥ᄒᆞ거늘 四ᄉᆞᆼ天텬王왕이 술위 그ᅀᅳ숩고 梵뻠天텬이 길 자바 無뭉憂ᅙᅮᇢ樹쓩 미틔 [36앞 가시니 諸졍天텬이 곳 비터니 無뭉憂ᅙᅮᇢ樹쓩ㅅ 가지 절로 구버 오나ᄂᆞᆯ 夫붕人신이 올ᄒᆞᆫ소ᄂᆞ로 가질 자ᄇᆞ샤 곳 것고려 ᄒᆞ신대 菩뽕薩삻이 올ᄒᆞᆫ 녀브로 나샤 큰 智딩慧ᅘᅰᆼ옛 光광明명을 펴샤 十씹方방世솅界갱ᄅᆞᆯ 비취시니 그 저긔 닐굽 줄깃 七칧寶봉 蓮련花황ㅣ [36뒤 술위ᄢᅵ 곧ᄒᆞ니 나아 菩뽕薩삻ᄋᆞᆯ 받ᄌᆞᄫᆞ니라。

菩薩(보살)이 막 나시어 잡을 사람이 없이 四方(사방)에 일곱 걸음씩 걸으시니 菩뽕薩삻이 ᄀᆞᆺ 나샤 자ᄇᆞ리 업시 四ᄉᆞᆼ方방애 닐굽 거름곰 거르시니 [37뒤 自ᄍᆞᆼ然션히 蓮련花황ㅣ 나아 바ᄅᆞᆯ 받ᄌᆞᆸ더라。올ᄒᆞᆫ소ᄂᆞ로 하ᄂᆞᆯ ᄀᆞᄅᆞ치시며 왼소ᄂᆞ로 ᄯᅡ ᄀᆞᄅᆞ치시고 獅ᄉᆞᆼ子ᄌᆞᆼ 목소리로 니ᄅᆞ샤ᄃᆡ [38뒤 하ᄂᆞᆯ 우콰 하ᄂᆞᆯ 아래 나 ᄲᅮᆫ 尊존호라 三삼界갱 다 受쓯苦콩ᄅᆞᄫᆡ니 내 便뼌安한케 호리라 ᄒᆞ시니 즉자히 [39앞 天텬地띵 ᄀᆞ장 震진動똥ᄒᆞ고 三삼千쳔大땡千쳔 나라히 다 ᄀᆞ장 ᄇᆞᆰ더라。

그 저긔 四ᄉᆞᆼ天텬王왕이 하ᄂᆞᆳ 기ᄇᆞ로 안ᄉᆞ바 金금几긩 우희 연ᄌᆞᆸ고 帝뎽釋셕은 蓋갱 받고 梵뻠王왕은 白뻭拂풇 자바 두 녀긔 셔ᄉᆞᄫᆞ며 帝뎽釋셕 梵뻠王왕이 여러 가짓 香향 비ᄒᆞ며 [39뒤 아홉 龍룡이 香향 므를 ᄂᆞ리와 菩뽕薩삻ᄋᆞᆯ 싯기ᄉᆞᄫᆞ니 므리 왼녀긘 덥고 올ᄒᆞᆫ녀긘 ᄎᆞ더라 싯기ᅀᆞᆸ고 帝뎽釋셕 梵뻠王왕이 天텬衣힁로 ᄡᅳ리ᄉᆞᄫᆞ니라。

其끵二싱十씹二싱

天텬龍룡八밣部뽕ㅣ 큰 德득을 [40앞 ᄉᆞ랑ᄒᆞᄉᆞ바 놀애를 블러 깃거ᄒᆞ더니

魔망王왕 波방旬쓘이 큰 德득을 새오ᄉᆞ바 앉디 몯ᄒᆞ야 시름ᄒᆞ더니

太탱子ᄌᆞᆼㅣ 셜흔두 相샹이시고 [40뒤 大땡千쳔世솅界갱예 放방光광 ᄒᆞ시니 天텬龍룡八밣部뽕ㅣ [42앞 空콩中듕에셔 풍류ᄒᆞ며 부텻 德득을 놀애브르ᄉᆞᄫᆞ며 香향 퓌우며 瓔형珞락과 옷과 곳비왜 섯듣더니 그 저긔 夫붕人신이 나모 아래 잇거시ᄂᆞᆯ 네 우므리 나니 八밣功공德득水슁 ᄀᆞᆺ거늘 [42뒤 그 므를 次ᄎᆞᆼ第똉로 시스시니라。 그 저긔 夜양叉창王왕ᄃᆞᆯ히 圍윙繞ᅀᅳᇢᄒᆞᄉᆞᄫᆞ며 一ᅙᅵᇙ切쳉 天텬人신이 다 모다 讚잔歎탄ᄒᆞᅀᆞᆸ고 닐오ᄃᆡ 부톄 어셔 ᄃᆞ외샤 衆즁生ᄉᆡᆼ을 濟졩渡똥ᄒᆞ쇼셔 ᄒᆞ거늘 오직 魔망王왕곳 제 座쫭애 便뼌安한히 몯 안자 [43앞 시름ᄒᆞ야 ᄒᆞ더라。

其끵二싱十씹三삼

婇칭女녕ㅣ 기베 안ᄉᆞ바 어마닚긔 오ᅀᆞᆸ더니 大땡神씬ᄃᆞᆯ히 뫼시ᄉᆞᄫᆞ니

靑청衣힁 긔별을 ᄉᆞᆲ바ᄂᆞᆯ 아바님 깃그시니 宗종親친ᄃᆞᆯ홀 ᄃᆞ려가시니

[43뒤 婇칭女녕ㅣ 하ᄂᆞᆳ 기ᄇᆞ로 太탱子ᄌᆞᆼ를 ᄡᅧ려 안ᄉᆞ바 夫붕人신ᄭᅴ 뫼셔 오니 스믈

여듧 大땡神씬이 네 모해 侍씽衛윙ᄒᆞᅀᆞᆸ더라。青청衣읭 도라와 王왕ᄭᅴ 그벼를 ᄉᆞᆯᄫᆞ
ᄂᆞᆯ 王왕이 四ᄉᆞᆼ兵병 ᄃᆞ리시고 釋셕姓셩ᄃᆞᆯ 뫼호샤 東동山산애 드러가샤 ᄒᆞ녀고론
짓그시고 [44앞 ᄒᆞ녀고론 두리여 ᄒᆞ더시다。

其끵二ᅀᅵᆼ十씹四ᄉᆞᆼ

諸졍王왕과 青청衣ᅙᅴᆼ와 長댱者쟝ㅣ 아ᄃᆞᆯ 나ᄒᆞ며 諸졍釋셕 아ᄃᆞᆯ도 ᄯᅩ 나니이다
象썅과 쇼와 羊양과 廐굴馬망ㅣ 삿기 나ᄒᆞ며 蹇건特뜩이도 ᄯᅩ 나니이다

[44뒤 其끵二ᅀᅵᆼ十씹五옹

梵뻠志징 外욍道ᄯᅩᇢㅣ 부텻 德득을 아ᅀᆞᄫᅡ 萬먼歲쉥를 브르ᅀᆞᄫᆞ니
優ᅙᅮᇢ曇땀鉢밣羅랑ㅣ 부텨 나샤ᄆᆞᆯ 나토아 金금 고지 퍼디ᅀᆞᄫᆞ니

其끵二ᅀᅵᆼ十씹六륙[45앞

祥썅瑞쒱도 하시며 光광明명도 하시나 ᄀᆞᇫ 업스실ᄊᆡ 오ᄂᆞᆯ 몯 ᅀᆞᆲ뇌
天텬龍룡도 해 모ᄃᆞ며 人ᅀᅵᆫ鬼귕도 하나 數숭 업슬ᄊᆡ 오ᄂᆞᆯ 몯 ᅀᆞᆲ뇌

그 나래 諸졍釋셕이 모다 五옹百ᄇᆡᆨ 아ᄃᆞᆯ 나ᄒᆞ며 象썅과 ᄆᆞᆯ왜 ᄒᆡᆫ 삿기를 나ᄒᆞ며 쇼와 羊양괘 [45뒤 五옹色ᄉᆡᆨ 삿기를 五옹百ᄇᆡᆨ곰 나ᄒᆞ며 ᄡᅡ해 무톗던 보ᄇᆡ 절로 나며 五옹千쳔 青청衣ᅙᅴᆼ 五옹千쳔 力륵士ᄊᆞᆼ를 나ᄒᆞ며 녀느 나랏 王왕이 ᄒᆞᆫ 날 다 아ᄃᆞᆯ 나ᄒᆞ며 海ᄒᆡᆼ中듕엣 五옹百ᄇᆡᆨ 흥정바지 보ᄇᆡ 어더 와 바티ᅀᆞᄫᆞ며 梵뻠志징며 [46앞 相샹師ᄉᆞᆼㅣ 모다 萬먼歲쉥ᄒᆞ쇼셔 브르ᅀᆞᄫᆞ며 國귁中듕엣 八밣萬먼四ᄉᆞᆼ千쳔 長댱者쟝ㅣ [46뒤 다 아ᄃᆞᆯ 나ᄒᆞ며 馬망廐굴엣 八밣萬먼四ᄉᆞᆼ千쳔 ᄆᆞ리 삿기를 나ᄒᆞ니 ᄒᆞ나히 ᄲᅡ로 달아 비치 오ᄋᆞ로 ᄒᆡ오 갈기 다 구스리 ᄢᅦ여 잇더니 일후미 蹇

건特뜩이라 이 ᄲᅮᆫ 아니라 녀나ᄆᆞᆫ 祥썅瑞쒕도 하며 香향山산애 金금ㅅ비쳇 [47앞 優
흫曇땀鉢밣羅랑花황ㅣ 프니라。

其끵二ᅀᅵᆼ十씹七칧

周쥴昭쥴王왕 嘉강瑞쒕ᄅᆞᆯ 蘇송由윻ㅣ 아라 ᄉᆞᆯ바ᄂᆞᆯ 南남郊�애 돌ᄒᆞᆯ [47뒤 무드시니
漢한明명帝뎽ㅅ 吉긿夢몽ᄋᆞᆯ 傅붕毅읭 아라 ᄉᆞᆯ바ᄂᆞᆯ 西솅天텬에 使ᄉᆞᆼ者쟝 보내시니

其끵二ᅀᅵᆼ十씹八밣
여윈 못 가온ᄃᆡ 몸 커 그우닐 龍룡ᄋᆞᆯ 현맛 벌에 비늘을 ᄲᆡ라뇨
[48앞 五옹色ᄉᆡᆨ雲운ㅅ 가온ᄃᆡ 瑞쒕相샹 뵈시ᄂᆞᆫ 如ᅀᅧᆼ來ᄅᆡᆼㅅ긔 현맛 衆즁生ᄉᆡᆼ이 머리
조ᄉᆞᄫᅡ뇨

其끵二ᅀᅵᆼ十씹九굴
世솅尊존 오샤ᄆᆞᆯ 아ᅀᆞᆸ고 소사 뵈ᅀᆞᄫᆞ니 녯 ᄠᅳ들 고티라 ᄒᆞ시니
世솅尊존ㅅ 말ᄋᆞᆯ 듣ᄌᆞᆸ고 도라보아 [48 ᄒᆞ니 제 몸이 고텨 ᄃᆞ외니

그 저긔 東동土통앤 周쥴昭쥴王왕이 셔엣더시니 四ᄉᆞᆼ月웛ㅅ 八밣日싏에 ᄀᆞᄅᆞᆷ과 우믌므리 다 넚디고 뫼히며 宮궁殿뗜이며 드러치고 常썅例롕ㅅ 벼리 아니 돋고 五옹色ᄉᆡᆨ光광이 太탱微밍宮궁의 ᄢᅦ오 [49앞 西솅方방이 고ᄅᆞᆫ 靑청紅ᅘᅩᆼ色ᄉᆡᆨ이어늘 昭쥴王왕이 群꾼臣씬ᄃᆞ려 무르신대 太탱史ᄉᆞᆼ 蘇송由윻ㅣ ᄉᆞᆯ보ᄃᆡ 西솅方방애 聖셩人ᅀᅵᆫ이 나시노소니 이 後ᅘᅮᇢ로 千쳔年년이면 그 法법이 이에 나오리로소이다。[49뒤 王왕이 돌해 刻큭ᄒᆡ샤 南남郊곻애 무더 두라 ᄒᆞ시다。

後ᅘᅮᇢ에 一ᅙᅵᇙ千쳔 여든닐굽 힛자히 부톄 이 [50앞 震진旦단國귁 衆즁生싱이 因인緣원이 니근 ᄃᆞᆯ 아ᄅᆞ시고 教ᄀᆞᇢ化황호리라 나오시니 梓ᄌᆞᆼ幢뙁帝뎽君군이 닐오ᄃᆡ [50뒤 내 아래 前쪈生싱 罪쬥業업엣 果광報볼ᄅᆞᆯ 니버 邛꽁池띵ㅅ 龍룡이 ᄃᆞ외야 기픈 믈 아래 잇다니 여러 ᄒᆡ 닛위여 ᄀᆞᄆᆞ니 모시 ᄒᆞᆯ기 [51앞 ᄃᆞ외어늘 내 모미 하커 수물 꿈기 업서 더ᄫᅳᆫ 벼티 우희 ᄢᅬ니 ᄉᆞᆯ히 덥고 안히 답깝거늘 비늘 ᄊᆞᅀᅵ마다 효ᄀᆞᆫ 벌에 나아 모ᄆᆞᆯ ᄲᆞᆯ씨 셜버 受쓯苦콩ᄒᆞ다니

ᄒᆞᄅᆞᆫ 아ᄎᆞ미 서늘ᄒᆞ고 하ᄂᆞᆳ 光광明명이 믄득 번ᄒᆞ거늘 보니 五옹色식 구루미 虛헝空콩ᄋᆞ로 디나가거늘 [51뒤 그 가온ᄃᆡ 瑞쒱相샹이 겨시더니 감ᄑᆞᄅᆞᆫ 마리 모ᄅᆞ샤ᄃᆡ 鈿뗜螺랑ㅅ 비치시고 金금色식 모야히 ᄃᆞᇝ 光광이러시다 뫼햇 神씬靈령이며 므렛 神씬靈령이며 萬먼萬먼 衆즁生싱ᄃᆞᆯ히 머리 좃ᄉᆞᆸ고 기ᄉᆞᄫᅡ [52앞 讚잔歎탄ᄒᆞᅀᆞᄫᆞᇙ 소리 天텬地띵 드러치며 하ᄂᆞᆳ 香향이 섯버므러 곧곧마다 ᄇᆞᆶ비치 나더라。

나도 머릴 울워러 셜버이다 救굽ᄒᆞ쇼셔 비ᅀᆞ보니 萬먼靈령 諸졍聖셩이 다 날 ᄃᆞ려 니ᄅᆞ샤ᄃᆡ 이 西솅方방 [52뒤 大땡聖셩正졍覺각世솅尊존釋셕迦강文문佛뿛이시니 이제 教ᄀᆞᇢ法법이 東동土통애 펴디릴씨 化황身신이 東동土통로 가시ᄂᆞ니라。네 ᄒᆞ마 맛나ᅀᆞᄫᅡ니 前쪈生싱ㄱ 罪쬥業업을 어루 버스리라 ᄒᆞ실씨 내 모미 自ᄍᆞᆼ然션히 솟ᄃᆞ라 하ᄂᆞᆳ 光광明명 中듕에 드러 아랫 果광報볼 [63앞 겻니단 주를 ᄉᆞᆲ보니

世솅尊존이 對됭答답ᄒᆞ샤ᄃᆡ 됴타 네 아래 어버ᅀᅵ 孝ᅘᅭᇢ道ᄯᅩᇢᄒᆞ며 님금긔 忠듕貞뎡ᄒᆞ고 ᄯᅩ 世솅間간앳 衆즁生싱ᄋᆞᆯ 어엿비 너겨 護ᅘᅩᆼ持띵ᄒᆞᇙ ᄆᆞᅀᆞᄆᆞᆯ 내ᅘᅧᄃᆡ 因인果광ㅣ 몯다 ᄆᆞ차 이실씨 [63뒤 怨훤讐쓯와 ᄒᆞ야 ᄃᆞ토맷 ᄆᆞᅀᆞᄆᆞᆯ 두어 人신相샹 我앙相샹ᄋᆞ로 모딘 ᄠᅳ들 내ᅘᅧ ᄂᆞᄆᆡ 그에 怒농ᄅᆞᆯ 옮길씨 그 罪쬥業업의 갑ᄉᆞ로 果광報볼 겻구미 次ᄎᆞᆼ第뗑러니 이제 [64앞 다시 뉘으처 버서나고져 ᄒᆞᄂᆞ니 네 이제도 ᄂᆞ외야 ᄂᆞᆷ ᄆᆡᄫᅳᆫ ᄠᅳ들 둘따 ᄒᆞ야시ᄂᆞᆯ 내 至징極끅ᄒᆞᆫ 말ᄊᆞᄆᆞᆯ 듣ᄌᆞᆸ보니 ᄆᆞᅀᆞ미 ᄆᆞᆯ가

안팟기 훤ᄒᆞ야 虛헝空콩 ᄀᆞᆮ더니 내 모ᄆᆞᆯ 도라 ᄒᆞ니 즉자히 스러디고 男남子ᄌᆞᆼㅣ ᄃᆞ외야 灌관頂뎡智딩를 得득ᄒᆞ야 부텨씌 [64뒤 歸귕依핑ᄒᆞᅀᆞᄫᆞ라 ᄒᆞ더라。

그 ᄢᅴ 東동土통애 後ᅘᅮᇢ漢한 明명帝뎅 셔아 겨시더니 明명帝뎅 ᄭᅮ메 ᄒᆞᆫ 金금 사ᄅᆞ미 ᄠᅳᆯ헤 [65앞 ᄂᆞ라오시니 킈 크시고 머리예 힛 光광 잇더시니 아ᄎᆞᄆᆡ 臣씬下ᅘᅡᆼ ᄃᆞ려 무르신대 太탱史ᄉᆞᆼ 傅붕毅읭 ᄉᆞᆯ보ᄃᆡ 周쥼昭쥼王왕ㄱ 時씽節졇에 西솅天텬에 부톄 나시니 그 킈 丈땽六륙이오 金금ㅅ비치러시니 陛뼹下ᅘᅡᆼ ᄭᅮ샤미 당다이 [65뒤 긔샤ᅀᅵ이다。

明명帝뎅 中듕郎랑 蔡챙暗암과 博박士ᄊᆞᆼ 秦찐景경 둘 열여듧 사ᄅᆞᄆᆞᆯ 西솅域윅에 브리샤 佛뿛法법을 求꿀ᄒᆞ더시니 세 ᄒᆡᆺ자히 [66앞 蔡챙暗암 둘히 天텬竺듁國귁 이웃 나라 月웛支징國귁에 다ᄃᆞ라 梵뻠僧승 攝셥摩망騰ᄄᆞᆼ과 竺듁法법蘭란이 經경과 佛뿛像쌍과 舍샹利링를 白ᄈᆡᆨ馬망애 시러 나오거늘 [66뒤 맛나아 ᄒᆞᆫᄢᅴ 도라오니 ᄯᅩ 읻힛자히ᅀᅡ 셔울 드러오니라。

摩망騰ᄄᆞᆼ이 大땡闕궗에 드러 [67앞 進진上썅ᄒᆞᅀᆞᄫᆞᆫ대 明명帝뎅 ᄀᆞ장 깃그샤 城쎵ㄱ 西솅門몬 밧긔 白ᄈᆡᆨ馬망寺ᄊᆞᆼㅣ라 홇 뎔 이르샤 두 쥬을 살에 ᄒᆞ시고 그 뎌레 行ᅘᆡᆼ幸ᅘᆡᆼᄒᆞ신대 [67뒤 두 쥬이 ᄉᆞᆯ보ᄃᆡ 뎘 東동녀긔 엇던 지비잇고。 明명帝뎅 니ᄅᆞ샤ᄃᆡ 아래 ᄒᆞᆫ 두들기 절로 되오와ᄃᆞ니 바ᄆᆡ 奇끵異잉ᄒᆞᆫ 光광明명이 이실ᄊᆡ 百ᄇᆡᆨ姓셩이 일훔지호ᄃᆡ 聖셩人신 [68앞 무더미라 ᄒᆞ더라。 摩망騰ᄄᆞᆼ이 ᄉᆞᆯ보ᄃᆡ 녜 阿항育육王왕이 如셩來링ㅅ 舍샹利링를 天텬下ᅘᅡᆼ애 八밣萬먼四ᄉᆞᆼ千쳔 고ᄃᆞᆯ 갈ᄆᆞ니 이 震진旦단國귁 中듕에 열아홉 고디니 이 그 ᄒᆞ나히니이다。 [68뒤 明명帝뎅 ᄀᆞ장 놀라샤 즉자히 그 두들게 가 절ᄒᆞ시니 두려ᄫᅳᆫ 光광明명이 두듥 우희 現ᅘᅧᆫᄒᆞ시고 그 光광明명 中듕에 세 모미 뵈여시ᄂᆞᆯ 明명帝뎅 깃그샤 그 우희 塔탑 셰시니라。

舍샹利링 나오신 여ᅀᅳᆺ 힛 마내 道또ᇢ士ᄊᆞᆼ돌히 셔레 님금 [69앞 뵈ᅀᆞᄫᆞ라 모다 왯다가 서르 닐오ᄃᆡ 天텬子ᄌᆞᆼㅣ 우리 道똫理링란 ᄇᆞ리시고 먼 뒷 胡홍敎ᄀᆞᇢ를 求꿓ᄒᆞ시ᄂᆞ니 오ᄂᆞᆯ 朝뜧集찝을 因힌ᄒᆞ야 엳ᄌᆞᆸ져 ᄒᆞ고 [69뒤 表뵿 지ᅀᅥ 엳ᄌᆞᄫᆞ니 그 表뵿애 ᄀᆞ로ᄃᆡ 五옹岳악 十씹八밣山산 觀관大땡山산 三삼洞똥 弟뗑子ᄌᆞᆼ 褚텽善쎤信신ᄃᆞᆯ히 주긇 罪쬥로 말ᄊᆞᆷ 엳ᄌᆞᆸ노이다. 우린 드로니 뭇 처ᅀᅥᄆᆡ 形혱體톙 업스며 [70앞 일후미 업스며 至징極끅호미 업스며 우히 업서 虛헝無뭉自ᄍᆞᆼ然션ᄒᆞᆫ 큰 道똫理링ᄂᆞᆫ 하ᄂᆞᆯ롯 몬져 나니 녜브터 다 위와ᄃᆞ며 님금마다 고티디 몯ᄒᆞ시ᄂᆞ니 이제 陛뼹下ᅘᆼㅣ 道똫理링ᄂᆞᆫ 伏뽁羲힁예 더으시고 德득은 堯ᅌᅧᇢ舜슌에 느르샤ᄃᆡ [70뒤 根근源원을 ᄇᆞ리고 그틀 조ᄎᆞ샤 敎ᄀᆞᇢ化황를 西솅域웍에 가 求꿓ᄒᆞ샤 셤기시논 거시 胡홍神씬이오 닐온 마리 中듕國귁에 븓디 아니ᄒᆞ니 願원ᄒᆞᆫᄃᆞᆫ 우리 罪쬥를 쇼ᄒᆞ샤 뎌와 겻구아 맛보게 ᄒᆞ쇼셔.

우리 諸졍山산앳 道똫士ᄊᆞᆼᄃᆞᆯ히 [71앞 ᄉᆞ뭇 보며 머리 드르며 經경을 만히 아라 太탱上썅群꾼錄록과 太탱虛헝符뿡呪즇를 ᄉᆞ뭇 모ᄅᆞᄂᆞᆫ ᄃᆡ 업스며 시혹 鬼귕ㅅ것도 브리며 시혹 브레 드러도 아니 ᄉᆞᆯ이며 시혹 [71뒤 므를 ᄇᆞᆯᄫᅡ도 아니 ᄲᅥ디며 시혹 나ᄌᆡ 하ᄂᆞᆯ해 오ᄅᆞ며 시혹 몸 얻긔 수므며 術쓣法법이며 藥약材찡 ᄒᆞ기 니르리 다 몯 ᄒᆞ논 일 업스니 願원ᄒᆞᆫᄃᆞᆫ 뎌와 ᄌᆡ졸 겻구면 ᄒᆞ녀고론 陛뼹下ᅘᆼㅅ ᄠᅳ디 便뼌安한ᄒᆞ시고 둘차힌 眞진實씷와 거즛 이를 ᄀᆞᆯᄒᆡ시고 세차힌 [72앞 큰 道똫理링 一힗定뗭ᄒᆞ고 네차힌 中듕國귁 風봉俗쑉ᄋᆞᆯ 흐리우디 아니ᄒᆞ리니 우리옷 계우면 큰 罪쬥를 닙ᄉᆞᆸ고 ᄒᆞ다가 이긔면 [72뒤 거즛 이를 더르쇼셔 ᄒᆞ야ᄂᆞᆯ 明명帝뎽 니ᄅᆞ샤ᄃᆡ 이 ᄃᆞᇝ 열다쐣날 白뻭馬망寺ᄊᆞᆼ애 모ᄃᆞ라 ᄒᆞ시니

道똫士ᄊᆞᆼᄃᆞᆯ히 세 壇딴ᄋᆞᆯ ᄆᆡᆼᄀᆞ로 스믈네 門몬 내오 道똫士ᄊᆞᆼ 六륙百ᄇᆡᆨ아ᄒᆞᆫ 사ᄅᆞ미 各각各각 靈령寶볼眞진文문과 太탱上썅玉옥訣궗와 [73앞 三삼元원符뿡 等등 五옹

百빅아홉 卷권을 자바 西솅ㅅ녁 壇딴 우희 엿고 茅몰成쎵子ᄌᆞᆼ와 許헝成쎵子ᄌᆞᆼ와 老롷子ᄌᆞᆼ 等등 三삼百빅열다ᄉᆞᆺ 卷권으란 가온딧 壇딴 우희 엿고 [73뒤 됴ᄒᆞᆫ 차반 밍ᄀᆞ라 버려 百빅神씬 이바도ᄆᆞ란 東동녁 壇딴 우희 엿고 威휑儀읭를 ᄀᆞ장 ᄉᆡᆨᄉᆡ기 ᄭᆞ미고 부텻 舍샹利링와 經경과 佛뿛像썅과란 긼 西솅ㅅ녀긔 노ᅀᆞᆸ고 道똫士ᄊᆞᆼᄃᆞᆯ히 沈띰香향 홰 받고 제 經경 연ᄌᆞᆫ 壇딴ᄋᆞᆯ [74앞 돌며 울오 닐오ᄃᆡ 우리ᄃᆞᆯ히 大땡極끅大땡道똫元원始싱天텬尊존ᄭᅴ와 衆즁仙션 百빅靈령ᄭᅴ 엳ᄌᆞᆸ노니 이제 되 中듕國귁ᄋᆞᆯ 어즈리거늘 天텬子ᄌᆞᆼ ㅣ 邪썅曲콕ᄒᆞᆫ 마ᄅᆞᆯ 올히 드르시ᄂᆞ니 正졍ᄒᆞᆫ [74뒤 敎끃化황ㅣ 길흘 일허 貴귕ᄒᆞᆫ 風봉俗쏙이 그처디릴ᄊᆡ 우리ᄃᆞᆯ히 블로 效ᅘᅧᇢ驗엄을 내여 모ᄃᆞᆫ ᄆᆞᅀᆞᄆᆞᆯ 여러 뵈야 眞진實씷와 거즛 이ᄅᆞᆯ ᄀᆞᆯᄒᆡ에 코져 ᄒᆞ노니 우리 道똫理링의 닐며 믈어듀미 오ᄂᆞᆳ나래 잇ᄂᆞ니이다 ᄒᆞ고 브를 브티니

道똫士ᄊᆞᆼ이 經경은 다 ᄉᆞ라 [75앞 ᄌᆡ ᄃᆞ외오 부텻 經경은 그저 겨시고 舍샹利링 虛헝空콩애 올아 五옹色ᄉᆡᆨ 放방光광ᄒᆞ샤 힛 光광ᄋᆞᆯ ᄀᆞ리ᄡᅵ시니 그 光광明명이 두려버 모ᄃᆞᆫ 사ᄅᆞᄆᆞᆯ 다 두프시고 摩망騰뜽法법師ᄉᆞᆼ ㅣ 虛헝空콩애 소사올아 神씬奇끵ᄒᆞᆫ 變변化황ᄅᆞᆯ [75뒤 너비 뵈오 하ᄂᆞᆯ해셔 보ᄇᆡ옛 곳비 오고 하ᄂᆞᆳ 풍류 들여 사ᄅᆞᄆᆡ ᄠᅳ디 感감動똥힐ᄊᆡ 모ᄃᆞᆫ 사ᄅᆞ미 다 깃거 다 法법蘭란法법師ᄉᆞᆼᄭᅴ 圍윙繞ᅀᅳᇢᄒᆞ야 說쉻法법ᄒᆞ쇼셔 ᄒᆞ야ᄂᆞᆯ 法법師ᄉᆞᆼ ㅣ 큰 淸쳥淨쪙ᄒᆞᆫ 소릴 내야 부텻 功공德득을 讚잔歎탄ᄒᆞᅀᆞᆸ고 [76앞 說쉻法법ᄒᆞ고 偈꼥 지ᅀᅥ 닐오ᄃᆡ 엿이 獅ᄉᆞᆼ子ᄌᆞᆼ ㅣ 아니며 燈등이 日싏月웛이 아니며 모시 바ᄅᆞ리 아니며 두듥기 뫼히 아니라 法법雲운이 世솅界갱예 펴면 됴ᄒᆞᆫ ᄡᅵ 내혀ᄂᆞ니 쉽디 몯ᄒᆞᆫ 法법을 神씬通통ᄋᆞ로 나토샤 곧곧마다 [76뒤 衆즁生ᄉᆡᆼᄋᆞᆯ 敎끃化황ᄒᆞ시ᄂᆞ니라。

그 저긔 臣씬下ᅘᅡᆼ ㅣ며 百빅姓셩ᄃᆞᆯ 一힗千쳔 나ᄆᆞᆫ 사ᄅᆞ미 出춇家강ᄒᆞ고 道똫士ᄊᆞᆼ

六륙百빅스믈여듧 사름 出춇家강ᄒᆞ며 大땡闕퀋ㅅ 각시내 二싱百빅셜흔 사ᄅᆞ미 出춇家강ᄒᆞ니 褚텽善션信신은 애와텨 [77앞 죽고 그 中듕에 出춇家강 아니 ᄒᆞᇙ 道똫士쑹 ᄉᆡ나ᄆᆞ니러라 明명帝뎽 佛뿛法법을 더욱 恭공敬경ᄒᆞ샤 城쎵 밧긔 닐굽 뎔 일어 즁 살이시고 城쎵 안해 세 뎔 일어 승 살이시니라。

[77뒤 月웛印힌千쳔江강之징曲콕 第뗑二싱

釋셕譜봉詳쌍節졇 第뗑二싱 【揔七十九張】

월인천강지곡 제이, 석보상절 제이

[1앞 가비라국(迦毗羅國)[1] 정반왕(淨飯王)의 맏아드님은 석가여래(釋迦如來)이시고 [1뒤 작은아드님은 난타(難陁)[2]이다. 정반왕(淨飯王)의 아우님은 백반왕(白飯王)[3]과 곡반왕(斛飯王)[4]과 감로반왕(甘露飯王)[5]이다. 백반왕(白飯王)의 맏아들은 조달(調達)[6]이요 작은아들은 아난(阿難)[7]이다. 곡반왕(斛飯王)의 맏아들은 마가남(摩訶男)[8]이요 작은아들은 [2앞 아나율(阿那律)[9]이다. 감로반왕(甘露飯王)의 맏아들은 사바(娑婆)이요, 작은아들은 발제(跋提)요, 딸은 감로미(甘露味)이다. 여래(如來)의 아드님은 라후라(羅睺羅)[10]이다.

[2뒤 정반왕(淨飯王)의 위로 백 세째가 고마왕(鼓摩王)이시더니, [4뒤 고마왕(鼓摩王)의 첫째 부인(夫人)의 아들인 장생(長生)이 사납고, 다른 부인(夫人)들의 아들 넷이 조목(照目)과 [5앞 총목(聰目)과 조복상(調伏象)과 니루(尼樓)[11]가 다 어질더니, 부인(夫人)이 시샘하여 "네(四) 아들을 없애리라." (하여), 대단히 단장(丹粧)하여 좋은 양하고 조심하여 다녀서 왕(王)이 좋아하여 가까이 하시거늘, (부인이) 사뢰

---

1) 가비라국((迦毗羅國)): 석가모니(釋迦牟尼)의 아버님 정반왕(淨飯王)이 다스리던 나라이다. 머리빛이 누른 선인(仙人)이 이 나라에서 도리(道理)를 닦았으므로 가비라국(迦毗羅國)이라고 한다. 또한 가비라위(迦毗羅衛)라고도 하고, 가유위(迦維衛)라고도 하며, 가이(迦夷)라고도 한다.
2) 난타(難陀): 석가모니의 배다른 동생이다. 부처에 귀의하여 아라한과(阿羅漢果)의 자리를 얻었다.
3) 백반왕(白飯王): 사자협왕(師子頬王)의 둘째 아들이다.
4) 곡반왕(.斛飯王): 사자협왕(師子頬王)의 셋째 아들이다.
5) 감로반왕(甘露飯王): 사자협왕(師子頬王)의 넷째인 막내아들이다.
6) 조달(調達): 석가모니의 사촌동생(?~?)이다. 출가하여 석가모니의 제자가 되었다가, 뒤에 이반(離反)하여 불교 교단에 대항하였다고 한다.
7) 아난(阿難): 석가모니의 십대 제자 가운데 한 사람(?~?)이다. 십육 나한의 한 사람으로, 석가모니 열반 후에 경전 결집에 중심이 되었으며, 여인이 출가할 수 있는의 길을 열었다.
8) 마하남(摩訶男): 부처의 제자로 5비구의 한 사람이다. 부처가 성도할 때에 부처께 맨 처음 교화를 받았다.
9) 아나율(阿那律): 석가의 10대 제자 중의 한 사람이다. 육안(肉眼)을 못 쓰는 대신에 천안(天眼)이 열려서 '천안제일'이라고 불렸다.
10) 라후라(羅睺羅): 석가여래(釋迦如來)의 아들이다. 어머니는 구이(俱夷)이다. 석가(釋迦)가 성도(成道)한 뒤에 출가(出家)하여 제자가 되어서, 석가의 큰 열 제자 가운데 한 사람이다. 밀행(密行)에 제일이며, '라호(羅怙)'라고도 한다.
11) 니루(尼樓): 석가모니의 아버지인 정반왕(淨飯王)의 조상이다.

되, "정욕(情欲)의 일은 마음이 즐거워야 하나니, 나는 이제 시름이 깊어 [5뒤 홍분한 마음이 없으니, 한 원(願)을 이루면 적으나 남은 즐거움이 있겠거니와, 내 말을 아니 들으시면 다시 즐거운 마음이 없을 것입니다."

왕(王)이 맹서(盟誓)하여 "너의 말을 들으리라." 하시니, 夫人(부인)이 사뢰되, "저 네(四) 아들은 어질거늘, 내 아들이 비록 맏이라도 사나우므로 나라를 빼앗기겠으니, [6앞 왕(王)이 네 아들을 내치소서." 왕(王)이 이르시되, "네 아들이 효도(孝道)하고 허물이 없으니 어찌 내치리오?" 부인(夫人)이 사뢰되, "나라의 일을 걱정하여 사뢰니, 네 아들이 어질어서 백성(百姓)의 마음을 모아서 당(黨)이 이미 이루어져 있으니, 서로 다투어 싸우면 나라가 남에게 가겠습니다."

[6뒤 왕(王)이 네 아들을 불러 이르시되, "너희가 태만히 한 일이 있으니 빨리 나가라." 네 아들이 각각(各各) 어머님들을 모시고 누님들을 더불고 즉시로 나가니, 역사(力士)[12]와 백성(百姓)들이 많이 좇아 갔니라. (네 아들이) 설산(雪山)[13]의 북(北)에 가니, 땅이 훤하고 좋은 꽃이 [7앞 많거늘 거기에서 사니, 백성(百姓)이 시장에 가듯 모두 가서 서너 해(年)의 사이에 큰 나라가 되거늘, 왕(王)이 뉘우쳐서 (네 아들을) 부르게 하니, "(저희들이 왕께) 태만히 하였습니다." 하고 다 아니 왔니라. 왕(王)이 말하시되, "내 아들이 어질구나." 하시니, 그것으로 하여서 석종(釋種)[14]이라고 하였니라.

[7뒤 기십이(其十二)

보처(補處)[15]가 되시어 도솔천(兜率天)[16]에 계시어, 시방세계(十方世界)[17]에 법(法)을 이르시더니.

---

12) 역사(力士): 뛰어나게 힘이 센 사람이다.
13) 설산(雪山): 불교 관련 서적 따위에서, '히말라야 산맥'을 달리 이르는 말이다. 꼭대기가 항상 눈으로 덮여 있어 이렇게 이른다.
14) 석종(釋種): 釋(석)은 어질다는 뜻이며, 석종은 어진 종족이라는 뜻이다.
15) 보처(補處): 보살(菩薩)의 가장 높은 지위이다. 단 한 번의 생사에 관련되어서 일생을 마치면 다음에는 부처의 자리에 오른다.
16) 도솔천(兜率天): 육욕천의 넷째 하늘이다. 이 하늘은 수미산의 꼭대기에서 12만 유순(由旬) 되는 곳에 있는데, 미륵보살이 살고 있다. 내외(內外) 두 원(院)이 있는데, 내원은 미륵보살의 정토이며, 외원은 천계 대중이 환락하는 장소라고 한다.
17) 시방 세계(十方世界): (← 십방세계). 온 세계이다.

석종(釋種)이 성(盛)하므로 가이국(迦夷國)[18]에 내리시어, 시방세계(十方世界)에 법(法)을 펴려 하셨으니.

[8앞 기십삼(其十三)

오쇠(五衰)[19]와 오서(五瑞)[20]를 보이시어 염부제(閻浮提)[21]에 나시겠으므로, 제천(諸天)이 다 측은히 여겼으니.

법당(法幢)[22] 법회(法會)를 세우시어 천인(天人)이 모이겠으므로, 제천(諸天)[23]이 다 기뻐하였으니.

[8뒤 석가여래(釋迦如來)가 부처가 못 되어 계실 때에는 이름이 선혜(善慧)이시고, 공덕(功德)이 이미 차시어 보처(補處)가 되시어, 도솔천(兜率天)에 계실 때에는 이름이 성선(聖善)이시고 또 이름이 호명대사(護明大士)이시더니, [10앞 제천(諸天)을 위(爲)하여 설법(說法)하시며, 시방(十方)[24]에 현신(現身)[25]하여 설법(說法)하시되, "운(運)이 다달아 오므로 내려가 부처가 되리라."고 하시더라.

그때에 육십육억(六十六億) 제천(諸天)이 모여 의논(議論)하되, "보살(菩薩)이 어느 나라에 내리시게 하리오? 마갈국(摩竭國)은 왕(王)이 정(正)티 못하고 [11앞 구살대국(拘薩大國)은 부모(父母)의 종족(宗族)이 정(正)치 못하고, 화사대국(和沙大國)은 왕(王)이 위엄(威嚴)이 없어 남의 손에 쥐여 있으며, 유나리국(維那離國)은

18) 가이국(迦夷國): 석가모니가 태어난 나라의 이름이다. 지금의 네팔 지방의 카필라바스투 지역이다.

19) 오쇠(五衰): 천인(天人)이 죽을 때에 나타나는 다섯 가지 모습이다. 몸에 빛이 나지 않고, 꽃으로 한 머리 장식이 시들며, 겨드랑이에서 땀이 나고, 몸에서 더러운 냄새가 나며, 제 자리가 싫어지는 따위의 모습이다

20) 오서(五瑞): 석가모니가 탄생한 지 7일 후에 나타났다는 다섯 가지의 상서로운 모습이다. 곧, 광명(光明)이 대천세계(大千世界)를 비추고, 땅이 십팔상(十八相)으로 움직이며, 마왕궁(魔王宮)이 가리며, 해와 달과 별이 다 밝지 아니하며, 팔부(八部)가 다 놀라는 일이다.

21) 염부제(閻浮提): 사주(四洲)의 하나이다. 수미산 남쪽에 있다는 대륙으로, 인간들이 사는 곳이며, 여러 부처가 나타나는 곳은 사주(四洲) 가운데 이곳뿐이라고 한다.

22) 법당(法幢): 법회 따위의 의식이 있을 때에, 절의 문 앞에 세우는 기(旗)이다.

23) 제천(諸天): 모든 하늘의 천신(天神)들이다. 욕계의 육욕천, 색계의 십팔천, 무색계의 사천(四天) 따위의 신을 통틀어 이르는데, 마음을 수양하는 경계를 따라 나뉜다.

24) 십방(十方): 사방(四方), 사우(四隅), 상하(上下)를 통틀어 이르는 말이다. 여기서 사방은 '동, 서, 남, 북'의 방위이고, 사우는 '동남, 동북, 서남, 서북'의 방위이며, 상하는 '위'와 '아래'이다.

25) 현신(現身): 중생을 제도하기 위하여, 중생이 교법(敎法)을 받을 수 있는 능력(기근, 機根)에 맞는 모습으로 나타난 부처이다.

싸움을 즐기고 깨끗한 行績(행적)이 없으며, 차발수국(此鏺樹國)은 거동(擧動)이 망량(妄量)되고 성식(性息)[26]이 추솔(麤率)[27]하니, [11뒤 거기에 가서 못 나시리라."

한 하늘의 당영(幢英)[28]이 보살(菩薩)께 묻되, "어느 나라에 가시어 나시겠습니까?" 보살(菩薩)이 이르시되, "이제 석종(釋種)이 가장 성(盛)하니, (석종의 나라에는) 농사가 (잘) 되고 쾌락(快樂)이 그지없고, 백성(百姓)도 많으며 유덕(有德)하고, 석종(釋種)들이 다 부처의 법(法)을 [12앞 우러르며, 왕(王)도 어지시며, 부인(夫人)도 어지시고 옛날의 오백(五百) 세(世)에도 보살(菩薩)의 모(母)가 되시니, 그 나라에 가서 나리라. 또 중생(衆生)의 발심(發心)[29]이 익어 청정(淸淨)한 법(法)을 능히 배우겠으며, 가비라국(迦毗羅國)이 염부제(閻浮提)[30]의 [12뒤 가운데이며, 가문(家門)의 中(중)에 석가씨(釋迦氏)가 제일(第一)이니, (석가씨는) 감자씨(甘蔗氏)[31]의 자손(子孫)이며 정반왕(淨飯王)도 전생(前生)에 있는 인연(因緣)이 계시며 [13앞 부인(夫人)도 목숨이 열 달하고 이레가 남아 계시구나." 하시고, 그때에 오쇠상(五衰相)[32]을 보이시고 [13뒤 또 오서(五瑞)[33]를 보이시니, 광명(光明)이 대천세계(大千世界)를 비추시며, 땅이 열여덟 상(相)으로 움직이며 [14뒤 마왕궁(魔王宮)이 가리며 [15앞 해와 달과 별이 다 밝지 아니하며, [15뒤 팔부(八部)[34]가 다 놀라더니,

그때에 제천(諸天)이 저 두 상(想)을 보고 모두 측은히 여겨, "(인간 세계에) 내

---

26) 성식(性息): 성질과 심정. 또는 타고난 본성이다.
27) 추솔(麤率): 거칠고 차분하지 못한 것이다.
28) 당영(幢英): 천신(天神)의 한 사람으로 추정된다.
29) 발심(發心): 불도의 깨달음을 얻고 중생을 제도하려는 마음을 일으키는 일이다.
30) 염부제(閻浮提): 사주(四洲)의 하나. 수미산 남쪽에 있다는 대륙으로, 인간들이 사는 곳이며, 여러 부처가 나타나는 곳은 사주(四洲) 가운데 이곳뿐이라고 한다.
31) 감자씨(甘蔗氏): 석가모니의 종족이다. 오랜 옛날에 석가모니의 먼 조상이 되는 한 보살이 감자원(甘蔗園)에 정사(精舍)를 짓고 도리를 닦았으므로, 그 일로 인하여 석가모니의 종족을 '감자씨'라고 한다.
32) 오쇠상(五衰相): 천인(天人)이 죽을 때에 나타나는 다섯 가지 모습이다. 몸에 빛이 나지 않고, 꽃으로 한 머리 장식이 시들며, 겨드랑이에서 땀이 나고, 몸에서 더러운 냄새가 나며, 제 자리가 싫어지는 따위의 모습이다
33) 오서(五瑞): 석가모니가 탄생한 지 7일 후에 나타났다는 다섯 가지의 상서로운 모습이다. 곧, 광명(光明)이 대천세계(大千世界)를 비추고, 땅이 십팔상(十八相)으로 움직이며, 마왕궁(魔王宮)이 가리며, 해와 달과 별이 다 밝지 아니하며, 팔부(八部)가 다 놀라는 일이다.
34) 팔부(八部): 사천왕에 딸린 여덟 귀신이다. 건달바(乾闥婆), 비사사(毘舍闍), 구반다(鳩槃茶), 아귀(餓鬼), 제용중(諸龍衆), 부단나(富單那), 야차(夜叉), 나찰(羅刹)이다.

리지 마시고 오래 계시소서." 하거늘, 보살(菩薩)이 이르시되 "살면 반드시 죽고 합치면 반드시 흩어지는 것이니, 일체(一切)의 일이 항상(長常, 장상) 한가지가 못 되므로, 적멸(寂滅)[35]이야말로 즐거운 것이다." [16앞 내가 석종(釋種)에 가 나서 출가(出家)하여, [16뒤 부처가 되어 중생(衆生)을 위(爲)하여 큰 법당(法幢)[36]을 세우고 큰 법회(法會)를 할 적에, 천인(天人)을 다 청(請)하리니, 너희도 그 법식(法食)[37]을 먹으리라." [17앞 제천(諸天)이 듣고 다 기뻐하더라.

기십사(其十四)

불성(沸星)[38]이 돋을 때에 백상(白象)을 타시고 해의 광명(光明)을 타셨습니다.
천악(天樂)을 주(奏)하거늘 제천(諸天)이 쫓고 하늘의 꽃이 떨어졌습니다.

[17뒤 기십오(其十五)

마야(摩耶)의 꿈 안에 (보살이) 우협(右脇)[39]으로 드시니, 밖에 있는 그림자가 유리(瑠璃)[40]와 같으시더니.
정반(淨飯)[41]이 물으시거늘 점자(占者)[42]가 판(判)하되, 성자(聖子)가 나시어 [18앞 정각(正覺)[43]을 이루시리

칠월(七月)의 열다섯 날 불성(沸星)이 돋을 시절(時節)에, (보살이) 여섯 어금니를 가진 백상(白象)[44]을 타시고 해를 타시어 도솔궁(兜率宮)[45]으로부터서 내려오

35) 적멸(寂滅): 사라져 없어짐. 곧 죽음을 이르는 말이다.
36) 법당(法幢): 법회 따위의 의식이 있을 때에, 절의 문 앞에 세우는 기(旗)이다.
37) 법식(法食): 불법 가운데에 음식을 먹음에 법제(法制)가 있으므로, 그 법제에 따라 먹는 것이다.
38) 불성(沸星): 상서(祥瑞)로운 별의 이름이다. 서천말로 불사(弗沙)·부사(富沙)·발사(勃沙)·설도(說度)라고 하는데, 이십팔 수(二十八宿) 가운데 귀수(鬼宿)이다. 여래(如來)가 성도(成道)와 출가(出家)를 모두 이월(二月) 팔일(八日) 귀수가 어울러질 때에 하였으므로, 복덕(福德)이 있는 상서로운 별이다.
39) 우협(右脇): 오른쪽 옆구리이다.
40) 유리(瑠璃): 인도의 고대 7가지 보배 중 하나로서, 산스크리트어로 바이두르야(vaidūrya)라 한다. 묘안석의 일종으로, 광물학적으로는 녹주석이다.
41) 정반(淨飯): 정반왕. 석가모니의 아버지이다.
42) 점자(占者): 점을 치는 사람이다.
43) 정각(正覺): 올바른 깨달음이다. 일체의 참된 모습을 깨달은 더할 나위 없는 지혜이다.
44) 백상(白象): 여섯 개의 이빨이 나 있는 흰 코끼리이다.

실 때에, 세계(世界)에 차서 방광(放光)[46]하시고, [18뒤 제천(諸天)이 허공(虛空)에 가득히 껴서 좇아서 오며 [19ㄱ 풍류하고 꽃을 흩뿌리더니, [22ㄹ 그 날 마야부인(摩耶夫人)의 꿈에 그 모양으로 하시어, 오른 옆구리로 드시니 그림자가 밖에 꿰뚫어 보이는 것이 유리(瑠璃)와 같더라. [23뒤 이튿날에 (마야부인이) 왕(王)께 그 꿈을 사뢰시거늘, 왕(王)이 점(占)하는 사람을 불러 물으시니, 다 사뢰되 "성자(聖子)가 나시어 윤왕(輪王)[47]이 되시겠으니, 출가(出家)하시면 정각(正覺)[48]을 이루시겠습니다."

그때에 도솔타(兜率陁)[49]의 제천(諸天)들이 이르되 "우리도 권속(眷屬)[50]이 [24앞 되어서 법(法)을 배우리라." 하고, 구십구억(九十九億)이 인간(人間)에 내리며, 또 타화천(他化天)[51]으로부터서 내리는 이가 그지없으며, 또 색계(色界)[52] 제천(諸天)도 내려 선인(仙人)이 되더라.

기십육(其十六)

삼천대천(三千大千)[53]이 밝으며 누전(樓殿)[54]이 [24뒤 이루어지거늘, 앉음과 걸어다님에 어머님이 (그 사실을) 모르셨으니.

제불(諸佛)과 보살(菩薩)이 오시며 천(天)과 귀(鬼)가 들으시거늘, 밤과 낮 (동안)

---

45) 도솔궁(兜率宮): 도솔천에 있는 궁전이다.

46) 방광(放光): 부처가 광명을 내는 것이다.

47) 윤왕(輪王): 전륜왕(轉輪王). 인도 신화 속의 임금이다. 정법(正法)으로 온 세계를 통솔한다고 한다. 여래의 32상(相)을 갖추고 칠보(七寶)를 가지고 있으며 하늘로부터 금, 은, 동, 철의 네 윤보(輪寶)를 얻어 이를 굴리면서 사방을 위엄으로 굴복시킨다.

48) 정각(正覺): 정등각(正等覺)이다. 올바른 깨달음으로서 일체의 참된 모습을 깨달은 더할 나위 없는 지혜이다.

49) 도솔타(兜率陁): 도솔타는 욕계육천(欲界六天)의 하나이다. 도리천(忉利天)에서부터 구름을 붙여서 허공에 있는 하늘인데, 욕계육천의 넷째 하늘이다. 도솔천(忉率天)이라고 하기도 한다.

50) 권속(眷屬): 한집에 거느리고 사는 식구이다.

51) 타화천(他化天): 타화자재천(他化自在天). 육욕천(六欲天)의 하나이다. 욕계의 가장 높은 곳으로서, 다른 이로 하여금 자재롭게 오욕(五欲)의 경계를 변화하게 하는 곳이다.

52) 색계(色界): 삼계(三界)의 하나이다. 음욕(淫欲)·식욕(食欲) 따위의 탐욕을 여의어 욕계(欲界) 위에 있으나, 아직 물질을 여의지 못한 세계이다.

53) 삼천대천(三千大千): 불교 사상에서 거대한 우주 공간을 나타내는 술어로 삼천세계라고도 한다. 대천세계는 소천(小千)·중천(中千)·대천(大千)의 3종의 천(千)이 겹쳐진 것이기 때문에 삼천대천세계라고 한다. 이만큼의 공간이 한 부처의 교화 대상이 되는 범위이다.

54) 누전(樓殿): 누각(樓閣)과 궁전(宮殿)을 아울러 이르는 말이다.

법(法)을 이르셨으니.

보살(菩薩)이 배에 들어 계실 때에 부인(夫人)이 육도(六度)[55]를 수행(修行)하시더니, [25앞 하늘에서 음식(飮食)이 자연(自然)히 오거든 부인(夫人)이 자시고 아모 곳에서 온 줄을 모르시더니, 그 후(後)로 (부인이) 인간(人間)에 있는 음식은 못 자시며, 삼천(三千)[56] 세계(世界)가 시상(時常)[57] 밝아 있으며, 병(病)을 한 이가 다 좋아지며, 삼독(三毒)[58]이 없어지며, [26앞 보살(菩薩)의 상호(相好)[59]가 다 갖추어져 있으시며, 보배의 누전(樓殿)[60]이 마치 천궁(天宮)과 같더니, 보살(菩薩)이 다니시며 서 계시며 앉으시며 누우심에 부인(夫人)이 아무렇지도 아니하시더니, 날마다 세 때로 시방제불(十方諸佛)[61]이 들어와 안부(安否)하시고 설법(說法) [26뒤 하시며, 시방(十方)의 동행(同行)하는 보살(菩薩)이 다 들어와 안부(安否)하시고, 법(法)을 들으시며, 또 아침에 색계(色界)[62] 제천(諸天)을 위(爲)하여 설법(說法)하시고, 낮에 욕계(欲界)[63]제천(諸天)을 위(爲)하여 설법(說法)하시고, 저녁에 귀신(鬼神)을 위(爲)하여 설법(說法)하시고, [27앞 밤에도 세 때를 설법(說法)하시더라.

기십칠(其十七)

날과 달이 차거늘 어머님이 비람원(毗藍園)[64]을 보러 가셨으니.

상서(祥瑞)가 많거늘 아버님이 무우수(無憂樹)[65]에 또 가셨으니.

---

55) 육도(六度): 열반(涅槃)에 이르기 위하여 보살(菩薩)이 수행해야 할 여섯 가지 덕목(德目)이다. 보시(布施)·지계(持戒)·인욕(忍辱)·정진(精進)·선정(禪定)·지혜(智慧) 등이다.

56) 삼천(三千): 소천(小千), 중천(中千), 대천(大千)을 아울러서 이른다.

57) 시상(時常): 항상, 늘(부사)

58) 삼독(三毒): 사람의 착한 마음을 해치는 세 가지 번뇌이다. 욕심, 성냄, 어리석음 따위를 독(毒)에 비유하여 이르는 말이다.

59) 상호(相好): 부처의 몸에 갖추어진 훌륭한 용모와 형상이다. 부처의 화신(化身)에는 뚜렷해서 보기 쉬운 32가지의 상(相)과 미세해서 보기 어려운 80가지의 호(好)가 있다.

60) 누전(樓殿): 누각과 궁전이다.

61) 시방제불(십방제불): 시방(十方)의 모든 부처이다.

62) 색계(色界): 삼계(三界)의 하나. 욕계에서 벗어난 깨끗한 물질의 세계를 이른다. 선정(禪定)을 닦는 사람이 가는 곳으로, 욕계와 무색계의 중간 세계이다.

63) 욕계(欲界): 삼계(三界)의 하나. 유정(有情)이 사는 세계로, 지옥·악귀·축생·아수라·인간·육욕천을 함께 이르는 말이다. 여기에 있는 유정에게는 식욕, 음욕, 수면욕이 있어 이렇게 이른다.

64) 비람원(毗藍園): 부처가 탄생하신 가비라성(迦毘羅城)의 남비니원(藍毘尼園)이다.

부인(夫人)이 (부처를) 낳으실 달이 거의 가깝게 되거늘, 왕(王)께 [27뒤 사뢰시되, "동산(東山)[66]을 구경하고 싶습니다." 왕(王)이 "람비니원(藍毗尼園)을 꾸미라." 하시니, 꽃과 과실(菓實)과 못과 샘과 난간(欄干)[67]과 계체(階砌)[68]에 칠보(七寶)[69]로 꾸미고, 난봉(鸞鳳)[70]이며 종종(種種) 새들이 모여 넘놀며, 번(幡)[71]과 [28앞 개(蓋)[72]와 풍류의 화향(花香)이 고루 갖추어서 가득하며, 팔만사천(八萬四千) 동녀(童女)[73]가 화향(花香)[74]을 잡고 먼저 가 있거늘, 밖에 십만(十萬) 보배의 연(輦)[75]과 사병(四兵)[76]이 다 갖추어져 있어서 와 있으며, 팔만사천(八萬四千) 채녀(婇女)[77]와 [28뒤 신하(臣下)의 아내들이 다 모여 부인(夫人)을 시위(侍衛)[78]하여 동산(東山)에 가실 적에, 허공(虛空)에 가득히 팔부(八部)[79]도 좇아가더라.

그 동산(東山)에 열 가지의 상서(祥瑞)가 나니, 좁던 동산(東山)이 크고 넓어지며 흙과 돌이 다 금강(金剛)[80]이 되며 [29앞 보배의 나무가 죽 느런히 서며 침향(沈香)[81]의 가루로 종종(種種) 장엄(莊嚴)하며 화만(花鬘)[82]이 가득하며, 보배의 물

---

65) 무우수(無憂樹): 쌍떡잎식물 장미목 콩과의 상록교목으로 이 나무 아래에서 석가가 태어났다는 전설이 전해진다. 무우수(無憂樹)는 산스크리트어로 '근심이 없다'라는 뜻을 나타낸다.

66) 동산(東山): 큰 집의 정원에 만들어 놓은 작은 산이나 숲이다.

67) 난간(欄干): 층계, 다리, 마루 따위의 가장자리에 일정한 높이로 막아 세우는 구조물이다.

68) 계체(階砌): 무덤 앞에 편평하게 만들어 놓은 장대석이다.

69) 칠보(七寶): 일곱 가지 주요 보배다. 무량수경에서는 금·은·유리·파리·마노·거거·산호를 이르며, 법화경에서는 금·은·마노·유리·거거·진주·매괴를 이른다.

70) 난봉(鸞鳳): 난조(鸞鳥)와 봉황(鳳凰)을 아울러 이르는 말이다. 난조는 중국 전설에 나오는 상상의 새이다.

71) 번(幡): 부처와 보살의 성덕(盛德)을 나타내는 깃발이다. 꼭대기에 종이나 비단 따위를 가늘게 오려서 단다.

72) 개(蓋): 불좌 또는 높은 좌대를 덮는 장식품이다. 나무나 쇠붙이로 만들어 법회 때 법사의 위를 덮는다. 원래는 인도에서 햇볕이나 비를 가리기 위하여 쓰던 우산 같은 것이었다.

73) 동녀(童女): 여자인 아이이다.

74) 화향(花香): 불전에 올리는 꽃과 향이다.

75) 연(輦): 가마, 손수레.

76) 사병(四兵): 전륜왕을 따라다니는 네 종류의 병정이다. 상병(象兵), 마병(馬兵), 차병(車兵), 보병(步兵)이 있다.

77) 채녀(婇女): 궁에서 일하는 궁녀나 심부름하는 여인을 이른다.

78) 시위(侍衛): 임금이나 어떤 모임의 우두머리를 모시어 호위하는 것이다.

79) 팔부(八部): 사천왕에 딸린 여덟 귀신이다. 곧, '건달바(乾闥婆), 비사사(毘舍闍), 구반다(鳩槃茶), 아귀(餓鬼), 제용중(諸龍衆, 부단나(富單那), 야차(夜叉), 나찰(羅刹)'이다.

80) 금강 (金剛): '금강석(金剛石)', 곧 '다이아몬드'를 일상적으로 이르는 말이다.

81) 침향(沈香): 팥꽃나뭇과의 상록 교목이다. 높이는 20미터 정도이며, 잎은 어긋나고 긴 타원형

이 흘러 나며 못에서 부용(芙蓉[83])이 나며, 천룡(天龍[84])과 야차(夜叉[85])가 와 [29뒤 합장(合掌)하여 있으며, 천녀(天女[86])도 와서 합장(合掌)하며 시방(十方)에 있는 일체(一切)의 불(佛)이 배꼽으로 방광(放光)하시어 이 동산(東山)에 비치시더니, 즉시 여자를 부리시어 이런 기별을 왕(王)께 사뢰시거늘, 왕(王)이 기뻐하시어 무우수(無憂樹) 밑에 가셨니라.

[30앞 기십팔(其十八)

본래(本來) 많으신 길경(吉慶[87])에 지옥(地獄)도 비며, 불성(沸星[88]) 별도 내리었습니다.
본래(本來) 밝은 광명(光明)에 제불(諸佛)도 (동산을) 비추시며, 명월주(明月珠[89])도 (전각에) 달았습니다.

[30뒤 그때에 천제석(天帝釋[90])과 화자재천(化自在天[91])이 각각(各各) 천궁(天宮[92])에 가서, 화향(花香[93])이며 풍류며 음식을 가져와 부인(夫人)께 공양(供養)하며, 병(病)난 사람이 있거든 부인(夫人)이 머리를 만지시면 병(病)이 다 좋아지더라.

보살(菩薩)이 [31앞 나실 적에 또 상서(祥瑞)가 먼저 현(現)하니, 동산(東山)의 나

인데 두껍고 윤이 난다. 나뭇진은 향료로 쓴다. 인도와 동남아시아에 널리 분포한다.

82) 화만(花鬘): 승방이나 불전(佛前)을 장식하는 장신구의 하나이다. 본디 인도의 풍속이다.

83) 부용(芙蓉): 연꽃이다.

84) 천룡(天龍): 불법을 지키는 여덟 신장 가운데 제천(諸天)과 용신(龍神)이다.

85) 야차(夜叉): 팔부의 하나이다. 사람을 괴롭히거나 해친다는 사나운 귀신이다.

86) 천녀(女天): 하늘을 날아다니며 하계 사람과 왕래한다는 여자 선인(仙人)이다. 머리에 화만(華鬘)을 쓰고 몸에는 깃옷을 입고 있으며, 음악을 좋아한다고 한다.

87) 길경(吉慶): 아주 경사스러운 일이다.

88) 불성(沸星): 불성은 이십팔수(二十八宿) 가운데 귀성(鬼星)의 이름이다. 여래(如來)가 성도와 출가를 다 이월 팔일 귀수(鬼宿)가 어울러질 때에 하였으므로, 불성은 복덕(福德)이 있는 상서로운 별이다.

89) 명월주(明月珠): 본 이름은 '명월마니(明月摩尼)'이다. '마니'는 진주(眞珠)를 총칭하는 이름으로서, 마니주의 빛이 밝은 달과 같으므로 '명월주'라고 한다.

90) 천제석(天帝釋): 제석천. 십이천의 하나이다. 수미산 꼭대기에 있는 도리천(忉利天)의 임금이다.

91) 화자재천(化自在天): 화자재천. 타화자재천(他化自在天). 육욕천(六欲天)의 하나이다. 욕계의 가장 높은 곳으로서, 다른 이로 하여금 자재롭게 오욕(五欲)의 경계를 변화하게 하는 곳이다.

92) 천궁(天宮): 하늘 궁전이다.

93) 화향(花香): 불전에 올리는 꽃과 향이다.

무에 자연(自然)히 열매가 열며, 뭍에 수레의 바퀴 만한 靑蓮花(청련화)가 나며, 시든 나무에 꽃이 피며, 하늘의 신령(神靈)이 칠보(七寶)[94] 수레를 이끌어 오며, 땅에서 보배가 절로 나며, 좋은 향(香)내가 두루 퍼지며, 설산(雪山)에 있는 오백(五百) 사자(獅子)가 [31뒤 문(門)에 와 늘어서며, 백상(白象)이 뜰에 와 늘어서며, 하늘에서 가는 향(香) 비가 오며, 궁중(宮中)에서 자연(自然)히 온갖 종류의 음식이 주린 사람을 구제하며, 용궁(龍宮)에 있는 옥녀(玉女)[95]들이 허공(虛空)에 반만 몸을 내어 있으며, 하늘의 일만(一萬) 옥녀(玉女)는 [32앞 공작불(孔雀拂)[96]을 잡아 담 위에 와 있고, 일만(一萬) 옥녀(玉女)는 금병(金甁)[97]에 감로(甘露)[98]를 담고, 일만(一萬) 옥녀(玉女)는 향수(香水)를 담고 허공(虛空)에 와 있으며, 일만(一萬) 옥녀(玉女)는 당개(幢蓋)[99]를 잡아 모시고 있으며, 또 옥녀(玉女)들이 허공(虛空)에서 온갖 종류의 풍류하며,

[32뒤 큰 강(江)이 맑고 흐르디 아니하며, 일월(日月) 궁전(宮殿)이 머물러 있어 나아가지 아니하며, 불성(沸星)[100]이 내려와 시위(侍衛)[1]하거든 다른 별이 위요(圍繞)[2]하여 좇아오며, 보배로 꾸민 장(帳)[3]이 왕궁(王宮)을 다 덮으며 명월신주(明月神珠)[4]가 전(殿)[5]에 달리니 [33앞 광명(光明)이 해와 같으며, 설기에 있는 옷들이 횃대

94) 칠보(七寶): 일곱 가지 주요 보배. 이다. 무량수경에서는 금·은·유리·파리·마노·거거·산호를 이르며, 법화경에서는 금·은·마노·유리·거거·진주·매괴를 이른다.
95) 옥녀(玉女): 선녀(仙女)이다.
96) 공작불(孔雀拂): 공작 털로 만든 털이개(먼지떨이) 같은 것이다.
97) 금병(金甁): 금으로 만든 병(甁)이다.
98) 감로(甘露): 도리천에 있다는 달콤하고 신령스러운 액체이다. 한 방울만 먹어도 온갖 번뇌와 고통이 사라지며 죽지 않고 오래 살 수 있다고 한다.
99) 당개(幢蓋): 불교의 의식에 쓰는 도구이다. 당(幢)은 장대 끝에 용머리 모양을 만들고 깃발을 달아 드리운 것으로, 부처나 보살의 위신과 공덕을 표시하는 장엄구(莊嚴具)이다. 개(蓋)는 햇볕이나 비를 가리는 일산인데, 불좌(佛座) 또는 좌대(座臺)를 덮는 장식품으로 법회 때 법사(法師)의 위를 덮는 도구로 쓰였다.
100) 불성(沸星): 불성은 이십팔수(二十八宿) 가운데 귀성(鬼星)의 이름이다. 여래(如來)가 성도와 출가를 다 이월 팔일 귀수(鬼宿)가 어울러질 때에 하였으므로, 복덕(福德)이 있는 상서로운 별이다.
1) 시위(侍衛): 임금이나 어떤 모임의 우두머리를 모시어 호위하는 것이다.
2) 위요(圍繞): 부처의 둘레를 돌아다니는 일이다.
3) 장(帳): 장막이다.
4) 명월신주(明月神珠): 본 이름은 '명월마니(明月摩尼)'이다. '마니'는 진주(眞珠)를 총칭하는 이름으로서, 마니주의 빛이 밝은 달과 같으므로 '명월주'라고 한다.

에 나서 걸리며, 귀(貴)한 영락(瓔珞)[6]과 일체(一切)의 보배가 자연(自然)히 나며, 모진 벌레는 다 숨고 길경(吉慶)의 새가 날아다니며, 지옥(地獄)이 다 정침(停寢)[7] 하니 힘든 일이 없어지며, 땅이 매우 진동하니 높으며 낮은 데가 [33뒤 없으며, 꽃비가 오며 모진 짐승이 함께 자심(慈心)[8]을 가지며, 아기를 낳는 이가 다 아들을 낳으며, 온갖 병(病)이 다 좋아지며 일체(一切)의 나무의 신령(神靈)이 다 시위(侍衛)하더라.

기십구(其十九)

무우수(無憂樹)[9]의 가지가 굽거늘 어머님이 [34앞 잡으시어, 우협(右脇)[10] 탄생(誕生)이 사월(四月) 팔일(八日)이시니.
연화(蓮花)의 꽃이 나거늘 세존(世尊)이 디디시어, 사방(四方)을 향(向)하시어 주행(周行)[11] 칠보(七步)[12]하셨으니.

[34뒤 기이십(其二十)

우수(右手) 좌수(左手)로 천지(天地)를 가리키시어, "오직 내가 존(尊)하다." 하셨으니.
온수(溫水)와 냉수(冷水)로 좌우(左右)에 내려와, 구룡(九龍)이 모여서 씻기었으니.

기이십일(其二十一)

[35앞 삼계(三界)[13]가 수고(受苦)이라 하시어 인자(仁慈)[14]가 깊으시므로, 하늘과 땅

---

5) 전(殿): 큰 집이다.
6) 영락(瓔珞): 구슬을 꿰어 만든 장신구로서, 목이나 팔 따위에 두른다.
7) 정침(停寢): 일을 하다가 중도에서 그만두는 것이다.
8) 자심(慈心): 자비심. 중생을 사랑하고 가엾게 여기는 마음이다.
9) 무우수(無憂樹): 쌍떡잎식물 장미목 콩과의 상록교목으로 이 나무 아래에서 석가가 태어났다는 전설이 전해진다. 무우수(無憂樹)는 산스크리트어로 '근심이 없다'라는 뜻을 나타낸다.
10) 우협(右脇): 오른쪽 옆구리이다.
11) 주행(周行): 두루 돌아다니는 것이다.
12) 칠보(七步): 일곱 걸음이다.
13) 삼계(三界): 중생이 생사 왕래하는 세 가지 세계이다. 삼계에는 욕계(慾界), 색계(色界), 무색계

이 매우 진동(震動)하였으니.

삼계(三界)를 편안(便安)케 하리라 하는 발원(發願)[15]이 깊으시므로, 대천세계(大千世界)가 매우 밝아졌으니.

사월(四月) 팔일(八日)의 해돋이에 [35뒤 마야부인(摩耶夫人)이 운모(雲母)[16] 보거(寶車)[17]를 타시고 동산(東山)을 구경 가실 때에, 삼천국토(三千國土)가 육종(六種)[18]으로 진동(震動)하거늘, 사천왕(四天王)[19]이 수레를 끌고 범왕(梵天)[20]이 길을 잡아 무우수(無憂樹) 밑에 [36앞 가시니, 제천(諸天)이 꽃을 뿌리더니 무우수(無憂樹)의 가지가 절로 굽어 오거늘, 부인(夫人)이 오른손으로 가지를 잡으시어 꽃을 꺾으려 하시니, 보살(菩薩)이 오른쪽 옆구리로 나시어, 큰 지혜(智慧)의 광명(光明)을 펴시어 시방세계(十方世界)[21]를 비추시니, 그때에 일곱 줄기의 칠보(七寶) 연화(蓮花)가 [36뒤 수레바퀴와 같은 것이 나서 보살(菩薩)을 받았니라.

[37앞 보살(菩薩)이 막 나시어 잡을 사람이 없이 사방(四方)에 일곱 걸음씩 걸으시니, [37뒤 자연(自然)히 연화(蓮花)가 나서 발을 받치더라. [38앞 오른손으로 하늘을 가리키시며 왼손으로 땅을 가리키시고, 사자(獅子)의 목소리로 이르시되 [38뒤 “하늘 위와 하늘 아래에 나만 존(尊)하다. 삼계(三界)가 다 수고(受苦)로우니 내가 편안(便安)케 하리라.” 하시니, 즉시 [39앞 천지(天地)가 몹시 진동(震動)하고 삼천대천(三千大千) 나라가 다 몹시 밝아지더라.

그때에 사천왕(四天王)이 하늘의 비단으로 (보살을) 안아서 금궤(金几)[22] 위에

(無色界)가 있다.

14) 인자(仁慈): 마음이 어질고 자애로운 것이다.
15) 발원(發願): 신이나 부처에게 비는 소원이다.
16) 운모(雲母): 돌비늘. 화강암 가운데 많이 들어 있는 규산염 광물의 하나이다.
17) 보거(寶車): 보배의 수레이다.
18) 육종(六種): 여섯 가지의 종류이다.
19) 사천왕(四天王): 사왕천(四王天)의 주신(主神)으로 사방을 진호(鎭護)하며 국가를 수호하는 네 신이다. 동쪽의 지국천왕, 남쪽의 증장천왕, 서쪽의 광목천왕, 북쪽의 다문천왕이다. 위로는 제석천을 섬기고 아래로는 팔부중(八部衆)을 지배하여 불법에 귀의한 중생을 보호한다.
20) 범천(梵天): 색계(色界) 초선천(初禪天)의 우두머리이다. 제석천(帝釋天)과 함께 부처를 좌우에서 모시는 불법 수호의 신이다.
21) 시방세계(十方世界): 온 세계이다.
22) 금궤(金几): 금으로 만들거나 장식한 궤이다.

엎고, 제석(帝釋)[23]은 개(蓋)[24]를 받치고 범왕(梵王)[25]은 백불(白拂)[26]을 잡아 두 쪽에 태자를 시중들며, 제석(帝釋)과 범왕(梵王)이 여러 가지의 향(香)을 뿌리며 [39뒤 아홉 용(龍)이 향(香) 물을 내리게 하여 보살(菩薩)을 씻기니, 물이 왼쪽에는 덥고 오른쪽에는 차더라. (보살을) 씻기고 제석(帝釋)과 범천(梵王)이 천의(天衣)[27]로 (보살을) 쌌니라.

기이십이(其二十二)

천룡팔부(天龍八部)가 (태자의) 큰 덕(德)을 [40앞 생각하여, 노래를 불러 기뻐하더니.

마왕(魔王)[28]인 파순(波旬)[29]이 (태자의) 큰 덕(德)을 시샘하여, 앉지 못하여 시름하더니.

태자(太子)가 서른두 상(相)이시고 [41뒤 대천세계(大千世界)에 방광(放光)하시니, 천룡팔부(天龍八部)가 [42앞 공중(空中)에서 풍류하며 부처의 덕(德)을 노래 부르며 향(香)을 피우며, 영락(瓔珞)과 옷과 꽃비가 섞이어 떨어지더니, 그때에 부인(夫人)이 나무 아래에 있으시거늘, 네 우물이 나니 팔공덕수(八功德水)[30]가 갖추어져 있거늘 [42뒤 그 물로 차례(次第, 차제)로 씻으셨니라. 그때에 야차왕(夜叉王)[31]들이 위요(圍繞)[32]하며, 일체(一切) 천인(天人)이 다 모여 찬탄(讚歎)하고 말하되, "부처

---

23) 제석(帝釋): 십이천의 하나이다. 수미산 꼭대기에 있는 도리천의 임금으로, 사천왕과 삼십이천을 통솔하면서 불법과 불법에 귀의하는 사람을 보호하고 아수라의 군대를 정벌한다고 한다.

24) 개(蓋): 불좌 또는 높은 좌대를 덮는 장식품이다. 나무나 쇠붙이로 만들어 법회 때 법사의 위를 덮는다. 원래는 인도에서 햇볕이나 비를 가리기 위하여 쓰던 우산 같은 것이었다.

25) 범왕(梵王): 색계(色界) 초선천(初禪天)의 우두머리이다. 제석천(帝釋天)과 함께 부처를 좌우에서 모시는 불법 수호의 신이다.

26) 백불(白拂): 흰 소나 말의 꼬리털을 묶어서 자루 끝에 매어 단 장식물이다. 주로 설법할 때에 손에 지닌다.

27) 천의(天衣): 천인(天人)이나 선녀의 옷이다.

28) 마왕(魔王): 천마(天魔)의 왕. 정법(正法)을 해치고 중생이 불도에 들어가는 것을 방해하는 귀신이다.

29) 파순(波旬): 불법의 수행정진을 방해하는 마왕 중의 하나이다. 파비야(波卑夜)라고 음역한다.

30) 팔공덕수(八功德水): 여덟 가지의 공덕을 갖추고 있는 물이다. 극락에 있는 못에 가득 차 있으며, 징정(澄淨), 청랭(淸冷), 감미(甘美), 경연(輕軟), 윤택(潤澤), 안화(安和), 제기갈(除饑渴), 장양제근(長養諸根)의 여덟 가지 공덕이 있다고 한다.

31) 야차왕(夜叉王): 팔부의 하나로서, 사람을 괴롭히거나 해친다는 사나운 귀신의 우두머리이다.

가 어서 되시어 중생(衆生)을 제도(濟渡)하소서." 하거늘, 오직 마왕(魔王)만이 제좌(座)에 편안(便安)히 못 앉아 [43앞 시름하여 하더라.

기이십삼(其二十三)

채녀(婇女)가 (태자를) 비단에 안아 어머님께 오더니, 대신(大神)들이 (태자를) 모시었으니.

청의(靑衣)[33]가 기별을 사뢰거늘 아버님이 기뻐하시니, 종친(宗親)[34]들을 데려가셨으니.

[43뒤 채녀(婇女)가 하늘의 비단으로 태자(太子)를 싸서 안아서 부인(夫人)께 모셔 오니, 스물여덟 대신(大神)이 네 방향에서 시위(侍衛)하더라. 청의(靑衣)가 돌아와 왕(王)께 기별을 사뢰거늘, 왕(王)이 사병(四兵)[35]을 데리시고 석성(釋姓)[36]들을 모으시어, 동산(東山)에 들어가시어 한편으로는 기뻐하시고 [44앞 한편으로는 두려워하시더라.

기이십사(其二十四)

제왕(諸王)과 청의(靑衣)와 장자(長者)[37]가 아들 낳으며, 제석(諸釋)의[38] 아들도 또 났습니다.

상(象, 코끼리)과 소와 양(羊)과 구마(廐馬)[39]가 새끼를 낳으며, 건특(蹇特)이[40]도 또 났습니다.

---

32) 위요(圍繞): 부처의 둘레를 돌아다니는 것이다.
33) 청의(靑衣): 천한 사람을 이르는 말. 예전에 천한 사람이 푸른 옷을 입었던 데서 유래한다.
34) 종친(宗親): 임금의 친척들을 이른다.
35) 사병(四兵): 전륜왕을 따라다니는 네 종류의 병정이다. 상병(象兵), 마병(馬兵), 거병(車兵), 보병(步兵)이다.
36) 석성(釋姓): 석가(釋迦)의 성씨를 가진 사람들이다. 여기서는 왕실의 종친(宗親)들을 이른다.
37) 장자(長者): 덕망이 뛰어나고 경험이 많아 세상일에 익숙한 어른이다.
38) 제석(諸釋): 석가 성씨를 가진 여러 사람이다.
39) 구마(廐馬): 임금에게 쓰기 위하여 기르는 말이다.
40) 건특(蹇特): 싯다르타(悉達) 태자가 출가할 때에 타고 간 흰 말의 이름이다. 빛이 아주 희고 갈기에 구슬이 꿰어져 있었다는 말이다.

[44뒤 기이십오(其二十五)

梵志(범지)[41] 外道(외도)[42]가 부처의 덕(德)을 알아서 만세(萬歲)를 불렀으니.
우담발라(優曇鉢羅)[43]가 부처가 나심을 나타내어 금(金) 꽃이 피어졌으니.

기이십육(其二十六)

[45앞 상서(祥瑞)도 많으시며 광명(光明)도 많으시나, 끝이 없으시므로 오늘 못 사뢰오.
천룡(天龍)도 많이 모이며 인귀(人鬼)[44]도 많으나, 수(數)가 없으므로 오늘 못 사뢰오.

그 날에 제석(諸釋)이 모두 오백(五百) 아들을 낳으며, 상(象)과 말이 흰 새끼를 낳으며, 소와 양(羊)이 [45뒤 오색(五色) 새끼를 오백(五百)씩 낳으며, 땅에 묻히어 있던 보배가 절로 나며, 오천(五千) 청의(靑衣)와 오천(五千) 역사(力士)를 낳으며, 다른 나라의 왕(王)이 한 날에 다 아들 낳으며, 해중(海中)에 있는 오백(五百) 장사치가 보배를 얻어 와 바치며, 범지(梵志)며 상사(相師)[45]가 모두 "만세(萬歲)하소서."라고 부르며, 국중(國中)에 있는 팔만사천(八萬四千) 장자(長者)가 [46뒤 다 아들을 낳으며, 마구(馬廐)[46]에 있는 팔만사천(八萬四千) 말이 새끼를 낳으니, (말 중에서) 하나가 따로 달라서 빛이 온전히 희고 갈기가 다 구슬이 꿰이여 있더니, 이름이 건특(蹇特)이다. 이뿐 아니라 다른 상서(祥瑞)도 많으며, 향산(香山)에 금(金)빛의 [47앞 우담발라화(優曇鉢羅花)가 피었니라.

기이십칠(其二十七)

주(周) 소왕(昭王)[47]의 가서(嘉瑞)[48]를 소유(蘇由)[49]가 알아 사뢰거늘, 남교(南

41) 범지(梵志): 바라문 생활의 네 시기 가운데에 첫째이다. 스승에게 가서 수학(修學)하는 기간으로 보통 여덟 살부터 열여섯 살까지, 또는 열한 살부터 스물두 살까지이다.
42) 외도(外道): 불교 이외의 종교를 받드는 사람이다.
43) 우담발라(優曇鉢羅): 인도에서, 삼천 년에 한 번 전륜성왕이 나타날 때에 꽃이 핀다고 하는 상상의 식물이다.
44) 인귀(人鬼): 죽은 사람의 혼이다.
45) 상사(相師): 관상(觀相)을 보는 사람이다.
46) 마구(馬廐): 말을 기르는 곳(마구간)이다.

郊)[50]에 돌을 [47뒤 묻으시니
한(漢) 명제(明帝)[51]의 길몽(吉夢)을 부의(傅毅)[52]가 알아 사뢰거늘, 서천(西天)[53]에 사자(使者)를 보내시니

기이십팔(其二十八)
마른 연못 가운데에 몸이 커서 구르는 용(龍)을, 얼마나 많은 벌레가 비늘을 빨았느냐?
[48앞 五色雲(오색운)[54]의 가운데에 瑞相(서상)[55]을 보이시는 如來(여래)께, 얼마나 많은 중생(衆生)이 머리를 조아렸느냐?

기이십구(其二十九)
세존(世尊)이 오신 것을 (용이) 알고 (하늘에) 솟아 (세존을) 뵈니, (세존이) 옛 뜻을 고치라 하셨으니
(용이) 세존(世尊)의 말을 듣고 돌아보아 [48뒤 (그대로) 하니, 제 몸이 (사람으로) 고쳐 되었으니

그때에 동토(東土)[56]에는 주(周) 소왕(昭王)[57]이 즉위하여 있으시더니, 사월(四月)의 팔일(八日)에 강과 우물이 다 넘치고, 산이며 궁전(宮殿)이 진동하고, 보통(常例, 상례)의 별이 아니 돋고, 오색광(五色光)이 태미궁(太微宮)[58]에 꿰이고, [49앞

47) 주 소왕(周昭王): 중국의 서주(西周) 시대(B.C. 11세기~B.C.771년)의 국왕이다.
48) 가서(嘉瑞): 좋은 징조(길조)이다.
49) 소유(蘇由): 중국 주(周)나라 소왕(昭王) 때에 태사(太史)의 벼슬을 했던 사람이다.
50) 남교(南橋): 남쪽 교외이다.
51) 한 명제(漢明帝): 중국 후한의 황제이다(재위, 57년~75년). 광무제(光武帝)의 넷째 아들로, 인도로부터 불교를 중국에 유입하는 데 힘썼다.
52) 부의(傅毅): 후한 부풍(扶風) 무릉(茂陵) 사람이다. 젊어서부터 박학했으며, 한나라의 명제(明帝) 때 평릉(平陵)에서 장구(章句)의 학문을 익혀 〈적지시(迪志詩)〉를 지었다.
53) 서천(西天): 서역국. 중국 서역 지방에 있던 여러 나라를 통틀어 이르는 말이다.
54) 오색운(五色雲): 다섯 가지 색깔의 구름이다.
55) 서상(瑞相): 복되고 길한 일이 일어날 조짐이다.
56) 동토(東土): 중국(中國)을 나타낸다.
57) 주 소왕(周昭王): 중국의 서주(西周) 시대의 제4대 왕이다. 즉위 후, 회이(淮夷)의 반란이 발생했지만 이를 평정했는데 적극적인 남방 원정으로 동이 26방을 따르게 했고, 나아가 초나라로 원정을 실시했으나 원정 도중에 행방불명되었다.

서방(西方)이 순전한 청홍색(青紅色)이거늘, 소왕(昭王)이 군신(群臣)에게 (그 까닭을) 물으시니, 태사(太史)인 소유(蘇由)가 사뢰되 "서방(西方)에 성인(聖人)이 나시니, 이 후(後)로 천 년(千年)이면 그 법(法)이 여기에 나오겠습니다." [49뒤 왕(王)이 돌에 (그 사실을) 각(刻)하게 하시어 "남교(南郊)에 묻어 두라."고 하셨다.

후(後)에 일천(一千)여든일곱 해째에 부처가 이 [50앞 진단국(震旦國)[59]의 중생(衆生)이 인연(因緣)이 익은 것을 아시고 교화(敎化)하리라고 나오시니, 재동제군(梓潼帝君)[60]이 이르되 [50뒤 "내가 예전에 전생(前生)의 죄업(罪業)에 따라 과보(果報)를 입어, 공지(邛池)의 용(龍)이 되어 깊은 물의 아래에 있었더니, 여러 해가 이어서 (날이) 가무니 못(池)이 흙이 [51앞 되거늘, 내 몸이 아주 커 숨을 구멍이 없어 더운 볕이 위에 쬐니, 살이 덥고 속이 답답하거늘, 비늘의 사이마다 작은 벌레가 나서 몸을 빨므로 괴로워서 수고(受苦)하였더니,

하루는 아침이 서늘하고 하늘의 광명(光明)이 문득 번하거늘, 보니 오색(五色) 구름이 허공(虛空)으로 지나가거늘 [51뒤 그 가운데에 서상(瑞相)이 계시더니 감푸른 머리카락을 (한쪽으로) 모시되 (머리카락이) 전라(鈿螺)[61]의 빛이시고, 금색(金色)의 모양이 달님의 광(光)이시더라. 산에 있는 신령(神靈)이며, 물에 있는 신령(神靈)이며, 만만(萬萬)[62]의 중생(衆生)들이 머리를 조아리고 기뻐하여 [52앞 찬탄(讚歎)하는 소리가 천지(天地)를 진동하며, 하늘의 향(香)이 뒤엉기어 곳곳마다 봄빛이 나더라.

나도 머리를 우러러 "괴롭습니다. (나를) 구(救)하소서."라고 비니, 만령(萬靈)[63]과 제성(諸聖)[64]이 다 나에게 이르시되, "이분이 [52뒤 서방대성정각세존석가문불

---

58) 태미궁(太微宮): 하늘에 있는 황제가 거처하는 남쪽 궁궐의 이름이다.

59) 진단국(震旦國): 인도(印度)에서 중국(中國)을 부르는 이름이다. 진(震)은 동방(東方)이고, 단(旦)은 아침이다. 인도에서 볼 때 중국이 해가 돋는 쪽인 동쪽에 있으므로 진단이라 한다.

60) 재동제군(梓潼帝君): 도교에서 공명(功名)과 녹위(祿位)를 주재한다고 여겨서 모시는 신이다. 그의 이름은 장아자(張亞子)이고, 촉(蜀) 나라의 땅인 칠곡산(七曲山) 곧, 지금의 쓰촨성(四川省) 쯔통시앤(梓潼縣)의 북쪽에 살았다고 한다.

61) 전라(鈿螺): 자개를 박은 것이나 그 자개를 이른다.

62) 만만(萬萬): 느낌의 정도가 헤아릴 수 없을 만큼 큰 것이다..

63) 만령(萬靈): 수많은 신령(神靈)이다.

64) 제성(諸聖): 여래(如來)를 모셔가는 여러 성인(聖人)들이다.

(西方大聖正覺世尊釋迦文佛)이시니, 이제 교법(敎法)[65]이 동토(東土)에 퍼지겠으므로, 화신(化身)[66]이 동토(東土)로 가시느니라. [62뒤 네가 이미 (부처를) 만났으니 전생(前生)의 죄업(罪業)을 가히 벗으리라."고 하시므로, 내 몸이 자연(自然)히 솟아 달리어 하늘의 광명(光明) 중(中)에 들어서, 옛날의 과보(果報)를[67] [63앞 겪으며 다니던 것을 사뢰니,

세존(世尊)이 대답(對答)하시되, "좋다. 네가 옛날에 어버이에게 효도(孝道)하며 임금께 충정(忠貞)[68]하고, 또 세간(世間)에 있는 중생(衆生)을 불쌍히 여겨 호지(護持)[69]할 마음을 내키되, 인과(因果)[70]가 못다 마치어 있으므로, [63뒤 원수(怨讐)와 더불어 다툼의 마음을 두어서 인상(人相)과 아상(我相)[71]으로 모진 뜻을 내어, 남에게 노(怒)를 옮기므로, 그 죄업(罪業)의 값으로 과보(果報)를 겪는 것이 (이번의) 차례(次第, 차제)이더니, 이제 [64앞 다시 뉘우쳐 벗어나고자 하나니, 네가 이제도 다시 남이 미운 뜻을 둘까?"라고 하시거늘, 내가 (세존의) 지극(至極)한 말씀을 들으니, 마음이 맑아 안팎이 훤하여 허공(虛空)과 같더니, (세존께) "나의 몸을 달라." 하니, (나의 몸이) 즉시로 스러지고 남자(男子)가 되어, 관정지(灌頂智)[72]를 득(得)하여 부처께 [64뒤 귀의(歸依)하였다."고 하더라.

그때에 동토(東土)에 후한(後漢)[73]의 명제(明帝)[74]가 즉위(卽位)하여 계시더니,

---

65) 교법(敎法): 衆生(중생)을 敎化(교화)하시는 法(법)이다.

66) 화신(化身): 부처가 중생을 교화하기 위하여 여러 모습으로 변화하는 일이나, 그 불신(佛身)이다.

67) 과보(果報): 전생에 지은 선악에 따라 현재의 행과 불행이 있고, 현세에서의 선악의 결과에 따라 내세에서 행과 불행이 있는 일이다.

68) 충정(忠貞): 충성스럽고 절개가 굳은 것이다.

69) 호지(護持): 보호하여 지니는 것이다.

70) 인과(因果): 인연(因緣)과 과보(果報)이다. 인연은 인(因)과 연(緣)을 아울러 이르는 말이다. 인은 결과를 만드는 직접적인 힘이고, 연은 그를 돕는 외적이고 간접적인 힘이다. 그리고 과보는 전생에 지은 선악에 따라 현재의 행과 불행이 있고, 현세에서의 선악의 결과에 따라 내세에서 행과 불행이 있는 일이다.

71) 인상(人相)과 아상(我相): 人相(인상)은 남의 相(상)이요 我相(아상)은 나의 相(상)이다. 마음이 비지 못하여 내 몸을 따로 헤아리고 남의 몸을 따로 헤아림을 人相(인상)과 我相(아상)이라 하느니라.

72) 관정지(灌頂智): '관정(灌頂)의 지혜'이다. '관정(灌頂)'은 계(戒)를 받거나 일정한 지위에 오른 수도자의 정수리에 물이나 향수를 뿌리는 일이나, 또는 그런 의식이다.

73) 후한(後漢): 중국에서, 25년에 왕망(王莽)에게 빼앗긴 한(漢) 왕조를 유수(劉秀)가 다시 찾아 부흥시킨 나라이다. 220년에 위(魏)나라의 조비에게 멸망하였다

74) 명제(明帝): 중국 후한(後漢)의 황제(28~75)이다. 재위 기간 중에 인도로부터 중국에 불교가

명제(明帝)의 꿈에 한 금(金)으로 된 사람이 뜰에 [65앞 날아오시니, 키가 크시고 머리에 해의 광(日光)이 있으시더니, (명제가) 아침에 신하(臣下)에게 물으시니 태사(太史)[75]인 부의(傅毅)[76]가 사뢰되, "주(周) 소왕(昭王)[77]의 시절(時節)에 서천(西天)에 부처가 나시니, 그 키가 장육(丈六)이요 금(金)빛이시더니, 폐하(陛下)[78]께서 (꿈을) 꾸신 것이 마땅히 [65뒤 그(= 부처)이십니다.

명제(明帝)가 중랑(中郞)인 채암(蔡暗)과 박사(博士)인 진경(秦景) 등 열여덟 사람을 서역(西域)[79]에 부리시어 불법(佛法)을 구(求)하시더니, 세 해째에 [66앞 채암(蔡暗) 등이 천축국(天竺國)[80]의 이웃 나라인 월지국(月支國)[81]에 다달아, 범승(梵僧)[82]인 섭마등(攝摩騰)과 축법란(竺法蘭)이 경(經)과 불상(佛像)과 사리(舍利)를 백마(白馬)에 실어 나오거늘, [66뒤 만나 함께 돌아오니, 또 이태째에야 서울로 들어왔니라.

마등(摩騰)이 대궐(大闕)에 들어 [67앞 (경과 불상과 사리를) 진상(進上)하니, 명제(明帝)가 매우 기뻐하시어, 성(城)의 서문(西門) 밖에 백마사(白馬寺)라고 하는 절을 세우시어, 두 중을 살게 하시고, 그 절에 행행(行幸)[83]하시니 [67뒤 두 중이 사뢰되, "절의 동녘에 (있는 것이) 어떤 집입니까?" 명제(明帝)가 이르시되, "옛날에 한 둔덕이 절로 불거지니, 밤에 기이(奇異)한 광명(光明)이 있으므로 백성(百姓)이 이름붙이되, 성인(聖人)의 [68앞 무덤이라고 하더라." 마등(摩騰)이 사뢰되, "옛날에 아육왕(阿育王)[84]이 여래(如來)의 사리(舍利)[85]를 천하(天下)에 팔만사천(八萬四千)

유입된 것으로 추정된다.

75) 태사(太史): 중국에서 기록을 맡아보던 벼슬아치이다.(= 史官)

76) 부의(傅毅): 후한 부풍(扶風) 무릉(茂陵) 사람이다. 젊어서부터 박학했으며, 한나라의 명제(明帝) 때에 평릉(平陵)에서 장구(章句)의 학문을 익혀 〈적지시(迪志詩)〉를 지었다.

77) 주 소왕(周昭王): 중국의 서주(西周) 시대의(B.C.11년 이후)의 제4대 국왕이다.

78) 폐하(陛下): 황제나 황후에 대한 경칭이다.

79) 서역(西域): 중국의 서쪽에 있던 여러 나라를 통틀어 이르는 말. 넓게는 중앙아시아·서부 아시아·인도를 포함한다. 여기서는 부처님의 나라를 이른다.

80) 천축국(天竺國): 인도의 옛 지명이다.

81) 월지국(月支國): 중국 고대에 서역 지방에 있었던 나라의 이름이다. 이 나라의 사람들은 원래 돈황(燉煌) 지방에 살았는데, 흉노(匈奴) 족에 쫓기어 현대의 인도 지역에 이주하였다. 불교의 수호에 힘쓴 나라로 큰 불사를 하였고, 이웃 나라에 불법을 전하였다.

82) 범승(梵僧): 불법을 지켜 행덕(行德)이 단정하고 깨끗한 승려이다.

83) 행행(行幸): 임금이 대궐 밖으로 거둥하는 것이다.

곳에 저장하니, 이 진단국(震旦國) 중(中)에 열아홉 곳이니, 이것이 그 하나입니다." [68뒤 명제(明帝)가 매우 놀라시어 즉시로 그 둔덕에 가서 절하시니, 둥그런 광명(光明)이 두둑 위에 현(現)하시고, 그 광명(光明) 중(中)에 세 몸이 보이시거늘, 명제(明帝)가 기뻐하시어 그 위에 탑(塔)을 세우셨니라.

사리(舍利)가 나오신 여섯 해 만에 도사(道士)들이 설날에 임금을 [69앞 뵈러 모여서 와 있다가, 서로 이르되, "천자(天子)가 우리의 도리(道理)는 버리시고 먼 데의 호교(胡教)[86]를 구(求)하시나니 오늘 조집(朝集)[87]을 인(因)하여 (황제께) 여쭙자."고 하고, [69뒤 표(表)[88]를 지어 (왕께) 여쭈니, 그 표(表)에 가로되 "오악(五岳)[89] 십팔산(十八山)[90] 관대산(觀大山) 삼동(三洞)의 제자(弟子)인 저선신(褚善信) 등이 죽을 죄(罪)로 말씀을 여쭙습니다. 우리는 들으니, 제일 처음에 형체(形體)가 없으며 [70앞 이름이 없으며 지극(至極)한 것이 없으며 위가 없어 무위자연(虛無自然)[91]한 큰 도리(道理)는 하늘로부터 먼저 나니, 옛날부터 다 떠받치며 임금마다 (그 큰 도리를) 고치지 못하시나니, 이제 폐하(陛下)의 도리(道理)는 복희(伏義)[92]보다 더하시고 덕(德)은 요순(堯舜)[93]보다 나으시되, [70뒤 근원(根源)을 버리

---

84) 아육왕(阿育王): 아소카왕이다(B.C.273~232년). 인도 마가다국 제3왕조인 마우리아 제국의 세 번째 임금으로 인도 역사상 최초의 통일 국가를 이룬 왕이다. 기원전 3세기경에 전 인도를 통일하고 불교(佛教)를 보호하였다. 천하(天下)에 팔만 사천의 절과 팔만 사천의 보탑(寶塔)을 건축하고 정법의 선포를 위하여, 바위와 돌기둥에 고문(誥文)을 새기고, 스스로 불타의 유적을 순례하고, 또 화씨성(華氏城: 아육왕이 도읍하던 곳)에서 제3차의 불전 결집(佛典結集)을 행하였다.

85) 사리(舍利): 석가모니나 성자의 유골. 후세에는 화장한 뒤에 나오는 구슬 모양의 것만 이른다.

86) 호교(胡教): 오랑캐의 종교라는 뜻으로, 중국의 도교나 유교의 학자들이 외래 종교인 불교를 이르는 말이다.

87) 조집(朝集): 조회(朝會). 모든 벼슬아치가 함께 정전(正典)에 모여 임금에게 문안드리고 정사(政事)를 아뢰던 일이다.

88) 표(表): 표문(表文). 신하가 마음에 품은 생각을 적어서 임금에게 올리는 글이다.

89) 오악(五岳): 오악(五嶽). 중국의 도교에서 말하는 다섯의 큰 산이다. 이들 오악 출신의 도사가 남악(南嶽)의 도사인 저선신, 화악(華嶽)의 도사인 유정념, 항악(恒嶽)의 도사인 환문도, 대악(岱嶽)의 도사인 초득심, 숭악(崇嶽)인 여혜통이다.

90) 십팔산(十八山): 곽산(郭山), 천목산(天目山), 오대(五臺山), 백록(白鹿山) 등의 18산이 있다.

91) 허무자연(虛無自然): 마음에 사념이 없어 다른 생각을 하지 않고, 몸과 마음을 자연에 맡기는 것이다.

92) 복희(伏義): 중국 고대 전설상의 제왕이다. 삼황(三皇)의 한 사람으로, 팔괘를 처음으로 만들고, 그물을 발명하여 고기잡이의 방법을 가르쳤다고 한다.

93) 요순(堯舜): 고대 중국의 요임금과 순임금을 아울러 이르는 말이다.

고 끝을 좇으시어, 교화(敎化)를 서역(西域)에 가서 구(求)하시어 섬기시는 것이 호신(胡神)[94]이요, 이르는 말이 중국(中國)에 따르지 아니하니, 원(願)컨대 우리 죄(罪)를 용서하시어, (우리에게) 저들과 겨루어 만나 보게 하소서.

우리 제산(諸山)에 있는 도사(道士)들이 [71앞 통달하여 보며 멀리 들으며, 경(經)을 많이 알아 태상군록(太上群錄)과 태허부주(太虛符呪)[95]를 통달하여서 모르는 데가 없으며, 혹은 귀신(鬼神)도 부리며, 혹은 불에 들어도 타지지 아니하며, 혹은 [71뒤 물을 밟아도 아니 꺼지며, 혹은 낮에 하늘에 오르며, 혹은 (남들이) 못 찾게 숨으며, 술법(術法)[96]이며 약재(藥材)[97]를 (사용)하기에 이르도록 다 못 하는 일이 없으니, 원(願)하건대 저들과 재주를 겨루면, 한편으로는 폐하(陛下)의 뜻이 편안(便安)하시고, 둘째는 진실(眞實)과 거짓의 일을 가리시고, 셋째는 [72앞 큰 도리(道理)를 일정(一定)[98]하고, 넷째는 중국(中國)의 풍속(風俗)을 흐리게 하지 아니하겠으니, 우리야말로 (그들을) 이기지 못하면 큰 죄(罪)를 입고, 만일 (우리가) 이기면 [72뒤 거짓의 일을 없애소서."라고 하거늘, 명제(明帝)가 이르시되, "이 달의 열닷샛날에 백마사(白馬寺)에 모이라."고 하시니,

도사(道士)들이 세 단(壇)을 만들고 스물네 문(門)을 내고, 도사(道士) 육백(六百) 아흔 사람이 각각(各各) 영보진문(靈寶眞文)과 태상옥결(太上玉訣)과 [73앞 삼원부(三元符)[99] 등(等) 오백(五百)아홉 권(卷)을 잡아 서(西)녘 단(壇) 위에 얹고, 모성자(茅成子)와 허성자(許成子)와 노자(老子) 등(等) 삼백(三百)열다섯 권(卷)은 가운데

※ '堯(요)'는 중국 고대 전설상의 임금(?~?)이다. 성덕을 갖춘 이상적인 군주로 꼽히며, 역법을 정하고 효행으로 이름이 높았던 순(舜)을 등용하였다. 그리고 '舜(순)'은 고대 중국의 전설상의 임금이다. 요의 뒤를 이어 천하를 잘 다스려 태평 시대를 이루었다.

94) 호신(胡神): 오랑캐가 모시는 신이다.

95) 태상군록(太上群錄), 태허부주(太虛符呪): 도교(道敎)의 經典(경전) 이름이다.

96) 술법(術法): 음양(陰陽)과 복술(卜術)에 관한 이치 및 그 실현 방법이다.

97) 약재(藥材): 약의 재료이다.

98) 일정(一定): 하나로 정하는 것이다.

99) 영보진문(靈寶眞文), 태상옥결(太上玉訣), 삼원부(三元符): 도교의 경전이다. 도교는 원래 노자 장자의 무위자연(無爲自然) 사상(思想)을 바탕으로 하여 발전한 것이다. 그런데 후세에 오행(五行), 참위사상(讖緯思想)과 신선둔갑술(神仙遁甲術)이 가미되면서 조식(調息), 복약(服藥), 방房中(방중), 遁甲術(둔갑술) 등이 발달하였다. 이에 따라서 정경(正經)인 도덕경(道德經)이나 남화경(南華經), 장자경(莊子經)보다도 방경(傍經)인 영보진문(靈寶眞文), 태상옥결(太上玉訣), 삼원부록(三元符錄)과 같은 것이 발전하게 되었다.

의 단(壇) 위에 얹고, 좋은 음식을 만들어 벌이여 백신(百神)을 대접하는 것은 동(東)녘의 단(壇) 위에 얹고, 위의(威儀)[100]를 매우 엄숙하게 꾸미고, 부처의 사리(舍利)와 경(經)과 불상(佛像)과는 길의 서(西)녘에 놓고, 도사(道士)들이 침향(沈香)[1]의 횃불를 받치고 자기의 경(經)을 얹은 단(壇)을 [74앞 돌며 울고 이르되, "우리들이 대극대도원시천존(大極大道元始天尊)[2]께와 중선(衆仙) 백령(百靈)께 여쭈니, 이제 오랑캐가 중국(中國)을 어지럽히거늘 천자(天子)가 사곡(邪曲)[3]한 말을 옳게 들으시니, 정(正)한 [74뒤 교화(敎化)가 길을 잃어 귀(貴)한 풍속(風俗)이 끊어지겠으므로, 우리들이 불로써 효험(效驗)을 내어 모든 마음을 열어 보이어, 진실(眞實)과 거짓의 일을 가리게 하고자 하니, 우리의 도리(道理)가 일어나며 무너지는 것이 오늘날에 있습니다." 하고 불을 붙이니,

도사(道士)의 경(經)은 다 불살라 [75앞 재가 되고, 부처의 경(經)은 그저 있으시고, 사리(舍利)가 허공(虛空)에 올라 오색(五色)을 방광(放光)하시어 햇빛을 가리끼시니,[4] 그 광명(光明)이 둥글어서 모든 사람을 다 덮으시고, 마등법사(摩騰法師)가 허공(虛空)에 솟아올라 신기(神奇)한 변화(變化)를 [75뒤 널리 보이고, 하늘에서 보배의 꽃비가 오고, 하늘의 풍류가 들리어 사람의 뜻이 감동(感動)하게 되므로, 모든 사람이 다 기뻐하여 다 법란법사(法蘭法師)께 위요(圍繞)[5]하여 "설법(說法)하소서."라고 하거늘, 법사(法師)가 큰 청정(淸淨)한 소리를 내어 부처의 공덕(功德)을 찬탄(讚歎)하고 [76앞 설법(說法)하고 게(偈)[6]를 지어 이르되, "여우가 사자(獅子)가 아니며 등(燈)이 일월(日月)이 아니며, 못이 바다가 아니며 둔덕(陵)이 산이 아니다. 법운(法雲)[7]이 세계(世界)에 퍼지면 좋은 씨를 내나니, 쉽지 못한 법(法)을 신통(神通力)으로 나타내시어 곳곳마다 [76뒤 중생(衆生)을 교화(敎化)하시느

---

100) 위의(威儀): 위엄이 있고 엄숙한 태도나 차림새이다.
1) 침향(沈香): 팥꽃나무과의 상록 교목이다. 높이는 20미터 정도이며, 잎은 어긋나고 긴 타원형인데 두껍고 윤이 난다. 흰 꽃이 가지 끝이나 잎겨드랑이에 산형(繖形) 화서로 피고, 열매는 익으면 두 쪽으로 갈라진다. 나뭇진은 향료로 쓴다. 인도와 동남아시아에 널리 분포한다.
2) 대극대도원시(大極大道元始): 도가(道家)에서 이르는 가장 으뜸가는 天尊(천존)의 이름이다.
3) 사곡(邪曲): 요사스럽고 교활한 것이다.
4) 가리끼다: 사이에 가려서 방해하다.
5) 위요(圍繞): 어떤 지역이나 현상을 둘러싸는 것이다.
6) 게(偈): 부처의 공덕이나 가르침을 찬탄하는 노래 글귀이다.
7) 법운(法雲): 불법(佛法)이 구름처럼 일체를 두루 덮는다는 뜻인데, 전하여 승려를 가리킨 말이다.

니라."

그때에 신하(臣下)이며 백성(百姓)들 일천(一千) 넘은 사람이 출가(出家)하고, 도사(道士) 육백(六百)스물여덟 사람도 출가(出家)하며, 대궐(大闕)의 여자분들 이백(二百)서른 사람이 출가(出家)하니, 저선신(褚善信)은 북받쳐 [77앞] 죽고, 그 중(中)에 출가(出家)를 아니 하는 도사(道士)가 쉰이 넘는 사람이더라. 명제(明帝)가 불법(佛法)을 더욱 공경(恭敬)하시어, 성(城) 밖에 일곱 절을 세워 중을 살게 하시고, 성(城) 안에 세 절을 세워 중을 살게 하셨니라.

[77뒤] 월인천강지곡(月印千江之曲) 제이(第二)

석보상절(釋譜詳節) 제이(第二) 【총(摠) 칠십구(七十九) 장(張)】

[부록 2] 문법 용어의 풀이*

1. 품사

한 언어에 속하는 수많은 단어를 문법적인 특징에 따라서 갈래지어서 그 범주를 설정한 것이다.

가. 체언

'체언(體言, 임자씨)'은 어떠한 대상의 이름이나 수량(순서)을 나타내거나 명사를 대신하는 단어들의 부류들이다. 이러한 체언에는 '명사', '대명사', '수사'가 있다.

① 명사(명사): 어떠한 '대상, 일, 상황' 등의 이름을 나타내는 단어이다.

- 자립 명사: 문장 내에서 관형어의 도움 없이 홀로 쓰일 수 있는 명사이다.

(1) ㄱ. 國은 나라히라 (나라ㅎ + -이- + -다) [훈언 2]

ㄴ. 國(국)은 나라이다.

- 의존 명사(의명): 홀로 쓰일 수 없어서 반드시 관형어와 함께 쓰이는 명사이다.

(2) ㄱ. 어린 百姓이 니르고져 홇 배 이셔도 (바 + -이) [훈언 2]

ㄴ. 어리석은 百姓(백성)이 이르고자 할 바가 있어도…

② 인칭 대명사(인대): 사람을 직시하거나 대용하는 대명사이다.

(3) ㄱ. 내 太子를 셤기ᅀᆞ보ᄃᆡ (나 + -이) [석상 6:4]

ㄴ. 내가 太子(태자)를 섬기되…

---

* 이 책에서 사용된 문법 용어와 약어에 대하여는 '도서출판 경진'에서 간행한 『학교 문법의 이해 2(2015)』와 '교학연구사'에서 간행한 『중세 국어 문법의 이해: 이론편, 주해편, 강독편(2015)』의 내용을 참조하기 바란다.

③ 지시 대명사(지대): 명사를 직접 가리키거나 대용하는 말이다.

(4) ㄱ. 내 이ᄅᆞᆯ 爲ᄒᆞ야 어엿비 너겨 (이+-ᄅᆞᆯ) [훈언 2]
　　ㄴ. 내가 이를 위하여 불쌍히 여겨…

④ 수사(수사): 사람이나 사물의 수량이나 차례를 나타내는 체언이다.

(5) ㄱ. 點이 둘히면 上聲이오 (둘ㅎ+-이-+-면) [훈언 14]
　　ㄴ. 點(점)이 둘이면 上聲(상성)이고…

나. 용언

'용언(用言, 풀이씨)'은 문장 속에서 서술어로 쓰여서 주어로 표현되는 대상(주체)의 움직임이나 상태, 혹은 존재의 유무(有無)를 풀이한다. 이러한 용언에는 문법적 특징에 따라서 '동사'와 '형용사', '보조 용언' 등으로 분류한다.

① 동사(동사): 주어로 쓰인 대상의 움직임을 표현하는 용언이다. 동사에는 목적어를 취하는 타동사(= 타동)와 목적어를 취하지 않는 자동사(= 자동)가 있다.

(6) ㄱ. 衆生이 福이 다ᄋᆞ거다 (다ᄋᆞ-+-거-+-다) [석상 23:28]
　　ㄴ. 衆生(중생)이 福(복)이 다했다.

(7) ㄱ. 어마님이 毗藍園을 보라 가시니 (보-+-라) [월천 기17]
　　ㄴ. 어머님이 毗藍園(비람원)을 보러 가셨으니.

② 형용사(형사): 주어로 표현되는 대상의 성질이나 상태를 풀이하는 용언이다.

(8) ㄱ. 이 東山ᄋᆞᆫ 남기 됴ᄒᆞᆯᄊᆡ (둏-+-ᄋᆞᆯᄊᆡ) [석상 6:24]
　　ㄴ. 이 東山(동산)은 나무가 좋으므로…

③ 보조 용언(보용): 문장 안에서 홀로 설 수 없어서 반드시 그 앞의 다른 용언에 붙어서 문법적인 뜻을 더해 주는 기능을 하는 용언이다.

(9) ㄱ. 勞度差ㅣ 또 ᄒᆞᆫ 쇼ᄅᆞᆯ 지ᅀᅥ 내니 (내-+-니) [석상 6:32]
　　ㄴ. 勞度差(노도차)가 또 한 소(牛)를 지어 내니…

다. 수식언

'수식언(修飾言, 꾸밈씨)'은 체언이나 용언 등을 수식(修飾)하면서 그 의미를 한정(限定)한다. 이러한 수식언으로는 '관형사'와 '부사'가 있다.

① 관형사(관사): 체언을 수식하면서 체언의 의미를 제한(한정)하는 단어이다.

(10) ㄱ. 녯 대예 새 竹筍이 나며 [금삼 3:23]
ㄴ. 옛날의 대(竹)에 새 竹筍(죽순)이 나며…

② 부사(부사): 특정한 용언이나 부사, 관형사, 체언, 절, 문장 등 여러 가지 문법적인 단위를 수식하여, 그들 문법적 단위의 의미를 한정하거나 특정한 말을 다른 말에 이어 준다.

(11) ㄱ. 이거시 더듸 떠러딜ᄉᆡ [두언 18:10]
ㄴ. 이것이 더디게 떨어지므로

(12) ㄱ. 반ᄃᆞ기 甘雨ㅣ ᄂᆞ리리라 [월석 10:122]
ㄴ. 반드시 甘雨(감우)가 내리리라.

(13) ㄱ. ᄒᆞ다가 술옷 몯 먹거든 너덧 번에 ᄂᆞ화 머기라 [구언 1:4]
ㄴ. 만일 술을 못 먹거든 너덧 번에 나누어 먹이라.

(14) ㄱ. 道國王과 밋 舒國王은 實로 親ᄒᆞᆫ 兄弟니라 [두언 8:5]
ㄴ. 道國王(도국왕) 및 舒國王(서국왕)은 實(실로)로 親(친)한 兄弟(형제)이니라.

라. 독립언

감탄사(감탄사): 문장 속의 다른 말과 문법적인 관계를 맺지 않고 독립적으로 쓰인다.

(15) ㄱ. ᄋᆡ 丈夫ㅣ여 엇뎨 衣食 爲ᄒᆞ야 이 ᄀᆞᆮ호매 니르뇨 [법언 4:39]
ㄴ. 아아, 丈夫여, 어찌 衣食(의식)을 爲(위)하여 이와 같음에 이르렀느냐?

(16) ㄱ. 舍利佛이 ᄉᆞᆯ보ᄃᆡ 엥 올ᄒᆞ시이다 [석상 13:47]
ㄴ. 舍利佛(사리불)이 사뢰되, "예, 옳으십니다."

2. 불규칙 용언

용언의 활용에는 어간이나 어미가 불규칙적으로 바뀌어서(개별적으로 교체되어) 일반적인 변동 규칙으로는 설명할 수 없는 것이 있다. 이처럼 불규칙하게 활용하는 용언을 '불규칙 용언'이라고 한다. 여기서는 'ㄷ 불규칙 용언, ㅂ 불규칙 용언, ㅅ 불규칙 용언'만 별도로 밝힌다.

① 'ㄷ' 불규칙 용언(ㄷ불): 어간이 /ㄷ/으로 끝나는 용언 중에는, 어간에 모음으로 시작하는 어미가 붙어서 활용할 때에, 어간의 끝 소리 /ㄷ/이 /ㄹ/로 바뀌는 용언이다.

(1) ㄱ. 甁의 므를 기러 두고ᅀᅡ 가리라 (긷-+-어) [월석 7:9]
　　ㄴ. 甁(병)에 물을 길어 두고야 가겠다.

② 'ㅂ' 불규칙 용언(ㅂ불): 어간이 /ㅂ/으로 끝나는 용언 중에는, 어간에 모음으로 시작하는 어미가 붙어서 활용할 때에, 어간의 끝 소리 /ㅂ/이 /ㅸ/으로 바뀌는 용언이다.

(2) ㄱ. 太子ㅣ 性 고ᄫᆞ샤 (곱-+-ᄋᆞ시-+-아) [월석 21:211]
　　ㄴ. 太子(태자)가 性(성)이 고우시어…

(3) ㄱ. 벼개 노피 벼여 누우니 (눕-+-으니) [두언 15:11]
　　ㄴ. 베개를 높이 베어 누우니…

③ 'ㅅ' 불규칙 용언(ㅅ불): 어간이 /ㅅ/으로 끝나는 용언 중에는, 어간에 모음으로 시작하는 어미가 붙어서 활용할 때에, 어간의 끝 소리인 /ㅅ/이 /ㅿ/으로 바뀌는 용언이다.

(4) ㄱ. (道士ᄃᆞᆯ히)… 表 지ᅀᅥ 엳ᄌᆞᄫᆞ니 (짓-+-어) [월석 2:69]
　　ㄴ. 道士(도사)들이 … 表(표)를 지어 여쭈니…

3. 어근

어근은 단어 속에서 중심적이면서 실질적인 의미를 나타내는 실질 형태소이다.

(1) ㄱ. ᄀᆞᆯ가마괴 (ᄀᆞᆯ- + ᄀᆞ마괴), 싀어미 (싀- + 어미)

ㄴ. 무덤 (묻- + -엄), ᄂᆞᆯ개 (ᄂᆞᆯ- + -개)

(2) ㄱ. 밤낮 (밤 + 낮), ᄡᆞᆯ밥 (ᄡᆞᆯ + 밥), 불뭇골 (불무 + -ㅅ + 골)

ㄴ. 검붉다 (검- + 붉-), 오ᄅᆞᄂᆞ리다 (오ᄂᆞ- + ᄂᆞ리-), 도라오다 (돌- + -아 + 오-)

- 불완전 어근(불어): 품사가 불분명하며 단독으로 쓰이는 일이 없고, 다른 말과의 통합에 제약이 많은 특수한 어근이다(= 특수 어근, 불규칙 어근).

(3) ㄱ. 功德이 이러 당다이 부톄 ᄃᆞ외리러라 (당당 + -이) [석상 19:34]

ㄴ. 功德(공덕)이 이루어져 마땅히 부처가 되겠더라.

(4) ㄱ. 그 부텨 住ᄒᆞ신 ᄯᅡ히 … 常寂光이라 (住 + -ᄒᆞ- + -시- + -ㄴ) [월석 서:5]

ㄴ. 그 부처가 住(주)하신 땅이 이름이 常寂光(상적광)이다.

4. 파생 접사

접사 중에서 어근에 새로운 의미를 더하거나 단어의 품사를 바꿈으로써, 새로운 단어를 만들어 주는 것을 '파생 접사'라고 한다.

가. 접두사(접두)

접두사는 어근의 앞에 붙어서 새로운 단어를 형성하는 파생 접사이다.

(1) ㄱ. 아ᅀᆞ와 아ᄎᆞᆫ아ᄃᆞᆯ왜 비록 이시나 (아ᄎᆞᆫ- + 아ᄃᆞᆯ) [두언 11:13]

ㄴ. 아우와 조카가 비록 있으나…

나. 접미사(접미)

접미사는 어근의 뒤에 붙어서 새로운 단어를 형성하는 파생 접사이다.

① 명사 파생 접미사(명접): 어근에 뒤에 붙어서 명사를 파생하는 접미사이다.

(2) ㄱ. ᄇᆞᄅᆞᆷ가비(ᄇᆞᄅᆞᆷ + -가비), 무덤(묻- + -음), 노ᄑᆡ(높- + -ᄋᆡ)

ㄴ. 바람개비, 무덤, 높이

② 동사 파생 접미사(동접): 어근의 뒤에 붙어서 동사를 파생하는 접미사이다.

(3) ㄱ. 풍류ᄒᆞ다(풍류 + -ᄒᆞ- + -다), 그르ᄒᆞ다(그르 + -ᄒᆞ- + -다), ᄀᆞᄆᆞᆯ다(ᄀᆞᄆᆞᆯ + -Ø- + -다)

ㄴ. 열치다, 벗기다 ; 넓히다 ; 풍류하다 ; 잘못하다 ; 가물다

③ 형용사 파생 접미사(형접): 어근의 뒤에 붙어서 형용사를 파생하는 접미사이다.

(4) ㄱ. 녇갑다(녙- + -갑- + -다), 골ᄑᆞ다(ᄀᆞᆶ- + -ᄇᆞ- + -다), 受苦ᄅᆞᆸ다(受苦 + -ᄅᆞᆸ- + -다), 외ᄅᆞᆸ다(외 + -ᄅᆞᆸ- + -다), 이러ᄒᆞ다(이러 + -ᄒᆞ- + -다)

ㄴ. 얕다, 고프다, 수고롭다, 외롭다

④ 사동사 파생 접미사(사접): 어근의 뒤에 붙어서 사동사를 파생하는 접미사이다.

(5) ㄱ. 밧기다(밧- + -기- + -다), 너피다(넙- + -히- + -다)

ㄴ. 벗기다, 넓히다

⑤ 피동사 파생 접미사(피접): 어근의 뒤에 붙어서 피동사를 파생하는 접미사이다.

(6) ㄱ. 두피다(둪- + -이- + -다), 다티다(닫- + -히- + -다), 담기다(담- + -기- + -다), ᄃᆞᆷ기다(ᄃᆞᆷ- + -기- + -다)

ㄴ. 덮이다, 닫히다, 담기다, 잠기다

⑥ 관형사 파생 접미사(관접): 어근의 뒤에 붙어서 부사를 파생하는 접미사이다.

(7) ㄱ. 모ᄃᆞᆫ(몯- + -ᄋᆞᆫ), 오ᄋᆞᆫ(오ᄋᆞᆯ- + -ㄴ), 이런(이러- + -ㄴ)

ㄴ. 모든, 온, 이런

⑦ 부사 파생 접미사(부접): 어근의 뒤에 붙어서 부사를 파생하는 접미사이다.

(8) ㄱ. 몯내(몯 + -내), 비르서(비릇- + -어), 기리(길- + -이), 그르(그르- + -Ø)
ㄴ. 못내, 비로소, 길이, 그릇

⑧ 조사 파생 접미사(조접): 어근의 뒤에 붙어서 조사를 파생하는 접미사이다.

(9) ㄱ. 阿鼻地獄브터 有頂天에 니르시니 (븥- + -어) [석상 13:16]
ㄴ. 阿鼻地獄(아비지옥)부터 有頂天(유정천)에 이르시니…

⑨ 강조 접미사(강접): 어근의 뒤에 붙어서 강조의 뜻을 더하면서 새로운 단어를 파생하는 접미사이다.

(10) ㄱ. 니르왇다(니르- + -왇- + -다), 열티다(열- + -티- + -다), 니ᄅᆞ혀다(니ᄅᆞ- + -혀- + -다)
ㄴ. 받아일으키다, 열치다, 일으키다

⑩ 높임 접미사(높접): 어근의 뒤에 붙어서 높임의 뜻을 더하면서 새로운 단어를 파생하는 접미사이다.

(11) ㄱ. 아바님(아비 + -님), 어마님(어미 + -님), 그듸(그+ -듸), 어마님내(어미 + -님 + -내), 아기씨(아기 + -씨)
ㄴ. 아버님, 어머님, 그대, 어머님들, 아기씨

5. 조사

'조사(助詞, 관계언)'는 주로 체언에 결합하여, 그 체언이 문장 속의 다른 단어와 맺는 관계를 나타내거나 특별한 뜻을 더해 주는 단어이다.

가. 격조사

그 앞에 오는 말이 문장 안에서 일정한 문장 성분으로서의 기능함을 나타내는 조사이다.

① 주격 조사(주조): 주어로서 기능하는 것을 나타내는 격조사이다.

(1) ㄱ. 부텻 모미 여러 가짓 相이 ᄀᆞᄌᆞ샤 (몸 + -이) [석상 6:41]

ㄴ. 부처의 몸이 여러 가지의 相(상)이 갖추어져 있으시어…

② 서술격 조사(서조): 서술어로서 기능하는 것을 나타내는 격조사이다.

(2) ㄱ. 國ᄋᆞᆫ 나라히라 (나라ㅎ + -이- + -다) [훈언 1]

ㄴ. 國(국)은 나라이다.

③ 목적격 조사(목조): 목적어로서 기능하는 것을 나타내는 격조사이다.

(3) ㄱ. 太子ᄅᆞᆯ 하ᄂᆞᆯ히 ᄀᆞᆯᄒᆡ샤 (太子 + -ᄅᆞᆯ) [용가 8장]

ㄴ. 太子(태자)를 하늘이 가리시어…

④ 보격 조사(보조): 보어로서 기능하는 것을 나타내는 격조사이다.

(4) ㄱ. 色界 諸天도 ᄂᆞ려 仙人이 ᄃᆞ외더라 (仙人 + -이) [월석 2:24]

ㄴ. 色界(색계) 諸天(제천)도 내려 仙人(선인)이 되더라.

⑤ 관형격 조사(관조): 관형어로서 기능하는 것을 나타내는 격조사이다.

(5) ㄱ. 네 性이 … 죵ᄋᆡ 서리예 淸淨ᄒᆞ도다 (죵 + -ᄋᆡ) [두언 25:7]

ㄴ. 네 性(성: 성품)이 … 종(從僕) 중에서 淸淨(청정)하구나.

(6) ㄱ. 나랏 말ᄊᆞ미 中國에 달아 (나라 + -ㅅ) [훈언 1]

ㄴ. 나라의 말이 中國과 달라…

⑥ 부사격 조사(부조): 부사어로서 기능하는 것을 나타내는 격조사이다.

(7) ㄱ. 世尊이 象頭山애 가샤 (象頭山 + -애) [석상 6:1]

ㄴ. 世尊(세존)이 象頭山(상두산)에 가시어…

⑦ 호격 조사(호조): 독립어로서 기능하는 것을 나타내는 격조사이다.

(8) ㄱ. 彌勒아 아라라 (彌勒 + -아) [석상 13:26]

ㄴ. 彌勒(미륵)아 알아라.

나. 접속 조사(접조)

체언과 체언을 이어서 명사구를 형성하는 조사이다.

(9) ㄱ. 입시울와 혀와 엄과 니왜 다 됴ᄒᆞ며 (혀 + -와) [석상 19:7]
ㄴ. 입술과 혀와 어금니와 이가 다 좋으며…

다. 보조사(보조사)

체언에 화용론적인 특별한 뜻을 덧보태는 조사이다.

(10) ㄱ. 나ᄂᆞᆫ 어버ᅀᅵ 여희오 (나 + -ᄂᆞᆫ) [석상 6:5]
ㄴ. 나는 어버이를 여의고…

(11) ㄱ. 어미도 아ᄃᆞᄅᆞᆯ 모ᄅᆞ며 (어미 + -도) [석상 6:3]
ㄴ. 어머니도 아들을 모르며…

6. 어말 어미

'어말 어미(語末語尾, 맺음씨끝)'는 용언의 끝자리에 실현되는 어미인데, 그 기능에 따라서 '종결 어미, 연결 어미, 전성 어미'로 나누어진다.

가. 종결 어미

① 평서형 종결 어미(평종): 말하는 이가 자신의 생각을 듣는 이에게 단순하게 진술하는 평서문에 실현된다.

(1) ㄱ. 네 아비 ᄒᆞ마 주그니라 (죽- + -Ø(과시)- + -으니- + -다) [월석 17:21]
ㄴ. 너의 아버지가 이미 죽었느니라.

② 의문형 종결 어미(의종): 말하는 이가 듣는 이에게 대답을 요구하는 의문문에 실현된다.

(2) ㄱ. 엇뎨 겨르리 업스리오 (없- + -으리- + -고) [월석 서:17]
ㄴ. 어찌 겨를이 없겠느냐?

③ 명령형 종결 어미(명종): 말하는 이가 듣는 이에게 어떠한 행동을 하도록 요구하는 명령문에 실현된다.

(3) ㄱ. 너희ᄃᆞᆯ히 … 부텻 마ᄅᆞᆯ 바다 디니라 (디니-+-라) [석상 13:62]
ㄴ. 너희들이 … 부처의 말을 받아 지녀라.

④ 청유형 종결 어미(청종): 말하는 이가 듣는 이에게 어떠한 행동을 함께 하도록 요구하는 청유문에 실현된다.

(4) ㄱ. 世世예 妻眷이 ᄃᆞ외져 (ᄃᆞ외-+-져) [석상 6:8]
ㄴ. 世世(세세)에 妻眷(처권)이 되자.

⑤ 감탄형 종결 어미(감종): 말하는 이가 듣는 이를 의식하지 않고 자신의 감정을 표출하는 감탄문에 실현된다.

(5) ㄱ. 義ᄂᆞᆫ 그 큰뎌 (크-+-Ø(현시)-+-ㄴ뎌) [내훈 3:54]
ㄴ. 義(의)는 그것이 크구나.

나. 전성 어미

용언이 본래의 서술 기능을 유지하면서도 다른 품사처럼 쓰이도록 문법적인 기능을 바꾸는 어미이다.

① 명사형 전성 어미(명전): 특정한 절 속의 서술어에 실현되어서, 그 절을 명사처럼 쓰이게 하는 어미이다.

(6) ㄱ. 됴ᄒᆞᆫ 法 닷고ᄆᆞᆯ 몯ᄒᆞ야 (닭-+-옴+-ᄋᆞᆯ) [석상 9:14]
ㄴ. 좋은 法(법)을 닦는 것을 못하여…

② 관형사형 전성 어미(관전): 특정한 절 속의 용언에 실현되어서, 그 절을 관형사처럼 쓰이게 하는 어미이다.

(7) ㄱ. 어미 주근 後에 부텨ᄭᅴ 와 묻ᄌᆞᄫᆞ면(죽-+-Ø-+-ㄴ) [월석 21:21]
ㄴ. 어미 죽은 後(후)에 부처께 와 물으면…

다. 연결 어미(연어)

이어진 문장의 앞절과 뒷절을 잇거나, 본용언과 보조 용언을 잇는 어미이다. 연결 어미에는 '대등적 연결 어미, 종속적 연결 어미, 보조적 연결 어미'가 있다.

① 대등적 연결 어미: 앞절과 뒷절을 대등한 관계로 잇는 연결 어미이다.

(8) ㄱ. 子ᄂᆞᆫ 아ᄃᆞ리오 孫ᄋᆞᆫ 孫子ㅣ니 (아ᄃᆞᆯ + -이- + -고) [월석 1:7]
ㄴ. 子(자)는 아들이고 孫(손)은 孫子(손자)이니…

② 종속적 연결 어미: 앞절을 뒷절에 이끌리는 관계로 잇는 연결 어미이다.

(9) ㄱ. 모딘 길헤 ᄠᅥ러디면 恩愛ᄅᆞᆯ 머리 여희여 (ᄠᅥ러디- + -면) [석상 6:3]
ㄴ. 모진 길에 떨어지면 恩愛(은애)를 멀리 떠나…

③ 보조적 연결 어미: 본용언과 보조 용언을 잇는 연결 어미이다.

(10) ㄱ. 赤眞珠ㅣ ᄃᆞ외야 잇ᄂᆞ니라 (ᄃᆞ외야: ᄃᆞ외- + -아) [월석 1:23]
ㄴ. 赤眞珠(적진주)가 되어 있느니라.

7. 선어말 어미

'선어말 어미(先語末語尾, 안맺음 씨끝)'는 용언의 끝에 실현되지 못하고, 어간과 어말 어미 사이에 실현되어서 문법적인 기능을 나타내는 어미이다.

① 상대 높임의 선어말 어미(상높): 말을 듣는 '상대(相對)'를 높여서 표현하는 선어말 어미이다.

(1) ㄱ. 이런 고디 업스이다 (없- + -∅(현시)- + -으이- + -다) [능언 1:50]
ㄴ. 이런 곳이 없습니다.

② 주체 높임의 선어말 어미(주높): 문장에서 주어로 실현되는 대상인 '주체(主體)'를 높여서 표현하는 선어말 어미이다.

(2) ㄱ. 王이 그 蓮花ᄅᆞᆯ ᄇᆞ리라 ᄒᆞ시다 [석상 11:31]

(ᄒᆞ- + -<u>시</u>- + -Ø(과시)- + -다)

ㄴ. 王(왕)이 "그 蓮花(연화)를 버리라." 하셨다.

③ 객체 높임의 선어말 어미(객높): 문장에서 목적어나 부사어로 표현되는 대상인 '객체(客體)'를 높여서 표현하는 선어말 어미이다.

(3) ㄱ. 벼슬 노ᄑᆞᆫ 臣下ㅣ 님그믈 돕ᄉᆞᄫᅡ (돕- + -<u>ᅀᆞᆸ</u>- + -아) [석상 9:34]

ㄴ. 벼슬 높은 臣下(신하)가 임금을 도와…

④ 과거 시제의 선어말 어미(과시): 동사에 실현되어서 발화시 이전에 어떠한 일이 일어났음을 무형의 선어말 어미인 '-Ø-'이다.

(4) ㄱ. 이 ᄢᅴ 아ᄃᆞᆯᄃᆞ리 아비 죽다 듣고(죽- + -<u>Ø</u>(과시)- + -다) [월석 17:21]

ㄴ. 이때에 아들들이 "아버지가 죽었다." 듣고…

⑤ 현재 시제의 선어말 어미(현시): 발화시에 어떠한 일이 일어나고 있음을 나타내는 선어말 어미이다. 동사에는 선어말 어미인 '-ᄂᆞ-'가 실현되어서, 형용사에는 무형의 선어말 어미인 '-Ø-'가 현재 시제를 나타낸다.

(5) ㄱ. 네 이제 ᄯᅩ 묻ᄂᆞ다 (묻- + -<u>ᄂᆞ</u>- + -다) [월석 23:97]

ㄴ. 네 이제 또 묻는다.

(6) ㄱ. 이런 고디 업스이다 (없- + -<u>Ø</u>(현시)- + -으이- + -다) [능언 1:50]

ㄴ. 이런 곳이 없습니다.

⑥ 미래 시제의 선어말 어미(미시): 발화시 이후에 어떠한 일이 일어날 것임을 나타내는 선어말 어미이다.

(7) ㄱ. 아ᄃᆞᆯᄯᆞᄅᆞᆯ 求ᄒᆞ면 아ᄃᆞᆯᄯᆞᄅᆞᆯ 得ᄒᆞ리라 (得ᄒᆞ- + -<u>리</u>- + -다) [석상 9:23]

ㄴ. 아들딸을 求(구)하면 아들딸을 得(득)하리라.

⑦ 회상 표현의 선어말 어미(회상): 말하는 이가 발화시 이전에 직접 경험한 어떤 때(경험시)로 자신의 생각을 돌이켜서, 그때를 기준으로 해서 일이 일어난 시간을 나타내는 선어말 어미이다.

(8) ㄱ. ᄠᅳ데 몯 마ᄌᆞᆫ 이리 다 願 ᄀᆞ티 ᄃᆞ외더라 [월석 10:30]
(ᄃᆞ외- + -더- + -다)

ㄴ. 뜻에 못 맞은 일이 다 願(원)같이 되더라.

⑧ 확인 표현의 선어말 어미(확인): 심증(心證)과 같은 말하는 이의 주관적인 믿음에 근거하여, 어떤 일을 확정된 것으로 표현하는 선어말 어미이다.

(9) ㄱ. 安樂國이ᄂᆞᆫ 시르미 더욱 깁거다 [월석 8:101]
(깊- + -∅(현시)- + -거- + -다)

ㄴ. 安樂國(안락국)이는… 시름이 더욱 깊다.

⑨ 원칙 표현의 선어말 어미(원칙): 말하는 이가 객관적인 믿음에 근거하여, 어떤 일을 확정된 것으로 표현하는 선어말 어미이다.

(10) ㄱ. 사ᄅᆞ미 살면… 모로매 늙ᄂᆞ니라 [석상 11:36]
(늙- + -ᄂᆞ- + -니- + -다)

ㄴ. 사람이 살면… 반드시 늙느니라.

⑩ 감동 표현의 선어말 어미(감동): 말하는 이의 '느낌(감동, 영탄)'의 뜻을 나타내는 태도 표현의 선어말 어미이다.

(11) ㄱ. 그듸내 貪心이 하도다 [석상 23:46]
(하- + -∅(현시)- + -도- + -다)

ㄴ. 그대들이 貪心(탐심)이 크구나.

⑪ 화자 표현의 선어말 어미(화자): 주로 종결형이나 연결형에서 실현되어서, 문장의 주어가 말하는 사람(화자, 話者)임을 나타내는 선어말 어미이다.

(12) ㄱ. ᄒᆞ오ᅀᅡ 내 尊호라 (尊ᄒᆞ- + -∅(현시)- + -오- + -다) [월석 2:34]

ㄴ. 오직(혼자) 내가 존귀하다.

⑫ 대상 표현의 선어말 어미(대상): 관형절이 수식하는 체언(피한정 체언)이, 관형절에서 서술어로 표현되는 용언에 대하여 의미상으로 객체(목적어나 부사어로 쓰인

대상)일 때에 실현되는 선어말 어미이다.

(13) ㄱ. 須達ᄋᆡ 지ᅀᅮᆫ 精舍마다 드르시며 [석상 6:38]

(지ᇫ- + -Ø(과시)- + -우- + -ㄴ)

ㄴ. 須達(수달)이 지은 精舍(정사)마다 드시며…

(14) ㄱ. 王이 … 누ᄫᅮᆫ 자리예 겨샤 (누ᇦ- + -Ø(과시)- + -우- + -은) [월석 10:9]

ㄴ. 王(왕)이 … 누운 자리에 계시어…

〈 인용된 '약어'의 문헌 정보 〉

약어	문헌 이름		발간 연대	
	한자 이름	한글 이름		
용가	龍飛御天歌	용비어천가	1445년	세종
석상	釋譜詳節	석보상절	1447년	세종
월천	月印千江之曲	월인천강지곡	1448년	세종
훈언	訓民正音諺解(世宗御製訓民正音)	훈민정음 언해본(세종 어제 훈민정음)	1450년경	세종
월석	月印釋譜	월인석보	1459년	세조
능언	愣嚴經諺解	능엄경 언해	1462년	세조
법언	妙法蓮華經諺解(法華經諺解)	묘법연화경 언해(법화경 언해)	1463년	세조
구언	救急方諺解	구급방 언해	1466년	세조
내훈	內訓(일본 蓬左文庫 판)	내훈(일본 봉좌문고 판)	1475년	성종
두언	分類杜工部詩諺解 初刊本	분류두공부시 언해 초간본	1481년	성종
금삼	金剛經三家解	금강경 삼가해	1482년	성종

▎참고 문헌

〈 중세 국어의 참고 문헌 〉

강성일(1972), 「중세국어 조어론 연구」, 『동아논총』 9, 동아대학교.
강신항(1990), 『훈민정음연구』(증보판), 성균관대학교 출판부.
강인선(1977), 「15세기 국어의 인용구조 연구」, 석사학위 논문, 서울대학교.
고성환(1993), 「중세국어 의문사의 의미와 용법」, 『국어학논집』 1, 태학사.
고영근(1981), 『중세국어의 시상과 서법』, 탑출판사.
고영근(1995), 「중세어의 동사형태부에 나타나는 모음동화」, 『국어사와 차자표기－소곡 남풍현 선생 화갑 기념 논총』, 태학사.
고영근(2010), 『제3판 표준 중세국어 문법론』, 집문당.
곽용주(1986), 「동사 어간－다' 부정법의 역사적 고찰」, 『국어연구』 138, 국어연구회.
교육인적자원부(2010), 『고등학교 교사용 지도서 문법』, (주)두산동아.
교육인적자원부(2010), 『고등학교 문법』, (주)두산동아.
구본관(1996), 「15세기 국어 파생법에 대한 연구」, 박사학위 논문, 서울대학교.
국립국어원, 『표준 국어 대사전』, 인터넷판.
권용경(1990), 「15세기 국어 서법의 선어말어미에 대한 연구」, 『국어연구』 101, 국어연구회.
김문기(1999), 「중세국어 매인풀이씨 연구」, 석사학위 논문, 부산대학교.
김소희(1996), 「16세기 국어의 '거/어'의 교체에 대한 연구」, 『국어연구』 142, 국어연구회.
김송원(1988), 「15세기 중기 국어의 접속월 연구」, 박사학위 논문, 건국대학교.
김영욱(1990), 「중세국어 관형격조사 'ㆍ이/의, ㅅ'의 기술과 관련된 문제 해결을 위하여」, 『주시경학보』 8, 탑출판사.
김영욱(1995), 『문법형태의 역사적 연구』, 박이정.
김정아(1985), 「15세기 국어의 '－ㄴ가' 의문문에 대하여」, 『국어국문학』 94.
김정아(1993), 「15세기 국어의 비교구문 연구」, 박사학위 논문, 서울대학교.
김진형(1995), 「중세국어 보조사에 대한 연구」, 『국어연구』 136, 국어연구회.
김차균(1986), 「월인천강지곡에 나타나는 표기체계와 음운」, 『한글』 182, 한글학회.

김충회(1972), 「15세기 국어의 서법체계 시론」, 『국어학논총』 5, 6, 단국대학교.
나진석(1971), 『우리말 때매김 연구』, 과학사.
나찬연(2011), 『수정판 옛글 읽기』, 도서출판 월인.
나찬연(2013ㄴ), 제2판 『언어·국어·문화』, 도서출판 월인.
나찬연(2013ㄷ), 제2판 『훈민정음의 이해』, 도서출판 월인.
나찬연(2013ㄹ), 『국어 어문 규범의 이해』, 도서출판 월인.
나찬연(2014ㄱ), 제5판 『중세 국어 문법의 이해―주해편』, 교학연구사.
나찬연(2014ㄴ), 제5판 『중세 국어 문법의 이해―강독편』, 교학연구사.
나찬연(2014ㄷ), 제5판 『중세 국어 문법의 이해―서답형 문제편』, 교학연구사.
나찬연(2015ㄱ), 제4판 『현대 국어 문법의 이해』, 도서출판 월인.
나찬연(2015ㄴ), 『학교 문법의 이해』 1, 도서출판 경진.
나찬연(2015ㄷ), 『학교 문법의 이해』 2, 도서출판 경진.
남광우(2009), 『교학 고어사전』, (주)교학사.
남윤진(1989), 「15세기 국어의 접속어미에 대한 연구」, 『국어연구』 93. 국어연구회.
노동헌(1993), 「선어말어미 '-오-'의 분포와 기능 연구」, 『국어연구』 114, 국어연구회.
류광식(1990), 「15세기 국어 부정법의 연구」, 박사학위 논문, 건국대학교.
리의도(1989), 「15세기 우리말의 이음씨끝」, 『한글』 206, 한글학회
민현식(1988), 「중세국어 어간형 부사에 대하여」, 『선청어문』 16, 17집, 서울대학교 국어교육과.
박태영(1993), 「15세기 국어의 사동법 연구」, 석사학위 논문, 단국대학교.
박희식(1984), 「중세국어의 부사에 대한 연구」, 『국어연구』 63, 국어연구회
배석범(1994), 「용비어천가의 문제에 대한 일고찰」, 『국어학』 24, 국어학회.
성기철(1979), 「15세기 국어의 화계 문제」, 『논문집』 13, 서울산업대학교.
손세모돌(1992), 「중세국어의 'ᄇᆞ리다'와 '디다'에 대한 연구」, 『주시경학보』 9, 탑출판사.
안병희·이광호(1993), 『중세국어문법론』, 학연사.
양정호(1991), 「중세국어의 파생접미사 연구」, 『국어연구』 105, 국어연구회.
유동석(1987), 「15세기 국어 계사의 형태 교체에 대하여」, 『우해 이병선 박사 회갑 기념 논총』.
이광정(1983), 「15세기 국어의 부사형어미」, 『국어교육』 44, 45.
이광호(1972), 「중세국어 '사이시옷' 문제와 그 해석 방안」, 『국어사 연구와 국어학 연구―안병희 선생 회갑 기념 논총』, 문학과 지성사.
이광호(1972), 「중세국어의 대격 연구」, 『국어연구』 29. 국어연구회.
이광호(1995), 「후음 'ㅇ'과 중세국어 분철표기의 신해석」, 『국어사와 차자표기―남풍현 선생 회갑기념』, 태학사.

이기문(1963), 『국어표기법의 역사적 연구—신정판』, 한국연구원.
이기문(1998), 『국어사개설 - 신정판』, 태학사.
이숭녕(1981), 『중세국어문법 - 개정 증보판』, 을유문화사.
이승희(1996), 「중세국어 감동법 연구」, 『국어연구』 139, 국어연구회.
이정택(1994), 「15세기 국어의 입음법과 하임법」, 『한글』 223, 한글학회.
이주행(1993), 「후기 중세국어의 사동법」, 『국어학』 23, 국어학회.
이태욱(1995), 「중세국어의 부정법 연구」, 박사학위 논문, 성균관대학교.
이현규(1984), 「명사형어미 '-기'의 변화」, 『목천 유창돈 박사 회갑 기념 논문집』, 계명대학교 출판부.
이홍식(1993), 「'-오-'의 기능 구명을 위한 서설」, 『국어학논집』 1. 태학사.
임동훈(1996), 「어미 '시'의 문법」, 박사학위 논문, 서울대학교.
전정례(995), 「새로운 '-오-' 연구」, 한국문화사.
정 철(1954), 「원본 훈민정음의 보존 경위에 대하여」, 『국어국문학』 제9호, 국어국문학회.
정재영(1996), 「중세국어 의존명사 'ᄃᆞ'에 대한 연구」, 『국어학총서』 23, 태학사.
최동주(1995), 「국어 시상체계의 통시적 변화에 관한 연구」, 박사학위 논문, 서울대학교.
최현배(1961), 『고친 한글갈』, 정음사.
최현배(1980=1937), 『우리말본』, 정음사.
한글학회(1985), 『訓民正音』, 영인본.
한재영(1984), 「중세국어 피동구문의 특성에 대한 연구」, 『국어연구』 61, 국어연구회.
한재영(1986), 「중세국어 시제체계에 관한 관견」, 『언어』 11-2, 한국언어학회.
한재영(1990), 「선어말어미 '-오/우-'」, 『국어 연구 어디까지 왔나』, 동아출판사.
한재영(1992), 「중세국어의 대우체계 연구」, 『울산어문논집』 8, 울산대학교 국어국문학과.
허웅(1975=1981), 『우리 옛말본』, 샘문화사.
허웅(1981), 『언어학』, 샘문화사.
허웅(1986), 『국어 음운학』, 샘문화사.
허웅(1989), 『16세기 우리 옛말본』, 샘문화사.
허웅(1992), 『15·16세기 우리 옛말본의 역사』, 탑출판사.
허웅(1999), 『20세기 우리말의 통어론』, 샘문화사.
허웅(2000), 『20세기 우리말의 형태론(고침판)』, 샘문화사.
허웅·이강로(1999), 『주해 월인천강지곡』, 신구문화사.
홍윤표(1969), 「15세기 국어의 격연구」, 『국어연구』 21, 국어연구회.
홍윤표(1994), 「중세국어의 수사에 대하여」, 『국문학논집』, 단국대학교 국어국문학과.

홍종선(1983), 「명사화어미의 변천」, 『국어국문학』 89, 국어국문학회.
황선엽(1995), 「15세기 국어의 '-(으)니'의 용법과 기원」, 『국어연구』 135, 국어연구회.

〈불교 용어의 참고 문헌〉

곽철환(2003), 『시공불교사전』, 시공사.
국립국어원(2016), 인터넷판 『표준국어대사전』, (http://stdweb2.korean.go.kr/main.jsp)
두산동아(2016), 인터넷판 『두산백과사전』, (http://www.doopedia.co.kr/)
운허·용하(2008), 『불교사전』, 불천.
원광대학교 종교문제연구소((1974), 인터넷판 『원불교사전』, 원광대학교 출판부.
한국불교대사전 편찬위원회(1982), 『한국불교대사전』, 보련각.
한국학중앙연구원(2016), 인터넷판 『한국민족문화대백과』, (http://encykorea.aks.ac.kr/)
홍사성(1993), 『불교상식백과』, 불교시대사.